KB064867

야담 연구의
새로운
시각과 해석

야담 연구의
새로운
시각과 해석

정명기 교수
추모논총간행위

보고사
BOGOSA

그리움의 자리에

정명기 선생께서 가시고 어느덧 2년이 더 흘렀다. 그분의 빈자리가 아직도 넓게 보인다. 본격적 야담 연구를 이끈 선생의 학문적 공력과 기여가 그만큼 크다.

야담 정본화 작업의 공동연구자로서 우리는 동국대학교에서 계속 만나고 있었다. 선생은 거기서도 연구원들이 구하기 어려운 야담 자료들을 친절하게 주선해주고 당신이 소장하고 계신 것도 기꺼이 빌려주었다. 그 작업이 한창 진행 중인 때에 선생이 훌쩍 떠났다. 그 자리도 끝까지 공석으로 남았다.

1987년과 1992년에 걸쳐 선생이 주도한 『한국야담자료집성』(계명문화사, 1987·1992) 23권의 간행은 생각할수록 장쾌하고 감사한 위업이었다. 야담 연구자를 계도하고 그들의 발품과 비용조차 아껴준 공헌이 지대한데, 아직도 그 혜택은 계속되고 있다. 『원본 동야휘집』(보고사, 1992)의 간행도 마찬가지였다. 선생은 『한국야담문학연구』(보고사, 1996)로 당신의 연구를 중간 결산했다. 『야담문학론』(보고사, 1994)과 『야담문학연구의 현단계』1·2·3(보고사, 2009)의 편집은 야담 연구의 맹주로서만 가능한 일이었다. 이렇듯 선생의 자료 실증과 해석의 성과는 야담 연구에 결정적 기여를 했다.

선생의 야담 문학에 대한 궁극적인 관심은 명실상부한 『야담문학론』

과 『야담문학사』의 집필에 있었다. 그 일을 못 이루고 가신 게 안타깝다. 그 일을 후학들이 본격적으로 준비하여 시행해야 할 때가 되었다.

선생은 야담 학회를 결성하자고도 힘주어 말하고는 했다. 선생이 황망히 떠나 구심점을 상실했지만 여전히 유효한 제안이고 우리들의 약속이다. 이 책의 간행이 그 일의 실현을 이끌 것이라 믿는다.

선생은 지면의 기회가 생길 때마다 스승 나손 김동욱 선생의 은덕을 말했다. 스승과 함께 하다 스승이 돌아가시자 5년간 혼자 작업을 하여 마침내 『청구야담』 교주 번역본(교문사, 1996)을 공저로 간행하여 약속을 지키고 은덕을 갚았다. 이제 선생의 야담 동지들과 제자들이 이 책을 펴내 선생의 은덕을 조금이라도 갚으려 한다.

김준형·유춘동 교수는 스승의 학문적 정신을 계승하는 제자로서 스승의 유고를 모아 『한국 야담의 자료와 전승』(보고사, 2019), 『한국 고소설의 자료와 유통』(보고사, 2019)을 간행했고 또 이 책을 구상하고 원고를 모으는데 노심초사했다. 그 정성과 노고를 치하한다. 영애 정보라미 교수가 꾸려가는 학문적 가업도 번창하길 빈다.

끊임없이 야담 관련 연구 과제를 창안해서 동학과 후학들에게 제공하고 스스로도 실천하려 한 선생이기에 그 이른 죽음이 또다시 안타깝게 떠오른다. 선생이 아끼고 사랑했던 야담, 야담만큼 아끼고 사랑했던 후학들이 소통하고 교감하는 이 책 자리를 보고 선생이 흐뭇해하시리라 믿는다. 정명기 선생을 여전히 기억하고 그리워하며 기꺼이 옥고를 회사해주신 야담 동지 여러분께 진심으로 감사드린다.

2020년 06월
정명기교수 추모논총간행위원회 회장 이강옥 올림.

차례

그리움의 자리에 / 5

1부

2부

3부

4부

5부

제1부

야담 연구에서의 자료의 문제

⊙

정명기

1. 들어가는 말

어느 분야의 경우이든 마찬가지이겠지만, 연구의 대상이 되는 자료들의 진정한 값어치는 그 자료가 지니고 있는 문학적 의미를 연구자들이 제대로 해석해 낼 때 확보되는 것이라고 할 수 있다. 그것은 특히 최근 들어 연구의 분위기와 활성화 정도에서 예전의 활력을 소진(?)한 채 머뭇거리는 것으로조차 보이는 야담문학 연구의 경우에 더욱 긴요한 문제라고 할 수 있다. 곧 야담문학의 경우, 엄밀히 말하면 어느 면 그 자체의 문학성 규명이라든가 하는 본격적인 연구[1]가 제대로 이루어지지 못한 채 그동안 많은 연구가 이루어진 것은 아닌가 하는 회의조차 갖게 한다. 이런 느낌은 유독 필자만이 갖는 편벽되고 한정된 생각이 아니라 우리 야담문학 연구가들이 공통되게 갖고 있는 것[2]이라 하겠다.

---

1 최근에 제출된 이강옥 선생의 「야담의 속이야기와 등장인물의 자기 경험 진술」(『고전문학연구』 13, 한국고전문학회, 1998)은 야담의 형태미학적 특성을 꼼꼼히 밝혀내고 있다는 점에서 우리들에게 시사하는 바 크다고 할 수 있다.

임형택·조희웅 선생에 의해 주도된 초창기 야담의 연구[3]에서는 여러 어려움으로 해서 많은 수의 자료들(특히 이본에 대한 본격적인 고려가 전혀 이루어지지 못했다고 할 수 있다.)을 검토할 수 있는 분위기와 여건이 마련되지 못했다[4]고 할 수 있다. 따라서 이들 연구 성과의 경우 오늘날의 관점에서 볼 때, 그 공(功) 못지않게 과(過) 또한 아울러 지니고 있으리라는 것을 어렵지 않게 짐작할 수 있다.

이런 점에 착안하여 필자는 야담문학에서 자료가 갖는 의미를, 그간 구체적으로 검토해 보았던 몇몇 자료들[5]을 대상으로 하여 기왕의 몇몇 잘

---

2 이에 대해서는 임완혁 선생 또한 「『계서야담』의 서술방식에 대한 일 고찰」, 『한국한문학연구』 19(한국한문학회, 1996)에서 "이러한 연구는 일정한 시기에 집중적으로 진행되었지만, 예전의 집중되었던 열정이나 성과에 비해, 지금의 상황은 어느 정도 소강상태에 접어든 느낌마저 불러일으킨다. 이러한 현상의 원인은 새로운 연구 방법의 부재를 들 수 있다. 내용 중심의 연구가 지니는 매너리즘을 극복하지 못하고 새로운 활로를 찾지 못하고 있는 것이다."고 지적한 바 있다.

3 임형택, 「18,9세기 이야기꾼과 소설의 발달」, 『한국학논집』 2, 계명대 한국학연구소, 1975.(『고전문학을 찾아서』(문학과 지성사, 1976)에 재수록됨)
   임형택, 「漢文短篇 형성과정에서의 講談師」, 『한국소설문학의 탐구』, 일조각, 1978.
   임형택, 「漢文短篇과 講談師」, 『창작과 비평』 13(3), 창작과 비평사, 1978. 가을.
   임형택, 「실학파문학과 漢文短篇」, 『한국학연구입문』, 지식산업사, 1981.
   조희웅, 『조선후기 문헌설화의 연구』, 형설출판사, 1982 등을 그 대표적인 성과로 들 수 있다.

4 이에 대해 임형택 선생은 최근 그 고충의 일단을 『기문총화』를 대상으로 한 기왕의 견해를 수정하면서 밝힌 바 있다. 참고삼아 제시하면 다음과 같다. "필자는 전에 『이조한문단편집』의 출전 해제에서 『기문총화』의 편저자를 '노론계의 파평 윤씨'로 추정한 바 있었다. 이 추정은 유감스럽게도 잘못 짚은 것임을 최근에 확인하게 되었다. … 필자가 『기문총화』로서 처음 접한 것은 구장서각본이었다. 『이조한문단편집』을 편찬할 당시 필자의 『기문총화』에 대한 지식은 이것에 한정되어 있었다."[이우성 편, 『기문총화 외 2종』(아세아문화사, 1990)의 해제 7쪽.]

5 정명기, 「해제 및 자료 『계서잡록』 卷之利」, 『열상고전연구』 10, 열상고전연구회, 1997.
   정명기, 「야담연구를 위한 한 제언」, 『열상고전연구』 10, 열상고전연구회, 1997.
   정명기, 「야담집의 간행과 전승양상 – 『계서잡록』계를 중심으로」, 『설화문학연구』 상, 단국대학교 출판부, 1998.

못된 주장이라든가, 미진한 부분에 대한 논의를 제한된 사례를 중심으로
다루어보고자 한다. 그러나 필자 또한 앞선 연구자들처럼 전래하는 야담집
자료의 전부[6]를 입수·검토치 못했다는 점에서 이 논의 또한 나름의 한계를
분명히 지니고 있다는 점을 먼저 밝혀두고, 논의를 시작하려 한다.

　앞서 밝힌 야담문학 연구에서의 정체성(停滯性)의 극복과 아울러 본격
적인 야담문학 연구의 기반을 마련하기 위해 우리 연구자들이 우선적으
로 고민, 해결하여 할 방법 가운데 하나로 필자는 우선 해당 자료군의
폭넓은 수집과 아울러 이들 자료군들의 대비·검토가 무엇보다도 필요하
다는 점을 지적해두고, 논의를 전개해갈까 한다.

2. 야담 자료집 수집의 필요성과 그 의미
－'꼼꼼한 자료 읽기'를 제창한다

야담문학의 경우, 김기동[7], 이우성[8], 소재영·박용식[9], 필자[10]에 의하여

　정명기, 「『청야담수』의 원천과 변이양상 연구」, 『조선학보』 170호, 조선학회, 1999.
6　필자가 현재까지 입수, 검토한 야담집의 목록을 뒤에 따로 붙여 참조에 이바지하고자
　하였다. 이러한 목록화 작업조차 우리 야담문학계는 아직 변변히 갖추고 있지 못한
　것으로 생각되는 바, 이런 점에서 보더라도 야담 연구는 아직 초보적 단계에 머물고
　있다고 해도 좋을 듯하다.
7　김기동 편, 『韓國文獻說話全集』 전10권, 태학사, 1981.
8　이우성, 『東野類輯』 外 二種, 아세아문화사, 1985.
　이우성, 『靑邱野談』 上·下, 아세아문화사, 1985.
　이우성, 『雪橋集』 下卷 中 『雪橋漫錄』, 아세아문화사, 1986.
　이우성, 『記聞叢話 外 二種』, 아세아문화사, 1990.
　이우성, 『東稗洛誦 外 五種』, 아세아문화사, 1990.
9　소재영·박용식 편, 『韓國野談史話集成』 전5권, 태동, 1989.
10　정명기 편, 『韓國野談資料集成』 一次分 전13권, 계명문화사, 1987.
　정명기 편, 『韓國野談資料集成』 二次分 전11권, 계명문화사, 1992.

그간 몇 차례에 걸쳐 그 자료집의 일부나마 엮어진 바 있다. 이런 작업으로 인하여 많은 자료들이 취합되어 야담문학의 실제적 면모가 어느 정도 드러나기는 하였지만, 그렇다고 모든 야담 자료들을 우리 연구자들이 보게 된 것은 아니라는 데에 문제가 있다. 아직도 보고, 발굴되지 아니한 많은 종류의 야담집들이 도처에 산재해 있는 것으로 필자 또한 알고 있다. 그런 가운데 이미 소개된 자료들마저 그동안 제대로 된 검토와 평가를 받지 못함으로 해서 그 각각의 위상이 제대로 규명되지 못한 상황에 처해 있는 것 또한 사실이라 하겠다. 이런 상황에서 비록 『기문총화』계로 국한된 논의라는 한계를 지니고는 있으나, 김준형의 「『기문총화』계 야담집의 문헌학적 연구」[11]는 우리 야담문학 연구가 이제까지의 성과와는 준별될 한 단계 높은 성과를 예비하기 위해서라도 한시바삐 성취해 내었어야 할 과제를 성실히 수행해 낸 좋은 성과라 할 수 있다.

이제 몇몇 야담집의 경우를 통하여 야담 연구에서 '꼼꼼한 자료 읽기'가 지닌 문제의 중요성을 사례 중심으로 살펴보기로 하자.

가) 먼저 초기 야담집인 『천예록(天倪錄)』의 자료를 생각해 보자. 현재까지 알려진 『천예록』의 이본으로는 천리대본 『천예록』[12](61화)·김영복본(44화)과 함께 다음 몇 종의 방사(放射) 자료집, 곧 천리대본 『어우야담』 소재 『천예록초』, 버클리대본 『해동이적』(내제: 『천예록초』), 동양문고본 『고금소총』[13] 등의 5종을 들 수 있다. 이 자료집에 대한 학계의 관심은

정명기 편, 『原本 東野彙輯』 上·下, 보고사, 1992.

11 김준형, 「기문총화계 야담집의 문헌학적 연구」, 고려대학교 석사학위논문, 1997.

12 이 자료는 김동욱 선생에 의해 한 차례 번역이 이루어져 쉽게 참조할 만하다. 『天倪錄』(명문당, 1995) 한편 이 자료에 결락된 1화 〈智異山路迷逢眞〉 또한 김동욱에 의해 뒷날 계간 『문헌과 해석』 2(태학사, 1998. 봄)에 그 역문과 원문이 186~198쪽에 걸쳐 수록된 바 있다.

다른 자료집들의 경우에 비해서는 상대적으로 높았던 것으로 보여진다. 이신성·김동욱·진재교 선생 등의 작업이 그것인데, 먼저 이신성 선생의 『천예록 연구』[14]는 이 자료에 대한 훌륭한 학적 성과임에 틀림없지만, 아쉽게도 이 논의에서는 연구대본으로 대곡삼번(大谷森繁) 선생에 의해 일찍이 소개된 천리대본『천예록』만을 삼고 있다. 『천예록』의 경우, 2화를 한데 묶는 가운데 평(評)이 이루어지는 형태를 분명히 드러내고 있으니만큼, 이 성과에서 다른 부분은 차치하고서라도 『천예록』이 그의 주장처럼 61화가 아니라, 62화로 이루어졌으리라는 최소한의 사실만이라도 지적되었어야 마땅하다고 본다. 한편 김동욱·진재교 선생의 작업[15]은 이신성 선생의 작업 가운데서 특히 그 편자와 편찬연대에 대한 오류의 바로잡음[이상우(李商雨, 1621~1685) → 임방(任埅, 1640~1724)]과 아울러 새롭게 발굴된 김영복본『천예록』의 존재를 통하여, 어떠한 이유에서 이런 현상이 나타난 것인지는 자세히 알 수 없으나 천리대본에서 누락되었던, 『천예록』 1화의 면모를 분명히 밝혀낸 것은 『천예록』의 총체적 면모를 이해하는 데 일정한 도움이 된 것임을 부정할 수는 없다고 본다. 하여 『천예록』이 62화로 이루어진 야담집이라는 사실을 새롭게 밝혀내는 성과를 거두게 되었다.

---

13 이 자료는 정용수 선생에 의하여 번역본의 형태로 간행되어 쉽게 참조할 만하다. 『고금소총·명엽지해』(국학자료원, 1998)이 그것이다.

14 이신성, 『천예록 연구』, 보고사, 1994.

15 김동욱 2, 「『天倪錄』의 編著者 辨證」, 반교어문학회 70차 발표회 요지, 1994.4.
    김동욱 2, 「『天倪錄』研究」, 『반교어문연구』 5, 반교어문연구회, 1994.
    김동욱 2, 「『天倪錄』의 評曰을 통해 본 任埅의 사상」, 『어문학연구』 3, 상명여대 어문학연구소, 1995.
    김동욱 2, 「김영복 소장본『천예록』에 실린「지리산노미진」에 대하여」, 『문헌과 해석』 2, 태학사, 1998. 봄.
    진재교, 「『天倪錄』의 작자와 저작년대」, 『서지학보』 17, 한국서지학회, 1996.

그런데 문제는『천예록초(天倪錄抄)』라는 제목 또는 전혀 별개의 자료 속에 단편적으로 전하는 자료들의 면모를 볼 때,『천예록』이라는 자료를 그렇게 단순하게 이해하고 말 일은 아니라는 데에 있다. 그것은 천리대본 소장『어우야담』과 버클리대본 소장『해동이적』, 동양문고본『고금소총』의 경우를 통하여 드러난다. 곧 천리대본『어우야담』의 경우,『천예록초 (天倪錄抄)』라는 제목으로『어우야담』(3권 3책본) 아래 21화가 수록되어 있고, 버클리대본『해동이적』(1책본) 또한 그 내제(內題)를 분명히『천예록초 』로 밝히는 가운데, 30화가 수록되어 있으며, 또한 총 54화로 이루어진 동양문고본『고금소총』 가운데 47화 이하 54화까지의 8화의 경우도 앞의 두 자료의 경우와 같이『천예록』을 원거(原據) 문헌으로 하고 있음을 밝히고 있다(이 본의 경우, 해당 자료 옆에 '出天倪錄'으로 명시하고 있다.)는 점이 그것이다. 이런 언명은 이들 자료들이『천예록』과 일정 정도 관련이 있음을 적극적으로 드러내는 징표라 하겠는데, 그러나 현전하는『천예록』의 이본들 가운데는 이들 세 자료집에서 드러나는 이질적이기까지 한 이와 같은 이야기들을 아울러 갖고 있는 자료집은 없다는 데에 논의의 어려움이 있다. 이것을 다루기에 앞서서 여기서는 이들 자료들의 상관관계를 알기 쉽게 드러내기 위해 표로 제시하면 다음과 같다.(19~21쪽의 표 참조)

이러한 현상은 원『천예록』이라는 자료집의 실상이 어떠한 것인가를 파악하는 데에 한 어려움으로 작용하고 있다. 곧 임방이 엮은 원『천예록』의 면모는 어떠한 것인가?『천예록』또는『천예록초』라는 제목을 가진 자료들에서 나타나는, 임방과 거의 동시대를 살다간 것으로 생각되는 홍만종(洪萬宗, 1643~1725)의『명엽지해(蓂葉志諧)』(1678년?) 소재 이야기의 출현 현상을 어떻게 이해해야 할 것인가? 이런 현상이 나타나게 된 요인은 무엇인가? 등의 매우 복잡 미묘한 문제가 얽혀 있는 사항이라 하겠다.

그러나 이 문제에 대한 해명은 그리 쉽지 않은 것으로 생각된다. 그렇

기는 하더라도, 그 가능성은 다음 몇 가지로 나누어 생각해 볼 수 있을
듯하다.

> 첫째, 임방이 오늘날 우리들이 보는 62화(現傳)로 된 『천예록』을 편찬하
> 였다.
> 둘째, 임방이 몇 화인지는 모르지만, 애초부터 『명엽지해』에서 이야기
> 를 부분적으로 차용하고, 자신이 견문한 이야기들을 그것과 한데
> 묶는 가운데 현재 완전하게 전하지 않는 『천예록』을 편찬하였다.
> 셋째, 후대인 가운데 누군가가 『천예록』의 인기에 편승하여 원 『천예록』
> 의 일부 내용과 『명엽지해』의 일부 내용을 발췌하여 별본(別本)
> 『천예록』을 편찬하였다.

이들 가능성 가운데 어느 것이 『천예록』의 실제적 면모를 밝히는 데
가장 근접하는 것인지를 따지는 작업은 현재의 여러 여건으로 인해 어려
운 점 또한 사실이다. 임방과 홍만종, 나아가 이름 모를 후대인에 얽힌
많은 자료라든가, 현전하는 『천예록』 이본군의 내용, 형태에 대한 정치한
탐구를 통하여 이 문제는 보다 정확한 실체를 드러내게 될 것으로 기대된
다. 이 문제를 확실히 규명할 정보를 필자 또한 분명히 갖고 있지 못한
현실에서 필자 나름의 이에 대한 견해를 피력한다면, 필자는 위 가능성
가운데 두 번째 가능성에 그 무게를 두고 싶다. 그 이유로 다음과 같은
몇몇 논거를 들 수 있다. 첫째, 임방이 『천예록』을 엮었다는 사실은 김동
욱·진재교 선생 등이 정확히 천착하고 있듯이 여러 정황으로 보아 결코
부인할 성질의 것은 아니지만, 그가 어떤 체재와 형식으로 위의 자료집을
엮은 것인가 하는 데 대한 정보가 그의 문집 내에서 전혀 나타나지 않고
있다는 점, 둘째, 위에서 든 세 자료집의 경우 분명히 『천예록』에서 전재
하고 있음을 밝히고 있는 데도 현전하는 『천예록』에서는 그와 같은 성격

의 이야기들을 전혀 찾아볼 수 없다는 점, 셋째, 야담집의 일반적 편찬 과정을 유념할 때, 편찬자가 오로지 독자적으로 자신의 견문에만 의거하여 자료집을 엮어낸 경우는 거의 보고된 바 없다는 점, 곧 전대문헌으로부터의 일정한 차용·전재 아래 해당 자료집들을 엮은 경우가 대부분이라는 점을 말한다. 넷째, 홍만종의『명엽지해』의 편찬 연대가『천예록』에 비하여 분명히 앞서는 것으로 보인다는 점에서 임방이 홍만종의『명엽지해』를 차용·전재하는 가운데『천예록』을 편찬했을 가능성이 상대적으로 높다는 점 등이 그것이다.

이렇게 본다면『천예록』은 오늘날 우리가 쉽게 볼 수 있는 62화만으로 이루어진 자료집이 아니라, 이에 덧붙여 이들 세 자료집에서 출현하는『명엽지해』소재 이야기 13화와『기문총화』소재 이야기 1화, 그리고 현재로서는 그 출전이 미상인 7화를 포함하여 도합 최소로 잡아도 83화 이상으로 이루어졌을 가능성도 있어 보인다. 이런 체재로 된『천예록』이 존재하지 않았을 가능성도 충분히 있음을 상정하고는 있지만….

이 문제에 대한 보다 자세한 논의는 뒷날의 과제로 미루어두고, 여기서는 다만『고금소총』소재 4화의 내용만을 제시하여 두는 것으로 책임을 면할까 한다.

제51화. 浮談天子

鰲城李相公 好詼諧 嘗晚赴備局之坐 一相臣以其末至責之 鰲城曰 吾行到鍾樓街上 適遇僧人 與宦者相鬪 僧人執宦者之陽莖 宦者執僧人之頭髮 甚是奇觀 觀此遲留以致日晚 衆皆發笑 盖其時事皆尙許僞 故以此諷之// 玄谷趙公 年雖差少於公 亦善詼諧 每與鰲城相酬對 玄谷稱鰲城曰 浮談天子 一日鰲城受議政祿俸分諸妻妾 謂玄谷曰 吾以妻妾皆附祿矣 夫人附之司果 妾附之司勇 玄谷對曰 然則大監空手而立矣 鰲城大笑// 余外祖考仕隱公爲江原監司時 玄谷爲襄陽府使 外祖巡到 謂玄谷曰

公見金剛山否 玄谷曰 恨不於莅任初卽往 今已居官數年 不可見也 笑問
其故曰 淮陽倅居官數年 飽喫珍錯腰腹彭亨之後 始入金剛 到險絶處 使
及唱背負而通引前導 其高腹貼于背上 放屁數聲 通引謂是及唱之所放
顧叱曰 此犬子 何敢發此聲 及唱曰 汝若不知 何不閉口而行耶 淮陽旣喫
大辱 而亦不得言己之所放 盖莅任之初 腹低身輕 可以游山 居官稍久則
腹高體胖 游山必遭此辱 故不得生意耳 其言盖是應口做出 相與大笑而
罷// 玄谷老後 超拜嘉善 客有訪之者 謂曰 庭宇幽淨 公何不養鶴 玄谷熟
視曰 嘉善官例 不得養鶴 客問其故 則曰 昔有一嘉善官養鶴者 憑欄而睡
鶴見其腦後金貫子 謂是蟲也 以長觜喙之 觜入于左腦 出于右腦 由是 嘉
善者不得養鶴 客初聞而信之 歸而思之 是戲謔也 爲之發笑//(표 //는 삽
화 단위를 가리킨다.)

제52화. 妄發匠人
宣廟朝有趙元範者 善妄發 到處發言 皆是妄發(俗以言語做錯誤犯忌
諱,謂之妄發) 時人號之曰 妄發匠人 嘗與客對坐 招呼婢子而久不應 客曰
君何其無威於婢僕也 趙曰 吾則如此 而吾大人則甚嚴 每一開口 奴僕等
輒流矢滑滑 客笑曰 尊大人頻含奴婢之矢 豈堪其臭穢耶// 趙又嘗行女婚
親切僧人送紙以助 後僧人來謁 趙謝之曰 吾家開張女婚 不小之物將入
無以充之 汝之扶助紙 用之於要光 極可喜也 盖扶助紙者俗言腎囊及陽莖
之謂也 要光者俗言溺器之謂也 聞者絶倒// 趙家又嘗要卜者誦經祈禱 此
際友人送書借屛風 趙作答書曰 室人惑於盲人 方作可笑事 畢後當送 友
人見書 捧腹來見 趙問曰 所謂可笑事 何事也 趙答曰 此不過陰陽之事耳
友人益復絶倒// 鰲城飽聞趙之善妄發 嘗因其來訪 半日相話而終不妄發
鰲城曰 人言君善妄發 今與君言 一不妄發 無乃傳之者誤耶 趙曰 吾豈嘗
妄發 不過儕友以妄發誤做吾身耳 鰲城笑曰 君果名不虛得 吏曹每以趙元
範擬望 宣廟見其名 必發天笑而落點 盖其妄發亦復上徹九重云//

評曰 按前史淳于髡,東方朔 皆以滑稽詼諧名 而有無實不根之貶 今鰲
城玄谷 俱魁傑偉人而亦喜 此習 抑或玩世游戲者耶 然皆豈非滑稽之雄
也哉 至若趙元範之妄發 亦可謂天授非人 以匠得名 誠不偶耳 宜乎談苑
之笑 至今不絶

제53화. 淫婦奸巧

昔有一村女 方與間夫入室 本夫自外歸房 只一門無以體避 時政日寒 女卽以大盆 迎覆其夫之頭面曰 何耐寒苦 何耐寒苦 顧安得大帽 如此盆 着汝頭上 移時玩戲 其夫謂其妻愛渠而作此戲 笑而不禁 間夫乘此走逸 // 又有一村女 亦與間夫入室 本夫自外而至 女卽迎 以兩手 提其夫之兩 耳 出高擧擺搖 推却而行曰 汝何往乎 汝何往乎 其夫謂其妻獻嬌 而有此 戲 一任其提弄 左右搖頭 却步退後 且行且答曰 列灰而往矣 列灰而往矣 (列草燒田, 俗謂之列灰) 若是者良久 至門外數十步 間夫乃得乘此走逸//

제54화. 蠢夫癡騃

昔有一村夫 與一頑僧相親 到家則輒留連累日 僧因與其妻奸 一日其夫 太醉沈睡 僧乃以剃刀盡髡其髮 因自脫其僧衣巾着之 渠卽擾着主人之衣 笠 持箒掃庭 其夫醉醒起坐 自視而怪之曰 吾何以忽爲僧耶 僧呵之曰 汝 本僧也 何云忽爲僧耶 汝來旣久 今可還上汝寺 其夫卽答曰然 便起出門 向寺 心不能無疑 回顧問曰 君是我耶 我是君耶 僧倚箒怒叱之曰 汝夢未 醒耶 何以不辦爾我耶 勿復雜談 速還寺 其夫邃向寺而去// 又有一士人 與村婦潛通 携到林藪間 方押之際 其夫負薪自山下來 與之相値 士人因 據其女 以女之裙掩女面 呵叱其夫曰 兩班御女之處 常漢何不速避 其夫 疾走而過 良久女還家 其夫笑謂之曰 吾於向者見一可笑底事 女問何事 夫曰 隣居某兩班 與何樣女人押於林間矣 女謂之曰 勿復爲如此之言 常 漢妄洩兩班之事 見過則不可說也 夫曰 此漢豈其遇哉 敢爲如此之言耶

評曰 諺言婦人多姦 一步九謀 今見覆盆提耳之謀 倉卒生姦 機警無比 諺所云豈不信哉 村жен 讓家與僧而自忘其身 樵氓見人奸妻而不自覺察 其 被奪上寺 見偸欲諱 竝是紙癡 聞者絶倒 而亦莫非其妻之奸也 淫婦之要 有如是夫

화번	자료 제목	천리대	김영복	어우	이적	소총	명엽	비고
1	智異山路迷逢眞	1(탈락)	1		28			
2	關東道遭雨登仙	2 飄然之像	2					
3	鄭北窓遠見奴面	3 千古聳聽	3		29			
4	尹世平遙哭妹喪	4 明見萬里	4		30			
5	俗離山土窟坐化	5	5					
6	金剛路兵使夢感	6	6					
7	閻羅王托求新袍	7 然疑之間	7					
8	菩薩佛放觀幽獄	8	8					
9	土亭漁村免海溢	9 道不可量	9					
10	樵氓海山脱水災	10 先見之名	10	18				
11	臨場屋枯骸冥報	11	11					
12	捷山寺老翁陰佑	12 感應之極	12					
13	西平鄉族點萬名	13 竦然之矍	13		1			
14	任實士人領二卒	14 惑世之學	14					
15	一島魚肉臥家中	15 特異之術	15		2			
16	萬騎跌躝坐路上	16 安閑之學	16					
17	掃雪因窺玉簫仙	17 奇哉快哉	17		27			
18	簪桂重逢一朶紅	18 第一美事	18					
19	高城鄉叟病化魚	19 半信半疑	19		3			
20	昇平族人老作猪	20 可怪可怪	20					
21	御史巾幗登筵上	21 使人代慚	21		4	49		巾幗御使
22	提督裸裎出檟中	22 若撻于市	22		5	50		檟中提督
23	沈進士行怪辭花	23 萬古放(方?)正	23			47		執拗辭花
24	金秀才謀拙折玉	24 天下八朔	24			48		謀出折玉
25	成進士悍妻杖脚	25 人皆欲教						
26	禹兵使妬婦割鬢	26 使人氣憒						
27	笞頑孫數其妄錯	27						
28	招後裔教以眞的	28						
29	生日臨要救飢腸	29	25					

30	忌辰會羞攝弊衣	30	26				
31	出饌對喫活小兒	31	27				
32	操文祭告救一村	32	28				
33	愼學士邀赴講書	33 此則擇(澤?)堂所記 而題曰崔生遇鬼錄					
34	孟道人携遊和詩	34					
35	士人家老嫗作魔	35	29				
36	一門宴頑童爲厲	36	30				
37	李秀才借宅見怪	37	31	6			
38	崔僉使僑舍逢魔	38	32				
39	故相第蛇魂作禍	39					
40	武人家蟒妖化子	40		13			
41	鄭公使權生傳書	41	33				
42	元令見許相請簡	42	34				
43	毀裂影幀終見報	43					
44	議黜院享卽被禍	44	16				
45	士人逢湖南死師	45	35				
46	武倅見安家亡父	46	36				
47	背負妖狐惜見放	47	37	14			
48	手執怪狸恨開握	48	38				
49	廣寒樓靈巫惑倅	49	39	22			
50	龍山江神祀感子	50	40				
51	泰仁路鏑射獰僧	51	5	15			
52	露梁津鐥打勢奴	52	6	16			
53	潦澤裡得萬金寶	53	41				
54	海島中拾三斛珠	54	42	18			
55	關北倅劍擊臭售	55		17			
56	別害鎭拳逐三鬼	56					
57	送使於宰臣定廟基	57	1	23			무제
58	見夢士人除妖賊	58	2	24			

59	刀代珠扇爲正室	59	43		25		
60	腋挾腐肉得完節	60	44				
61	獨守空齋擢上第	61		3	26		獨宿空齋于
62	妄入內苑陞顯官	62		4			
63	婦說古談			7	19	33	
64	姑責鮾身			8		34	
65	命奴推齒			9	20	35	
66	輕侮懷慙			10	11	48	
67	喜請裙聲			11	12	57	
68	請加四吹			12		61	
69	厠間諺語			13	10	66	
70	輪行時令			14		67	
71	去滓生男			15			미상
72	墮水赴衙			17		44	
73	呧作鶴鳴			19		38	
74	忘祥愧從			20		41	
75	面取油蜜				7	70	
76	換馬被汚				8		미상
77	奔喪卜妾				9		미상
78	添字誤下				21	43	
79	權적이야기			21			기문3-50
80	浮談天子				51		미상
81	妄發匠人				52		미상
82	淫婦奸巧				53		미상
83	蠢夫癡駃				54		미상

나) 『잡기고담(雜記古談)』(일명 『파적록』 또는 『난실만필』)에 대한 연구는 진재교·정하영 선생[16] 등에 의해 이루어진 바 있다. 진재교 선생은 그 편자와 편찬연대를 밝혀 이 자료가 『천예록』을 엮은 임방의 손자인 임매

(任邁, 1711~1779)에 의하여 이루어진 자료임을 밝혀냈다는 점에서 야담집이 특정한 가문을 중심으로 하여 향유, 창작, 전승되어 왔음을 증거해내는 성과[17]를 거두게 되었다. 한편 정하영 선생은 『잡기고담』가운데 「도재상(盜宰相) 이야기」를 대상으로 해당 작품의 성격과 의미를 밝혀낸 바 있다.

그러나 이들 연구자들 가운데 아무도 『잡기고담』의 이본에 대해 일정한 관심을 쏟은 이는 없었던 것으로 보여진다. 물론 이러한 경향은 이 자료집의 경우에만 한정되는 것은 아니라는 점에서 이점만으로 이들 연구자들을 일방적으로 매도할 수는 없다. 그렇다고 하더라도 야담 자료집의 이본들에 대하여는 우리 연구자들이 그간 무심히 대해온 점이 사실이라는 점에서, 이제라도 야담 자료집들의 이본에 대한 관심을 새삼스럽게 제기할 필요가 있다고 하겠다. 이것은 고소설이 학적 연구 대상이 된 지오랜 세월이 흘렀음에도 실상에 근접하는 고소설 목록이 아직껏 완벽하게 이루어지지 않고 있는 상황[18]을 유념할 때, 야담문학 연구에서도 이 문제는 더욱 중요한 사항이 되리라 본다.

최근 들어 공간된 유만주(兪晚柱, 1755~1788)의 『흠영(欽英)』은 조선 후기를 살다간 한 지식인의 다양한 독서력(讀書歷)과 사유체계를 보여준다는 점에서 매우 흥미를 끄는 자료라고 하겠는데, 이 자료 가운데의 다음과 같은 언명은 오늘날 우리가 이 자료에 대해 미쳐 알고 있지 못한 정보[곧

---

16 진재교, 「『雜記古談』著作年代와 作者에 대하여」, 『서지학보』 12, 서지학회, 1994.
　　진재교, 「『잡기고담』연구」, 『한국의 경학과 한문학』, 태학사, 1996.
　　정하영, 「의적설화〈盜宰相〉考」, 한국고전문학회 1998년 하계학술발표대회(세명대학교, 1998.8.6.~7)
17 이러한 선상에서 최근에 배출된 성과로 우리는 김영진 선생의 「조선후기 사대부의 야담 창작과 향유의 일 양상」(『어문논집』 37, 안암어문학회, 1998)을 기억할 필요가 있다.
18 최근 들어 간행된 조희웅 선생의 『고전소설이본목록』(집문당, 1999)은 이런 한계를 넘어설 단초를 보여준 업적으로 기억되어야 마땅할 것으로 여겨진다.

『잡기고담』 이본의 존재에 대한]를 제공해준다는 점에서 매우 중시해야 할 부분으로 생각된다. 해당 원문을 적기(摘記)하면 다음과 같다.

"燭閱『葆和雜記』義妓 嘲謔 二奇記. 分十三目曰 醫巫, 曰 奇奴, 曰 女俠, 丁時翰遇嶺南二女事也. 曰 盜宰相, 曰 宦妻, 公州村店翁媚事也. 曰 天緣, 李女耦鄭事也. 曰 劍技, 被虜公子事也. 曰 盜隱, 曰 神劍, 曰 推數, 虛菴太史事也. 曰 發奸, 曰 義妓, 駕後親軍張姓事也. 曰 嘲謔, 李禾亶事也."[19]

이를 통하여 볼 때, 유만주가 생존하던 당시만 하더라도 『보화잡기(葆和雜記)』라는 제명의 야담 자료집이 존재했던 것을 알 수 있는데, 이 자료집은 유만주 자신의 설명으로 미루어 볼 때, 현존하는 『잡기고담』의 상권에 해당하는 것과 완전히 부합하는 면모를 지니고 있다. 총 24항목으로 이루어진 『잡기고담』에 비하여, 『보화잡기』는 그 상권에 해당하는 13 항목만으로 이루어져 있는 자료라는 점, 곧 하권에 해당하는 11 항목, 곧 '보은작(報恩鵲)'·'청원(淸冤)'·'간부(姦富)'·'면화(免禍)'·'침농(寢儂)'·'망인(忘人)'·'수기(數奇)'·'천보(天報)'·'곤경(困境)'·'교무(驕武)'·'담명(談命)' 등이 결락된 면모를 지니고 있다. 이것이 바로 『보화잡기』의 원 면모였는지? 아니면 우리가 오늘날 볼 수 있는 『잡기고담』과 같이 2권 1책이 아니라, 『보화잡기』의 경우 애초 2권 2책으로 이루어진 자료집이었는데, 유만주가 읽던 당시에는 그 하권에 해당하는 권수가 망실된 것인지 등에 대한 의문이 잇달아 제기된다고 하겠다. 어찌 되었든 우리는 위의 기록을 통하여 『잡기고담』이라는 야담집이 유일본이 아니었음을 아는 수확과 아울러 향후 『보화잡기』의 현전(現傳) 여부를 계속해서 탐색해야 하는 과제를 안

---

19 서울대 규장각 소장, 『흠영』 6, 병오(1786)년 7월 30일조(서울대 규장각, 1997, 277쪽).

게 되었다.

이와 같이 현전 야담집들 가운데는 그 제명만에 의거, 유일본인 것처럼 치부되어온 자료집들이 상당수 존재하고 있는데, 이러한 점에서 『흠영』의 기록은 우리들 연구자들에게 시사하는 바가 적지 않다고 하겠다.

다) 『기리총화(綺里叢話)』라는 자료집의 존재를 여기서 주목할 필요가 있다. 이 자료는 비교적 일찍 그 존재가 알려졌음[20]에도 이에 대한 구체적인 논의[21]가 전혀 마련되지 않았을 뿐만 아니라, 그 지닌 바 몇 특성 등을 고려할 때 야담문학 연구에서 결코 간과해서는 아니 될, 매우 주목해야 할 자료로 생각된다. 나아가 『청구이문(靑邱異聞)』 · 『총화(叢話)』 · 『청구야담(靑邱野談)』 · 『청구고담(靑丘古談)』 등의 자료집들에 상대적인 차이는 있지만 많은 영향을 끼쳤던 자료라는 점에서도 적극적인 검토가 필요한 자료임이 확인되었다. 간략하게나마 이 자료집의 몇 특성을 제시하면 다음과 같다.

영남대본 『기리총화(綺里叢話)』는 그것이 바로 원 『기리총화』에 해당될 가능성은 없어 보인다. 그 이유로는 연대본 『총화(叢話)』의 경우, 그 발췌본적 성격(84화 중 20화 탈락)이 짙음에도 영남대본 『기리총화』에서 찾아지지 않는 다음 6화[〈자하시격(紫霞詩格)〉(21화) · 〈낙지반론(樂地反論)〉(25화) · 〈김생전(金生傳)〉(54화) · 〈조대린벽(措大吝癖)〉(68화) · 〈발해암호(發咳暗號)〉(69화) · 〈풍경매몰(風景埋沒)〉(70화)]를 지니고 있다는 사실(특히 이들 가운데 후 5화의 경우, 연민본 『기리총화』地권에도 아울러 나타나고 있다는 점은 이에 대한 좋은

---

20 영남대 중앙도서관, 『장서목록: 한적목록』, 1973.

21 최근에 들어와 임형택 선생이 「『기리총화』 소재 한문단편」이라는 해제 차원의 글과 아울러 자료집 중에서 흥미 있는 몇 편만을 추려 그 원문과 함께 번역을 제시한 바 있다. 『민족문학사연구』 11(민족문학사연구회, 1998.)

방증이 된다.)과 아울러 19화인 〈전가옹(田家翁)〉의 후반부는, 이들 이본들 중 오직 연대본 『총화』에서만 나타나고 있다는 사실 등을 들 수 있다. 그렇다면 『기리총화』의 편찬자는 과연 누구인가? 이에 대한 단서는, 몇 내적 증거를 통하여 편자의 부친은 금구(金溝)와 삼산군(三山郡)을 맡아보던 인물이었으며, 아울러 그 장인이 함라현감(咸羅縣監)으로 있었다는 데서 드러난다. [* 한편 『綺里叢話』의 원 소장자였던 東濱 金庠基박사는 책의 내지에 "本書似係綺園兪漢芝先生所撰 而特於純祖時事頗多 珍聞奇談足資太史氏之紬繹耳"(밑줄: 필자 표시)라고 적고 있는 바와 같이, 그 명확한 근거를 제시하지 않은 채, 유한지(1760~?: 서예가, 자는 德輝, 호는 綺園)의 저술로 기술하고 있다. 이 주장의 사실 여부는 현재로서는 정확히 밝혀내기 어렵다.]

한편 『청구이문』이 『기리총화』를 거의 그대로 전재하는 가운데서도, 유달리 독자적으로 지니고 있는 문면을 주목하여 『청구이문』의 편자가 누구인가 또한 알 수 있을 듯하다. 그 편자는 안동 김씨 구파에 속하는 김상용(金尙容)을 중시조로 하고 있는 가계에 속하는 인물로서 난곡 참판공(곧 金時傑, 1653~1701)의 후손 가운데 하나로 생각된다.(그렇기는 하지만, 앞에서도 밝힌 바 있듯이, 그의 편자로서의 저술 태도는 집록적인 성향을 띤 인물에 불과했던 것으로 보여진다.) 또한 연민본 『기리총화』 권지지(卷之地)는 영본(零本)으로 전하기는 하지만, 그 지닌 면모로 해서 우리의 관심을 끌기에 족하다. 이 이본의 존재를 통하여 우리는 영남대본 『기리총화』가 『기리총화』 완본이 아님을 분명히 알 수 있게 된다. 영남대본은 그 구체적 징표는 갖고 있지 않지만, 연민본으로부터 역으로 계상하여 본다면, 연민본의 권지천(卷之天)과 권지인(卷之人)에 해당하는 부분의 결집으로 보여진다. 또 나아가 소재 이야기 36화 가운데 14화나 『청구야담』에 그 영향을 끼치고 있다는 사실이 드러남으로 해서, 『청구야담』에 영향을 준 전대문헌이 구체적으로 하나 더 확인되었다는 점에서도 매우 중시해야 할 자료라 하겠다. 여러 구체적 몇몇 정황으로 보아서 『기리총화』의 편찬연대는 몇 가지 내적 증거로 보아 1817년~1830년 사이에 출현한 야담집으로 보여진 다.[22] 이들 자료집들에 대한 본격적인 연구는 현재 진행중인 별고로 미루 어둘까 한다.

　라) 『계서야담』과 『계서잡록』, 『기문총화』의 관계 양상은 야담문학의 사적 전개양상을 논의하는 과정 가운데 가장 주목해야 할 자료군이라고 하겠는데, 그 이유로는 다음 몇 가지를 들 수 있을 듯하다. 첫째, 『기문 총화』계에 드는 자료군이 다른 자료집들의 이본군에 비하여 양적으로 가장 많은 수를 차지하고 있다[23]는 점. 둘째, 『기문총화』계에 드는 자료 군은 『동패락송』계의 자료집들과 더불어 후세에 가장 많은 영향을 끼치 고 있는 자료라는 점, 셋째, 이들 세 자료집의 선후 관계에 대한 정확한 해명은 우리 야담문학의 흐름을 일목요연하게 밝힐 수 있는 과제라는 점 등이 그것이다. 이에 대한 자세한 논의는 앞에서 이미 언급한 김준형의 논문과 필자의 몇몇 논문[24]으로 미루어두고, 여기서는 그 선후 관계를 파악할 수 있는 몇 기준만을 간략히 제시하는 것으로 그칠까 한다. 필자 는 「야담의 간행과 전승양상」에서 『계서잡록』과 『기문총화』의 선후 관 계를 첫째, 서사주인공에 대한 기술방식상의 차이. 둘째, 표현방식상의 차이. 셋째, 특정한 단어 또는 문장이 탈락되고 있다는 차이를 통해 규명

22 　『기리총화』 이본군에 대한 본격적인 작업은 필자가 현재 진행 중인 바, 이에 대한 자세한 논의는 별고로 미루어둔다.

23 　김준형의 앞서 든 주 11)의 논문은 매우 광범위한 자료 섭렵 위에서 마련되었음에도, 학습원대본(2권 2책)과 국립중앙도서관본 잡동산(2권 2책) 등의 존재는 미처 취급하 지 못하고 있다. 이런 점에서 본다면 아직까지도 소개, 발굴되지 아니한 이본들이 상 당수 있을 것이라는 점을 어렵지 않게 짐작할 수 있다.

24 　앞서 든 주 5)와 11) 참조.

한 바 있다.(그 구체적인 예문은 위의 논문으로 미룬다.) 이를 통하여 볼 때,
『기문총화』가 『계서잡록』보다 선행하여 나왔을 가능성은 결코 없음이
확인된다. 필자는 다시 「야담연구를 위한 한 제언」에서도 다시 『계서야
담』이 『기문총화』에 비하여 시대적으로 뒤에 출현했다는 근거를 네 가
지 사항을 들어 증명해 보인 바 있다.(이에 대한 자세한 내용은 해당 논문으로
미룬다.) 이런 여러 사항들을 묶어 생각할 때, 『계서야담』과 『기문총화』
의 관계는 『기문총화』에서 『계서야담』으로 유전되었다는 사실은 인정될
수 있지만, 그 역은 위에서 지적한 몇 사실만에 의거하더라도 절대로 불
가능한 것임이 명확히 드러났다고 하겠다. 이제까지의 논의를 통해 우리
는 이들 야담집들이 『계서잡록』→『기문총화』→『계서야담』의 순으로
나타난 것임을 확인할 수 있었다.[25]

　지금까지의 검토 결과, 『계서야담』은 철저할 정도로 『계서잡록』과 『기
문총화』의 범위에서 결코 자유롭게 벗어나지 아니한 자료집임이 확인되
었다. 이런 『계서야담』을 두고 한때 '조선 후기의 삼대 야담집'이라고까지
하는 과도한 평가가 주어졌다는 점은 이 야담집의 야담문학에서의 위상과
상당히 괴리된, 잘못된 주장이 아닐 수 없다고 하겠다.

　마) 한편 『해동야서(海東野書)』는 일찍이 조희웅 선생이 『조선후기 문
헌설화의 연구』에서 간략히 지적한 이래로 어느 누구도 이 자료가 지닌

25　김준형 또한 앞서 든 주 11)의 논문에서 '『계서야담』은 주로 『기문총화』의 영향 하에
　　있으면서 『계서잡록』의 이야기를 첨부하고 있다.'는 주장을 펴는 가운데 『계서야담』의
　　편찬 시기는 이본이 4종(최근 들어 필자는 경도대 하합문고에도 3책본 『계서야담』이
　　있는 것을 확인할 수 있었는 바, 이로써 『계서야담』은 총 5종의 이본이 있는 셈이 된다.)
　　밖에 없다는 점과 아울러 김태준이 유독 『계서야담』에 대해서만 '근세의' 것임을 말하고
　　있다는 점 등을 근거로 삼아 1880년 이후에 편찬되었을 것으로 추정하면서 필자의 이러
　　한 견해에 동조하고 있는 것으로 보인다.

실상에 대해 주목을 기울인 이는 없던 것으로 보인다. 먼저 조희웅 선생
의 견해를 제시하면 다음과 같다.

> "한편 『청구야담』의 발췌본으로 보이는 설화집에 『해동야서』(장서각 소
> 장, 不分卷 1책)라는 것이 있다. 이 책에 수록된 자료는 총 48편으로 그
> 내용은 물론 제목까지 『청구야담』과 완전 동일하다."[26](밑줄: 필자 표시)

『해동야서』가 그의 주장과 같이 『청구야담』의 발췌본에 불과한 자료
집일까? 과연 그럴까? 검토 결과, 그의 주장은 결코 사실이 아닌 것으로
드러났다. 곧 38화인 〈성가업박노진충(成家業朴奴盡忠)〉을 통하여 그 점
이 확인되는 바, 이 이야기의 경우만은 그의 지적과는 달리 우리가 알고
있는 『청구야담』의 여러 이본들의 문면과는 분명 다른 것으로 확인되었
다. 이 이야기의 경우, 우리가 알고 있는 『청구야담』의 여러 이본들이
그 원천이 아닌 것은 분명하다는 점에서 그의 주장은 실상을 도외시한
것이라 하여도 잘못된 것은 아닐 것이다. 구체적인 해당 문면은 줄인다.

바) 『청야담수(靑野談藪)』에 대한 우리 학계의 관심은, 서대석 선생에
의한 간략한 해제[27]와 아울러 필자의 최근 성과[28]가 이 자료집에 대한 관
심의 전부라는 점에서, 아직은 채 영글지 못한 것으로 보여진다. 서대석
선생의 간략한 해제를 먼저 제시하고, 그 오류를 지적하여 보자.

---

26 조희웅, 『조선후기 문헌설화의 연구』, 형설출판사, 1982, 32쪽.
27 서대석 편, 『朝鮮朝 文獻說話 輯要』 2, 집문당, 1992, 581~589쪽.
28 앞서 든 주 5)의 네 번째 논문, 정명기, 「『청야담수』의 원천과 변이양상 연구」, 『조선
    학보』 170호, 조선학회, 1999.

"『청야담수』에는 가)총 201화의 이야기가 실려 있는데, 여타의 자료집에는 들어 있지 않은 독창적인 자료의 수효는 그리 많지 않으며, 전대의 여러 야담집들에 실려 있던 이야기들을 두루 뽑아서 재기술한 것으로 나타난다. 『청야담수』가 모본으로 삼은 야담집들로는 『東野彙輯』·『東稗洛誦』·『溪西野譚』 등을 대표적인 것으로 꼽을 수 있다. 책 머리의 30여 화는 『동야휘집』에서 뽑은 것이며, 나) 40화부터 76화까지의 부분은 『동패락송』과 거의 그대로 일치한다. 다) 책의 『후반부』에는 『계서야담』 혹은 『記聞叢話』와 겹치는 자료들이 많이 실려 있는데, 『계서야담』의 편자인 李羲平의 이야기를 재수록한 것이 있는 것으로 보아 『계서야담』을 모본으로 한 것으로 판단된다. 라) 책의 중간 부분에 독창적인 이야기들이 간혹 실려 있는데, 다른 책에서 전재한 것인지, 아니면 편자가 저술한 것인지는 확실치 않다."[29] (가·나·다·라는 필자 표시)

위의 주장을 축조적(逐條的)으로 살펴 그 오류를 밝혀볼까 한다.

먼저 가)를 검토하여 보자. 그러나 검토 결과 동 소재 자료 가운데 41화(권2)와 163화(권5), 그리고 25화(권1)와 112화(권4)는 같은 이야기이거나 하나의 이야기 가운데 삽화의 분리에 의해 나타난 동종의 이야기라는 점에서 결국 같은 이야기라고 할 수 있다. 이런 점에서 보면 『청야담수』 소재 이야기의 실제적 편수는 이제껏 알려졌던 것과는 달리 201화가 아니라 199화라고 해야 맞다.

이어 나)를 검토해보자. 이 주장은 우선 『동패』[30]와 『동패락송』이 다른 종류의 야담집이라는 점을 간과하고 있다는 점에서 그 오류를 지적받

---

29 서대석 편, 앞의 책. 581쪽.
30 이 자료는 현재 연세대 도서관 소장본과 필자 소장본이 보고되어 있다. 한편 연세대 도서관 소장의 『파수록』과 김기윤 소장의 『화헌파수록』(권1)·동양문고본 『화헌파수록』(권1·2)은 『동패』와 이본 관계에 놓이는 자료로 여겨지지만, 현재로서는 어느 자료가 선행하여 나타난 자료인지 분명히 알 수 없다.

아 마땅하다. 물론『동패락송』의 이본 가운데는 천리대본『동패락송』[31]
과 같이 원『동패락송』의 일반적 면모[32]와 상당히 이질적인 자료들 또한
일찍이 보고된 바 있으나, 여러 가지 근거를 통해 미루어볼 때, 이는 원
『동패락송』에 비해 상당히 후대에 출현한 후대본임이 분명하다.[33] 나아
가 40화에서 76화까지의 부분이 그에 해당되는 것이 아니라, 47화에서
73화까지의 자료들은『동패』를 원천으로 하고 있고, 74화는『파수록』
또는 천리대본『동패락송』112화를 원천으로 하고 있음이 드러났다는
점, 사실 원『동패락송』소재 야담은『청야담수』의 105화~109화에 수록
된 5화에 불과하다는 점에서 이 주장은 분명한 오류라 하겠다.

한편 다)의 문면에서도 마찬가지로 오류를 지적할 수 있는데, 이것은
단적으로 75화~104화까지와 128·9화의 32화는『기문총화』의 4권 소재
이야기들인 바, 이 이야기들의 경우 16종에 달하는『계서잡록』이본군과
3종에 달하는『계서야담』이본군에서는 전혀 나타나지 않는 자료라는
점을 통해서도 바로 확인된다. 보다 이에 대한 자세한 논의는 필자의「『청
야담수』의 원천과 변이양상 연구」로 미루어둔다.

라)의 문면을 이어 살펴보기로 하자. '책의 중간 부분에 독창적인 이야
기들이 간혹 실려 있'다고 밝히고 있는데, 이 주장 또한 실상과는 차이가

31　이 자료집은 김동욱 선생에 의하여 한 차례 번역된 바 있어 참조가 된다.『국역 동패락
　　송』(아세아문화사, 1996)이 그것인데, 그러나 이 번역본은 원『동패락송』의 면모로부터
　　상당히 벗어난 자료집에 불과하다는 점에서『동패락송』의 放射 자료로서의 한 궤적을
　　드러내는 자료집이라는 한정된 의미만을 부여받을 수 있다고 본다.

32　이에 대해서는 정명기의「『東稗洛誦』연구 - 異本의 관계양상을 중심으로」(『원광한문
　　학』4, 원광한문학회, 1991)와 임형택의「동패락송 연구」(『한국한문학연구』23, 한국한
　　문학회, 1999)를 참조하라.

33　필자의 바로 앞에서 든 논문 31~37쪽에서 해당 자료가 1879년 이후 출현했을 것으로
　　추단한 바 있다. 이 논문은 필자의『한국야담문학연구』(보고사, 1996), 311~337쪽에
　　재수록되어 있다.

있는 것으로 보여진다. 정확하지는 않지만, 이 언급은 여타 이야기들의
경우 그 원천 자료가 쉽게 확인되는데 비하여, 117화~124화까지의 이야
기들은 상대적으로 그렇지 않다는 점에서 이 8화를 지칭하고 있는 것이
분명한 듯하다. 그러나 이들 자료들은 그들의 주장과는 달리 독창적인
이야기들이 결코 아니다. 이들 이야기들은 18세기 후반의 구수훈(具樹勳)
에 의해 엮어진 『이순록(二旬錄)』[34]과 편자 미상인 『파수(破睡)』[35]에 겹쳐
수록되어 있는 자료(4화가 해당)에 불과하다는 점이 드러났다. 이런 점에서
본다면 『청야담수』에 대한 연구는 이제 새롭게 시작되어야 마땅하다고
본다.

　한편 사소한 것이지만, 『청야담수』의 편찬 연대에 대한 오류 또한 이
자리에서 지적되어야 마땅할 듯싶다. 서대석 선생은 위의 해제에서 『청야
담수』의 편찬 연대를 '현토본이라는 형태가 구한말 이래 두드러진 기술방
식이라는 점을 고려하면 아마도 『청야담수』의 편찬 연대는 19세기 말 내
지 20세기 초로 추정될 수 있을 듯하다.'고 한 바 있다. 그러나 그 편찬
연대는 다음과 같은 문면에 의거할 때 그 상한선을 바로 잡아볼 수 있다.
곧 160화인 〈數千金으로 使免官遣ㅎ야 以圖寢郞一窠於其父〉의 원 출
전은 연대본 『기문총화』 권지이의 260화인데, 그 가운데 다음 문면을
주목해보자. "方與外國人(倭虜?)相通ㅎ야 誘而入寇於朝鮮ㅎ고 年〃自
海上으로 運送米穀ㅎ니 此一事은 可謂大罪라. …(중략)… 其爲締結外
國(倭虜?)而運送米穀者는 莫非搆捏造語라." 곧 괄호 안의 표기가 원 『기

34　이 자료의 이본으로는 『패림』 소재본만이 있는 것으로 알려져 왔으나, 최근 들어 일
　　본 동경대학교에도 그 이본이 있는 것으로 확인되었다.

35　이 자료는 이가원 교수 소장, 1권 1책의 한문 필사본으로, 미공개의 상태로 놓여있다가
　　최근 필자에 의해 그 전모가 드러났다. 이 자료에 대한 간략한 해제와 아울러 그 원문이
　　『연민학지』 5(연민학회, 1997), 535~570쪽에 걸쳐 소개된 바 있다.

문총화』에 실린 문면인데, 『청야담수』에서는 그것이 '外國人' 또는 '外國'
이라는 표현으로 변개되어 나타난다. 이를 통하여 우리는 『청야담수』의
편찬 연대가 19세기 말로는 결코 소급될 수 없다는 사실을 알게 되었다.
그렇다면 『청야담수』의 편찬 시기의 상한선은 '일제의 탄압이 실효를 거
두던 1905년 이후에는 일제에 대한 노골적인 비난이 불용(不容)된 시기였
다'는 점과 아울러 '출판물에 대한 사전 검열과 사후 검열이라는 이중의
구속장치'로서의 성격을 띠고 일제에 의해 마련된 '신문지법(新聞紙法)'
또는 '출판법(出版法)'이 시행되기 시작한 시기가 1907년 7월·1909년 2월
이라는 점36 등을 고려할 때, 1905년 이전으로 소급될 가능성은 없어 보인
다. 이런 점에서 본다면 『청야담수』는 '19세기 말 내지 20세기 초'에 이루
어진 것이 아니라, '20세기 초엽 경'에 이루어진 야담집으로 봐야 한다고
여겨진다. 이렇게 본다면 이 자료와 구활자본 야담집 사이의 관계는 어떠
한지를 규명하는 작업도 흥미로울 듯하다. 이에 대한 자세한 고찰은 뒷날
의 과제로 남겨둔다.

검토 결과 『청야담수』는 다음의 최소 8종에 달하는 원천자료의 영향
아래 나타난 자료집인 것으로 드러났다. 그것은 곧 『동야휘집』(36화)·『동
패』(29화→27화37)·『동패락송』(5화)·『파수록』(2화→1화)·『학산한언』(4화)·
『이순록』(8화)·『계서잡록』('계잡'에만 출현하는 자료 2화, '계잡'과 '계야'에만 나
타나는 자료 10화로 총 12화)·『기문총화』(108화) － 권1(21화→20화. '기문'에만 나
타나는 자료 1화(111화), '기문'과 '계야'에 공통으로 출현하는 자료(19화. 총 20화)·

---

36 이주영, 『구활자본 고전소설 연구』, 도서출판 월인, 1998, 41쪽 참조.
37 '→'는 앞 자료가 『청야담수』에 그대로 수용되지 아니하고 합성·분리되어 새로운 이야
기로 나타나는 경우를 가리킨다. 구체적으로 그것을 밝히면 『동패』의 3·4화가 「청야담
수』의 49화로, 『동패』의 22화·23화가 『청야담수』의 61화로 합성되는 한편으로, 『동패』
의 37화가 『청야담수』의 72화·73화로 분리되는 것을 말한다. 이하 '→'는 다 같다.

권2(36화→35화: '기문'과 '계야'에 공통으로 출현)·권3(21화: '기문'과 '계야'에 공통으로 출현)·권4(32화: '기문'에만 출현) - 등으로 나누어진다.

사) 한편 마지막으로 구활자본의 형태로 간행된 여러 야담집들의 존재[38]를 통하여 이들 야담집들이 지니고 있는 몇몇 특징적 면모와 아울러 그것이 구활자본으로 양식을 달리하여 간행된 이유라든가, 또한 이들 구활자본 야담집에 나타난 변이양상 등에 대한 진지한 관심[39] 또한 아직은 촉발된 바 없다. 이에 대한 구체적인 연구 성과가 한시바삐 이루어져야 한다는 점만을 지적해두고 논의를 마칠까 한다.

앞에서 몇 종의 자료집을 두고 전개되었던 기왕의 주장에서 드러나는 오류에 대한 필자의 지적은 그간 선학들이 애써 쌓아놓았던 야담 연구의 소중한 성과들을 일언지하(一言之下)에 부정하자는 주장이 결코 아니다. 그것은 단지 이러한 오류를 낳을 수밖에 없었던 선학들의 고충을 이해하는 가운데 이제까지와는 달리, 한 단계 진전한 보다 높은 수준의 야담문학 연구를 이루어내기 위해서라도 우리 야담문학 연구자들이 그 기본이 되는 야담 자료집의 실상을 있는 그대로 주목해야 하지 않을까 하는, 지극히 당위적이기까지 한 사실을 다시 한 번 환기시키는 데 불과한 성격을 지닌다고 하겠다.

---

38 이에 대한 자세한 논의는 이윤석 정명기 공저, 「구활자본 야담집에 나타난 변이양상 연구」, 보고사, 1990로 미루어두고, 여기서는 다만 그 제명만을 제시하여 편의에 이바지할까 한다. 『奇人奇事錄』·『大東奇聞』·『東廂記纂』·『拍案驚奇』·『조선야담집』·『청구기담』·『靑野彙編』권상·『오백년기담』·『실사총담』 등이 그것이다.

39 이에 대한 관심은 임형택의 「야담 전통의 근대적 변모」(한국한문학 전국발표대회 발표 요지, 1995.4)와 그 개고 논문인 「야담의 근대적 변모-일제하에서 야담전통의 계승 양상」(『한국한문학연구 학회창립 20주년 기념 특집호』, 한국한문학회, 1996)에서 촉발된 바 있으나, 이들 자료의 구체적인 성격에 대한 논의는 필자가 과문한 탓인지는 모르겠지만 아직껏 본격적으로 이루어진 바 없는 것으로 보여진다.

3. 야담집 주해·번역의 문제점

뜻있는 몇몇 야담 연구자들에 의하여 몇 종의 야담집이 주해·번역의
형태로 나타난 바[40] 있는데, 이러한 현상은 연구실 안에만 갇혀 있던 '화
석화한 고전문학 유산'을 연구실 밖으로 끌어내었다는 점에서 그 가치를

---

40 현재까지 이루어진 야담집의 번역 상황을 제시하면 다음과 같다.

  권영대 외 역, 『조선왕조 오백년의 선비정신』(=『대동기문』 1), 화산문화, 1995.

  권영대 외 역, 『조선왕조 오백년의 선비정신』(=『대동기문』 2), 화산문화, 1996.

  김동욱 1, 『단편소설선』, 교문사, 1976.

  김동욱 1·정명기 교주, 『靑邱野談』上·下, 교문사, 1996.

  김동욱 2, 『天倪錄』, 명문당, 1995.

  김동욱 2, 『국역 東稗洛誦』, 아세아문화사, 1996.

  김동욱 2, 『국역 記聞叢話』 1-5, 아세아문화사, 1996~1999.

  김동주, 『설화문학총서』 1-5, 전통문화연구회, 1997.[『밝은 달아 수놓은 베개를 엿
보지 말아다오』(1권), 『밤바람아 무슨 일로 비단 휘장을 걷느냐』(2권), 『매화는 피리소
리에 취하여 향기롭구나』(3권), 『사립문 앞에서 친구를 맞아오네』(4권), 『남아가 한번
눈물을 훔친 뜻은』(5권)]

  김세민 편역, 『파수편』(조선고전문학선집 79), 평양문예출판사, 1990(태학사, 1994,
影印 再刊).

  김영일 역, 『韓國奇人列傳』, 을유문화사, 1969.

  김종권 교주·송정민외 역, 『錦溪筆談』, 명문당, 1985.

  이민수, 『溪西野談·於于野談』, 명문당, 1992.

  이민수, 『於于野談』, 정음사, 1987.

  이병기, 『於于野譚』, 국제문화관, 1949.

  이상진 역, 『里鄕見聞錄』 상·하, 자유문고, 1996.

  이석호 역, 『한국기인전·청학집』, 명문당, 1990. [*『한국기인전』=『華軒罷睡錄』]

  이신성·정명기 역, 『버들잎에 띄운 사랑』, 보고사, 1994.

  이신성·정명기 역, 『양은천미』, 보고사, 2000.

  이우성·임형택 역, 『李朝漢文短篇集』 上·中·下, 일조각, 1973, 1978.

  이월영 외 역, 『靑邱野談』, 한국문화사, 1995.

  이월영 외 역, 『어우야담』, 한국문화사, 1996.

  주병도 외 역, 『조선야담집』 1, 사회과학출판사, 1995(한국문화사, 1996).

  최웅 외, 『주해 청구야담』 상·중·하, 국학자료원, 1996.

  홍기문 외 편, 『패설작품선집』(한국고전문학선집 10·11권), 국립문학예술서적출판사,
1959.

충분히 인정할 필요가 있다고 하겠다. 그러나 이들 주해·번역본들은 이러한 가치 부여 못지않게 몇 가지 점에서 조금 더 보완할 필요가 있을 것으로 여겨진다. 몇 가지로 나누어 그 문제점과 개선책을 간략히 제시해 둘까 한다.

첫째, 한 자료집에 속하는 많은 이본들이 존재하고 있는 것 또한 부정할 수 없는 현실이므로, 가능한 한 많은 자료들의 수합, 검토를 통한 해당 자료집의 교감 작업을 마무리 지은 뒤, 재구되는 정본(定本)을 밑바탕으로 한 주해·번역 작업이 이루어져야 한다고 본다.

일례로『계서잡록』의 경우를 들어 설명해 보자. 16종의 이본이 전하는 것으로 보고되어 있는데, 이들『계서잡록』이본군은 이제껏의 언급에서 전혀 밝혀진 바 없었지만, 다음의 세 계열로 나누어 전승된 것으로 보여진다. 그 근거는 〈이사관(李思觀) 이야기〉와 〈부안기(扶安妓) 계생(桂生) 이야기〉의 자료집 내에서의 귀속 여부에 있다. 그것을 알기 쉽게 도표로 보이면 다음과 같다.

  1) 계열 = 원『溪西雜錄』
  성대본(권지일)·연대 1본(권지이: 국도 2본·연민본 卷之亨·연대 2본·일몽본)·연민본 卷之利(권지삼)·저초본(권지사: 일사본·가람 2본·유재영본·장서각본)
    2) 계열: 가람 1본·조동필본(*李思觀이야기)
    (전부 전재) (발췌 전재)
    : 1 계열의 나)·<u>다)</u>와 관련 ━━┛
    3) 계열 : 국도 1본·고대본(*扶安妓 桂生이야기)
    (발췌 전재) (발췌 전재·보유)
    : 1 계열의 나)·<u>다)</u>·라)와 관련

둘째, 이러한 작업이 불가능한 자료집(곧 유일본의 형태로 전하는 자료집을 말한다)의 경우, 해당 자료집이 우리 야담문학사에서 차지하는 위상 등에 대한 고려가 충분히 검토된 뒤에 그 주해·번역 작업이 이루어져야 한다.

일례로『쇄어』·『성수총화』·『선언편』등을 들어 설명하여 보자. 이들 세 자료 가운데 오직『선언편』을 제외하고서는 현재까지는 유일본으로 알려진 자료집들인데, 이들 세 자료집은 언뜻 보면『기문총화』계열에 속하는 것이라 생각하기 쉽다. 실려 전하는 대다수의 이야기들이『기문총화』의 것과 겹친다는 점에서 이점은 일면 타당한 것이라 할 수 있다. 그러나 이들 세 자료에 공통되게 나타나고 있는 〈조생과 도우탄(屠牛坦)의 딸 이야기〉[41]의 경우, 원『기문총화』에 수재된 이야기는 아니었던 것으로 보여진다. 이런 점에서 본다면 이들 세 자료집의 야담문학사에서의 위상은 어떠한지를 보다 정확히 궁구한 뒤, 나름의 작업을 할 필요가 있다고 본다.

셋째, 원문에 대한 정확한 이해 아래 주해·번역이 이루어져야 한다.

일례로『청구야담』을 들어 설명하여 보자.『청구야담』의 경우, 필자를 포함하여 최웅 선생 외·이월영 선생 외에 의한 주해·번역 작업이 이루어져, 일견 야담집들 가운데서 가장 활발히 그 번역 작업이 이루어진 야담집으로 생각하기 쉽다. 그러나 이루어진 성과는 우리들의 기대치에 훨씬 못 미치는 것임을 부인할 수는 없다고 본다. 이월영 선생 외의 작업은 그 대본으로 국립중앙도서관본을 택하였고(필요한 경우에는 다른 이본과 대비한다고 밝히고 있지만 그것이 얼마큼 제대로 구현되었는지는 여전히 의문이다.), 필

---

41 〈조생과 도우탄(屠牛坦)의 딸 이야기〉에 대한 연구 성과로는 이신성의 「〈金英郎이야기〉에 나타난 신분상승의 실현과 그 의미」(『어문학』 55, 한국어문학회, 1994)와 정명기의 「〈趙生 - 牛坦의 딸〉 이야기의 의미 연구」(『열상고전연구』 8, 열상고전연구회, 1995)를 참조.

자와 최웅 선생 외는 규장각본을 대상으로 택하였다는 점에서 차이를 드러낸다. 논의의 편의상 필자와 최웅 외의 것을 대비, 검토하여 보면 양자 사이에서 흥미로운 차이를 찾아볼 수 있다. 곧 전자의 경우, 규장각본의 면모를 보다 정확히 이해하기 위해서 한문본과의 교합 과정을 거치는 가운데, 그 주해 작업을 시도하고 있는 반면에, 후자의 경우, 그 대본으로 삼은 규장각본만을 충실히(?) 교주하고 있는 차이를 드러낸다. 이는 연구자의 자료집을 바라보는 시각 차이가 온전히 드러난 것이라고 하겠는데, 그러나 그보다도 더 중요한 것은 원문에 대한 정확한 이해(여기서 이해란 해당 자료에 대한 띄어쓰기, 또는 특정 단어에 대한 정확한 해독을 말한다.)가 결여된(이에 대한 구체적인 검토는 분량 관계로 생략한다.) 채로 주해·번역이 이루어져서는 그 작업으로부터 얻어낼 이득보다는 차라리 해독이 더 큰 것이 아닌가 하는 우려조차 금할 수 없는 바, 이런 점에서도 자료집에 대한 '꼼꼼한 자료 읽기'의 중요성을 아무리 강조해도 지나치지 않다고 본다.

4. 맺는말

앞에서 필자는 몇 가지 야담집으로 국한하여 야담 연구에서의 꼼꼼한 자료 읽기가 얼마나 절실히 요청되는가 하는 문제를 간략히 검토해 보았다. 이러한 문제 제기가 반향 없는 필자만의 일방적인 외침에 그쳐서는 야담문학 연구의 진정한 도약은 요원한 일이 아닐까? 하는 느낌을 지울 수 없다. 비록 품이 많이 드는 데 비하여 그 수확은 보잘 것 없다고 하더라도, 이제 우리들 야담 연구자들은 야담 자료집에 대한 궁극적인 관심이 결여된 채로 이루어낸 성과들이 우리 연구자들에게 가져다줄 신기루적인 매력에 함몰되지 말고 자료집에 대한 '꼼꼼한 자료 읽기'를 통하여 야담

연구의 수준을 한 단계 높여야겠다는 나름의 사명감을 지닐 필요가 있다고
하겠다. 이런 자각 위에서 마련될 성과가 결국 우리 야담문학 연구의 수준
을 한 단계 높이는 계기가 될 수도 있지 않을까 하는 희망 사항을 과연
필자만의 쓸데없는 바람이라고만 치부할 수 있을까? 치부해도 좋을까?

▶ 野談 資料 目錄

1. 見新話: 서울대 상백문고본(2권 2책) ⇒『기문총화』
2. 鷄山談藪(유일본)
3. 溪西野譚(5종): 천리대본(4권 4책)·규장각본(6권 6책)·연대본(5권 5책 가운데 1권
   缺)·간송미술관본(1책)·경도대 하합문고본(3책)
4. 溪西雜錄(16종): 성균관대본(권지일)·연민본(卷之亨·卷之利:현 단국대 도서관본)·
   저초본(권지사)·유재영본(단권)·일몽본(단권)·고대본(권지일·권지이·보유)·연대1
   본(권지이)·연대2본(33장본)·국도1본(권지2)·국도2본(2권 2책)·야록(조동필본)·일
   사본(권지사)·가람1본·가람2본·장서각본·중앙공무원교육원본
5. 鷄鴨漫錄(유일본)
6. 公私見聞錄(다종): 연대본(4권 4책)·서울대본(2권 2책)·권영철본 외 다수 ⇒『한
   거만록』(서울대본)
7. 錦溪筆談(17종): 국도1본·국도2본(일명: 좌해일사)·고대본·연민본·전남대본(1책)·
   정문연1본·정문연2본(하성문고본)·가람본·연대1본(2권 2책)·연대2본(1권: 완본)·
   유재영본·상백본·서울대본·공무원교육원본·이능우본·국회도서관본(2권 2책)·임
   형택본
8. 奇觀(유일본): 서울대본. 1화부터 27화까지의 출전은 현재 미확인. 28화부터 61화
   까지는『동패락송』을 전재.
9. 綺里叢話(4종): 연민본 卷之地·영남대 동빈문고본. ⇒『叢話』(연대본)·『靑邱異聞』
   (모처 소장본)·『靑邱古談』(숭실대본)
10. 記聞叢話(24종): 연대1본(권지일·권지이·권지삼·권지사)·연대2본(54장본)·국도
    1본(기문총화초)·국도2본(권지일·권지이)·장서각본(1권 1책)·영남대 동빈문고본
    (2권 2책 가운데 하권)·동양문고1본·동양문고2본·임형택본(1권 1책)·가람본(2권
    2책)·학습원대본(2권 2책)·정문연본(기화: 1권 1책)·연대3본(기문총기: 51장본)·
    국편위본(1권 1책)·⇒ 해동기화(국도본·고대본 권 상)·청구총화·동국쇄담(이상 천
    리대본)·청구기화(저초본)·남계야담(서울대본)·아동기문(가람본)·하담만록(천리

대본)·동국고사(서울대본: 3권 3책 가운데 권지일·권지이)·雜東散(국도본 2권 2책: 기문총화 '권지이'에 해당)·견신화(서울대 상백문고본 2권2책)

11. 記聞拾遺: 동경대 아가와문고본.

12. 奇人奇事錄(구활자본): 宋勿齋, 문창사, 1921.

13. 南溪野談(유일본): 서울대본. ⇒『기문총화』.

14. 大東奇聞(구활자본):

15. 東國故辭(유일본): 서울대본(3권 3책) ⇒ 1권·2권은『기문총화』계, 3권은『破睡錄』임.

16. 東國瑣談(유일본): 천리대본. ⇒『기문총화』.

17. 동국쇄언(유일본): 영남대본.(소장처에 문의 결과 미소장 상태로 파악.)

18. 東國稗史(유일본): 영남대본. ⇒『동패락송』계.

19. 東廂記纂(구활자본): 한남서림, 1918년(현토체, 김신부부전 및 전래 야담집 수록), 연민본·고대본.

20. 東野彙輯(15종): 대판중지도도서관본·연대1본(6권 3책)·연대2본(1권 1책)·서울대1본(16권 8책)·서울대2본(5책)·서울대3본(6권 3책)·성대본(8권 4책)·숙대본(1책)·국도1본(8권 8책)·국도2본(2책)·김상기본(1책)·정문연본(하성문고본: 8권 8책)·천리대본(8권 8책)·경북대 유인본(16권 8책)

21. 東稗(2종): 연대본·저초본

22. 東稗洛誦(13종): 연대본·이대본(권지이)·임형택본(권지이)·동양문고본·천리대본·국역본(나손본)·국도본·아단본 ⇒『청구야담』(소창진평본 권지일·권지오)·『기문총화』(가람본)·『청야담수』(가람본)·『동국패사』(영남대본)·기관(서울대본) 중 일부.

23. 亡洋錄: 이광정, 목판본.

24. 梅翁閑錄(多種): 천리대본(2권 2책) 외 다수.

25. 樸素村話(2종): 가람본(3책)·연대본(1책)

26. 拍案驚奇(구활자본): 박건회 저, 대창서원·보급서원, 1924. ⇒『조선야담집』(영창서관 편집부찬, 928)

27. 雪橋漫錄(유일본): 약 20화. 동양문고본(5권 5책)

28. 選諺篇(2종): 장서각본·규장각본. ⇒『쇄어』

29. 醒睡叢話(유일본): 연민본(2권 2책)

30. 瑣語(유일본): 연대본.

31. 消閑細說(유일본): 나손본.

32. 我東奇聞(유일본): 가람본. ⇒『기문총화』

33. 揚隱闡微(유일본): 나손본.

34. 於于野譚(33종): 동양문고본(2권 2책)·국도1본(야담 1책)·천리대1·2·3본(3책·2책·

1책·보유)·국도2본·대판중지도도서관본(동화: 1책)·연대1본(4책)·서울대 일사문고1본·2본·3본(3책·2책·1책)·가람본(1책)·낙선재본(2권 1책)·장서각본(2권 2책)·규장각본(1책)·이수봉본(2책)·국도 위창본(1책)·시화총림본·서울대 고도서본(1책)·영남대1본(2책)·영남대 동빈문고본(1책)·영남대 도남문고본·이능우본·간송1·2본·아사미본(1책)·동경대 아가와본(3책)·고대 3본(1책·1책·1책)·계명대본(1책)·기독교박물관본(3책)·경도대 가와이문고본(3책)

35. 二旬錄(2종): 패림본(상·하)·동경대 아가와문고본(건·곤).
36. 里鄕見聞錄
37. 逸士遺事(구활자본)
38. 雜記古談(일명: 난실만필, 파적록): 천리대본(2권 2책).⇒『보화잡기』.
39. 雜東散(유일본): 국도본(2권 2책). ⇒『기문총화』.
40. 朝鮮奇譚(구활자본): 동경외대본, 조선도서주식회사, 대정 11년.
41. 左溪裒談(다종): 장서각본·국도본(3권 3책) 외 다수.
42. 此山筆談(유일본): 서울대본(2권 2책).
43. 天倪錄(7종): 천리대본·김영복본·어우야담본(천리대본)·해동이적(버클리대 아사미본)·동패 소재 동패추록(연대·저초본)·임형택본(국문본)
44. 靑邱古談(유일본): 숭실대 기독교박물관본. ⇒『기리총화』계.
45. 청구기담(구활자본): 정문연본, 박건회저, 조선서관, 대정 원년. ⇒『박안경기』
46. 靑邱奇話(유일본): 저초본(권지사). ⇒『기문총화』.
47. 靑邱野談(15종): 버클리대본(10권 10책)·동양문고본(8권 8책)·동경대본(7권 7책)·서울대 고도서본(5권 5책)·국도본(6권 6책)·고대본(6권 6책)·영남대 도남1본·2본(6권 6책, 1책)·성균관대본(6권 6책)·일사본(1책)·가람1본·2본(3책, 1책)·김근수본(1책)·규장각본(19권 19책)·경도대 가와이문고본(8책) ⇒ 청구야설(국도본)·청야휘편(구활자본)·파수편(동양문고본: 2권 2책)·해동야서(장서각본)
48. 靑邱野說(유일본): 국도본. ⇒『청구야담』.
49. 靑邱異聞(유일본): 모처 소장본. 卷之四. ⇒『기리총화』.
50. 靑邱叢話(유일본): 천리대본. ⇒『기문총화』.
51. 靑野談藪(6권 6책): 가람본.
52. 靑野彙編 권 상(구활자본): 임형택본, 회동서관본, 1913. ⇒『청구야담』.
53. 別本 叢話(유일본): 연대본. ⇒『기리총화』.
54. 叢話: 천리대본. ⇒『기문총화』.
55. 破睡(유일본): 연민본.
56. 罷睡錄(多種): 연대본 외 다수.
57. 破睡錄(多種) ~ 罷睡錄(일명: 野談奇聞 ⇒ 천리대본의 경우): 서울대본(김연파수

록)·서울대 동국고사본·천리대본·고대본·고금소총본 등.

58. 破睡篇(2권 2책): 동양문고본 ⇒『청구야담』

59. 파수편(2권 2책): 버클리대본 아사미본. ⇒『동패락송』. 그 가운데 '고담(古談)'으로
    묶인 부분은 주의를 요함.

60. 荷潭漫錄: 천리대본. ⇒『기문총화』

61. 하담파적록(다종): 정문연본(구장서각본) 외 다수.

62. 鶴山閑言(2종): 장서각본·동경대 아가와문고본(학산한언초략).

63. 閑居漫錄: 천리대본.

64. 海東野書: 장서각본. ⇒『청구야담』

65. 華軒罷睡錄(2종): 김기윤본·동양문고본(2권 2책)

66. 오백년기담(구활자본): 최동주 찬, 개유문관본. 대정 2년(1913년).

67. 실사총담(구활자본): 최영년, 조선문예사, 대정 7년(1918).

지속과 반전, 사소함의 빛과 절망에 대한 연민

⊙

이강옥

　한문학과 고전소설 영역이 주변부로 밀쳐둔 필기와 야담에 대한 관심이 새롭게 일어나고 그에 대한 연구 성과도 꽤나 축적되었다. 필기와 패설 연구에 대한 전반적 검토도 몇 번이나 있었다.[1] 필기에 비해 상대적으로 더 일찍 시작된 야담 연구에 대한 검토가 더 많다.[2] 가장 최근에 제출된 것은 김준형의 『야담 연구사』다. 그는 2001년의 시점에서 그간의 연구 내용을 정리했으며 2001년까지의 야담 관련 연구의 목록을 제시했다.[3] 필자는 2015년까지 제출된 야담 관련 연구들을 전반적으로 살펴보

1　임완혁, 「조선전기 筆記의 전통과 稗說」, 『대동한문학』 24, 대동한문학회, 2006; 신상필, 「한국한자학(韓國漢字學)의 미학적(美學的) 접근(接近)(2); 필기 양식의 기록성과 그 미의식의 전개 양상」, 『동방한문학』 49, 동방한문학회, 2011.

2　이강옥, 「야담의 연구시각」, 『한국문학사의 쟁점』, 집문당, 1986; 박일용, 「야담계 한문단편소설 논의의 의미와 문제점」, 『현대비평과 이론』, 한신문화사, 1991 가을; 신해진, 「야담연구의 현황과 그 과제」, 『古小說 研究』 2(1), 한국고소설학회, 1996; 이강옥, 「일화 연구의 현황과 과제」, 『설화문학연구』(상), 단국대출판부, 1998; 김준형, 「야담연구사」, 『야담문학연구의 현단계』 3, 2001, 보고사.

3　『야담문학연구의 현단계』 3, 2001, 보고사에 수록되어 있다.

고 문제와 대안을 점검한 바 있다.[4] 필기와 야담에 대한 연구사적 검토는
이런 선행연구를 참고하기로 하고 여기서는 필기와 야담 연구의 시각과
태도에 대해 간략하게 정리한 뒤, 필기와 야담의 가치를 새롭게 조명할
수 있는 몇 가지 관점을 제시하려 한다.

1. 교술과 서사, 사실과 허구

필기 혹은 일화, 패설에는 교술적인 것과 서사적인 것이 공존한다. 야
담집은 전대 필기집이나 잡록집에 실려 있던 교술적 단편 상당수를 배제
했다. 야담의 교술 배제는 전통 속의 변혁이라 할 수 있다. 그 변혁의
원동력은 서사에 대한 적극적 관심과 허구적 상상력의 확대다. 필기에서
교술적 지향이 강했고 패설에서 교술을 인정하면서 서사적 지향을 드러
내었다면 야담에서는 허구화를 작동시켜 서사적 지향을 강화했다.

일화나 야담은 사실을 바탕으로 하지만 그것이 변형된 것도 적지 않
다. 사실과 직접적 관련이 없는 것처럼 보이는 '상상적' 이야기도 현실
삶과 동떨어진 것만은 아니다. 가령 현실 삶에 대한 절망감이나 무료함
에서 만들어낸 비현실적인 세계는 의식 면에서 사실에 긴박되어 있다고
할 수 있다. 또 '익숙하게 보아온 것은 일상적이라 여기고 드물게 접한
것은 괴이하다 여긴다.'[5] 논리를 참작해야 하겠다. 어떤 것이 허구적이고
비현실적으로 보이는 것은 그것 자체가 사실에 근거하지 않았기 때문인
가 아니면 우리가 그런 것에 익숙하지 않기 때문인가에 대하여 숙고해야
한다. 반대로 사실에 기반한 것처럼 보이는 것도 우리가 습관적으로 그

---

4 이강옥, 「야담 연구에 대한 반성과 모색」, 『한국문학연구』 49, 한국문학연구소, 2015.
5 特其習見者爲常 罕接者爲怪(『학산한언』, 『한국문헌설화전집』 8, 태학사, 306~307쪽).

렇게 생각하기 때문이지 실제로는 비현실적인 것일 수도 있다.

　허구와 사실의 관계는 작품이 서사 전통에 기인한 것인가 아니면 경험에 바탕을 둔 것인가의 차원에서도 검토해야 한다. 상상이나 구연 전통에 기댈 때 사실 차원을 넘어선 세계를 다채롭게 담는다. 반면 체험자가 진술한 경험 내용에 기댈 때 시대 현실에 긴박될 수밖에 없다. 후자에서, 체험자가 자기 경험을 망각하거나 무시하지 않고 이야기하기를 통해 남에게 알린 것은 남과 소통하고자 했기 때문이다. 그런 점에서 현실적 소망이 작품에 담겨졌다고 본다. 필기나 야담 작품에서 현실성을 강조할 수 있는 가장 분명한 근거는 이러한 체험자의 자기 경험 진술이 그 형성 과정에서 중요한 역할을 하였다는 점이다.

2. 읽기와 쓰기, 말하기와 듣기

　필기, 패설, 야담의 역사적 전개에서는 보기와 듣기, 말하기의 요인이 교직되었다. 먼저 눈으로 관찰한 것이나 책을 읽은 것이 결정적 형성 요인이 됐다. 입으로 말하고 귀로 들은 것 역시 중요한 역할을 했다. 남이 쓴 것을 다시 쓰고[6] 남이 말한 것을 재생하여 쓰는 것이 이차적으로 이루어졌다. 눈으로의 보기와 읽기, 입으로의 말하기와 귀로의 듣기 기능이 필기와 패설, 야담에서 어떻게 연결되고 관철되었는가를 살피는 일은 각각 장르와 소속 작품의 본질을 이해하고 해명하는 데 중요한 과업이다.

　필기나 야담의 형성을 논할 때 구연 단계와 기록 단계를 구분하여 설명해왔다. 두 단계를 구분하되 보기와 읽기 요인을 아울러 고려해야 한

6　필기집은 두말할 여지가 없고, 『계서야담』이나 『청구야담』에 짧지 않은 표문이나 계문이 존재한다는 사실은 이와 관련하여 매우 중요한 근거가 된다.

다. 한 작품 안에서 구연 단계와 기록 단계를 도식적으로 가르지 말아야 한다는 뜻이다. 또 구연 단계가 민중의 세계관만을 반영하고 기록 단계는 사대부의 세계관을 반영한다고도 보기 어렵다. 사대부 사회의 이야기판에서 형성된 사대부일화가 그 반증의 근거가 된다.

체험자는 민중이나 사대부일 뿐 아니라 그 신분이나 처지가 더 다양하게 규정될 존재이기도 하다. '민중'이 아니라 어떤 처지에 놓인 민중, '사대부'가 아니라 어떤 처지에 놓인 사대부의 세계관과 정서를 생각해야 한다.

'사대부적이다'는 판단은 작품 자체를 근거로 하여야 하겠지만, 한 작품에서 발견되는 유가 이념의 요소들이 민중적인 것에 대한 반동이라고 보는 것을 삼가야 한다. 민중도 지배 이념으로부터 완전히 자유롭지는 않으며 또 철저히 현실적일 수도 없다. 민중들은 삶을 이념적으로 왜곡하기도 할 뿐만 아니라 때로는 환상과 꿈을 통하여 현실적 결핍을 보상하고자 한다.

최근 필기와 야담의 기록 문학적 측면에 관심이 커졌다. 이것은 초기 연구에서 구연단계를 과하게 강조한 데 대한 균형 잡기라는 차원에 의의가 있다. 그러나 기록 단계의 영향력을 지나치게 강조하면 사대부의 글쓰기 차원에서 국한하여 보게 되어 또 다른 치우침 현상을 유발할 것이다. 필기 일화나 야담은 근본적으로 구연 요인을 부정할 수 없다.

또 글쓰기 과정의 성격이 구연 단계의 그것과 전혀 다른 것도 아니다. 기록 단계에서 기록자의 머리와 가슴속에 일어나는 현상은 본질적으로 구연 단계에 근접하는 바가 있다. 소통과 감동의 요인은 두 단계에 공통적으로 생겨나기 때문이다.

3. 하위 이론 장르 모색의 필요성

우리는 '필기'와 '패설', '야담'을 장르 개념으로 활용하고 있다. 이들은 일군의 서사체의 굵은 존재와 긴 맥락을 해명하는데 유용하다. 그로써 전체의 상을 정립할 수 있다. 그러나 그것만으로 실상을 원만하게 설명하거나 실상이 구현되는 원리를 해명하기는 어렵다. 세부적 분석틀이 필요하다. '먼저 분별하여 원만함에 이른다[先方而後圓]'[7]했으니 분석적 틀은 궁극적 원만을 이루기 위한 수단이다. 궁극적 원만을 염두에 둔 분석적 개념과 분석 작업이 선행된다는 것을 명심해야 할 것이다.

잡록집이나 야담집에 실린 작품들이 다양한 장르적 속성을 지니며 아직도 그 체계를 온전하게 설명할 수 있는 틀이 마련되지 않았다는 이유에서 하위 장르론은 계속되어야 한다. 필기나 패설, 야담이 관습적 장르 개념이면서 편의상 잠정적으로 설정한 장르 개념이란 점을 환기하며 좀 더 체계적인 장르를 만들기 위해 노력해야 한다.

작품들을 더 세밀하고 정확하게 설명할 할 수 있도록 하위 유형을 나누는 일도 수행해야 할 것이다. 그 일은 다만 잡록집이나 야담집에 실려 있는 작품을 분류하고 설명하는 데 필요할 뿐만 아니라 우리 서사문학사에 고유한 질서와 원리를 부여함으로써 보편적 장르 이론으로 나아갈 길을 모색한다는 의의도 가진다.

야담집에 실려 있는 작품 중 일부를 소설로 보는 데도 인색하지 말아야 하겠다. 서사 문학 연구 영역에서 소설로 나아가는 길을 찾는 일은 여전히 소중하기에 그 길 찾기를 머뭇거릴 이유는 없다. 그러나 그것만이 서사 장르 연구의 궁극적 목표는 아니다. 중세 문학 시기에 다양하게 존재했던 단형 서사 작품들의 역사를 소설 형성의 전사(前史)로서만 검

---

7 현토번역 김탄허, 『원각경』, 교림, 2011, 15쪽.

토하는 것은 바람직하지 않다. 전설이나 일화, 민담, 혹은 필기와 패설, 야담을 소설사의 굴레로부터 해방시켜 그 고유한 역사와 존재 원리를 인정하는 원칙을 세워주어야 한다. 필기나 야담에서 근대 소설로 귀결되는 선은 소중한 것이고 또 그것을 부정할 필요는 없지만, 그 하나의 선에만 집착해서는 안 된다는 것이다. 소설과 무관하거나 소설로 나아가지 않은 단형 서사 장르군과 그 맥락도 고유한 세계와 가치를 지니며 존재했다는 사실을 인정해야 한다.

4. 거대서사에서 미세서사로, 거대서사가 깃든 미세서사

새롭게 읽어야할 필기 작품들이 적지 않다. 그것은 필기 혹은 일화를 어떻게 규정하고 그 규정을 다시 작품 해석에 응용하는가라는 문제에 달렸다.

> 눈이 내린 정월 어느 날 저녁 동원 별실로 가서 문을 닫고 조용히 이야기를 나누었다. 밤이 깊어지자 거문고 소리가 들려 왔는데 마당으로 나가 창구멍으로 몰래 들여다보니 한 노인이 매화 아래 눈을 쓸고 앉아 있었다. 백발을 드리우며 연주하는 단금의 그 맑은 음은 절묘하기 이를 데 없었다. 성세창이 "우리 대인일세"하니 그제서야 노인은 마루에 손님이 온 줄 깨닫고 거두어 들어가셨다. 그 뒤 공[홍정]은 자주 사람들에게 말했다. "월색이 대낮 같았는데 흩날리는 백발이 보이고 맑은 거문고 소리 간간이 들려오니 그 아득한 모습은 신선이 하강한 것 같았지. 나도 모르게 시원한 기운이 온몸에 느껴지니 용재 공은 가위 선풍도골이었다네."[8]

---

8 嘗於正月雪後 就東園別室 閉窓穩話 夜半有琴韻 出庭際 潛穴窓視之 有老翁 就梅
   花下 掃雪而坐 露白髮橫短琴 清音響指 殊極奇絶 成曰吾大人也 俄知有客在堂 輒顯
   倒輟之以入 後公每謂人曰方其月色如晝 梅花盛開 白髮飄然 清徵間發 漂渺若眞仙

홍정(洪正)이 친구 성세창(成世昌)의 아버지 성현(成俔)을 만났는데, 이 단편은 홍정이 그때 목격한 인상적인 한 장면과 그에 대한 기억의 말을 재현한 것이다. 매우 서정적이면서도 신선한 풍경을 간결한 산문으로 묘사했다. 여기에는 일화의 조건인 '인물의 일탈된 행동' 대신 '인상적 장면'이 부각된다. 장면의 일탈이라고도 할 수 있다. 사건의 서술이 아니고 장면의 묘사이다. 이런 경우를 필기나 일화의 범주에 넣는 근거를 마련하고 그 감동을 설명하는 틀을 만드는 것이 중요한 과제 중 하나일 것이다.

이 일화가 이렇게 생생하고 선명한 형상화에 이르게 된 원동력을 짐작할 수 있다. 홍정은 친구 성세창의 집을 방문하였을 때 보게 된 '거문고 타는 성현의 모습'을 일생 동안 잊을 수가 없었다. 그래서 그에 대해 거듭 이야기했다. 이 일화가 전하는 장면은 직접 목격하지 않으면 포착하기 어려운 은밀한 것이다. 직접적 목격이 생생하고 세세한 언어화가 가능하게 한 것이다. 그리고 목격자가 직접 그 경험에 대해 구연했다. 홍정에 의해 거듭 구연된 이 일화의 청자는 홍정의 딸인 남양홍씨, 홍정의 외손자인 박응복 등으로 추정된다. 『기재잡기』의 편찬자 박동량은 가문의 이야기판에서 조모 남양홍씨나 아버지 박응복으로부터 이 이야기를 듣고 기록하였다. 필기와 일화의 형성에 이야기판이 결정적 역할을 했음을 여기서도 확인한다.

이런 단편을 염두에 두면서 필기 혹은 일화 연구자의 자세에 대해 생각해본다. 필기와 일화 연구자가 기본적으로 갖춰야 할 세계관은, 지금이든 옛날이든 나의 삶이든 타자의 삶이든 아무리 사소하고 초라한 것이라도 그 속에 소중한 빛이 깃들어 있다는 믿음이다. 우리는 자신의 삶을 직접 꾸려가면서, 또 타인의 삶을 관찰하면서 그 속에 깃든 '의미'의 빛

下降 不覺爽氣滿身 慵齋可謂仙風道骨(『기재잡기』).

과 그 빛으로 만들어지는 다채로운 삶의 무늬를 찾아내어 공감하는 마음을 가져야 한다고 본다. 사람의 일상적 행동과 시선에 존재하는 특징을 놓치지 않고 포착하여 그 실상을 드러냄으로써 그 일상을 장엄하게 장식해주는 마음가짐이다.

얼핏 우리의 일상은 그냥 그렇게 되풀이되는 듯하다. 무미건조한 삶이 되풀이 되니 사는 게 무료하다. 사람이 자기 삶에서 이런 반복과 무료함만을 발견한다면 비관적이 되기 십상이다. 삶은 무의미한 반복일 따름이라는 느낌은 우울감과 절망감을 유발하기에 이른다.

필기와 일화는 우리네 삶에서 특별한 순간과 장면을 포착하고 거기에 의미를 부여하는 장르적 특징을 가진다. 필기와 일화는 무미건조하게 반복되는 듯한 사람의 일상에도 좀더 섬세한 눈으로 바라보면 '일탈'이 이루어지고 있음을 보여준다. 필기와 일화에서 보여주는 이런 일탈은 반복되는 일상의 테두리에서 다소 벗어난 사례이지만, 그 벗어남이 삶의 질서를 심각하게 흐트러지게 만들지는 않는다. 오히려 무미건조하게 반복되는 삶에다 일정한 활력을 부여하고 삶의 겉에다 무늬를 만들어주기도 한다.

그런 점에서 필기적 글쓰기 혹은 일화적 글쓰기라는 개념을 설정할 필요가 있다. 이런 글쓰기는 일상적 삶에 특별한 의미를 부여할 수 있고, 일상적 삶에 곁들여진 은은하고 아름다운 무늬를 발견하게 한다. 궁극적으로 무미건조한듯하였던 자기 삶이 위대한 자기의 발현이라는 사실을 받아들이게 한다. 사실 필기적 글쓰기는 진지한 이념적 글쓰기에 비해 흐트러지고 해이한 심성의 소산이라는 오해를 불러일으킨다. 그러나 필기적 글쓰기는 그 흐트러짐이나 이완 속 틈새에 깃든 마음을 찾아내는 것이다.

누구의 삶에서든 관점을 다양하게 하고 더 섬세한 시선으로 바라볼 때 아름답게 빛나는 부분을 포착할 수 있다. 그것은 티끌 속에 시방세계가 깃들어 있다는 불가적 가르침을 연상한다. 티끌을 깔보고 티끌 밖에서 그럴듯한 것을 찾을 것이 아니라 티끌을 인정하고 티끌 속에서 오롯이 빛나는 진리와 감동의 씨, 거대 역사의 조짐을 찾아내는 것이 필기나 일화 전공자의 학문태도일 수 있어야 한다고 본다. 필기와 일화는 티끌 속에 시방세계가 깃들어 있다는 진실을 가장 또렷하게 관철시키고 있는 문학영역이기 때문이다.

5. 야담의 다중적 가치 체계

야담의 가치 지향은 다중적이다.[9] 그래서 야담집은 바다요 광장이다. 극단적으로 상충된 가치와 인격, 삶이 섞여있는 것이 야담집이다. 이를, 일관성의 결여나 무의미한 혼란의 방치로 보기보다는, 당대적 삶이 일정한 변형을 거쳐 진솔하게 담겨져 있다는 식으로 해석하고 이해하는 것이 바람직하다. 거기서 당대 삶의 풍경을 찾고 마침내 오늘날 우리 삶에 응용될 수 있는 지혜를 이끌어낼 수 있다. 야담의 이런 성격이 야담을 문학교육이나 문학치료에서 활용할 수 있게 한다는 점에서 희망을 찾는다.

야담에 이런 성격이 강하기에 야담을 해석할 때 단선적 분별논리를 경계해야 한다. 이와 관련하여 반성할 것이 역사주의의 폐단이다. 야담 연구가 막 시작되던 시절은 연구자들로 하여금 분명한 노선을 적용시켜 시급하게 단안 내리기를 강요했다. 과도한 역사주의의 관철은 부분적으로 그런 여건에서 비롯하였다. 그것이 지금까지 남아 있다는 점에 대한 반성이 필요하다. 야담 작품과 야담집에서 구연 전통과 기록 전통은 적

---

9 김준형, 「『청구야담』의 상반된 가치와 문학 교육의 가능성」, 『비평문학』 33, 한국비평문학회, 2009.

충되기도 하고 뒤섞이기도 했다. 이런 데에서 질서정연한 시간적 변화를 해명하려 한다면 자료의 실상을 왜곡시킬 위험이 있다. 연구자의 머릿속에 이미 존재하는 17세기, 18세기, 19세기의 형상은 환(幻)일 수 있다. 시간 자체가 환이기도 하다. 물론 역사주의를 근본적으로 부정하는 것은 아니다. 그러나 야담의 전개와 야담집의 존재 방식을 설명함에 있어서 역사주의적 관점을 지나치게 엄격하게 적용한다거나 시간적 선후 관계를 단선적으로 파악하려는 시도는 무리한 결론을 도출하곤 했다는 점을 반성하자.

근대 학문이 역사주의 분별논리로부터 완전히 자유로울 수 없겠지만 그럼에도 불구하고 우리는 끊임없이 역사적 선긋기의 유혹을 내려놓기 위해 안간힘을 다 써야 한다. 같은 시간대 하나의 가치 체계의 안과 밖에 또 다른 가치 체계가 존재한다는 점을 인정해주어야 할 것이다. 진리가 있다면 그것은 끝없는 자기 틀의 해체 과정을 통해서만 다가갈 수 있지 않을까 한다.

6. 야담 아이러니, 절망에 대한 연민

필기와 야담에 대한 그간의 연구 성과를 되돌아보면서 우리의 자세에 대해 전반적으로 성찰하는 것이 필요한 때다. 근대 학문의 자리에서 필기와 야담을 연구하기 시작하면서 막연히 설정한 필기와 야담의 속성과 본질은 과연 어느 정도 실상에 부합한 것인가가 이 시점에서 근본적으로 반성되어야 할 것이다.

야담은 필기와 패설의 전통을 잇고 변혁시킨 것이다. 그런 점에서 야담이 미시서사의 성격이 더 강한 것은 분명하다. 그럼에도 불구하고 야담에 대한 초기 연구는 거대서사의 관점이 지배적이었다. 시대적 요구에 부합한 선택이었다는 점을 인정한다 하더라도, 미시서사의 성격이 더 강한 야담에 거대서사의 방법론이 적용됨으로써 야담의 본질이 오해된 바도 있었다. 거대서사의 방법론에 의해 무시되거나 외면된 작품들이 적지 않았다. 미시서사의 눈으로 야담을 보면 야담의 새로운 미덕이 드러날 것이다. 그리고 그 결과들은 끊임없이 거대서사적 관점에서 산출된 결과들과 조응되어야 할 것이다.

이런 문제의식에서 야담 작품을 다시 읽어보면 지금까지 조명받지 못한 작품군이 눈에 들어온다. 그들은 재미가 있고 감동을 준다. 그 재미와 감동의 원천을 설명할 수 있어야 할 것이다.

아이러니 야담이 그 대표적 사례이다. 야담은 조선후기 사람들의 확고한 신념이나 자랑스러운 경험을 드러내고자 하기에 일도매진의 서술을 추구한다. 그러기에 삶의 굴곡을 보여주고 뜻밖의 반전을 초래하기도 하는 아이러니 서사는 야담의 주 흐름에서 벗어난 것이었다. 야담 연구자들은 스스로 성급하게 구축한 선입견을 허물지 못했고 그래서 아이러니를 시야 안으로 포용하지 못했다.

야담 서사는 훨씬 더 다양한 관점에서 아이러니를 활용하였다. 야담의 아이러니는 민담적 전통에 기대어 작위적으로 만들어졌다. 그러다 점점 현실의 모순적 상태나 그속 사람들의 경험과 연계되면서 복잡하면서도 서사적 울림이 깊은 것으로 나아갔다.[10]

먼저 야담의 주인공은 의식적으로 아이러니 상황을 만들기보다는 어떤 뜻을 품고 자기 삶을 꾸려갈 따름이다. 그런 주인공이기에 자기 삶의 상황을 아이러니의 시선으로 바라볼 수는 없다. 아이러니 형성의 기본전

---

10 이강옥, 『한국 야담의 서사세계』, 돌베개, 2018, 392~443쪽.

제인 거리를 설정하기 어렵기 때문이다. 또 주인공이 서두에 의도한 바에 따라 일도매진 행동해가기에 거리를 두고 보더라도 아이러니가 형성되지는 않는다. 야담 서사가 이념이나 의지, 운명 등이 실현되는 과정을 강하게 내세우는 경향이 있는지라, 그런 경우에는 거리를 두고 보더라도 아이러니가 형성되지 않는 것이다.

그러다 주인공을 둘러싼 상황이 예상했던 것과 다르게 형성되는 경우가 생겨났다. 주인공이 뜻하는 바를 이룰 수 있는 상황과 이루지 못하는 상황이 하나의 서사체계 안에 함께 생성되는 것이다. 상반된 상황이 동시적으로 혹은 시차적으로 공존한다. 또 하나의 사태에 대해 상반된 의미가 부여되기도 한다. 이는 분열과 모순을 그 자체로 보여주는 것이다. 상반된 두 국면을 동시에 제시하는 아이러니는 기존 질서나 도덕률에 부합하는 상황과 그와 배치되는 상황을 함께 제시함으로써 갈등을 쉽게 해소시키는 역할도 했다. 서술자나 이야기꾼, 혹은 작자는 바로 아이러니의 이런 면을 감지하고 서사 기제로 잘 활용하였다고 볼 수 있는 것이다.

주인공의 현실 경험이 더 부각되면서 실패와 재기의 상황, 절망과 희망의 상황이 아이러니 서사 기제 속에 공존하게 되었다. 세상살이에서 양극단이 공존하는 것은 자연스럽지만 개인에게 그것이 공존한다는 것은 심각한 문제가 된다. 먼저 개인이 양극단을 그대로 받아들일 때 자기모순이 생겨나 정체성에 심대한 타격을 입는다. 그런 정체성 타격을 회피하기 위해서는 양자택일을 하여야 한다. 세상이 주인공에게 양자택일을 강요한다고 보는 것이 더 정확하다. 이 양자택일이 사람을 힘들게 하고 고통스럽게 만든다.

양자택일의 과정은 주인공을 고통스럽게 만들겠지만 그래도 양자택일을 단행함으로써 주인공은 자기 정체성을 지속시킬 수가 있다. 〈남원유량생자(南原有梁生者)〉(어우야담)나 〈경성무사(京城武士)〉(어우야담)에서 주인공들은 그런 양자택일의 아이러니 상황에서 한쪽을 선택함으로써 정체성을 지켜갔다. 주인공이 양자택일을 할 수 있다는 것은 아직 주인공이 자기 의지를 관철시킬 여건이 마련되어 있다는 증거다.

그런 의지나 힘조차 상실했을 때 주인공은 세상에 공존하는 양극단을 선택하기보다는 그 양극단에 자신을 내맡겨버리게 된다. 주인공이 주체적으로 선택하거나 결단을 내릴 수 있는 경계를 넘어 서버린 것이다. 그리고 서서는 그 길을 따라 전개된다. 〈노온려환납소실(老媼慮患納小室)〉(청구야담 권1)에서 여종의 경우를 생각해보자. 그녀는 재상의 끝없는 추근거림과 주인마님에 대한 의리 사이에서 아무 결단도 내릴 수 없다. 죽는 방안을 떠올려보았지만 죽음도 스스로 결행하기 불가능한 일이다. 주인마님의 선의로 새벽 문을 나서지만 그때까지 한 번도 주인집 문밖을 나와본 적 없는 여종은 그냥 세상의 흐름에 자기를 던질 수밖에 없는 것이다. 어떤 선택도 할 수 없는 기로에서 여종은 자신을 우연에 내맡겼다. 〈이절도궁도우가인(李節度窮途遇佳人)〉(청구야담 권3)의 이무변 역시 처음에는 살고자 했지만 그 살고자 하는 뜻을 도저히 이룰 수 없는 상황에서 죽고 사는 것을 그냥 우연과 운명에 내맡겨버렸다.

야담 아이러니는 이렇게 주인공이 이른 막다른 골목에서 경이롭게 작동하는 서사 기제였다. 이 단계에서 서술자 혹은 작가의 시선과 역할이 부각되고 이들이 주된 아이러니스트의 역할을 한다. 서술자나 작가는 모든 것을 내려놓은 주인공에게 한 가닥 희망의 불씨를 되살려주려 한 것이다. 그런 점에서 조선 후기 야담 아이러니는 관념적 성격보다는 실제적 성격이 더 강하다. 실패와 절망의 시점에 '사건의 아이러니'를 작동시켜 재기와 희망을 일으켰다. 이때 아이러니의 '희생자'는 아이러니스트가 된 서술자에 의해 조롱되거나 비웃음의 대상이 되기도 하지만 뒤로 갈수록 연민과 동정의 대상이 되어갔다. 후자야말로 야담 아이러니가 서구 아이러니와 결정적으로 다른 점이다. 야담에서 아이러니스트나 서술자는 아이러니의 희생자에 대해 조롱이나 풍자를 보내기도 했지만 주인공이 극단적 궁지에 몰리는 상황을 설정하면서부터는 연민을 보내어 따뜻한 반전을 마련해준다. 야담의 아이러니에서 아이러니스트와 아이러니의 희생자는 같은 편에 서서 삶의 가능성과 희망을 기다리는 것이다. 이 아이러니스트와 희생자의 따뜻한 공존은 독자나 청자에게 위로와 치유의 기능을 할 수 있다.

야담 아이러니가 정점의 감동을 주는 것은, 자기 의지와 뜻을 가지고 치열하게 현실적 삶을 꾸려가던 주인공이 절망적 상황이나 거듭된 비관적 상황에서 자포자기로 나아간 단계에서 시작한다. 서술자나 작가는 주인공의 그런 상태를 정확하게 포착하여 다음 단계로 나아갔으니 그것을 아이러니를 통한 희망 만들기라고 명명할 수 있겠다.

절망 앞에서 자포자기하는 주인공을 연민과 동정의 시선으로 바라보는 서술자나 작가는 뚜렷하게 아이러니스트가 되었다. 아이러니스트가 된 서술자나 작가는 조롱과 풍자의 시선을 거두고 연민과 공감, 그리고 동정의 시선을 주인공에게 보낸다. 작자나 서술자로 대변된 이 아이러니스트의 시선은 조선 후기 뜻한 바를 이루지 못하게 된 사람들의 절망감에 대한 공감의 분위기를 기반으로 한 것이다. 야담의 아이러니스트는 현실에 존재할법한 아이러닉한 상황을 가능한 한 집대성하여 가련하고 안타까운 주인공의 처지에 대입시켰다고 할 수 있다.

이렇게 최고의 경지에 이른 야담의 아이러니에서는 더 이상 이념이나 윤리, 의지나 선악 분별의 요소가 들어설 자리가 없다. 우연과 모순만이 공존한다. 특히 〈감재상궁변거흉(憾宰相窮弁擄胸)〉(청구야담 권4), 〈노온려환납소실(老嫗慮患納小室)〉(청구야담 권1)과 〈이절도궁도우가인(李節度窮途遇佳人)〉(청구야담 권3) 등에서는 의리, 충성, 정절 등이 완전히 내팽개쳐졌다. 그래서 해당 작품에서 규범을 찾거나 주인공의 타락을 문제 삼는 것은 넌센스에 가깝다. 심지어 계급적 편협성도 논의할 영역은 아니다. 매관매직도 풍자의 대상이 못된다. 이 마지막 단계의 아이러니는 야담이 그간 구축해놓은 그 고유한 서술유형인 '욕망의 실현', '문제의 해결', '이념의 구현', '이상향의 실현' 등을 스스로 해체시킨 것이다. 야담 작품 속의 이런 해체는 야담 서사 밖 조선 후기 현실 영역에서 유가적 이념이나 상식적 관습으로부터 해방된 지점이 생겨나기 시작한 것과 대응된다고 하겠다.

현실적 욕망을 강렬하게 가졌던 사람이 자포자기에 이른 것은 심각한 절망의 경험을 거쳤기 때문이다. 이런 자포자기 상태에서 주로 떠올려진 것은 환상이나 초월이었다. 가령 〈흥부전〉의 '박의 기적'과 같은 것이다. 민담의 전통을 계승하는 서사물에서 그런 경향을 발견할 수 있으며 야담에도 그런 이야기가 적지 않다. 이 경우들은 현실의 맥락을 벗어났다. 그런데 야담은 끝까지 현실의 맥락을 고수하려 했다. 주인공이 자포자기에 이르렀을 때도 그러하다. 자포자기에 빠진 주인공은 그래도 현실의 차원을 벗어나지 않으려고 발버둥 친다. 그런 점에서 '자포자기에서 비롯한 아이러니'와 그것에 의해 완성되는 반전의 결말은 작품 밖 현실에서 뜻을 이루지 못해 절망하고 있으면서도 허황한 반전을 꿈꾸지 않는 인간 군상에 대한 위로와 보상의 서사 기제인 셈이다.

야담 아이러니의 서술자 혹은 작가는 현실적 절망에 대해 이런 연민과 위로의 시선을 보냈다. 또 이념이나 양자택일의 이분법에 대한 집착으로부터의 해방을 권유했다. 그 집착에 연연하여 여전히 규범과 선입견을 강요하는 집단에 대해 경계하고 조롱했다. 그런 점에서 야담 아이러니에는 조롱, 비판, 공감, 연민의 시선이 두루 작동하고 있으며 대체로 전자에서 후자로 이동해갔다고 하겠다.

이상과 같이 야담 아이러니를 해석해볼 때, 필기나 야담을 접근하는 우리의 자세를 점검하고 반성할 필요를 강하게 느낀다. 서사 전통인가 현실 체험인가? 상상인가 사실인가? 평민적인가 사대부적인가? 이런 이분법적 틀이 무의미해지고 무력해지는 영역이 존재한다는 점이 명백해진 것이다. 그 영역에 대해서도 이제 진지한 관심을 가져야 할 것이다.

제2부

『기리총화』에 대한 일고찰

－ 편찬자 확정과 후대 야담집과의 관련 양상을 중심으로 －

◉

김영진

1. 머리말

『기리총화』는 1997년 임형택 교수에 의해 그 안에 수록된 6편의 작품
이 역주되어 소개됨으로써 학계에 처음 알려진 조선후기 야담집이다.[1]
임형택 교수는 간략한 소개 글에서 이 책의 편자를 18세기 후반~19세기
전반 서울에 거주한 소론계 문인으로 추정하였고, 아울러 『기리총화』 내
일부 작품이 『청구야담』에도 전재(轉載) 수록되어 있음을 언급하였다.

같은 시기 정명기 교수는 『기리총화』가 소위 조선후기 3대 야담집에
못지 않은 평가를 받아 마땅한 자료라고 언급하고[2] 이어 조선후기 야담
연구에 있어 자료의 문제를 다룬 글[3]에서 『기리총화』의 이본(異本) 및

---

1 임형택, 「《綺里叢話》 소재 한문단편」, 『민족문학사연구』 11, 민족문학사연구소, 1997.
   6편은 모두 동빈본 『기리총화』를 저본으로 하여 뽑은 것으로 「八文章」, 「抱川異聞」,
   「曲背馬」, 「蔡相報恩」, 「安守旭小傳」, 「奴主問答」이다.
2 정명기, 「야담연구를 위한 한 제언」, 『열상고전연구』 10, 열상고전연구회, 1997.
3 정명기, 「야담연구에서의 자료의 문제」, 『한국문학논총』 26, 한국문학회, 2000.

유관 자료, 특성 등에 대해 약술(略述)하였다. 요약하면 다음과 같다.

  ① 『기리총화』異本 가운데 가장 일찍 알려진 영남대본(동빈본)의 경우 새로 발굴된 연대본, 연민본과의 대조를 통해보건대 원『기리총화』는 아니다.
  ② 『기리총화』는 그 뒤에 나온 『青邱異聞』, 『青邱野談』, 『青丘古談』 등의 야담집에 많은 영향을 끼쳤다.
  ③ 이 책 편찬자의 부친은 金溝縣과 三山郡의 고을 원이었으며, 장인은 咸羅縣監이었다.
  ④ 연민본 『기리총화』 소재 36화 가운데 14화가 『청구야담』에 영향을 끼치고 있으므로 『청구야담』에 영향을 준 전대 문헌이 하나 더 확인되었다.

  이 가운데 『기리총화』와 후속 야담집들과의 영향 관계를 논한 것은 주목할 만한 것이고, 그 가운데도 특히 『기리총화』가 『청구야담』에 영향을 끼친 또 하나의 야담집임을 강조한 것은 매우 의미있는 언명이라고 생각된다. 『청구야담』은 조선후기 야담집 가운데 가장 높은 성취를 보인 것으로 평가받고 있기에, 이 야담집의 편찬 과정은 여전히 우리의 관심을 요하고 있기 때문이다. 본고에서는 이처럼 학계의 새로운 주목을 받고 있는 야담집 『기리총화』의 편찬자와 편찬 시기를 밝히고, 이 야담집의 성격 및 후대 야담집에 끼친 영향 등에 대해 考究해 보고자 한다.
  현존하는 『기리총화』는 영남대 동빈문고 소장본(이하 동빈본), 연세대 소장본(이하 연대본), 연민 이가원선생 구장본(이하 연민본) 등 총3종이 있다. 간략히 서지 사항부터 살펴본다.

  동빈본: 표제 미상. 내제 '綺里叢話'. 필사본 1책(45장) 1면 14행, 1행 24~34자 내외. 총83화 수록.
  책 첫 장에 기증자인 동빈 김상기 선생이 1964년에 적어놓은 다음과 같

은 메모가 붙어 있다.

"本書似係綺園兪漢芝先生所撰, 而特於純祖時事, 頗多珍聞奇談, 足資太史氏之紬繹耳."

연대본: 표제 '叢話 人[4]'. 내제 '綺□叢話'[5]. 필사본 1책(73장) 1면 10행, 1행 20~23자 내외. 총69화.

연민본: 표제 '綺里叢話'. 내제 '綺里叢話'(이면에 '綺里叢話 地, 綺里叢話 卷之貳'라고 낙서 비슷한 墨書가 있다). 필사본 1책(49장). 1면 14행, 1행 24~30자 내외. 총36화

동빈본과 연대본은 총63화가 중복되고, 연대본과 연민본은 총5화가 중복된다. 따라서 세 본간에 중복되는 이야기를 제하면 현존『기리총화』의 話數는 총120화이다.

2. 『기리총화』의 편찬자와 편찬 시기

사실『기리총화』에는 편찬자를 밝힐 수 있는 단서가 그 어느 야담집보다 많이 노출되어 있는 편이다. 편찬자를 밝힐 수 있는 언급들을 살펴본다.

① 西華先祖가 石江公의 喪을 당해서 그 무덤 자리를 구하니 선영의 곁에 한 산이 매우 明麗하였다. 그리하여 공이 장차 그곳을 쓰려고 하는데 풍수가가 말하기를, "이 穴이 아직껏 주인이 없었던 것은 흙을 파헤칠 때

---

4 표제 밑에 '人'으로 추정되는 글자가 쓰여 있다. 그러나 자형이 '仝'자의 상단과 유사해 보여 그 하단이 지워진 것으로 보이기도 한다.

5 내제에 '叢話' 위에 두 글자를 종이를 마모시켜 지워놓았는데 필자는 원본을 확인해 본 결과 첫 자는 희미하게나마 '綺'자의 윤곽을 확인할 수 있었다. 같은 면의 하단에는 저자가 쓰여 있었을 자리 역시 마모시켜 지워놓았다. 왜 이렇게 지웠는지 의문이다.

벼락이 치는 변고가 있기 때문입니다." 공이 그 妄誕됨을 물리쳤다. 정해진 날짜에 장례를 치르는데 상여가 도착하고 보니 불쑥 봉분 하나가 이미 그 자리를 선점하고 있었다. 객이 말하기를, "어떤 나쁜 놈이 하룻밤 사이에 남의 무덤 자리를 빼앗았으니 어찌합니까?" 공이 잠시 생각을 하더니 말씀하시기를, "이는 사람의 짓이 아니니 응당 헤쳐 보아야겠다"라 하였다. 모든 사람이 만류하였으나 공은 전혀 듣지 않으시고 급히 봉분을 헤쳐보니 한 槨이 나왔는데 옻칠한 것이 거울처럼 비쳐보였다. 붉은 글씨로 銘旌에 '學生高靈申氏之柩'라고 쓰여있었다. 공은, "과연 내 생각대로구나"라 하시며 이에 밖으로 드러내 놓고 큰 도끼로 관을 쪼개니 관 안에는 沙器가 가득하였는데 햇빛에 노출되자 곧 녹아 없어져 버렸다. 사람들이 모두 축하해주고 또 그 기이함을 물었다. 공은, "내 듣건대 山神은 大地를 유독 애호하여 빼앗기려고 하지 않는 까닭에 이러한 방해를 놓곤 하니 내 어찌 속아 넘어가리오?"라 하셨다. 인하여 근심없이 장사를 잘 치렀다. 지금까지 全義李氏 가운데 文階로 관직을 대대로 이어오는 사람들은 오직 石江公의 후손들이니 外裔 또한 혁혁한 이들이 많다. 風水의 術이 혹 조금 부합됨이 있지 않은가![6](연민본 제24화 「山神沮戲」)

② 家君께서 金溝 고을 원으로 계실 적에 나는 그 관아에 남아 있었다. 봄에 일 때문에 말을 타고 전라감영에 가시니 관아 吏屬使喚들이 사방으로 흩어지고 다만 皂卒 한 명만이 남아 문을 지키고 있었다. 천만 번을 불러도 대답하는 자가 없었다. 내가 장난삼아, "통인에 통할 길이 없구나(無路可通通人路)"라 하자 마침 上庠 安桂完이 와 놀고 있었는데 즉시 응하기를,

---

6 西華先祖丁石江公喪, 欲營藏脩之所. 先塋之側有一山, 極其明麗, 公將卜之. 堪輿者曰: "此穴之所以尙此無主者, 以其破土之際, [輒-청구]有雷雨之變也." 公斥其妄誕, 克日禮襄, 輀軺已到, 而兀然一墳已先占於當地矣. 客曰: "何等惡人, 一夜之頃, 偸奪人地, 奈何?" 公沈吟差久曰: "此非人謀. 第當破示." 衆皆挽之. 公一直不聽, 亟毀封塋, 則有一槨, 漆先[光]可鑑. 朱書銘旌曰 '學生高靈申氏之柩' 公曰: "果不出吾料." 乃擔置于外, 以大斧斫之, 則柩內滿實沙器, 見日而消. 頃刻便盡. 衆皆賀之, 且問其異. 公曰: "吾聞山神偏護大地, 不欲彼[被]擾, 故至有沮戲. 吾豈瞞過也." 仍無虞禮奉. 至今全義之李, 以文階世襲組韍[紱]者, 唯石江公雲仍, 外裔亦多赫世. 風水之術, 或有少符耶.

"사령을 부릴 때가 있구나(有時能使使令時)"라 하니 같이 있던 이들이 精妙하다고 일컬었다.[7](동빈본 제41화 「金衙諧謔」)

③ 家君께서 三山郡에 고을 원으로 계실 때 …[8](동빈본 제71화 「文字禍福」)

④ 내가 약관에 호남 땅을 유람하였는데 金溪로부터 장인의 咸羅 임소를 찾아가니 대개 하루의 거리였다. …[9](동빈본 제48화 「竹器求鹽」)

⑤ … 내가 아이였을 때 從兄과 舍伯 및 겸복의 자식 몇 명과 더불어 家塾에서 공부를 하였는데 우리 여러 형제들은 학업이 부진하여 날마다 큰아버지의 꾸지람을 들었다. 또한 객이 혹 큰아버지에게 "귀가의 令胤들은 課程이 어떻습니까"라고 묻는 자가 있으면 큰아버지는 반드시 근심스런 안색을 보이시며, "아주 형편없습니다. 아주 형편없습니다."라고 대답하셨다. 우리들은 이 때문에 민망하고 위축되어 시간을 아끼는 뜻을 가졌다. 겸복의 자식들은 그 부친의 극구 칭찬을 들었으니 그 아비는 사람만 만나면 "우리 아이놈의 文史 성취가 이미 宿儒와 겨룰 만합니다."라 하였다. 그 자식들은 그 말로 인해 자만하였고 또한 자신이 너무도 훌륭한 것으로 자허하여 더욱 정진코자 하지를 않았다. 우리들은 이들에게 미치지 못함을 늘 부끄러워하였다. 庶從祖 郎廳은 어려서 병을 앓아 한 글자도 공부한 적이 없는데 늘 자신이 배운 게 없는 것을 분통히 여겨 그 둘째 아들을 楊峽(楊根-필자)에 있는 再從집에 보내어 글공부에 도움이 되고자 하였으니 근 10년이 다 되었다. 郎廳이 楊峽에서 돌아오면서 자기 자식이 神童이라고 떠벌려 말하면서 날마다 우리들을 책하기를, "너희들은 어찌 이리도 내 자식만 못하냐?"라고 하였다. 우리는 마음으로 너무도 부끄러워 매번 이 말

---

7 家君宰金溝, 余留在公府, 而春駕以事赴完營. 衙隷四散, 只留一箇皂卒守閤. 萬呼千喚, 無有應者. 余戲曰: "無路可通通人路." 時安上庠柱完來遊, 卽應曰: "有時能使使令時." 一座稱爲精妙.

8 家君莅任三山郡 …

9 余弱冠而遊湖南. 自金溪造氷翁於咸羅任所, 盖一日程也. …

을 들을 때면 용납할 곳이 없었다. 郎廳의 아들이 일 때문에 서울로 올라오니 우리들은 그를 師表로써 대하였고 神明처럼 우러러보았다. 그의 일획 일자라도 얻으면 돌려보며 칭찬하면서 자신이 그만 못함을 한스러워하였다. 그러다가 우리들이 차례로 冠禮를 치르고 나자 經史는 이미 모두 공부를 마쳤다. 겸복의 자식들은 오히려 『史略』 2권과 『通鑑』 3권을 벗어나지 못하였으니 진실로 그 사이에 무얼 일삼다가 그렇게 된 것인지 알 수가 없었다. 그들은 얼마 후 또 게으름으로 공부는 다 집어치워서 지금에는 그들의 이름을 한 명도 기억조차 못 하겠다. 郎廳의 아들은 곧 楊峽으로 내려 갔는데 요사이 서울에 들어온 까닭에 그 배운 바를 얘기해본즉 글자를 아는 것이 수백 자에 불과했다. …[10] (연대본 제4화 「田舍翁」)

⑥ … 이 때(1799년-필자주) 家君은 居喪中이셨다 …[11](연대본 제60화 「己未厄運」)

⑦ 재종형의 『峨陽亭樵歸錄』에 이르기를, " … 내가 병진년(1796년-필자) 꿈에 陸書房이란 자의 莊園에서 말다툼을 하다가 크게 구타를 당하였는데 … 다다음날 泮試에 아홉번 뽑혀 三上의 으뜸을 하였다. … 또 정사년(1797년-필자) 겨울 밤에 독서를 하다가 베개에 기대어 잠이 들었다. … 기이한 일이라고 탄식할 즈음 洞任이 와서 陞補試가 열린다고 말해주었다. …

---

10 … 余在童齔, 偕從兄舍伯及傔僕之子數人, 隷學於家塾, 而余諸昆季以學業不進, 日速世父誨責. 其客或有進詣者曰: "貴家芝蘭, 課程何如?"云, 則世父必憂形於色曰: "專未, 專未." 余曹以是悶蹙, 少效惜寸之意, 而傔僕之子, 則却被其父之極口獎詡, 每逢人輒曰: "吾兒文史成就, 已與宿儒軒輊"云. 其子因其言而自滿, 亦以盡美自許, 不思進修, 而余曹則以不及此數子, 恒自椒然. 而庶從祖郎廳自兒少嬰病, 未曾讀一字, 嘗憤自家無學. 送其次子于楊峽再從家, 以便攻書者, 且十年矣. 郎廳自楊歸路, 盛言其子之爲神童, 日責余曹曰: "何若曹之不如吾兒也?" 余曹心甚愧恧, 每聞此言, 無地自容. 及郎廳之子, 以事上洛, 余曹待之以師表, 仰之若神明. 若得他一劃一字, 則遞視嘖嘖, 恨己之不若也. 及余曹次第成冠, 經史旣皆訖工, 而傔僕之子, 則尙不出史略二卷通鑑三卷, 誠未知其間何所事而然也. 尋又懶散廢閣不工, 至今未有一箇記姓名者. 郎廳之子, 旋卽下楊, 近纔入城, 故討其所學, 則識字不滿數百. …

11 …時家君丁天崩 …

泮長 李公義弼이 그 자리에서 批點을 휘갈기더니 과연 三中을 받았다. …"[12]
(동빈본 제7화 「夢寢巧符」)

⑧ … 내가 일찍이 『西堂集』에 李壽鳳의 「花水亭上樑文」[13]을 보고 그 설을 다 믿지 못하였었다. 지금 나의 집안 형들이 楊根에 살고 있는데 英祚의 집과 이웃하고 있어 가까이 왕래하며 영조에게 상세히 들은 것을 내게 말해 준 것이다. 어쩌면 영조가 속여 말한 것일까?[14](동빈본 제12화 「冥府 報應」)

①번 자료를 통해 『기리총화』의 편찬자는 전의이씨(全義李氏) 석강공(石江公)·서화공(西華公)의 후손임을 알 수 있다. 석강(石江)은 이중기(李重基, 1571~1624, 官 縣監)의 호이고, 서화(西華)는 이중기의 차남 이행원(李行遠, 1592~1648, 관 우의정)의 호이다. 이들은 선조(宣祖) 때의 문신 청강(淸江) 이제신(李濟臣, 1536~1584)의 후손이다. ①의 끝에 언급한대로 석강공의 후손 및 외손(즉 朗原君偘 , 柳尙運, 李端相의 후손)들은 매우 번성(繁盛)했음을 확인할 수 있다.

②와 ③을 통해 편찬자의 부친은 전라도 금구현령(金溝縣令)과 삼산군수(三山郡守)를 했음을 알 수 있다. 삼산(三山)은 충청도 보은(報恩)의 고지명(古地名)이다. 두 고을 『읍지』의 선생안(先生案)[15]을 확인해 본 결과 안동(安

12　再從兄『峨陽亭樵歸錄』曰: " … 余多[於]丙辰夢 有陸書房者葬園中, 與之爭詰, 大被毆打 … 三明日泮試, 九抄居三上魁 … 又於丁巳冬, 夜深讀書, 倚枕而睡 … 歎異之際, 洞任來告陸試之設. … 泮長李公義[義]弼亂打[批]揮帳[場], 榜出後, 果居三中 …"

13　李德壽의『西堂私載』(필사본, 성균관대 존경각본) 내 필기잡록「파조록」에 실려 있다. 黃胤錫의『頤齋亂藁』제5책(한국정신문화연구원, 1999), 427~428쪽에도 관련 기사와 함께 全文이 소개되어 있다.

14　… 余曾見『西堂集』, 有李壽鳳花水亭上樑文, 而不敢全信其說. 今余同堂諸兄索居楊根, 與英祚家比屋, 往來親厚, 以詳聞於英祚者, 爲余傳之. 或英祚欺歟?

15　필자가 참조한 것은『報恩郡先生題名錄』(장서각소장, 필사본 1책)과『金溝邑誌』(한

東) 김이현(金履顯)이 먼저 눈에 띄였는데 그는 1773년에서 1776년까지 보은군수를 한 뒤 바로 금구현령으로 옮겨간 것이 확인되었으나 ①과는 위배되었다. 좀 더 찾아본 결과 이형회(李亨會)란 인물이 1813년을 전후해 금구현령을 하였고,[16] 1822년 7월에서 1824년 6월까지 보은군수를 한 사실을 찾아내었다. 그는 본관이 전의(全義)요, 석강공·서화공의 후손이었다.

바로 『전의이씨족보』를 확인한 결과, 이형회는 현위(玄緯)와 현기(玄綺)라는 두 아들을 두고 있었다. 현위의 장인은 풍양(豊壤) 조병진(趙王秉鎭)이고, 현기의 장인은 여산(礪山) 송인재(宋仁載)였다. ④에서 『기리총화』 편찬자의 장인은 함라(咸羅; 전라도 함열(咸悅)의 고지명) 현감을 했음을 알 수 있다. 『함열군읍지』[17]의 관안을 확인한 결과 송인재의 이름이 있었다. 그는 1810년에 부임해서 1812년 간성군수(杆城郡守)으로 옮겨갔다. 이상의 과정을 통해 『기리총화』의 편찬자는 이현기(李玄綺)라는 인물로 확정할 수 있게 되었다.

이현기와 그 집안에 대해서는 추후 다시 보도록 하고 그러면 남은 자료 ⑤, ⑥, ⑦, ⑧은 이 책 편찬자의 실상에 부합되는지 마저 보도록 한다.

⑤에는 백부(伯父)와 낭청(郎廳)을 지낸 서종조부(庶從祖父)가 등장하고 있는데 자제 교육에 엄했던[18] 이 백부는 이문회(李文會, 1758~1828)가 될 것이다. 또 족보에 이현기의 종조부로 이경배(李慶培, 1727~1789)라는 인물이 보인다. 족보에는 서얼이라고 명기되어 있지 않으나 '낭청(郎廳)'[19]을 지

국지리지총서 『邑誌』四, 전라도①, 아세아문화사, 1986)이다.

16 『금구읍지』에는 고을 원의 재임연도가 나와 있지 않으나 『순조실록』 13년 4월 15일 조를 통해 1813년을 전후해서 이형회가 금구현령으로 재직했음을 확인할 수 있다.

17 장서각 소장, 필사본 1책

18 이문회의 이 일화 외에 鄭載崙(1648~1723)의 『公私見聞錄』에는 李重基의 동생 李厚基의 자제 교육에 엄격했던 일화가 실려 있어 이 집안 가풍의 일면을 확인할 수 있다.

19 郎廳은 備邊郎을 말하는데 備邊司의 관직(종6품)으로 정원은 12명이다.

낸 것은 적혀 있다. ⑥ 역시 이형회가 1799년 모친을 여의었기에 부합된다.
⑦에는 재종형의 『아양정초귀록(峨陽亭樵歸錄)』을 언급하였는데(동빈본 제
7화 「몽침교부(夢寢巧符)」와 제9화 「괴실(槐實)」은 이 『초귀록(樵歸錄)』에서 인용한
것이다.) 그가 1796~1797년 성균관에 재학하고 있는 것으로 보아 이 재종형
은 이현정(李玄正, 1777~1815)일 것이 분명하다. 그는 1809년 증광(增廣) 생
원시(生員試)에 합격하였는데 ②에 나오는 안주완(安柱完)이란 인물은 이현
정과 동방(同榜)이었다.[20] ⑤에도 잠깐 보이지만 ⑧을 보면, 편찬자의 친척
은 경기도 양근(楊根, 지금 양평)에 살고 있음을 알 수 있는데 족보를 보면
이 집안의 선산(先山)이 양평군(楊平郡) 서종면(西宗面) 수입리(水入里)에 있
음을 확인할 수 있다. 후손들이 지금도 이곳에 살고 있다고 한다.

　『기리총화』의 편찬자 이현기는 어떠한 삶을 살고 간 인물인가?

　이현기의 자(字)는 치호(穉皓)요, 『기리총화』로 인해 그의 호가 '기리(綺
里)'였음을 알 수 있는데 호를 이렇게 지은 내력은 미상이다.[21] 형 현위(玄
緯, 1793~1884)는 진사(1825년)를 했고 음직으로 연산현감(連山縣監)을 지냈
음이 확인되나 이현기는 소과(小科)도 하지 않았고, 관직을 한 기록도 없
다. 문집이 있었다는 기록조차 없고, 그에 대한 묘문(墓文)도 묘연하여
생애를 명확히 확인하기가 어렵다.

20　서울시스템(주), CD-ROM 사마방목 1809년 증광 생원시 전체 합격자명단.

21　일단 자를 穉皓라 한 것은 이름에 綺字가 있기에, 漢나라의 '商山四皓'의 한 사람인
綺里季와 연관 지어 지은 것으로 보인다. 다만 이름을 가지고 號까지 이렇게 지었는지
의문이다. 필자는 정조 때 抄啓文臣에 뽑힌 咸平 李儒修(1758~1822)가 綺里라는 호를
썼음을 확인한 바 있다. 『金三品記』(필사본 1책, 국립중앙도서관 星湖文庫 소장)라는
책에 이유수가 綺里라는 호를 쓰고 있으며 『함평이씨족보』에도 역시 그의 호가 綺里로
올라 있다. 이유수가 기리라는 호를 쓰게 된 것은 고향인 충청도 洪城에 있던 地名에서
따온 것이다. 이현기의 집안 역시 홍성에 先山이 있고 一族들이 여기 살았지만 이현기
의 직계는 아니라는 점(이현기의 직계는 서울에 살았다)에서 綺里라는 호의 내력은
아직 미상이다.

〈도표 1〉 전의이씨(全義李氏) 청강공파(淸江公派) 족보

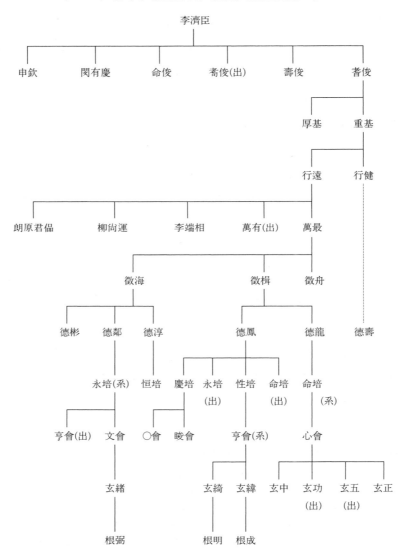

앞서 본대로 그의 집안은 6대조 행원(行遠)이 인조(仁祖) 때 우의정까지 지내며 가문을 중흥시켰다. 현기의 조부 영배(永培, 1730~1779, 관 목사)[22]는 덕린[관 군수(郡守)]에게로 입계(入系)했는데 덕린은 경은부원군(慶恩府院君) 김주신(金柱臣)의 사위였기에 숙종(肅宗)과 동서지간이 된다. 영배는 문회(文會)와 형회(亨會) 두 아들을 두었는데 형회는 성배(性培)에게로 입계했다. 백부 이문회(李文會)[23]는 1790년 문과에 장원을 한 후 벼슬길에 나서 이조참판까지 지냈는데 아들 현서(玄緒, 1791~1862), 손자 근필(根弼, 1816~1882)이 모두 문과를 하고 판서(判書)에까지 올랐다.[24] 이문회는 1811년 동지사행에 부사(副使)로 연행(燕行)한 바 있다.[25]

이현기의 가문은 소론 명문가로 역시 소론 명문가들인 청송심씨, 동래 정씨, 창녕조씨, 풍산홍씨(洪良浩 집안), 달성서씨, 풍양조씨(趙最壽 후손), 파평윤씨 등과 인척을 맺고 있다.[26] 이런 배경으로 『기리총화』에 나오는

---

22 洪良浩撰 「黃州牧使李公墓碣銘」(『耳溪集』 권29 所收)

23 李文會에 대해서는 鄭元容撰 「吏曹參判李公神道碑」(『經山集』 권14에 所收)가 전한다. 그는 1790년 문과에 장원을 한 뒤 안악군수(1793년), 승지 겸 대사성(1804년), 한성부좌우윤 및 병조참판(1809년), 예조참판 및 성천부사(1812년), 개성유수(1819년), 형조참판 및 황해감사(1822년), 이조참판(1826년), 대사헌(1827년) 등을 역임했다.

24 족보에는 이문회에게 문집『實軒集』이, 이현서에게『星叟集』이 있다고 기록되어 있으나 후손에게 문의해본 결과 집안의 일부 書籍類가 경기도 가평 후손가에 보관되어 있었는데 6·25동란 때 소실되었다고 한다. 『성수집』에는 이현기에 대한 墓文이 있었을 가능성이 높은데 아쉬운 일이 아닐 수 없다. 논문을 준비하면서 후손과 종친회 등을 방문, 문의해보았으나 이현기가 『기리총화』란 야담집을 편찬한 사실은 아무도 아는 분이 없었다.

25 이 해 동지사행의 正使는 曹允大, 서장관은 韓用儀였다. 이 사행을 기록한 燕行錄으로는 이정수의『유연록』(고려대 소장, 필사본 11책)이 남아 있는 바 이문회의 자제군관으로는 종질 李玄正이, 반당으로는 李玄永이 수행하였다. 연민본『기리총화』 제2화 「郵卒巧猾」을 보면 이 사행 때의 목도한 장면을 적고 있다. 당시 이현기는 16세의 어린 나이였기 때문에 자제군관으로 선택되지는 않았다. 아마도 이문회 또는 자제군관으로 갔을 집안 형으로부터 들은 것을 기록했을 듯하다.

26 『한국계항보』(天), 보고사, 1992, 304~305쪽 참조. 『한국계항보』에는 玄綺가 형으

사대부 일화 가운데는 소론 인물이 대부분을 차지하고 있다.

부친 이형회(李亨會, 1770~1827)는 진사(進士)를 한 뒤 금구현령, 통천현감[27], 보은군수, 선산부사를 역임했다. 그런데 우리의 주목을 끄는 것은 이희평(李羲平, 1772~1839)의 『계서잡록(溪西雜錄)』에 이형회와의 교유가 보인다는 사실이다. 이희평은 김산부사(金山郡守, 현 김천) 재임시(1822~1826)에 선산부사(善山府使)로 있던 이형회와 절친하게 지냈던 듯하다.[28] 『계서잡록』에는 이형회의 생일연(生日宴)에 병 때문에 참석하지 못한 이희평이 희학적(戲謔的)인 하전(賀箋)을 보낸 것이 수록되어 있다.[29] 또 연민본 『기리총화』 제9화 「심가귀괴(沈家鬼怪)」에는 이희평의 동생 이희조(李羲肇, 1776~1848)가 나온다. 굶주린 귀신 부부 때문에 골머리를 앓은 심씨의 집에 학사(學士) 이희조도 가서 하룻밤 묵으면서 주인과 대화를 나눴다는 것이다. 이처럼 이현기의 집안과 이희평의 집안은 교분이 있었던 것은 분명하나 『기리총화』와 『계서잡록』[30]은 직접적인 연관은 보이지 않는다.

로, 玄緯가 동생으로 잘못 기재되어 있다.

27 이형회가 통천현감을 한 사실은 『통천현읍지』 先生案에서 이름을 확인할 수 있고, 申緯(1769~1847)의 시를 통해 그 시기가 1819년을 전후한 시점임을 알 수 있다. 『申緯全集』(태학사, 1983) 363면 「通川喚仙亭, 在叢石亭之前, 卽國初名迹也, 李夢七使君(亨會)重新之. 舊有傍書太拙, 夢七要余改書, 且屬題」, 384쪽 「與岳州守(金愚淳) 李通川(亨會), 同登滿月臺, 遇雨作」 등. 아울러 신위의 다른 詩題를 통해 이형회의 호가 夢七 또는 夢禪임도 알 수 있다.

28 이희평에 대해서는 이현택 「계서 이희평 문학 연구」, 국민대 국문과 석사학위논문, 1983 및 김준형 「19세기 야담 작가의 존재 양상-계서 이희평론」, 『민족문학사연구』 15호, 민족문학사연구소, 1999.12 참조.

29 『溪西雜錄』 권1, 성균관대 소장본.

30 이희평은 居昌府使 재임시(1826~1828)에 『계서잡록』을 완성했고, 1828년 봄 自序를 붙였다. 따라서 이현기가 이 책을 보았을 리는 없었겠고, 혹 『기리총화』가 부친 이형회의 선산부사 시절에 완성이 되었다면 逆으로 이희평이 『기리총화』를 보았을 가능성도 생각해 볼 수 있다. 참고로 『기리총화』의 「金生傳」, 「夫人識鑑」 같은 편은 그 類話가 『계서잡록』(연민본 亨卷 제43, 45화)에도 보인다.

이형회·이현기 부자가 입심좋던[31] 이희평 및 그의 형제들과 더불어 많은 이야기들을 서로 주고받았을 개연성만을 떠올려볼 뿐이다.

『기리총화』는 언제 편찬된 것인가? 『기리총화』에는 '당저(當宁)'라는 말이 여러 차례 보이고 '순묘(純廟)'라는 말이 보이지 않기 때문에 일단 편찬 시기는 순조(純祖) 재위 연간(1800~1834)으로 볼 수 있다. 이제 편찬 시기를 좀 더 좁혀볼 단서들을 확인해 보자.

「파자심신(破字甚神)」은 "李造士汝直, 今臺閣運恒之堂侄也…"란 말로 시작하는데 대각(臺閣)은 사헌부와 사간원의 관원을 주로 지칭하는 말이다. 이운항(李運恒, 1760~1820, 본관 여주)이 사간원 헌납(獻納)을 지낸 것은 1813년을 전후한 시점[32]이고 그는 1816년 경성판관으로 있다가 파직된 후 정계를 은퇴했다. "지금 대각"이라는 표현으로 보아 이 기록은 1815년을 넘지 않은 시기에 쓰인 것으로 보인다.

「곡산난민(谷山亂民)」은 1810년 황해도 곡산의 백성들이 고을 원인 박종신(朴宗臣)을 내쫓은 사건을 기록한 것인데 이것이 이듬해 홍경래의 난을 양성하는 계기가 되었다고 이현기는 전하고 있다.[33] 이 편을 시작으로 하여 「일문삼충(一門三忠)」, 「귀화고이(鬼火告異)」, 「김장현모(金將賢母)」, 「광적양주(誑賊良籌)」, 「피란박패(避亂薄敗)」(임형택본은 「피란탕패」)는 모두 1811년 겨울에 일어난 홍경래 난에 관련된 이야기들이다.(난의 직후에 백부(伯父) 이문회가 이 땅을 지나 연경(燕京)을 다녀왔고, 이듬해 평안도 성천부사(成川府使)로 부임했기에 이현기는 더욱 민감했는지도 모르겠다.) 또 「천리교(天理敎)」

31 "… 余[심능숙-필자]嘗戲曰, 老兄一肚皮都是歌, 又不知, 幾十卷『溪西雜』, 尙餘於 胸中未脫藁之草也歟!"(沈能淑 「溪西雜錄序」)

32 『순조실록』 13년 7월 11일조에 헌납 이운항의 이름이 한번 보인다. 이운항에 대해서 는 『여주이씨인물지』(여주이씨역대인물지간행위원회, 1997), 544~545쪽 참조.

33 "… 始道狀到京, 伯父與家人憂歎曰, '此兵象也. 特先兆于此耳.' 其冬果有西賊之稱 亂, 谷山餘薰, 實爲釀成, 賊酋多載谷山式籍者. …"(동빈본 제22화)

는 1813년 음력 9월 중국에서 일어난 임청(林淸; 천리교의 수령)의 난을 전하고 있으며, 「을해천운(乙亥舛運)」은 1815년의 전국에 기근과 전염병이 돌았을 때의 이야기이다. 그리고 「편전괴상(偏戰乖常)」은 1817년 정월 용호(龍湖; 현 용산)의 무뢰배들과 남대문 밖 무뢰배들 사이에 일어난 패싸움을 기록하고 있다. 이상의 여러 기록들은 사건이 있은 때로부터 그리 멀지 않은 시점에서 기록된 것들로 보인다. 또 「연도재이(燕都災異)」에는 '시세(是歲)'라 하고 아래 '당저무인(當宁戊寅, 1818년임)'이라 적고 있으며, 「심가귀괴(沈家鬼怪)」에는 '작년동(昨年冬)'이라 하고 밑에 '즉당저병자(卽當宁丙子, 1816년임)'라고 적고 있다. 이러한 정황들로 볼 때 『기리총화』는 저자가 약관을 좀 넘어선 1816~17년부터는 기록이 시작된 것이 아닌가 생각된다. 다만, 「문자화복(文字禍福)」에 "부친이 보은군수를 한 때"라는 말이 나오므로 『기리총화』의 '성책(成冊)'은 1822~1824년 이후가 될 것이다. 그리고 『기리총화』에는 부친을 전부 '가군(家君)'이라고 표현하고 있다. 만약 부친이 돌아가신 후에 성책되었다면 '선군(先君)' 내지 '선친(先親)'이라고 표기하였을 것이다. 그러면 이 책은 적어도 1827년 이전에는 성책되었을 것인데 연도를 알 수 있는 개인적인 얘기가 부친의 보은군수 시절 이후의 것이 안 보이는 것으로 보아 1825년을 전후한 시점이 아닐까 한다. 이 무렵은 저자의 나이 30세를 전후한 때이다. 지금까지 편자가 밝혀진 야담집의 경우들을 놓고 볼 때, 대단히 이른 나이임을 알 수 있다.(1843년 『청구이문(靑邱異聞)』을 편찬한 김경진(金敬鎭)의 경우가 29세였다.)

3. 『기리총화』의 성격

『기리총화』에는 필기류(잡록(雜錄), 시화(詩話), 소화(笑話), 일화, 민담 등)

와 한문단편소설(약 20여 편) 등이 혼효되어 있다. 야담의 전개가 꼭 필기잡록에서 서사성이 강해지는 소설화 방향으로만 진행된 것만은 아니지만 『기리총화』가 나오기 훨씬 앞 시기에 『천예록(天倪錄)』, 『난실만필[蘭室漫筆; 일명: 잡기고담(雜記古談)]』, 『동패낙송(東稗洛誦)』같은 비교적 서사성이 풍부하면서 일정한 체제를 갖춘 야담집들이 등장했다는 점을 염두에 두면 『기리총화』의 장르 혼효는 사실 좀 의외이다. 세 줄짜리 필기가 있는가 하면 4,000자가 넘는 한문소설이 있는 등 그 층차의 괴리가 연구자를 곤혹스럽게 한다.

우선 필기류를 살펴보면 『기리총화』에는 '돈견(豚犬)', '무충양(無虫恙)', '빈모자웅(牝牡雌雄)', '성성(猩猩)' 같은 어휘의 내원(來源)이라든지 '목면(木綿)'의 중국에서의 현황, 불교가 중국에 처음 들어온 시기에 대한 고증 등으로부터 천리교(天理敎) 난(亂), 홍경래 난, 기미년(1799)의 전염병 창궐, 12지(支)와 기수(奇數) 우수(耦數)의 오묘한 조합, 서울에서 벌어진 패싸움, 저자 개인의 주장 및 경험담(「낙지반론(樂志反論)」, 「패관이지(稗官移志)」, 「탐색지계(貪色之戒)」 등), 여러 사람들의 시화(詩話), 소화(笑話)·음담(淫談) 등에 이르기까지 짤막한 필기류의 기사들이 많이 수록되어 있다. 이 가운데 일정 부분은 중국의 『설부(說郛)』(元 陶宗儀 편), 『속설부(續說郛)』(明 陶珽 增補)『(古今)說海』(明 陸楫 편) 같은 거질(巨帙)의 총서(叢書) 내에 수록되어 있는 『표속수독(漂粟手牘)』, 『애자(艾子)』, 『응해록(應諧錄)』, 『박물지(博物志)』, 『동재기사(東齋記事)』, 『열선전(列仙傳)』, 『한무고사(漢武故事)』, 『가어(家語)』 등의 기사를 인용하고 있다. 우리 나라 책으로는 『감이편』(感異篇; 동평위(東平尉) 撰), 『고려사(高麗史)』 등의 인용이 보인다. 이현기는,

"나는 稗官을 매우 좋아하여 열람한 것이 많았는데 심지어 寢食을 폐하면 서까지 읽기도 하였다. 그러다가 한참 후엔 이것들에 염증을 느끼게 되었으 니 設意措辭가 온통 印板으로 찍어낸 듯 똑같아 그 첫 권만 보면 全帙을 이미 다 헤아릴 수 있으니 排舖가 더 무슨 新奇한 것이 없었다. …"[34](「稗官 移志」)

라 하여 젊은 시절 패관(稗官)에의 혹호(酷好)를 말한 바 있다. 여기서 말한 패관이란 소설류를 주로 말하는 것으로 보이는데(이러한 소설에 대한 독서경 험 때문인지 그는 『기리총화』에서 백화(白話)를 꽤 구사하고 있다.) 위에 예시한 것과 같은 총서잡록류(叢書雜錄類)도 상당히 읽고 있음을 확인할 수 있다.

소화(笑話)·음담(淫談)의 경우, 「전가옹(田家翁)」, 「물아막변(物我莫辨)」, 「음부패언(淫婦悖言)」, 「비배부수(非背不手)」, 「구판지희(九板之戲)」, 「기주 선고(嗜酒善賈)」, 「사륙시령(四六詩令)」, 「매화발(梅花發)」, 「발해암호(發咳 暗號)」, 「간산매몰(看山埋沒)」, 「노주문답(奴主問答)」 등이 있다. 앞의 두 화는 명(明) 유원경(劉元卿, 1544~1609)이 지은 『응해록(應諧錄)』(『기리총화』 에는 『해록(諧錄)』이라고 표기)이란 책에서 인용한 것이다.(극히 작은 편수이긴 하나 이 점 『동야휘집』의 『해탁(諧鐸)』 수용[35]을 염두에 둘 만하다) 소화·음담의 경우 항간에 많은 유전(流轉)이 되기에 『고금소총』류의 책에서 동일담 내 지 유화(類話)들을 많이 찾을 수 있다. 「물아막변」, 「음부패언」, 「구판지희」, 「발해암호」 등이 그것이다. 「노주문답」은 이 시기에 많이 등장하는 배해 체(俳諧體) 산문(散文)이다.[36] 소화 가운데 「물아막변」을 잠깐 소개해 본다.

---

34 "余酷嗜稗官, 多所閱覽, 至於忘寢廢食, 而久乃厭之. 設意措辭, 都是一印板來, 纔 看第一卷, 已料得全帙, 排舖更不新奇, …"

35 金榮華, 「《諧鐸》與《동야휘집》」, 『모산학보』 6, 모산학회, 1994; 이병찬 「《동야휘집》 연구」, 성균관대학교 국문과 박사학위논문, 1994; 이강옥 「《동야휘집》의 《諧鐸》 수용 양상」, 『구비문학연구』 2, 한국구비문학회, 1995. 참조.

『諧錄』에 다음과 같은 글이 있다. 한 고을 관리가 죄 지은 중을 맡아 감옥으로 호송케 되었다. 관리는 길을 가다가 밤에 술을 마시고는 만취상태가 되었다. 이에 罪僧이 칼을 취하여 관리의 머리를 깎아버리고는 자기의 오랏줄을 풀러 관리의 목에 매어놓고는 달아났다. 새벽이 되어 관리가 술이 알딸딸한 가운데 죄승을 찾았으나 찾지 못하고 자신의 머리를 만져보고 목을 쓰다듬어 보니 머리는 맨들맨들하고 목엔 오랏줄이 매어져 있었다. 이에 크게 의아해하며 말하기를, "중은 여기 있는데 나는 지금 어디에 있는가?"라 하였다.

나는 말한다. 혼미한 세상에서 악착같이 영리에 몰두하는 이들은 몸뚱이 밖에서 물욕을 따른다. 참나[眞我]가 어디에 있는지를 알지 못함이 어찌 이 관리 한 사람 뿐이리오?[37]

일화는 거의 사대부가 주인공이다. 조선후기 야담집이 대다수 노론계[38]

---

36 이러한 유형의 글로「諭雇文」(조선후기 문인 金得厚의 作으로 유만주의『欽英』2책, 규장각자료총서, 21~26쪽에 수록되어 있다.),「大丘訓長原情」(서울대 일사문고『相思洞記』및『청구고담』에 수록)「呈舊僚鄭司果戱墨」(『청구야담』),「沈齊賢乞酒啓」(규장각 소장『閑中日記』에 수록) 같은 글들이 있다.

37 『諧錄』曰: 一里尹管罪僧赴戍, 中道, 夜飮酒. 尹沉醉, 僧取刀髡尹之首髮, 解己紲, 反紲尹項而逸. 凌晨, 尹微寤, 求僧不得, 摩其首, 捫其項, 則髡且紲矣. 乃大訝曰"僧則在是, 我今安在?"余曰, 世之營營乎迷津者, 循物欲於形骸之外, 不識眞我之何在者, 豈獨里尹一人乎?

38 任堕(1640~1724), 盧命欽(1713~1775), 安錫儆(1718~1774), 辛敦復(1692~1779), 任邁(1711~1779), 李義平(1772~1839), 徐有英(1801~1874 이후) 등을 말한다. 이에 대해서는 진재교,「《天倪錄》의 作者와 著作年代」(『서지학보』17, 한국서지학회, 1996), 진재교,「《雜記古談》연구」(『한국의 경학과 한문학』, 태학사, 1996), 김동욱,「《天倪錄》연구」(『반교어문연구』5, 반교어문연구회, 1994) 임형택,「《동패락송》연구」(『한국한문학연구』23, 한국한문학회, 1999), 졸고,「조선후기 사대부의 야담 창작과 향유의 일양상」(『어문논집』37, 안암어문학회, 1998), 이명학,「한문단편 작가의 연구 - 安錫儆의 경우」(『이조후기 한문학의 재조명』, 창작과비평사, 1983), 김상조,「《鶴山閑言》연구」(『국문학보』13, 제주대학교 국문과, 1995), 전게 이현택,「溪西 李義平 문학 연구」, 전게 김준형,「19세기 야담 작가의 존재 양상」, 장효현,『서유영 문학의 연구』(아세아문화사, 1988) 등을 참조.『동야휘집』의 李源命(1807~1887)은 소론으로 보이나『동야휘

에서 나온 반면에『기리총화』는 소론계에서 나온 것이란 점에서 이 책에
수록된 사대부 일화는 그 주인공이 소론계 인물이 대단히 많다. 그렇지만
편자는 다른 당색의 인물들에 대해서도 폄하의 태도를 취하고 있지는 않
다. 이 점 뒤에 볼『청구이문』과 좋은 대조를 보이고 있다. 노론계에서
나온『청구이문』은 타당파 인물에 대해서는 관직명이나 호(號) 등을 쓰지
않고, 성(姓) 아래 '공(公)'이란 글자도 안 붙이고 이름 석 자만 쓴 경우가
대부분이다.[39]

　한문단편소설은『기리총화』를 가장 빛나게 해주는 부분이다. 이 책의
중요성은 바로 여기에 있다 해도 과언이 아니다.『청구야담』은 총15화를
이『기리총화』에서 그대로 전재했는데[40](그러나 현재까지 발견된『기리총화』
는 원 분량의 ⅔정도로 추정되므로 어쩌면 더 많은 작품들이『청구야담』에 전재(轉載)
되어 있을 수 있다.[41]) 이들 작품 가운데는 가히 한문단편의 최고 수준을
보이는 작품들이 대거 포진하고 있기 때문이다. 즉,

　　　『기리』「蔡生奇遇」→『청구』「結芳緣二八娘子」(「金令」[42])

───────

집』은 찬자의 당색이 별 의미가 없는 총집성의 야담집이다.

39　예컨대『기리총화』「安守旭小傳」에는 '雲谷相公'으로 되어 있는 것이『청구이문』에
　　는 '罪人光佐'로 되어 있고,『기리총화』「老峯免禍」에는 '睦相公來善'으로 나와 있는
　　데『청구이문』에는 '睦來善'으로 되어 있으며,『기리총화』「蔡相時調」에는 '蔡相國濟
　　恭'이라 되어 있는 것이『청구이문』에는 '古之蔡濟恭'으로 되어 있다. 심지어『기리총
　　화』「古宰尙儉」의 주인공은 李光佐인데『청구이문』에서는 老峯 閔鼎重으로 바꿔치
　　기까지 하고 있다.

40　정명기 교수는 전게 논문에서 연민본『기리총화』의 14화(편명은 들지 않았음)가『청
　　구야담』에 轉載되어 있음을 말하였다. 그러나 필자가 확인해 본 결과는 총15화였다.

41　임형택본의 권상에서 5화가 추가 확인되어『기리총화』에서『청구야담』으로 전재된
　　작품은 총 20편이다.

42　괄호안은 이우성·임형택 편역『이조한문단편집』, 일조각, 1973·1978에 수록된 제목
　　임.「김령」에 대해서는 이신성,「한문단편〈金令〉의 연구」,『한국한문학연구』3·4,

『기리』「端川義妓」 → 『청구』「金丞相窮途遇義妓」
『기리』「金生傳」 → 『청구』「綠林客誘致沈上舍」(「洪吉同 以後」)
『기리』「猾吏弄宰」 → 『청구』「善欺騙猾胥弄痴倅」(「牛媽媽」)
『기리』「沈家鬼怪」 → 『청구』「饋飯卓見困鬼魅」(「鬼客」)

같은 작품들이 그것이다. 이외에도 『기리총화』에서 그대로 전재하지
는 않았지만 『청구야담』에 윤색·수용된 것으로 추정되는 「서애치숙(西
厓癡叔)」, 「곡배마(曲背馬)」 「최생전(崔生傳)」 등43도 한문단편의 명편으
로 손색이 없다. 『기리총화』의 편찬자가 밝혀짐으로써 이제야 위와 같은
수작(秀作)들의 온당한 원작자를 찾은 셈이다.(『기리총화』가 또 선행하는 어
떤 야담집으로부터 전재했을 가능성도 없지는 않으나 현재까진『기리』가 이전 문헌
(文獻)을 전재한 흔적은 찾을 수 없다. 다만「김생전」한 편만은 이미 별도의 소설로
돌던 것이 있지 않았나 하는 생각이다. 이 편만은 분량이 워낙 길고, 끝에 "史臣曰~"
이라 하여 이 책 안에 수록된 다른 편들과는 다소 이질적인 평결(評結)까지 붙어
있어 이런 심증이 가게 만든다.44)

한국한문학연구회, 1978-1979 참조.
43 「西厓癡叔」은『동패락송』및『계서잡록』등에도 類話가 있으나『청구』의「恸倭僧柳
居士明識」은 이중 어느 것도 그대로 轉載하진 않았다.『청구』의 것은 분량이 짧은 편으
로 개괄적으로 내용을 축약 기술해 놓았음에 반해『기리』의「西厓癡叔」은 구성이 상당
히 짜임새 있으며 세부 묘사가 치밀하다.『청구』의「報喜信欂馬長鳴」은『기리』의「曲
背馬」를 보고 윤색한 것이 거의 확실하다.『청구』에는 주인공만 다른 비슷한 類話인
「訪舊主名馬走千里」(이는『학산한언』수록작을 轉載한 것이다)가 있음에도『기리』의
이 작품을 다시 윤색해 실어 놓았다.『청구』의「被室讁露眞齋折簡」(전게『이조한문단
편집』에「露眞齋上俟書」로 수록)은『기리』의「崔生傳」을 윤색해 놓은 것으로 보인다.
「최생전」은 남산골 샌님 최생이 무능을 모면키 위해 雲谷과 친분이 있는 것처럼 속이다
가 벌어지는 사건을 기술한 것인데『청구』에서는 주인공을 廣州의 서생으로 설정하였
고 또 소론의 영수였던 雲谷 李光佐가 불편했는지 '某姓某人'으로 바꿔놓았다. 이 작품
의 경우『청구』의 것은 성공적으로 윤색되었다. 주인공을 '露眞齋'라는 齋號로 설정한
것도 재미있고 여러 세부 상황의 묘사가 뛰어나게 형상화되었다.

『기리총화』는 작자 개인의 경험담, 우리 나라 및 중국의 각종 필기서
및 사서(史書), 주변 교유자로부터의 전문(傳聞), 구비전승 민담 등에서
많이 취재(取材)하고 있으나 무엇보다 주목할 것은 전문을 가지고 작자
가 자신의 문필을 가미해 빼어나게 창작을 하고 있다는 점이다.

이제 『기리총화』의 이본(異本) 관계에 대해 좀 더 살펴보고자 한다.

3종의 이본 중 연대본 『기리총화』를 정명기 교수는 발췌본적 성격이라
고 했는데 필자의 견해로는 발췌보다는 유별(類別)로 재편집한 것으로 보
인다. 이로 보면 동빈본이 보다 원형적인 모습이고, 연대본은 다른 사람에
의해 후에 다시 재정리된 본이 아닌가 한다. 연대본은 작자 개인이 강하게
드러나는 편들은 가급적 배제시킨 것을 알 수 있다. 재종형의 『초귀록(樵
歸錄)』에서 옮겨온 동빈본 7화와 9화, 작자가 노출되어 있는 41화, 48화
등이 **빠졌다.**(연대본에는 작자가 자기 일을 기술한 것은 「낙지반론(樂志反論)」과
「패관이지(稗官移志)」 뿐이다. 단, 「전사옹(田舍翁)」의 후반부를 연대본만이 지닌
것은 좀 의외다.) 또한 연대본은 다소 시시하거나 비루하다고 생각되는 필기
류를 많이 배제시켰음을 알 수 있다.[45]

이제 연대본의 유취적(類聚的) 성격을 상세히 보도록 하자. 1화~14화까
지는 사실 고증 위주의 기사만을 모아놓았고, 15화~24화까지는 시 창작
에 얽힌 일화를 중심으로 사대부들의 시화(詩話)를 모았으며, 25화~26화
에 저자 개인적인 이야기가 들어가 있고, 이어 27화~30화까지 혼령(魂靈)
에 관련된 이야기를 모았으며, 31화~53화까지 인물 일화(소설 「김생전」이
포함)를 넣었다. 54화~56화는 중국에서 최근 일어난 사건들을 전하고 있

---

44 兪晩柱의 『흠영』(1784년 7월 15일조), 이희평의 『계서잡록』 등에도 세부 디테일에
    조금 차이는 있으나 이와 동일한 얘기가 수록되어 있다. 졸고, 「유만주의 한문단편과
    기사문에 대한 일고찰」, 『대동한문학』 13, 대동한문학회, 2000, 49쪽 참조.
45 동빈본의 12화, 23화, 24화, 27화, 63화, 73화, 74화, 75화 등이 그러하다.

으며, 57화~59화는 최근의 홍경래 난 관련 얘기, 60화~61화는 기미·을해
년의 액운(厄運) 이야기, 62화~69화에는 기타 잡다한 장르의 얘기를 넣었
다.(특히 후반 5화는 항간의 민담을 채록한 듯하다.)

동빈본은 저자가 편찬한 원본에 가깝기는 하나 오사(誤寫)가 꽤 많이
보인다는 점에서 원본과는 거리가 있고, 연민본은『청구야담』에 총15화
나 전재되고 있지만 「김생전(金生)」의 경우 3행이나 되는 필사 결락(缺落)
이 있는 것(연대본 「김생전」은 필사 결락 부분이 없다)을 보면 이 역시 원본과
는 거리가 있다고 보아야 할 것이다. 연대본과 연민본으로 보건대『기리
총화』는 총3책으로 되어 있었음이 분명하다.(그러면 현전 편수는 원『기리총
화』전체의 약 ⅔ 분량으로 추산된다.)

4. 『기리총화』와 후대 야담집 간의 관련 양상

앞서 말한대로 동빈본『기리총화』는 한국정신문화연구원(이하 정문연)
소장본『청구이문(靑邱異聞)』(필사본 1책)에 그대로 수용되어 있다. 바로
이『청구이문』이란 책이 홍미꺼리다. 현재는 권4 한 권만이 전하고 있어
서 이 책의 전모가 어떤지 확정할 수가 없다. 문제는『기리』→『청구이
문』→『청구야담』으로 영향을 준 것인지, 아니면『청구야담』의 편자가
『기리』를 직접 보았는지이다.『청구야담』은『기리』에서 총15화를 전재
하면서 글자 및 문장을 조금씩 바꾸어놓았다. 해당 화(話)를 수록한『청
구이문』이 발견된다면 위의 문제를 금방 해결할 수 있겠지만 그렇지 않
은 현 상태에서는 이 문제를 일단 유보해두고자 한다.(『청구이문』은 정문연
본 외에 구(舊) 보성고 소장본⁴⁶이 한 부 더 있으나 현전 여부가 미상이다. 혹 남아

---

46 보성고 소장 漢籍은 간송미술관으로 전부 이관되었다고 하는데 그 중 일부는 6·25때

있다면, 게다가 권4가 아닌 다른 권이라면 많은 해결의 실마리를 제공할 것이다.)

『청구이문』과 그 편자 김경진(金敬鎭, 1815~1873)은 정명기 교수에 의해
처음 알려졌다. 동경대 소장의 구(舊) 소창진평본(小倉進平本)『청구야담』
은 7권7책으로 되어 있으며 총158화가 수록되어 있는데 그 중 1권과 5권에
는『동패락송』에서 총21화가 전재되어 있고, 또「송죽쟁고설(松竹爭高說)」,
「정향전(丁香傳)」,「운영전(雲英傳)」,「상사동기(相思洞記)」등 4편의 이질
적인 글이 섞여있다. 그런데 이 책의 맨 앞에는 다른 어떤『청구야담』에도
보이지 않는「청구야담서(靑邱野談序)」가 붙어있다. 정명기 교수는 이 서문
을 쓴 사람이 김경진임을 밝힌 후, 이를 근거로 하여『청구야담』의 편자를
김경진으로 추정하였다.[47] 이미 소개된 글이지만 다시 한번 살펴본다.

> … 癸卯年(1843년) 金陵(金山)을 맡아볼 때 公務가 자못 한가로와 이에
> 그 듣고 본 일들을 수습하고 집집에 전해지는 책들을 모아 약간 규로 만들
> 고『靑邱異聞』이라 이름붙였다. 위로는 역사 사이의 자취로부터 아래로는
> 여항에 떠도는 풍속 이야기까지 공경하고 부러워할 만한 일, 면려하고 경
> 계할 일, 놀라고 기뻐할 일, 징벌하고 권장할 일, 증오하고 불쌍히 여길
> 일 등 싣지 않음이 없었다. 뒤에 이 책을 보는 자들은 졸음을 쫓을 재료로
> 삼을 수도 있을 것이고 또 풍자하고 경계함에 일조가 될 수도 있을 것이다.
> 다만 혹 당론이 다른 이가 전한 바도 있고, 혹 잘못 전하여진 것을 기록한

일실되었다고 한다. 현재 이『청구이문』이 온전히 남아있는지는 확인되지 않은 상태
이다.

47 정명기는 동경대에 소장되어 있는 舊 小倉進平本『청구야담』의 앞에 붙어 있는「靑邱
野談序」를 근거로 하여 이 서문이 安東 金敬鎭이 金山郡守에 재직 중이던 1843년에
쓴 것임을 고증하고, 이어 그를『청구야담』의 편자로 본 바 있다.(「《청구야담》의 편자와
그 이원적 면모」,『한국야담문학연구』, 보고사, 1996) 이러한 견해는『(對譯·校合·
註釋·校閱) 靑邱野談』(上·下), 교문사, 김동욱·정명기 공역, 1996로도 이어져 있다.
정명기는 이러한 자신의 주장을 공식적으로 수정하여 명기하지는 않았으나 지금은 김경
진을『청구이문』의 편자로만 제한해 보는 듯하다.

것도 있는데 붓가는대로 삽입하였기 때문에 눈에 거슬리는 곳도 없지 않을
것이다. 보시는 분들은 용서해주기 바란다. 陶菏州는 "장기·바둑 두는 것
이 아무 것도 안 하는 것보다는 낫다."하였다. 내가 이 책으로 공무의 여가
에 消遣하는 것이 장기·바둑보다야 훨씬 낫지 않겠는가? 그 스스로 희열
하는 마음은 『제해지』, 『세설신어』, 『박물지』, 『예원치언』 등을 쓴 이가 손
뼉을 쳐가며 붓을 적실 때보다 결코 적지 않다.[48]

　　제목엔 「청구야담서(靑邱野談序)」라고 되어 있지만 본문 내에는 자신이
편찬한 책 이름이 『청구이문(靑邱異聞)』으로 되어 있다. 정명기 교수는
이 둘을 동종이칭(同種異稱)의 책으로 보았으나 그 후 정문연에서 『청구이
문』이란 책의 실물이 나옴으로써 문제가 복잡하게 되었다. 『청구야담』의
앞에 『청구이문』의 서(序)가 들어간 것은 어떤 이유일까? 미궁의 문제이
다. 필자의 잠정적인 추정은 다음과 같다. 『청구이문』이란 책은 『기리총
화』도 그대로 전사(轉寫)하였고, 『동패락송』도 전사했으며, 상기 4종과
같은 소설들(정문연본에는 「주생전(周生傳)」이 뒤에 붙어있다)까지 함께 취합하
기도 했고 아울러 자신이 견문한 이야기들도 일부 덧붙인 책으로 여겨진
다. 권4 한 권만이 전하고 있으니 전체 규모가 몇 권인지조차 알 수가
없다. 필자는 『청구야담』의 편찬자는 이 『청구이문』을 접하였고 김경진
과 가까운 인물이 아니었을까 추정하고 있다. 소창진평본의 필사자는 김
경진의 이 서문을 보고 『청구야담』의 서로 써도 『청구야담』의 실체에 하

48　…歲在癸卯任金陵, 朱墨頗閒, 乃領畧其耳聞目見之事, 鳩聚於家傳戶說之書, 集爲
若干号, 弁之曰青邱異聞. 上而乘史間典故之蹟, 下而街巷內謠俗之談, 可欽可羨可勉
可戒可驚可喜可懲可勸可憎可憐之事, 無不具載. 後之覽此者, 堪作破睡之資, 而亦可
爲諷警之一助也. 第或有論歧家所傳, 或因傳訛者所記, 信筆挿入, 自不無碍眼處. 覽
者其恕之否耶. 陶菏州曰: "博奕惟賢乎已." 余之以此書, 爲公暇消遣者, 賢於博奕, 不
亦遠乎? 至其自怡之心, 無減於齊晉張弇輩鼓掌滋毫時云爾(「青邱野談序」小倉進平
本 『青邱野談』, 정명기 편, 『한국야담자료집성』 14, 계명문화사, 1992)

나도 어긋나는 것이 없으리라는 생각으로 이 앞에 붙여놓은 것이 아닌가 생각된다.

김경진에 대해서는 정명기 교수의 논문에 상세히 나와 있으나 몇 가지 자료를 더 보탤까 한다. 우선 정문연본 『청구이문』의 다음 이야기를 보자.

> 나의 先君께서 8세 때에 마마를 심하게 앓으셔서 시력을 잃을 지경까지 이르러 온 집안이 초조해 하였다. 하루는 柳醫가 내진하여, "병세가 누에가 아니고서는 효과가 없겠습니다."라 하니 때는 엄동설한이라 누에가 어디있으리오? 속수무책하고 있던 차에 하루는 꿈속에 仙源先祖(金尙容-필자주)께서 할아버지의 꿈에 나타나 "太古亭 앞 뽕나무에 누에가 있으니 취해다가 쓰거라."라 하셨다. 다음날 과연 취해다 쓰니 바로 효과가 있었다. (『청구이문』 제6화)[49]

> 숙종 임금 때 나의 선조 蘭谷參判公(金時傑-필자주)은 南九萬과 氣味가 맞지 않아 서로 교유하지 않았으니 言語動息에 간섭을 하지 않았다. … 『청구이문』 제17화)[50]

여기에 보면 이 책의 편찬자는 안동김씨 난곡(蘭谷) 김시걸(金時傑, 1653~1701)의 후손임을 알 수 있다. 정명기 교수가 제기해 놓은 김경진이 바로 난곡의 후손 가운데 한 사람이다. 김경진 외의 다른 후손도 편찬자일 개연성이 있으나 김경진이 1843년 김산군수(金山郡守)를 하고 있는 것으로 보아 이 책의 편자는 김경진이 확실한 것으로 보인다. 김경진의 증조부 복근

---

49 余先君八歲痘患甚重, 至于眼廢之境, 渾室焦燥. 一日柳醫來診, 病勢若非桑蟲, 則無以奏效. 時値雪積, 蟲何以生, 束手無策. 一夜夢中, 仙源先祖顯夢於王考, 太古亭前一桑木有蟲, 可取以用爲敎, 翌果取用立效.(『청구이문』 제6화)

50 蕭廟時我先祖蘭谷參判公與南九萬以氣味不相吻之致, 未嘗交接, 言語動息, 不相關涉 …(『청구이문』 제17화)

(復根)은 본디 난곡의 고손자인데 후에 덕순(德淳)에게로 입계(入系)했다.[51] 복근의 아들 병문(炳文, 1767~1822)은 대균(大均), 홍균(弘均), 세균(世均; 후에 숙부 병선(炳先)에게 입계) 세 아들을 두었고 김경진은 곧 대균의 아들이다. 삼촌인 김세균(金世均, 1812~1879)의 『만재유고(晚齋遺稿)』에 「종자이조참판묘지(從子吏曹參判墓誌)」가 있어 김경진의 생애를 살펴보는데 있어 좋은 단서를 제공해준다.[52]

그러면 김경진은 어떤 계기로 이현기의 『기리총화』를 볼 수 있었는지 이것이 의문이다. 양가(兩家)는 별 연결고리가 보이지 않지만 다음 두 가지 가능성을 상정해 볼 수 있을 것 같다.

첫째는, 『기리』를 한산이씨 이희평 형제 중 누군가가 입수한 후 그것이 다시 안동김씨 집안으로 전해졌을 가능성이다. 김경진의 삼촌 김세균의 장인은 바로 계서 이희평의 형인 이희두(李羲斗, 1768~1854)이고, 김세균의 외조부는 조진관(趙鎭寬)이다. 필자는 19세기 야담집의 편찬·향유에 이들 한산이씨, 풍양조씨, 안동김씨 세 가문이 큰 역할을 담당하고 있다고 보고 있다.[53]

둘째는, 이현기와 일족인 이행건(李行健)의 후손가로 『기리총화』가 전해졌다가 다시 안동김씨가로 전해졌을 가능성이다. 이행건은 앞서 언급

---

51 『한국계행보』(天) 676, 673쪽 참조.

52 『晚齋遺稿』는 필사본 문집인데 현재 성균관대와 국립중앙도서관 승계문고에 소장되어 있다. 권7에 「從子吏曹參判墓誌」가 있다. 이는 바로 김경진에 대한 묘지명이다.

53 최근 규장각자료총서로 영인된 19권19책의 한글본 『청구야담』의 소장자는 풍양 趙東潤(1871~1923)이었다. 조동윤은 趙鎭寬의 고손자로, 또한 당시 장서가 중 한 명으로 유명한 趙秉龜의 從孫이다. 이 자료는 사대부가 여성들이 소설 뿐 아니라 야담의 주요 독자층으로도 대두하였음을 시사해 주고 있다. 현재 국문본 야담집은 『청구야담』 외에 『동패락송』이 두 본 전하고 있다. 한편 실물은 발견되지 않았지만 유만주는 조카녀로부터 『학산한언』 국문본의 낭송을 듣고 있다.(전게 유만주 『흠영』 1786년 11월 18일조 참조)

한 이현기의 6대조 서화(西華) 이행원(李行遠)의 형이다. 이행원의 맏증손 (曾孫)은 영조 때 문형(文衡)을 지낸 바 있는 서당(西堂) 이덕수(李德壽, 1673~1744)로 이 집안은 이현기의 집안과 마찬가지로 소론계였다. 그러나 차증손(次曾孫)들인 이덕부(李德孚)·이덕재(李德載)의 후손들은 노론을 해 서 안동김씨, 풍양조씨가와 인혼(姻婚) 관계가 여러 명 보인다.[54]

한편 『기리총화』에 영향받은 야담집에는 『청구고담(靑丘古談)』[55]이란 것이 있다. 총29화가 수록되어 있는 이 책은 내제가 '완재문견록(宛在聞見 錄)'으로 되어 있는데 소재영 교수는 '완재(宛在)'를 한산이씨 재(在)자 항 렬의 인물로 추정하였다. 필자의 생각에는 책 제목에 이름을 내세우는 예가 없고, 게다가 이완재란 인물이 편찬자라면 이 책 안에 수록된 한산이 씨 선조일 이태영(李泰永), 이희갑(李羲甲) 등에 대해 일반 호칭을 쓰고 있는 점 등이 이해되지 않기에 이 책의 편자는 한산이씨가 아닐 것으로 생각한다.[56]

주목할 것은 이 책에 총7화의 『기리총화』 작품이 그대로 실려 있다는 점이고, 또 제29화에 "정해년(1827) 이상서희갑(李尙書羲甲)이 평안감사일 때 나는 평안도 선군의 임소에 있었다."라는 말을 통해 이 글이 김경진의 글일 가능성이 있다는 점이다. 김경진의 부친 김대균은 바로 이 때 평안도 영유현감(永柔縣監)으로 있었다.[57] 『청구고담』의 제11~13, 19~20, 23~

---

54 『한국계항보』天, 전의이씨 302~303쪽 참조.

55 숭실대 기독교박물관 소장본. 필사본 1책. 소재영 교수에 의하여 발굴, 소개, 영인되 었다.(『숭실어문』 11, 1994)

56 안동 金炳國(1825~1905, 號 穎漁)의 집 건물이 '宛在亭'이었는데 혹시 이 집에서 베 껴둔 책은 아닐지 모르겠다. 金學性著 「宛在亭記」, 『松石謾稿』, 규장각 소장본 참조.

57 "丁亥二月奉大夫人, 往伯氏(金大均─필자)永柔任所" 金世均著 『晩齋日記』 제1책 (국립중앙도서관 승계문고소장본 零本 6책) 『고서목록』에는 저자가 金翼甫로 잘못 나 와 있다. 책 안에 '金公翼甫'라는 말이 나와서 이를 오해한 것이다. 公翼은 김세균의 字이다.

29화는 다른 야담집에 보이지 않는 것들이고 이 가운데는 흥미로운 글들
도 여럿 있다.[58] 혹 현전하지 않는 『청구이문』에 들어있던 글들일 가능성
도 있다.

  18~19세기에 대량으로 나온 야담집 편자의 대부분은 경화노론계 문인
들이다.[59] (아직 편자가 밝혀지지 않았지만 『청구야담(靑邱野談)』과 『기문총화(記
聞叢話)』의 편자도 경화노론계 문사들의 교유권에서 그리 멀지 않은 곳에 있었던
인물일 것은 분명하다.) 이런 점에서 소론계에 의해 나온 『기리총화』는 다소
외떨어진 야담집이기도 하며, 전대 야담집의 영향을 별로 받고 있지 않은
이 점이 『기리총화』만의 독특성을 갖게 하였다.

  조선 후기 야담집 가운데 가장 수준이 높은 것으로 평가받고 있는 『청구
야담』은 현재 전대문헌(前代文獻) 전재의 실상이 점점 더 밝혀지고 있다.
전체 293화 가운데 현재까지 밝혀진 전대문헌 수용은 『학산한언』 33화[60],
『계서잡록』 약 55화[61], 『기리총화』(연민본) 15화, 김간(金榦, 1646~1732) 『후

---

58 『청구고담』 제22화는 『기리총화』의 「艮齋灰度」와 동일한 이야기이다. 다만 주인공이
    간재 최규서에서 우암 송시열로 바뀌어 있을 뿐이다. 소론 인물에서 노론 인물로 주인공
    이 바뀐 것이다. 제21화는 앞서 말한대로 서울대 일사문고본 『상사동기』에 붙어 있는
    「大丘訓長原情」이다.

59 필자는 전게 졸고 「유만주의 한문단편과 기사문에 대한 일고찰」에서 야담의 창작·향유
    와 관련있는 18~19세기 경화노론계 인물로 任埅·任邁·辛敦復·安錫儆·盧命欽·李安
    中·兪晩柱·沈允之·沈能淑·洪就榮·金相休·李義平·金敬鎭·徐有英 등을 거론한 바
    있다. 필자는 유만주의 『흠영』을 통해 기존에 알려진 야담집 외에 李安中(1752~1791)
    의 『丹霞索隱』, 沈允之(1748~1821)의 『叢話』라는 야담집이 있었음을 확인하게 되었
    다. 그러나 아쉽게도 이들 야담집의 실물은 아직 발견되지 않았다.

60 전게 정명기, 「《청구야담》의 전대문헌 수용 양상 연구」에서 32화로 밝혀 놓았으나
    『학산한언』 제69화(『청구야담』의 「說風情權井邑降巫」)가 누락되었다.

61 『계서잡록』은 정명기, 김준형이 제시한 전4권이 原型이라는 주장에 필자는 동의하며
    이를 기준으로 삼는다.(정명기, 「야담집의 간행과 전승양상 – 계서잡록계를 중심으로」,
    『설화문학연구』(상), 단국대학교 출판부, 1998, 김준형, 「기문총화계 야담집의 문헌학
    적 연구」, 고려대학교 국문과 석사학위논문, 1997.) 『청구야담』이 『계서잡록』에서 55화

재전서(厚齋全書)』 4화[62], 홍양호(洪良浩, 1724~1802)『이계집(耳溪集)』 5화,
신경(申暻, 1696~1766)『직암집(直菴集)』 1화, 김상정(金相定, 1727~1788)
『석당유고(石堂遺稿)』[63] 등이다. 현재까지 밝혀진 것만으로도『청구야담』
의 약 ⅓가량이 전대 문헌에서 전재되었음을 알 수 있다.

5. 남은 문제

본고는『기리총화』의 편찬자 고증에 치우쳐『기리총화』에 수록된 작
품들의 성향을 중심으로 이 야담집의 성격과 작가의식, 야담사에 차지하
는 위치 등을 고구하는 데는 미치지 못하였다. 또한 이렇듯 우수한 한문
단편 작가의 한 사람을 찾기는 하였지만 그의 삶과 교유 양상 등이 아직
구체적으로 파악되고 있지 않다는 점 등은 역시 추후 과제로 남겨져 있
다. 또한 19세기 야담집들의 유전(流轉)과 상호 영향 관계 등에 관련해
보다 면밀한 고찰이 이어져야 할 것이다.

아울러 지면상의 문제로『기리총화』에서『청구야담』으로 전재된 총
15화에 대해『청구야담』의 수용 양상을 구체적으로 거론하지 못하였다.
일단 간략히 말하자면,『청구야담』에서는 비서사적인 요소들을 많이 제
거하고 있으며, 어휘의 변개를 통해 비교적 쉬운 문체를 지향하고 있음
만을 우선 지적해둔다.[64]

를 轉載했음은 필자가 양본을 거칠게 대조해 확인한 것으로 약간의 오차가 있을 수
있다.
62 임완혁, 「《청구야담》에 대한 문헌학적 연구」(『한국한문학연구』 25, 한국한문학회,
2000)에서 밝혔다.
63 이 책은 1804년 목판본으로 간행된 것으로 권2에 「友難」이란 작품이 들어있다. 『청
구야담』의 「麥蒸豚中夜訪神交」는 이 작품을 그대로 轉載한 것은 아니지만 윤색한 것
이 분명하다.

[부록 1] 『기리총화』 이본 3종 목차 대조표

	기리총화(동빈본)	청구이문(四)	기리총화(연대본)	기리총화(연민본)	청구고담
1	抱川異聞(연대 27)	抱川異聞	豚犬(동빈 8)	誤書祝辭 →峽氓誤讀他人祝	林巨正
2	祭規(연대 30)	祭規	海中奇異 (동빈 17)	郵卒巧猾	徐敬德
3	藥泉博識(연대 44)	藥泉博識	好古(동빈 18)	梅花發 → 宰相戲挹梅花足	田禹治
4	竹泉試眼(연대 45)	竹泉試眼	田舍翁(동빈 19)	前輩去就	동빈본16
5	西厓癡叔(연대 41)	正祖 屛風詩	肯祖先形 (동빈 25)	靈城博物	동빈본18
6	曲背馬(연대 51)	先君痘患	木綿(동빈 29)	聖鑑如神	동빈본56
7	夢寢巧符	曲背馬	無虫恙(동빈 30)	經筵失措	동빈본59
8	豚犬(연대 1)	夢寢巧符	物我莫辨 (동빈 32)	燕都災異	동빈본57
9	槐實	豚犬	兩主燕謀 (동빈 33)	沈家鬼怪 →饋飯卓見困鬼魅	동빈본8
10	善押强韻(연대 16)	槐實	佛入中原 (동빈 34)	可憐 → 托終身女俠捐生	동빈본7
11	禹公治策(연대 43)	善押强韻	猩猩(동빈 31)	趙相主文	騷說孟浪
12	冥府報應	禹公治策	牝牡雌雄 (동빈 35)	豊陵軍令	太祖少時
13	科場(연대 46)	冥府報應	科目(동빈 36)	金生賢婦 →成勳業不忘糟糠	蔡濟恭 孫
14	破字甚神(연대 14)	科場	破字甚神 (동빈 14)	賤婢識人 →擇夫婿慧婢識人	동패락송20
15	己未厄運(연대 60)	破字甚神	聖賢夙就 (동빈 16)	夫人識鑑 →※製錦袍夫人善相	동패락송19
16	聖賢夙就(연대 15)	己未厄運	善押强韻 (동빈 10)	雲谷丹巖	동패락송17
17	海中奇異(연대 2)	蘭谷藥泉	尹塾詩(동빈 47)	梧川先見	동패락송58

---

64 단, 문체의 변개는 미미한 정도에서이다. 『동패락송』의 문체를 『계서잡록』이 완전히 평이한 문체로 바꾸어 놓은 것과는 차이가 있다.

	기리총화(동빈본)	청구이문(四)	기리총화(연대본)	기리총화(연민본)	청구고담
18	好古(연대 3)	好古	丁洪諧謔 (동빈 50)	申相少文	동패락송60
19	田家翁(연대 4)	田家翁	蔡相詩調 (동빈 56)	簡交 →※婁蒸豚中夜訪神交	士人迂闊
20	八文章(연대 24)	八文章	詩占榮枯 (동빈 57)	榮達前定	鵲巢及第
21	徐師氣像	徐師氣像	紫霞詩格	蔡生奇遇 →結芳緣二八娘子	訓長原情
22	谷山亂民	谷山亂民	西坡詩(동빈 70)	四六詩令 →成小會四六詩令	※동빈본43
23	奇耦玄理	奇耦玄理	宋公謝箋 (동빈 64)	端川義妓 →金丞相窮途遇義妓	愼生家禍
24	讀書做佛	讀書做佛	八文章(동빈 20)	山神沮戲 →假封塋山神護吉地	李泰永
25	肯祖先形(연대 5)	肯祖先形	樂志反論	豊原同學 →趙豊原柴門訪舊友	南九萬
26	天理教(연대 54)	天理教	稗官移志 (동빈 83)	崔生傳 →※被室謫露眞齋折簡	鄭基善
27	輕薄語	輕薄語	抱州異聞 (동빈 1)	金生傳(연대53) →綠林客誘致沈上舍	趙光祖 母
28	華人慷慨(연대 56)	華人慷慨	豊原顯靈 (동빈 38)	發咳暗號(연대68)	沈貞
29	木綿(연대 6)	木綿	李將軍顯靈 (동빈45)	看山埋沒(연대69)	月中桂(끝)
30	無虫恙(연대 7)	無虫恙	祭規(동빈 2)	九板之戲	
31	猩猩(연대 11)	猩猩	海恩雅量 (동빈 40)	嗜酒善賈	
32	物我莫辨(연대 8)	物我莫辨	艮齋恢度 (동빈 43)	猾吏弄宰 →善欺騙猾胥弄痴倅	
33	兩主燕讌(연대 9)	兩主燕讌	古宰尙儉 (동빈 46)	措大吝癖(연대67) →惜一扇措大吝癖	
34	佛入中原(연대 10)	佛入中原	老峰免禍 (동빈 49)	婢占福地 →占名穴童婢慧識	
35	牝牡雌雄(연대 12)	牝牡雌雄	尤翁聰明 (동빈 53)	樂志反論(연대25)	

	기리총화(동빈본)	청구야담(四)	기리총화(연대본)	기리총화(연민본)	청구고담
36	科目(연대 13)	科目	東崗際遇(동빈 54)	貪色之戒	
37	靑城良方(연대 39)	靑城良方	素谷鐵腸(동빈 58)	이하 『擇里志』(李重煥著)(끝)	
38	豊原顯靈(연대 28)	豊原顯靈	蔡相報恩(동빈 39)		
39	蔡相報恩(연대 38)	蔡相報恩	靑城良方(동빈 37)		
40	海恩雅量(연대 31)	海恩雅量	具公神異(동빈 69)		
41	金衙諧謔	金衙諧謔	西崖癡叔(동빈 5) → ※㤼倭僧柳居士明識		
42	安守旭小傳(연대52)	安守旭小傳	一門三忠(동빈 51)		
43	艮齋恢度(연대 32)	艮齋恢度	禹公治策(동빈 11)		
44	榮賊僧踪	榮賊僧踪	科獄(동빈 3)		
45	李將軍顯靈(연대29)	李將軍顯靈	竹泉試眼(동빈 4)		
46	古宰尙儉(연대 33)	古宰尙儉	科場用私(동빈 13)		
47	尹塾詩(연대 17)	尹塾詩	紿侄登第(동빈 55)		
48	竹器救鹽	竹器救鹽	東皐女怨(동빈 72)		
49	老峰免禍(연대 34)	老峰免禍	妬爲乖倫(동빈 59)		
50	丁洪諧謔(연대 18)	丁洪諧謔	淫婦悖言(동빈 62)		
51	一門三忠(연대 42)	一門三忠	曲背馬(동빈 6) → ※報喜信櫪馬長鳴		
52	驛爲兵象(연대 66)	驛爲兵象	安守旭小傳(동빈42)		
53	尤翁聰明(연대 35)	尤翁聰明	金生傳		
54	東崗際遇(연대 36)	東崗際遇	林淸幻術(동빈 26)		

	기리총화(동빈본)	청구야문(四)	기리총화(연대본)		
55	給由登第(연대 47)	給由登第	玉河救火 (동빈 81)		
56	蔡相詩調(연대 19)	蔡相詩調	華人慷慨 (동빈 28)		
57	詩占榮枯(연대 20)	詩占榮枯	鬼火告異 (동빈 66)		
58	素谷鐵腸(연대 37)	素谷鐵腸	金將賢母(동빈 67) → ※倡義兵賢母勵子		
59	妬爲乖倫(연대 49)	妬爲乖倫	誑賊良籌 (동빈 68)		
60	徐公機警	徐公機警	己未厄運 (동빈 15)		
61	具生誤着	具生誤着	乙亥舛運 (동빈 79)		
62	淫婦悖言(연대 50)	淫婦悖言	江湖問答 (동빈 80)		
63	非背不手	非背不手	黑白之論 (동빈 77)		
64	宋公謝箋(연대 23)	宋公謝箋	奴主問答 (동빈 76)		
65	琶西詩格	琶西詩格	魑魅禍福 (동빈 82)		
66	鬼火告異(연대 57)	鬼火告異	驛爲兵象 (동빈 52)		
67	金將賢母(연대 58)	金將賢母	揩大吝嗇		
68	誑賊良籌(연대 59)	誑賊良籌	發咳暗號		
69	具公神異(연대 40)	具公神異	風景埋沒(끝)		
70	西坡詩(연대 22)	西坡詩			
71	文字禍福	文字禍福			
72	東皐女怨(연대 48)	東皐女怨			
73	偏戰乖常	偏戰乖常			
74	箕城志異	箕城志異			
75	頓悟三事	頓悟三事			

	기리총화(동빈본)	청구이문(四)	기리총화(연대본)		
76	奴主問答(연대 64)	奴主問答			
77	黑白之論(연대 63)	黑白之論			
78	避亂薄敗	避亂薄敗			
79	乙亥舛運(연대 61)	乙亥舛運			
80	江湖問答(연대 62)	江湖問答			
81	玉河救火(연대 55)	玉河救火			
82	魍魅禍福(연대 65)	魍魅禍福			
83	稗官移志(연대 26)	周生傳 (權韠)			

* 『청구이문』은 동빈본 『기리총화』를 그대로 轉載한 것이다. 다만 동빈본의 「西厓癡叔」, 「聖賢夙就」, 「海中奇異」, 「稗官移志」 4편을 빼고, 대신 「正祖 屛風詩」, 「先君痘患」, 「蘭谷藥泉」 3편을 새로 추가했다.
(『청구이문』은 원래 소제목이 없다. 이 세 편의 제목은 필자가 임의로 단 것임)
* 『청구고담』 역시 원래 제목이 없는 것을 필자가 임의로 단 것이다.
* 연민본 『기리총화』에 →로 되어 있는 것은 동일 이야기를 轉載한 『청구야담』의 제목이다.
※는 그대로 轉載한 것이 아니고 改作 내지 類話이다.

[부록 2] 『기리총화』 완정본(임형택본) 기준 목차 대조표

번호	제목	임형택본	동빈본	연대본	연민본
1	先輩淸介	상권 1화			
2	聖考神明	상권 2화			
3	寧考聖學	상권 3화			
4	癡人策事	상권 4화			
5	病有年運	상권 5화			
6	靈光怪聞	상권 6화			
7	尹氏聖童	상권 7화		·	
8	柳將軍精靈	상권 8화			
9	尹家神助	상권 9화			
10	北軒麗豪	상권10화			
11	崔承宣傳	상권11화			
12	金龍釼	상권12화			
13	峽庄祝辭	상권13화			
14	許公篆隸	상권14화			
15	擇婿良方	상권15화			
16	詞律政格	상권16화			
17	賀蜂王表	상권17화			
18	孝墓挽辭	상권18화			
19	良史	상권19화			
20	賢娃局識	상권20화			
21	李都督詩	상권21화			
22	鬼不能禍人	상권22화			
23	罪人斯得	상권23화			
24	詩人畸薄	상권24화			
25	張漢喆漂海錄	상권25화			
26	震邸睿學	상권26화			
27	李丞疎傲	상권27화			

번호	제목	임형택본	동빈본	연대본	연민본
28	宣傳樹德	상권28화			
29	業福薄倖	상권29화			
30	迂儒吟詩	상권30화			
31	張守果傳	상권31화			
32	誤書祝辭	중권 1화			1화
33	郵卒巧猾	중권 2화			2화
34	梅花發	중권 3화			3화
35	前輩去就	중권 4화			4화
36	靈城博物	중권 5화			5화
37	聖鑑如神	중권 6화			6화
38	經筵失措	중권 7화			7화
39	燕都灾異	중권 8화			8화
40	沈家鬼怪	중권 9화			9화
41	可憐	중권10화			10화
42	趙相主文	중권11화			11화
43	豊陵軍令	중권12화			12화
44	金生賢婦	중권13화			13화
45	賤婢識人	중권14화			14화
46	夫人識鑑	중권15화			15화
47	雲谷丹巖	중권16화			16화
48	梧川先見	중권17화			17화
49	申相少文	중권18화			18화
50	簡交	중권19화			19화
51	榮達前定	중권20화			20화
52	蔡生奇遇	중권21화			21화
53	四六詩令	중권22화			22화
54	端州義妓	중권23화			23화
55	山神沮戲	중권24화			24화
56	豊原同學	중권25화			25화

번호	제목	임형택본	동빈본	연대본	연민본
57	崔生傳	중권26화			26화
58	金生傳	중권27화		53화	27화
59	發咳暗號	중권28화		68화	28화
60	看山埋沒(연민, 임형택), 風景埋沒(연대)	중권29화		69화	29화
61	九板之戲	중권30화			30화
62	嗜酒善賈	중권31화			31화
63	猾吏弄宰	중권32화			32화
64	措大吝癖(연민, 임형택), 措大吝嗇(연대)	중권33화		67화	33화
65	婢占福地	중권34화			33화
66	樂志反論	중권35화		25화	35화
67	貪色之戒	중권36화			36화
68	擇地論	중권37화			37화
69	擇里誌後跋	중권38화			38화
70	抱川異聞	하권 1화	1화	27화	
71	祭規	하권 2화	2화	30화	
72	藥泉博識	하권 3화	3화	43화	
73	竹泉試眼	하권 4화	4화	45화	
74	西厓癡叔	하권 5화	5화	41화	
75	曲背馬	하권 6화	6화	51화	
76	夢寐巧符	하권 7화	7화		
77	豚犬	하권 8화	8화	1화	
78	槐實	하권 9화	9화		
79	善押强韻	하권10화	10화	16화	
80	禹公治策	하권11화	11화	43화	
81	冥府報應	하권12화	12화		
82	科場(연대), 科場用私(동빈, 임형택)	하권13화	13화	46화	

번호	제목	임형택본	동빈본	연대본	연민본
83	破字甚神	하권14화	14화	14화	
84	己未厄運	하권15화	15화	60화	
85	聖賢夙就	하권16화	16화	15화	
86	海中奇異	하권17화	17화	2화	
87	好古	하권18화	18화	3화	
88	田舍翁	하권19화	19화	4화	
89	八文章	하권20화	20화	24화	
90	徐師氣象	하권21화	21화		
91	谷山亂民	하권22화	22화		
92	奇稱玄理	하권23화	23화		
93	讀書做佛	하권24화	24화		
94	肯祖先形	하권25화	25화	5화	
95	天理教(동빈, 임형택), 林淸幻術(연대)	하권26화	26화	54화	
96	輕薄語	하권27화	27화		
97	華人慷慨		28화	56화	
98	木綿	하권28화	29화	6화	
99	無蟋	하권29화	30화	7화	
100	猩猩	하권30화	31화	11화	
101	物我莫辨	하권31화	32화	8화	
102	兩主燕謨	하권32화	32화	9화	
103	佛入中原	하권33화	34화	10화	
104	牝牡雌雄	하권34화	35화	12화	
105	科目	하권35화	36화	13화	
106	青城良方	하권36화	37화	39화	
107	豊原顯靈	하권37화	38화	28화	
108	蔡相報恩	하권38화	39화	38화	
109	海恩雅量	하권39화	40화	31화	
110	金衙諧謔	하권40화	41화		

번호	제목	임형택본	동빈본	연대본	연민본
111	安守旭小傳	하권41화	42화	52화	
112	艮齋恢度	하권42화	43화	32화	
113	榮賊僭踰	하권43화	44화		
114	李將軍顯靈	하권44화	45화	29화	
115	古宰尙儉	하권45화	46화	33화	
116	尹塾詩	하권46화	47화	17화	
117	竹器救鹽	하권47화	48화		
118	老峰免禍	하권48화	49화	34화	
119	丁洪諧謔	하권49화	50화	18화	
120	一門三忠	하권50화	51화	42화	
121	驛爲兵象	하권51화	52화	66화	
122	尤翁聰明	하권52화	53화	35화	
123	東崗際遇	하권53화	54화	36화	
124	給任登第	하권54화	55화	47화	
125	蔡相詩調	하권55화	56화	19화	
126	詩占榮枯	하권56화	57화	20화	
127	素谷鐵腸	하권57화	58화	37화	
128	妬爲乖倫	하권58화	59화	49화	
129	徐公機警	하권59화	60화		
130	具生誤着	하권60화	61화		
131	淫婦悖言	하권61화	62화	50화	
132	非背不手	하권62화	63화		
133	宋公謝箋	하권63화	64화	23화	
134	琶西詩格	하권64화	65화		
135	鬼火告異		66화	57화	
136	金將賢母		67화	58화	
137	誑賊良籌		68화	59화	
138	具公神異	하권65화	69화	40화	
139	西坡詩	하권66화	70화	22화	

번호	제목	임형택본	동빈본	연대본	연민본
140	文字禍福	하권67화	71화		
141	東皐女怨	하권68화	72화	48화	
142	偏戰乖常	하권69화	73화		
143	箕城志異	하권70화	74화		
144	頓悟三事	하권71화	75화		
145	奴主問答	하권72화	76화	64화	
146	黑白之論	하권73화	77화	63화	
147	避亂薄敗(동빈), 避亂蕩敗(임형택)	하권74화	78화		
148	乙亥舛運	하권75화	79화	61화	
149	江湖問答	하권76화	80화	62화	
150	玉河救火	하권77화	81화	55화	
151	魑魅禍福	하권78화	82화	65화	
152	稗官移志	하권79화	83화	26화	
153	紫霞詩格			21화	
총 화수		**총 148화**	**총 83화**	**총 69화**	**총 38화**

* 본고가 발표되었던 2001년 당시에는 『기리총화』의 완정본인 3권 1책의 임형택
본이 발견되지 않았었다. 당시까지 발견된 이본은 3종이었고 총 話數는 120話
였다. 그 후 완정본인 임형택본이 등장하였는 바 여기에는 권상 31화, 권중 38
화, 권하 79화 도합 총 148화가 실렸다. 임형택본에는 기존 이본 3종에 실린
것 중 5화가 누락되었기에 현존 『기리총화』의 총 작품수는 153화로 확정할 수
있다. 부록2는 완정본을 기준으로 하여 다시 작성한 작품 목차표이다. 표의 작성
에는 이승현 「기리총화 연구」(성균관대 석사학위논문, 2009)을 참조하였다.

18세기 후반 한문단편의 성격

−한문단편의 세속화적 경향과 관련하여 −

◉

정환국

1. 조선후기 한문단편에 대한 시야와 접근법

지금 고전문학 분야에서 야담에 대한 관심은 여전하다. 또 그런 만큼 연구의 축적도 꾸준했다. 종래의 역사주의 관점을 넘어선 조선후기 생활사와 문화사적 시각에서의 접근도 눈에 띤다. 하지만 그 내적 질서가 상당 부분 밝혀졌고, 다양한 자료와 이본의 발굴 및 소개가 이어지고 있는 근자에도 새로운 모색이 필요하다는 의견이 분분하다.[1] 아마도 종래의 논법으로만 그 큰 줄기를 재단할 수 없다는 빈 틈을 확인하고 있기 때문일 터다. 실제 이 빈 틈을 '조선후기 사회와 일상성'이란 지점에서 탐색이 이루어지고 있으나[2] 그리 뚜렷한 성과로 이어졌다고 보기 어렵다.

---

1 최근 야담 연구의 현황과 과제에 대해서는 이강옥, 「야담 연구에 대한 반성과 모색」 (『한국문학연구』 49, 한국문학연구소, 2015) 참조. 참고로 본 논의는 이 분야의 연구의 새로운 모색의 일환이므로 해당 분야의 연구사는 따로 정리하지 않고, 본 논의와 관련된 연구 성과는 해당 지점에서 적시하기로 한다.

2 앞의 논문에서 향후 연구 과제로 제시한 것 가운데, 특히 '일상의 재구성이란 관점에

사실 야담문학 연구의 문제는 조선후기 야담, 또는 한문단편의 자리를 재정초할 필요성에 기반하고 있다. 이미 제기되고 규명된 사안들은 특정 시대에는 충분히 소용되었음은 분명하다. 그러나 야담문학이 본격적으로 연구되기 시작된 지도 어림잡아 40여 년이 지난 지금의 시점에서는 기존 연구 성과에 의문부호가 붙기 십상이다. 거기에는 야담문학이야말로 고전문학의 신생 장르로, 변화하는 시대에 활물로 자리할 수 있으리라는 기대가 있지 않은가 싶다. 말하자면 어느 시대나 야담은 존재할 수 있는 만큼, 지금 시대에도 여전히 당대 사회를 반영하는 '야담'이 재현되리라는 전제가 가능하다는 것이다.

아무튼 현재 야담문학 연구가 그 내적 질서를 밝히는 차원에서 다양한 방향으로 전환되고 있는데, 그럼에도 분명한 한계는 그동안 야담 연구는 야담 자체에 머물러 있었다는 점이다. 너무 자체 맥락에만 집중한 나머지, 다시 말해 너무 안만 보다 보니 밖을 내다 볼 여유가 없었다. 물론 그렇게 된 데에는 그 내적 질서를 밝히고 규명하는 과정이 지난했던 사정이 있었다. 하지만 야담문학이 지금 시대와 함께 호흡하려면 당연히 복잡한 내외적 질서 속에서 자리해야 할 것이다. 요컨대 그 시야를 밖으로 넓혀서 보면 새로운 접근법이 시도될 수 있을 법 한데, 이에 대한 몇 가지 방향을 제시하면 다음과 같다.

먼저 야담문학의 정수가 한문단편인 만큼 조선후기 서사 지형의 차원에서 접근해 볼 필요가 있다. 조선후기 서사물은 크게 국문의 장편소설과 한문의 단편서사로 대별해 볼 수 있다. 한문단편은 마땅히 조선후기 단편서사로써 주목받아야 한다. 국문장편소설의 주류인 연작류나 세대록은 유가이데올로기를 고취하는 방향으로 귀착되는 데다 시공간이 당

서 야담을 다시 읽기'를 크게 강조한 바 있다.(같은 논문, 24~25쪽)

대와 떨어져 있어서 동시대 -주로 18세기- 한문단편과는 상당한 거리가 느껴진다. 그럼에도 다양하고 새로운 인물 유형이 명멸하는 장면에서 의외로 당대의 인정과 욕망, 그리고 시대의 분위기가 살아 있다. 그런 만큼 당대의 현실 반영의 산물이라는 한문단편을 이 시기 서사의 장편 양식과 비교해 본다면, 다시 말해 한문 단편과 국문 장편의 성격과 미적 특질을 한자리에서 논의한다면 야담의 성격이 보다 객관화될 수 있을 것이다. 하지만 현실은 이 두 양식이 전혀 별개의 것으로 취급하고 있다.

아울러 이미 충분히 짐작할 수 있듯이 조선후기 한문단편은 하층의 비상한 움직임을 포착한 서사한시와 함께 다루어져야 한다. 서사한시와 한문단편, 이 운문 형식과 산문 형식은 공히 조선후기 사회상을 여실하게 반영하고 있는 것으로 평가받아 왔다. 또한 한 인물이나 하나의 사건이 두 양식에서 함께 다루어진 경우도 적지 않다.[3] 물론 작자의 창작의식의 측면이나 그 성과 면에서 양자는 차이를 보이지만,[4] 그럼에도 양자 간 친연성은 조선후기 문학 운동의 가장 이채로운 국면 가운데 하나임은 틀림없다. 여기서 기대컨대 보다 균형 잡힌 하층에 대한 시선을 톺아 볼 수 있을 것이다.

이 맥락을 확대할 경우, 당대 문학사의 흐름과 연동시켜 바라봐야 할 여지마저 생긴다. 이 글에서 다룰 18세기 후반의 한문단편은 야담문학의 신경지라 할 수 있다. 이 시기는 실학파의 등장과 함께 한중 문인들의 교류가 활발했음은 주지하는 사실이다. 뿐 아니라 소품문의 유행과 함께 『열하일기』 같은 연행록류도 그 정점을 구가하고 있었다. 또한 다양한

---

3 이 문제는 한동안 전, 야담, 기사가 같은 소재를 활용하고 있다는 점을 논란했던 정황과도 연동된 사안이다. 이 경우는 한문단편의 범위를 기존의 야담집에만 한정하지 말고 개인 문집의 傳이나 記事 따위로 넓혀 보는 안목이 필요하다는 점을 환기시켜 준다.
4 임형택, 개정판 『이조시대 서사시1』, 창비, 2013, 48~49쪽.

형식의 기록물이 쏟아져 나왔다. 이런 문예사의 맥락에서 한문단편의 성
격을 보면 어떨까. 문학사에서 르네상스라고 할 수 있는 18세기 후반,
여기에 한문단편도 가장 생산적인 글쓰기로 조응하고 있었다. 그러므로
이 본격적인 단편서사 시대를 당대 문학사의 흐름과 분리시켜 두고 있는
현실은 오히려 이상할 정도다.

이와 관련하여 당대의 생활 현실을 규견할 수 있는 고문서류와의 결합
양상 또한 흥미로울 수 있다. 실제 조선시대 고문서에는 한문단편의 소재
와 일치되는 경우가 적지 않다.[5] 특히 사회상을 반영하고 있는 한문단편은
종래의 역사주의나 문화사적 접근이 아닌 사회사적 관점의 접근을 요구하
고 있다. 그러나 실제 조선 후기를 사회사적 관점에서 접근한 연구 자체가
일천하다. 그 이유가 이쪽에서 다룰 만한 자료가 많지 않다는데 있는 것
같다. 이에 해당하는 제격의 자료가 바로 고문서와 한문단편이다. 고문서
와의 비교 연구, 이는 문학과 비문학의 상호 교감이라는 측면에서도 흥미
롭거니와 한문단편의 새로운 시각을 열어 줄 가능성이 크다.

마지막으로 이런 비교 연구는 동아시아로 그 시야를 확대해야 한다.
그동안 야담, 또는 한문단편은 우리만의 독자성이 강조되었으며, 그러다
보니 다른 지역의 단편서사물과의 비교 연구는 거의 관심 밖이었다. 특히
서사문학 전반에서 봤을 때 다른 영역에 비해 이 경향이 강했다. 기껏
중국쪽과의 영향 관계를 다룬 한두 가지 사례가 전부였다.[6] 여기에 기이성
의 경향에서 『요재지이(聊齋志異)』가, 현실성의 차원에서 『우초신지(虞初

---

5 다음 발표에서 이 점을 약간이나마 확인할 수 있다. 전경목, 「도망노비에 대한 새로운
   시선들」, 『전통사회의 문학과 생업』(한국학중앙연구원 전통학국학센터 학술대회 발표
   자료집), 2014.
6 즉 이강옥의 「『동야휘집』의 『諧鐸』 수용 양상」, 『한국한문학연구』 19, 한국한문학회,
   1996; 「『동야휘집』의 중국 필기소설 전유와 그 의미」, 『한국문학논총』 48, 한국문학회,
   2008 등 정도를 들 수 있다.

新志)』가 가끔 소환되는 정도였다. 청대의 『열미초당필기(閱微草堂筆記)』
나 『해탁(諧鐸)』 정도의 필기류가 거론되기도 했지만 전반적으로 이쪽에
대한 관심은 부족하다. 베트남이나 일본의 단편서사와의 관계는 그동안
설정 자체가 되지 않았다. 그런데 베트남 후여조(後黎朝) 시기에 산생된
단편 이야기집들은 우리의 한문단편과 상당히 유사하다. 필자는 후여조
단편서사를 거론하면서 야담문학과의 비교의 필요성을 제기한 바 있다.[7]
일본의 경우 17세기 이후 유행한 백 이야기(百物語)나 19세기에 집성된
필기총담류[8] 같은 것들은 그쪽의 야담집이라고 할 수 있다. 지괴성이 강하
지만 함께 다룰 여지가 충분하다.

물론 동아시아에서, 동 시기 당대 현실의 반영이라는 차원에서 볼 때
우리의 한문단편만큼 풍부하면서도 문제적인 요소를 갖춘 유형은 잘 찾
아지지 않는다. 이는 중국쪽만 봐도 금방 알 수 있다. 그렇다고 앞서 거
론한 것처럼 함께 논의할 만한 게 없지는 않다. 그렇다면 우리의 우량한
이 전통을 오히려 동아시아 단편서사의 세계로 확대하여 볼 때 훨씬 생
산적인 지점을 확보할 수 있을 것이다. 단편서사와 동아시아, 이 분야는
현재 그야말로 미개척지로 남아 있다.

2. 18세기 후반 야담집과 한문단편

이렇게 보면 한문단편에 대한 시야와 접근법은 현재 새로운 도정에

---

7 정환국, 「베트남 후여조(後黎朝) 시기 단편서사 연구 - 『見聞錄』과 『太平廣記』를 중
    심으로」, 『민족문학사연구』 63, 민족문학사학회, 2017. 이 시기 단편서물은 孫遜 등
    主編 『越南漢文小說集成(20책)』(상해고적출판사, 2010)에 모아져 있다.
8 현재 해당 자료들은 王三慶 등 主編, 『日本漢文小說叢刊(5책)』(學生書局, 2003)에
    수록되어 있다.

서 있는 셈이다. 그렇지만 이 글은 이에 상응한 논의를 펼친 것은 아니다. 본격적인 야담 논의에 참여해 보지 않은 필자로서는 최근 야담집을 정본화 하는 사업을 추진하면서 18세기 야담집에 관심을 두게 되었다. 여기에 지금까지와는 다른 논란거리가 있어 보이기 때문이다. 아마도 본 논의에서 설정된 방향이 충분한 설득력을 얻는다면 당연히 후대의 향방, 즉 19세기 야담집을 통한 입체적인 상이 구축되어야 할 것이다. 그런 다음 앞에서 제안한 다양한 접근법 또한 구체화될 수 있을 것으로 기대된다.

주지하듯이 최근 새 자료 및 이본들의 발굴, 그리고 편자 확정 등의 괄목할 만한 성과에 힘입어 18세기 후반 야담집의 면모와 그 성격에 대한 조명이 활발하게 진행되고 있다. 이 시기 야담집으로 신돈복(申敦復, 1692~1779)의 『학산한언(鶴山閑言)』, 임매(任邁, 1711~1779)의 『잡기고담(雜記古談)』, 노명흠(盧明欽, 1713~1775)의 『동패낙송(東稗洛誦)』, 안석경(安錫儆, 1718~1774)의 『삽교만록(霅橋漫錄)』 등을 거론할 수 있으며, 그 전후로 구수훈(具樹勳, 1685~1757)의 『이순록(二旬錄)』, 이현기(李玄綺, 1796~1846)의 『기리총화(綺里叢話)』, 이희평(李羲平, 1772~1839)의 『계서잡록(溪西雜錄)』 등이 걸쳐 있다. 여기 거명한 야담집은 그 성격이 전일하지 않지만,[9] 신선한 이야기들을 쏟아내고 있는데 창작적 경향까지 더해져 본격적인 '한문단편 시대'임을 실감케 한다. 이들 이야기가 이른바 19세기 3대 야담집으로 집약되는 형국인데, 최소한 『기리총화』까지는 지속적으로 새로운 이야기가 만들어지고 있었다. 야담문학계에 있어서 일종의 생산과 정립의 단계에 해당한다.

이 과정을 잡아보자면, 17세기 『어우야담』으로부터 촉발된 야담은 18

---

9 이를테면 전일한 한문단편집 -『동패락송』, 『잡기고담』 등- 이 있는가 하면, 필기류가 뒤섞인 -『학산한언』, 『삽교만록』 등- 경우가 있다. 이런 점에서 조선후기 야담집 차원에서의 접근은 보다 신중할 필요가 있다.

세기『천예록』을 거치면서 단편 양식으로 본격적인 자기 면모를 보이다가 18세기 중후반에 와서 한문단편을 성립시킨 것이다. 이 과정에서 다양한 소재와 이야기들이 정리되었으며, 19세기 초전반 언저리에 또 한 번의 변화 국면을 맞은 동시에 그것이『청구야담』으로 집결하였고,『동야휘집』에 와서 독특한 창작 경향으로 다시 한 번 변태를 시도하였다. 이것이 조선후기 야담문학의 동태인데, 이 결과 그동안 야담사에서 요지부동이었던『청구야담』의 위상이 상당히 흔들릴 판이다.『청구야담』의 많은 작품들이 이미 전대 야담집에서 수록된 것을 그대로 전재하거나 변개한 것들이다.[10] 실제『청구야담』을 보다보면, 작품 간의 문체가 전일하지 않은 바, 이 점을 뒷받침해 준다.

이런 흐름에서 18세기 후반 야담집의 비중은 상당해졌는데, 그 가운데서도『동패락송』의 면모는 확실히 남다르다. 일찍이『동패락송』에 와서 야담, 즉 한문단편의 전형적 형식이 성립된 점을 주목하였는가 하면,[11] 최근에는 그 성격이 통속화의 경향을 띠며 보편적 이념을 추구하고 있다는 주장도 있었다.[12] 이 두 주장 사이에는 한문단편의 본격적인 정립임과 동시에 이미 통속성을 함유한다는 점에서, 전혀 다른 주장일 수 있다. 어느 주장이든『동패락송』이 한문단편과 야담문학사에서 일종의 터닝포인트가 되었다는 점을 반증하고 있는 셈이다. 필자도 이 점에 일단 주목한다.

앞의 두 주장을 좀 더 따라가 보자. 전자의 경우 그 서사방식에 주목하

---

10 이 점은 남궁윤, 「청구야담이 전재과정과 편제양상 연구」(동국대학교 박사학위논문, 2020)에서 어느 정도 밝혀졌다.

11 임형택, 「『동패락송』 연구」, 『한국한문학연구』 23, 한국한문학회, 1999.

12 이승은, 「18세기 야담집의 서사지향과 서술방식-『천예록』과『동패락송』을 중심으로」, 고려대학교 박사논문, 2016.

여 이를 해명하는 과정을 통해 '현실적 인간의 발견'을 사실적으로 획득한 속에서 한문단편이 성립된 것으로 보았다. '인간현실'의 발견과 함께 '사실의 성취'가 『동패락송』에 실린 한문단편의 핵심으로 파악한 것이다.[13] 그런데 전통적인 글쓰기 양식이 가지는 형태인 '닫힌 구조' 속에서 인간현실은 발견했으나 현실 배경은 아직 이를 뒷받침하지 못한, 다시 말해 그것이 인간중심적인 서사기법이되 현실 배경의 약화로 인해 인간 존재가 기형적으로 부각됐다는 점을 부기하였다. 이는 조선후기 한문단편에 대한 시야인 셈이다. 실제 실정에 맞지 않거나 뭔가 전통적인 흐름에서는 부자연스러워 보이는 인간 유형들이 적지 않은 바, 이를 형식과 내용의 부조화로 볼 수는 없지만 문제적인 지점인 것은 분명하다.

후자의 경우 이야기가 상투적이며 통속적인 경향을 띠는 가운데 당대에 요구되는 보편적 가치를 추구했다고 보았다. 이는 야담사에서 새로운 면모로, 통속성이 강화되고 보편적 가치를 추구하는 경향을 선취한 것으로 귀결시켰다.[14] 말하자면 이야기와 그 형태가 안정화되면서 상투적이거나 보편적인 이념을 추구하게 되었다는 취지이다. 실제 이야기가 일정한 패턴을 보이며, 결과적으로 그 안에 유가적 도적 이념이라고 할 수 있는 요소들이 많이 들어와 있다. 그런데 주로 다룬 내용은 그런 질서를 구현하는 주체들이 등장했다기보다는 오히려 문제적인 인간 유형들이 벌인 곤란한 사건들을 '징치'하거나 '수습'하는 차원에서 보편적 도덕 이념들을 투영시키려 했다는 점에 주목해야 한다.

이 두 가지 지점, 문제적 인간의 발견과 현실 배경과의 부조화 및 이를 유가적인 이념으로 수습해야 했던 지점에 18세기 후반 야담집이 가지는

---

13 임형택, 앞의 논문, 336~348쪽.
14 이승은, 앞의 논문, 153~169쪽.

전반적인 문제이자 향후 한문단편의 핵심적인 사안이 자리하고 있다고 판단된다. 바로 이 장면에서 한문단편의 성취와 한계가 명확해지기 때문이다. 이와 관련하여 우리가 주목해야 할 점은 이 시기 야담집의 보편적인 내용은 무엇일까 하는 문제이다. 필자는 '出仕'이나 '致富' 등이 주요한 키워드라고 판단하고 있다. 한문단편의 인물들은 이 두 가지를 위해 폭주한다고 해도 과언이 아니다. 치사와 관련하여 과거급제 코드는 이미 『천예록』에서 본격화되었다고 볼 수 있는데, 이것이 이 시기에 오면 '풍수'나 '애정' 등의 소재와 결합되면서 전면화 되는 양상을 띤다. 그리고 그동안 잘 드러나지 않았던 치부를 향한 질주는 그것이 상행위 등과 결합되면서 이야기의 신국면을 창출하였다. 당연히 출사는 사계층과, 치부는 중하층의 욕망과 관련이 깊다. 그런데 전자의 경우 사계층 중에서도 몰락 양반이 주로 설정되는 바 이들은 치부에도 적극적으로 관여하는 경우가 적지 않기에 그 양상이 복잡해졌다. 따라서 이들 욕망의 주체들은 일정정도 불가피한 '하향평준화'에 기여한다.

아무튼 기본적으로 궁벽한 현실에 처한 주체들이 당대의 보편적인 욕망이라고 할 수 있는 두 가지 방향으로 매진하는 경향을 보이는 점이 이 시기 한문단편의 변화된 국면이라고 할 수 있겠다. 이후 한문단편은 이런 보편적인 삶의 욕망의 전면화가 서사의 주요 골자가 된다. 그 사회 현실과 어울리지 않은 인간들의 부조화성, 그것은 비윤리적이고 이해타산적인 인물들의 비상을 통해 드러난 것이었다. 이것이 앞에서 점검한 두 주장의 실제 내용에 해당하지 않을까 싶다. 이 부조화의 국면을 필자는 조선후기 사회의 세속화의 과정으로 이해하고자 한다. 점차 세속화되는 사회에서 벌이는 인정투쟁의 면모로 보자는 것이다.

원래 세속적인 것, 또는 세속화는 종교 분야에서 나온 용어로, 성스러움이나 성스러운 것에 대한 구분이나 전이를 가리켰다. 아감벤은 '세속화

(Secularization)란 성스럽거나 종교적이었던 것이 인간의 사용과 소유로 되돌려지는 것'이라고 본다. 그리고 그 효과는 기존의 종교, 또는 권력의 장치들을 비활성화하며, 그것이 장악했던 공간을 공통의 사용으로 되돌린다고 주장한다.[15] 이 운동성은 결과적으로 계급 없는 사회를 지향한다는 점에서 찰스테일러는 이를 개인의 해방 과정의 산물로 본다. 즉 종교적 예속성에서 벗어난 세속화는 '역사의 탈운명화', 다시 말해 자신이 하는 일에 대해서는 더는 행운의 신이나 복수의 신을 탓할 수 없다는 인간의 발견이라는 것이다.[16] 이러한 상황은 여성의 경우와 같이 힘없고 지위가 낮은 다양한 부류들의 사람들이 고유한 영역에서 특정한 권한을 행사하거나 혹은 중세 사회의 가난한 사람이나 광인의 경우처럼 궁핍자, 약자, 이방인이 일종의 카리스마를 갖는 모든 사회에 대한 유비이다.[17] 사회와 문화가 종교적 지배와 폐쇄된 형이상학적 세계관의 감독을 벗어나는 거의 돌이킬 수 없는 역사적 과정이 펼쳐지는 공간을 하비 콕스는 '세속도시'라고 지칭하였다.[18] 따라서 세속화는 종교 중심 사회, 특히 서구의 중세 사회의 변화를 가늠하는 척도로 원용되었기에 그 활성화의 시점을 특정 시기로 한정할 수 없지만, 그럼에도 본격적인 시점을 18세기 산업혁명이나 프랑스 대혁명 같은 사상혁명이자 경제혁명을 들고 있다.

결과적으로 세속성이란 우리가 생각하는 보편적 욕망을 꿈꾸고 이를 실현하려는 과정을 성격화한 것이라고 할 수 있겠다.[19] 그러나 보편적

---

15 조르조 아감벤 지음, 김상운 옮김, 『세속화 예찬』, 난장, 2010, 108~113쪽.
16 찰스테일러 지음, 김선욱 외 옮김, 『세속화와 현대문명』, 철학과현실사, 2003, 36쪽.
17 같은 책, 94~95쪽.
18 하비 콕스 지음, 이상률 옮김, 『세속도시』, 문예출판사, 2010. 이 세속도시는 실용주의(pragmatism)와 불경성(profanity)을 주요 양식으로 한다.
19 세속화가 '통속화'와 무슨 차이가 있는가 하는 반문이 있을 수 있다. 기실 두 용어 사이의 거리는 그리 크지 않다고 보아야 할 것이다. 모두 '俗'을 향해 있다는 점에서

욕망은, 특히 신분제 사회 같은 기존 사회에서 당연히 받아들여질 수 없는 운명이었다. 따라서 기존의 질서와 불가피하게 충돌하기 마련이다. 이런 세속화의 기능은 하위 계층을 사회적 주체로 추어올리게 되며, 그들의 욕망과 좌절을 기필했을 개연성이 크다. 따라서 세속화라는 용어가 가지는 함의가 비록 서구적인 맥락에서 의미규정이 된 것이지만, 18세기에 조선사회에도 충분히 적용해 볼 만하다. 요컨대 유가이데올로기(또는 기존 질서)의 메커니즘 속에서 그에 어울리지 않는 인물들이 한문단편에 출몰한 것이다. 그들은 종래의 사고나 행동방식과는 다른 양태를 보인다. 그것도 다양한 신분의 인물들이 비슷한 방향으로 질주한다는 점에서 문제적이다. 즉 다양한 계급의 인원들이 하위주체가 되어 보편적인 욕망을 위해 모여든다. 당연히 이 과정에서 신분이나 기존 질서는 흐트러지거나 무화될 처지에 놓이게 되었다.

이런 모습이 18세기 후반의 야담집에서 본격화된다는 전제 아래 논의를 진행하기로 한다. 비록 닫힌 구조 속에서 제한적인 면모가 없지는 않으나, 그럼에도 불구하고 작품 내에서의 여러 인물들의 욕망과 일탈이 새로운 내용과 형식을 만들어내고 있었다는 점이 확인될 것으로 기대된다.

그렇다. 다만 통속화가 주로 위에서 아래로 향해 있다는 점과 이미 보편화된 사회 양태에 젖어들거나 이를 구현한다는 취지가 있는 반면, 세속화는 어쩌면 그 반대, 즉 아래에서 위로 향해 간다는 점과 아직 만들어져 있지 않은 사회 양태를 새로운 방향으로 추구하는 가운데 하위주체의 능동성이 초점화된다는 점이다. 기실 조선후기를 바라보는 시선과 그 방법에 대한 고민이 이 두 용어에 내포되어 있다고 판단된다. 이에 대한 논란은 앞으로 더 이어져야 할 것이다.

3. 세속적 인물의 등장과 그 주변

18세기 중후반 야담집을 낸 구수훈, 신돈복, 임매, 노명흠, 안석경 등은 문인집단이라는 차원에서 봤을 때 당대의 사회적 위치는 그리 높지 않다. 그나마 임매의 경우 노론계 세족 출신이기는 하나 그 자신은 높은 관직을 지내지는 못했다. 이런 사정은 19세기 야담집의 편찬자의 경우도 대개 마찬가지였다. 이들에게 야담집은 자신의 처지를 강변하는 일종의 인정 투쟁의 무기였을 가능성이 크다. 다시 말해 이야기에 등장하는 인물들의 처지와 욕망이 일정정도 이들 작가군과 겹쳐지고 있다는 것이다. 그 현실을 특정한 인물을 통해 사회의 변화를 추인하는 방향에서 반영하되, 필요에 따라 무거운 분위기와 활발한 움직임 속에서 드러내고 있다. 앞으로 이런 야담 작가군에 대한 주의도 필요하거니와, 우선 이들이 그려낸 비상한 인물들의 면모와 그로 인해 추인되는 사건들의 특징적인 국면을 추려보기로 한다. 역시 그 시작은 앞서 주목했던 『동패락송』부터다.

1) 악한(惡漢)과 여력(膂力)

『동패락송』에 단골로 등장하는 부류로 악한(惡漢)이 있다. 소속도 도적에서부터 무변(武弁), 악노, 상한(常漢), 악승(惡僧)은 물론 사인(士人)까지 다양하여 계급과 계층을 망라한다. 또한 음녀(淫女)와 악첩(惡妾), 악무(惡巫) 등의 여성 인물도 심상치 않다. 이들의 악행도 다양하여, 행패를 부리는 건 예사고 약탈과 겁간, 살인까지 서슴지 않는다. 이끗을 챙기기 위해 혈안이 돼 있는가 하면,[20] 여성들의 주변에서 어슬렁거리며 납치나 겁탈을 일삼기도 하고,[21] 한 집안을 무너뜨리려는 행위도 마다하지 않는다.[22]

---

20 제31화 등.

심지어 한 마을을 차지하고서 악행을 일삼는, 그래서 공권력도 전혀 미치지 않는 지역 조폭에 해당하는 노한(老漢)도 있다.[23] 문면에서 분명 저들은 사회악으로 규명되며 제거되어야 할 대상으로 상정돼 있다. 그리고 중심인물의 맞은편에서 갈등을 야기하는 존재들인 경우가 많다. 다만 제9화의 별군직(別軍職)의 경우는 사정이 좀 다르다.

이 이야기는 한창 북벌을 추진 중에 있던 효종대의 한 별군직을 다루고 있다. 그는 무단으로 내포(內圃)에서 진상하는 수박을 빼앗아 먹다가 관원들과 시비가 붙어 대여섯을 때려죽이게 된다. 살인의 동기가 어처구니없는데, 더 어처구니없는 것은 임금은 그가 장사(壯士)라고 하여 방면해 준다는 것이다. 그런데 그런 그는 전혀 예기치 않은 데서 행패를 부리다 죽음을 맞고 만다.

그 해 겨울, 본가에서 심부름꾼을 보내 부친의 병이 위급하다는 전갈을 받고 저녁인데도 혼자 큰 말을 타고 우마 잡이도 없이 출발하였다. 송파나루에 도착했을 때 키가 작고 얼굴이 누렇게 뜬 수척한 선비를 만났다. 배 안으로 먼저 올라간 선비는 그대로 배를 출발시켜 버렸다. 배가 한 두 칸 남짓 나아가자 별군직은 강가에서 뱃사공을 불러서는 되돌려 같이 타자

---

21 제25화, 제37화, 제41화, 제63화, 제69화, 제72화 등.

22 제23화, 제42화, 제44화, 제52화 등.

23 『동패락송』 제10화. "俄卽來獻, 因曰: '行次避雨入來道傍村舍, 固宜, 而此家主人翁, 年方六十餘, 娶其後妻來, 纔數年矣. 主翁頑悖, 天下無雙, 有子五人, 列居籬外, 而六父子性, 皆如虎狼, 本州官府, 亦不能禁制, 前後歷入之行客, 無不狼狙. 主翁方往隣家將還, 行次必不免辱, 盍先移去?' (…) 有頃, 面目可憎之老漢, 着靑綿圓帽, 自隣咆哮而來曰: '何物行客直入人內舍?' 乃以上物投之於籬外, 崔奴七名禁阻之, 又執七人幷投籬外, 斷馬轡而俱鞭逐之." (인용 원문은 필자가 책임자로 있는 『조선후기 야담집의 교감 및 정본화』 사업팀에서 진행하고 있는 이본 교감본을 활용하기로 한다. 따라서 이왕에 나와 있는 번역본이나 원문과는 일정한 차이가 있다. 이하 야담집 인용의 경우는 모두 이와 같다.)

며 소리쳤다. 하지만 배 안에 있던 선비는 '이미 떠났으니 빨리 노를 저으
라.'고 하였다. 별군직은 선비의 이 말에 화가 나서 채찍을 휘둘러 말과 함
께 배로 뛰어 올랐다. 그때 선비의 의관을 치는 바람에 갓이 끊어지고 옷도
찢어지고 말았다. 선비는 백립(白笠) 아래 성난 눈길로 계속 쳐다보았다.
"어린놈이 나를 흘겨봐서 뭐하려고? 내 건너고 나서 뼈도 못 추리게 해주
마!" 이에 선비는 배 가장자리에서 먼저 내려 모래사장에 섰다. 그러더니
도포를 벗고 다시 배 앞으로 다가와 별군직을 낚아채 모래사장으로 내던졌
다. 마치 잽싼 매가 참새를 내치듯 별군직은 이미 산 기색이 아니었다. 선
비는 아이종을 옆에 끼고 말채찍을 가져다가 직접 별군직의 볼기를 세 번
내리쳤다. "목숨을 결단내는 건 너무하니 볼기 몇 대로 그 죄를 징계하노
라!" 그리고는 마침내 도포를 다시 입고 말을 타고서 여주·이천으로 길을
잡아 떠나갔다. 누구 집 자제인지는 알 수 없었다. 세 번 내리친 볼기 자리
엔 뼈가 훤하게 드러났고, 이내 기절하여 깨어나지 못했다. 송파나루의 점
방 주인이 가게로 업고 들어와 본가에 사람을 보내 삿갓가마를 가져와서
실어가게 했다. 그러나 두 달을 앓다가 끝내 일어나지 못했다. 슬프다![24]

　한 젊은 선비와 배타는 문제로 시비가 붙어 일어난 사건이다. 명색 양
반에게 '어린 놈', '뼈도 못 추리게 하겠다'는 등의 폭언을 내뱉는 별군직
은 그야말로 안하무인이다. 행색이 궁하기 그지없던 선비는 그러나 외양
과는 달리 이 별군직을 능가하는 힘을 가진 존재였다. 그래서 서사는 이

---

24 『동패락송』제9화. "其冬, 本家伻來報, 以父病之急, 趙夕而發, 獨騎大馬, 無牽作
行. 到松坡津, 見身短面黃之一瘦儒, 先入舟中, 行舟已一二間餘. 別軍職自岸上呼舟
人, 要其回泊同登, 舟中儒生曰:'業已離岸, 須促搖櫓!'別軍職發怒於儒言, 策馬躍
人躍馬, 時撞儒生衣冠, 冠傷衣裂. 儒生白笠下, 頻頻送怒目, 別軍職曰:'此豎子睨
我, 何爲? 我當渡船後, 使此兒放骨糞!'瘦儒以船隅之, 故先下立沙際, 脫其道袍, 還
向船前, 手擒別軍職於下船之後, 投之於沙場, 勢若快鷹之搏小雀, 別軍職已無人色.
瘦儒俠童奴, 進馬鞭手自打三箇臀, 曰:'結果性命則太過, 惟當略施笞, 罰以懲之.'
遂着道袍, 騎馬向驪利路, 不知爲誰家子. 其鞭三之下, 臀骨露白, 昏窒不省. 松津店
人, 負入店舍, 送人本家, 持草轎轝還, 辛苦兩朔, 竟不起, 惜乎!"

좌충우돌하는 별군직을 징치한 선비의 비범함에 모아지는 듯하다. 하지만 이 이야기의 주체는 분명 별군직이다. 그리하여 별군직을 두고 '자신의 용력 때문에 스스로를 죽인 것'이란 멘트로 작품은 끝이 난다.[25]

사실 이 이야기는 납득하기 어려운 면이 있다. 이 별군직의 악행을 어떻게 이해해야 할까 싶다. 물론 여기에는 자신의 용력을 믿고 법질서를 무너뜨리는 행위에 대한 경계가 들어있긴 하다. 그리고 결과적으로 징치되었다는 점에서 다른 이야기와도 일맥상통하는 면이 없지 않다. 그럼에도 이런 그의 행동에 대한 소이연이 부족하거니와 그에 대한 징치는 '수척한 선비' 개인에 의해 이루어졌다. 그의 알 수 없는 이 반항과 죽음은 의아하기 짝이 없고, 일면 불편하기까지 하다.

이런 존재로 『청구야담』이나 조선후기 기사(記事) 등에 등장하는 노귀찬(盧貴贊)이란 인물이 있다. 비슷한 버전인데, 노귀찬의 경우 여강(驪江)에서 곰과 혈투를 벌이다가 최후를 맞이하는 것으로 처리된다.[26] 그런데 노귀찬 서사에도 그의 악행의 이유가 분명하게 드러나 있지 않다. 그렇다면 이 비정상적인 악행을 일삼는 존재들의 등장을 어떻게 봐야 할 것인가. 앞서 열거된 악한들은 기존의 질서에 반한 존재들로서 당연히 제거되어야 대상이다. 질서 유지를 위한 당위성으로 설정된 면이 있다. 하지만 이런 악한은 꼭 그렇지만은 않다. 모종의 질서 밖에 있거나 이를 아예 벗어난 부류이다. 이 반항적인 기질은 이른바 大盜들과는 또 다른 유형이다.

서구에서는 이런 악한을 주인공으로 내세운 유형을 피카레스크 소설이라 하여 주목한다. 기존의 체제나 이념을 거부하는 움직임이 이들 악한의 행동과 욕망에 반영되어 있다고 보기 때문이다. 이와 꼭 같은 맥락이라고

---

25 앞의 작품. "別軍職之勇力, 自戕也."
26 『청구야담』권4 「肆舊智熊鬪江中」.

는 단정할 수 없으나, 우리의 경우도 이처럼 기존 질서에서 벗어난 악한들
이 단편서사에 비상하게 등장한다는 점은 홍미로운 사실이다. 아무튼 『동
패락송』에는 사회적으로 용인될 수 없는 불법을 일삼거나 제멋대로인 악
한들이 문면에 자주 등장하여 새로운 서사의 동력을 만들어 내고 있었다.

문제는 그 만행이 저들의 욕망 실현을 위한 방향으로 귀결되지 않는다
는 점이다. 물론 신분적, 사회적 불평등에 대한 반항의 차원이 이면에
설정된 듯 싶기도 하나, 최소한 문면에선 이를 읽어낼 순 없다. 그러니
이들은 어떻게든 징치되어야 할 대상일 뿐이다. 그런데 그 제거되는 방
법 또한 예사롭지 않다. 당연히 법과 제도에 의해 처단되어야 할 것인데
오히려 그런 경우는 거의 없다. 대개 앞서 별군직에서 볼 수 있듯 개인에
의해서 이루어지며, 이를 위해 동원되는 수단이 주로 남성의 '여력(膂力)'
이나 여성의 '지기(知機)'이다.

이와 관련하여 이 시기 야담집에는 여력이나 무력(武力)을 갖춘 인물이
많다는 점도 예의주시할 필요가 있다. 이미 앞에서 거론한 악한들의 경우
자신의 힘을 과신한 경우가 대부분이란 점을 상기하면 이 힘은 부정적인
방향으로 악용될 소지가 다분하다.[27] 그러나 꼭 그렇지만은 않다. 오히려
악한을 처치하는 힘으로도 작용한다. 이를테면 『동패락송』 제10화에서
최성(崔姓)의 무변이 포악한 노한(老漢)을 제압하는 경우가 그렇다.[28] 또한
이 여력이 선의로 발휘되어 이야기의 균형을 맞추는 경우도 빈번한 편이
다. 그것이 국가적인 곤란을 타개하는 힘으로도 작용하기도 하지만,[29] 대

---

27 『동패락송』 제66화는 반란자 李澄玉이 호랑이를 때려잡는 힘을 과시하지만 결과적으
로 그 힘은 반란으로 이어졌다는 점을 환기시킨 바 있다.("澄玉恃此神力, 終陷叛逆云.")
28 『동패락송』 제10화. "嶺南右道武弁崔姓人, 官經防禦使, 膂力過人, 常以鐵椎隨身.
(…)適主家大狗過崔前, 崔以鐵椎裹之於直領袖, 使不外露, 而以打狗鼻, 梁狗無一聲
立斃. 厥漢不料其袖有1椎, 而只謂其拳强, 遂欲試較拳力, 立廚門而招他狗, 以拳撞
狗, 狗走而不斃. 厥漢意以謂, '力勝於渠.' 於是, 頗有疑懼色."

개는 집안이나 타인의 문제를 해결하는 방향으로 귀결된다. 『학산한언』 제58화 가노(家奴) 언립(彦立)의 서사는 무너진 주인집을 일으키고 자신은 양인(良人)이 된다는 미담인데, 이렇게 될 수 있었던 실마리는 그의 영랑(獰狼)한 외모와 절륜(絶倫)한 여력 덕분이었다.[30]

이런 여력의 빈번한 등장은 그 자체로 제도보다는 힘의 논리가 앞서고 있다는 증좌인데, 그 방향이 양가성을 띠고 있었다. 그런데 적지 않은 작품이 이런 악한류의 등장으로 초래된 파국의 상황을 배경으로 하고 있다. 요컨대 이런 사적인 폭력 앞에 그 위기를 모면해야 할 상황, 또는 이 기회를 이용하여 자신의 꿈을 실현하고자 하는 욕망이 분출하면서 서사의 활성을 띠게 되는 것이 이 시기 한문단편의 큰 흐름으로 상정되는 것이다.

한편 이 폭발하는 힘의 맞은편에 주로 여성들의 기지를 배치시켜 이야기의 균형을 잡아나가기도 했다. 기실 여성의 기지라는 소재는 고전서사

---

29 『동패락송』 제18화. "壬辰之亂後, 天將李提督如松, 旣奏平壤之捷, 留觀浿上, 喜其山川之美, 暗懷剪除我國, 而自爲王以鎭之意.(…)提督移赴少年所, 少年方皆讀書. 提督大喝曰：'聞汝輩悍惡, 無禮於長老, 吾當劒斬之.' 仍引劒將加, 則兩少年, 輒以手中書, 鎭遮攔之, 劒無由下, 氣亦隨沮. 有頃, 老翁踵至, 提督迎謂曰：'彼惡少年輩, 膂力無敵, 恐難爲翁制之耳.' 老翁笑曰：'然則此乃吾兒也. 如吾兒雖合兩人之力, 無以抵當吾一老物, 而將軍不能制此輩, 況於我乎! 我雖跧伏深山, 而猶能揣知將軍之意, 將軍一擧破倭, 再造東藩, 名振夷夏, 及此功高望重之時, 振旅而還, 則豈不偉矣? 而乃有留據箕城, 僥倖專利之意, 蓋謂東方無人, 而如我者, 亦足以使將軍, 不得自肆. 今日之事, 要以此意, 曉將軍, 願勿孤此老之唐突, 而速圖班師焉.' 提督色沮, 良久曰：'謹奉教矣!' 幾未, 遂班師云."

30 『학산한언』 제58화. "延湯君李時白夫人家, 有奴, 名彦立者, 狀貌獰狼, 膂力絶倫, 一食斗米, 常患不足. 始自遠鄕來, 雖備使役, 每稱飢乏, 懶不事事. 若一善飯, 則出而取柴, 拔木全株, 擔負如山. 主家貧窘, 無以充其腸, 且畏其獰壯, 乃放之, 任其自便.(…)匠人見其負四大板, 大懼, 卽隨而至, 盡心治棺. 又招諸隣婦, 一時裁縫, 送終之具, 一一精辦, 卽入棺成服.(…)地師大驚慚之, 又見其形貌之猛狪, 懼其逢辱不細, 乃往一處, 告其素所秘占之地."

전체를 통해 하나의 축을 이루었다고 할 수 있을 만큼 자주 활용된 화소 중에 하나였다. 하지만 한문단편에는 이 기지에 적절한 '계교'와 '속임수' 가 결합된 양상을 보인다. 물론 이들 여성들의 경우 신분에 따른 활용의 차이가 없지는 않다. 즉 여종이나 기녀의 경우, 그리고 처자나 부인의 경우 등에 따라 대응 양상이 다르기 때문이다. 이를테면 주인집이 퇴락한 틈을 타서 이를 이용해 신분상승의 꿈을 이룬 혜힐(慧黠)한 여종이 있는가 하면,[31] 겁탈의 위기에 봉착한 처자가 기지를 발휘하여 위기를 모면하기 도 한다. 또한 적괴에게 붙잡혀 갈 위기에서 속임수를 통해 이를 모면하는 부인도 있다.[32] 이런 과정에서 언서(諺書)를 이용해 사정을 알리거나,[33] 적을 유인하기 위해 함정을 파는 등 일종의 놀이를 벌이기도 한다.[34]

2) 복수와 정욕

이 시기 한문단편에서 복수 소재가 전면화된 점도 주목할 만하다. 조 선후기 사회변화의 좌표에 대한 키워드를 뽑을 때 '복수'를 빼놓을 수 없다.[35] 그런데 이 소재는 기존 단편류에서는 보이지 않던 바다. 대개는 자신의 부모를 죽인 원수에게 복수한다는 내용으로 크게 두 가지 계열이 있다. 『학산한언』의 제20화처럼 노비가 자신의 부모를 죽인 주인에게 복수하려다가 천명을 거역한 행위라며 자결하는 유형이 있는가 하면,[36]

31 『동패락송』 제14화.
32 『동패락송』 제44화.
33 『동패락송』 제25화.
34 『동패락송』 제41화.
35 이에 대해서는 정환국, 「송사소설의 전통과 『신단공안』」(『한문학보』 23, 우리한문학 회, 2010)에서 전제한 바 있다.
36 『학산한언』 제20화. "(…) 以奴凌主, 至於此地, 罪亦難赦, 小人今死於主前.' 武人

여성이 자신의 부모를 죽인 원수를 처단하는 유형도 있다. 이와 관련하
여 『동패락송』 제42화를 주목하고자 한다.

　　저녁밥을 지어 올렸는데 반찬이 정갈하였다. 젊은 남자와 젊은 처자가
한 자리에 있는지라 절로 일이 없을 수 없어 운우지락을 맺으려 하였다.
그랬더니 여인은 "한밤중 여자가 있는 방에 남자를 끌어들인 것은 뜻한 바
가 있어서랍니다. 만약 내 뜻을 이룰 수 있다면 어찌 감히 거절하겠습니
까?"라고 하였다. 유사문이 바라는 것이 뭐냐고 물었더니 대답이 이랬다.
"제 집안은 양반도 아니지만 그렇다고 천한 집안도 아니랍니다. 그런데 부
친께서 악첩을 얻은 이후 이 악첩이 집안을 제멋대로 하여 자기 남동생인
험한 놈과 합세, 독약을 놓고 저주를 하는 통에 모친과 형제들이 모두 비명
에 죽었답니다. 너무나 원통하여 한은 골수에 사무치나 이런 연약한 여자
의 몸으로는 복수할 길이 없네요. 오직 제 몸을 남에게 의탁하여 손을 빌려
도모할까 합니다. 손님께서 제 바람에 부응하신다면 오늘밤 동침이야 제가
사양할 바가 아니겠지요. 그렇지 않다면 욕정으로 제 뜻을 빼앗지 못할 겁
니다." 유사문은 평소 의기를 좋아하던 사람으로 그녀의 뜻이 가련하여 그
렇게 하기로 허락하였다. 이날 밤 둘은 동침하였다.[37]

　유사문(兪斯文; 즉 兪命舜)이 한 시골 마을을 지나다가 겪은 일화이다.
그가 투숙한 집은 악첩의 만행으로 집안이 풍비박산 났으나 이 처자는
연약한 몸으로 손을 쓰지 못하고 있었다. 지금 그녀는 잠자리를 조건으

曰:'汝眞義士也, 何可死也? 可與我同上京, 吾當善視, 豈可復懷此事?' 仍問其名,
奴曰:'小人名虎狼, 但奴搤主吭, 而豈復爲奴也?' 遂引釖自決, 仆于地."

37　『동패락송』 제42화. "炊進夕飯, 饌物精美, 少男少女, 與同一席, 自不得無事, 欲結
雲雨之歡, 則女曰:'夜中內屋, 引入男子, 有意所存, 若成吾志, 則何敢阻拒也?' 兪問
其所欲, 女曰:'兒家門地, 非兩班非常賤也. 父得惡妾, 惡妾擅家, 與其同生娚凶漢合
勢, 或置毒, 或咀呪, 吾母吾兄弟, 皆死於非命. 至痛至寃, 塡骨入骸, 而如此弱女, 無
路復雪, 唯擬托身於人, 假手以圖之. 客如一副吾願, 則今夜同枕, 吾所不辭, 不然則
不可以情慾奪吾志矣.' 兪素好意氣, 憐其志, 因許之, 是夜同枕席."

로 유사문에게 자신의 복수를 위해 나서 줄 것을 요구하고 있다. 한 처자
의 절치부심하는 정황이 여실하다. 이 동침의 결과 그녀는 악첩에게 복
수할 수 있었다. 그런데 그녀의 복수는 유사문 개인이 해결해 준 것이
아니라, 정식적으로 관아에 고발한 결과 법에 의한 단죄였다.[38] 사실 이
런 방향이 정상적인 처리 방식이었을 터다.

그러나 이 시기 한문단편의 복수는 대부분 개인적인 차원에서 이루어진
다는 점에서 문제적이다. 이 계열로 익히 알려져 있는 작품이 『잡기고담』
의 「여협(女俠)」과 『삽교만록』의 「검녀(劍女)」이다. 특히 「여협」의 경우,
유만주(兪晚柱)·심락수(沈樂洙) 등은 기사로, 이광정(李光庭)은 서사한시
로 취급할 만큼 당대에 센세이션을 일으킨 사건이었던 모양이다. 여기
여성들은 종적을 감춘 채 검술을 익힌 다음 원수를 직접 처단하는 결연한
의지를 보여준다. 그리고 「여협」 이후의 버전이라고 할 수 있는 「검녀」는
여종 출신으로 복수를 넘어 자신이 섬길 지아비를 선택했다가 이마저도
버리고 유유히 사라진다. 그녀의 행방은 끝내 묘연하다.

한편 『잡기고담』의 편자 임매는 원주에서 벌어진 이 복수 사건에 대해
흥미로운 평을 달았다. 세간에서 서로 죽이는 일은 국법에서 금하는 것
이고, 굳이 복수를 하려면 관에 고하여 법으로 처리하는 것이 옳지 않느
냐는 혹자의 의견에[39] 이를 지극한 효성의 차원에서 봐야 한다며 그녀들
의 복수를 두둔한다. 임매의 논리는 이렇다.

　　이야말로 더욱 더 지극한 효성으로 볼 만 하다. 사람을 죽인 옥사엔 필시

38　앞의 작품. "明日入官, 以女名呈訴, 逐日待令於官門外. 凡十一呈, 乃得正罪, 惡女
　　之娚則伏法, 惡女則遠逐."

39　『잡기고담』 제3화 「女俠」. "或曰: '凡民爭相殺, 邦國之大禁也. 苟欲報讐, 告于縣
　　官, 以法按治, 已矣. 何必崎嶇, 爲此盜劫之事乎?(…)'"

검안이 있어야 하는데 이 검안이 이루어지지 않으면 옥사가 성립되지 않는
다. 옥사가 성립되지 않으면 목숨을 대가로 치를 수 없다. 만약 관아에 고발
하면 비록 명관이 있다 할지라도 의례 검안을 하지 않을 수 없다. 허나 그의
아버지가 죽은 지 오래되었기 때문에 무덤을 파헤치고 관을 부셔 이미 해골
이 된 시신을 다시 닦고 재를 뿌리는 잔혹한 짓을 해야 한다. 효자의 마음에
이를 어찌 차마 할 수 있겠는가? 이와 달리 앞으로 원수의 배를 가를 수
없다면 가없는 원통함을 풀 때가 없게 된다. 효심에 이것이 참으로 난처라
할 수 있을 것이다. 그들이 자수하지 않은 것도 집안의 추문이 밖으로 알려지
지 않기를 바랐기 때문이다. (…) 무릇 이와 같은 자는 참으로 천리(天理)와
민이(民彝)의 정도를 얻었다 할 만 하다. 아! 이를 훔칠 수 있겠는가?[40]

관아에 고발한다고 해도 죽은 아버지 관을 파헤쳐야 하는데 이는 효자
로서는 도저히 할 수 없는 도리인 바, 그렇다면 원수의 배를 가르지 않고
는 그 원통함을 풀 수 없다는 것이다. 그리고 자수하지 않고 종적을 감춘
것도 집안이 추문에 휩싸이기 때문이라고 본다. 결국 이들의 복수는 천
리(天理)와 민이(民彝)의 정도를 얻은 것이라는 논리이다. 좀 애매한 방향
으로 이들의 복수를 긍정한 셈이다. 기실 영정조 시기 복수 사건은 빈번
하였으며, 복수를 위해서 살인을 감행한 경우 사건에 따라 가벼운 옥살
이에서부터 곤장 몇 대 정도의 벌을 가하거나, 경우에 따라서는 오히려
표창하는 경우도 있었다. 물론 이런 경우 정치적인 사정이 고려되었을
가능성이 크다. 그럼에도 문제는 개인적인 사정에 의해 벌어지는 살인

---

40 위의 작품. "此尤可見其誠孝之至也. 殺人之獄, 必有檢驗, 不檢驗則不成獄. 不成獄
則不償命. 苟爲告官, 則雖有明師士, 不得不按例檢驗. 其父之死, 已久矣, 拔塚破棺,
使其已朽之骨, 更受灰淋醋洗之酷, 則是無異重罹刑戮也, 孝子之心, 其可忍乎! 不如
是, 則將無以決仇人之腹, 而窮天之寃, 無時而可洩也. 孝心於此, 誠可難處矣, 其不
自爲首者, 亦不欲家醜之外揚也. (…) 夫若此者, 眞可謂得天理民彝之正. 嗚呼! 可以
盜也哉?"

행위를 국가가 통제하지 못하거나 방조하는 상황이 펼쳐지고 있었다는 점이다. 한문단편의 경우 이를 주로 여성들로 한정하여 실현시키고 있다는 점에서 더 가혹한 면이 없지 않다. 다만 이를 여성의식의 성장이나 주체성의 문제로 긍정하기에 앞서 현실의 불가피성을 극적으로 재현한 점에 주목해야 할 것이다. 비록 지극한 효의 실천이라는 명목으로 미화되었지만, 어쩌면 비일비재한 현실의 문제가 사회적인 통제 밖에서 일어나고 있다는 심각성을 표징하는 사례가 아닐까 싶다.

이런 복수 소재의 맞은편에 남녀의 정욕 소재도 자리하고 있다. 흥미로운 사실은 이 시기 대표적인 한문단편인 『동패락송』에는 전기적 만남과 교감 같은 것은 고사하고 순전한 애정담도 거의 들어 있지 않다는 점이다.[41] 대신 남성들의 육욕이 판을 치고 여성들의 이해가 적절하게 맞아 떨어져 겁간이나 화간이 이루어지는 경우가 대부분이다. 앞서 제42화에서 조건부 동침이 이루어졌거니와, 심지어 지방에서 상경하여 복수(複數)의 내관 아내를 겁탈하는 어처구니없는 사례도 있다. 그것도 16세기 호남을 대표하는 학자 이항(李恒, 1499~1576)이 저지른 범행으로 설정하였다. 그는 젊었을 적 방탕한 기질을 억제하지 못하고 경성으로 원정하여 여색을 탐하는 탕아로 그려진다. 더구나 그 방향과 수법이 비겁하고 잔인하기 짝이 없다. 그는 사대부가 부녀들은 범할 수 없다고 판단 애꿎게 내관(內官)의 아내들을 닥치는 대로 겁탈한 것도 모자라 내관을 매달아 놓고 이 겁간 장면을 목도하게 한다는 점에서 아연실색케 한다.[42]

---

41 물론 제35화는 '一朶紅 이야기'로 고상한 연애담에 해당하는데, 이마저도 『천예록』과는 버전이 좀 다르다.

42 『동패락송』 제65화. "李一齋恒, 井邑人也. 少時, 氣欲沖天, 橫逸趫捷, 故不能自制, 欲往京城, 隨意漁色. (…) 旣入城, 心自思曰: '士夫家婦女, 不可犯汚, 獨有內官輩之有妻, 非所當有奪而姦之, 不悖於義.' 乃就三淸洞·壁藏洞內官叢集處, 直爲突入, 苟有內官之在家者, 則輒以數尺繩條, 係其兩拇指, 懸之於樑上, 姦其妻於渠所目睹處,

그런데 이러던 그가 느닷없이 회계하여 대유(大儒)가 되었다는 것으로 이야기는 끝난다. 이항을 부정한 존재로 각인시켰다는 문제와는 별개로 이 설정 자체가 쉽게 납득이 가지 않는다. 젊은 날의 욕정에 방일했던 선비가 부녀자 겁탈을 통해서 깨달음을 얻어 결과적으로 대유가 되었다는 이 설정은 그 인과성에 문제가 있기 때문이다. 어쨌든 이 지점에서 사내의 욕정은 철저하게 도구화되고 있었던 정황은 확인할 수 있다.

이와 달리 낙방을 거듭하던 거벽(巨擘)이 추명(推命)에 따라 한 과부와 화간(和奸)을 하고서 마침내 급제한다는 이야기도 있다. 그는 과부 방으로 들이닥쳐 범하려고 할 때 자신이 정욕 때문에 그러는 것이 아니라는 점을 강조한다. 마침 이 과부도 전날 밤 꿈에서 이른바 백마 탄 사람을 만난 참이다.[43] 거벽의 입장에서는 입신출세를 위해, 과부의 입장에서는 의지처를 갖기 위해서 이 화간이 벌어진 것이다. 이 불가피한 이해관계는 결과적으로 성공적이었다. 남녀 관계 −그것이 겁간이든 화간이든− 의 도구화가 명확해지는 부분이다.

이런 양상은 비슷한 시기 다른 야담집에서는 약간 다른 방향으로 구현되고 있었다. 『잡기고담』의 제15화 「청원(淸冤)」은 품팔이가 양가집 과부를 곤경에 빠뜨리는 내용이다. 품팔이는 그녀의 재산을 노리고 '화간을 했다'고 무고를 하는 바람에 이 과부는 자신의 신체를 드러내 결백을 밝혀야 했다. 화간이 이꿋을 위해 활용되고 있는 사례이거니와 과부는 철저하

女雖欲拒, 而力不能, 無不被汚. 姦訖, 輒解內官之縛, 而所謂內官, 莫敢睍視. 自南至北, 宣淫不啻數十處."

43 『동패락송』제34화. "儒生低聲乞憐曰: '我非牽情慾而入來也, 切有可矜情事, 願主人勿高聲, 而細聽始末也.' 女曰: '第言之.' 儒生仍具道其所以然, 女聽罷, 卽曰: '此是天也, 吾豈違天乎? 吾以某鄉富民女, 十六嫁作此家長子婦, 十七喪夫. (…) 昨夜夢, 前川有黃龍, 自西浮來化爲人. 傍有一人, 指以語吾曰: '彼是汝夫, 貴且吉云云.' 覺來森然可記."

게 남성의 욕정을 위해 이용되고 있다. 그런데 이와 반대의 경우도 없지 않다. 『잡기고담』 제22화 「곤경(困境)」은 그야말로 수재(守宰)의 아들이 곤경에 처한 경우이다. 그는 부친을 뵈러 가다가 한 촌가에서 노구(老嫗)에게 당하게 된다. 그 당하는 과정이 적잖이 곤혹스러운데,[44] 그는 욕정을 불태우는 노파에게 꼼짝없이 노리개 감이 되고 만다. 밤이니까 망정이지 백주 대낮이었다면 게울 지경이라는 작자의 멘트는[45] 이 상황을 불편하지만 절묘하게 표현하고 있다. 젊은 총각이 늙은 노파에게 당한다는 설정은 희화화된 면이 없지 않다. 문제는 이런 곤경이 젊은 선비의 욕정에서 비롯되었다는 점이다. 즉 이 집의 젊은 여성들을 보고 욕정을 못 이긴 데 있었다. 결과적으로 여색에 대한 경계 차원에서 설정된 사건이지만 이를 이용한 '늙은 여성'의 면모는 또 하나의 욕정을 대변하고 있다.

이런 사례들에는 결코 순수한 애정이 개입되어 있지 않다. 오히려 세속화된 사회에서 일어나는 현실인 셈이다. 『잡기고담』의 「환처(宦妻)」나 『이순록(二旬錄)』의 제238화 영남 사인(士人)과 환자(宦者) 여식의 결연담도 이런 맥락에서 볼 필요가 있다. 물론 이들 작품은 『청구야담』의 「피우(避雨)」나 「청상(靑孀)」 등으로 연결되어 인간 본성의 문제를 심각하게 제기한다거나 여성의 주체성 표출 등 복잡한 국면으로 그 의미가 확대될 여지가 있다.[46] 그럼에도 그 결연이 다분히 의도적이며 도구화되어 있는 한편,

---

44　『잡기고담』 제22화 「困境」. "生戀其妹者, 頻頻注視, 諦察所臥處, 乘人熟睡, 赤身潛入. 女與嫗易處而臥, 而生不知也. 將犯之, 忽鷄皮烏骨之臂膊, 緊抱生腰, 曰: '誰歟? 我有壯子三人, 若一叫, 則汝死無地也.' 乃缺齒訛語也. 生驚慌, 欲脫而不得, 嫗曰: '汝欲無死, 當從吾言, 不則吾將叫.' 生懼而從之. 嫗情奧未洽, 又使復之, 生懼其叫, 又强而從之."

45　위의 작품. "(…) 而想其晝日所見, 幾乎戱也."

46　이런 면모에 대해서는 진재교, 「『잡기고담』 소재 〈환처〉의 서사와 여성상」, 『고소설연구』 13, 한국고소설학회, 2002; 이주영, 「조선후기 야담에 나타난 여성 정욕의 표출과 그 대응의 몇 국면」, 『한국고전연구』 41, 한국고전연구학회, 2018 참조.

이를 서로 이용한다는 측면에서는 일맥상통한다.

4. '출사(出仕)'와 '치부(致富)', 보편적 욕망의 출현

악한의 등장과 복수, 그리고 욕정 등의 소재는 주로 사회의 제도나 윤리 안에 포섭되지 않은 개인의 문제가 전면화된 사례라 하겠다. 이런 소재와 관련하여 도적들의 빈번한 등장도 같은 맥락에서 볼 여지가 충분하다. 이 시기 한문단편에 등장하는 도적도 대도(大盜)에서 잡범까지 그 범위가 넓거니와, 그들이 도적질을 하는 이유도 다양하다. 당연히 잡범이야 생계형이지만 대도의 경우는 주로 개인적인 욕망이나 불가피한 현실 속에서 선택한 길이었다.[47] 예컨대 과거 공부하던 선비가 미모의 친구 아내를 빼앗기 위해,[48] 노비가 자신의 부친의 원수를 갚기 위해,[49] 유생이 생계를 위하거나[50] 민가자(民家子)가 활빈을 위한 방편[51] 등 제각각이다. 여기서 눈여겨 볼 점은 양반 쪽에서 도적이 되는 길을 마다하지 않는다는 것이다. 『잡기고담』의 「도재상(盜宰相)」은 이런 양반들의 현실적인 고뇌가 잘 드러나 있다.

"나이 서른에 급제 한 번 못했으니, 독파만권해도 굶은 배 한 번 채우지 못하고 천편을 지어도 한 번 취하는 값도 나오지 않는구나. 이 몸 주리고

---

47 『동패락송』 제44화는 미모의 친구 아내를 빼앗기 위해, 『학산한언』의 제20화는 부친의 원수를 갚기 위해, 「잡기고담」의 제4화 「盜宰相」과 제8화 「盜隱」 등은 活貧을 위한 것이었다.
48 『동패락송』 제44화.
49 『학산한언』 제20화.
50 『잡기고담』의 제4화 「盜宰相」.
51 『잡기고담』 제8화 「盜隱」.

처자식은 추위에 얼고 굶주림에 허덕이니 어찌 내가 이런 망극한 지경에 이르렀단 말인가?" (…) "내 이미 막다른 데 이르러 불에 타고 물에 빠질 상황이 박두했으니 부귀는 언제일까? 붓과 벼루를 불사르고 내던져 따로 생계를 꾸려야 하겠구나!" (…) "만민의 산업은 사농공상 이 네 가지 뿐이거늘 선비로 할 만한 것이 없지 않은가. 공업은 내 일찍이 익혀 본 적이 없고, 농사일이나 장사가 있지만 지을 밭도 없고 밑천 삼을 자본도 없으니 따로 생계를 꾸리려고 해도 무엇으로 도모한단 말인가?" 백방으로 생각하며 슬퍼하다가 한밤중에 벌떡 일어나더니 "그래 오직 도적이 되는 거 밖에! 사내가 되어서 어찌 앉아서 죽음을 기다리랴!"[52]

연거푸 과거에 낙방한 이 도재상의 발화와 선택의 과정은 파격적임에 분명하다. 한편 그의 고민 과정을 보면 일면 수긍이 가기도 한다. 그러나 조선후기 몰락 양반들의 현실과 도적이라는 키워드는 과도한 면이 없지 않다. 그럼에도 출사하지 않으면 다른 길이 없었던 양반들의 현실이 도적이라는 극단적인 선택으로 드러났다는 점은 상징적이다. 이런 양반의 현실, 또는 선택의 기로와 관련하여 『삽교만록』의 「사우(四友)」는 문제적인 작품이다. 함께 과거 공부를 했던 벗들의 길이 달라도 너무 달랐기 때문이다. 과거급제를 하거나, 적장이 되거나, 빈궁한 처지가 되거나, 신선이 되기에 이른다. 넷 중에 한 명만 살아남은 셈이다. 이 이야기에서는 주로 등과자와 적장자 사이의 갈등이 표면화되어 있는데, 이는 제도권에 든 자와 이를 거부하고 제도 밖에서 사회를 위협한 자의 갈등이기

---

52 『잡기고담』 제4화 「盜宰相」. "(…) 年登三十, 未成一第, 腹破萬卷, 不救一飢, 筆下千篇, 不直一醉, 一身困悴, 妻子凍餓. 夫何使我至於此極也!' (…) '我已陷於窮餓之水火, 焚溺迫頭, 須富貴何時? 不如焚棄筆硏, 別作生計.' (…) '萬民之業, 士農工賈四者耳. 今士不可爲, 工亦未嘗學習, 何可猝爲也! 只有農商二途, 無田土可農, 無本資可商, 雖欲別作生計, 將何爲謀?' 百方忖度, 悲咤者半夜, 蹶然起曰: '惟有盜耳, 丈夫安能坐而待死?'"

도 하다.[53] 아울러 이 등과자와 적장자의 거리만큼 당대 사인들의 현실에 층차가 생겼다는 증좌이기도 하다.

이처럼 양반붙이의 도적담은 원래 자신들이 꿈꾸던 삶을 살지 못하고 일종의 남의 삶을 살고 있는 현실을 반영한다. 당연히 이들의 입장에서 보편적인 욕망은 출사(出仕)였다. 앞에서도 잠깐 언급했지만 이 시기 한문단편의 가장 주요한 테제는 입신양명과 치부였다. 이는 기본적으로 '먹고 사는 문제', 즉 대단히 보편적인 욕망이 자리하고 있었다는 말이다. 실제 사족의 이야기인 경우는 대개가 우여곡절 끝에 급제·출사하는 방향이거나, 아예 방향을 틀어 치부하는 쪽으로 계열이 잡혀진다. 앞에 악한이 등장한 이야기에서 이 악한과 마주했던 사인이나, 복수를 도와준 양반붙이나, 겁탈이나 화간의 주인공들까지 대개는 그런 우여곡절을 통해서 마침내 등과하거나 출세한다는 결과로 귀착되곤 하였다.

양반의 치부와 관련해서는 아무래도 「광작(廣作)」으로 잘 알려져 있는 『동패락송』제29화를 들어야 할 것 같다. 조실부모하고 오갈 데 없던 삼형제의 이 미담은 그 과정이 철저하게 둘째의 주도하에 진행된다. 이 과포자(科抛者)는 늦게나마 무과에 급제하여 군수 자리에 오른다. 둘째는 애초 다른 길을 택했으나 여전히 관로 진출에 꿈을 버리지 못했던 것이다. 여기 여주의 한 양반 집안에서 벌어진 일은 치부와 출사의 문제가 착잡하게 공존하던 정황을 환기시켜 준다.

이에 반해 아예 양반이기를 포기한 대가로 삶을 유지하는 경우도 있다. 일례로『동패락송』제31화는 서울에서 입에 풀칠도 못하던 김생(金

---

53 한편『청구야담』의「會琳宮四儒問相」(권8)은 이 이야기의 다른 버전인데, 빈궁자가 百子千孫者로 바뀌어 있다. 그런데 여기서는 적장자나 신선자가 등과자를 전혀 선망하지 않거니와 오히려 등과자를 부정하는 멘트를 내놓는다. 이 사이의 변화 국면이 흥미롭다.

生)이 유리하던 끝에 남양(南陽) 땅으로 흘러들어가 그곳의 빈궁한 평민 딸과 혼인하여 마침내 '수부다남(壽富多男)'하는 이야기이다. 물론 이 김생 집안은 과거공부는 엄두도 못 냈던지 문면에 급제 모티프는 아예 설정되어 있지 않다. 오직 죽지 않기 위해 떠도는 신세이다. 따라서 평민가와의 혼인도 오히려 구걸하는 판이다. 먹고 살기 위해 계급적 하락을 마다하지 않았던 것이다. 그리고 치부하는 과정도 철저하게 평민 아내의 주도에 의거한다. 여기서 사족의 체통이란 찾아볼 수 없다. 또한 제70화는 실학가빈(失學家貧)한 양반붙이가 몰락해 가는 호부사가(豪富士家)의 귀신을 물리쳐 준 대가로 졸부가 된다는 내용이다. 여기에도 출사 모드는 빠져 있다.

한편 사인들의 등과와 출세에 관련한 이야기 중에는 상대편의 경제적 도움이 적지 않다는 점도 출사와 경제력의 연관성을 상정케 한다.『동패락송』의 제52화는 연천(漣川)의 한 궁생(窮生)이 추노하던 중에 부역(富譯)의 아내를 첩실로 맞이한 덕에 형편이 넉넉해졌고, 마침내 과거에 급제하여 부귀를 겸전하게 되었다는 이야기이다. 이 과정에서 몇 가지 에피소드가 있으나 궁생의 급제와 출사가 역관의 아내 집안의 엄청난 물력이 동원된 결과라는 점에서 새삼 경제력의 중요성을 거듭 확인할 수 있다. 이는 제34화도 같은 맥락이다.

치부와 관련한 이야기는 기실 하층의 욕망과 깊은 관련이 있다. 즉 신분 상승보다 더 현실적인 문제라는 점에서 치부담은 하층의 욕망이 가장 보편화된 지점의 산물이라고 할 수 있다. 여기서는 그 일단을『동패락송』제14화를 통해서 규견하기로 한다. 이 이야기는 지례현(知禮縣; 김천시 소재)의 별감을 지낸 김씨가 죽으면서 시작된다. 이 집안의 11세 된 여종은 제법 기지가 있었다. 묏자리를 알아보라는 주인집의 명에 따라 감여승(堪興僧)을 만나게 되는데, 그를 통해 자신이 발복할 수 있는 명당자리를

알아두었다가 이곳에 부친의 묘소를 이장한다.[54] 그런 다음 그 집안을
나와 강릉(江陵)으로 종적을 감춰 한 홀아비의 첩실로 들어간다. 이 홀아
비 사이에 아들 둘을 낳고 제법 재화를 구축한 다음 상경하여 부인 행세를
한다. 그리고 두 아들을 재상가와 연결시켜 등과를 시키고 자신은 어엿한
사대부 마님이 된다.[55] 이후 아들들에게 자신의 신분적 내력을 얘기해
주는데, 이 얘기를 마침 물건을 훔치려고 월담했던 도둑이 듣게 된다.
기화(奇貨)로 여긴 도둑은 지례현의 주인집 자제들에게 이 사실을 알려주
어 함께 상경한다. 여종은 그 자제들을 잘 대해주는 한편 한밤중에 같이
찾아온 이 좀 도둑을 쥐도 새도 모르게 처치해버린다. 마침내 김가의 자제
도 현감의 자리에 오르게 된다.

　한 여종의 분투를 그리고 있는 이 이야기는 구성상 『청구야담』의 「구
복막동(舊僕莫同)」과 짝이 될 만한 작품이다. 하지만 여기서는 '발복'의
과정이 흥미진진하게 진행된다는 점에서 좀 다르다. 풍수를 통한 발복과
치부, 그리고 덤으로 신분상승까지 이루었다는 점에서 그렇다. 이 과정
에서 도둑이 개입하는가 하면, 여종은 자신의 욕망 실현을 위해 적지 않
은 계교와 속임수를 썼으며, 심지어 살인까지 마다하지 않는다. 그런데
결과적으로 이 여종의 치부와 신분상승이 주인집까지 구원하게 됨으로

54　『동패락송』 제14화. "金家有十一歲, 稍慧黠女婢, 金妻命其兒, 使隨僧往, 尋所占處,
頭陀至一處住錫, 諮歎曰: '此穴極好, 必當代發福!'(…)厥媟自是後, 朝夕食時, 或不討
飯, 而伐受米, 凡於穀物, 合合升升, 拮据鳩聚, 磨以五六年, 幾至數石. 乃乞於隣氓及
班奴輩, 曰: '吾父之葬, 吾方在幼, 權竊於千萬不似之地, 不耐其陰寒. 吾非敢欲擇吉
地, 而欲移葬於某處向陽之地所. 願荷諸長老之力, 無惜一日勞.' 聞者孝其旨, 果許
之. 卽以所備數石粮, 作酒飯饋之, 如計移窆."

55　위의 작품. "夫果依其言, 就移京第, 是女儼然爲夫人, 遠近莫有知者. 家居甑好, 饌肴
亦豊, 右族輪蹄相接, 競稱至親, 兼請內謁, 或呼爲叔母, 或呼爲嫂氏. 而兩子玉貌, 爭
被宰相族之奇愛, 携置書塾, 日就月將, 次第登大小科, 門闌居然華赫, 是女轉爲名士
大夫人."

써 문면상 그녀의 변신은 '무죄'가 된다. 그래서인지 이야기가 현실적이지 않고 낭만적으로 비춰지기도 한다. 이렇게 느껴지는 데는 이유가 있다. 바로 발복의 과정을 다루고 있기 때문이다. 기실 이 시기부터 야담집에는 풍수담이 본격적으로 등장하기 시작하는데, 이쪽은 거의 모든 이야기가 발복이 주제이다. 그것이 출사나 치부로 귀결되는 것은 당연한 수순이었다. 따라서 이 시기 풍수담이야말로 대단히 현실적인 인정 욕구를 반영하고 있다 하겠다.[56]

그런데 이 시기 이야기는 이런 재화와 관련하여 마냥 치부에만 매달려 있지는 않았다. 또 다른 축으로 원래 부유했던 집안이나 인물이 재물을 탕진하는 소재도 적지 않기 때문이다. 이런 예로 앞서 거론한 『동패락송』 제70화를 들 만하며, 서울의 식력(食力)이라곤 전혀 없는 궁생(窮生)이 아들을 잘 낳는 능력으로 엄청난 재력을 자랑하는 상한가(常漢家)의 자식을 낳아주고 마침내 요족하게 된다는 제54화의 경우도 같은 맥락이다. 궁벽한 양반이 부유한 평민의 재물을 통해서 치부하게 되는 이런 유형이 치부담의 한 결을 차지하고 있거니와, 재물의 탕진 소재 또한 심심치 않게 등장한다. 『학산한언』 제60화는 봉산(鳳山)의 한 무변이 많던 재산을 모두 탕진하고 자결 행각을 벌이는 이야기이다. 그는 마지막으로 남은 3백금도 교활한 수노(首奴)에게 다 털리고 만다. 모든 것을 잃은 무변은 자결하기 위해 좌충우돌한다. 어떻게 하면 죽을 수 있을까가 과제였다. 하지만 마지막에 한 역관의 아내를 만나 다시 복록을 누리게 된다. 폭망한 자를 좀 희화화시킨 사례이기는 하지만, 너무 남을 믿는 성격과 주변의 사기로 빈털터리가 되는 과정을 흥미롭게 추적하고 있다.

---

56 주지하다시피 조선후기 쟁송 가운데 山訟의 비중이 컸으며, 偸葬 문제가 심각한 현안이었다(한상권, 「조선후기 산송의 실태와 성격」, 『성곡논총』 27, 성곡논총위원회, 1996). 이 작품도 이런 사회적 배경과 무관하지 않다.

이처럼 치부하는 쪽이 있으면, 반대로 폭망하는 쪽이 있었음을 이 시기 서사는 놓치지 않고 있다. 말하자면 재화의 상호 교환과 재배치, 또는 공유의 지점이 발생하고 있다고 하겠다. 이와 관련하여 유명한『동패락송』제30화 순흥의 만석군의 사례를 주목해 둔다. 마침 이 서사의 얼개도 이 만석군의 도움으로 이웃 최생(崔生)이 과거 급제한다는 데 있었다. 문제는 만석군의 부가 2대까지 이어지지 못한다는 점이다. 그의 아들 둘은 완전히 몰락하고 만다.[57] 그런데 이런 몰락은 만석군이 죽기 전의 발화에서 예정된 것이었다. '하늘이 내려준 재산은 필요에 따라 오고 가는 만큼 그 주인이 바뀔 수 있다!'[58] 이것이 재화의 생리이기도 할 터, 여기서 재화의 흐름이 사람들 사이에 일어나고 있었던 정황을 예견할 수 있다.

바로 이 재화의 교환 내지 공유 과정에서, 다시 말해 이를 취득하거나 수혜 받는 과정에서 일정한 계급의 변화, 또는 이동이 일어나고 있었다. 이는『잡기고담』의「의기(義妓)」에서 의기의 발화인 "남녀의 애정은 빈부에 상관하지 않는다"[59]는 전제와 흥미롭게 어울리고 있다. 기존 신분의 질서가 빈부의 질서로 재편되는 인상마저 든다.

아무튼 이 시기 한문단편은 기존 질서에 어울리지 않은 인물들의 출몰과 함께 자신의 욕망 실현을 위한 분주한 움직임을 그 주요 서사망으로 설정하고 있다. 신분에 따른 나름대로의 보편적인 욕망을 추구하되, 그것이 한 방향으로 흐르지 않고 서로 얽히고설킨다. 그 과정에서 당대의 제도나 윤리가 뿌리째 흔들릴 판이다. 행동하는 주체들은 필요에 따라

57 『동패락송』제30화. "一日, 無從之火, 燒盡田畓文券十數横, 無片紙餘存者. 雖其良田美畓, 遍滿東西, 而何憑而指爲自己之物乎? 又從以變喪, 次第而出, 伯上典仍爲作故, 季上典流丐出去. 風聞方在密陽浦所爲鹽漢, 保負鹽糊口云矣."

58 같은 글. "則主翁曰: '多積不散, 亦將何爲耶? 然而天生財産, 固是適來適去之物, 幾何而不易主耶?'"

59 『잡기고담』제12화「義妓」. "(…) 男女愛情, 不關貧富, 子何有歉於我而根絶如是也?"

자신에 맞지 않은 옷을 걸친, 또는 서로 바꿔 입는 상황까지 벌어진다. 상하층의 보편적인 욕망이라고 할 수 있는 출사와 치부에 대한 관심은 여전하면서, 이 두 개의 코드는 서로 구분되어 있거나 따로 놀지 않는다. 이 과정에서 상층과 하층의 조우 지점이 형성되고 있었다.

이는 기존의 계급질서를 자연스레 흩트리며 제한적이나마 계층사회로 옮아가는 면모를 보인 사례이지 않나 싶다.[60] 『동패락송』 이후 인물들의 관계성, 즉 상하귀천을 가리지 않고 관계가 형성된다는 점, 그리고 그들은 기존의 사상과 제도에 얽매이지 않고, 개별적인 차원의 삶을 영위해 나간다는 점에서 이전 시기의 서사와는 분명 다르다. 이를 통해 상하 또는 기존의 관계성을 허물어뜨리며 보편화에 기여한다. 이것이 세속화된 사회의 단면이라고 할 수 있으며, '현실인간은 발견하였지만 현실배경은 아직 발견하지 못한' 것일 수 있다. 뭔가 자연스럽지 못하기 때문이다. 변화의 시대에 너무 앞서나간 인물이 있는가 하면, 시대에 뒤떨어진 루저들도 심심치 않게 보인다. 이들은 기존의 제도나 이데올로기로 포섭되지 않은 인물들이다.

지금 18세기 후반의 한문단편을 세속화의 관점에서 몇 가지 지점을 탐색해 보았다. 그런데 이 점은 실제 작품이 구현되는 과정에서 더 구체적으로 살펴볼 수 있는 면이 있다. 앞으로 이에 대한 추가적인 논의가 필요해 보인다. 또한 19세기 한문단편은 이 경향과 관련하여 그 방향이 어떻게 진행되고 있는지,[61] 어디까지 갔는지 하는 점도 별도의 검토가

---

60 그런 단면이 있다는 것이지 실제 그와 같은 변모가 여하하게 일어났는가 하는 점을 말하고자 하는 것은 아니다. 앞에서도 언급했듯이 야담집의 찬자들은 이런 상황을 어떤 식으로든 기존의 질서로 포섭하려고 했기 때문이다. 하지만 이런 인물들의 움직임은 실제 일어난 변화와는 별개로 이미 새로운 개체들이 되고 있었다.

61 앞에서 다룬 복수의 문제와 일부분 연동된 사안으로 조선후기 사회의 변화의 척도 가운데 하나가 '訟事'이다. '송사'와 '복수'는 개인과 사회, 개인과 개인 사이의 불화에

있어야 할 것이다.

_____

대한 반응으로, 양면적이면서도 상보적인 관계이다. 조선후기 빈번한 송사는 양반과 하층민 사시에도 일어나 기존의 상하질서에서 일정한 수평적인 질서를 추구하는 경향에 대한 반영이란 점에서(정환국, 앞의 논문, 532~537쪽), 본 논의와 밀착된 현상 가운데 하나였다. 하지만 18세기 후반 야담집에는 이런 사건이 아직 구체적으로 반영되고 있지는 않다. 시대적인 흐름은 이미 18세기부터 분명한 경향으로 나타나는데 한문단편에로 당장 수렴된 것 같지는 않다. 19세기 야담집에 오면 관련 사례가 많아진다. 이에 대해서는 김준형, 「야담에 나타난 윤리의 위반과 법, 그 문화사적 의미」(『돈암어문학』 27, 돈암어문학회, 2014)에서 그 일단을 확인할 수 있다.

「설생전(薛生傳)」과
야담 〈설생(薛生) 이야기〉 비교 연구

— 전(傳)과 야담(野談)의 거리 —

◉

정솔미

1. 서론

본고는 서사 장르 간의 상호 교섭이 활발했던 조선 후기 전(傳)과 야담
(野談)을 대상으로 그 형식과 의식지향 동이(同異)의 몇 가지 국면을 검토
하고자 한다.[1] 이를 위해 양자가 가장 긴밀한 관계에 있는 대표적 사례인
서파(西坡) 오도일(吳道一, 1645~1703)의 「설생전」과 신돈복(辛敦復, 1692~
1779)의 야담집 『학산한언(鶴山閑言)』에 실린 〈설생 이야기〉[2]를 집중적으
로 고찰하고자 한다. '야담 같은 전'과 '전을 개작한 야담'의 문학세계를
점검하면서 조선 후기 야담과 전 양식 간의 교섭과 전이(轉移) 운동의 구

---

1 조선 후기 서사 장르의 운동과 교섭 양상은 박희병, 「朝鮮後期 傳의 小說的 性向
   研究」(서울대학교 박사학위논문, 1991)에 자세하다.
2 『학산한언』의 작품들은 제목 없이 수록되었으므로 본고에서 편의상 〈설생 이야기〉로
   칭한다.

체적 양상을 살피고 두 양식의 문예적 특질 및 기능과 가치를 밝혀 보고
자 하는 것이다.

야담과 전은 조선 후기에 대거 창작되며 지속적으로 자기 영역을 확대
해 갔다.[3] 그 중 이른바 '한문단편'이라 칭해지는, 소설적 성향을 지닌
작품군의 경우 문예적 측면에서 높은 수준의 성취를 이루었음은 주지의
사실이다. 야담에서 출발했건 전에서 출발했건, 이들 작품군은 공히 현실
을 구체적으로 묘출하는 동시에 새로운 가치를 모색해나간다는 상동성을
보여 종종 묶여서 분석의 대상이 되어 왔다. 더구나 조선 후기에는 소설·
설화·야담·전이 상호 교섭한 까닭에 장르적 구분이 명확하지 않은 작품
도 많다. 본 연구는 이처럼 그 구분이 모호한 작품들을 분석하여 야담과
전의 서사에 과연 본질적 차이가 있는지, 그렇다면 어떤 지점에서 차이가
생기며 그 까닭은 무엇인지 살펴보고자 하는 것이기도 하다.

본 연구는 한문 단형 서사의 장르적 성격을 규명한 80~90년대 선행
연구의 성과에 힘입은 바가 크다. 당시 장르론이 다수 제출되어 전과 야
담의 창작 동기와 원리, 그 세계관 등이 상당 부분 구명되었으며 이 과정
에서 「설생전」과 〈설생 이야기〉가 주목되었다.

전의 양식적 특징에 대해서는 1980년대 초에 본격적인 연구가 시작된
이래 90년대까지 활발한 논의가 개진되었다.[4] 전은 본디 '역사와 문학의

---

3 정환국, 「한문소설사 서술의 제문제 – 한문학에서의 한문소설, 그 사적 전망」, 『한국
   한문학연구』 64, 2016, 130~131쪽.
4 대표적인 연구들은 다음과 같다: 김균태, 「전의 장르적 고찰」, 『우전신호열선생고희기
   념논총』, 창작과 비평사, 1983; 김명호, 「신선전에 대하여」, 『한국판소리고전문학연구』,
   아세아문화사, 1983; 조태영, 「전양식의 발전양상에 관한 연구」, 서울대학교 석사학위
   논문, 1983; 조태영, 「「전」의 서술양식의 원리와 그 변동의 원리」, 『한국문화연구』 2,
   경기대 한국문화연구소, 1985; 박희병, 「한국한문학에 있어 전과 소설의 관계양상」,
   『한국한문학연구』 12, 1989; 박희병, 「朝鮮後期 傳의 小說的 性向 硏究」, 서울대학교
   박사학위논문, 1991; 박희병, 『한국고전인물전연구』, 한길사, 1992.

중간적 성격'을 지니고 있어 그 사실적 성격과 허구적 성격의 간극이 논쟁
처가 되었다.[5] 더욱이 조선 후기에는 입전(立傳) 인물의 성격이나 계층이
다양해지고 작품의 허구성이 강화되므로 이 시기 전들의 성격을 해명하기
위한 연구가 활발히 이루어졌다. 연구의 성과에 따르면, 문학 양식은 정체
되어 있지 않고 유동적이어서 역사·사회·문학적 여건의 변화에 따라 조
선 후기에는 전이 본래 가지고 있던 가치 확인적·사실 지향적·유교 중심
적 특질에서 이탈하여 가치 모색적·허구 지향적·체제 비판적 면모를 보
이는 작품들이 대거 창작된다.[6] 「설생전」은 야담적 취향과 희기취향(喜奇
趣向)을 보여주는 한편 가치를 모색해나가는 점에서 조선 후기 전이 변모
하는 양상을 잘 보여주는바 일찍이 주목을 받았다.[7]

한편 야담은 조선 후기 새롭게 등장한 양식으로서 그 장르적 정체성을
규명하는 문제가 당시 연구의 주된 과제였다. 야담의 기록성(記錄性) 이전
의 구연성(口演性)을 중시하는 입장에서는 이를 '문헌설화'로 보았다.[8] 그
러나 『이조한문단편집』에 수록된 대다수의 작품에서는 설화[9]와 변별되는

---

5 전의 역사적 성격과 문학적 성격에 대해서는 김명호, 앞의 책, 657~666쪽 참조. 이
   연구는 전이 '역사'로서 사실을 충실하게 기록하는 동시에 '문학'으로서 한 개인의 전
   기를 통해 인간의 보편적 유형을 탐구한다고 보았다.

6 박희병, 앞의 논문, 1991, 11~16쪽; 296~297쪽 참조. 조태영 교수도 전이 '동태적
   양상'을 보인다는 사실에 주목하였다. 즉 전은 史官이 지은 列傳과 '史官'이 아닌 '世
   人'이 사사로이 지은 私傳으로 나뉘고 私傳 중에서도 逸士傳에 해당하는 작품은 "열
   전의 공적 인간관에 대한 안티테제로서의 사적 휴머니즘"에 바탕하고 있어 허구적 요
   소의 개입이 가능해진다는 것이다(조태영, 앞의 논문, 479쪽).

7 박희병, 앞의 책, 한길사, 1992, 217쪽. 「설생전」에 이야기투가 차용된 사실은 '조선
   후기 이야기 구연'에 초점을 맞춘 연구(진재교, 「구연전통과 이조후기 서사양식의 변
   모」, 정명기 편, 『야담문학연구의 현단계』 2, 2001)에서도 지적한 바 있다.

8 조희웅, 「조선후기의 문헌 설화 연구: 계서야담·청구야담·동야휘집을 중심으로」, 서
   울대학교 박사학위논문, 1980.

9 이 논문에서 '설화'란 구연되던 이야기를 가리킨다.

지점이 특정 작품을 '한문단편'으로 분류하고 그 양식을 범주화하는 데 관건이 된다. 따라서 이 자료집의 편찬 이후에는 사실주의적인 작품군을 선별하여 '한문단편'으로 칭하거나, 야담 자체는 설화·일화·소설 등을 포괄하는 상위범주인 '복합장르'로 규정하되 그 중 소설적 특질을 지닌 작품군은 '야담계 소설'로 분류하는 방법을 취한 연구가 설득력을 얻었다.[10] 야담의 특징에 대해서는 사실주의적 성격 외에도 민중성·허구성·흥미성·일상성 등이 지적되었다.[11]

이상의 선행 연구는 전과 야담의 특질을 적실하게 밝혀냈다고 생각되며 특히 조선후기 서사 양식의 역동성에 주목하고 다양한 양식의 '관계'를 통해 특정 양식의 성격을 검토한 연구[12]는 본고의 방법론에 좋은 시사

---

10 임형택 선생은 야담이 설화와 변별되는 지점을 이조후기 역사현실을 핍진하고 생동하게 그려낸 '사실주의적' 면모로 들고, 야담이 근대 단편소설과 근친성을 보이되 근대 시민사회를 배경으로 두지 않으므로 '한문단편'이라 명명한다고 하였다(임형택, 「한문단편 형성과정에서의 강담사」, 정명기 편, 『야담문학연구의 현단계』 1, 2001, 51~54쪽). 박희병 교수는 설화적 사유의 현실주의가 야담에서는 구체적이면서 높은 수준으로 발전되었다고 하였다(박희병, 앞의 논문, 288쪽). 또 '한문단편'과 '야담'은 서로 포함관계를 이루지 못하는 점, 한국 문학사에서도 고유의 '단편소설'에 해당하는 작품군이 있다는 점을 들어 야담에서 출발한 단편소설을 '야담계 소설'로 명명하였다(박희병, 「야담과 한문단편 장르 규정의 몇 가지 문제에 대하여」, 『한국한문학연구』 8, 한국한문학회, 1985, 322~325쪽). 한편, 이강옥 교수도 야담을 복합장르로 보되 설화와 변별되는 부분은 서술시각이 급변하는 사회·경제적 제양상 및 그 속에서의 각 계층의 의식 상태를 반영한 것이라 하였다(「조선후기 야담집 연구」(서울대학교 석사학위논문, 1982, 42~43쪽). 야담의 '일상성'에 대해서는 김준형, 「야담의 문학 전통과 독자적 갈래로 변전」(『고소설연구』 12, 한국고소설학회, 2001)에서 다룬 바 있다.

11 야담의 민중성에 대해서는 『이조한문단편집』(일조각, 1973)에서 지적된 이래 다수의 후속 연구에서 다루었다. 허구성·흥미성에 대해서는 정명기, 「전과 야담의 엇물림」(『한국언어문학』 33, 한국언어문학회, 1994), 정명기, 「『청구야담』에 나타난 전대문헌 수용 양상 연구」(『淵民學志』 2, 연민학회, 1994)에 자세하다. 또, 김상조는 야담의 특징을 '허구적 리얼리티'로 보았다(김상조, 「필기·패설·야담」, 정명기 편, 『야담문학연구의 현단계』 1, 2001, 보고사, 183~205쪽).

12 박희병, 앞의 논문.

가 된다. 단, 선행연구는 당시 소설에 대한 발달사적 관심이 집중되었던
까닭에 주로 소설과의 관련성 속에서 논의를 개진하였으나 본 연구는 소
설적 측면보다는 야담과 전의 비교 작업에 주안점을 둔다.[13] 아울러 선행
연구는 여러 작품을 두루 고찰하면서 전과 야담의 차이를 살폈다면 본
연구는 우선 「설생전」과 〈설생 이야기〉의 작품론을 개진하고 이 두 사례
를 토대로 전과 야담의 거리를 살펴보고자 한다. 「설생전」은 야담의 수
법을 차용한 전일 뿐 아니라, 이러한 양식상의 차용·교섭이 '出處 葛藤'
이라는 사대부의 정신사에서 중요한 문제를 담으려는 작가의식에서 비
롯되고 있기에 재조명될 필요가 있다. 또한 야담 〈설생 이야기〉는 언뜻
보면 다른 작품군에 비해 야담의 '전형적인' 성격을 드러내는 작품이 아
닌 까닭인지 연구사에서 전면적으로 거론되지 않았다. 〈설생 이야기〉는
소재적으로 신선을 다룬 데다 전 양식을 취한 「설생전」에 비해 묘사가
오히려 소략한 편이기 때문이다. 그러나 이 작품은 「설생전」과 양식적으
로 근접해있으면서도 야담으로서의 속성을 강화하는 독특한 작품세계를
보여주고 있기에 본격적으로 고찰할 필요가 있다.

　끝으로, 앞선 연구에서는 당시 자료적 제약으로 인해 대체로 야담 텍스
트를 주로 『청구야담』을 대상으로 삼았으므로 야담 〈설생 이야기〉를 논할
때 '야담'과 '19세기 야담집'의 성격이 혼합되어 서술된 면이 있다. 본고가

13　본 연구가 이러한 입각점을 가진 최초의 연구는 아니다. 야담, 전, 記事, 詩文 등 한문학
　　제 양식을 비교한 진재교 교수의 논문은 '소설화 정도'에 주안점을 두면 자칫 한문 서사
　　양식의 가치가 소설적 완성도에 따라 재단될 수 있다 하였는데(진재교, 앞의 논문; 진재
　　교, 「동아시아 서사학의 전통과 근대; 한국 한문서사양식의 층위와 변모 - 전, 야담, 기사
　　를 중심으로」, 『대동문화연구』 40, 성균관대학교 대동문화연구원, 2002) 본고는 이 연구
　　의 문제의식에 공감하는 한편 논지 전개 과정에서 '구연'을 부분적 요소로 다루는 점에서
　　변별된다. 또 형식 뿐 아니라 주제에 관심을 기울인다는 점에서 야담의 '허구적 리얼리티'
　　를 논한 연구(김상조, 「필기·패설·야담」, 정명기 편, 『야담문학연구의 현단계』 1, 2001,
　　보고사, 183~205쪽)는 본고와 일맥상통하는 문제의식을 공유하고 있다.

『학산한언』의 〈설생 이야기〉를 분석의 대상으로 삼은 것은 이 때문이다.

2. 「설생전」의 양식적 파격과 주제의식

1) 서사성의 강화 및 조선후기 산수유기적(山水遊記的) 묘사

본 장은 「설생전」에 보이는 전의 양식적 파격과 작품의 주제의식이 갖는 관계를 살피고자 한다. 「설생전」은 인정 정보-행적부-논찬으로 이루어져 전의 기본적 구성을 갖추고 있으나 그 구체적 표현상의 특징에서는 전의 양식에서 벗어나 있다. 본격적인 논의에 앞서 「설생전」과 〈설생 이야기〉의 경개를 아래와 같이 제시한다.

〈표 1〉

인물	전	야담
薛生	① 서울 남쪽 靑坡洞에 薛生이 삶 ② 설생은 義氣가 있고 문장을 잘했으나 과거에 합격하지 못함 ③ 설생은 仁穆大妃 廢母事件을 보고 은거를 결심함 ④ <u>설생은 평소 뜻을 함께한 벗을 초청해 함께 時事를 논하며 비분강개함</u> ⑤ 벗에게 함께 떠나자고 하자 벗은 <u>가고 싶지만</u> 부모가 살아있다며 거절함 ⑥ <u>설생은 홀연히 떠나고, 벗은 종종 그의 거취를 찾으려 했으나 실패함</u> ⑦ 仁祖反正 이후 벗은 벼슬길에 오름 ⑧ 벗이 강원 관찰사일 때 永郞湖를 유람함 ⑨ 안개 낀 영랑호에서 설생이 배를 타고 나타남 ⑩ 벗은 설생과 환담하고, 설생이 산다는 回龍窟에 함께 가기로 함	① 靑坡洞에 薛生이 삶 ② 설생은 義氣가 있고 문장을 잘했으나 과거에 합격하지 못함 ③ 설생은 仁穆大妃 廢母事件을 보고 은거를 결심함 ④ 벗 吳允謙에게 함께 떠나자고 하자 오윤겸은 부모가 살아있다며 거절함 ⑤ 仁祖反正 이후 오윤겸은 벼슬길에 오름 ⑥ 오윤겸이 강원 관찰사일 때 永郞湖를 유람함 ⑦ 안개 낀 영랑호에서 설생이 배를 타고 나타남 ⑧ 오윤겸은 설생과 환담하고, 설생이 산다는 回龍窟에 함께 가기로 함 ⑨ 배를 타고 가다가 뭍에 내려 산 깊숙이 가니 회룡굴이 나타남 ⑩ 회룡굴은 <u>方丈山</u>이며, 내오는 채소와 <u>인삼정과, 珍味에 시중드는 첩들도 아름다움</u>

⑪ 배를 타고 가다가 뭍에 내려 산 깊숙이 가니 회룡굴이 나타남	⑪ 오윤겸이 며칠 머물다 설생에게 산중에서 어떻게 그리 살 수 있나 물음
⑫ 회룡굴은 무릉도원이며, 내오는 채소도 珍味임	⑫ 설생은 전국을 유람하며 마음에 드는 곳마다 땅을 개간해서 산다고 함
⑬ 벗이 며칠 머물다 설생에게 산중에서 어떻게 그리 살 수 있나 물음	⑬ 오윤겸은 속세의 삶이 부질없다고 느낌
⑭ 설생은 전국을 유람하며 마음에 드는 곳마다 땅을 개간해서 산다고 함	⑭ 오윤겸은 후일을 기약하고 작별을 고함
⑮ 벗은 후일을 기약하고 작별을 고함	⑮ 설생이 훗날 약속대로 서울에서 오윤겸을 방문함
⑯ 설생이 훗날 약속대로 서울에서 벗을 방문함	⑯ 오윤겸이 이조판서를 지내고 있어 설생을 천거하려 했으나 설생은 그것을 욕되게 여겨 떠남
⑰ 벗이 이조판서를 지내고 있어 설생을 천거하려 했으나 설생은 그것을 욕되게 여겨 떠남	⑰ 오윤겸이 회룡굴을 찾았으나 그곳은 비었고 설생은 간 곳을 알 수 없음
⑱ 벗이 회룡굴을 찾았으나 그곳은 비었고 설생은 간 곳을 알 수 없음	⑱ 評語
⑲ 論贊	

위의 표에서 보듯이 두 작품에 나타난 인물의 형상, 서사의 진행 순서와 내용은 아주 유사하다. 무엇보다 두 작품은 '양식적으로' 서로 근접해 있다. 특히 「설생전」은 전문(傳聞)에 의거해 지어졌으며 '이야기투'의 서술 방식을 취하고 있어 전의 야담적 취향을 보여주는 대표적인 사례로 거론되어 왔다.[14]

예컨대 ①단락은 전통적인 전과는 달리 시공간을 먼저 말하고 그 다음으로 인물을 보여주는바 '말하기-듣기'의 구성 원리에 입각해있다.[15] ①~④단락의 내용은 다음과 같다.

靑坡里는 지금 서울 남쪽으로 반리쯤 위치한 곳인데 이곳에 어떤 서생이 살았다. 義氣가 있고 문장을 잘하는 奇士였다. 과거 시험공부를 했으나

---

14 박희병, 위의 논문, 96~98쪽.
15 진재교, 앞의 논문, 522~523쪽.

奇趣가 있어 결국 운이 좋지 못했다. 光海君 말 癸丑年 화가 일어나자 세상을 기꺼하지 않아 은거하고자 하여 벗에게 집을 방문해 달라 청했다. 그 벗은 평소 뜻을 함께하던 사람이라 함께 손뼉을 치고 慷慨하며 時事를 논함에 눈물을 뚝뚝 흘렸다. 설생이 말했다. "윤리와 강상이 멸하려 하니 선비로서 어찌 이 세상에 처하겠는가? 나는 은거하려 하는데 자네도 마음이 있는가?"[16]

본디 전의 서두에서는 가계(家系)를 포함한 인정 정보와 입전 인물의 정확한 이름 및 품성을 제시한다. 그런데 여기서 입전인물은 가계가 누락됨은 물론 '설생'이라 칭해지며, 그의 품성 제시 역시 사건을 전개시키기 위해 정황을 제시한 대목으로 여겨진다.[17]

더구나 아래로 이어지면서 입전인물 설생과 비슷한 비중을 차지하는 '벗'이 등장한다. 이 '벗'이 익명으로 처리되어 있는 점도 이 작품을 하나의 이야기로 보이게 하는 데 기여한다. 이어지는 사건의 서술도 두 인물의 대화를 통해 주인공의 행적과 내면을 전하는 '이야기 형식'을 취한다. 또한, 서사 전반에서는 대조적인 인생의 길을 걸은 두 인물의 화합과 갈등을 그려 이야기적 흥미를 더욱 강화한다. 끝으로 오도일은 논찬을 시작하기 전에 인물의 행적부를 마무리하면서 "나는 이 이야기를 수성(隋城)에 사는 최생(崔生) 성윤(聖胤)에게 들었다"[18] 하여 이 작품이 설화에서 온 것임을 명시하고 있다.

---

16 "靑坡之里, 在今京城南半里所, 有一鹼生居焉. 有氣義好文辭, 奇士也, 業科坐奇, 竟不利. 光海末癸丑禍作, 不樂於世, 欲逃隱, 屬有其友人踏其門而訪焉. 其友人者, 卽平素所同志士也, 仍與抵掌感慨, 談時事, 涕歔欷下也. 且曰: '倫常滅矣, 士而奚處斯世爲? 吾將隱矣, 子其有意乎?'" 오도일, 「설생전」, 『서파집』, 『한국문집총간』 152. 이하 「설생전」 인용문에 대한 원문은 모두 이 문헌에서 참조하였음.

17 박희병, 앞의 논문, 97쪽.

18 "傳其事於余者, 隋城居崔生聖胤甫也."

따라서 「설생전」은 구연 설화를 바탕으로 기록되는 야담의 채록 과정
및 그 글쓰기 방식과 다분히 근접한 작품이라 할 수 있다. 그런데 이 작
품은 단순히 설화를 기록하는 데 그치지 않고 문식(文飾)을 가한 점에서
특별하다.[19] 벗이 설생과 재회하기 직전의 풍광이 "비가 계속 내려 물가
는 씻은 듯하고 물결 빛이 옥 같았다. 먼 산 아지랑이에는 검푸른 빛이
어른거리고 강을 따라 해당화가 만발했는데 마치 목욕한 듯 난만히 피어
있었다"[20]와 같이 묘사된 것은 「설생전」의 짙은 문식성을 잘 보여주는
사례로 일찍이 지적되어 왔다.

곧, 이 작품은 '전'임에도 강한 서사성과 형상성을 보여주고 있는데 이
는 야담적 취향이나 소설적 경향으로 설명할 수 있는 한편, 조선 후기
문단의 흐름과도 긴밀히 연결되어 있다.[21] 그런데 흥미로운 사실은, 「설
생전」에 특히 조선 후기 산수유기의 글쓰기 방식을 답습하는 양상이 발
견된다는 것이다.

「설생전」은 설생과 벗이 영랑호(永郞湖)에서 극적으로 상봉하는 장면
이래로 줄곧 벗의 시점을 통해 주변을 묘사한다. 설생과 벗이 회룡굴로
향하는 움직임을 따라 서사가 시간순으로 진행되며 그러는 한편 벗의 눈
에 보이는 풍광의 변화를 감각적으로 묘사하고 있다. 아래의 인용문을
살펴보자.

---

19 선행 연구에서는 이러한 점을 '소설적 경사'를 보이는 요소로 지적하였다(박희병, 앞의
   논문, 58쪽).
20 "甲戌, 出持關東節, 以其年三月, 巡到杆城, 航于清澗亭之南之爲永郞湖者, 湖號絶
   特, 爲關東最. 屬天雨, 渚岸如洗, 波光漾碧, 遙山翠黛, 出沒於嵐氣中, 夾江海棠花盛
   開, 爛漫如浴."
21 明代 前後七子의 영향을 받은 일군의 조선후기 작가들의 史體에는 의론성보다는 서사
   성과 형상성이 다분히 나타난다. 하지영, 「王世貞과 조선 중·후기 한문 산문」, 『한국한
   문학연구』 57, 한국한문학회, 2015, 216쪽.

ⓖ 어스름할 무렵 뭍에 다다라 하인들을 물리치고 중을 시켜 가마를 메게 했다. 골짜기를 따라 힘들게 가는데, 수 리 쯤 푸른 벼랑이 우뚝 서 있으니 깎은 게 아니라 스스로 잘린 것으로 奇奇怪怪하고 길이가 수십 리는 되고 가운데가 툭 트여 있었다. 벼랑을 에워싼 좌우로 물이 콸콸 흘렀는데 서로 메아리를 울리듯이 뿜어댔다. 벼랑 앞에는 문이 하나 있었는데 문 옆이 바로 이른바 回龍窟이었다. 문 앞에 돌길이 굽이굽이 있고 오른쪽으로 낭떠러지가 꺾어져 새들 길 같았다. 벼랑 끊어진 곳으로부터 서로 넝쿨을 부여잡고 매달려 가다가 몸을 움츠려 굴 안에 들어가니 곧 설생의 집이었다.[22]

ⓛ 함께 우거진 아름다운 숲에 앉고 곁에 있는 바위 가에서 고기를 잡았다. 숲에서 가벼이 거닐기도 하고 연못가를 산책하였다. 고기와 새가 사람과 가까이했고 구름과 연기가 마음을 즐겁게 했다. 무릇 林谷과 水石이 공교롭고 괴이하며 신기하고 훌륭하여 사랑스럽고 볼 만한 壯觀이 아침저녁으로 자태를 만 가지 천 가지로 바꾸어 보이니 巧曆이라도 형용할 수 없었다. 공은 문득 기뻐 돌아갈 것을 잊었다.[23]

인용문 ⓖ은 벗이 설생을 따라 회룡굴로 가는 여정을 자세히 서술한 것이다. 어떤 수단으로 목적지까지 움직였는지, 가는 길이 얼마나 험난했는지, 그러는 중에 마주한 풍광이 얼마나 아름답고 기괴한지 시간의 순서에 따라 서술하고 있다. 특히 자연물이 감각적으로 묘사되고 있는 점이 주목된다.[24] 인용문 ⓛ은 회룡굴에 도착한 벗이 아름다운 자연을

---

22 "薄晚抵陸. 屛騎從, 俾白足肩輿, 循林谷間蹩躠行, 甫數里許屛騎從, 俾白足肩輿, 循林谷間蹩躠行, 甫數里許, 有蒼崖兀然立, 非斲自削, 怪怪奇奇, 長可數十丈許, 中坼環崖. 左右水瀺瀺鳴, 相噴薄如應響然, 崖前有一門, 門之榜, 卽所謂回龍窟云. 門前石路繚而曲, 右折岞崿, 如鳥道形, 由崖坼處, 相與攀藤葛挽懸, 縮肩傴而入窟之內."
23 "仍與之翳佳林而坐, 旁石磯而漁, 婆娑乎林樾, 散步乎池塘, 魚鳥親人, 雲煙娛懷. 凡林巒水石詭怪奇壯之觀之可愛而可觀者, 朝夕獻狀, 萬千其態, 雖巧曆莫可狀. 公輒怡然忘歸."
24 일반적으로 산수유기에서는 아름다운 경치 묘사와 함께 목적지로 향하는 여정을 구

미적(美的)으로 완상하는 대목이다. 벗이 깨끗하고 탈속적인 자연 속에 거닐면서 세속의 티끌로부터 벗어나는 장면을 서술하고 있다.[25] 두 인용문 모두 벗, 즉 유람자의 시선으로 자연물을 묘사하되 시간적 순서를 따른다는 점에서 유기적(遊記的) 글쓰기 방식이 차용되고 있다.[26]

2) 정치적 변란 속 출처(出處) 갈등(葛藤)과 초속(超俗)의 꿈

「설생전」이 비록 인정정보 –행적부– 논찬으로 이루어져 있으나 형식적으로 이야기적·유기적 특징을 갖추었다면 이 작품은 비교적 가벼운 필치로 쓰여진 것으로 여겨질 수 있겠다. 그런데 그 주제의식은 또 '사(士)의 출처의리(出處義理)'라는 진지한 문제를 다루고 있는 사실이 주목된다.

〈표 1〉의 내용단락에서 살필 수 있듯이 「설생전」의 서사에는 은거한 설생과 출사한 벗의 대조적 삶의 모습이 부조되어 있다. 그리고 논찬부에서 작가는 『주역(周易)』 「건괘(乾卦)」의 文言을 인용하여 "즐거운 세상엔 나아가고 근심스런 세상에선 물러난다[樂則行憂則違]"는 구절로 포문을

체적으로 서술한다. 곧 목적지까지 찾아가기까지 길이 얼마나 험한지, 그러는 중에도 풍광이 시시각각 어떻게 변화하는지 등을 구체적으로 묘사한다. 박희수, 「동계 조귀명 유기 연구」, 서울대학교 석사학위논문, 2015, 50쪽.

25 '산수기'의 교술자아는 산수의 아름다움을 완상하고 음미하며, 산수에 대한 미적 인식은 작자의 마음을 정서적으로 淨化한다. 박희병, 「한국산수기(韓國山水記) 연구 – 장르적 특성을 중심으로」, 『고전문학연구』 8, 한국고전문학회, 1993, 217~223쪽.

26 여기서 山水는 대단히 감각적이고 심미적으로 묘사되고 있어 특히 조선 후기 산수유기의 글쓰기 방식이 발현된 것이라 생각된다. 주지하듯이 17세기 이후 조선 문인들은 명나라 유기를 탐독하였으며 이에 따라 명나라 유기에 차용된 小品的 글쓰기도 애호되었다. 더구나 金昌協·金昌翕 형제가 자연을 道學的 대상이 아니라 심미적 대상으로 인식하여 이를 기발하고 선명하게 형상한 것을 중시한 이래 이러한 글쓰기 방식은 더욱 확산되었다. 안득용, 「17세기 후반~18세기 초반 山水遊記 硏究: 農巖 金昌協과 三淵 金昌翕을 중심으로」, 고려대학교 박사학위논문, 2005; 강혜규, 「18세기 산수유기의 轉變 양상」, 『한국한문학연구』 65, 한국한문학회, 2017, 245쪽.

열며 이것이야말로 선비가 숨고 드러나는 도리[顯晦之道]라고 한다.[27] 이러한 점들을 종합해보건대 「설생전」은 '士의 出處義理'를 고민한 작품이라 하겠다.

그렇다고 「설생전」이 사화(士禍)가 빈번히 일어났던 역사에 대해 비판적이고 회의적 입장을 담은 글인가? 결론부터 제시하면 그렇지 않다. 오히려 이 작품은 정치성이 농후하게 드러난 글이라고 여겨진다. 이 작품의 창작 동인에는 광해군에 대한 부정적 인식과 함께 인조반정의 정당성을 역설하고자 하는 의식이 크게 자리하고 있다. 「설생전」에서 오도일은 시종 광해군에 대한 비판적 입장을 감추지 않는다. 작품의 서두에 설생은 인목대비가 폐모되자 "윤리와 강상[倫常]이 멸하는데 선비가 어찌 이 세상에 처하겠나?"[28]라 일갈하며 은거하고자 하는데, 이 대사는 저자 오도일이 인목대비 폐모 사건을 퍽 노골적으로 비판한 대목이라 여겨진다.

더구나 논찬부에서 오도일은 광해군 집권 당시를 "혼조정란(昏朝政亂)"으로 규정하며 당시 설생이 출처(出處)의 도리를 잘 지켰음을 칭탄한다. 그러면서 한편으로는 "성스럽고 명철한 군주가 일어나고 뭇 현명한 신하들이 줄지어 서 있는 때"[29]인 인조 즉위 후에 출사(出仕)하지 않은 것은 의아하다고 평한다. 마지막으로 설생이 노담(老聃)의 부류인 것은 안타까우나 명예에 구속된 자들을 경멸한 것이 현명하다 하였다.[30] 광해군 집권 당시와 인조 즉위 당시를 대조적으로 제시하며 광해군이 '혼군(昏君)'이었고 인조반정이 정당함을 「설생전」을 통해 피력하는 것이다.

잘 알려져 있듯이 서인(西人)은 인조반정을 일으킨 명분으로 광해군의

---

27 "贊曰: 樂則行憂則違, 固君子顯晦隨時之道."
28 "倫常滅矣, 士而奚處斯世爲?"
29 "聖明中興群賢林立之日"
30 "其視世之終身役役乾沒名韁, 處汚穢而不羞, 觸刑辟而不止者, 其賢亦遠矣."

실정(失政)을 내세우면서 결정적인 사건을 폐모 사건으로 들었다. 그런데 인조반정의 정당성을 피력하려는 노력은 17~18세기까지 계속되었다.[31] 오도일은 광해군 재위 당시 폐모론에 반대하였던 오윤겸(吳允謙)의 손자로서 서인(西人)의 정체성을 강하게 지니고 있었다.[32] 게다가 인조의 계보를 잇는 왕의 치하에서 요직을 두루 지낸 그가 광해군을 긍정적으로 본다면 스스로 역신(逆臣)임을 인정하는 격이어서 오도일이 광해군에 대한 부정적 입장을 견지하면서 인조반정을 정당하고 필연적인 결과로 인식한 것은 당연한 일이다.

보다 중요한 것은, 오도일이 이 작품을 통해 조부 오윤겸이 광해군과 인조 치하에서 모두 벼슬을 지냈던 것에 대해 변론하고자 했다는 사실이다. 「설생전」을 제외한 모든 문헌은 '벗'을 오도일의 조부 오윤겸으로 기록하고 있다.[33] 오도일은 설생에 대한 이야기를 '최성윤'이라는 사람에게 들었다고 기록하였지만, 아마도 조부에게도 동일한 이야기를 들었으리라 생각된다. 다만 그는 조부의 이름을 작품에 명기하지 않고 '벗'이라 하여 모호하게 처리하고 '은현('隱顯')'의 두 갈림길을 상이하게 선택한 두 인물의 삶을 전의 형식으로 얽어냈다. 그리하여 조부가 인목대비 사건 때 바로 물러나지 않고 벼슬에 머물러 있던 일에 대한 혐의쩍은 시선을 피해가는

---

31 한명기, 「17·18세기 한중관계와 인조반정─조선 후기의 '인조반정 변무' 문제」, 『한국사학보』 13, 고려사학회, 2002, 10~28쪽. 이 논문에 따르면 明·淸에서 인조반정을 왕위 '찬탈'로 기록하고 있었으며 이에 대해 조선에서는 肅宗·英祖朝 들어 이를 辨誣하기 위해 활발한 노력을 기울였다. 조선의 끊임없는 노력 끝에 인조는 1726년에야 중국에서 정통성을 인정받게 된다.
32 오윤겸은 인목대비 폐모사건이 일어나자 庭請에 불참하였고, 훗날 이 일로 탄핵을 받은 후에 사직하였다.
33 신돈복의 『학산한언』·兪萬柱의 『欽英』·李圭景의 『五洲衍文長箋散稿』에는 모두 설생의 '벗'이 오윤겸이라고 하였으며 『오주연문장전산고』에는 오윤겸의 『추탄집』에 이 이야기가 보인다고 하였다.

동시에 자신의 정치적 입장을 적극적으로 피력하고 있다.

「설생전」의 창작 동인에 조부에 대한 적극적인 옹호가 자리하고 있다는 사실은 작품 내에서 '벗'을 처리하는 태도와 방식을 통해 알 수 있다. 〈설생 이야기〉에서는 누락되고 「설생전」에서만 보이는 대목은 서사의 앞부분에 위치한 ③~⑥ 단락인데, 이 대목은 아래와 같이 설생과 벗을 대등한 위치로 자리매김하는 데 기여한다.

> 그 벗은 평소 뜻을 함께 하던 선비였으므로 함께 손뼉을 치고 감개하며 時事를 이야기하다가 눈물을 뚝뚝 흘렸다. 설생은 이렇게 말했다.
> "綱常이 멸하는데 선비로서 어찌 이 세상에 처하겠는가? 나는 장차 은거하려 하네. 자네도 마음이 있는가?"
> 벗은 이렇게 응답하였다.
> "본디 내가 품었던 마음을 오늘 자네가 말해주네. 내가 감히 자네와 함께 은거하고 싶지 않겠나! 그러나 부모가 계시니 감히 경솔하게 허락하지 못하겠네."
> 그리하여 즉시 헤어졌다.
> 몇 개월 후, 벗이 설생의 집을 지나는데 벌써 주인이 바뀌어 있었다. 이웃 사는 사람에게 설생이 어디로 갔는지 묻자 이렇게 말했다.
> "월초에 처자식을 데리고 이사했는데, 무슨 일로 어느 곳으로 떠난다고 말하지 않았습니다."
> 당시 그 벗은 설생이 말한 것을 들었으므로 대강 알기는 했지만 너무 황급히 떠나간 것이 괴이했다. 또 그가 어디로 갔는지도 알 수 없었다. 그 후 먼 산의 벽지에서 온 사람을 만나면 번번이 설생의 거취를 탐문했으나 알 수 없었다.[34]

---

34 "其友人者, 卽平素所同志士也, 仍與抵掌感慨, 談時事, 涕簌簌下也. 且曰: '倫常滅矣, 士而奚處斯世爲? 吾將隱矣, 子其有意乎?' 應曰: '固吾意也, 矧今子有言, 敢不欲同子而隱, 而父母在, 未敢輕許.' 卽別去, 閱月, 又往過之, 家已易主矣, 問之隣生何去. 曰: '月初, 載妻子移去, 不余言用某事去某地.' 日其友人, 已聞生言, 故心識之,

위의 인용문은 설생만큼이나 벗에 초점을 맞추고 있다. 인용문에 의하면 설생의 벗은 은거하는 삶을 택하지는 못하지만 내심 어지러운 세상에 깊이 회의감을 느낀 인물이다. 그가 평소 설생과 뜻을 함께했으므로 시사(時事)를 논하며 뚝뚝 눈물을 흘렸다는 서술, 설생의 말에 깊이 공감하며 "본디 내가 품었던 마음[固吾意也]"이라고 말한 것, 그리고 설생의 거취를 계속 탐문했다는 내용은 야담 〈설생 이야기〉에는 전혀 언급이 안된 대목이다. 이런 내용들은 독자로 하여금 시사에 대한 벗의 입장과 마음을 파악할 수 있도록 돕는다. 따라서 이 대목이 없는 〈설생 이야기〉와 「설생전」이 달라지는 지점은 벗이 설생과 마음 깊이 교유하고 시대에 대한 문제의식을 공유한 인물로 그려지는 데 있다.

이 차이는 대단히 중요한데 특히 우리가 주목해야 할 점은 그가 설생과 '같은 마음'을 품었다는 것이다. '동시대에 같은 마음을 품었던' 두 사람이 부득이한 사정에 의해 '은(隱)'과 '현(顯)'의 다른 선택을 한다는 상황 설정은, 입전인물인 설생과 그의 벗을 대등한 관계로 만듦으로써 작품의 전체적 방향과 분위기를 결정하고 있다. 어떻게 보면 벗은 '몹시 은거하고 싶으나 부모님이 계시기 때문에' 은거하지 못했으므로 오히려 부당한 세상을 참지 못하고 떠난 설생보다 많은 것을 감내한 듯 여겨지기도 한다.

이렇듯 벗과 설생이 이렇게 대등하게 그려지면서 상호 긴장 관계를 이룬 연유는 '벗'이 기실 오도일의 조부였으므로 그가 광해군 때 은거하지 않고 여전히 벼슬을 지냈던 점에 대해 변호하는 방어적 입장이 반영된 데 있다고 볼 수 있다. 상술했듯이, 논찬부에서 오도일은 설생이 '인조 즉위 후에 출사하지 않은 것은 의아하다'고 평했다. 아마도 설생은 인조 및 인조반정을 일으킨 정치세력에도 비판적 입장을 취했던 기사(奇士)였

怪其行太遽, 亦不知其之何也. 厥後逢人自遐山僻壤來者, 輒究問生去就, 莫獲知逮."

을 것이라 추측되는데, 오도일은 이 점에 대해 "의아하다" 하고 따라서 설생은 "노담(老聃)의 부류"라고 하여 약간의 부정적 견해를 노출하고 있다. 그리고 이러한 견해는 다시 독자로 하여금, 광해군과 인조 치하에서 출사한 '벗'이나 두 왕의 치하에서 물러난 설생이나 일장일단이 있을 뿐 어느 누가 도덕적 우위에 선 것이 아니라는 생각을 하도록 유도한다. 작품의 주제의식이 출처의리인 것도 이와 연관되어 있다. 이 작품은 '은현(隱顯)'에 대한 고민을 담고 있으되 양자 모두 나름대로 공과(功過)가 있다는 결론을 내리고 있는 것이다.

「설생전」이 전의 양식을 취하되 야담적 글쓰기를 반영한 까닭은, 이처럼 작품의 창작 동인에 조부를 적극 변호하고자 하는 의식이 자리하고 있었기 때문이라 생각된다. 오도일은 전 양식을 취하여 삶의 중요한 기로에서 은거를 택한 인간형을 제시하고 논찬부에서 그에 대해 포폄하였다. 그러면서 이야기적 요소를 강화시켜 설생의 반대편에 서 있는 벗을 설생 못지않게, 혹은 그 이상으로 비중 있게 그려내었다.

그렇다면 작품에 산수유기적 글쓰기를 차용한 목적과 까닭은 무엇일까? 이는 문장가로서의 오도일이 작품의 문학성을 제고시키는 한 방식으로 이해할 수도 있으나 한편으로 오도일 개인의 염원이 투영된 것으로도 이해할 수 있다. 앞서 살폈듯이 '설생'을 입전인물로 삼는 「설생전」임에도, 해당 대목은 벗의 시점으로 전개되어 어느덧 산수(山水)는 벗의 시선과 감정을 통해 감상된다. 요컨대 해당 대목은 마치 1인칭 시점처럼 서술되어 벗과 작가가 매우 밀착되어 있다.

주목할 사실은 이 대목에서 벗이 짧게나마 초속적(超俗的) 산수를 유람함으로써 정서적 해방을 느끼는 것이다. 주지하듯이 17세기 이후 관료 문인은 산수를, 도학적 의미를 찾는 공간이라기보다는 어지러운 현실을 잊는 도피처로 삼았다. 이에 따라 유기에서 산수 공간은 환상적인 색채를 강하게 띠게 된다.[35] 「설생전」의 산수 공간은 바로 이러한 흐름에 맥을 대고 있다. 회룡굴은 도화원과 같은 탈속적인 공간으로서[36] 환로(宦路)에 있는 관료가 마음껏 쉬면서 정신적 휴식을 누리는 공간이다. 여기서 '환로에 선 관료'는 1차적으로 작품 내부의 주인공인 '벗'인바 회룡굴은 그의 시선으로 그려진 공간이지만, 회룡굴은 한편 작가 오도일의 삶과 염원을 투영한 존재로도 보인다.

오도일은 그 자신이 평생 환로에 있었으며 숙종 재위 당시 정쟁(政爭)의 한가운데 있었다. 이러한 정국에서 관료로 지내던 피로함을 산수에서 씻고자 하는 바람이 「설생전」에 투영되어 있다고 볼 수 있다. 이 때문에 해당 대목은 1인칭 산수유기의 형식으로 전환을 이루었던 것이다.[37]

논의를 종합하면, 「설생전」에는 정변(政變) 속에서 가문과 자신의 입지를 다지고자 하려는 의지와 한편으로 그러한 현실에서 벗어나 산수에서 정신적 피로감을 씻고자 하는 욕구가 반영되어 있다. 이러한 주제의식은 작품에 보이는 전 양식의 파격과 긴밀히 연관되어 있다.

---

35 노경희, 「17세기 전반기 官僚文人의 山水遊記 研究」, 서울대학교 석사학위논문, 2001, 18쪽.

36 "蓋古稱桃源橘洲之類也."

37 이와 더불어 오도일이 1694년 강원도 관찰사를 지내고 1698년 강원도 양양부 부사를 지낸 이력 및 그가 평소 유람을 즐기고 유람에 대해 문장을 즐겨 썼다는 사실이 주목된다. 회룡굴은 양양부 인근에 위치한 것으로 제시되는바 회룡굴에 가기까지의 풍광이나 그 주변 묘사는 오도일이 직접 견문한 바를 바탕으로 제시되었으리라 추측된다. 오도일의 유람과 시문에 대한 내용은 백승호, 「서파 오도일의 삶과 시세계」(『한국한시작가연구』 12, 한국한시학회, 2008, 301~305쪽)에 자세하다.

3. 〈설생 이야기〉의 전적(傳的) 근접성과 주제의식

1)「설생전」의 개작적(改作的) 글쓰기

위에서 정치적 변란 속의 작가의 현실적 입장과 개인적 염원이 전의 '신비한 설화' 수용을 허용하여 야담과의 거리를 좁히는 양상을 살펴보았다. 이 장에서는 야담 〈설생 이야기〉의 글쓰기 방식을 「설생전」과 연관하여 살펴본다.

〈설생 이야기〉는 「설생전」보다 후대에 지어진 작품으로서 「설생전」과 양식적으로 접근해 있는데 이는 1차적으로 신돈복이 직접 「설생전」을 상당 부분 〈설생 이야기〉에 참조했기 때문이다.

위에 〈표〉로 제시한 비교를 통해 우리는 설생의 인정 정보와 그가 은거하게 된 계기, 이에 대한 '벗'의 반응과 훗날 두 사람이 해후하게 된 정황, 설생이 은거해 사는 회룡굴의 모습, 두 사람 삶의 대조적 모습, 설생의 선가적(仙家的) 풍모와 삶, 후일담까지 각 서사 단락의 진행 순서와 세부 내용이 밑줄 친 내용 외에 거의 차이가 없음을 확인하였다.[38] 그런데 두 작품은 대화 내용에서도 다음과 같은 유사성을 보인다.

㉠ "내가 항상 유람하며 다닌 곳이 여기만이 아니네. 내 세상과 작별한 이래 산수를 두루 다니는 걸 酷愛하여 다니는 걸 하루도 쉬지 않았지. 서쪽으로 俗離山의 기이함을 찾아가고 북쪽으로 妙香嶺의 絶勝을 살폈으며 伽倻山, 頭流山을 넘나들었지. 무릇 우리나라 산천 중 진기하고 절륜하다고 칭해지는 곳 반은 다 갔네. 우연히 마음에 드는 곳은 풀을 베어 집을 만들

---

38 임완혁 교수는 작품에서 인물 형상·서사 진행 과정·구체적 정황·주제·세부적 대화 내용이 유사하다면 이는 문헌 전승의 사례로 보아야 한다고 하였다(임완혁, 「문헌전승에 의한 야담의 변모 양상: '동패낙송'과 '계서야담'·'청구야담'·'동야휘집'의 관계를 중심으로」, 성균관대학교 박사논문, 1997, 35~45쪽).

고 개간하여 밭을 삼았지. 혹 2년이나 3년을 머물다 즐겁지 않으면 곧장 다른 곳으로 이사해 갔네. 그런 까닭에 나의 거처는 산 기이하고 물 아름다우며 田宅이 평탄하고 드넓기로 여기보다 열 배가 되는 곳이 많네. 다만 세상에 이걸 아는 자가 없을 뿐이지."[39]

ⓛ "내 일찍이 유람하며 다닌 곳이 여기만이 아니네. 내 세상과 작별한 이래 마음대로 유람하기를 하루도 쉬지 않았지. 서쪽으로 속리산에 갔다가 북쪽으로 묘향산을 찾아가고 남쪽으로 가야산이며 두류산 승경을 찾아다녔네. 무릇 우리나라 산천에서 빼어나다고 이름난 곳은 족히 거의 다 갔네. 우연히 마음에 드는 곳이 있으면 풀을 얽어 집을 짓고 황무지를 개간해 밭을 일궜지. 혹 2년이나 3년을 머물다 흥이 다하면 곧장 다른 곳으로 이사해 갔네. 나의 거처가 산 기이하고 물 아름다우며 田戶가 화려하고 넓기로 여기보다 열 배가 되는 곳이 많네. 다만 세상 사람들은 알지 못하지."[40]

인용문 ㉠과 ㉡은 각각 「설생전」과〈설생 이야기〉에서 발췌한 것이다. 벗이 회룡굴에서의 생활이 요족(饒足)한 것을 보고 설생에게 그 비결을 묻자 설생이 그간의 생활을 들어 질문에 답하는 장면이다.

그런데 두 인용문이 모두 8개의 문장으로 이루어져 있으며 각 문장이 모두 내용면에서 일치하고 표현 면에서도 유사하다는 사실은 주목을 요

---

39 "僕所常遊居往來地, 不獨此爲也. 僕自謝世來, 酷好縱觀山水, 行屐不一日閒, 西搜 俗離之奇, 北眺香嶺之勝, 跨伽倻越頭流, 凡域中山川之用瓌奇絶特稱者, 迹殆半焉. 遇適意處, 輒芟茂而宮焉, 跖陂而田焉, 居或二年或三年, 不樂, 輒移而之他. 以故僕 之居, 山之奇, 水之麗, 田宅之夷曠, 其十此者亦夥矣, 特世莫有能知之者." 신돈복, 『학산한언』,『韓國文獻說話全集』8, 동국대학교부설한국문학연구소, 1981. 이하〈설 생 이야기〉인용문에 대한 원문은 모두 이 문헌을 참조하였음.
40 "吾嘗遊處往來之地, 不獨此也. 吾自辭世以來, 恣意遊觀, 未嘗一日閑. 西入俗離, 北窮妙香, 南搜伽倻頭流之勝, 凡東方山川之以絶特聞者, 足殆遍焉. 遇適意處, 輒蒼 茂而築焉, 闢荒而耘焉, 居或二年或三年, 興盡輒移而之他. 以此吾所居山之奇水之 麗, 田戶之華曠, 十倍於此者, 亦多, 但世人莫有知者."

한다. 우선 어휘나 동사, 수식어만 약간 변개해서 쓰되 내용이 동일한 경우를 살펴보자. 예컨대 ㉠의 "西搜俗離之奇, 北眺香嶺之勝, 跨伽倻越頭流"와 ㉡의 "西入俗離, 北窮妙香, 南搜伽倻頭流之勝" 두 문장은 '서쪽으로 속리산에 가고 북쪽으로 묘향산에 가며 가야산과 두류산도 갔다'는 대강의 요지를 갖고 있으되 '搜', '眺', '跨'의 동사를 '入', '窮', '搜'로 바꾸어 쓰고 '~之勝' 등의 표현을 쓴 위치를 바꾸었을 따름이다.

제시한 인용문에는 어휘만 바꾸고 문장 구조를 그대로 유지한 경우도 있다. ㉠의 "輒芟茂而宮焉, 跖陂而田焉"과 ㉡의 "輒蒼茂而築焉, 闢荒而耘焉"은 "芟茂"를 "蒼茂"로 "宮"과 "田"을 각각 "築"과 "耘"으로 어휘를 바꾸었을 뿐 문장 구조는 동일하다. ㉠의 "凡域中山川之用瓌奇絶特稱者, 迹殆半焉"과 ㉡의 "凡東方山川之以絶特聞者, 足殆遍焉"도 같은 사례다.

요컨대 인용문 ㉠과 ㉡에 보이는 약간의 차이는 작가가 선호하는 문체에 따른 결과이고 그 내용과 표현은 기본적으로 서로 매우 근접해 있는데, 이는 양자 간 영향 관계의 긴결성(緊結性)이 문헌을 통한 전승에 의해 생겨난 것임을 유추하게 한다. 양자에 보이는 내용, 어휘, 문장 구조의 유사성은 단순히 동일한 설화만으로는 설명하기 어려운 수준이기 때문이다. 「설생전」과 〈설생 이야기〉가 서로 문헌을 참조해 전승되었음은 다음에 제시하는 「서고청소전」과 『동패낙송』에 실린 〈서고청 이야기〉 두 사례와의 비교를 통해 더욱 자명해진다.

㉠ 그 어미는 野女로서 장성해서도 짝이 없었다. 孔巖의 길가에 있는 石竇 안에서 비를 피하는데 懷德 官奴인 徐氏 及唱도 비를 피해 들어왔다가 우연히 만나 마침내 관계를 가졌다. 그리하여 낳은 이가 곧 徐起다. 그 어미는 서씨 성을 가진 이가 어디 살고 이름이 무엇인지도 몰랐다. 서기는 동네 아이가 아버지를 부르는 것을 듣고 어머니에게 물었다. "저는 왜 홀로

아버지가 없습니까?" 어머니가 그 일을 말하니 서기는 탄식하며 말했다. "나만 홀로 아버지를 모르는구나!" 마침내 하루는 어머니가 비를 피한 동굴에 가더니 종일 그곳을 지키며 몇 년을 보냈다.[41]

ⓛ 그 어미는 열여섯 때 상전댁 使喚으로 있었는데 한번은 길에서 木綿花를 따다가 비를 피해 巖穴에 들어갔다. 암혈에 어떤 남자가 行擔을 메고 있었는데 역시 비를 피해 들어왔다가 여자를 보고 강간했다. 여자가 막지 못하여 고청을 낳았다. 고청이 여덟 살이 되자 물었다. "사람들이 모두 아버지가 있는데 저는 어째서 홀로 없습니까?" 어머니가 실상을 고하자 고청은 암혈로 가서 독서하며 저녁이 되어서야 돌아왔다. 이렇게 몇 달을 지냈다.[42]

인용문 ㉠과 ⓛ은 각각 「서고청소전」과 〈서고청 이야기〉의 서두로서 서고청의 출생에 대한 일화를 다루고 있다. 그런데 「설생전」의 경우와는 달리 이 두 작품은 서사의 얼개는 비슷하되 세부 내용에 출입이 있으며 표현도 판이하게 다르다.

우선 세부 내용을 살피자면 ㉠에서는 서고청의 어머니가 '野女로서 나이가 차도 짝이 없었음'을 먼저 얘기하는 데 비해 ⓛ은 서고청의 어머니가 열여섯 살 때 使喚으로 있었다는 사실을 제시한다. ㉠에서 서고청의 아버지는 '어디 소속의 누구'로 제시되는 데 비해 ⓛ에서는 '行擔을 멘

---

41 "其母以野女, 年長無匹. 遇避雨孔巖路傍石竇中. 懷德官奴及唱徐姓者, 亦避雨而邂逅. 遂交合及生, 卽起. 其母不識徐姓人之何處人何姓名. 起聞里兒之呼父, 問母曰: '吾何獨無父也?' 母言其事, 起吁曰: '兒豈獨不知父!' 遂日往母避雨石竇中, 終日守之者, 有年積." 이규상, 「서고청전」, 초고본 『일몽고』. 초고본 『일몽고』는 안준석 동학이 소장하고 있다. 소중한 자료를 열람하게 해 준 안준석 동학에게 감사드린다.

42 "其母年十六, 使喚於上典家, 嘗摘木綿花於路傍, 避驟雨於巖穴, 有一男子負行擔, 亦避入見而强奸, 女不能拒, 生孤青, 因守節而居. 孤青之八世問曰: '人皆有父, 我何獨無?' 母以實告, 孤青自此往巖穴讀書, 至暮乃還. 如是數朔." 노명흠, 『동패낙송』, 아세아문화사, 1990.

남성'으로 나온다. ㉠에서는 서고청이 동네 아이의 아버지 부르는 소리
를 듣고 아버지에 대한 의문을 가지는데 ㉡은 막연히 여덟 살에 그런 의
문을 가졌다고 한다. ㉠에서 서고청이 다시 '나 홀로 아버지가 없구나!'
하고 탄식하는 것과 달리 ㉡에서는 곧장 암혈로 찾아가 책을 읽는다. 양
자는 '서고청의 출생' 에피소드를 다루고 있되 구체적 정황과 사건 전개
에서는 상당한 차이를 보인다.

문체나 표현 면에서도 양자는 상이하다. 우선 공통되는 어휘나 문장
구조도 보이지 않으며 사건을 처리한 방식도 다르다. 일례로 서고청 부
모의 野合을 ㉠에서 "遂交合及生, 卽起"라고 처리한 반면 ㉡에서는 "入
見而强奸, 女不能拒, 生孤靑"이라 하여 훨씬 노골적이고 직접적으로
드러냈다. 또한 「서고청소전」은 간결하고 질박한 문체를 쓰면서도 겹치
는 어휘가 없도록 세심한 배려를 한 데 비해 '서고청 이야기'는 '而', '因'
등을 활용해 독자로 하여금 쉽게 이해할 수 있도록 글을 썼으나 문체에
간결성이나 응축미는 보이지 않는다.[43]

위의 분석으로 미루어보건대 「서고청소전」과 〈서고청 이야기〉는 동일
한 사건을 다룬 설화를 바탕으로 했으되 문헌적으로 교섭한 이야기는 아
니라고 할 수 있다. 이 두 작품이 보이는 차이와 「설생전」·〈설생 이야기〉
에 나타난 차이는 그 간극이 매우 크다. 「설생전」과 〈설생 이야기〉는 문체
나 내용상에서 서로 근접해 있고 이는 문헌 참조를 통해 생겨난 결과이다.
따라서 선행 연구에서 주로 '야담의 상호 참조 및 전승'을 지목했던 것과
달리 야담과 전이 설화는 물론 문헌을 매개로 서로 참조한 양상을 주목해
볼 필요가 있다.[44]

---

43 이규상은 전을 창작하면서 奇·簡의 문체를 추구하였다.(안준석, 「李奎象 인물전의 작
법상 특징과 입전 의식 – 草稿本 『일몽고』를 중심으로」, 서울대학교 석사학위논문,
2015, 52~54쪽)

여기서 중요한 것은, 왜 이러한 이야기가 문헌을 매개로 양식을 넘나
들며 확대되고 재생산되었는가 하는 문제이다. 〈설생 이야기〉의 평어에
이 물음에 대한 단서가 발견된다.

> "나는 설생의 이야기를 사천 이병연에게 듣고 이와같이 기록했다. 그 후
> 尙書 오도일이 지은 『西坡集』을 보았는데 「설생전」이 실려 있고 내 기록
> 과 대동소이하다. 설생은 東方의 異人이 아닌가! 마땅히 세상에 보여서 썩
> 어 없어지지 않게 해야 하리라. 오도일은 추탄공의 손자이다."[45]

위의 기록을 미루어 볼 때 신돈복의 〈설생 이야기〉는 사천 이병연이
들려준 설화와 서파 오도일의 문헌을 종합하여 지어진 것으로 볼 수 있
다. 신돈복은 아마도 이병연을 통해 설생 이야기의 대강을 기록한 후 오
도일의 「설생전」을 참고하여 부족한 부분을 보태었으리라 생각된다.[46]

---

44 야담이 전을 수용한 사실을 지적한 연구로는 정명기 교수의 논문이 있으며 여기서
   논자는 야담이 전을 '현장재현적' 성격으로 개작하여 전에 비해 허구성이 짙다고 하였다
   (정명기, 앞의 논문, 232~234쪽). 다만 이 연구는 19세기 야담집 選者의 '편찬의식'에
   초점을 두고 있다. 洪良浩의 『耳溪集』에 수록된 6편의 전을 『청구야담』 選者가 개변한
   양상을 검토한 임완혁 교수의 연구도 있는데(임완혁, 「『靑邱野談』을 통해 본 이조후기
   서사산문의 역동성」, 『한문교육연구』 18, 2002), 이 논문 또한 19세기 야담집의 편찬의
   식을 집중적으로 조명하고 있다.

45 "余聞薛生事於李槎川, 記之如此. 其後得見吳尙書道一所著西陂集, 亦有薛生傳, 與
   余所錄大同小異. 余聞薛生事於李槎川, 記之如此, 其後得見吳尙書道一所著西坡集,
   亦有薛生傳, 與余所錄, 大同小異. 薛生豈非東國之異人哉! 此宜垂示不朽耳. 道一,
   楸灘之孫也."

46 『학산한언』이 사실 확인에 퍽 정확성을 기했던 점, 근거 없이 저명한 재상을 이야기
   속의 인물로 상정하지는 않았으리라는 점, 또 정작 오도일의 작품에는 '벗'을 신원미상
   으로 처리하고 있으나 그를 상당히 우호적으로 그려내는 동시에 그 입장을 변호하고
   자 한 점을 미루어 볼 때 「설생전」은 본디 오윤겸의 이야기로서 오도일 집안에서 전해
   내려오는 이야기였으리라 생각된다. 신돈복은 오도일의 기록이 신뢰할 만하다고 판단
   하여 「설생전」을 바탕으로 원 작품을 보충했을 것이라 생각된다.

신돈복이 「설생전」을 군이 참조하여 비슷하게 서술한 까닭은 〈설생이야기〉를 기록한 동기가 전의 입전의식과 유사하기 때문이다. 신돈복은 평어의 마지막에 '설생이 동방(東方)의 이인(異人)으로 반드시 전해야할 인물'이기 때문에 그에 대한 기록을 남겨야만 한다고 하였다. 오도일이 누락시킨 '벗'의 이름을 군이 '오윤겸'으로 명시한 것도 사실을 전해야한다는 의식이 이 작품의 창작 동기인 데서 연유한다. 아울러 「설생전」에 비해 〈설생 이야기〉의 문체가 훨씬 간략하고 창작적 묘사도 덜 들어간 것도 이 때문이라 생각된다.

신돈복이 선가(仙家)에 대해 깊은 관심을 보인 것은 잘 알려진 사실이다. 『학산한언』에는 조선 선가의 학맥이 전해지는 내력을 길게 서술한 작품과 조선 신선에 대한 기록이 다수 실려 있다. 즉 신돈복은 조선에 면면히 이어져 내려오는 선가의 흐름을 민멸(泯滅)시키지 않고자 노력했으며 〈설생 이야기〉는 그 노력의 일환으로 볼 수 있다. 신돈복은 설생의 족적을 후세에 잘 전하고자 하였다. 그래서 이병연의 이야기를 기록함은 물론, 신빙성이 있다고 판단되는 오도일의 전을 문헌적으로 참고하여 설생의 실제 행적에 어긋남이 없도록 기록하는 데 힘을 쏟았다.

「설생전」이 '전'의 이름을 달고서 정치적 입장을 피력하는 내용을 '기이한 여행 이야기'의 형식으로 지었다면 〈설생 이야기〉는 '신선 설생'을 부각시켜 전하려는 의도 하에 기록되었다. 요컨대 작가의 창작 동기에 따라 전이 야담의 형식에 근접하고 야담이 전의 형식에 가깝게 지어지는 양상을 「설생전」과 〈설생 이야기〉에서 확인할 수 있다.

2) '정욕(情欲)을 충족시키는 별계(別界)'과 이인(異人)에 대한 동경

신돈복의 〈설생 이야기〉는 양식적으로는 전과 근접해있는지 모르나 기실 그 내용과 미적 지향은 「설생전」과 판이하다. 이는 신돈복이 「설생전」에서와 달리 설생과 벗의 관계를 대등하게 놓지 않고, 일방적으로 설생의 벗 오윤겸이 설생을 동경하는 방향으로 서술한 데서 알 수 있다.

〈설생 이야기〉는 서사 앞부분에서 벗이 평소 설생과 뜻을 함께했다거나 설생이 떠난 후 계속 그의 행방을 궁금해 했다는 서술을 넣지 않았다. 그래서 마치 두 사람 중 설생만 고결한 의리를 지키는 인물로 보인다. 게다가 신돈복은 서사의 후반부에 다음과 같은 서술을 넣었다.

> 추탄공은 마치 方丈山에 들어온 듯 황홀해 하다가 문득 자신의 관직이 더러운 것임을 자각했다. (중략) 추탄공이 설생의 시종들을 보니 모두 아름다운 외모에 관악기며 현악기에 능숙했다. 물어보니 다 설생의 첩이라 했다. 가무를 하는 美姬 십 수 명은 모두 젊고 아리따워 더욱 놀라웠다. 설생의 만족스러운 삶을 보자 절로 塵界를 되돌아보게 되어 추탄공은 탄식하며 눈물을 흘렸다.[47]

위의 인용문에서 우리는 다음의 두 사실을 파악할 수 있다. 첫째, 〈설생 이야기〉에서 벗은 설생의 삶과 그 거처를 무한히 동경하고 있다. 둘째, 〈설생 이야기〉에서 仙境은 은은한 탈속적 정취를 지닌 곳이 아니라 세속적 화려함과 욕망이 자리한 공간이다. 전자에 대해 먼저 논하자면, 「설생전」에서 벗은 설생의 삶을 보고 "한편 기이하고 한편 괴이하게" 여

---

47 "公悅然若入方丈, 自覺軒冕之爲穢也. (…) 公見生之僮僕, 皆俊美, 多習於管弦, 問
之皆生之妾也. 美姬歌舞者, 十數, 皆妙麗. 公益奇之, 見生得意, 自顧塵界, 爲之獻
歈出涕."

긴 데 대해 〈설생 이야기〉 속 벗은 자신의 높은 관직이 더럽다고 여기며, 나아가 설생의 '得意한 삶'을 보고 이 세상과 비교가 되어 탄식하고 눈물을 흘린다. 벗은 회룡굴에 취하여 설생의 삶을 무한히 부러워할 뿐이다. 이 점에서 작가는 설생을 벗보다 압도적인 우위에 놓고 있다. 이렇듯 두 사람의 팽팽한 긴장 관계가 무너지면서 이 작품에는 출처의리에 대한 고민이 개입될 여지가 없어진다. 그 대신 설생의 이인적 면모와 그에 대한 동경이 전면적으로 다루어진다. 마지막 부분을 다음과 같이 처리한 것도 이를 보여주는 사례라 할 수 있다.

> ㉠ 추탄공이 마침 인사권을 쥐고 있어 그에게 작위를 주려 했으나 그는 수치스럽게 여겨 마침내 도망쳐 다시는 보이지 않았다.[48]

> ㉡ 추탄공이 마침 인사권을 쥐고 있어 그를 천거하여 작위를 주려 했으나 설생은 수치스럽게 여겨 인사도 안하고 떠나갔다.[49]

㉠은 「설생전」의 결말부이고 ㉡은 〈설생 이야기〉의 결말부다. 거의 비슷한 문장을 구사하고 있으나 의미에 미세한 차이가 있다. 「설생전」에서 벗이 설생에게 벼슬자리를 주려 하자 설생은 수치스러워하며 "도망쳐 다시는 보이지 않았다[遂逃去不復見]." 이에 반해 〈설생 이야기〉에서 설생은 벗의 제안에 수치스러워하며 "인사도 안 하고 떠나갔다[不辭而去]." 「설생전」의 설생이 "도망쳐감"으로써 오도일이 논찬에서 말한바 "의아한" 행동을 한 데 비해 〈설생 이야기〉 속 설생은 한층 강직한 奇士이자 이인적 면모를 지닌 인물로 부조된다.

---

48 "公適柄銓, 欲爵之, 恥之, 遂逃去不復見."
49 "公適柄銓, 曾欲薦而爵之, 生恥之不辭而去."

아울러 〈설생 이야기〉에서 '선경(仙境)'은 일체의 정념(情念)이 끊어진 곳이 아니라 세속적인 욕망으로 가득 차 있는 점을 지적하고자 한다. 이는 「설생전」의 회룡굴이 유가적 초일(超逸)함을 추구한 것과 크게 대조된다. 「설생전」에서 오도일은 회룡굴을 "도원귤주(桃源橘洲)"라 칭하여[50] 무릉도 원에 비하고, 그 속에서 노니는 설생과 벗의 모습도 깨끗하고 탈속적인 '은사(隱士)'의 모습으로 그려내고 있다. 설생과 벗이 회룡굴을 즐거워한 까닭은 아름다운 숲과 연못에서 한가로이 노닐 수 있기 때문이었으며, 그곳에서 그들을 즐겁게 하는 것은 사람을 친하게 대하는 어조(魚鳥)나 아름다운 구름 따위였다.[51] 그곳에서 먹은 음식도 '몹시 담박하고 맛있는 채소'일 뿐이다.[52]

〈설생 이야기〉의 회룡굴은 이와는 상이하다. 벗은 회룡굴을 '도화원' 이 아닌 '방장산'으로 인식한다. 또한 설생은 맛좋은 채소는 물론 기이하 고 향긋한 과일이며 사람의 팔뚝만한 인삼정과(人蔘正果)를 내 온다.[53] 두 사람이 회룡굴에서 즐기는 것도 맑은 자연에서 유유히 노니는 게 아 니라 화려하고 아름다운 향연이다. 게다가 설생은 아리따운 첩도 십 수 명을 거느린다. 요컨대 회룡굴이 별천지인 까닭은 식색(食色)의 욕망을 마음껏 충족시켜주기 때문일 뿐이다.

그러므로 신돈복은 '동방의 이인' 자취를 남기려 했던 점에서는 전의 입전의식과 비슷하지만 인간의 욕망을 다루고 있는 점에서 주제적으로 전혀 다른 지향점을 갖고 있다. 『학산한언』은 일찍이 인간 욕망의 귀추에 관심을 기울인 점에서 주목되었다.[54] 〈설생 이야기〉의 회룡굴이 세속적

---

50 "蓋古稱桃源橘洲之類也."
51 "仍與之翳佳林而坐, 旁石磯而漁, 婆娑乎林樾, 散步乎池塘. 魚鳥親人, 雲煙娛懷."
52 "盤蔬來, 盤蔬來服之淡甘, 甚異塵中味."
53 "薦以山味珍蔬, 奇果香甘, 甚異. 人蔘正果, 肥大如臂."

욕망을 추구하는 공간이라는 사실과 벗이 이를 동경해 마지않게 제시된 것은 정욕(情欲)에 대한 적극적 긍정을 보여주는 것이며, 이는 당시로서는 다소 파격적인 주제의식이다. 따라서 〈설생 이야기〉는 설생의 자취를 후대에 최대한 상세히 전달하려 한 점에서는 일반적인 전과 비슷한 창작 동기를 갖고 있으나 기실 담고 있는 내용은 전에서는 담기 어려운 물질적 욕망이라 할 수 있다.

4. 결론 – 전과 야담의 거리

본고는 전과 야담의 근접성을 보여주는 대표적 사례인 「설생전」과 『설생 이야기〉를 비교 고찰하였다. 이를 통해 논의된 주요 논지와 새롭게 조명된 사실은 다음과 같다.

「설생전」은 전의 양식적 파격을 보인다. 작품에 이야기투를 쓴 점과 조선후기 산수유기의 감각적 묘사를 인입(引入)한 점에서 그러하다. 이와 같은 파격적 양식은 입전인물인 '설생'보다 '벗'에 초점을 맞추는 효과를 가져오기도 하는데 이는 작품의 창작 동기 및 주제의식과 깊이 연관된다. '벗'은 기실 오도일의 조부 오윤겸인바 오도일은 이 작품을 통해 '은현(隱顯)'의 기로에 놓인 두 인물을 상호 대등한 관계로 그려내면서 정치적 변란 속에서 자신과 가문의 입지를 다지고자 한 것으로 보인다. 뿐 아니라 설생의 '회룡굴'을 다녀온 대목이 짤막한 유기(遊記)처럼 구성된 것은, 수많은 정변(政變)이 있던 숙종 재위 당시 '현(顯)'의 입장을 택한 그 자신이 탈속적 공간에서 잠시나마 정신적 휴식을 취하고자 한 욕구가 반영된 결

---

54 이강옥, 「초기 야담집 학산한언의 서사지향 연구: 현실지향과 비현실지향」, 『구비문학연구』 17, 한국구비문학회, 2003, 45~47쪽.

과라 여겨진다.

한편 〈설생 이야기〉는 야담이지만 그 창작 배경에는 전의 입전 동기와 비슷한 의식이 자리하므로 「설생전」에 비해 오히려 주인공인 설생에 집중하여 서사를 진행한다. 더구나 「설생전」을 문헌적으로 참고하였으므로 〈설생 이야기〉는 「설생전」과 양식적으로 유사한 부분이 많다. 그러나 〈설생 이야기〉는 설생이 거처하는 유토피아를 통해 정신적 만족 뿐 아니라 정욕(情欲) 또는 물질적 욕망의 충족을 적극적으로 긍정한 점에서 파격적인 주제의식을 담고 있다. 또한 「설생전」에 비해 신비적 요소를 강화하기도 하였다.

이와 함께 이 두 작품은 전과 야담의 교섭과 전이 양상을 보여주는 동시에 당시의 중요한 문학사·정신사적 흐름을 보여준다는 사실을 지적하고자 한다. 「설생전」은 정치적 변란의 중심에서 환로를 걸었던 관료의 심적 갈등과 불안감을 투영한 작품이라 규정할 수 있다. 오도일은 정치적 국면이 급박하게 전환되던 숙종 시대를 살아가던 인물로서 그 자신의 정치적 입지 및 가문을 존속시켜야 했다. 이와 같은 압박감이 「설생전」 창작의 주된 동기라 보이며, 한편 이러한 불안감 속에서 벗어나 山水에서 정신적 피로를 풀고자 하는 욕구가 「설생전」에 투영되어 있는 것이다. 따라서 「설생전」은 조선 후기 정변(政變) 속 긴장 상태에 놓여 있는 문인의 글쓰기 방식을 보여주는 사례다.

한편 신돈복이 〈설생 이야기〉를 통해 설생의 이인적 면모를 한층 부각시키고 食色에 대한 욕망을 노골적으로 표출한 것은, 조선 후기 상당수 야담 작품에서 발견되는 신비주의적 경향 및 정욕에의 긍정과 긴밀히 관련되어 있다.

중요한 사실은, 이와 같은 정신사적 흐름을 반영하는 두 작품이 당시에 서로 경쟁하며 교섭하고 있었던 '전'과 '야담'이라는 각기 다른 양식

안에 담김으로써 효과적으로 주제의식을 전달할 수 있었다는 것이다. 즉 「설생전」과 〈설생 이야기〉는 서로 양식적으로 근접하고 있으나 주제의식은 각각 본래적 양식의 전통에 견인되어 있는 작품이다. 전은 야담에 비해 주제의식의 선택에 제약이 많고, 야담은 전에 비해 파격적 주제의식을 가질 수 있다.

어지러운 정국 속에서 출사할 것인가 은거할 것인가 하는 문제는 정치적 소용돌이의 중심에 있던 관료 오도일에게는 추상적인 수준의 고민이라기보다 삶에서 실존적이고 현실적으로 맞닥뜨리는 문제였을 것이다. 더욱이 오도일은 광해군 치하에서 벼슬을 지낸 조부를 옹호해야 하는 입장에서 작품을 창작한바 '은현'을 가치매김할 때 대단히 유보적인 태도를 취한다. 이러한 오도일의 관료로서 출처에 대한 고심과 갈등을 드러내기에 적합한 양식은 다름 아닌 전이었으리라 생각된다. 전 양식은 인간형을 탐구하는 동시에 그 삶의 모습을 압축적으로 제시하며 도덕적으로 평가한다. 더욱이 전은 논찬부를 통해 자신의 의론을 강화할 수 있다. 흥미로운 이야기투를 야담으로부터 수용하여 기인의 풍모를 띤 설생의 방외적인 행적을 조명하면서도 그와는 대조적으로 관료의 길을 걸은 '벗'의 시각으로 그 은둔의 삶을 추적하며 평가하는 작가의 주제의식은 현실옹호적이며 보수적이라 할 수 있다. 이런 면에서 「설생전」은 그 양식적 파격에 비해 주제의식은 보수적인 편이라 할 수 있으며, 이 같은 주제의식이 사대부 문학의 전통 양식인 전을 택하게 한 것이다.

이에 비해 〈설생 이야기〉는 정욕에의 긍정과 신비한 이인에 대한 동경을 주제의식으로 삼으며, 상술했듯이 이러한 주제의식은 당시의 사대부 문학으로서는 다소 파격적이다. 이와 같이 다소 파격적 주제의식을 담아내는 데는 야담이 적합하다고 생각된다. 애초에 야담은 '야담(野談)', '한언(閑言)', '패설(稗說)'이라는 명칭에서 알 수 있듯이 비공식적이고 잡다한 이야기라고 인식되었으며, 이야기를 토대로 하고 있어 그 진실성 여부가 상대적으로 덜 강조되기도 하였다. 따라서 야담은 당대의 주류 담론이 아닌 주제의식을 부각시키기에 유리한 장르라고 생각되며 신돈복은 야담의 이러한 점을 잘 파악하여 상기한 주제를 작품을 통해 잘 드러내고 있다. 단, 작가는 '동방의 이인'으로서 설생의 자취를 후세에 남기고자 작품을 창작하였으므로 이 작품은 양식적으로는 오히려 전과 맞닿아 있다. 요컨대 〈설생 이야기〉는 양식적 실험성이 돋보이지 않으나 그 안에 담고 있는 욕망의 내용은 파격적이므로 이러한 주제의식에 따라 야담 양식으로 탈바꿈한 것이다. 따라서 두 작품의 사례를 통해 우리는 조선 후기 양식 간의 교섭을 살필 수 있는 한편 각 양식이 여전히 고유하게 담당하였던 기능과 그 가치를 살필 수 있다.

조선 후기 야담에 나타난 송사담의 세 유형과 그 의미

−야담집 색인 데이터베이스를 활용한 연구의 한 사례−

◉

이승은

1. 서론

어떤 세 사람이 동헌에 소송하여, 섬돌 앞에 나란히 꿇어앉았다. 그들이 소송하는 것은 삼백 전짜리 송아지 한 마리였다. 원이 책망하기를, "그대들은 이 고을 양반이 아닌가? 또한 노인인데, 송아지 한 마리가 무슨 대단한 것이라고 세 사람씩이나 와서 이렇게 하는가?"라고 하자, 그들은 사과하면서, "부끄럽습니다. 그렇지만 소송할 일은 반드시 해야지요."하고는 말을 마치고 돌아갔다.

또 읍에서 북쪽으로 육십 리나 떨어진 곳에 사는 어떤 이는, 열두 푼 때문에 동헌에 와서 소송하였다. 원이 말하기를 "네가 말을 타고 육십 리를 왔으니 필시 길에서 경비가 들었을 것이고, 그 경비는 필시 열두 푼이 넘었을 텐데, 소송을 안 하는 것이 이익이 되는 줄 왜 모르느냐?" 하니 소송한 사람이 "비록 열두 꿰미를 쓸지라도 어찌 소송을 안 할 수가 있겠습니까?" 라고 말하였다.

그들의 풍속이 매우 억세고 융통성이 없어, 무슨 다툴 일이 있기만 하면

꼭 소송을 하는 것이다.[1]

이옥(李鈺, 1760~1815)은 1799년 정조의 견책을 받아 영남의 삼가(三嘉) 지역으로 충군되었을 때 보고 들은 것을 『봉성문여(鳳城聞餘)』라는 기록으로 남겼다. 그곳에서는 양반이든 상민이든 간에 작은 이익에도 송사를 일삼는데, 심지어 소송에 드는 경비가 그것을 통해 얻을 수 있는 이익을 넘어서더라도 이를 마다하지 않는다고 하였다. 이옥은 지역의 풍속이 억세고 융통성이 없기 때문이라고 했지만, 당시 이른바 '민간에서 소송을 좋아하는[民俗好訟]' 세태는 서울과 지방, 남녀노소와 신분고하를 막론한 것이었다.

조정은 '비리호송(非理好訟)'에 대한 처벌을 강화하고 목민관에게 백성들로 하여금 지나친 쟁송을 삼가게 하도록 당부했다.[2] 이는 명분상 유교의 통치방식이 법적·물리적 강제보다는 덕치·예치·왕도정치와 같이 도덕에 의한 정치를 앞세웠고, '무송(無訟)'을 이상으로 삼았기 때문이었다.[3] 뿐만 아니라 잦은 송사는 비용과 시간의 소요로 생산성을 저해하고 공동체의 화합을 깨뜨리는 등 실질적인 손해를 야기하기도 했다.

그러나 조선 중기 이후부터 백성들은 각종의 소장과 원정을 통해 자신의 불이익을 시정하려 했고 송사는 백성들 사이에서 낯설지 않은 것이 되었다.[4] 16세기 중엽 『사송유취(詞訟類聚)』를 시작으로 지방관이 재판에

---

1 「俗喜爭訟」, 『鳳城聞餘』, 실시학사 고전문학연구회 편역, 『완역이옥전집』 2, 소명출판, 2001, 99쪽.
2 한국고문서학회, 『조선의 일상, 법정에 서다』, 역사비평사, 2013, 89쪽.
3 『논어』 안연편에서 공자는 다음과 같이 말한다. "子曰, 聽訟, 吾猶人也, 必也使無訟乎!"
4 일반적으로 민사관련 소송을 詞訟, 형사관련 소송을 獄訟이라고 구분하고 있다. 조윤선, 『조선 후기 소송 연구』, 국학자료원, 2002.

서 참고할 수 있도록 편집된 소송지침서인 사송법서류가 다수 간행된 사
실이 이를 뒷받침해준다.[5] 이밖에도 『심리록(審理錄)』, 『증수무원록(增修
無冤錄)』, 『흠흠신서(欽欽新書)』 등 형사사건을 기록한 사례집이 출판, 보
급된 것을 통해 이 시기 옥송(獄訟)의 증가 및 그 양상 또한 확인할 수
있다.[6] 송사 없는 사회를 추구하였으나 조선시대 내내 소송은 계속 늘어만
갔던 것이다.

　이러한 세태를 반영하듯, 조선후기 야담과 패설에는 송사를 다룬 이야
기가 상당수 보인다. 실제 송사사건의 기록은 여러 경로로 민간에 전달
되었다. 구전뿐만 아니라 중인이나 평민 출신 자제들이 읽었던 시행문의
소장과 탄원서,[7] 각종 판례집 등이 지상(紙上)에 사건을 세세하게 재현해
주었던 것이다. 그리고 사람과 사람 사이의 갈등과 분쟁을 골자로 하기
에 송사는 그 자체로 흥미로운 이야깃거리가 되어 야담과 패설 속으로
포섭될 수 있었다. 이들은 실제 사건을 재현하는 데 초점을 맞추기도 하

5　조선전기 간행된 법전인 『經國大典』은 독립된 형률이 마련되지 않고 중국의 『大明律』
　을 적용하도록 되어 있었다. 또한 이후 시간이 흘러감에 따라 다양한 시행세칙과 국왕의
　수교(受敎) 등을 정리한 『大典續錄』, 『大典後續錄』 등이 간행되면서 수령이 참고해야
　할 법전은 점점 늘어났다. 이런 법전들은 각각 개별적으로 간행되었기 때문에 이를 참조
　하기 위한 하나의 종합적인 간행물이 필요했다. 이러한 사송법서류로는 『詞訟類抄』,
　『大典詞訟類聚』, 『決訟類聚』, 『決訟指南』, 『決訟類聚補』, 『聽訟指南』, 『司訟錄』 등
　이 현전하고 있다. 김명화, 「조선시대 수령의 소송지침서 『사송유취』의 편찬과 활용」,
　『서지학연구』 66, 서지학회, 2016, 335쪽.
6　심재우, 『조선후기 국가권력과 범죄 통제』, 태학사, 2009, 73~142쪽.
7　양반가의 자제들과 달리 중인이나 평민 출신의 자제들은 기초적인 한문을 습득한 다음
　시행문을 주로 읽었다. 이는 후에 아전이 된 후 실무를 원활하게 수행할 수 있도록
　한 것인데, 이들이 읽었던 시행문에는 소장을 비롯해 토지매매명문, 제축문, 혼서, 간찰
　등이 포함되어 있다. 이러한 시행문의 내용이 추후 단편 서사물이나 다른 읽을거리로
　변모했을 가능성도 높다. 시행문의 내용과 특징에 대해서는 전경목, 「조선후기에 서당
　학동들이 읽은 탄원서」, 『고문서연구』 48, 한국고문서학회, 2016; 「서당 학동이 읽은
　필사본 '용례집'의 내용과 특징」, 『한국고전연구』 34, 한국고전연구학회, 2016. 참조.

고, 사실에 근거하되 그 내용을 변개하기도 하였으며 때로는 송사를 차용하여 의론을 펼치기도 하였다. 즉 송사이야기는 실제 사건기록과의 관계 속에서 형성되어갔던 것이다.

그간 이러한 송사담에 대한 연구자들의 관심은 크지 않았다. 송사소설의 원천 소재를 탐색하는 과정에서 문헌소재 송사설화에 대한 검토가 한 차례 이루어진 후[8], 최근 야담의 송사담이 지니는 의미를 현실에 대한 민중의 기대지평이라는 측면에서 분석한 것이 유일하다.[9] 이처럼 야담 연구에서 송사담이 주목되지 않았던 까닭은 소재별 분류의 문제에 기인하는 바가 크다. 송사 자체에 초점을 맞추기보다는 등장인물이나 사건의 내용에 따라 열녀담, 풍수담, 귀신담, 노비담 등으로 귀속되었기 때문이다.

본고에서 또 다른 분류의 결과물로 송사담이라는 영역을 설정하고 이에 따라 야담 작품을 읽어보려고 하는 것은 송사라는 소재가 지닌 독특함 때문이다. 송사라는 사회적 현상은 그 시대 사람들의 삶과 가치관이 투영되고 그 사회의 구조와 특성이 응축되어 나타난 산물로, 시대와 사회를 이해하는 하나의 척도로 기능한다. 야담은 경험적 서사를 기반으로 하는 경우가 많을 뿐더러 특히 송사 소재는 현실과 직접적 관련을 맺고 있다. 그러므로 야담의 송사담을 통해 당대 사회를 보다 면밀하게 이해할 수 있다.

이에 본고에서는 재래의 논의를 기반으로 하되, 자료의 범위를 확대하여 송사담의 존재 양상과 그 의미를 살피고자 한다. 먼저 송사담을 옥송과 사송을 포괄하여 송사가 작품의 주요 사건이 되는 이야기로 규정하고,

---

8 이헌홍, 「문헌소재 송사설화의 유형과 의미」, 『배달말』 14, 배달말학회, 1989. 여기서는 야담과 패설류를 아울러 문헌 속에 등장하는 송사설화의 유형을 교화/비판/유희적 시각의 세 가지로 분류하였다.

9 김준형, 「야담에 나타난 윤리의 위반과 법, 그 문화사적 의미」, 『돈암어문학』 27, 돈암어문학회, 2014.

『동패락송(東稗洛誦)』, 『잡기고담(雜記古談)』, 『계서잡록(溪西雜錄)』, 『기문총화(紀聞叢話)』, 『청구야담(靑邱野談)』을 대상으로 그 존재 양상을 살펴볼 것이다. 이들은 18~19세기에 산출된 조선후기 야담집의 전형으로 대표성을 띤다.[10] 이들 송사담을 송사에 참여하는 인물 간의 관계에 따라 크게 세 유형으로 분류하고, 이를 통해 송사담에 반영된 사회의 변화상 및 야담이 지향하는 가치를 탐색하는 것을 최종적인 목적으로 한다.

송사는 필연적으로 타자와의 관계 속에서 이루어지고, 판결의 결과는 송사 당사자와 세계 질서 사이의 관계를 표상한다. 송사의 내용이나 등장인물과 같이 송사담을 구성하는 하나의 요소를 기준으로 하는 대신 각각의 요소들이 배치되어 있는 구도 자체, 즉 송사담 내 인물의 관계를 기준으로 삼아 작품을 분류하는 것이 보다 효과적일 것이라 판단한 이유가 여기에 있다.

2. 야담 데이터베이스를 활용한 송사담의 유형 설정

주지하듯이 조선은 성리학을 통치의 이념으로 삼았다. 사회질서를 구현하는 주된 정치사상은 예(禮)였으며, 법(法)은 사회 통제를 위한 보조적, 도구적 성격을 지니고 있음을 표방해왔다.[11] 다음에서 조선 중기 예치와 법치에 대한 인식의 단면을 엿볼 수 있다.

---

10 소화집, 패설집에도 여러 편의 송사담이 실려있으나 본고에서는 이를 주된 논의 대상으로 삼지 않았다. 소화나 패설은 작품의 미의식이 야담과 달리 골계미에 있으며, 송사 자체나 판결자인 관장을 희화화하는 것에 주된 목적이 있기 때문이다.

11 박소현, 「법률 속의 이야기, 이야기 속의 법률」, 『대동문화연구』 77, 성균관대 대동문화연구원, 2012, 417쪽.

　　이때 중종께서 '결송대한'을 만들려고 하였는데, 공이 이에 대해 다음과
같이 말하였다. "인심의 후박이 실로 교화와 관련되어 있으니, (교화를 행
하면) 백성들로 하여금 쟁송하지 않게 하는 것이 가능할 것이다. 대한을
정할 필요가 있겠는가?"[12]

　　정사룡(鄭士龍, 1491~1570)이 쓴 김안국(金安國, 1478~1543)의 신도비명
중 일부분이다. 성종 대에 노비소송의 적체를 처리하는 단송도감(斷訟都
監)을 설치한 바가 있었는데, 이는 산적한 소송을 빠르게 처리해 원성을
없애고 궁극적으로는 '무송(無訟)'의 이상을 이루기 위한 임시방편이었
다. 중종 대에 이르러 다시 단송도감 설치에 대한 논의가 제기된다. 그러
나 점점 증가하는 송사를 단송도감과 같은 일회적 방법으로는 해결할 수
없다고 보고, 그 근본 원인을 제거하기 위해 소송 사유가 발생하고 일정
한 기한이 지나면 소송을 금지시키는 과한법을 규정하고자 했던 것이
다.[13] 그런데 김안국은 과한법의 필요에 의문을 표하면서, 나날이 증가
하는 송사에 대한 방책으로 '교화'를 제시한다. 이는 백성 개개인의 마음
을 감화시키고자 하는 것으로 사림파 문인 지식인 김안국을 위시한 당시
위정자들의 이상을 잘 보여주는 사례라 하겠다.
　　비록 예치와 무송을 이상으로 삼았지만 법적 체계를 공고히 하려는
흐름 또한 지속되었다. 조선은 건국 직후 일반형법으로서 『대명률』을 포
괄적으로 계수하고 성종대에 통일법전인 『경국대전』을 제정하였으며,
이에 따라 중앙의 의금부, 형조, 한성부 등과 지방의 관찰사, 수령 등에
이르기까지 각 사법기구의 조직과 관할 등에 대한 규정이 갖추어졌다.[14]

12　「有明朝鮮國崇政大夫議政府左贊成兼知經筵春秋館成均館事弘文館大提學藝文館
　　大提學五衛都摠府都摠管 世子貳師 贈諡文敬金公神道碑銘」, 『湖陰雜稿』권7. "時中
　　廟欲立決訟大限, 公以爲人心厚薄, 實係敎化, 使民無訟可矣. 何必立限?"
13　임상혁, 「조선 전기 민사소송과 소송이론의 전개」, 서울대 박사학위논문, 2000, 133쪽.

이를 통해 유교적 사법질서를 확립해나갔던 것이다.

　그런데 이러한 노력에도 불구하고 조선 후기로 가면서 소송은 점점 늘어난다. 뿐만 아니라 그 양상도 변화했다. 옥송의 경우 강상(綱常)의 범죄가 주였던 조선 전기와 달리 사기, 위조 등 경제 범죄가 급증했다.[15] 사송의 경우 토지, 산송, 매매, 노비 등이 소송거리가 되었다. 그중 노비와 토지 문제는 고려 말부터 지속적으로 존재해왔던 것이지만[16], 산송은 16, 17세기 유교적 상장례가 보급되고 종족질서가 형성되는 과정에서 등장하기 시작했다.[17] 서울을 중심으로는 도시 지역에서 이전에 볼 수 없던 경제 범죄 관련 소송이 급증했다. 정조대 형사사건기록인『심리록』에는 서울에서 평민층이 일으킨 위조, 절도 범죄가 상당수 나타나는데, 이는 강상윤리에 어긋나는 범죄를 가장 무겁게 여겼음에는 변함이 없지만 18세기 서울에서 각종 경제 범죄가 새롭게 많이 발생했다는 것을 의미한다.[18] 인간의 삶의 형태가 복잡해지면서 송사의 종류도 점차 다양해지는 양상을 보이는 것이다.

　그렇다면 조선후기 사회상의 변화를 핍진하게 담아내고 있다는 평가를 받아온 야담집의 편찬자들은 이처럼 다변화된 송사사건 중 무엇에 관심을 가졌던 것일까? 이를 확인하기 위해 본고에서는 야담집 색인 데이터베이스[19]를 활용하여, 여러 야담집에 수록된 송사담의 내용을 분류하

14　조지만,『조선시대의 형사법-대명률과 국전』, 경인문화사, 2007.

15　조광,「18세기 전후 서울의 범죄상」,『전농사론』2, 서울시립대 국사학과, 1996.

16　조선 창업의 주체들은 고려 왕조 붕괴의 주요 원인 중 하나로 토지와 노비 관련 민사 소송의 만연과 그로 인한 미제 소송의 적체를 들었다. 임상혁, 위의 논문.

17　김경숙,『조선의 묘지소송』, 문학동네, 2012, 153쪽.

18　심재우, 위의 책, 183쪽.

19　야담집 색인 데이터베이스는 권기성·김동건에 의해 구축이 시도되었다. 권기성은 작품의 고유번호, 제명, 이본명, 제목, 출전, 관련 작품, 인물, 배경, 사건 등의 정보항을

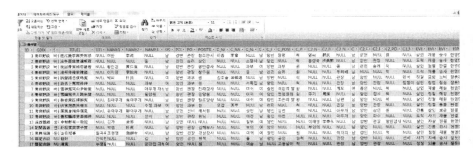

〈그림 1〉 야담집 색인 데이터베이스를 활용한 송사담 추출 사례

였다. 각화의 구체적인 내용은 아래 표를 통해 확인할 수 있다.[20]

〈표 1〉 야담집 소재 송사담

번호	제목	내용	분류	출전
1	中和縣有一殺獄	이태영이 평안도 감사로 있을 때 질부가 시숙을 찔러 죽인 사건 발생. 모두가 시숙이 질부를 겁탈하려다 살해당했다고 추정하였으나 두 사람의 말을 다 들어봐야 한다고 사건 무효.	남녀 겁탈	계서 잡록
2	朴松堂英字子實	박영이 김해부사로 있을 때 남편이 죽었다하여 통곡하는 여자가 있었음. 박영이 시체를 검시하여 배꼽 아래 대꼬챙이를 찾아내고 여자가 정부와 함께 남편을 살해하였음을 밝힘.	부부 간통 살인	기문 총화

구분하여 입력하는 방안을 제시하였으며 『기문총화』를 대상으로 그 초기 작업을 완료하였다. 본고에서는 이를 활용하여 송사, 판결을 소재로 하는 각화를 추출하였으며 각화에서 송사가 벌어지게 된 원인, 원고와 피고의 신분 및 성별, 판결의 정당성 여부 등을 통해 원고-피고-관장의 관계에 따라 송사담을 분류했다. 야담집 색인 데이터베이스의 구체적인 내용에 대해서는 권기성·김동건, 「야담집 색인 데이터베이스의 구축방안 모색-『기문총화(記聞叢話)』를 중심으로」, 『고전과 해석』 22, 고전문학한문학연구학회, 2017을 참고할 수 있다.

20 이하 표에서 정리한 송사담 각편은 한번 야담집에 수록된 이후 여러 차례 후대 야담집에 전재되기도 하였다. 여러 야담집에 중복 전재된 경우라도 편의상 본고에서 인용한 야담집의 명칭을 출전으로 기록하였다. 제목이 없는 각편의 경우, 작품의 시작 부분 7자를 임의로 제목으로 삼았다.

3	拯江屍李班受刑法	이완이 형조판서로 있을 때, 백성 엄씨와 장령 이증이 전답문서로 송사를 함. 이완이 엄씨가 옳다고 결송하였으나 엄씨가 나타나지 않음. 이증이 살해했다 여기고 형리에게 이증의 집을 염탐하게 함. 자복을 받아 이증을 죽임.	양반 상민 살인	청구 야담
4	治牛商貧僧逢明府	중이 2냥을 가지고 종이를 사러 장에 가다 20냥이 든 망태를 주움. 시장에서 주인을 찾아주었으나 주인이 오히려 중의 2냥을 탐내어 송사를 벌임. 관장 홍양묵이 현명하게 판결하여 주인을 벌함.	상민 중 절도	청구 야담
5	捉凶僧箕城伯話舊	황인검이 젊어서 산사에서 공부할 때 한 중이 도움을 줌. 후에 경상 감사가 되어 다시 만난 중에게 출세를 약속하며 환속할 것을 청하나 중은 자신의 과거 살인을 고백함. 황인검이 고민 끝에 중을 형옥에 올려 처형함.	남녀 겁탈	청구 야담
6	淸州倅權術捕盜	이지광이 청주 수령일 때 중이 종이를 잃어버렸다고 고함. 이지광은 장승을 구류하라는 억지를 부린 후 몰래 숨기고, 아전들에게 벌지 일속을 내게 함. 그 속에서 중의 종이를 찾아주고 범인을 잡음.	상민 중 절도	청구 야담
7	訴輦路忠僕鳴寃	김조술이 과부 박씨를 흠모하여 사통했다는 소문 냄. 박씨가 관가에 송사했으나 들어주지 않자 칼로 목을 찔러 자결함. 시아버지 민씨가 다시 송사하나 역시 들어주지 않음. 시체를 매장하지 않았으나 썩지 않음. 종 만석이 서울에 올라가 격쟁하여 억울함을 풀게 됨.	남녀 정절 모해	청구 야담
8	訪名卜寃獄得伸	전주 과부가 목 베여 죽는 사건이 발생하고 이웃 사람이 범인으로 지목됨. 두 아들이 억울함을 호소하고 유운태라는 이름난 복사의 도움으로 과부를 흠모해온 피혁장이 진범으로 밝힘.	남녀 살인	청구 야담
9	雪神寃完山尹檢獄	전라감사가 여귀를 만남. 계모가 재산을 탐내 자신을 죽였음을 고함. 감사가 시체를 찾아 검시하고 계모를 처형함.	계모-전실 자식 살인	청구 야담
10	雪幽寃夫人識朱旗	밀양원이 거듭 죽음. 한 무변이 자원해 감. 그 부인이 도임날 밤에 무변을 대신해 앉았다가 여귀를 만남. 전 밀양원의 딸로, 고을 장교가 겁탈하려다 죽임. 원이 장교를 찾아내 처형함.	남녀 겁탈 살인	청구 야담
11	檢岩屍匹婦解寃	김상공이 여귀를 만남. 남편이 다른 여자에게 혹하여 자신을 음행이 있다는 핑계를 찔러 죽이고 시신 유기. 상공이 시체를 찾아 원한을 풀어줌.	부부 정절 모해 살인	청구 야담
12	吠官庭義狗報主	하동 지역에 수절과부를 이웃 모가비가 겁탈하려다 죽임. 키우던 개가 관문에 짖어 죽음을 알림. 이후 모가비의 집으로 가 그를 물어 범인임을 밝힘.	남녀 겁탈 살인	청구 야담

13	柒谷獄事	조현명이 경상감사로 있을 때 여귀를 만남. 판관 정언회를 칠곡으로 보내 7년 전 시체를 검시하게 함. 삼촌이 재산을 탐내 조카딸을 죽인 사건이었음을 밝힘.	가족 정절 모해 살인	동패 락송
14	匿屍身海倅償恩	유씨 성을 가진 사인이 젊을 때 상인의 부인과 간통. 상인이 이를 용서. 급제 후 해서고을 원님이 됨. 자신을 살려준 상인이 살옥에 연루되자, 시신을 개의 사체와 바꿔치기 하여 상인을 방면해줌.	관–민 부정한 판결	청구 야담
15	善欺騙猾吏弄痴倅	아전이 원님 퇴임시 한몫 챙겨주려고 거짓 송사를 벌임. 죄수의 집에 함께 도둑으로 숨어든 후, 범인으로 잡힌 원님과 좌수의 늙은 아버지를 바꿔치기함. 다음날 좌수를 불러 아버지를 가두었다 하여 불효죄로 돈을 갈취함.	관–민 갈취	청구 야담
16	淸寃	서울의 한 과부를 머슴이 마음에 두고 형조에 사통했다고 송사함. 과부가 신체부위에 흉터가 있다고 하며 대질심문을 청함. 머슴에게 뇌물을 받은 자가 이를 전달하나, 과부에게는 흉터가 없었음.	남녀 정절 모해	잡기 고담
17	發奸	공물대납권을 둘러싸고 갑, 을, 병 세 사람이 송사함. 이름 모를 선비가 꾀를 내 을의 억울함을 풀어줌.	민–민 사기	잡기 고담

송사의 내용을 기준으로 살펴보면, 가장 빈번하게 출현하는 소재는 여성의 정절 모해 및 겁탈과 관련된 것이다. 신분의 우열을 이용해 양반이 상민에게 포학하거나, 상민이 중을 대상으로 절도를 저지른 사건도 있다. 앞서 살펴본 조선후기적 상황을 고려한다면 경제 관련 범죄가 많을 것으로 예상할 수 있으나, 대상 야담집 중에는 매매문서 위조를 다루고 있는 한 편만이 확인된다. 드물지만 개인적 은혜를 갚기 위해 부정한 방법으로 송사에 개입하거나 자신의 이익을 위해 괜한 송사를 일으키는 관원의 모습도 보인다.

이상에서 열거한 조선 후기 야담집의 송사담은 다음의 몇 가지 특징을 공유하고 있다. 우선 송사담을 구성하는 인물로는 소송 당사자인 원고(元)–피고(隻) 두 사람과 이를 심리하는 관장이 반드시 포함된다. 그리고 이들 사이의 관계에 따라 이야기의 지향과 성격이 달라진다. 우선 원–척은 ⑤를 제외하고는 대체로 우열의 관계에 놓여있다.

    ① 가족 관계(부부, 의모-의녀, 삼촌-조카, 시숙-질부)
    ② 남녀 관계
    ③ 양반-상민 관계(상민-중)
    ④ 관-민 관계
    ⑤ 민-민 관계

    간통한 부인이 남편을 살해한 「박송당영자자실(朴松堂英字子實)」과 공물대납인들 간의 분쟁을 그린 「발간(發奸)」을 제외하면 모두 사회적, 종법적 질서 내에서 원이 척에 비해 낮은 위치를 점하고 있거나 여성인 것으로 나타난다. 이때 원과 척은 가변적 정의가 아니라 절대적 선악에 의해 선명하게 구분되는데, 이는 자연스럽게 원의 억울함을 가중시키는 효과를 낳는다. 다만 ⑤는 여타 송사담과는 조금 다른 양상을 보이는데, 원과 척이 우열의 관계가 아니며 선악 또한 판별하기 어려운 부분이 있다.

    한편 양측에게 송사를 판결하는 관장은 원-척 모두의 우위에 자리하는데, 이때 관은 분쟁의 조정자이자 질서의 수호자이다. 원-척의 관계가 분쟁과 갈등의 양상을 나타내는 것이라면, 이들과 관의 관계는 세계 질서의 항구성 여부를 상징한다. 대부분의 송사담에서 관장은 선악을 공정하게 분별하여 원의 편을 든다. 그러나 「선기편활이농치졸(善欺騙猾吏弄痴倅)」나 「익시신해졸상은(匿屍身海倅償恩)」과 같이 관이 척의 편에 서거나 혹은 그 자체로 척의 역할을 자임하며 원 위에 군림할 때 공정하고 정의로운 판결로 대변되는 세계 질서는 균열을 일으키고 마는 것이다. 이상의 논의를 정리하면 위의 인물 관계는 다시 세 가지로 유형화할 수 있다.

① 원〈척〈관: 척이 원보다 사회적 지위 및 권력 관계에서 우위에 있으며, 관은 원과 척보다 우위에 있으며 공정한 판결을 내림
② 원〈척=관: 척이 원보다 사회적 지위 및 권력 관계에서 우위에 있으며, 관은 원과 척보다 우위에 있으면서 척의 편에 있음
③ 원=척≦관: 원과 척은 사회적 지위 및 권력 관계에서 큰 차이를 보이지 않으며, 관은 이들보다 우위에 있으나 판결에 혼란을 보임

야담의 송사담은 ①유형이 가장 많으며, ②유형이 약간, ③유형은 드물게 나타난다. 그 이유와 의미를 해명하기 위해서는 야담 향유층의 세계관과 취향, 개별 야담집 편찬자의 저술 동기나 목적, 현실사회와의 관련 등에 대한 복합적인 고려가 필요할 터이다. 우선 여기서는 각 유형별로 원-척의 관계와 갈등의 내용, 재현의 방식, 서술자의 시각을 중심으로 송사담의 성격을 보다 구체적으로 확인해보기로 하겠다.

3. 1유형 – 원〈척〈관: 세계 질서의 당위적 수호

이 유형에 속하는 송사담은 여성의 정절위협·정절모해·간통과 신분이 높은 자의 아랫사람에 대한 포학이 송사의 원인이 된다. 먼저 여성의 정절을 둘러싼 송사는 강상의 윤리 문제와 연관되어 있다. 「박송당영자자실(朴松堂英字子實)」은 부인이 간부(姦夫)와 더불어 남편을 해치고 나아가 거짓 울음으로 관장을 속이려고 한 것을 문제 삼고 있다. 그러나 부인의 속임수는 관장에 의해 들통 나고 마는데, 이는 역사적 인물 박영(朴英, 1471~1540)의 현명함을 드러내는 동시에 강상의 질서가 유지됨을 보여준다.

한편 여성의 정절과 관련하여 가장 빈번하게 등장하는 것은 정절위협 및 모해담이다. 이중 이른 시기의 것으로 『동패락송』「칠곡옥사」의 내용

을 살펴보도록 하자.

　조현명이 경상도 관찰사로 있을 때 대구도호부 종 5품 판관이 정언회에게 칠곡현으로 가 아전 배이발의 7년 전 죽은 딸의 시체를 검시하도록 한다. 죽었을 때 나이는 17세로 당시 옷차림과 머리장식까지 세세히 일러준다. 가서 묻은 곳을 파보니 옷도 상하지 않았고 얼굴빛도 그대로였다. 이에 아전 배이발의 동생 배지발을 심문하였다. 형의 재산을 상속받을 목적으로 그의 외동딸을 실행하였다고 모해하고 죽이자고 하였으나 형이 받아들이지 않자 남몰래 죽이고 장례지냈던 것이다. 죽은 처녀귀신이 조현명의 꿈에 나타나 원한을 풀어달라고 했기에 이 사건이 드러날 수 있었다.

「칠곡옥사」는 「소연로충복명원(訴輦路忠僕鳴寃)」, 「설신원완산윤검옥(雪神寃完山尹檢獄)」, 「설유원부인식주기(雪幽寃夫人識朱旗)」, 「검암시필부해원(檢岩屍匹婦解寃)」, 「폐관정의구보주(吠官庭義狗報主)」 등 후대 야담집에 실린 정절모해담의 효시라 할 수 있다. 이들 이야기는 세부요소의 변개가 있으나, '정절모해 혹은 겁탈에의 위기 −여성의 죽음− 관장에 의한 해원(解寃)'이라는 동일한 구도를 지니고 있다. 여성은 가해자 남성에게 정절을 빼앗길 위기에 처하거나 정절을 잃었다는 오명을 얻게 되고, 그후 죽임을 당하거나 자결을 택한다. 그리고 때로는 귀신이 되어, 때로는 스스로 죽는 것으로써 무고함을 밝히고자 한다. 여성의 억울함은 반드시 현철한 관장을 만남으로써 해원의 전기를 맞는 것으로 그려진다.[21]
　이러한 이야기에서 옥송이 일어나는 직접적인 이유는 여자의 죽음이

21　이런 종류의 이야기는 구비설화에도 다수 등장하는데, 구비설화에서 여성의 해원이
　　관장에 의해서 이루어지는 것을 남성 가부장제와의 관련성 하에서 분석한 논의로는
　　조현설, 「원귀의 해원 형식과 구조의 안팎」, 『한국고전여성문학연구』, 한국고전여성문
　　학회, 2003; 최기숙, 『처녀귀신: 조선시대 여인의 한과 복수』, 문학동네, 2010 등을
　　참조.

지만, 기실 그 본질은 여성의 정절에 있다. 남성은 음욕 혹은 재산에 대한 욕심 때문에 여성을 모해하는데, 모해의 대상이 정절이라는 것은 문제가 된다. 사대부 여성에게 정절은 지켜야할 절대적 가치이며, 그렇기에 실제적으로 정절을 위협당하든, 단지 실행(失行)했다는 오명을 얻든 간에 여성은 죽음으로써 이에 저항한다. 이 지점에서 선악은 분명하게 구분된다. 자신의 목숨을 걸고 절대적 가치를 수호하려는 존재는 절대선으로, 이를 훼손하려는 존재는 악으로 치부되는 것이다.

관장으로 대변되는 질서율에 의해 악은 징치되며 선은 오명을 벗고 숭고한 상태로 남아있게 된다. 죽은 지 몇 년이 지났는데도 시신이 그대로 보존되었다거나, 미물인 개가 범인을 지목하였다는 등의 환상적 요소는 원고의 도덕성을 담보하고 관장의 공정한 판결을 돕는다. 이는 세계 질서가 항구히 작동하고 있음을 증명하는 장치이다.

이와 비슷한 구도는 양반-상민, 혹은 상민-중의 송사에서도 확인된다. 신분적 우위에 있는 척이 원의 재물을 갈취하거나 포학을 부리고, 이것이 송사의 원인이 된다. 그 대표적 작품으로 『청구야담』의 「증강시이반수형법(拯江屍李班受刑法)」을 들 수 있다. 사헌부 정4품 관원인 장령 이증이 상민 엄씨의 전답을 갈취하려 하여 사송이 일어났고, 이는 관장의 현명한 판결에 의해 엄씨가 옳은 것으로 결송되었다. 그러나 엄씨가 실종되면서 사건은 옥송으로 넘어간다. 당시 이완이 형조에 있으면서 이증을 살인범으로 의심했기 때문이다. 결국 이증의 하인으로부터 엄씨를 죽여 한강에 버렸다는 자백을 얻어낸 다음 임금에게 공개적인 수사를 요청하기에 이른다.

"나라가 나라다울 수 있는 것은 형정과 기강에 있습니다. 지금 조정의 벼슬아치가 멋대로 송사를 했던 피고를 때려죽였습니다. 그런데도 단지 귀

인이고 권세가 있다는 이유만으로 법을 바르게 하지 못한다면 나라가 어찌
망하지 않겠습니까? 이 사건은 반드시 시체를 찾아야만 그 죄를 바르게 다
스릴 수 있습니다. 신이 바야흐로 수색하여 시체를 찾는다면, 신은 반드시
이증을 쳐 죽이겠습니다."²²

나라가 나라다울 수 있으려면 질서가 바로서야 한다는 이완의 말은
절대적 질서율의 존재를 가정하는 것이다. 그리고 "이증을 쳐 죽이겠다"
는 다짐으로 자신이 그 질서율을 지키고 수행할 존재임을 자임한다. 이는
한강 바닥을 긁어 시체를 찾아내고 이증을 형문하여 죽이는 것으로 결론
난다. 관리가 되어 백성의 재물을 갈취하려 한 것도 모자라, 판결에 불복
하고 그 백성을 살해하는 이증은 논란의 여지없이 악으로 묘사되고, 악을
징치하는 관장의 현명함을 강조하는 이야기라는 점에서 이 역시 정절모해
담과 동궤에 있다고 할 수 있다.
이 유형의 송사담은『대명률』'위핍률(威逼律)'²³에 판결의 근거를 두고
있다. 위핍률은 첫째, 호강들의 평민에 대한 위핍, 둘째, 남성의 여성에
대한 폭력을 처벌하려던 것이다. 이는 조선이 사족과 상민, 남성과 여성
의 상하위계 및 성 역할의 차이에 기초한 사회질서의 수립을 도모하면
서, 동시에 차별에 기초한 무단적 폭력은 용납하지 않기 위해 '억강부약
(抑强扶弱)'의 시스템을 마련했음을 잘 보여준다.²⁴ 관의 공명한 판결은

---

22 버클리대본『청구야담』권6. "國之所以爲國者, 刑政紀綱也. 今者朝紳恣意搏殺訟
隻, 而只以貴勢之故, 不得正法, 則國安得不亡乎? 此必得屍然後, 可正其罪. 臣方探
之若得, 則臣必手殺曾."
23 『대명률』에 실린 '위핍치사' 조항은 다음과 같다.
"어떤 일로 말미암아[因事] 사람을 핍박하여 죽게 한 자는 杖百이다. 만일 관리나
公使人이 공무가 아닌데 평민을 협박하여 죽게 한 경우 죄가 동일하다. 아울러 埋葬銀
10량을 징수한다. 만일 친존장을 협박하여 죽게 한 자는 絞刑에처한다. 대공 이하는
형을 1등씩 감한다. 만일 강간하거나 도둑질을 하다가 사람을 핍박하여 죽게 한 자는
斬刑에 처한다."『대명률』권19,「형률」'위핍인치사(威逼人致死)'.

이 시스템이 제대로 작동하고 있음을 보여주는 근거다.

법적으로나 도덕적으로나 선악이 명백하게 구별되고 관장이 선의 편에서 질서를 유지하는 이러한 이야기는 송사라는 소재를 통해 중세적 질서를 옹호하거나 도덕률의 당위적 승리를 이끌어낸다. 서술자 또한 이야기의 결말부에 송사의 결과에 탄복하거나 전율하는 사람들의 목소리를 제시함으로써 이에 대해 긍정적인 시선을 보이고 있다. 또 송사담 중 가장 많은 각편이 이 유형에 속해있다는 것은 송사담을 향유하던 사람들의 기대와 취향을 반영하는 것이기도 하다. 이는 선이 승리하고 악이 패퇴하는 보편적이고 편안한 서사이며, 관장에 의해 구현되는 질서의 항존은 야담 향유층의 보수적 취향을 보여준다.

4. 2유형 – 원〈척=관: 질서의 혼란과 균열

그런데 사실 무송을 이상으로 삼는 한, 송사의 발생은 그 자체로 이상적 질서의 균열을 의미한다. 앞서 살펴본 첫 번째 유형의 이야기는 설사 균열이 있더라도 관장으로 대변되는 질서의 수호자가 그것을 봉합하는 형국이라 하겠다. 그러나 만약 척의 성격이 모호하고 관장과 대립 관계를 형성하지 않는다면 이를 어떻게 이해해야 할 것인가? 「익시신해졸상은(匿屍身海倅償恩)」과 「선기편활이농치졸(善欺騙猾吏弄痴倅)」는 '척'과 '관'의 관계에 있어 또 다른 양상을 보여주는 작품들이다.

한 선비가 젊었을 때 상인의 부인과 간통하였다. 그러나 상인은 선비를

---

24   김호, 「조선후기 '위핍률'의 적용과 다산 정약용의 대민관」, 『역사와 현실』 87, 한국역사연구회, 2013.

용서하고 아내의 죄 또한 현명하게 덮는다. 후에 관장이 된 선비는 살옥에 연루된 상인과 재회하게 된다. 관장은 은혜를 갚고자 시신을 탈취하여 방죽에 유기하고, 그 대신 개의 사체를 가져다둔다. 시신이 사라져 검시를 할 수 없게 되자 송사가 성립하지 않아 상인은 무죄방면된다.

「익시신해졸상은(匿屍身海倅償恩)」은 두 개의 이야기가 결합된 형태로, 전체적으로는 보은담의 구조를 띠고 있다. 전반부는 선비가 상인의 아내와 간통하고 용서받기까지의 과정을, 후반부는 살옥의 처결을 다룬다. 전반부에서 상인은 사려깊고 호쾌한 인물로 그려진다. 그는 자신에게 아내의 간통을 일러준 친구의 집으로 곧장 달려가는 대신, 먼저 자신의 집으로 가 아내의 부정을 다스리고 친구에게는 아무 일도 없었던 양 사건을 무마한다. 사통한 선비에게는 칼끝으로 술과 고기를 찍어 먹여주고, 깔끔하게 죄를 용서한다. 그런데 작품의 후반부에서 그는 갑자기 살인범이 되어 나타난다. 서술자는 그가 사람을 죽인 이유나 사건의 경과에는 관심을 두지 않는데, 그 때문에 상인의 척으로서의 면모가 두드러지지 않게 되었다. 살인범이지만 그를 절대악으로 단정 지을 근거가 없기 때문이다. 대신 서술자는 관장이 된 선비가 상인을 방면하기 위해 행하는 계책을 구체적으로 서술한다. 그것은 바로 시신 탈취였다.

　　관장이 원고에게 "네 아비의 시체를 어디에 두고 죽은 개로 대신하느냐?" 고 물으니, 원고가 두 눈이 휘둥그레지고 심신이 혼미하여 한 마디도 못 하다가 한참 후에야 말을 하였다. "부친의 시신이 방 안에 있었으나 관가에서 검시하러 나오지 않은 까닭에 이불로 덮어 놓고는 옆에서 지키지 않고 외청에서 밤을 지샜습니다. 변괴가 이 지경에 이르니 그 이유를 모르겠습니다." 관장이 "네가 필시 아비를 다른 곳에 숨겨두고 죽었다고 무고하게 옥송을 일으켜, 네가 진 빚을 면하려고 하는 것이구나." 하고 엄히 신문하려 들자 그 사람이 울면서 "원통하옵니다." 하고 소리쳤다.[25]

관장의 계책이 실행되면서 상인은 풀려난다. 그런데 관장이나 상인의
입장에서는 보은이라 하겠지만, 피살자의 입장에서 보면 이는 몹시 억울
한 일이다. 또 그 아들은 어떻겠는가? 아버지가 살해당한 것도 황망한
지경에 시신은 감쪽같이 사라져 제대로 장례조차 치르지 못하게 되었다.
이때 그 아들로 하여금 강상의 도리를 지키지 못하게 할 뿐 아니라 무고
죄를 덮어씌우는 것이 바로 관장이라는 점은 문제적이다. 관은 더 이상
절대적 질서의 구현자로서 기능하지 않는다.

「선기편활이농치졸(善欺騙猾吏弄痴倅)」 또한 비슷한 문제를 내포하고
있다. 한 아전이 퇴임을 앞둔 관장의 가난을 염려하여 꾀를 내는데, 다름
아니라 부유한 좌수의 재물을 훔치기를 권유한다. 관장은 처음에는 화를
내지만 결국 아전의 말을 따른다. 그에 따라 관장은 도둑이 되어 좌수의
집에 들어가 가죽 포대 안에 갇혔다가, 아전의 도움으로 좌수의 늙은 아
버지를 대신 포대 안에 넣어두고 돌아온다.

 "그대 집이 간밤에 도적을 잡았다하기에 범인을 잡아들이라 하였으니,
 이제 마땅히 엄히 다스리리라." 푸대를 끌러놓도록 하니 한 노인이 가죽푸
 대 속에서 하품을 하며 나오는 것이었다. 좌수가 보니 이는 곧 자신의 아버
 지라, 놀랍고 부끄러워 뜰에 내려가 엎드려 아뢰었다. "이는 곧 제 아비입
 니다. 집안사람들이 잘못 잡았으니 죄가 만번 죽을 만합니다." 관장이 책상
 을 치며 크게 노하여 "내 일찍이 들으니 너의 불효가 온 동네에 자자하였
 다. 이제 무고히 강상을 범하니 용서치 못할 것이다." 하고 하예를 호령해
 좌수를 땅에 엎어놓고 20대를 때리니 살가죽이 문드러졌다.[26]

<hr>

25 『청구야담』 권3. 推問元告曰: "汝父屍體藏於何處, 以死狗代置, 抑何故也?" 元告兩
 目瞪然, 心神迷亂, 不能出語, 良久供曰: "父屍的在室中, 以官家未檢之故, 只以被覆
 之, 而不爲傍守, 但於外廳經夜矣. 變怪至此, 不知其故矣." 官答曰, "爾必隱匿爾父
 於他所, 稱以致死, 誣告成獄, 要免債徵也." 欲加嚴訊, 其人叫呼稱屈.
26 『청구야담』 권6. "君家夜來捉賊云, 解來牢囚, 今當對嚴治." 使做公門托來解出, 則

다음날 아침 좌수는 불효하다는 죄로 옥에 갇히고, 수천금을 내어 겨우 강상죄인이 되는 것을 면한다. 앞의 이야기가 관이 척의 편을 들어 원의 억울함을 가중시켰다면, 여기서는 관이 실질적으로 곧 척의 자리에 서 있는 셈이다.

조선시대 지방관은 소송의 일차 담당자로, 『경국대전』 「이전(吏典)」 '고과조(考課條)'에 수령이 지방을 통치함에 있어서 힘써야 할 일곱 가지 사항 중 하나가 바로 "소송을 간명하게 하는 것[詞訟簡]"이었다. 또 정약용은 『흠흠신서』 서문에서 목민관은 "선량한 사람은 그대로 살게 두고 죄를 지은 사람은 붙잡아 죽이니 이는 하늘이 가진 권한을 명확히 드러내 사용한 것"[27]이라 말한 바 있다. 이에 따르면 지방관은 곧 하늘의 대리자로 천리를 구현하기 위해 힘써야 한다. 그런데 이 유형의 송사담에서 관장은 자신의 책무를 저버리고, 이는 절대적 질서율의 존재에 회의를 품게 한다.

한편 두 작품 모두 도리어 '원'에게 죄를 덮어씌우는데, 그 죄가 불효의 강상죄라는 것도 중요하다. 첫 번째 유형의 송사담에서 강상죄가 절대악으로 치부되었던 것을 상기해보자. 관장이 범죄자의 편을 들거나 도둑질에 가담한 것도 문제적 사건이나, 자신의 이익을 위해 억지로 꾸며낸 죄가 강상죄라는 것은 더욱 의미심장하다. 강상의 절대적 가치는 사라지고 개인의 부정한 이익 획득에 그것이 이용되고 있기 때문이다.

이 유형의 송사담은 원과 척의 선악이 선명하게 드러나지 않으며, 척과 관의 관계가 뒤섞이면서 법적·도덕적으로 세계질서의 절대성에 균열이 가해지는 상황을 보여준다. 유가적 질서에 따라 정의가 실현되기보다

一老漢自皮岱中, 欠伸而出. 座首見是其父, 驚惶愓懼, 下堦伏罪. "此是民之老父, 而家人誤捉, 罪合萬死." 知縣拍案大怒曰: "吾風聞爾之不孝著聞一縣, 今乃無故, 犯此綱常, 難可容恕." 仍呼皂隷, 翻到在地, 猛打二十杖, 威捧皮綻血出.

27 정약용, 『흠흠신서』 序. 안대회, 이현일 편역, 『한국산문선』 8, 민음사, 2017, 147쪽.

는 돈의 문제나 개인적 의리가 판결에 있어 더욱 중요한 요소로 작용하기 때문이다.

한편 이 유형의 이야기에서 척의 성격이 모호해지는 것은 사람과 사람 사이의 관계를 절대선, 절대악으로 단일하게 치환할 수 없다는 인식에서 기원하는 것이기도 하다. 관계에 대한 이와 같은 인식은 마지막으로 살펴볼 유형에서 더욱 두드러지게 나타난다.

5. 3유형 – 원=척≦관: 새로운 질서의 출현

이 유형에 해당하는 작품은 『잡기고담』의 「발간」이다. 그 내용을 간략히 정리하면 다음과 같다.

집안의 재산을 다 털어먹은 갑이라는 사람이 조상 대대로 물려받은 공물 대납권을 을에게 은 500냥에 팔면서 공물 대납권을 나누어 갖기로 했다. 5, 6년이 지나 갑이 나누어 대납하기로 한 공물을 약속대로 실어보내지 않는 일이 많았다. 을이 자신이 갑의 몫까지 모두 대납하고 갑과 나눈 대납권을 찾아오려고 했다. 갑이 걱정 끝에 병과 모의하여 공물 대납권을 주기로 하고 거짓으로 송사를 하게했다. 마치 갑이 이미 10년 전에 대납권을 병에게 팔았고, 이후 을에게 이중으로 판매했으므로 병에게 돌려주어야 한다는 내용이었다. 갑과 병은 송사를 하기 전 미리 매매문서를 위조해 입안까지 받았으므로, 관가에서는 병에게 대납권을 주도록 판결했다. 을은 세 번 연이어 송사했으나 송사 처결은 문건을 따르므로 계속해서 패소하였다. 관청 밖으로 쫓겨나 울고 있는 을에게 한 선비가 도움을 주었다. 병이 위조한 매매문서에 입안을 받은 날이 사실 나라의 제삿날이었다는 것이다. 제삿날에는 관청에서 일을 보지 않으므로, 그 문서가 위조인 것을 판명할 수 있게 되었다.

『잡기고담』의 편찬자 임매는 한성부 낭관으로 근무하면서 민간의 송사를 맡아 처리한 경험이 있다. 「발간」 또한 임매 자신의 경험을 토대로 만들어진 것으로, 송사의 판결은 문건을 가장 중요하게 여긴다거나, 세 번까지 재심을 요구할 수 있다는 등의 당시 송정 풍경이 생생하게 그려져 있다. 또한 이 이야기는 앞서 살핀 송사담과 달리 경제범죄를 핵심으로 다루고 있다. 이는 상업경제도시로 변모해가면서 재화뿐만 아니라 서비스와 각종 권리도 상품으로 거래되었던 18세기 서울의 경제적 상황을 바탕으로 한다.[28] 17세기 대동법이 시행되면서 국가는 필요한 물자를 공인에게서 조달받았는데, 이 공인의 권리인 공물대납권의 매매와 위조 사건을 기록하고 있는 것이다.[29]

주지하듯이 17세기 후반부터 전국에 확대 시행된 대동법은 현물납에 따른 민역(民役)의 부담을 대폭 완화시켜주었다.[30] 이에 따라 공물 납품의 권리를 가진 시장 상인인 공인(貢人) 계층이 성장했는데, 바로 이들 공인권(貢人權) 소유자에게 세를 주고 역할을 대행한 사람을 분주인(分主人)이라 일컫는다. 그런데 공인들은 여러 분주인들에게 이중으로 그 권리를 매매하며 부정이익을 취하는 경우가 많았다.[31] 「발간」은 그 사례를 이야기로 꾸민 것이다.

「발간」의 원-척 관계는 일견 선-악으로 이해될 수 있을 것 같다. 공물

---

28 한국고문서학회, 위의 책, 117~119쪽.

29 『일성록』과 『심리록』의 기록에 한정했을 때 한성부의 경제범죄 중 가장 많은 것이 바로 문서 위조였다는 점에서, 「발간」은 당대 경제범죄의 핵심을 다룬 작품이라 할 수 있다. 심재우, 위의 책, 183쪽; 유승희, 『민이 법을 두려워하지 않는다』, 이학사, 2014, 127쪽.

30 최주희, 「조선후기 부세수취 관행과 "중간비용": 대동법 시행 이후 중간비용의 처리양상과 과외별역의 문제」, 『대동문화연구』 92, 성균관대 대동문화연구원, 2015, 123쪽.

31 한효정, 「조선후기 분주인(分主人)의 존재양태와 활동양상 연구 – 공인문기(貢人文記)를 중심으로」, 『고문서연구』 51, 한국고문서학회, 2017.

을 나누어 대납하기로 한 약속을 지키지 않고, 나아가 문서를 위조해 을의 이익을 빼앗으려고 한 갑은 악이고, 돈을 주고 산 대납권을 억울하게 빼앗길 위기에 처한 을은 선이다. 그런데 을을 과연 절대선의 위치에 놓을 수 있을 것인가는 좀 더 따져보아야 할 문제다.

대납은 근본적으로 농사를 지어 물화를 생산하는 것이 아니라, 문서 하나로 사람들을 중간에서 착취하는 구조를 취하고 있다. 실제로 조선후기 공인들이 소상품 생산자에 대한 수탈을 기반으로 부를 축적해간 사례들이 다수 확인되며,[32] 갑과 을은 모두 그 구조에 편승해서 이익을 추구하는 존재라 할 수 있다. 물론 이 이야기 속에서 그러한 정황까지 드러나는 것은 아니며 을의 도덕성을 확인할 방법은 없다. 다만 앞서 살펴본 첫 번째 유형의 송사담에서처럼 강상의 윤리나 억강부약의 원칙을 절대적 가치로 인식하는 것과는 분명한 차이가 있다. 이를 기술하는 서술자의 시선 또한 다분히 비판적이다.

> 송사를 하는 자들은 대개 영리하고 약삭빠른 자들로서 그른 것도 옳은 것으로 둔갑을 시킬 만큼 말재간이 여간 아니었다. 양쪽을 맞대면시켜 무릎맞춤을 할 적이면 말이 거침없이 번드레할 뿐만 아니라 조리가 분명하였다. 그들이 제출한 문건을 보아도 증거가 명백하여 흠잡을 데가 없고, 그 기색을 보아도 눈을 부릅뜨고 팔소매를 걷어붙이며 고래고래 소리를 치는 것이 마치 진짜로 지극히 원통한 사정을 품고 풀지 못하는 것 같아 끝내 누가 옳고 그른지 알 수가 없다.[33]

---

32 분주인에 관한 연구는 김동철, 『조선후기 공인 연구』, 한국연구원, 1993.

33 임매, 『잡기고담』, 「발간」. "訟者大抵傑黠奸刁, 言足以飾非者也. 每兩造對辯之際, 言辭瀾翻, 悉中條理. 閱其文案, 則左契詞澄, 俱有依據, 察其氣色, 則又皆瞋目攘臂, 疾聲大呼, 實若有抱至寃而莫白者, 竟不知誰爲曲直."

임매는 이야기의 끝에 위와 같은 평을 붙인다. 원과 척 둘 중 하나를 긍정할 수도 없으며, 그것을 선악으로 명백히 판가름할 수 있는 관장도 없다. 이제 원-척-관의 관계 속에서 절대적 질서는 사라졌으며 각자가 자신의 입장에서 스스로를 변호할 뿐이다. 두 번째 유형의 송사담이 절대적 질서의 균열을 표상했다면, 「발간」은 절대적 질서가 부재하는 시대를 그리고 있는 것이다. 대신 당위적 질서의 자리를 차지한 것은 계약에 의한 신(信)이다. 관장의 현철함이 아니라 계약과 그 증거인 문건이 판결의 유일한 근거가 되며, 그것의 옳고 그름은 판단하기 어렵게 되었다.

억울함을 호소하는 을에게 사건 해결의 실마리를 일깨워준 것은 관장이 아닌 한 선비였다. 선비의 한 마디 말 덕분에 갑이 병과 짜고 사기행각을 꾸몄다는 것이 밝혀지며, 이때 선비의 기지(奇智)는 그의 초라한 행색과 대비되면서 마치 이인(異人)과 같은 면모를 보인다. 그러나 선비 역시 을에게 50냥이라는 현물 대가를 요구한다. 억강부약의 원칙이나 천리의 실천을 위해서가 아니라 개인의 이익에 따라 행동하는 인물의 등장을 이를 통해 확인할 수 있다.

이처럼 「발간」에는 당연히 지켜져야 한다고 믿어져왔던 강상의 질서가 아니라 문서로 작성한 계약을 '신(信)'으로 받아들이는 새로운 질서율이 그려져 있는 것이다.

6. 결론을 대신하여 : 송사담의 성격 변화를 통해본 사회 변화의 징후

앞서 살펴본 세 유형의 송사담에서 역사적 변모의 흐름을 도출하기는 어렵다. 다만 18~19세기라는 시기에 강상의 죄인에서 경제사범까지 다양한 현실의 부면을 담아낸 송사담이 존재했음을 확인할 수 있을 뿐이다. 그러나 상업경제사회를 기반으로 한 「발간」과 같은 송사담이 세계상의 변화를 담아내고 있는 것 또한 사실이다.

세계상의 변화는 그 사회를 구성하는 개인과 개인, 개인과 공동체의 관계 변화를 의미하는 것이기도 하다. 조선이 통치 이념으로 삼았던 예치의 기획에 따르면, 천자로부터 서인에 이르기까지[自天子以至於庶人] 모든 사람은 자신의 도덕성을 밝히고[明明德] 타인을 일깨워[新民] 정의로운 사회[至善]에 도달해야 했다. 모든 사람은 도덕적 본성을 지니고 있으며 유교적 계몽정치의 과제는 천리(天理)에 의해 모든 인간에게 평등하게 부여된 도덕적 잠재력을 현실화하는 것이다.[34] 그러면 사회는 예에 의해 다스려지기 마련이다.

사실 송사담은 그러한 예치 작동의 예외적 순간들을 포착한 것이다. 소송의 상대자(척)은 절대악으로 간주된다. 송사는 원과 척이 진실을 두고 벌이는 다툼이지만, 주체의 입장에서 이는 자신의 선을 유지하기 위한 투쟁이자 노력인 셈이다. 이때 주체는 악을 행하지 않기 위해 수기(修己)와 수양(修養)을 게을리 하지 않았지만 악인에 의해 일시적으로 곤경에 빠지게 된다. 이때 강상의 질서를 계속해서 지켜나가고 올바르게 행동하면 천리에 의해 반드시 곤경에서 벗어날 수 있다. 이러한 송사담의 결말은 악의 징치와 신원(伸寃)으로 이해된다.

그런데 상업경제사회로의 변화는 주체에게 있어 다른 방식의 태도를 요구한다. 절대적이고 항구한 질서인 천리(天理)를 구현하기 위한 수양 외에도 신속성, 논리성, 교활함을 기반으로 한 상대와의 경쟁에서 생존할

---

34 박영도, 「유교적 공공성의 문법과 그 민주주의적 함의」, 『동방학지』 164, 연세대 국학연구원, 2013, 68쪽.

수 있는 전략을 모색해야 하는 시기가 도래한 것이다. 대상은 어떤 측면에서 보느냐에 따라 선악의 가치가 달라지게 되었으며, 달리 말해 선악은 상대와의 관계성 속에서 존재하기 시작했다. 이러한 시기의 송사담은 선악의 구분이 모호해지는 양상을 보이며, 원고와 피고는 관계 속에서 자신이 얼마나 옳은지를 항변하게 된다. 그 결과 역시 신원이라기보다는 각자의 주장에 의한 다툼과 승리일 뿐, 판결이 이루어진 후에도 절대적으로 선한 존재는 발견되지 않는다. 앞서 사기를 치는 사람이나 당하는 사람이 모두 긍정적으로 평가되지 않는 「발간」을 통해 이를 확인한 바 있다.

결국 송사담의 변화는 공동체 보편의 도덕률이나 주체의 도덕에의 의지, 수양이 아니라 관계의 상대성에 주목하기 시작했음을 의미한다. 이는 곧 세계질서가 하늘이 부여한 절대적 질서 대신 구성원들 간의 협의와 계약에 의한 가변적 질서로 옮아가는 시발점이라고도 할 수 있다.

물론 그러한 변화가 일거에 일어나는 것은 아니며, 야담의 송사담이 이를 전면적으로 드러내고 있지도 않다. 앞서 살펴본 바에 따르면 야담은 여전히 강상의 절대적 질서가 지켜지는 세상을 그려낸다. 이는 선이 승리하고 악이 패퇴하는 보편적이고 편안한 서사이며, 야담 향유층의 보수적 취향을 이를 통해 확인할 수 있다. 그러나 야담이 새로운 시대의 질서 또한 동시에 담아내고 있음 또한 분명한 사실이며, 송사담을 통해 변화의 일단을 확인해 볼 수 있었다.

제3부

정명기 소장 한글 번역본 『천예록』의 재편 및 향유 양상 연구

⊙

정보라미

1. 서론

본고는 새로운 한글 번역본 『천예록』 자료인 고(故) 정명기 교수의 소장본 『천예록』(이하 정명기본 『천예록』으로 약칭함)을 학계에 최초로 소개하고 자료의 성격을 고찰하는 데 그 목적이 있다.

지금까지 소개된 한글본 『천예록』 자료로는 최민열 소장본(이하 최민열본 『천예록』으로 약칭함)이 유일하였던바 한글본 『천예록』에 대한 선행연구는 부득이 최민열본 『천예록』의 검토를 통해서만 이루어져 왔다.[1] 최민열본 『천예록』은 한글본 『천예록』의 유일본으로서 한글본 야담집 연구에서 가치를 인정받을 수 있었을 뿐 아니라 수록된 이야기 총 14편 가운데 13편이 『천예록』에서 전재되어온바, 그 화수 또한 적지 않아 한글본

---

1 김준형, 「최민열본 『천예록』의 국역 양상」, 『대동한문학회』 27, 대동한문학회, 2007, 361~386쪽; 남궁윤, 「『天倪錄』과 『東稗洛誦』의 국문번역본 고찰」, 『한국어문학연구』 57, 한국어문학연구학회, 2011, 83~114쪽.

『천예록』이 향유된 양상을 살피는 데 중요한 자료가 되어 왔다. 그렇지만 최민열본『천예록』만으로『천예록』의 한글 번역 양상이나 향유의 상황을 가늠하는 데 한계가 따를 수밖에 없었던 것도 사실이다. 이러한 상황에서 새 자료의 소개는 새로운 논의의 가능성을 열어준다는 데 첫 번째 의의가 있다.

두 번째로, 지금까지 최민열본『천예록』은『천예록』후반부에 실린 이야기들을 수록하고 있는 데 비하여 새 자료는『천예록』전반부의 이야기들만을 수록하고 있으므로 한글본『천예록』자료의 편폭이 확장된다는 점을 들 수 있다.

정명기본『천예록』에는 이 책의 필사 시기, 필사 장소, 필사자를 구체적으로 밝힌 필사기가 있는바 여기에 세 번째 의의가 있다.

마지막으로 선행연구에서는 최민열본『천예록』이전에 하나 이상의 한글 번역본이 존재했을 것임이 추정된 바 있는데[2] 지금까지는 이러한 추정과 관련된 실재 자료가 전혀 확보되지 못했다. 새 자료의 존재는 선행연구의 추정을 방증하는 실증적 근거가 되므로 여기에서 네 번째 의의를 찾을 수 있다.[3]

본고는 본격적인 분석에 앞서 제2장에서 우선 이 책의 서지사항과 필

---

2 김준형은 최민열본『천예록』의 오류를 검토함으로써 최민열본『천예록』이 한문본을 한글로 직접 번역한 본이 아니라 이미 한글 번역되어 있던 책을 다시 전사한 자료임을 밝힌 바 있다. 김준형, 「『천예록(天倪錄)』원형재구(原形再構)와 향유양상(享有樣相) 일고」, 『한국한문학연구』 37, 한국한문학회, 2006, 479쪽; 김준형(2007), 위의 논문, 367~370쪽.

3 정명기본『천예록(天倪錄)』은 한문본『천예록(天倪錄)』의 전반부에서 선록되었고 최민열본『천예록(天倪錄)』은 후반부에서 선록된바 두 이본에는 중복되는 이야기가 없다. 과연 새 자료가 최민열본『천예록(天倪錄)』이전의 이본인지, 혹은 그 반대인지를 판단할 수 없다. 그럼에도 새 자료의 존재는 최민열본『천예록(天倪錄)』이외의 다른 한글 번역본『천예록』의 존재를 추정했던 선행연구를 뒷받침해준다.

사기를 살피고자 한다. 그 과정에서 이 자료의 개괄적인 소개가 이루어지고 향유양상이 고찰될 수 있을 것이다. 다음으로 제3장에서는 한문본 『천예록(天倪錄)』과의 비교를 통해 정명기본 『천예록(天倪錄)』에 선택 및 탈락된 이야기들의 성격을 고찰함으로써 선록(選錄) 기준을 가늠해보고, 문면을 대조하여 한글로 번역되는 과정에서 발생한 변이를 분석하고자 한다. 이를 통해 이 자료의 특징적인 면모와 야담사적 의의가 드러날 수 있기를 기대한다.

2. 서지 검토와 필사기 분석

본고에서 소개하는 정명기본 『천예록(天倪錄)』은 오침(五針) 선장(線裝)된 21.5×25.5cm 크기의 1책으로 된 자료이다.

〈사진 1〉 정명기본 『천예록』

표제는 없지만 "텬예록 권지일"이라는 내제가 있다. 여기에 실린 이야기는 한문본 『천예록』의 전반부에 수록된 이야기 4편을 한글로 옮긴 것이다. 이는 최민열본 『천예록』에는 실려 있지 않은 이야기들이다. "권지일"이라는 표기에서 "권지이", "권지삼" 등이 존재했을 것으로 추정되므로 "권지이" 등의 뒤쪽 책에는 최민열본 『천예록』과 중복되는 이야기들

이 실려 있을 가능성도 있다. 그렇지만 한편으로 애초부터 단권만 존재
했을 수도 있으므로 현재로서는 그 전체 면모에 대해 확언할 수 없다.

총 40장으로 매 면 9행, 매 행 10~13자가 궁체로 필사되어 있는데 최
민열본 『천예록』의 유려한 궁체에 비해 자형(字形)이 다소 크고 필체가
서툴러 초학자의 필체로 보인다.

책의 마지막 장 끝에 "신미 지월 초소일 필셔ᄒ다 송현 김 소져 십일
셰의 쓴 것"이라고 적혀 있어 이 책과 관련된 다양한 정보를 제공해준다.
이는 본문과 같은 필체와 먹색으로 쓰여 있어 필사자가 직접 쓴 것임을
짐작케 한다. 현전하는 한글 번역본 야담집의 필사기 가운데 여러 정보
를 이처럼 소상히 제시한 경우는 정명기본 『천예록』이 유일하다는 점에
서 그 야담사적 가치가 적지 않다.

<표 1> 현전 한글 번역본 야담집의 필사기 일람

자료명		필사기	필사기 항목
동패낙송	서강대본	순(슌)뎡 긔원후 스병진[1856년] 냥월[10월] 한완[하순] 근셔	필사시기(1856년)
	국민대본	갑인 계하 초삼 시작ᄒ야 초오 ᄆᆞᆺ다	필사시기(1854년 추정)
천예록	최민열본	셔 상궁	필사자
	정명기본	신미 지월[11월] 초소일 필셔ᄒ다 송현 김 소져 십일 셰의 쓴 것	필사시기(1871년 추정) 필사장소 필사자

필사시기인 "신미(辛未)"년이 언제인지 정확히 알기는 어렵지만 천예록
의 저작연대가 1724~1726년으로 밝혀져 있으므로[4] 그것이 국역·필사된
신미년은 그 이후인 1751·1811·1871·1931년 가운데 하나가 된다. 그런데

<hr/>

4 진재교, 「『天倪錄』의 作者와 著作年代」, 『서지학보』 17, 한국서지학회, 1996, 60쪽.

오침 선장된 제책(製冊) 형태, 이 책에 사용된 닥종이[楮紙]의 지질(紙質),
먹과 붓을 사용한 필적(筆跡) 등에서 1931년보다는 그 이전에 이 책이 필사
되었을 가능성이 높다.

한편 "송현"은 지금의 서울시 종로구 송현동(松峴洞)을 가리키는 것으
로 보인다.[5] 송현은 경복궁과 창덕궁 사이에 위치한 동네이다. 송현과
관련한 기록은 궁궐 내에서 유통되던 최민열본『천예록』과 달리, 한글
번역본『천예록』이 궁궐 내부에서만 향유되는 데 한정되지 않고, 지리적
으로 매우 근접한 동네인 종로 송현 등의 궁 근처에서 필사·유통되었던
정황을 시사한다.

특히 11세의 어린 소녀인 "김 소져"가 이 책을 필사했다는 기록은 주목
할 만하다. 소저(小姐)는 양반집 규수를 일컫는 명칭이다. 원칙적으로 양
가의 여인이나 관청의 노비를 궁녀로 선발하지 않았기에 "김 소져"를 궁
외부 양반가의 나이 어린 여성이었을 것으로 추정해볼 수 있다.[6] 필사자
인 김 소져가 11세에 불과하고 이 책이 초학자의 필체로 쓰인 점에서 양
반가의 소녀가 궁체를 익히는 과정에서 정명기본『천예록』을 필사했던
상황이 짐작된다.[7]

---

5 지금의 한국일보사와 종로문화원 사이에 고개가 있었는데, 그곳에 소나무가 **빽빽**하게
   들어서 있었으므로 송현(松峴)이라고 불렸던 데서 동명이 유래되었다. 관련기록이『태
   조실록』, 영조 27년(1751)에 간행된『도성삼군문분계총록(都城三軍門分界總錄)』에 보
   인다고 한다. 서울특별시사편찬위원회 편,『서울지명사전』, 2009 참조.
6 다만『속대전』에 양민 여자와 관청의 노비를 궁녀로 선발하면 처벌한다는 내용이 있는
   것으로 보아 양가녀와 중앙관청의 노비를 궁녀로 뽑는 경우가 종종 있었음을 역으로
   짐작할 수 있다. 즉, 정명기본『천예록』의 필사자는 궁 밖 양가의 인물일 가능성이
   크지만 한편으로 "셔 상궁"처럼 궁 안의 인물일 가능성을 전혀 배제할 수는 없다. 그렇지
   만 "김 소져"라는 범칭을 사용한 필사자를 이처럼 굳이 예외적인 경우의 궁인으로 볼
   필요는 없을 것이다. 궁녀의 선발 기준에 대해서는 정은임, 「궁궐 사람들의 삶과 문화—
   궁녀와 내시」, 『문명연지』 13, 한국문명학회, 2012, 99쪽 참조.
7 정명기본『천예록』이 궁체로 쓰여 있기는 하지만, "셔 상궁"이라는 기록이 있는 최민열

그런데 최민열본『천예록』의 경우 서 상궁이 그 필사자로 추정된바,[8] 궁녀가 궁관 가운데 가장 높은 지위인 정5품의 상궁이 되기 위해서는 적어도 30대 이상의 나이가 되어야 했다.[9]

즉 최민열본『천예록』을 통해 한글본『천예록』이 30대 이상의 상궁에 의해 필사되어 궁 안에서 향유되었으리라는 점이 추정되었다면, 정명기본『천예록』을 통해서는 한양의 궁궐 근처 송현에 사는 11세 어린 소녀에 의해 한글본『천예록』이 필사·향유되었음이 밝혀지게 된 것이다.

이상의 필사기에서 한글본『천예록』의 향유와 관련해 확보한 단서들을 정리하면 다음과 같다. 첫째, 한글본『천예록』은 궁궐 내부에만 한정되지 않고 궁 근처로까지 유통되었다. 둘째, 한글본『천예록』의 향유층은 궁궐 내의 궁녀, 양반가의 소녀 등 그 신분과 연령대에서 다양한 층위를 보여준다.

본『천예록』과는 달리, 정명기본『천예록』에서는 이 책이 궁 안에서 향유되었다고 볼 만한 근거를 찾아볼 수 없다. 또 궁체가 궁 안에서만 쓰였던 것도 아니다. 여성의 언간 중에는 흘림체의 궁체로 쓰여 있는 경우가 많은데, 이는 궁체가 여성 특유의 한글 서체로 통용되었던 상황을 반영하는 것임이 선행연구에서 밝혀진 바 있다. 이와 관련해서는 김하라, 「통원(通園) 유만주(兪晚柱)의 한글 사용에 대한 일고(一考)」, 『국문학연구』 26, 2012, 227쪽 참조.

8 최민열본『천예록』에 필사기는 없지만 책의 맨 첫 면 하단에 "셔 상궁"이라고 적혀 있어 이 책이 서 상궁에 의해 필사되어 궁중에서 향유되었을 것이라 추정된 바 있다. 김준형(2007), 앞의 논문, 365쪽.

9 궁녀의 입궁 시기는 빠르면 4~5세, 늦어도 12세 이전이다. 예외적으로 왕의 후궁이 되면 20대라도 상궁이 된 경우가 있기도 하지만, 대개는 내인이 된 뒤 15년, 지밀(至密)의 경우 10년이 지나 상궁으로 승격되었다. 즉 입궁 후 15년이 지난 후에 관례를 치러 정식 내인이 되고, 그 후 다시 10~15년이 지나야 상궁이 될 수 있는 것이다. 따라서 가장 빠른 4~5세 때 입궁했어도 일반적으로는 35세, 지밀의 경우 29세 이후에야 상궁의 자리에 오를 수 있었다. 정은임(2012), 앞의 논문, 99~100쪽; 정은임, 『궁궐 사람들의 삶과 문화』, 태학사, 2007, 73쪽.

3. 선록 및 한글 번역 양상

정명기본『천예록』의 분석에 앞서 이 책이 한문본『천예록』의 한글 번역본 선집이라는 사실을 먼저 주목할 필요가 있다. 한글 번역본 선집은 나름의 목적과 필요에 따라 이야기의 선택과 탈락, 한글로의 번역, 필사 혹은 전사(轉寫)라는 복합적인 과정을 거쳐 산출된 결과물이기 때문이다. 정명기본『천예록』또한 이러한 과정을 거치며 저본과는 또 다른 형태와 의미를 갖는 새로운 텍스트로 재편되었을 것이다.

그런데 자료의 부재로 인해 한글본 저본에서 정명기본『천예록』으로 전사되면서 발생한 변이를 확인하는 것은 불가능하고, 정명기본『천예록』이 최초의 한글 번역본이든 아니든 간에 현재로서 확인할 수 있는 지점은 한문본과의 차이 뿐이다.

직접적인 저본과 비교하지 못하고 한문본을 통해서만 간접적으로만 그 변이 양상을 확인한다는 점에서 본고는 방법론적인 한계를 갖는다. 그러나 어느 한글 번역본이든 처음에는 한문본 저본에서 출발하여 재편되었으리라는 점, 현재로서는 한문본과의 비교가 정명기본『천예록』의 재편 과정과 변이 양상을 엿볼 수 있는 유일한 길이라는 점에서 한문본과의 비교 작업은 나름의 의미를 가질 수 있다. 이에 한문본『천예록』과의 비교를 통해 정명기본『천예록』의 특징을 살펴보고자 한다.

『천예록』의 존재 양상을 확인할 수 있는 여러 이본들이 복잡한 양상으로 향유되어 왔다는 사실은 거듭 확인되었다.[10] 그런데 "엄격하게 말하

---

10 정용수는 7종의 이본 검토를 통해 천리대본·김영복본·『이향견문록』수록본·게일 영역본을 같은 계열로 구분하고, 본래의『천예록』에 기존에 알려진 62편 외에 동양문고 소장본『고금소총(古今笑叢)』에 "出天倪錄"이라는 기록과 함께 수록되어 있는 4편의 이야기가 더 포함되어 있었음을 밝힌 바 있다. 김준형은 8종의 이본 검토를 통해 보다 구체적으로 그 향유양상을 면밀히 추적하였으며, 정용수가 확인한 66편에『견첩록(見

면 현존하는『천예록』이본은 천리대본과 김영복본 뿐"이라는 언술에서
알 수 있듯,[11] 사실 천리대본과 김영복본을 제외한 나머지 이본들은 "류
서(類書)에 간헐적으로 실리거나 다른 잡록류(雜錄類)에 발췌되어 실린
것"으로 보아도 무방하다.[12] 이에 본고에서는『천예록』의 이본 및 총 편
수와 관련한 문제는 차치하고, 엄격한 기준에서 보더라도『천예록』의 이
본이라고 할 수 있는 천리대본과 김영복본만을 비교 대상으로 삼아 정명
기본『천예록』의 선록 양상을 고찰하고자 한다.[13]

한편 한문본과의 문면 비교는 선행연구에서 이룬『천예록』이본 교감
의 성과를 활용하기로 한다.[14]

睫錄)』에서 확인된 1편을 더해 애초의『천예록』에 최소 67편 이상이 수록되었을 것으로
추정하였다. 정용수, 「임방의 문학론 연구」, 『동양한문학연구』 12, 동양어문학회, 1998,
19쪽; 정용수, 「『천예록』 이본자료들의 성격과 화수 문제」, 『한문학보』 7, 우리한문학
회, 2002, 157~158쪽; 김준형(2006), 앞의 논문, 485~488쪽.

11 김준형(2006), 앞의 논문, 464쪽.

12 표제를 '天倪錄'으로 내건 이본은 천리대본 뿐이고, 김영복본의 표제는 엄밀히 말하
면 '天倪錄 崔陟傳 蓮娘傳'이기는 하지만, 그나마 표제에 '天倪錄'을 내걸고 있는 이
본은 현존하는 한문본『천예록』의 이본 가운데 천리대학교 소장본과 김영복 소장본
2종뿐이다. 김준형(2006), 앞의 논문, 464쪽; 김준형(2007), 앞의 논문, 364쪽.

13 선행연구를 통해 본래『천예록(天倪錄)』에 총 67편 이상의 이야기가 수록되어 있었음
이 밝혀진 바 있다. 그런데 이 새로운 이야기들을 포함하면 현전하는 물리적인 책으로써
정명기본『천예록』과의 비교가 불가능하다는 점, 이야기들의 수록 순서 또한 살필 수
없다는 점에서 본고에서는 이를 불가피하게 연구 대상에 포함시키지 못했음을 밝힌다.
한편 김준형의 선행연구에서 언급되지 않은 한문본『천예록』인 고려대학교 소장『백두
산기(白頭山記)』 소수본(所收本)의 경우, 총 60화가 수록된 점에서 일견 원형에 가까운
이본으로 보일 수도 있지만 본래 두 편의 이야기에 하나의 후평(後評)이 붙어 있는
한문본『천예록』의 특성에 비추어 볼 때, 후평이 생략된 경우가 많은 것으로 보아 재편
되면서 후평이 삭제되기도 하고 본래의 수록 순서가 크게 뒤섞이기도 하는 등 개작이
많이 된 후대본으로 보인다. 이에 본고에서 이 자료는 다루지 않기로 한다.

14 임방 저, 정환국 역, 『교감역주 천예록』, 성균관대학교 출판부, 2005, 391~400쪽,
417쪽.

1) 선록 양상

현전하는 형태로 보면 천리대본 『천예록』에는 총 61편이 수록되어 있다. 그런데 향유 과정에서 김영복본 『천예록』에 제1화로 수록된 「지리산미로봉진(智異山迷路逢眞)」이 탈락되었음이 확인된바 본래는 총 62편 이상의 이야기가 수록되어 있었을 것으로 보인다.[15] 김영복본 『천예록』에는 총 44편이 수록되어 있다.

정명기본 『천예록』과 김영복본 『천예록』에 제1화로 수록된 「지리산미로봉진」이 천리대본 『천예록』에는 탈락되어 있기 때문에 두 한문본 가운데 김영복본 『천예록』만이 정명기본 『천예록』에 수록된 4편의 이야기를 모두 수록하고 있는 유일한 이본이 된다. 그러나 원래는 천리대본에도 이 이야기가 제1화로 존재했었음이 후평을 통해 확인되었고 천리대본이 더 많은 화수를 수록하고 있는 원형에 더 가까운 이본이므로 천리대본까지 아울러 비교해보고자 한다.

정명기본 『천예록』에는 김영복본과 천리대본의 제1, 2, 3, 15화에 해당하는 이야기가 선록되어 있다.[16] 4편에 불과하므로 여기에서 경향성을 발견하기란 쉽지 않을 수 있다. 그럼에도 선집의 선록 기준을 간과할 수는 없기에 선록된 이야기들의 면면을 살펴보기로 한다. 정명기본을 포함

---

15 천리대본 『천예록』의 〈지리산미로봉진(智異山迷路逢眞)〉 이야기 수록 여부와 관련해서는 김동욱, 「『天彝錄』 研究 - 天理大本을 中心으로」, 『반교어문연구』 5, 반교어문학회, 1994, 178쪽; 김동욱, 「『天倪錄』의 '評曰'을 통해 본 任埅의 思想」, 『어문학연구』 3, 1995, 상명대학교 어문학연구소, 3쪽; 진재교, 앞의 논문, 61~64쪽 참조.
16 현전하는 천리대본에 총 61편의 이야기가 수록되어 있지만 〈지리산미로봉진(智異山迷路逢眞)〉이 원래는 제1화로 수록되어 있다가 향유 과정에서 탈락되었으리라는 점이 선행연구에서 확인된 바 있다. 이에 본고에서는 현전하는 천리대본에 수록되어 있지는 않지만, 본래 제1화로서 수록되어 있었을 〈지리산미로봉진〉 또한 이야기의 수록 순서를 매기는 데 포함시키고 천리대본이 총 62화였다는 가정 하에 정명기본 『천예록』에 이 4편의 이야기가 선록된 과정을 따져보기로 한다. 앞의 각주 18) 참조

한 한글본 『천예록』의 선록 양상을 정리하면 아래와 같다.

<표 2> 한글본 『천예록』의 선록 양상

제목	한글본		한문본	
	정명기본	최민열본	천리대본	김영복본
智異山迷路逢眞(지리산미로봉진)	1	-	- 1 추정	1
關東道遭雨登仙(관동도조우등션)	2	-	2	2
鄭北窓遠見奴面(뎡북창원견노회)	3	-	3	3
一島魚肉臥家中(일도어육와가듕)	4	-	15	15
送使宰臣定廟基(송ᄉ지신졍묘긔)	-	1	57	-
見夢士人除妖賊(견몽ᄉ인뎨오젹)	-	2	58	-
刀代珠扇爲正室(도뎌쥬션위졍실)	-	3	59	43
腋挾腐肉得完節(익협부육득완졀)	-	4	60	44
獨守空齋擢上第(독슈공지탁샹졔)	-	5	61	-
妄入內苑陞顯官(망입ᄂ니원승현관)	-	6	62	-
潦澤裡得萬金寶(요퇵니득만금)	-	7	53	41
鄭公使權生傳書(뎡공ᄉ권싱젼셔)	-	8	41	33
毁裂影幀終見報(훼녈녕졍죵션보)	-	9	43	-
孟道人携遊和詩(밍도인휴유화시)	-	10	34	-
元令見許相請簡(원녕션허샹쳥간)	-	11	42	34
議黜院享卽被禍(의츌원향독피화)	-	12	44	-
手執怪狸恨開握(슈집괴리흔개악)	-	13	48	38
쥬아부졍녕긔 (출쳐-낙션재본 『태평광기언해』)	-	14	-	-

선록 과정에는 이야기의 선택과 탈락뿐 아니라, 순서의 재배치도 포함
된다. 수록 순서를 비교하면 정명기본 『천예록』에는 한문본의 제1~3화
에 해당하는 이야기들의 순서에 변화가 없음을 알 수 있다. 한편 한문본

의 제4~14화는 탈락되고 제15화가 제3화의 다음에 수록되어 있다. 즉 정명기본 『천예록』으로 재편되는 과정에서 한문본의 제4~14화가 탈락되었음에도 이야기의 순서는 뒤섞이지 않은 것이다. 이에 정명기본의 저본이 김영복본 계열 혹은 천리대본 계열이었음을 알 수 있다.[17]

선록된 이야기 4편에서 두드러지는 특징으로 한문본 『천예록』의 전반부에 수록된 이야기들이라는 점과 이인담(異人談)이라는 점을 들 수 있다.

이 이야기들은 한문본의 제1, 2, 3, 15화에 해당하는바, 책의 전반부에 수록된 이야기들만 선록되어 있는 것이다. 이는 정명기본 『천예록』의 내제가 "텬예록 권지일"로 되어 있는 점과 무관하지 않다. 정명기본은 『천예록』의 한글 번역본 선집의 제1권으로서 저본의 앞쪽에 실린 이야기들로부터 나름의 기준에 적합한 이야기들을 차례로 뽑아 둔 것으로 보이기 때문이다.

정명기본 『천예록』에 실린 이야기를 한 편씩 살펴보면 제1화는 도성 안에 있던 장도령이라는 거지가 실은 우리나라에서 제일가는 신선이었는데, 한 벼슬아치가 인세(人世)에 귀양 와 있던 장 도령을 보살펴준 보답으로 시해(尸解)하여 선계로 돌아간 장도령에게 대접을 받았다는 내용이다. 제2화는 관동에 가던 길에 신선의 사위가 되어 병자호란을 피할 수 있었던 어느 가평 유생(儒生)의 이야기이다. 제3화는 배운 적 없는 외국어에 단번에 능통하고 집안에 앉아서도 먼 지역의 상황을 환히 아는 등 기이한 능력을 지녔던 북창(北窓) 정렴(鄭磏)의 일화들이다. 제4화는 평범해 보이는 강화의 한 무사가 천으로 나비를 만드는 기이한 마술을

17 정용수는 천리대본, 김영복본, 게일 영역본, 『이향견문록』 수록본 4종을 동일한 계열로 보았다. 김준형은 천리대본과 김영복본이 두 이본 간에 직접적인 영향 관계가 없고 서로 다른 경로로 필사되었음을 확인하였다. 정용수(2002), 앞의 논문, 134~142쪽; 김준형(2006), 앞의 논문, 466~468쪽 참조.

부릴 수 있었는데, 이후 병자호란이 일어났을 때 집안에 누운 채로 화를 피했다는 내용이다.

이 4편에서 주역으로 등장하는 인물은 장 도령, 가평 유생(儒生), 정렴(鄭磏), 강화(江華) 무사(武士)이다. 이들이 모두 기이한 능력을 지닌 이인(異人)이라는 점에서 이 이야기들을 이인담으로 분류할 수 있다.[18] 이 4편에는 장 도령(제1화), 정렴(제3화)처럼 이인에 대한 구체적인 정보를 밝히면서 이인의 기이한 능력 또는 경험 그 자체에 초점을 맞추는 이야기들이 있는 한편, 이인의 이름 같은 개별적인 정보에는 관심을 보이지 않은 채 이들을 단순히 유생(제2화), 무사(제4화) 등의 보통명사로 뭉뚱그려 지칭하고 피화담(避禍談)으로 귀결되는 양상을 보이는 이야기들도 있다. 이를 표로 정리하면 다음과 같다.

〈표 3〉 정명기본 『천예록』 수록 이야기의 성격 분류

화번(話番)	기명(記名) 여부	이야기의 초점
제1화	유명(有名)	기이한 능력 혹은 경험 자체에 주목
제3화		
제2화	무명(無名)	피화담으로 귀결
제4화		

본래 한문본 『천예록』은 이인담보다는 다른 다양한 내용의 이야기가 더 많이 실린 텍스트이다.[19] 그런데 정명기본 『천예록』에는 한문본 『천예

---

18 『천예록』의 이인담을 고찰한 구선우의 선행연구에서도 정명기본 『천예록』에 수록된 4편의 이야기를 모두 이인담으로 분류하였다. 구선우, 「『천예록』 소재 이인담(異人談)의 양상과 그 의미」, 『인문학연구』 78, 충남대학교 인문과학연구소, 2009, 39~40쪽 참조.

19 『천예록』의 이인담으로 서대석, 김동욱은 61편 가운데 9편을, 구선우는 62편 가운데 11편을 꼽았다. 서대석, 김동욱의 분류는 제1화 〈智異山迷路逢眞(지리산미로봉진)〉을

록』의 다양한 내용의 전체 이야기에서 그다지 큰 비중을 차지하지 않는 이인담만이 선록되어 있는바, 정명기본 『천예록』이 이인담에 대해 관심을 보였던 텍스트임이 확인된다. 이는 정명기본이 한문본 『천예록』의 전반부에 해당되는 이야기들만을 선록한 텍스트라는 첫 번째 특징과도 관련된다. 『천예록』의 총 62편의 이야기 가운데 수록된 11편의 이인담이 책의 전반부에 집중적으로 수록되어 있음이 지적된 바 있다. 그렇지만 이러한 전면적 배치는 임방의 편집 의도를 강하게 드러낸 것이므로 이인담에 대한 작자의 특별한 관심이 표방되었다고 볼 수 있는바,[20] 정명기본 『천예록』의 이러한 특징 또한 정명기본이 이인담에 보여준 관심으로 이해될 수도 있다.[21] 정명기본 『천예록』이 단순히 저본의 순서대로 전반부의 이야기들을 전사한 것이더라도 부적절하다거나 흥미롭지 않다거나 하는 등의 이유로 이 이야기들을 선택하지 않았다면 결과적으로 정명기본 『천예록』에 이 이야기들이 실릴 수 없었기 때문이다.

이상에서 선록된 이야기 4편의 특징을 간략히 살펴보았다. 그런데 전술한 바와 같이 정명기본 『천예록』에서는 수록 순서를 뒤섞지 않으면서도 굳이 한문본의 중간에 실려 있는 11편을 탈락시켰음이 확인된다. 이는 편찬자가 이 11편을 선록하지 않은 이유가 있었던 것은 아닌가 하는 의문을 갖게 하는바, 이 11편의 이야기도 살펴보고자 한다. 탈락된 이야

제외한 것이므로 제1화를 더하여 계산하면 62편 중 10편이 이인담의 범주에 속하게 된다. 요컨대 선행연구에서는 총 62편 가운데 10~11편을 이인담으로 구분한 것이다. 서대석, 『朝鮮朝文獻說話輯要』Ⅱ, 집문당, 1992, 365~395쪽; 김동욱(1994), 앞의 논문, 168쪽; 구선우(2009), 위의 논문, 39쪽.

20 구선우(2009), 위의 논문, 39~40쪽.
21 정명기본 『천예록』이 보여주는 이인담에 대한 관심은 최민열본 『천예록』과는 사뭇 다른 것이다. 최민열본에는 이인담이 실려 있지 않다. 이는 최민열본이 후반부의 이야기들을 주로 선록한 이본이라는 점에서 그 원인을 찾을 수도 있고, 이인담에 대한 관심이 상대적으로 적었음을 시사하는 것으로 볼 수도 있다.

기들을 통해서도 그 선록 기준을 살펴볼 수 있을 것으로 기대한다. 한문
본의 제4화부터 제14화의 내용과 특징을 표로 정리하면 다음과 같다.[22]

〈표 4〉 선록 과정에서 탈락된 이야기 일람표

화번 (話番)	제목	내용	소재별 분류
4	〈尹世平遙哭妹喪〉	전우치를 혼낸 윤세평, 누이의 죽음을 미리 알다	方士 (異人)
5	〈俗離山土窟坐化〉	고승 희언 선사의 득도 과정	高僧
6	〈金剛路兵使夢感〉	병사에게 죽을 뻔한 서리를 살린 수일 선사	異僧
7	〈閻羅王托求新袍〉	저승에 잘못 갔다 염라왕 박우의 부탁을 받고 돌아온 처사	冥府
8	〈菩薩佛放觀幽獄〉	저승에 잘못 갔다 구경하고 돌아온 홍내범	冥府 (還生)
9	〈土亭漁村免海溢〉	거사(居士)의 예언으로 해일을 피한 이지함	異人
10	〈樵氓海山脫水災〉	신장(神將)의 진노로 홍수가 들었는데 신장과 중의 대화를 엿듣고 화를 피한 산골 백성	神人, 異僧 (避禍)
11	〈臨場屋枯骸冥報〉	백골을 수습하고 과거에 장원급제한 선비	魂靈 (及第)
12	〈捿山寺老翁陰佑〉	산사에서 노인의 음우로 죽음을 면하고 후일의 생사를 미리 안 선세휘	夢兆 (避禍, 得罪)
13	〈西平鄕族點萬名〉	귀신을 점검한 한준겸의 친척	異人 (鬼物)
14	〈任實士人領二卒〉	귀신을 호령한 임실의 선비	異人 (鬼物)

한글본 새 자료『천예록』의 편집 과정에서 제외된 이야기 14편은 다음
과 같이 분류할 수 있다. 첫째, 이승(異僧), 고승(高僧), 거사(居士) 등 불
교와 관련된 인물이 등장하는 이야기(제5,6,9,10화), 둘째, 혼령(魂靈) 및

---

22 〈표 4〉의 화번(話番) 역시 총 62화를 기준으로 매긴 것이며, 소재별 분류 항목은 서대
석의 분류를 활용한 것이다. 서대석(1992), 앞의 책, 366~372쪽 참조.

만, 한편으로 불교와 관련된 이야기들이(제5, 6, 7, 8, 9, 10화) 일제히 탈락
된 현상과 연관지어볼 수도 있다. 당시 불교가 여성들에게 끼치는 폐해
에 대한 인식이 귀신, 무녀, 기도, 기휘(忌諱)하는 일 등에 대한 우려와
깊이 연관되어 있었기 때문이다.[25] 즉 귀신 이야기를 읽는 것은 불교와
관련된 이야기를 읽는 것과 마찬가지로 부녀자들을 현혹하여 이들에게
악영향을 끼칠 수 있다고 생각되었던 것이다. 이에 이 귀신 이야기들은
11세 소녀의 독서대상이 되기에 적절치 않다고 판단됨으로써 제외된 것
이 아닐까 생각된다.

한편 제4화와 제12화는 위의 분류에 속하지 않지만 정명기본 『천예록』
에 선록되지 못했다. 특히 제4화는 정명기본 『천예록』에 수록된 이야기
4편과 마찬가지로 이인담인데도 불구하고 탈락되었다는 점에서 주목을
요한다. 이 이야기는 이인담이라는 점에서는 정명기본 『천예록』에 실린
4편의 이야기들과 일견 유사해 보이기도 한다. 그러나 제4화에는 전우치
가 미모의 부인을 보면 그 남편으로 변신하여 범하곤 했다는 일화가 실려
있는데[26] 이러한 대목에서 선정성이 드러난다는 점, 전우치가 아름다운
부인의 남편으로 변신하거나[27] 전우치와 윤세평이 벌레와 벌로 변신하여
다툰다는 설정이[28] 허무맹랑하다는 점 등에서 이 이야기가 탈락된 이유를
찾을 수 있지 않을까 한다.

제12화는 선세휘라는 인물이 산사(山寺)에 있다가 꿈에서 본 노인의

25 앞의 각주 26) 참조.

26 "時方士田禹治, 以妖術作拏於京城, 潛入人家, 見有美婦人, 則化作本夫以亂之, 人
    不勝其憤." 정환국(2005), 앞의 책, 400쪽.

27 "見有美婦人, 則化作本夫以亂之" 정환국(2005), 앞의 책, 400쪽.

28 "卽覆一空甕於庭際, 搖身一變, 變作小蟲, 入伏甕底. 日晩, 忽有一女人到門, (…) 甕
    底小蟲見焉. 其女人, 卽化爲大蜂, 亂螫之, 其小蟲, 便出禹治本象而死矣, 蜂卽飛空
    而去." 정환국(2005), 앞의 책, 400쪽.

음우(陰佑)로 죽음을 면하고 후일 계해반정 이후 체포되었을 때 꿈에서
노인에게 받은 시(詩) 두 구절을 통해 자신의 생사를 미리 알 수 있었다
는 내용이다. 이 이야기에서 초반에 산사가 배경으로 등장하고 그 존재
가 분명치 않은 인물이 선세휘의 상대역으로서 주요하게 등장하기도 하
지만, 산사가 제7, 8화의 배경인 명부와는 달리 전체 서사에서 큰 의미
를 갖지도 못하고 노인이 제11, 13, 14화에서처럼 분명한 귀신의 형상으
로 등장하지도 않는다. 이에 그보다는 이 이야기가 계해반정 이후 실각
한 간신이[29] 딱히 이유도 없이 음우를 입어 화를 피하고 목숨을 부지한
내용이라는 점에서 선록되지 못한 것이 아닌가 한다. 요컨대 이 이야기
가 사필귀정의 결말을 벗어난 간신담이라는 점에서 굳이 어린 소녀가 읽
을 만한 대상이 아니었다고 판단한 것이 아닐까 한다.

　이상에서 정명기본 『천예록』의 편자가 이야기를 선택하고 탈락시키는
기준이 '11세 소녀인 김 소저가 독서 대상으로 삼아도 될 만한 것인가'였
으며 그 과정에서 적절치 않아 우려할 만한 이야기들은 제외되었음을 짐
작할 수 있었다. 그런데 선록된 이야기들이 모두 이인담이므로 선록의
기준을 교훈성의 여부로 보기는 어렵다는 사실 또한 분명히 지적해둔다.
요컨대 정명기본 『천예록』에는 11세의 김 소저에게 크게 유해하지 않으
면서도 적당히 흥미롭게 읽을 만한 성격의 이야기들이 선록된 것으로 이
해할 수 있다.

29　선세휘가 자행한 간악한 행위와 그에 대한 평에 대해서는 다음의 기록들에서 살펴볼
　　수 있다. "그가 임금을 속이고 마음대로 농간하여, 혼란하게 하는 방자한 짓은 고금에
　　없었던 일이다." 이긍익(李肯翊), 《연려실기술(燃藜室記述)》 권19, 〈폐주 광해군 고사
　　본말(廢主光海君故事本末)〉; "선세휘(宣世徽)는 유생이었을 때에 폐모에 대한 상소를
　　올렸는데, 그 내용이 지극히 흉악하고 참혹하였습니다."《承政院日記》仁祖 1年 癸亥
　　(1623) 4月 29日(戊子). 이상의 번역문들은 한국고전번역원 DB에서 가져와 부분적인
　　수정을 가한 것이다.

2) 한문본과의 비교를 통해 살펴 본 한글 번역 양상

정명기본 『천예록』에서 확인되는 한글 번역 양상의 특징으로 먼저 (1) 제목이 한문본의 음가(音價) 그대로 한글로 표기되어 있는 점과 (2) 후평 (後評) 부분이 생략된 점을 확인할 수 있다. 이는 형식상의 변이로 볼 수 있는데 최민열본 『천예록』에서도 보이는 특징이기도 하다. 형식상의 변이를 오롯이 공유한다는 점에서 최민열본 『천예록』과 정명기본 『천예록』이 동일한 한글 저본, 혹은 같은 계열의 한글 저본을 바탕으로 이루어졌으리라는 추정이 가능하다.

다음으로 오역된 대목의 예시를 통해 (3) 정명기본 『천예록』의 역자 및 필사자의 수준이 그다지 높지 않음을 살펴볼 수 있다.

① 公<u>別來</u>安否 한문본 제1화
　　→ 공이 <u>쩌나오믈</u> 평안ᄒ냐 제1화
② 洞曉<u>儒道</u>釋三道宗旨 한문본 제3화
　　→ <u>유도블도</u> 삼도 종지롤 통ᄒ야 제3화

①의 "<u>別來</u>"는 "떠나온 이후에"로 번역되어야 함에도 "別"자와 "來"자를 축자적으로 단순히 "떠나 옴"으로 오역하였음이 확인된다. ②의 "洞曉<u>儒道</u>釋三道宗旨"에서는 문장 가운데 보이는 "三道"와 맥락이 닿지 않음에도 "<u>道</u>"에 대한 부분의 번역이 생략되어 있다. 위의 예에서 역자의 수준이 높지 않음을 짐작할 수 있다.

한편 고유명사를 오기한 다음의 예를 통해서는 필사자의 수준을 가늠할 수 있다.

① 又其次尹世平. 한문본 제1화 → 쏘 버거는 윤세령이라. 제1화
② 霓裳羽衣曲 한문본 제2화 → 여샹우의곡 제2화
③ 扶九節綠玉杖 한문본 제2화 → 구졀노 옥댱을 집허 제2화
④ 鳥嶺 한문본 제3화 → 도령 제3화
⑤ 汝姑留賓館, 以待也 한문본 제2화 → 네 아직 번관의 머므러셔 기드
리라. 제2화

  필사자는 "尹世平"을 "윤세령"으로, "霓裳羽衣曲"을 "여샹우의곡"으
로, "九節 綠玉杖"을 "구졀노 옥댱을"으로, "鳥嶺"을 "도령"으로, "賓館"
을 "번관"으로 잘못 적어 두었다. 만일 필사자가 위의 인명, 곡명(曲名),
물명(物名), 지명 등에 대해 확실히 알고 있었다면 필사과정에서 이러한
오류가 발생하지는 않았을 것이다. 설사 저본인 한글본『천예록』에 이미
오기(誤記)되어 있던 것이라고 하더라도 정명기본『천예록』의 필사자가
이를 수정하지 않고 답습했다는 점에서는 정명기본『천예록』의 필사자
의 지적 수준이 높지 않음이 확인된다. 이는 필사기에서 확인된 필사자
의 연령과도 관련지어 볼 수 있다.
  다음으로 한글 번역 과정에서 어려운 표현을 쉽게 바꿔 (4) 독자의 수
준을 배려하였음이 확인된다.

① 仍命崑崙奴送行 한문본 제2화 → 한 종을 명ㅎ야 보너야 힝ㅎ라.
제2화
② 崑崙奴從後而行 한문본 제2화 → 션옹의 종은 뒤ㅎ로조츠 힝ㅎ더라.
제2화
③ 目不識丁云 한문본 제1화 → 눈으로 글즈롤 모로노라 하니 제1화
④ 生以蓬戶繩樞之子 한문본 제2화 → 싱이 향곡 미쳔ㅎ 쟈로 제2화

  ①, ②에서와 같이 이해를 위해 역사적 지식이 필요한 고유명사가 일반

명사로 대체되거나[30] ③, ④처럼 사자성어나 고사(故事)가 있는 구절이 일반적인 서술로 바뀌는 양상에서 독자의 수준을 배려하여 쉬운 표현으로 바꾸고자 했음을 알 수 있다.

기본적으로 정명기본 『천예록』은 (5) 직역을 지향하는데 (6) 특히 축약이 많이 이루어졌다.

전체에 걸쳐 단어, 구절, 문장의 생략 및 축약이 30회 이상 이루어지는 데 비해, 문장이 첨가되는 경우는 없고 구절이 첨가되는 양상이 5회 미만이다. 유의미한 내용이 대체되거나 변이되는 사례도 잘 확인되지 않는다. 축약의 양상은 크게 서술자의 개입 축소와 구체적인 세부사항의 생략으로 나누어 살펴볼 수 있는데 서술자의 개입 축소 양상을 먼저 다음의 예에서 확인할 수 있다.

① 此語詳在本集序文, 平生行跡, 極多異事, 而東國無好事者, 故卽今傳於世者絶少 한문본 제3화 → 평성의 힝적이 극히 긔이흔 일이 만흐더 즉금 세샹의 던흐는 지 덕고 제3화

② 此事獨其妻見之, 他人莫知之也, 前後未聞有異術焉. 한문본 제15화 → 이 일을 그 체 홀노 알고 타인은 알 니 업더라. 제4화

③ 自稱姓蔣, 衆皆呼以蔣都令. 都令乃國俗士夫未娶之稱也. 한문본 제1화 → 스스로 일コ기롤 셩이 쟝가민 댱도령이라 부르더라. 제1화

④ 生始告其仙家取婦之事 言其顚末如此 한문본 제2화 → 싱이 비로소 그 신션의 안해 취흐던 일을 고흔더 제2화

서술자의 개입 축소는 ①, ②와 같이 해당 서사와 관련된 배경이나 정

---

30 "崑崙奴"는 당(唐)·송(宋) 때에 곤륜국(崑崙國) 사람인 마래종(馬來種), 즉 흑인(黑人)을 종으로 삼았는데 이들의 피부가 옻같이 검었으므로 붙여진 이름이다. 『태평광기(太平廣記)』에 수록된 당대(唐代) 배형(裴鉶)이 지은 「전기(傳奇)」에 〈곤륜노(崑崙奴)〉라는 이야기가 있다.

보를 서술자가 서사의 밖에서 전달하는 대목이 삭제되면서 이루어지는 가 하면, ③, ④처럼 서사의 안에서 서술자가 정보를 제공하거나 등장인 물의 행동을 제시하는 대목이 삭제되면서 이루어지기도 한다.

한편 구체적인 세부사항의 생략은 다음의 예를 통해 확인할 수 있다.

> ① 流下水底, 白石平鋪, 細視之, 自近及遠, 摠是一石, 水色如玉 한문 본 제2화 → "믈 밋티 흰 돌이요, 믈빗치 옥 ▽트야 제2화
> ② 五色燦爛 其色各以裁餘本色而成, 翩翩飛舞 眩轉難測 한문본 제15 화 → 오식이 찬난ᄒ야 편〃이 ᄂ는지라. 제4화
> ③ 田拱手而對曰: "唯唯." 한문본 제1화 → 뎐우치ᄂ 공슈ᄒ고 디답ᄒ 야 제1화
> ④ 恐遭盜賊水火, 意外之患 한문본 제3화 → 무숨 의외의 환을 만난가 근심ᄒ노라 제3화

군이 필요치 않거나 이미 서술된 내용으로도 충분하다고 판단되는 구 체적인 세부정보가 계속 서술되는 경우(①,②)나, 앞뒤 내용으로 미루어 독자가 이미 알거나 짐작할 수 있는 내용이 서술되는 등 의미상 중복되 는 구절이 있는 경우(③,④) 정명기본 『천예록』에서는 이러한 부분들이 적극적으로 축약되었음을 알 수 있다.

반면 첨가의 경우, 부사가 첨가되거나[31] 앞뒤의 구절로 유추할 수 있 는 상황이나 행동이 부연되는 데 그친다.[32] 내용이 대체되는 양상에서도 앞서 (4)에서와 같이 고유명사가 일반명사로, 사자성어나 고사(故事)가 있는 표현이 일반적인 서술로 대체되는 경우 외에는 "수(數)"를 "두어"나

---

31 "流涕不足" 한문본 제2화 → "눈물을 흘니기도 오히려 브죡ᄒ야" 제2화
32 "進退維谷" 한문본 제1화 → "진퇴유곡ᄒ여 방황ᄒ더니" 제1화; "永絕音耗" 한문본 제2화 → "ᄒ 번 가민 음신이 영절ᄒ얏더라." 제2화

"수삼(數三)"으로 바꾸는 정도의 변이가 확인될 뿐이다.[33]

　마지막으로 (7) 오류의 양상에서 정명기본 『천예록』이 한문본을 번역한 이본이 아니라, 한글 번역본을 전사한 이본임을 추정할 수 있다. 한글 번역에서 같거나 비슷한 음가를 지닌 글자가 반복되는 경우 정명기본 『천예록』에서 한 글자가 탈락되는 사례가 보이는 점,[34] 한글로 번역된 구절에서 두 글자의 순서가 뒤바뀌어 적힌 경우가 있는 점,[35] 의미가 통하지 않음에도 본래 번역되어야 하는 한글의 글자와 비슷한 자형의 글자로 오기(誤記)된 경우가 많은 점에서[36] 정명기본 『천예록』이 이전에 존재하던

33　"張蓋從數人而來" 한문본 제1화 → "개롤 배풀고 두어 사롬 조차오디" 제1화; "左右侍姬數十人" 한문본 제1화 → "좌우의 뫼신 희첩 수삼 인이" 제1화; "未數步回顧" 한문본 제2화 → "두어 거름을 못ᄒᆞ야 도라보니" 제2화; "自成數層高壇" 한문본 제2화 → "스스로 두어 층 눕흔 단이 이럿ᄂᆞ디라." 제2화; "傾出數三丸藥, 以贈之曰" 한문본 제2화 → "두셋 환약으로뻐 쥬어 골오디" 제2화; "及此歸時 出門數步" 한문본 제2화 → "도라올 쩨예 문의 두어 거름을 나오미" 제2화

34　"使妻孥, 朝夕炊飯自若" 한문본 제15화 → "쳐로 ᄒᆞ야곰 됴셕의 밥을 지어 ᄌᆞ약이 먹으며" 제4화. 본래 이 부분은 "쳐로 ᄒᆞ야곰"이 아니라 "쳐노로 ᄒᆞ야곰"으로 번역이 되어야 한다. 정명기본의 필사자가 저본의 "쳐노로"를 옮겨적는 과정에서 유사한 음가를 지닌 "노"자와 "로"자가 연달아 나오자 실수로 한 글자를 건너뛰어 적은 것으로 보인다.

35　"得對珍羞" 한문본 제2화 → "진슈디롤ᄒᆞ야" 제2화. 본래 이 부분은 "진슈롤 디ᄒᆞ야"로 번역되는데, 저본의 "진슈롤 디ᄒᆞ야"를 보고 필사하던 정명기본의 필사자가 "디"자와 "롤"자의 순서를 실수로 바꿔 적음으로써 "진슈디롤ᄒᆞ야"로 오기된 것으로 보인다.

36　"亦非人世所聞見" 한문본 제1화 → "쏘흔 세상의 듯던 비 아진오" 제1화; "粗通文史" 한문본 제2화 → "잠간 문셔롤 통ᄒᆞᆫ지라." 제2화; "僮奴忽然死于馬前" 한문본 제2화 → "독뇌 홀연 물 알픠셔 죽거눌" 제2화; "召兒輩來" 한문본 제2화 → "오비 불너오라." 제2화; "出就於外, 擡接數日, 以須吉期." 한문본 제2화 → "의관의 나아가 슈일을 인졉ᄒᆞ여 뻐 길긔롤 기드리라." 제2화; "贊者引生" 한문본 제2화 → "찬친 성을 인ᄒᆞ야" 제2화; "暖暉於空外" 한문본 제2화 → "공의에 비최여시니" 제2화; "御風而飛者" 한문본 제2화 → "봉을 어거ᄒᆞ야 노ᄂᆞ 쟈와" 제2화; "門外有瘦馬鞾弊鞍" 한문본 제2화 → "문 밧귀 좌려흔 몰게 히야진 안장을 짓고" 제2화; "七情若忘, 悲何從生?" 한문본 제2화 → "칠정을 만히 니저시면 슬프미 어드로조차 나리오?" 제2화; "秋冬亦然 而一不澣濯" 한문본 제2화 → "츄동이 쏘 그러ᄒᆞ야 흔번 쓴지 아냐 쏘"("아냐도"의 오기); "復問踰嶺時" 한문본 제3화 → "녕 넘을 쩌의" 제3화; "武人展手向空" 한문본 제15화 → "무인이

한글 번역본『천예록』을 전사한 이본임이 확인되며, 때로는 필사자가 저
본의 내용을 완전히 이해하지 못하면서도 글자를 보이는 대로 우선 옮겨
적어둔 경우가 적지 않았음을 알 수 있다.

　이상에서 정명기본『천예록』의 한글 번역 양상을 검토한 결과, 다음의
일곱 가지 특징을 확인할 수 있었다. (1) 한문본 제목의 음가(音價)를 그대
로 한글로 표기하였다, (2) 후평(後評) 부분이 생략되었다, (3) 역자 및
필사자의 수준이 그다지 높지 않다, (4) 한글 번역 과정에서 독자의 수준
을 배려하였음이 확인된다, (5) 기본적으로 직역을 지향하였다, (6) 특히
축약이 많이 이루어졌다, (7) 오류의 양상에서 한글 번역본을 전사한 이본
임을 추정할 수 있다.

　마지막으로 정명기본『천예록』에서 (6) 축약이 많이 이루어졌다는 점과
관련하여 최민열본『천예록』의 경우를 참조하여 정명기본『천예록』의 한
글 번역 양상이 보여주는 의의를 살피면서 논의를 마무리 짓고자 한다.
정명기본『천예록』에서 특히 축약이 대거 이루어졌던 것과 마찬가지로
최민열본『천예록』에서도 과감한 생략을 통해 이야기의 줄거리를 위주로
번역이 이루어졌음이 지적된바,[37] 이러한 방식은 후대의『천예록』관련
텍스트들이『천예록』을 수용하는 다기한 방법 중 하나였으며 특히 한글
번역본『천예록』이 한문본『천예록』을 수용하는 주요한 특징이었던 것으
로 이해할 수 있다.

손을 쳐 공등을 향ㅎ니" 제4화
37 김준형(2007), 앞의 논문, 378쪽.

4. 결론

본고는 새로운 한글 번역본 『천예록』 자료인 정명기본 『천예록』을 학계에 최초로 소개하고 자료의 성격을 규명하고자 쓰였다.

본고에서 새 자료를 소개함으로써 한글본 『천예록』의 편폭이 확장되고 현전하는 자료가 부족한 한글본 야담집 연구에 새로운 논의의 가능성을 더할 수 있었다. 특히 현전하는 한글 번역본 야담집의 필사기 가운데 구체적인 정보를 가장 많이 담고 있다는 점에서 이 자료를 소개하는 야담사적 의의를 찾을 수 있었다.

정명기본 『천예록(天倪錄)』의 서지사항과 필사기를 살핌으로써 이 자료를 개관하고 한양의 궁궐 근처 송현에 사는 11세 소녀에 의해 한글본 『천예록』이 필사·향유되던 정황을 확인하였다. 이를 통해 한글본 『천예록』이 궁궐 내부에만 한정되지 않고 궁 근처로 유통되었으며 그 향유층이 궁궐 내의 궁녀, 양반가의 소녀 등 신분과 연령대에서 다양한 층위로 이루어져 있었음을 알 수 있었다.

필사기를 통해 한글본 야담집의 향유 양상뿐 아니라, 이 자료의 편찬의식과 성격을 가늠할 실마리도 찾을 수 있었다. 한문본 『천예록』과의 비교를 통해 정명기본 『천예록』으로 재편되는 과정에서 불교, 귀신과 관련되는 이야기 및 간신담, 선정성이나 허무맹랑함이 드러나는 이야기는 탈락되고, 한문본 『천예록』의 전반부에 해당하는 이인담(異人談) 4편이 선록되었음이 밝혀졌다. 이에 정명기본 『천예록』이 11세의 김 소저에게 크게 유해하지 않으면서도 적당히 흥미롭게 읽을 만한 성격의 이야기들을 선록한 결과물임을 알 수 있었다.

다음으로 문면을 대조하여 한글로 번역되는 과정에서 발생한 한글 번역상의 특징으로 다음의 7가지를 확인하였다. (1) 한문본 제목의 음가(音價)

를 그대로 한글로 표기하였다. (2) 후평(後評)이 생략되었다, (3) 역자 및 필사자의 수준이 그다지 높지 않다, (4) 한글 번역 과정에서 독자의 수준을 배려하였다, (5) 기본적으로 직역을 지향하였다, (6) 특히 축약이 많이 이루어졌다, (7) 오류의 양상에서 한글 번역본을 전사한 이본임을 추정할 수 있다.

본고에서는 정명기본『천예록』의 특징적 면모와 그 야담사적 의의를 살펴볼 수 있었다. 그런데 새 자료의 소개와 일차적인 분석에 치중한 탓에 최민열본『천예록』과의 비교 고찰을 통한 한글 번역본『천예록』의 종합적인 연구에 이르지 못했다는 점에서 본고는 한계를 갖는다. 이는 앞으로의 과제로 남겨둔다.

마지막으로 후속 연구 및 자료의 활용을 위하여 정명기본『천예록』의 원문을 아래에 첨부하였음을 밝힌다.

부록: 【텬예록】

권지일

1. 지리산미로봉진

둉묘조 쎠의 경셩의 혼 거어지 이시니 용뫼 취악ᄒ고 용누ᄒ더라. 나혼 스십여늘 ᄒ더 오히려 머리를 뒤ᄒ로 족지고 엇계예 혼 푸더롤 걸고 단니며 겨재의 빌 시 낫지면 셩듕으로 편녁ᄒ고 밤(1.앞)이면 사롬의 집 문 겻터셔 탁숙ᄒ더 만히 죵누 근쳐의 이시니 거리 우희 무리비 축일ᄒ야 서르 보고 인ᄒ야 친속ᄒ야 피치 희롱홀 시 스스로 일ᄏ기롤 셩이 쟝가미 댱도령이라 부르더라. 그 쎠 방스 뎐우치 긔이혼 슐법을(1.뒤) 끼고 ᄌ못 셰상의 교만혼 톄ᄒ더 미양 길희셔 댱도령을 만나면 믄득 말긔 나려 추챵ᄒ야 나아가 졀ᄒ야 뵈더 감히 우러ᄶ 보지 못ᄒ더 댱도령은 머리롤 ᄯ덕도 아니코 무러 굴오 더 "네 요스이 됴히 잇ᄂᆫ다?" ᄒ면 뎐우치ᄂᆫ 공슈ᄒ고 디답ᄒ야 그 긔식이 심히 두려(2.앞)워 ᄶ 혹 궐ᄒ야 뵈면 댱도령은 도라보지 아니코 지나니 보ᄂᆫ 지 고히이 녁여 뎐드려 무론즉 굴오더 "즉금 동국의 셰 신녕의 사롬이 이시니 읏듬 신션은 댱도령이오, 그 버거ᄂᆫ 뎡념이오, 또 버거ᄂᆫ 윤셰령이 라. 사롬이 다 아지 못ᄒ더 내 홀노 아니 엇디 시러곰 공(2.뒤)경ᄒ고 두리디 아니ᄒ리오?" ᄒ니 사롬이 혹 의심ᄒ야 뎐이 요탄ᄒ기로써 밋지 아니ᄒ더 라. 셩듕의 혼 음관이 이시니 집문이 길ᄀᆞ롤 님ᄒ얏ᄂᆫ지라. 여러 번 댱도령 이 길희 션니며 빌물 보고 일ᄶ은 불너보고 무론더 댱도령이 디답ᄒ더 "본더 호남 스부로써(3.앞) 부뫼 녀역의 구몰ᄒ고 임의 형뎨 업고 족당이 업ᄂᆫ지 라. 혈연 혼 몸이 피홀 비 업고 뉴리기걸홀 시 인ᄒ야 셔울의 니르러시니 빅 가지의 혼 능이 업고 눈으로 글ᄌᆞ롤 모로노라." ᄒ니 음관이 그 ᄉᆞ뷘 줄 듯고 어엿비 녁여 쥬식으로써 먹이고 미쇽으로써 쥬고 일(3.뒤)노부터 미양 집의 음식이 이시면 사롬으로 ᄒ야곰 불너 먹이더라. 일ᄶ은 음관이 나가다가 혼 죽엄이 젼쳬ᄒ야 ᄯ으러 홍인문으로 향ᄒ야 가믈 보고 물 우희 셔 미쳐 ᄂᆞᆺ츨 ᄀᆞ리오더 못ᄒ야 얼풋 보니 그 죽엄이 댱도령이라. ᄆᆞ음의 심히 측연ᄒ야 집의 도라(4.앞)가 탄식ᄒ야 굴오더 "셰상의 박명혼 지 만커 니와 엇디 댱도령ᄀᆞᆺ튼 지 이시리오?" ᄒ고 손으로 곱아 혜아리니 댱도령이 죵누의 비런 지 십오 년이라. 그 후 수십 년만의 음관이 일이 이셔 호남 짜히 ᄂᆞ려가 지리산을 디나더니 홀연 길홀 일허 뫼 가온더로 드러가니 날이 (4.뒤) 져믄디라. 진퇴유곡ᄒᆞ여 방황ᄒᆞ더니 ᄒᆞᆫ 가는 길이 이셔 남모길 ᄀᆞᆺ튼 디라. 반ᄃᆞ시 사ᄅᆞᆷ의 집 잇ᄂᆞᆫ 쥴 ᄯᅳᆺᄒᆞ고 그 길노 힝ᄒᆞ더니 쳐엄은 심슈홀 ᄯᆞ름이러니 졈〃 뫼히 붉고 믈이 ᄆᆞᆰ고 초목이 아름다와 드러갈스록 더옥 긔특ᄒᆞ야 수십 니ᄅᆞᆯ 힝ᄒᆞ니 황연이 ᄒᆞᆫ 별건곤이(5.앞)오, 다시 인간 진토의 경계 아니러라. 먼니 ᄇᆞ라보니 ᄒᆞᆫ 사ᄅᆞᆷ이 쳥의ᄅᆞᆯ 닙고 푸른 나귀ᄅᆞᆯ 타고 개ᄅᆞᆯ 배풀고 두어 사ᄅᆞᆷ 조차오더 그 ᄲᅡᆯ르기 ᄂᆞᆫ 듯ᄒᆞ더라. 음관이 ᄯᅳᆺ의 니ᄅᆞ기ᄅᆞᆯ '대관의 힝츤가 ᄒᆞ더 깁혼 뫼 가온더 엇지 시러곰 관힝이 이시리오?' ᄒᆞ고 ᄆᆞ옴의 그으기 의(5.뒤)혹ᄒᆞ야 믈을 인ᄒᆞ여 수풀 속의 드러가 피코져 ᄒᆞ더니 미쳐 피치 못ᄒᆞ야 믄득 임의 다ᄅᆞᆫ지라. 그 사ᄅᆞᆷ이 믈 우희셔 읍ᄒᆞ야 ᄀᆞᆯ오디 "공이 ᄲᅥ나오믈 평안ᄒᆞ냐?" 무ᄅᆞᆫ디 음관이 당황ᄒᆞ야 머믓거려 능히 디답디 못ᄒᆞ니 그 사ᄅᆞᆷ이 우서 ᄀᆞᆯ오디 "내 사ᄂᆞᆫ 곳이 이에 이시니 공(6.앞)이 그리나 님ᄒᆞ기ᄅᆞᆯ ᄇᆞ르노라." ᄒᆞ고 즉시 나귀ᄅᆞᆯ 둘너 몬져 가니 그 ᄲᅡᆯ르기 ᄯᅩ ᄂᆞᆫ 돗ᄒᆞ야 홀〃ᄒᆞ야 임의 보디 못홀너라. 음관이 뒤홀 ᄯᅡ라 힝ᄒᆞ야 이윽고 ᄒᆞᆫ 곳의 니ᄅᆞ니 큰 궁뎐이 수리의 미만ᄒᆞ고 누더간 표묘ᄒᆞ고 금벽이 됴요ᄒᆞ더라. 문의 ᄒᆞᆫ 의관ᄒᆞᆫ 쟤 이셔 기ᄃᆞ(6.뒤)리더니 음관이 니ᄅᆞ믈 보고 마자 절ᄒᆞ고 인도ᄒᆞ야 드러갈 시 삼, ᄉᆞ 뎐각을 디나 ᄒᆞᆫ 뎐의 니ᄅᆞ러 인도ᄒᆞ야 올니거늘 보니 ᄒᆞᆫ 아름다온 댱뷔 의관이 심히 어그럽고 좌우의 뫼신 회첩 수삼 인이 안식이 다 셰상의 업고 쳥동 뫼신 지 ᄯᅩᄒᆞᆫ 십여 인이오, 어ᄉᆞ와 죵관이(7.앞) 왕쟈 ᄀᆞᆺ더라. 음관이 져허 추챵ᄒᆞ야 나아가 절ᄒᆞ야 뵈니 미댱뷔 답ᄒᆞ야 읍ᄒᆞ고 웃고 닐너 ᄀᆞᆯ오디 "그더 날을 아지 못ᄒᆞ냐? 모롬즉이 술펴보라." ᄒᆞ거늘 음관이 감히 이에 우러〃 보니 곳 푸른 나귀 ᄐᆞ고 길희셔 만낫던 사ᄅᆞᆷ이로디 일즉 서ᄅᆞ 아지 못ᄒᆞ던 사ᄅᆞᆷ이라. 업(7.뒤)디여 디답ᄒᆞ야 ᄀᆞᆯ오디 "져즈음긔 졀ᄒᆞ야 뵈디 스스로 ᄭᅢ닷지 못ᄒᆞ얏더니 이제 무ᄅᆞ시믈 바드디 더홀 ᄇᆞ롤 아지 못ᄒᆞᄂᆞ이다." 미댱뷔 ᄀᆞᆯ오디 "나는 댱도령이라. 그더 엇디 아디 못ᄒᆞ노라 ᄒᆞᄂᆞ뇨?" 음관이 비로소 우러〃 슬펴보니 과연 댱도령이로디 풍신이 슈랑ᄒᆞ고 영치 일(8.앞)발ᄒᆞ야 다시 녯날 췌악ᄒᆞᄃᆞ 용뫼 아닌디라. 음관이 크게 놀나 그 단녜ᄅᆞᆯ 측냥치 못ᄒᆞ더라. 댱이 즉시 명ᄒᆞ야 잔치ᄅᆞᆯ 베프러 ᄡᅥ 디졉홀 시 효찬의 보비로온 것과 긔완의 긔이흔 거시 다 인 셰샹 잇는 비 아니오, 십수 소이 풍악을 드리니 스듁과 가뮈 또흔 셰샹의 듯던 비(8.뒤) 아진오. 모든 겨집의 아롬다오미 진짓 이른 바 요희 옥녜러라. 댱이 음관드려 닐너 굴오디 "동방의 네 큰 명산이 이셔 각〃션관이 맛다시니 나는 이 뫼흘 맛든 지라. 뎌 즈음긔 뎍은 허믈이 이셔 잠간 진셰예 뎍강ᄒ니 그쩌 날을 디졉ᄒ기롤 두터이 ᄒ니 내 능히 닛지 못ᄒ고 그뎌 내(9.앞) 죽엄을 보미 측연흔 졍이 잇는 줄 내 또흔 죽은 줄이 아니라. 이에 뎍흔이 임의 츠시미 죽엄이 화ᄒ야 신션의 도라왓더니 이졔 그뎌 힝ᄒ야 이 뫼홀 디나는 줄 알고 네 은혜롤 갑고져 ᄒ야 더브러 흔번 보기롤 구ᄒ고 그뎌도 또흔 스소흔 슉연이 잇는 고로 능히(9.뒤) 이에 니르럿ᄂ니라." ᄒ고 인ᄒ야 더브러 달게 잔치ᄒ야 즐기기롤 파ᄒ고 밤의 ᄒ야곰 별뎐의 지오니 창호와 넘농을 다 슈졍과 산호로 ᄭ며시니 넝농ᄒ고 통명ᄒ야 낫 ᄀᆺ토야 ᄲᅧ가 슬히 혼이 묽아 능히 줌을 일우지 못홀너라. 명일의 ᄯᅩ 잔치롤 베러 젼송홀 시 슐(10.앞)이 취ᄒ미 댱이 닐너 굴오디 "이곳이 그뎌의 오리 머믈 비 아니라. 이졔 가히 도라갈지라. 션범이 길이 다르니 후회롤 긔약기 어려오니 ᄇ라건디 그뎌는 스스로 딘듕ᄒ라." ᄒ고 즉시 흔 시댱을 명ᄒ야 도라갈 길홀 인도ᄒ거늘 음관이 졀ᄒ야 하딕ᄒ고 힝ᄒ기랄 오라(10.뒤)디 아냐 큰 길희 나오니 처엄의 뫼흐로 드러오던 길이 아닌더라. 음관이 디와 남그로 ᄶᅥ ᄌ로 쏘자 표ᄒ야 긔록ᄒ더라. 길홀 인도ᄒ는 지 이에 니르러 도라가니라. 음관이 이듬ᄒᆡ의 가 다시 츠ᄌ려 흔죽 폰〃흔 빙이와 텹〃흔 뫼희 풀과 남기 쩐 ᄃᆺᄒ야 ᄆᆞᄎᆞ니 그 겨경 춫지 못홀너라. 음관이(11.앞) 얼골이 졈〃 졈고 슈발이 희디 아니코 나히 구십 여의 니르러 병 업시 ᄆᆞᄎᆞ니라. 음관이 일쪽 이로디 "댱도령이 셰샹의 이실 졔롤 싱각ᄒ니 다른 긔이흔 일이 업스디 다만 용뫼 죠곰도 변ᄒ야 쇠ᄒ미 업고 흔 남누흔 ᄶᅥ 무든 오슬 닙어 고치는 비 업셔 십오 년의 흔ᄀᆯᄀᆺ트니 이 가히 그 범인(11.뒤)이 아닌 줄 알 거시로디 육안은 아지 못ᄒ더라." 니르더라.

2. 관동도조우등션

인묘됴 ᄶᅥ의 가평군의 흔 교ᄉᆡᆼ이 이시니 나히 졈고 안희롤 취치 못ᄒ고 잠간 문셔롤 통ᄒᄂ지라. 일이 이셔 관동의 갈 시 관단마롤 트고 흔 아ᄒᆡ

죵을 겨느리고 힝ㅎ야 흔 뫼 아리 니르(12.앞)러 비록 만나 반 일을 쳡습ㅎ
더니 독뇌 홀연 몰 알픠셔 죽거늘 셩이 경악ㅎ믈 이긔지 못ㅎ야 몸소 죽엄
을 잇그러 길ㄱ 뫼 겻틱 두고 홀노 눈믈을 느리오고 몰을 트고 슈리롤 힝ㅎ
더니 텃던 몰이 쏘 짜히 업더져 죽으니 간관흔 힝식이 임의 그 죵을 죽이고
그 몰을(12.뒤) 죽이니 압 길히 묘연ㅎ고 비 쏘흔 그치지 아닛는지라. 혈〃
이 도보ㅎ야 스스로 득달홀 길히 업셔 눈믈을 흘니기도 오히려 브죡ㅎ야
드듸여 통곡홀 시 홀연 흔 노인이 이셔 막디롤 집고 오니 긴 눈섭과 흰 터
럭이 용뫼 심히 긔이ㅎ더라. 셩의 통곡ㅎ고 힝ㅎ믈 보고 연고롤(13.앞) 뭇
거놀 셩이 노미 다 죽고 비롤 무릅쓰고 도보ㅎ야 의박홀 곳이 업스므로 디
답흔디 노인이 블샹이 넉이더니 이윽고 막디로 ᄀ르쳐 굴오디 "숑듁 슈플
밧긔 시니 이시니 그 니롤 인연ㅎ야 힝ㅎ죽 우히 인긔 이시니 가히 더져
잘지어다." 셩이 ᄀ르치믈 돌와 브르보니 일(13.뒤)니 허의 과연 숑듁이
챵울ㅎ야 셩님흔 곳이 잇거놀 셩이 즉시 졀ㅎ야 샤례ㅎ고 갈 시 두어 거름
을 못ㅎ야 도라보니 노인을 임의 보지 못홀너라. 셩이 심히 놀납고 의심ㅎ
야 ᄀ르치는 곳을 힝ㅎ야 니르니 긴 소나모 일만 뒤나 ㅎ고 빠혀난 디 일쳔
줄기나 ㅎ야 안밧긔 수플이 일고 그 밧긔 과(14.앞)연 큰 니 이셔 흘너느리
니 믈 밋티 흰 돌이오, 믈빗치 옥 ᄀ트야 흰 깁 신 것 ᄀ더라. 드듸여 오슬
것고 믈 우흐로 올나가니 쳔심이 흔굴트여 계유 발에 넘을 만ㅎ더라. 일
니 허롤 힝ㅎ니 치각 삼 간이 이셔 규연이 시니롤 님ㅎ야 단쳥이 묘요ㅎ고
난함이 표묘흔디라. 셩이(14.뒤) 져즌 오슬 잇글고 가시 막디롤 집고 잠간
치각 아리 쉬더니 각 안히 두어 자 흰 돌이 이셔 그 가온디 노혀시니 몱고
밋그럽기 옥 ᄀ고 그 평연ㅎ미 숫돌 ᄀ거놀 ᄌ셰히 보니 조곰만 틈이 업고
셰간 안히 흔 가지 돌이오, 각 우히 흔 셕궤 잇고 궤 우히 쥬역 흔 권을
노코 궤 알픠 돌화로이(15.앞) 이셔 흔 줄기 향연이 뇨〃히 프르럿고 그 밧
근 다른 것 잇는 것 업더라. 이에 니르미 쳥화 경명ㅎ야 일죽 브람, 비 잇는
일 업고 경계 몱고 조하 틕글 ᄆ옴이 스스로 스라져 업더라. 셩이 의아홀
스이의 홀연이 신 쓰으는 소리 치각 뒤흐로 오거놀 셩이 놀나 도라보니 흔
노인이 이셔 거복의 얼골(15.뒤)이오, 학의 형상이라. 늇슈 쳥사포롤 닙고
구졀노 옥댱을 집허 풍되 긔위ㅎ야 먼니 틕글 밧긔 난다라. 셩의 ᄆ옴의
그 쥬인옹인 줄 알고 츄챵ㅎ야 알픠 가 졀흔디 노인이 혼연이 마자 읍ㅎ야

굴오디 "나는 쥬옹이라. 그디롤 기드런 지 오리거다." 흐고 인도흐야 알퓌 인도흐니 산쳔 경믈(16. 앞)이 드러갈스록 더욱 긔이흐고 하늘이 기랑흐고 풍일이 쳥명흐더라. 젼면흔 수이의 쏘흔 노인의 잇는 바롤 일코 이윽고 흔 곳의 이르니 쥬궁패궐이 익연흐야 구롬을 년흐야 수리의 쎄쳣는디라. 싱이 일쪽 과거로뻐 셔울의 니르러 왕도 궁궐을 보앗더니 이 다 궁관의 쳥녀흐 믈(16. 뒤) 보고 왕도롤 싱각건디 흔 초옥이러라. 그 밧문의 니르니 의관흔 지 이셔 년도흐야 가거늘 세, 네 젼각을 디나 흔 옥뎐의 니르러 인흐야 올 니거늘 보니 뎐 우희 흔 노인이 궤롤 의지흐야 안잣는디라. 싱이 졀흐야 뵐 시 싱은 본디 향곡 미쳔흔 사롬을 일쪽 귀인을 보디 못흐얏는디라. 황 (17. 앞)공흐야 감히 우러〃 보지 못흐니 노인이 흔연이 명흐야 안쳐 굴오디 "이곳은 인셰 아니오, 신션의 동뷔라. 임의 네 올 줄을 아는 고로 흐야곰 맛노라." 흔디 싱이 그윽이 보니 각 뒤흐로셔 신 쓰을고 오던 쥬옹이러라. 인흐야 좌우롤 도라보아 굴오디 "이 사롬이 반드시 주려실 거시니 밥을 쥬 되(17. 뒤) 다만 가히 신션의 밥을 먹이지 못홀 거시니 가히 인간의 밥을 쥬 라." 흔디 이윽고 쳥동이 흔 반 음식과 실과롤 나오니 다 셰샹의 잇는 비로 디 다만 가촌 거시 극히 보비롭고 풍비흐더라. 쏘 쳥동이 흔 돌그롯슬 밧드 러 쥬옹긔 나오니 그롯 ᄀ온디 담긴 거시 그 빗치 프르고 엉긔여 무슴 거신 줄 아(18. 앞)디 못흐디 의심컨디 셕슈 옥장의 뉘러라. 션옹이 그롯슬 바다 흔 번 마셔 다흐고 싱도 쥬린 씃티 진슈디롤흐야 주못 비 부르게 먹더라. 옹이 동주롤 명흐야 상을 니고 인흐야 싱드려 닐너 굴오디 "내 녀식이 이셔 임의 셔방 맛게 되얏는디라. 사회롤 구흐디 엇지 못흐더니 네 이곳의 와시 니 이는(18. 뒤) 슉셕의 연분이라. 네 맛당이 머므러 내 녀셔롤 지으리라." 흔디 싱이 그 연고롤 아지 못흐고 부복흐야 감히 디답디 못흐니 옹이 좌우 롤 도라보아 굴오디 "오비 불너오라." 즉시 두 동지 안흐로브터 나와 션옹 의 겻티 뫼시니 나히 십이, 삼 셰는 흐고 홍안빅면이 묽고 쌔혀나 진짓 일 빵 빅옥(19. 앞)동이라 니롤러라. 션옹이 두 동주롤 ᄀ르쳐 싱드려 고흐야 굴오디 "이는 우리 아히라." 흐고 인흐야 두 아돌드려 닐너 굴오디 "내 이 사롬으로뻐 셔랑을 삼으려 흐는디라. 낭이 임의 좌의 이시니 맛당이 어느 날노뻐 친ᄉ롤 일울고? 너히 길일을 굴희여셔 보흐라." 두 동지 명을 밧드 (19. 뒤)러 즉시 손 곱아 날을 혜다가 뻐 디흐야 굴오디 "지명일이 ᄀ장 길타.”ᄒᆞᆫ디 옹이 싱ᄃᆞ려 닐너 ᄀᆞᆯ오디 “길긔ᄅᆞᆯ 임의 뎡ᄒᆞ여시니 네 아직 번관의 머므러셔 기ᄃᆞ리라.”ᄒᆞ고 즉시 좌우로 ᄒᆞ야곰 모인을 브르리라 ᄒᆞ니 이윽고 ᄒᆞᆫ 션관이 밧ᄀᆞ로브터 니ᄅᆞ러 알픠 추챵ᄒᆞ야 명을(20. 앞) 드리니 그 사ᄅᆞᆷ이 풍신이 쇄연ᄒᆞ야 긔〃ᄒᆞᆫ 미댱부러. 옹이 ᄀᆞᄅᆞ쳐 ᄀᆞᆯ오디 “네 이 사ᄅᆞᆷ을 인도ᄒᆞ야 의관의 나아가 슈일을 인졉ᄒᆞ여 ᄡᅥ 길긔ᄅᆞᆯ 기ᄃᆞ리라.” 그 사ᄅᆞᆷ이 명을 듯고 싱을 인도ᄒᆞ거ᄂᆞᆯ 싱이 졀ᄒᆞ고 ᄯᅡ라나가 문의 니ᄅᆞ니 ᄒᆞᆫ 홍칠ᄒᆞᆫ 교지 문밧긔 디령ᄒᆞ얏다가 싱(20. 뒤)을 쳥ᄒᆞ야 교ᄌᆞ의 올니고 여ᄃᆞᆲ 사ᄅᆞᆷ이 메여가더라. 수리ᄅᆞᆯ 힝ᄒᆞ여 ᄒᆞᆫ 곳의 니ᄅᆞ니 뎐각이 시내ᄅᆞᆯ 님ᄒᆞ야 경계 쳥쇄ᄒᆞ야 ᄒᆞᆫ 틔글이 니ᄅᆞ지 아니ᄒᆞ고 화둑이 명쳥ᄒᆞ고 대시 녕농ᄒᆞ더라. 션관이 싱을 인ᄒᆞ야 그 가온디 쳐ᄒᆞ고 옥함으로ᄡᅥ ᄒᆞᆫ 벌 의복을 담고 싱으로 ᄒᆞ(21. 앞)야곰 ‘모욕ᄒᆞ고 오ᄉᆞᆯ 닙으라.’ ᄒᆞ니 싱이 비로더 남누ᄒᆞᆫ 저즌 오ᄉᆞᆯ 벗고 시 오ᄉᆞᆯ 고쳐 밧ᄂᆞ니 그 보비롭고 그려ᄒᆞ미 가히 일홈ᄒᆞ야 형상치 못ᄒᆞ고 자리의 빗난 것과 음식의 아ᄅᆞᆷ다오미 ᄯᅩᄒᆞᆫ 다 니ᄅᆞ지 못ᄒᆞᆯ너라. 션관이 더브러 셔ᄅᆞ 벗ᄒᆞ야 잔 후의 그 길일을 미쳐 다시 옥함으로ᄡᅥ 의복을(21. 뒤) 담아 션옹의 곳으로브터 니ᄅᆞ러 싱을 명ᄒᆞ야 다시 모욕ᄒᆞ고 곳쳐 닙히니 그 관복의 졍ᄒᆞ미 젼의 비컨더 더옥 샤치ᄒᆞ더라. 임의 오ᄉᆞᆯ 밧고미 ᄯᅩ 쥬홍 교ᄌᆞ로ᄡᅥ 싱을 메여 션옹의 곳으로 향ᄒᆞᆯ 시 션관 수십이 젼후 옹위ᄒᆞ야 문의 니ᄅᆞ러 교ᄌᆞ의 나리니 찬치 싱을 인ᄒᆞ야 뎐의 올나(22. 앞) 돗치 나아가 뎐안을 힝ᄒᆞ고 졀ᄒᆞ야 파ᄒᆞ미 싱을 인ᄒᆞ야 드러가니 쟝〃ᄒᆞᆫ 픠셩과 진〃ᄒᆞᆫ 향풍이 먼니 들니더라. 그 안히 밋ᄎᆞ니 미아 수십이 좌우로 논화 셔시니 용식의 아ᄅᆞᆷ다옴과 복식의 고으미 진짓 니ᄅᆞᆫ 바 요희 옥녀의 무리러라. 싱이 ᄆᆞ옴의 닐오디 “니 가온디 ᄒᆞᆫ 겨집이 쥬옹(22. 뒤)의 ᄎᆞ녀로다.”ᄒᆞ얏더니 이윽고 ᄒᆞᆫ 션〇ᄅᆞᆯ 인ᄒᆞ야 안흐로브터 나오니 쥬취와 긔 쉬 온 집이 됴요ᄒᆞ더라. 싱으로 더브러 디ᄒᆞ야 셔매 눗 ᄀᆞ리온 구술 부체ᄅᆞᆯ 아ᄉᆞ니 용화의 아ᄅᆞᆷ답고 고으미 사ᄅᆞᆷ의 안목을 희미ᄒᆞ야 좌우 션아의 비컨더 오쟉의 봉황 분이 아니러라. 싱이 어즐ᄒᆞ고 황홀ᄒᆞ야 감히(23. 앞) 우러〃 보지 못ᄒᆞᆫᄂᆞ디라. 찬지 이셔 싱을 인ᄒᆞ야 녜ᄅᆞᆯ 힝ᄒᆞ니 그 교비와 동뇌 ᄒᆞᆫᄀᆞᆯᄀᆞᆺ치 인간 ᄀᆞᆺ더라. 녜ᄅᆞᆯ ᄆᆞᄎᆞ미 싱을 인ᄒᆞ야 신낭 방의 나아가니 슈쟝 금병과 금〃 요셕이 다 인셰의 잇ᄂᆞᆫ 거시 아니러라. 셩친ᄒᆞᆫ 이튼날 그 악뢰 싱을 마자 셔ᄅᆞ 보니 나히 삼십여 셰ᄂᆞᆫ ᄒᆞ고 얼골이 부용이 쳔연이(23. 뒤)

쬐글 밧긔 난 듯ᄒᆞ더라. 션옹이 싱을 위ᄒᆞ야 잔치ᄅᆞᆯ 베려 니외예 크게 모드니 빈반의 샤치홈과 ᄉᆞ듁의 펑셩ᄒᆞ미 셰샹의 업ᄂᆞᆫ디라. 슐이 반은 되ᄆᆡ ᄒᆞᆫ 졔 쇼이 가ᄇᆡ야온 치마ᄅᆞᆯ 잇글고 너른 ᄉᆞ미ᄅᆞᆯ 나붓겨 자리 알픠 춤 추어 이ᄂᆞᄒᆞ야 셜화ᄒᆞ야 노리홀 ᄉᆡ 소리 쳥운을 막ᄂᆞᆫ디라. 일홈ᄒᆞ야 ᄀᆞ로오디 "여샹우(24.앞)의곡이라." ᄒᆞ야 날이 져믈믜 진취ᄒᆞ고 파ᄒᆞ니라. 싱이 향곡 미쳔ᄒᆞᆫ 쟈로 쇼견이 고루ᄒᆞ야 우믈 밋ᄐᆡ 기고리 갓더니 홀연이 션옹을 만나 믄득 셩녜ᄅᆞᆯ 당ᄒᆞ야 쟝어와 음식이 왕쟈의 비길지라. 당황ᄒᆞ고 의구ᄒᆞ야 취ᄒᆞᆫ 듯 어린 듯 아모리 홀 바ᄅᆞᆯ 모ᄅᆞ고 밤의 니라러 ᄆᆡ양 신부 드러오믈 보면 황공ᄒᆞ야(24.뒤) 감히 갓가이 못ᄒᆞ고 의복 닙은 치 금침의 부복ᄒᆞ야 니마ᄅᆞᆯ 두 쥬먹으로 고이고 자더라. 이러ᄐᆞᆺᄒᆞ기ᄅᆞᆯ 십여 일 ᄒᆞᆫ 후의 져허ᄒᆞᄂᆞᆫ ᄆᆞᄋᆞᆷ이 졈졈 플녀 침〃연ᄒᆞ야 비로소 부〃의 도ᄅᆞᆯ 힝ᄒᆞ야 히 남도록 묘하 놀고 평안ᄒᆞ고 즐거오미 비홀 더 업ᄂᆞᆫ디라. 일〃은 그 안해 싱ᄃᆞ려 닐너 ᄀᆞ로오디 "우리 션군의 노는 곳(25.앞)을 보고져 ᄒᆞᄂᆞ냐?" 싱이 ᄒᆞᆫ 번 보믈 쳥ᄒᆞ니 그 안해 싱을 인ᄒᆞ야 후원을 향ᄒᆞ니 붉은 두던과 프른 벽과 옥 ᄀᆞᆺ튼 십과 은 ᄀᆞᆺ튼 폭픠 갈수록 더옥 긔결ᄒᆞ고 긔화와 요최 곳〃이 어리엿고 진금과 이쉬 무리〃〃 넘노ᄂᆞᆫ디라. 싱이 그 가온더 드러가믜 즐겨 도라오기ᄅᆞᆯ 닛더라. 두루 보기ᄅᆞᆯ 못ᄎᆞ믜 ᄯᅩ(25.뒤) 싱을 인ᄒᆞ야 동산 뒤히 ᄒᆞᆫ 봉에 오ᄅᆞ니 그 봉이 심히 놉지 아니ᄒᆞ더라. 둘너 올나 그 쪽뒤뒤 미ᄎᆞ니 스스로 두어 층 놉흔 단이 이럿ᄂᆞᆫ디라. 두ᄅᆞ ᄇᆞ라보니 큰 바다ᄒᆞᆯ 졍히 님ᄒᆞ야 삼도ᄂᆞᆫ 믈결 우히 츌믈ᄒᆞ고 십쥐ᄂᆞᆫ 눈 알픠 나렬ᄒᆞ더라. 그 안해 싱을 위ᄒᆞ야 ᄀᆞ르쳐 뵈야 닐오디 "이는 봉닉와 방댱과 영쥐와 현포와 챵쥐와(26.앞) 광샹과 낭원과 곤악의 션경이라." 일〃히 다 먼니 ᄇᆞ라ᄂᆞᆫ더 잇고 은ᄃᆡ와 금궐은 쳔반의 표묘ᄒᆞ고 샹운과 셔이ᄂᆞᆫ 공의예 비최여시니 봉 ᄐᆞᆫ 쟈와 난 ᄐᆞᆫ 쟈와 학 ᄐᆞᆫ 쟈와 뇽 ᄐᆞᆫ 쟈와 긔린을 멍에ᄒᆞᆫ 쟈와 구룸의 안자 소〃ᄂᆞᆫ 쟈와 봉을 어거ᄒᆞ야 노는 쟈와 보허ᄒᆞᄂᆞᆫ 쟈와 능파ᄒᆞ(26.뒤)ᄂᆞᆫ 재 혹 우흐로조차 ᄂᆞ리고 혹 아릭로조차 오ᄅᆞ며 혹 동으로브터 셔으로 가고 혹 남으로브터 븍으로 가고 샹ᄒᆞ고 왕닉ᄒᆞ니 션악의 로릭 은〃이 귀예 들니더라. 싱이 보기ᄅᆞᆯ 다 못ᄒᆞ여 날이 ᄆᆞᄎᆞ믜 도라오니라. 싱이 머므러 반 히예 니ᄅᆞ매 션옹이 일〃은 싱ᄃᆞ려 닐너 ᄀᆞ로오디 "녀식이 셩(27.앞)혼ᄒᆞ얀 지 임의 오러더 틱휘 이시믈 듯디 못ᄒᆞ니 슷치건더 네 진골을 밧고지 못ᄒᆞ야 그러ᄒᆞ다." ᄒᆞ고

혼 옥호룰 내야 두, 셋 환약으로써 쥬어 굴오디 "이룰 먹으면 가히 탈회흐
고 환골흐믈 어드리라." 흔디 싱이 바다 먹으니 일노브터 믄득 몸이 가보얍
고 셩졍이 묽은 줄을 씨(27.뒤)드룰너라. 그 쳬 과연 잉티 이셔 년흐야 두
아들을 나흐니라. 머므러 이시미 임염흐야 임의 셰 히 디난디라. 일〃은
싱이 쳐로 더브러 한가히 안잣더니 홀연이 눈믈을 느리오거눌 그 쳬 고이
히 넉여 연고룰 무룬디 싱이 디답흐야 굴오디 "내 본디 향곡 한싱으로 와
션옹의 사회(28.앞) 되야시니 그 즐거오미 가히 극흐다 니룰 거시로디 다
만 집의 노뫼 이셔 보지 못흐얀 지 이졔 믄득 셰 히라. 싱각흐야 보고져
흐야 우노라." 흔디 기 쳬 웃고 굴오디 "그디 친을 뵈옵고져 흐느냐? 가고
져 흐면 갈 거시니 엇디 울기예 니르리오?" 흐고 이에 션옹긔 고흐야 굴오
디 "낭이 그 친게 가(28.뒤) 뵈옵고져 흔다." 흐니 옹이 싱을 블너 명흐야
'가라.' 흐니 셔싱의 뜻의 뻐 흐디 '거마와 복종의 셩흐미 반드시 닌니룰
경동흐리라.' 흐얏더니 이윽고 보니 안히 다만 옷 혼 보 뿐 거스로써 줄
쏠롬이오, 다른 쥬는 비 업더라. 싱이 션옹과 악모의게 하딕흐니 션옹이
닐오디 "네 됴히 도라가 친긔 뵈(29.앞)오라. 오라지 아니흐야 닉 쟝ᄎᆞᆺ 너
룰 브르리라." 흐고 인흐야 혼 종을 명흐야 '보니야 힝흐라.' 흐니 싱이 졀
흐고 문의 니르니 문 밧긔 좌려흔 몰게 희야진 안장을 짓고 쳑동이 곳비룰
잡고 기드리는 지 잇거눌 보니 싱의 종과 몰이 듕노의셔 죽은 지라. 싱이
크게 놀나 그 종드려 무러 굴오디 "네(29.뒤) 엇디흐야 예 와 잇는다?" 종이
굴오디 "샹젼을 뫼시고 듕노의 니르니 홀연이 혼 사룸이 이셔 인흐야 오니
나도 쏘흔 그 연고룰 아지 못흐고 이곳의 이르러 머므런 지 임의 삼 년이
되얏다." 흔디 싱이 경아흐믈 이긔지 못흐야 드디여 옷 보흐로써 길마의
걸고 몰게 올나 길노 나오니 션옹의 종은 뒤흐로조ᄎᆞᆺ 힝흐더라(30.앞). 싱
이 쳐엄 올 쩌예 산슈간의 그윽흔 디경으로 수십 니룰 힝흐야 비로소 션옹
의 사는 곳의 다드랏더니 도라올 쩌예 문의 두어 거룹을 나오미 임의 산슈
경치는 업고 다만 거츤 니와 들플이 일망무계흐믈 보고 머리룰 두루혀 션
구룰 싱각흐니 꿈속 ᄀᆞᆺ튼디라. 싱이 이에 쳔연이 감동흐야 눈물 흐르(30.
뒤)믈 씨둣지 못흐는디라. 션옹의 종이 간흐야 굴오디 "낭군이 삼지지룰
신션이 되야시더 무옴이 오히려 묽고 조치 못흐얏느니라. 칠졍을 만히 니
저시면 슬프미 어드로조차 나리오?" 흔디 싱이 눈믈을 거두고 붓그러워 샤

례ᄒᆞ더라. 일 니ᄅᆞᆯ 못 미처 임의 ᄃᆡ로의 니ᄅᆞᆫ다라. 션옹의 죵이 이에 니ᄅᆞ러 하딕ᄒᆞ(31.앞)고 도라가며 닐오ᄃᆡ "낭군이 임의 도라갈 길을 발아시니 쳥컨ᄃᆡ 일노조차 하딕ᄒᆞ노라." 싱이 드듸여 시러곰 집의 니ᄅᆞ니 집 사ᄅᆞᆷ이 ᄇᆞ야호로 무녀ᄅᆞᆯ 블너 귀신을 맛더니 싱이 니ᄅᆞᆷ을 보고 크게 놀나고 의심 ᄒᆞ야 ᄡᅥ '귀신이라.' ᄒᆞ더니 이윽고 그 사ᄅᆞᆷ인 줄 알고 그 어미 싱ᄃᆞ려 도라 오디 아니턴 연고ᄅᆞᆯ 무ᄅᆞ니 그 어미 본ᄃᆡ 셩되 엄(31.뒤)ᄒᆞᆫ다라. 싱이 허탄 ᄒᆞᆷ믈 밋지 아니ᄒᆞ고 노홀가 저허 그 실노ᄡᅥ 고치 아니코 다ᄅᆞᆫ 연고로ᄡᅥ ᄃᆡ 답ᄒᆞ니 대개 그 집의셔 싱이 반ᄃᆞ시 죽엇ᄂᆞ니라 ᄒᆞ야 초혼ᄒᆞ야 허장ᄒᆞ고 삼년 상을 ᄒᆡᆼᄒᆞ고 이날의 ᄆᆞᄎᆞᆷ 무녀ᄅᆞᆯ 쳥ᄒᆞ야 신사ᄒᆞᆫ다 니ᄅᆞ더라. 싱이 집 의 니ᄅᆞᆫ 후의 옷 보흘 여러보니 ᄉᆞ시 의대 각〃 일습이더(32.앞)라. 싱이 집의 도라온 후 ᄒᆡ 후의 그 어미 싱의 환거ᄒᆞᆷ믈 민망이 넉여 일향 ᄉᆞ인의 녀ᄅᆞᆯ 취ᄒᆞ니 싱은 본ᄃᆡ 졸ᄒᆞᆫ 지라. 그 모의 엄ᄒᆞᆫ 거슬 두려 감히 ᄉᆞ양치 못ᄒᆞ고 드듸여 그 쳐ᄅᆞᆯ 취ᄒᆞᄃᆡ 금슬의 낙이 업셔 드듸여 반목ᄒᆞᆯ 지경의 니 ᄅᆞᆫ지라. 싱이 ᄒᆞᆫ 벗이 이시니 듁마의 벗으로 졍이 형뎨의 ᄃᆡ난다라. 싱이 집(32.뒤)의 도라온 후의 그 벗이 싱이로 더브러 ᄒᆞᆫ가지로 잘 ᄉᆡ 그 삼 년을 도라오지 아녓던 연고ᄅᆞᆯ 무ᄅᆞ니 싱이 비로소 그 신션의 안해 취ᄒᆞ던 일을 고ᄒᆞᆫᄃᆡ 그 벗이 크게 고이히 넉여 보니 싱이 별노 젼의셔 다ᄅᆞ미 업ᄉᆞᄃᆡ 싱의 오슬 보니 깁도 아니오, 비단도 아니오, 슈도 아니로ᄃᆡ 가ᄇᆡ얍고 더우 미 이샹ᄒᆞ고 ᄯᅩ 싱이 봄을 당ᄒᆞ야 ᄒᆞᆫ 봄 오ᄉᆞ로ᄡᅥ(33.앞) 봄을 디니고 녀름 을 당ᄒᆞᆫ즉 ᄒᆞᆫ 녀름 오ᄉᆞ로ᄡᅥ 녀름을 디니고 츄동이 ᄯᅩ 그러ᄒᆞ야 ᄒᆞᆫ번 샌지 아냐 ᄯᅩ 일즉 ᄡᅥ ᄆᆞᆺ고 희여지믈 보디 못ᄒᆞ야 쟝샹 시로 지은 듯ᄒᆞ니 그 벗 이 더옥 긔이히 넉이더라. 수년 후의 싱이 틈을 타 그 어믜게 고ᄒᆞ니 기 뫼 ᄯᅩᄒᆞᆫ 긔이히 넉이더라. 싱이 도라온 후 ᄯᅩ 삼 년이 된다라. 일〃은 션옹 의 ᄉᆞ지(33.뒤) 집의 니ᄅᆞ러 싱의 두 아ᄃᆞᆯ을 ᄃᆞ려오고 션옹과 션쳐의 편지 ᄅᆞᆯ 뎐ᄒᆞ니 그 ᄉᆞ연의 대강 닐너시ᄃᆡ "명년이면 인셰 크게 어ᄌᆞ러워 너의 사ᄂᆞᆫ ᄯᅡ 사ᄅᆞᆷ이 댱ᄎᆞᆺ 어육이 될디라. 이러므로 ᄉᆞ쟈ᄅᆞᆯ 보ᄂᆞ니 네 이 ᄉᆞ쟈ᄅᆞᆯ ᄯᅡ라 거가ᄒᆞ야 드러오라." ᄒᆞ야시니 싱이 그 편지 ᄯᅳᆺ 이시므로ᄡᅥ 벗의게 고ᄒᆞ고 ᄯᅩ 두 아ᄃᆞᆯ을 니야 뵈거늘 그 벗(34.앞)이 아ᄒᆡᄅᆞᆯ 보니 다 ᄆᆞᆰ고 ᄲᅡ혀 나고 쇄락ᄒᆞ야 명쥬와 옥슈 ᄀᆞᆺ더라. 싱이 이에 기 모의게 고ᄒᆞ고 ᄒᆡᆼᄒᆞ기ᄅᆞᆯ 쳥ᄒᆞᆫᄃᆡ 뫼 ᄯᅩᄒᆞᆫ 흔연이 허ᄒᆞᄂᆞᆫ다라. 드듸여 젼퇵을 다 ᄑᆞ라 친쳑과 난니ᄅᆞᆯ

크게 모화 잔치ᄒᆞ야 서ᄅᆞ 니별ᄒᆞ고 거가ᄒᆞ야 가니 이ᄂᆞᆫ 을희년이라. 흔 번 가미 음신이 영절ᄒᆞ얏더(34.뒤)라. 그 명년 병ᄌᆞ의 디란이 과연 이러나 싱의 ᄆᆞ올이 다 죽으니 가평 사ᄅᆞᆷ이 노쇠 다 이 일을 나라ᄂᆞᆫ디라. 손이 그 벗의게 친히 듯고 날ᄃᆞ려 니러ᄐᆞ시 뎐ᄒᆞ야 니ᄅᆞ더라(35.앞).

3. 뎡복창원견노회(면)

북창 션싱 뎡념은 동방의 신긔흔 사ᄅᆞᆷ이라. 나미 영이ᄒᆞ야 므릇 글을 흔 번 보면 다 외오고 텬문(35.앞)디리와 의약복셔와 늘녀산슈와 모든 기예롤 다 비ᄒᆞ디 아녀 스스로 통ᄒᆞ야 각 // 신묘흔 디 니ᄅᆞ고 유도불도 삼도 종지롤 통ᄒᆞ야 의논이 사ᄅᆞᆷ의 만히 미출 지 업고 능히 새 즘싱의 소리롤 통ᄒᆞ야 아더라. 쇼시의 그 부친을 ᄯᅡ라 텬ᄌᆞ긔 됴희홀 시 듕원의 드러가 오랑키 별종이 삼, ᄉᆞ 국이(35.뒤) 드러 공ᄒᆞᆯ믈 만난디라. 북창이 더브러 서ᄅᆞ 옥화관의 가 만나 흔 번 그 말을 드ᄅᆞ미 능히 그 말을 ᄒᆞ야 그 나라 사ᄅᆞᆷ으로 더브러 슈작ᄒᆞ기롤 여향이 ᄒᆞ니 다만 듕원 급 아국 사ᄅᆞᆷ이 겻터셔 보는 재 크게 놀날 ᄲᅮᆫ 아니라, 그 나라 사ᄅᆞᆷ이 디ᄒᆞ야 말ᄒᆞ는 지 놀나지 아니리 업더라(36.앞) 평싱의 힝젹이 극히 긔이흔 일이 만흐디 즉금 셰샹의 뎐ᄒᆞᄂᆞᆫ 지 뎍고 이에 일단 고이흔 일이 이셔 밋브게 뎐ᄒᆞ야 의심이 업ᄉᆞ니 이에 긔록ᄒᆞ노라. 북창이 일 // 은 원뎌셔 사는 고모롤 가 본디 고뫼 죠용이 더브러 말ᄒᆞ더니 북창ᄃᆞ려 닐너 ᄀᆞ로디 "내 노비 슈공으로 흔 죵으로 녕남(36.뒤) ᄯᅡ히 보내엿더니 긔흔이 디나디 니ᄅᆞ디 아니ᄒᆞ니 무슴 의외의 환을 만난가 근심ᄒᆞ노라." 흔디 북창이 즉시 ᄀᆞ로디 "내 고모롤 위ᄒᆞ야 맛당이 그 오기롤 멀며 갓가오믈 ᄇᆞ라보아 ᄡᅥ 고ᄒᆞ렷노라." 흔디 고뫼 우셔 ᄀᆞ로디 "네 그 희롱이냐? 이 엇던 말고?" 북창이 곳 안ᄌᆞ 디셔 목을 기우려셔 남을 향ᄒᆞ야 ᄇᆞ(37.앞)라보기롤 냥구히 ᄒᆞ고 그 고모ᄃᆞ려 닐너 ᄀᆞ로디 "죵이 즉금 도령을 넘으니 넘녜 업스디 다만 죵이 흔 냥반의게 미롤 마ᄌᆞ디 이는 졔 ᄌᆞ취흔 일이라. 블샹치 아니타." ᄒᆞ니 고뫼 웃고 그 연고롤 무ᄅᆞᆫ디 디답ᄒᆞ야 닐오디 "흔 션비엿 사ᄅᆞᆷ이 영 우 길ᄀᆞ의셔 졈심ᄒᆞᄂᆞᆫ디 이 죵이 ᄆᆞᆯ을 ᄐᆞ고 알프로 디나니 션비 사(37.뒤)ᄅᆞᆷ이 셩을 ᄂᆡ야 ᄒᆞ야곰 ᄯᅴ으러 ᄆᆞᆯ게 ᄂᆞ리와 집신작으로 그 두 ᄲᅣᆷ을 네, 다ᄉᆞᆺ 번 친다." ᄒᆞ니 고뫼 그 희롱의 말인가 의심ᄒᆞᄃᆡ 말ᄒᆞᆯ 써예 눗빗츨 바로게 ᄒᆞ고 희롱ᄒᆞᄂᆞᆫ 빗치 업ᄂᆞᆫ디라. 고뫼 ᄌᆞ못 의아ᄒᆞ야 간 후의 인ᄒᆞ야 그 날과 시롤 벽 우희 긔록ᄒᆞ얏더니 후의 그 죵이 집의 니ᄅᆞᆫ디라. 고뫼 녕 넘던 일과 시롤(38.앞) 무ᄅᆞ니 벽 우희 긔록ᄒᆞᆫ 바와 터럭도 어긔디 아니코 다시 넘 넘을 써의 냥반의게 뮈임 보던 일을 무ᄅᆞ니 죵이 놀나고 고이히 녁여 그 곡졀을 다 베프니 북창의 말노 더브러 부계롤 합ᄒᆞᆫ 듯ᄒᆞ더라(38.뒤).

4. 일도어육와가듕

강화부의 ᄒᆞᆫ 무인이 이셔 본부 판관이 되야시니 사롬 되오미 녜(38.뒤)ᄉᆞ로와 별노 긔이ᄒᆞᆫ 일이 업더니 일〃은 그 체 투긔롤 인ᄒᆞ야 셩내고 방 안희셔 오술 기우니 그 써예 깁혼 겨을을 당ᄒᆞᆫ디라. 무인이 그 셩낸 거술 플고져 ᄒᆞ야 그 쳐ᄃᆞ려 희롱ᄒᆞ야 닐너 ᄀᆞᆯ오ᄃᆡ "내 댱ᄎᆞᆺ 나비롤 민ᄃᆞ라 ᄂᆡᆯ 거시니 그ᄃᆡ 보고져 ᄒᆞᄂᆞᆫ다?" 그 체 더욱 노ᄒᆞ야 '망녕된 말 ᄒᆞᆫ다.' ᄒᆞ고 ᄯᅳᆺ의 드론 톄 아니ᄒᆞᄂᆞᆫ디(39.앞)라. 무인이 즉시 그 쳐의 바ᄂᆞ질 ᄒᆞᄂᆞᆫ 버들 거룻 가온ᄃᆡ 잡식 비단과 무명 조각을 어더ᄂᆡ야 조고만콤 민ᄃᆞ라 손의 쥐고 ᄀᆞ마니 입 가온ᄃᆡ 부작을 외와 공듕의 흐터지니 나비 분〃ᄒᆞ야 방의 ᄀᆞ득ᄒᆞ야 오식이 찬난ᄒᆞ야 편〃이 ᄂᆞᆫᄂᆞᆫ지라. 그 체 경아ᄒᆞᄆᆞᆯ 씨ᄃᆞᆺ지 못ᄒᆞ야 즉시 웃고 셩낸 거술 푸ᄂᆞᆫ디라. 이(39.뒤)윽고 무인이 손을 쳐 공듕을 향ᄒᆞ니 나비 믄득 ᄂᆞ라 손의 모도ᄂᆞᆫ디라. 쥐엿다가 다시 펴니 다 쳐엄의 민ᄃᆞ러던 비단 조각이라. 이 일을 그 체 홀노 알고 타인은 알 니 업더라. 덩튝의 강되 함셩ᄒᆞᆫ디라. 사롬들이 다 울고 분쥬ᄒᆞᄃᆡ 무인은 홀노 안연이 집 가온ᄃᆡ 눕고 쳐로 ᄒᆞ(40.앞)야곰 됴셕의 밥을 지어 ᄌᆞ약이 먹으며 이웃의 분쥬ᄒᆞ야 피ᄂᆞᆫ쟈롤 우어 ᄀᆞᆯ오ᄃᆡ "도젹이 엇디 이 ᄆᆞᄋᆞᆯ의 니ᄅᆞ리오?" ᄒᆞ더라. 과연 ᄒᆞᆫ 셤이 분탕ᄒᆞ고 노략ᄒᆞᄆᆞᆯ 닙어 버서난 지 업ᄉᆞᄃᆡ 그 무인의 ᄆᆞᄋᆞᆯ이 홀노 평안ᄒᆞ더라.

신미 지월 초ᄉᆞ일 필셔ᄒᆞ다.
숑현 김소져 십일 셰의 쓴 것(40.뒤)

『청구야담』의 한글 번역 양상과 의미

⊙

남궁윤

1. 머리말

조선후기의 한글작품들은 독자층의 요구가 일정하게 견인되며 출현하였다. 확장된 독자층의 요구가 다양해지며, 순한글작품이 창작되는가 하면, 한문작품이 한글로 번역되기도 하였다. 특히 한글로의 번역은 소설에서는 물론 연행록, 기행가사, 필기류와 야담 등, 다양한 문학장르 전반에 나타났다. 최근 학계에서도 연행록과 필기류 및 야담 등의 한글본이 소개되며, 각 장르에서 새로운 문학사적 해석이 시도되었다.[1] 하지

---

1 연행록과 관련한 연구로는, 김태준, 「『열하일기』 한글본 출현의 뜻」, 『민족문학사연구』 19, 민족문학사학회, 2001, 282~329쪽; 고운기, 「한글본 燕行錄의 제작 양상 – 새 발굴 자료 桑蓬錄과 乘槎錄을 중심으로」, 『열상고전연구』 20, 열상고전연구회, 2004, 5~26쪽; 장경남, 「국문본 연행록 『북행긔힝』 연구」, 『우리문학연구』 29, 2010, 99~132쪽 등이, 야담과 관련해서는, 김준형, 「최민열본 『천예록』의 국역 양상」, 『대동한문학』 27, 대동한문학회, 2007, 361~383쪽; 백승호, 「국민대학교 소장 한글본 『동패락송』 연구」, 『국문학연구』 16, 국문학회, 2007, 215~234쪽 등이, 필기류와 관련한 연구로는, 임치균, 「『됴야긔문』에 수록된 서사문학」, (박인호, 임치균, 박용만 외 4명 저), 『됴야긔문 연구』,

만 아직까지 그 한문본에 비해 한글작품의 연구는 미비한 편이다. 이 중 야담은 민간에서 구연되던 흥미로운 이야기들이 한문으로 기록되며 식자층을 중심으로 향유되었다. 구연 당시 주로 하층에서 향유되던 야담이 기록의 단계를 거치며 상층으로 옮겨간 것이다. 이런 이유로 지금까지 야담의 형성과 향유층에 대한 상층 구도적 시각은 당연하게 여겨졌다. 하지만『천예록(天倪錄)』,『동패락송(東稗洛誦)』등의 한글 번역본이 새롭게 발견되며 그간의 시선에 변화가 불가피해졌다. 야담의 한글 번역은 야담의 또 다른 형성 경로와 향유층, 그리고 작품의 번역 양상 등에 대한 새로운 문제를 제기하기 때문이다.

현전하는 한글 번역본 야담에는『어우야담』,『천예록』,『동패락송』,『청구야담』[2]의 4종이 있다.『어우야담』을 제외한 나머지 작품의 번역 및 필사 시기는 불분명하다. 또한 거의 전작품이 번역된『청구야담』과 달리,『천예록』과『동패락송』은 각각 14편, 8편의 작품에 불과하다. 이처럼 번역된 작품과 그 편수의 소략함, 번역시기와 번역자 미상 등의 문제는 야담의 한글 번역본 연구의 분명한 제약이다. 이에 각 작품별 한글 번역본의 실제 번역 양상과 특징을 밝히는 작업이 선행되어야 한다. 그랬을 때 이들 자료가 지닌 가치, 나아가 당대 한글본 및 번역본들의 자취와 흔적, 독서물의 향유 양상까지 추이할 수 있는 발판을 마련할 수 있게 된다.

그동안 야담 연구가 상당한 업적을 축적하였음에도 불구하고, 그 한글 번역본과 관련한 문제는 명확히 밝히지 못하고 있다. 그렇다고 이와 관련된 연구가 전무했던 것은 아니다. 지금까지『천예록』과『동패락송』의 자

한국학중앙연구원, 2007 등이 있다.

2　舊皇室內殿秘藏本『어우야담』상·하(국문학자료 제4집), 통문관, 단기4293; 최민열 소장본『천예록』; 국민대 성곡도서관 소장본『동패락송』; 규장각본과 가람본『청구야담』.

료 소개와 번역 양상이 각각 검토된 가운데,[3] 『천예록』과 『동패락송』의
두 한글 번역본 야담집의 번역 양상을 함께 비교하며 야담의 한글 번역
양상의 일면이 고찰되기도 하였다.[4] 한편 김동욱·정명기는 『청구야담』의
한글본을 현대어로 표기하고 한문본과 대조를 할 수 있게 비교해 놓은
자료를 출판하여 연구에 많은 일조를 하였으며,[5] 이강옥은 이중 언어 현상
에서 야담의 구연, 기록, 번역의 특징을 살피는 가운데 『청구야담』의 번역
적 특징을 일부 밝히기도 하였다. 이강옥은 『청구야담』의 한글본의 번역
특징으로 여성의 감정을 중시하고 여성인물과 중심서사 선이 부각되며,[6]
가사식 대구가 형성되었다고 하였다.[7] 그러나 이상의 특징은 『청구야담』
의 전체를 관통하지 못하며 번역 양상에서는 다소 정치하지 못한 감이
있다. 『청구야담』의 번역 양상과 특징은 좀 더 작품에 착근하여 포괄적인
틀을 마련할 필요가 있다. 이에 본고는 『천예록』과 『동패락송』 한글 번역

3 정명기, 「『동패락송』연구(2)」, 『연민학지』 5, 연민학회, 1997, 355~367쪽; 김준형,
   앞의 논문; 백승호, 앞의 논문.
4 졸고, 「『천예록』과 『동패락송』의 국문번역본 고찰」, 『한국어문학연구』 57, 한국어문
   학연구학회, 2011, 83~114쪽.
5 김동욱·정명기 공역, 『청구야담』 상·하(한국고전문학대계12), 교문사, 1996.
6 이강옥(「이중 언어 현상으로 본 18·19세기 야담의 구연·기록·번역」, 『고전문학연구』
   32, 한국고전문학회, 2007)은 중심서사 선이 부각된다는 특징에 대해 논의한 바 있으
   며, 그 예로 서사 종결부분 즉 후일담이나 평결 등의 사족이 되는 부분을 생략하거나
   간주형식을 적극 활용하여 서사의 흐름을 끊기지 않게 했다는 점을 들었다. 그러나
   서술자의 평 부분은 모두 생략되지 않았고, 오히려 평의 형식을 사용하며 서술자가
   다시 내용을 주지시키는 역할을 하기도 하였다. 이후 장에서 논의하겠지만, 평결이
   일률적으로 생략되지 않다는 점에서 평결의 생략이 중심서사의 선을 부각시킨다는 논의
   는 재고해야 할 것이며, 기존의 한글번역본이 한문본에 붙어있던 후일담이나 평결 등을
   거의 다 생략했다는 논의도 수정이 필요하다. 즉 『청구야담』의 번역자는 한글 번역에
   있어서 평결 탈락이란 원칙을 딱히 두지 않았던 듯하다. 번역자의 의도에 따라 자의적인
   탈락 또는 추가가 모두 가능하게 했던 듯 하다.
7 이강옥, 위의 논문, 334~369쪽.

본 연구의 연장선에서 『청구야담』의 한글 번역 양상과 특징을 고찰하여, 야담의 한글 번역에 대한 일면을 살피고자 한다.

2. 『청구야담』 번역본의 실상

『청구야담』은 십여 종의 이본이 전한다.[8] 그 중 서울대 규장각본[9]과 가람문고본의 두 본이 한글 번역본으로, 모두 19권 19책(20권 낙질)의 작품 수는 262편이다. 가람문고본은 규장각본을 모본으로 하여 필사한 것으로 보이는데,[10] 이는 규장각본에서 발견된 오기(誤記)된 글자도 똑같이 필사

---

8 그 대표적인 이본에는, ①버클리대학본(서벽외사 해외수일본 을): 10권 10책(6권 낙질), 290편, ②동양문고본(서벽외사 해외수일본 갑): 8권 8책, 266편, ③경도대본: 8권 8책, 256편, ④동경대학본(舊소창진평 소장본): 7권 7책, 154편, ⑤서울대 고도서관본: 5권 5책, 227편, ⑥서울대 가람문고본: 6권 3책, 182편, ⑦육책본(국립중앙도서관본·고려대·성균관대·영남대본): 6권 6책, 181편, ⑧한글본 규장각본, 가람문고본 두 종: 19권 19책(20권 낙질), 262편 등이 있다.

9 규장각본의 趙東潤의 인장이 찍혀 있는 책이 있는데 모두 첫 장에 있다. 조동윤의 인장이 찍혀 있다는 사실은 '이우성, 임형택 편, 「청구야담 해제」(『靑邱野談』(栖碧外史海外蒐佚本), 아세아문화사, 1985.)에서도 확인된 바다. 그런데 『조선왕조실록』에 조동윤과 관련된 홍미로운 기사가 있다. 내용인즉 조동윤이 1888년 시강원 설서에 임명되었다가(고종25년, 1888년 6월 2일조, '以趙東潤爲侍講院說書'), 1897년 대행왕후 장례와 관련된 사서관을 제수 받고(고종 34년, 1897년 1월16일조, '總護使'趙秉世奏差大行王后諡冊文製述官金永壽 … 書寫官趙東潤 ….) 같은 해에 그의 병 때문에 대행왕후 지문서사관을 尹容善이 대신하였다(고종 34년, 1896년 8월 12일조, '大行王后誌文書寫官趙東潤, 病遞, 以議政府贊政尹容善, 代之')는 것이다. 이런 그의 직책으로 미루어 봤을 때, 규장각본 『청구야담』의 한글번역본에 그의 인장이 찍혔던 이유 및 향유층 등에 대한 추후 논의가 필요하다.

10 가람문고본이 필사 과정에서 더러 잘못 옮겨 적거나 구절을 빠뜨린 데가 없지 않다는 점에 근거하여 가람문고본은 규장각본을 모본으로 필사되었다고 추정하였다.(박희병, 「청구야담 해제」(서울대학교 규장각, 『靑邱野談』 I (上·中·下)·II (上·中·下), 서울大學校 奎章閣, 1999, 1쪽.)

한 뒤 그 글자가 오기인 줄 알고 옆에 올바르게 고쳐 표기해 놓은 흔적이 있다는 점,[11] 규장각본의 행과 면, 협주까지 같다는 점을 통해 알 수 있다. 또한 글자의 문맥이 맞지 않을 경우 한 글자 정도 추가해서 덧붙이거나, 규장각본의 오기를 그대로 옮겨 적기도 하였다. 이런 표기의 흔적은 가람 문고본 곳곳에서 확인되는데 규장각본을 전사하는 과정에서 표시했거나, 제3자가 이미 전사된 가람문고본을 돌려 읽으며 고쳤을 수 있다. 그런데 가람문고본은 각 권마다 작품의 차례가 정리되어 있다. 권1~권4까지의 제목과 권7의 「굴은옹노과성가」의 작품만 한글제목 옆에 한문제목이 표기되었는데, 제목의 표기가 일관되지 못한 점을 미루어 필사된 후 다른 독자가 한문제목을 부기했을 가능성이 높다.

그렇다면 『청구야담』의 번역은 현전하는 한문본 중 어떤 것을 저본으로 삼았는가. 번역의 저본을 찾는 작업은 번역자의 번역 의도를 살피는 문제 와 직결되어 있다. 여기서는 현전하는 한문본에 착근하여, 그 방법의 실마 리를 찾고자 한다.

우선 각각의 한문본의 권수를 기준으로 하여 한글 번역이 이루어진 권수를 비교하였다.[12]

---

11 「셩훈업불망조강」에서 규장각본에 '참'으로 적혀있는 것을 가람문고본 역시 그대로 '참'으로 필사하고는, 뒤에 이를 읽으며 다시 그 옆에 '춤'으로 써 놓았다. 또한 「니무변 궁협격밍슈」의 중 '나내특별이희롱함이니 … (어기지말라 쓸ㄱ오더 불울: 글자없음) 나 머지를 빈 줄로 남겨놓고 다음 줄부터 다시 그대로 전사하기도 하였다.

12 서울대 가람문고본은 국립중앙도서관본과 동일 계열의 본으로 파악하기 때문에, 본 논의는 가람문고본을 통해 살폈으며, 서울대 고도서관본은 내용의 축약이 아주 심해 별본으로 간주되므로, 논의에서 제외시켰다. (박희병, 「청구야담 해제」, 19쪽 참조.) 또 번역본의 한 편 혹은 두 편 정도의 작품에 대한 권수는 따로 표시하지 않았다.

이본/권	1권	2권	3권	4권	5권	6권	7권	8권	9권	10권
버클리대본	15~16	2~4	4~6	6~8	9~10	1~2	3~14	17~18	11~12	19
동양문고본	17~18	6~8	11~12	2~4	13~14	15~16, 4~5	1~2	8~10	·	·
경도대본	17~18	6~8	11~12	2~4	13~14	15~16, 4~5	1~2	8~10	·	·
동경대본	×	2~4	19	17~18	×	6~8	11~12	·	·	·
서울대고도서관본	1~4, 11	17~18, 8·5·6·13	9·11· 12·4· 5·15	14, 6~10	13·19· 11·4· 15·16					
서울대 가람문고본	17~18	1~2	19·3	9~10	15~16	13~14	·	·	·	·

『청구야담』은 이본에 따라 권수, 책수 및 편제가 상이하다. 이는 필사로 널리 전파·전승되는 과정에서 나타난 결과로 여겨진다. 또 위에서처럼 『청구야담』의 한글 번역본과 동일한 편제를 가진 한문본이 확인되지 않았다. 각 이본의 특징을 살피면, 동양문고본과 경도대본은 동일한 편제이나, 동양문고본 6권의 말미에 실린 10편의 작품이 경도대본에는 없었다. 버클리대본의 경우 『청구야담』의 이본 중 선본(善本)이 되는 본으로, 『청구야담』의 한글 번역본과 편제는 다르지만 다른 본에 비해 가장 균일한 편제를 취하며 현전하는 작품이 모두 실렸다.[13] 한편 이들 이본 중 서울대 고도서관본은 다른 이본과 편제 양상이 상당히 이질적인데, 이는 현전하는 본과는 다른 계열의 본을 필사한 데 기인한다.[14]

---

13 물론, 다른 이본 모두에서는 번역본 『청구야담』의 전 작품이 실려 있다. 하지만 버클리대본의 권수를 달리하는 것을 제외하고는 편차의 굴곡이 가장 없는 편으로, 현재 전하는 이본들 중 버클리대본이 한글본과의 번역 양상을 검토하기에 가장 적합하다고 판단하여 본고에서는 버클리대본(이우성, 임형택 편, 『靑邱野談』(栖碧外史海外蒐佚 本), 아세아문화사, 1985)을 저본으로 번역본과 비교하였다.

14 또한 한글번역이 이루어지지 않은 작품이 무엇인지 살피기 위해, 버클리대본을 기준

마지막으로『청구야담』한문본 중 번역의 저본이 되는 본은 무엇인지 밝히기 위해 버클리대본, 동경대본, 경도대본, 동양문고본, 서울대가람문고을 중심으로, 그 작품의 한글 번역 양상을 살폈다.

제목	번역[15]	버클리대	동경대	경도대	동양문고	가람문고
대인 도상객 도잔명	"악어에게 먹힌 바가 되었노라." 가로되 "청컨대 그 자세함을 듣고자 하노라."	"兩脚爲魚所食<u>故也</u>."曰:"<u>請問</u>其詳."	"兩脚爲魚所食<u>故耳</u>."曰:"<u>請問</u>其詳."	"兩脚爲魚所食<u>故耳</u>."曰:"<u>請聞</u>其詳."	"兩脚爲魚所食<u>故耳</u>."曰:"<u>請聞</u>其詳."	·
	언덕 위에 높은 집이 있거늘	則岸上有高門大屋	則岸上有高門大屋	則岸上有高門大屋	則岸上有高門大屋	·
	대문을 열고자 한즉 문 한짝 크기가 거의 삼간이요	欲開大門,<u>則</u>一隻之大,幾爲三間	欲開大門<u>前</u>一隻之大,幾爲三間	欲開大門,<u>則</u>一隻之大,幾爲三間	欲開大門,<u>則</u>一隻之大,幾爲三間	·
	궐한이 뜰에 내려 손을 둘러 잡으려 한즉 돼지 아니면 양이라.	渾於一場,厥者所<u>捉</u>非羊則豚也.	渾於一場,厥者所<u>得</u>非羊則豚也.	渾於一場,厥者所<u>捉</u>非羊則豚也.	渾於一場,厥者所<u>捉</u>非羊則豚也.	·
	황황히 배를 저어 중류에 띄웠더니	<u>急急</u>搖櫓而來,中流畢竟	<u>忽忽</u>搖櫓而來,中流畢竟	<u>急急</u>搖櫓而來,中流畢竟	<u>急急</u>搖櫓而來,中流畢竟	
유패 영풍류 성사	흥이 정히 도도하더니	興復<u>不</u>淺	興復<u>不</u>淺	興復<u>反</u>淺	興復<u>反</u>淺	興復<u>不</u>淺
	난간에 족립하여 칭선함을 마지 아니하고 만목이 강중을 쏘아보매	諸人依欄簇立,嘖嘖<u>稱羨</u>,萬目注視江中	諸人依欄簇立,嘖嘖<u>稱仙</u>,萬目注視江中	諸人依欄簇立,嘖嘖<u>稱羨</u>,萬目注視江中	諸人依欄簇立,嘖嘖<u>稱善羨之</u>,萬目注視江中	諸人依欄簇立,嘖嘖<u>稱羨</u>,萬目注視江中

으로 각 이본들의 작품 유무를 파악하였다. 그 결과, 버클리대본은 모두 28편의 작품이 번역본에 없는 것으로 확인되었다. 한글번역에서 제외된 이 작품들이 모든 이본에도 동일하게 확인되는지 살폈는데, 다른 본은 공통적인 특징을 달리 찾을 수 없었고, 동양문고본과 경도대본만이 비슷한 경향을 보였다.

15 본고의『청구야담』의 한글 번역은 김동욱·정명기가 교주한 책(앞의 책)의 현대 표기를 참조하였다.

유패 영풍류 성사	심공이 이에 노를 저어 앞으로 나아가 상망지지에 배를 머무르고	沈公乃搖櫓前進, 傍舟於相望之地	沈公乃搖櫓前進, 停舟於相望之地	沈公乃搖櫓前進, 停舟於相望之地	沈公乃搖櫓前進, 停舟於相望之地	沈公乃搖櫓前進, 停舟於相望之地
	심공이 발을 걷고 대소하니	沈公捲簾大笑	沈公捲簾大笑	沈公捲簾笑之	沈公捲簾笑之	沈公捲簾大笑
	가금제객이 서로 낙루하여	歌琴之伴, 相與泣下	歌琴之伴, 相與泣下	歌舞之伴, 相與泣下	歌琴之伴, 相與泣下	歌琴之伴, 相與泣下
획생 금부자 동궁	본디 고종이요, 또 자손이 없어 명령을 구하되 얻을 곳이 없는지라. 부처가 주야 근심하더라.	第素是孤宗, 又無子姪, 至於螟蛉, 無處可得, 老夫妻以是爲憂	第素是孤宗, 又無子姪, 至於螟蛉, 無處可得, 老夫婦以是爲憂	第素是孤種, 又無子, 至於螟蛉, 無處可得, 夫妻以是爲憂	第素是孤種, 又無子, 至於螟蛉, 無處可得, 夫妻以是爲憂	第素是孤種, 又無子, 至於螟蛉, 無處可得, 夫妻以是爲憂
	"백천조씨라." 동지가 대희하여	則曰:"白川趙氏." 同知喜之	則曰:"白川趙氏." 同知喜之	則曰:"白川趙氏也," 同知喜之	則曰:"白川趙氏也," 同知喜之	則曰:"白川趙氏." 同知喜之
	원컨대 수삼천금을 얻어 양서도 회처로 나가	願得數三千金, 出商於兩西都會處, 同知曰:"吾松人…"	願得數三千金, 出商於兩西都會處, 同知曰:"吾松人…"	願得數三千金, 出商於兩西都會處如何, 同知曰:"吾松人…"	願得數三千金, 出商於兩西都會處如何, 同知曰:"吾松人…"	願得數三千金, 出商於兩西都會處如何, 同知曰:"吾松人…"
	그 본 생모와 그 처를 다 내쫓으니	其本生母與其妻, 盡爲逐之	其本生母與其妻, 盡爲逐之	其生母與其妻, 盡爲逐之	其生母與其妻, 盡爲逐之	其本生母與其妻, 盡爲逐之
	그대의 낯을 대한 듯 내가 자는 방 앞에 섬돌을 삼으면 거의 심회를 위로하리로다.	如見君面, 庶可慰懷	如見君面, 庶可慰懷	以見君面, 庶可慰懷	以見君面, 庶可慰懷	如見君面, 庶可慰懷
	다 집에 돌아오고, 각 그 가권이	必盡歸家, 各其家眷	必盡歸家, 其家眷	必盡歸家, 各其家眷	必盡歸家, 各其家眷	必盡歸家, 各其家眷
	오리정에서 맞는지라. 조생이 폐포파구로	迎之于五里程, 伊時趙同知亦以候差人之故, 方出來于五里程, 趙生弊袍草屨	迎之于五里程, 趙生弊袍草屨	迎之于五里程, 伊時趙同知亦以候差人之故, 方出來于五里程矣, 趙生弊袍草屨	迎之于五里程, 伊時趙同知亦以候差人之故, 方出來于五里程矣, 趙生弊袍草屨	迎之于五里程, 伊時趙同知亦以候差人之故, 方出來于五里程, 趙生弊袍草履
	동지에게 통하고 먼저 금봉을 드리니	通之于趙同知, 而先入金封	通之于趙同知, 而先入于金封	通之于同知, 而先入金封	通之于同知, 而先入金封	通知之于趙同知, 而先入金封

획생 금부자 동궁	동지가 풀어본즉 다 생금 가루이라.	趙同知解見, 則盡是生**金屑**	趙同知解見, 則盡是**金屑**	同知解見, 則盡是生**金屑**	同知解見, 則盡是生**金屑**	趙同知解見, 則盡是生**金屑**
	병 없이 돌아오고 간밤에 잘 잤으며	汝之夫無病而 入來, 善眠**無他**	汝之夫無病而 入來, 善眠**無他**	汝之夫無病而 來, 善眠**無病**	汝之夫無病而 來, 善眠**無病**	汝之夫無病而 入來, 善眠**無他**
	내어뵈니 동지가 일견에	出而示之, **趙 同知**一見	出而示之, **趙同 知**一見	出示之, **同知** 一見	出示之, **同知** 一見	出而示之, **趙 同知**一見
	(*이 부분 번역 안됨)	然其市井之類, 蚓蛤之誼, 亦 何足深誅乎	然其市井之類, 蚓蛤之誼, 亦 足深誅乎	然其市井之類, 蚓蛤之誼, 亦 何足深誅乎	然其市井之類, 蚓蛤之誼, 亦 何足深誅乎	然其市井之類, 蚓蛤之誼, 亦 何足深誅乎
최곤륜 등제배 방맹	어제밤 꿈에 정초 지 한 장이 홀연 화 하여 황용이 되어	昨夜渠夢, 正 草一張, 忽地 飛揚, 而化作 黃龍	昨夜渠夢, 正草 一張, 忽地飛揚, 乃化作黃龍	昨夜渠夢, 正 草一張, 忽地 飛揚, 乃化作 黃龍	昨夜渠夢, 正 草一張, 忽地飛 揚, 乃化作黃龍	·
	그 서방님이 잠간 망각하심도 혹 괴 이치 아니하고	**書**房主之暫爲 忘却, 固不是 異事	**其書**房主之暫 爲忘却, 固不是 異事	**其書**房主之暫 爲忘却, 固不是 異事	**其書**房主之暫 爲忘却, 固不 是異事	·
	그 빈렴할 제구를 갖추되 또한 몸소 간검하여 하여금 여감이 없게 하여	其殯殮之節, 亦爲躬檢, **俾得 無憾**, 少贖負約 之罪	其殯殮之節, 亦爲躬檢, **俾無 餘憾**, 少贖負約 之罪	其殯殮之節, 亦爲躬檢, **俾無 餘憾**, 少贖負約 之罪	其殯殮之節, 亦爲躬檢, **俾無 餘憾**, 少贖負約 之罪	·

위는 비교적 잘 알려진 『청구야담』의 작품 네 편을 뽑아 한문본과의 한글 번역 양상을 살핀 것이다. 각 이본별로 큰 변개는 아니지만, 글자 출입 양상이 모두 다른 것으로 판단된다. 위 작품의 경우, 첫째, 「대인도 상객도잔명」에서는 버클리대본와 동경대본이 다른 계열로 추정되며, 동양문고본과 경도대본이 비슷한 계열의 양상을 보였다. 둘째, 「유패영풍류성사」에서는 동경대본이 다른 한문본에 비해 번역본과 비슷한 양상을 보였고, 버클리대본과는 번역의 상이한 부분이 종종 나타났다. 셋째, 「획생금부자동궁」에서는 경도대본과 동양문고본, 버클리대본과 동경대본이 일정부분 비슷한 양상을 나타냈다. 넷째, 「최곤륜등제배방맹」에서는 번역본과 버클리대본, 경도대본이 다르며, 다른 본은 비슷한 양상을 갖는

다. 정리하자면, 『청구야담』의 번역본은 버클리대본을 저본으로 번역했을 가능성이 적으며, 동경대본의 몇몇 작품이 그 생략된 내용과 일치하는 경우는 있었지만 이외의 모든 작품에서 공통적이지 않았다는 것이다.

이상의 결과가 보여주듯, 『청구야담』 한글 번역본의 저본을 확정할 만한 뚜렷한 특징이 발견되지 않았다. 편제를 통해 동양문고본과 경도대본, 서울대 가람문고본과 국립도서관본을 동종 계열로 추정할 수는 있었지만, 자구가 일치하지 않았다는 사실을 확인하며, 위 한문본들과 같은 계열로 단정지을 특징을 찾지 못했다. 동경대본과 가람문고의 경우는 서로 다른 계열의 이본임에도 불구하고 내용이나 글자상의 차이가 크지 않았다. 결과적으로 『청구야담』의 한문본 간에는 글자 자구 정도의 미미한 차이만 있기 때문에, 또 다른 새로운 계열의 본이 있더라도 글자 자구 이상의 차이는 없었을 것이라 판단하였다. 이에 본고는 『청구야담』의 현전하는 본을 토대로 그 번역 양상을 살폈다.[16]

3. 번역 양상

1) 서술문의 표현방식

『청구야담』의 이야기 매 편은 원작 및 출전이 다르다. 『청구야담』의 찬자는 원작이 다른 각 화들을 모아 『청구야담』만의 독특한 색채로 새롭게 구성하고 집필하였다. 『청구야담』의 한문본 찬자가 변이를 통해 전대

---

16 물론 완전히 새로운 『청구야담』의 한문본이 존재했을 가능성 또한 충분히 열어두어야 할 것이다. 그러나 아직 발견되지 않은 이본 때문에 분명한 논의가 가능한 사실까지 불투명해져는 안 될 것이다. 이에 본고는 현전하는 이본으로 번역양상을 비교하는 데 우선의 의의를 두고 분석한 것이다.

작품들을 한문으로 전재하며 이야기를 찬자의 의식에 맞게 쓴 것이라면,[17] 한글본의 번역자는 이 이야기들을 읽고 번역하며 다시 읽는 과정을 거친 것이다. 이 과정에서 한글본의 번역자는 이야기를 잘 전달하고 표현하기 위해 일련의 방식을 선택하였다. 그 방식의 하나가 번역자, 곧 서술자의 목소리가 어떤 식으로 문면에 드러나며 이야기를 어떤 식으로 파악하였는지이다. 번역자는 문장을 끝맺는 방식에 따라 자신의 모습을 드러내거나 감추며 이야기를 주재하였고, 이 과정에서 한문본과는 상당히 다른 변이를 취했다.[18] 그 하나가 서술지문의 종결어 표현이다.

	수정절최 효부감호	투검술이 비장참승	선기편활 리농치졸	책훈명 양처명감	청양처혜 리보령명
서술문	2	6	8	11	7
-더라	2	3	1	4	1
-니라/이라	·	1	7	3	3
-라	·	1	·	2	2
-로다	·	·	·	1	1
-하다	·	·	·	1	·

위는 『청구야담』의 다섯 작품을 통해 서술문의 개수와 작품에 쓰인 종결어의 형태를 살핀 것이다. 『청구야담』의 한글 번역 작품은 한 서술문의 호흡이 매우 긴 편이다. 「수정절최효부감호」는 2개의 서술문으로만

---

17 이에 대한 논의는 정명기, 「청구야담에 나타난 전대문헌 수용 양상 연구 – 『학산한언』을 중심으로 본」, 『한국야담문학연구』, 보고사, 1996, 311~359쪽; 임완혁, 「『청구야담』에 대한 문헌학적 연구」, 『한국한문학연구』 25, 한국한문학회, 2000, 173~204쪽 등을 통해 구체적으로 이루어졌다.

18 다른 야담의 번역본인 『천예록』과 『동패락송』의 번역양상과 비교했을 때(졸고, 앞의 논문), 『청구야담』은 상당한 변개를 취하며 번역되었음을 알 수 있다.

번역되어 이야기의 길이에 비해 문장 종결이 적은 경우에 속한다. 『청구 야담』의 번역자는 각 화를 비교적 긴 호흡으로 표현하려고 하였다. 이러 한 번역 양상은 특히 작품의 종결 형태를 통해 확인 가능하다.[19] 『청구야 담』의 번역자는 작품의 서술문 대부분을 '-더라'와 '-니라/-이라'로 종결 하였다.

아래는 '-니라/이라'가 활용된 예이다.

1-1. 鐵山知印李義男, 隨其倅由行上京. 適値春和. → 이의남은 철산 통인이라. 그 본관에 따라 상경하였더니 때가 마침 춘절이라.(「의 남임수환유철」)

1-2. 只餘座首之父, 九十九歲老人, 半鬼半人…因使做公門, 拖來解 出, 則一老漢 … 着二十斤死囚枷, 下獄. 座首百爾思度, 實負名 敎大罪. → 다만 좌수의 아비 나이 구십구세라, 반은 귀신이오 반은 사람이라 … 하례로 하여금 부대를 내어 풀어 놓은 즉 한 노한이라 … 이십근 큰 칼을 씌워 옥에 내리니 좌수가 백번 생각하여도 실로 명교에 범한 큰 죄인이라.(「선기편활리농치졸」)

1-3. 宰相家一傭人, 積勤數十年, 始得惠廳吏, 厚料布窠也 … 求買郊 庄於東郭之外, 良田美畓. → 재상가의 한 겸인이 근고한지 수십년 에 비로소 혜청서리 차첩을 얻으니 후료포아문이라 … 끈을 꼬아 쾌

---

19 이지영은 「지문의 종결형태를 통해 본 고전 소설의 서술방식-〈사씨남정기〉를 중심으 로」(『정신문화연구』 30(2), 2007, 265~291쪽.)'에서 〈사씨남정기〉의 서술지문에 나타 난 '-다', '-니라', '-더라'의 종결형에 따라 서술태도가 다르다고 하였다. '-다'의 경우, 초월적이고 객관적인 위치에서 서술한 문장에서, '-니라'는 전지적 시점에서, '-더라'는 관찰자나 전달자로서 사용된다고 하였다. 또한 권영민은 '-이라'와 '-더라' 등은 고대소 설에 일반적으로 사용되었던 종결형태로, 문장에서 전지적 작가의 위치에서 서술되는 설명적 서술의 특징을 보인다고 한다.(권영민, 「개화기 소설의 문체연구」, 서울대 석사 학위논문, 1975.) 『청구야담』의 종결형태 역시 이와 같은 경향이 있다. 집필시기 및 한글소설과 한문의 번역작품이라는데 차이는 있지만, 그 종결형태의 쓰임은 비슷한 양상을 취한다.

를 지어 동문 밖에 농장을 사니 양전미답이라.(「청양처혜리보령명」)
1-4. 遂興之上京, 設酒店於西門外, 以色酒家, 爲長安第一. → 부처 상
　　경하여 술 저자를 서소문 밖에 벌리니 색주가 이름이 제일이라.(「책
　　훈명양처명감」)

위는 모두 설명적 내용이라는데 주목할 수 있다. 1-1은 이야기의 처음
부분으로 주인공의 이름과 본관 그리고 사건의 배경이 되는 지점을 알려
준 부분이다. 이의남(李義男)에게 벌어질 앞으로의 행적에 대한 정보를
먼저 설명한 것이다. 이 이야기는『청구야담』의 작품 중 비교적 길이가
긴 편에 속한다. 그럼에도 길이가 짧은 다른 이야기에 비해 더 적은 18개
의 서술문으로 이루어졌는가 하면, 대부분이 '-이라'로 종결된다. 이는
번역자가 신이한 이야기를 대하며 전지적인 입장을 취했고 이것을 설명
적인 어투로 표현하였고자 했던 데 기인한 결과로 사료된다. 1-2는 99
세의 아버지 모습과 아전의 꾀에 농락당해 사물도 분별치 못하는 아비를
도둑인 줄 알고 포대자루에 넣는 죄를 지은 자신을 설명한 내용이다. 모
두 인물의 상황과 처지를 서술한 대목이다. 1-3과 1-4에서도 서술자는
정보 차원에서 인물과 제반 상황을 설명하였고, 거의 '-이라'를 사용하
여 표현하였다.

이처럼 '-이라'의 종결형태로 끝나는 내용들은 서술자가 확신하는 정
보나 사건을 객관적 입장으로 서술할 때면 어김없이 나타난다. 이에 대
한 더 정확한 사례는 작품의 간주에서 확인 가능하다.

2-1. 夜候其人捕之, 室中無他, 但有朝紙數負而已. → 그 사람을 기다
　　려 잡으니 집안에 다른 물건은 없고 다만 조보【조보는 즉금 기별이
　　라】두어짐이 있을 따름이라.(「축사실포교획적한」)
2-2. 宛一樂志論排置, 皆其妻之指使也. → 중장통의 락지론【중장통

은 후한 사람이라. 낙지론은 산림의 즐기는 의논이라】두었으니 다 기처의 지휘더라.(「청양처혜리보령명」)

2-3. 然小的酒戶素寬, 對此佳釀, 口角涎流, 試行畢吏部故事. → 그러나 소인의 주량이 본대 너른지라 이런 좋은 술을 만나오매 입에 침이 흘러 그쳐 갈수없사오니 필리부【옛술도적하여 먹던 진적 사람이라】의 옛일을 시험하여 행하려 하나이다.(「선기편활리농치졸」)

2-4. 忠憤感慨, 血指書于旗曰:"滿腔丹忱, 殲賊乃已." → 충분이 강개하여 손가락을 깨물어 피로 기에 써 가로되, "만강단충이 섬적내이라【창자에 가득한 충성이 도적을 죽인후에야 이에 말지라】(「상산리루충절」)

2-5. "向之縝禮, 專爲生子, 不有向日叩盆之哀, 豈有他時弄璋之慶乎?" → 향자 면례를 권함은 전혀 생자함을 위함이니 만일 고분【고분은 상처하단 말이라】지통이 없으면 어찌 농장【농장은 아들 낳는다는 말이라】의 경사가 있으리요.(「피화란현부이식」)

위 간주는 『청구야담』의 한문본에 없는 내용으로 번역 과정에서 서술자가 의도적으로 추가하였다. 간주는 『청구야담』의 한글 번역에서 나타나는 주된 특징이다. 그런데 이 주석을 번역한 문장을 보면 '-이라'의 쓰임이 더욱 명백하다. 2-1와 2-3에서처럼 朝報를 지금의 기별이라고 하며 이야기에 사용된 의미를 설명하거나, 畢吏部가 누구인지를 알려주며 번역하였다. 2-2처럼 '宛一樂志論排置'로만 된 내용을 낙지론을 쓴 사람이 중장통이고, 낙지론이 무엇인지 설명해 주거나, 2-4처럼 충절을 새긴 기(旗)의 여덟 자구에 대한 내용을 풀이하였다. 또한 고분(叩盆)·농장(弄璋)과 같이 전고가 확실한 말에 간주를 넣어 자세히 알려준 2-5를 보면, 식자층이 번역했다는 정황을 짐작할 수 있다. 간주는 독자를 배려한 정보의 하나로 활용했지만, 그렇다고 모든 간주가 일관된 양상을 갖는 것은 아니다. 오히려 어려운 한자 어휘들을 그대로 노출하거나 심지어 한문본

의 한자어를 새로운 한자어로 달리 표현한 경우도 종종 있다. 이런 지점들
은『청구야담』의 한글 번역본 나아가 한글작품들이 한문 해독 능력이 부
족한 사람들을 위해 이루어졌을 것이라는 기존의 통념을 재고하게 한다.

한편 이야기의 마지막 부분은 대부분 '-더라' 형태로 끝난다.

> 3-1. 隣人如其言, 崔遂開放其虎. 虎嚙崔衣不忍捨, 良久而去. → 한즉
> 다 허락하거늘 최씨 함정 앞에가 범을 경계하고 내어놓으니 그 범이
> 최씨의 옷을 물어 당기며 차마 놓지 못하는 듯하다가 놓고 가니 최씨
> 의 출천지효는 이물이 감동하는 바이더라.(「수정절최효부감호」)
>
> 3-2. 某曰: "小人旣乘劒氣, 回戀故國, 往隴西省先塋, 一場痛哭而來."
> 云. → 이 비장이 가로되 이미 검기를 탔는지라. 고국 생각이 간절하
> 여 그 사이 농서에 가 선영분묘를 뵈옵고 일장통곡하고 왔나이다하
> 니 이 비장의 신용검술은 고금에 드물더라.(「투검술이비장참승」)

3-1의 이야기는 홍주 최씨의 효행을 담은 이야기로, 며느리의 효행을
호랑이와의 기이한 인연을 통해 그려냈다. 그런데 작품 마지막 부분의
서술은 한문본과는 다르다. 한문본은 범이 최씨의 옷을 물어 당기고 오
랫동안 차마 놓지 못하다가 떠났고 하지만, 번역은 이 부분에 '최씨의
출천지효는 이물이 감동하는 바이더라'라고 하며 번역자의 목소리가 서
술평처럼 추가되었다. 3-2는 이여매의 후손이었던 실존 인물 李神將의
의협심을 다룬 이야기이다. 한문본은 그가 한 중과의 대결에서 승리한
뒤, 고국 생각이 들어 선영의 분묘에 갔다가 일장통곡을 하고 왔다며 이
야기를 끝맺었다. 그러나 번역은 이비장의 신이한 검술능력이 고금에 드
물다고 하며 평을 덧붙였다. 이처럼『청구야담』의 한글 번역은 작품 말
미에서 '-더라'라고 번역하여 서술시점이 전환되고, 서술자가 직접 말하
는 식의 방식을 취했다. 서술자가 한 작품의 관찰자, 혹은 전달자의 위치

에 있었던 것이다.

이러한 번역 양상은 작품 마지막이 아닌 이야기 중간에서도 나타난다.

> 4-1. 隣里稱其孝 → 그 효성의 지극함을 인리 일컫지 않는 이 없더라.(「수
> 정절최효부감호」)
>
> 4-2. 每欲近之, 而萬不聽從, 以至刑之杖之枷囚父母, 而終不變移. 營
> 邑上下, 無不稱之以怪物焉. → 매양 갓가이 하고져 하되 죽기로써
> 거절하야 형장을 베풀고 그 부모를 가수하되 마침내 변치 아니하니
> 영읍상해 다 괴물물이라 일컫더라.(「책훈명양처명감」)
>
> 4-3. 遂下庭, 拔出鉢囊中, 卷藏之劒, 以手伸之, 乃如霜長劒也 … 俄而
> 劒光閃閃, 遂成銀甕, 兩人乘空, 而上高入雲, 宵杳不可見. 滿庭
> 觀者, 莫不嘖嘖. → 드디어 뜰에 내려 바랑가운데로 조차 돌돌만
> 칼을 내어 펼치니 길이 삼척이오 빛이 서리같더라 … 검광이 섬섬하
> 는 곳에 일쌍 은독이 되어 두 사람이 공중에 올라 높이 구름속에
> 들어 형용을 보지 못하니 뜰에 가득히 구경하는겨 다 그 기묘함을
> 일컫지 않을리 없더라.(「투검술이비장참승」)

위 예는 또 다른 전달자의 말을 전하는 내용으로 모두 '-더라'를 사용
하였다. 4-1의 앞 부분은 최씨가 어떤 식으로 효를 실천하는지에 대해
서술하며, 이 효성을 주위의 마을 사람들 모두 칭찬하여 '일컫지 않는
이 없더라'고 하였다. 옆에서 최씨의 모습을 함께 지켜보는 듯한 어투를
쓴 것이다. 4-2와 4-3 역시 주인공의 모습에 대해 다른 사람들 모두
어떻게 평하는지를 서술자가 대변하듯 '-더라'라고 한다. 이는 이야기가
긴박하게 진행되는 상황에서 갑자기 한 전달자가 등장하여 주위를 환기
시키는 느낌을 들게 하며, 독자는 이야기를 직접 듣는 것 같은 효과를
얻는다. 번역자의 번역 의도를 분명하게 짐작할 수 있는 부분이다. 번역
자는 주인공의 행적을 칭찬하거나 이야기가 주는 교훈을 평 형식을 빌려

번역했기 때문이다.

한편 대화문의 경우, '가로되'로 번역되는데, 어떤 경우는 '가로되~하고/한즉'의 형태로 매끄럽게 연결되며 다음 이야기로 들어가지만, 종종 '가로되' 없이 바로 다음 서술로 진행되기도 한다. 이는 번역자가 대화문을 번역하는 과정에서 대화의 시작 구절의 연결 맥락을 놓쳐서 발생한 실수로 여겨진다. 대화문의 종결형은 말하는 자와 듣는 자의 신분, 지위, 역할이 고려되며 유동적이다. 독자와 가까운 듯 서술하는가 하면, 전지적 시점을 취하며 멀어지기도 하는데, 이를 상황에 따라 달리 표현하였다. 번역자는 작품의 서사선과 사건의 흐름에 따라 변이를 취였다.

이상에서 확인하듯 번역자는 문장간의 의미를 분명히 파악하여 그때마다 종결형태를 적절히 달리하였다. 인물의 객관적 정보 서술은 '-이라/-니다/-이다'로 번역하고, 사건의 관찰자의 입장이 되었을 때는 '-더라'로 표현하였다. 이처럼 번역의 종결형태는 번역자, 혹은 서술자의 번역 의식과 번역 방식을 밝힐 수 있는 중요한 단서가 된다. 이야기를 읽으며 번역자 스스로도 전체 작품의 내용과 맥락을 파악하기 위해 부단한 노력을 기울였던 것이다. 『청구야담』의 한글 번역은 이야기의 사실을 전달하는 방식을 취하기도 했으며, 작중 인물의 위치에서 번역되기도 했고, 전지적 시점 및 관찰자의 입장에서 번역되기도 했다.

2) 구체적 개연성의 부여

『청구야담』의 번역자는 상황과 상황간의 매끄러운 연결을 위해 매개적 상황을 추가하거나 변개, 탈락시켰다.

1-1. 東皐死後十餘年, 其婿忽請其岳丈曰: "吾自入于尊門, 無所事爲, 幸望丈人以<u>數千金</u>備給, 則將欲販賣也." … 得給數千金皮僉持去, <u>過六七朔</u>, 空手而來 … "… 若又備給<u>五六千數</u>, 則當爲善販矣." 皮 又備給, <u>過一年後</u>, 又爲空來 … 盡賣家産鄕庄以給之, 借人屋子 而居焉. <u>過一年許</u>, 其婿又空來曰: 岳家所<u>給錢</u>, 盡爲狼狽見失 … 又請<u>五六千兩錢</u> … 備給則又如前空來, 又請其家庄鄕庄, 盡數斥 賣, 以貸爲言, 李生亦念其大人之遺託, 無一言苦色而諾之, 盡賣 以給之, <u>伊後七八朔而來, 自初運錢, 計其年數, 則幾爲七八年 矣.</u> → 그 후 십여년에 피서가 홀연 악장에게 청하여 가로되, 내가 존문에 옴으로부터 한 일도 한 것이 없으니 바라건대 <u>수천금을 판비</u> 하여 주신즉 장사하려 하나이다 … 피겸이 그 말을 좇아 여수이 주니 기서가 가지고 가더니 <u>육칠삭만에 빈손으로 돌아와</u> …… <u>오육천금을</u> <u>또 판급하시면</u> 마땅히 장사를 잘하리라. 피겸이 여전히 비급하니 <u>일년만에 또 공권으로 와</u> … 그 말을 좇아 가장 집물을 달 팔아주고 남의 곁간살이를 하더니 <u>일년 만에 또 공수로</u> 와 가로되, 악장이 주신 바 <u>만여금</u>이 다 그린 떡이 되었으니 … 또 <u>칠팔천금</u>을 청한즉 … 허락하거늘 피서가 또 청하되, 대감댁 가사와 전답기물을 다 척매 하여 추이하소서. 이생이 그 대인의 유탁을 생각하여 의심없이 팔아 주니라. <u>그후 칠, 팔삭에 돌아오니 처음부터 두 집 재물 수운한 것이</u> <u>삼만여 금이요, 햇수가 오육년이더라.</u> (「이동고위겸택가랑」)

위는 한 겸종의 사위가 장인에게 장사 밑천을 마련해 주길 부탁하고, 장인은 사위의 부탁대로 돈을 마련해 준 내용이다. 하지만 사위는 돈을 마련해 주면 아무 소득 없이 번번이 빈손으로 돌아오고 그때마다 다시 장인에게 돈 부탁을 네 차례에 걸쳐한다. 이 부분의 번역에서 빌려간 돈 의 액수와 돈을 운용하고 돌아온 개월 수를 한문본과 비교하면 번역자가 이야기의 정황을 분명히 파악하며 개연성 있게 번역하고 있다는 사실을 알 수 있다. 한문본에서 사위가 가져간 돈의 액수를 순서대로 나열하면,

'數千金 → 五六千數 → 錢 → 五六千兩錢'이며, 돈을 사용하고 돌아온 월수는 '六七朔 → 一年 → 一年 → 七八朔'이다. 하지만 번역에서는 각각 '수천금 → 5~6천금 → 만여금 → 7~8천금'과 '6~7개월 → 1년 → 1년 → 7~8개월'이라고 하였다.

한문본과 다른 번역은 '錢'을 '만여금'이라고 한 내용과, '五六千兩錢'을 '칠팔천'이라고 한 부분으로, 번역을 통해 좀 더 구체적인 액수를 명시하였다. 그런데 이보다 더욱 흥미로운 번역은 바로 뒤에 번역된 그간에 빌려간 돈과 개월 수를 통틀어 서술한 부분이다. '伊後七八朔而來, 自初運錢, 計其年數, 則幾爲七八年矣'를 '그후 칠, 팔삭에 돌아오니 처음부터 두 집 재물 수운한 것이 삼만여 금이요, 햇수가 오육년이더라'라고 번역한 것이다. 한문본에서는 돈을 쓴 시간을 7~8년이라고 서술한데 비해, 번역에서는 돈을 쓴 금액이 삼만 여금이고, 햇수가 5~6년이라 하며 앞의 서술내용을 정확하게 명시하였다. 이를 합했을 때, 사용한 돈은 대략 삼만 여금이며, 개월 수도 39개월에 해당하는데, 햇수로 따졌을 때는 5~6년이 가능하다. 한문본에서의 개월 수가 계산에 맞지 않았기 때문에 번역을 하며 이 지점을 바로 잡았던 것이다. 즉 번역자가 서사적 개연성을 의식하며 작품을 번역한 정황을 말해준다.

이는 다른 작품에서도 분명하게 발견된다.

1-2. 其後幾年, 宰相內外俱歿, 其子亦已死, 其孫已稍長矣. 家計剝落, 無以資生, 忽思, '先世奴婢, 散在各處者多, 若作推奴之行, 則可得要賴之資.' 遂單身發行. → 수십 년 뒤 재상의 내외가 모두 죽고 그의 아들 또한 죽었으며 그의 손자도 벌써 장성한 상태였다. 하지만 집안 살림이 완전히 기울어 생계를 유지할 수도 없었다. 손자가 어느 순간 생각하기를 '선대의 노비로 각처에 흩어져 살고 있는 자가 많으니 추노를 다녀오면 요긴한 자금을 얻을 수 있겠다'

싫어 마침내 혼자서 길을 나섰다.(「노온려환납소실」)

이 이야기의 앞부분은 한 재상가의 17, 8세의 계집종이 주인의 청에
순순히 응하지 않은데 겁을 내고 안주인에게 사실대로 털어 놓자, 안주
인이 계집종을 도망가게 해 주었다는 내용이다. 그리고 시간이 흘러 재
상의 내외가 죽고, 자식도 죽고, 손자가 이미 장성한 시점의 사건으로
시간이 전환된다. 시간상으로 봤을 때, 한문본에서 서술한 '기후기년(其
後幾年)(그 몇 년 후에)'은 정황상 맞지 않는 서술이다. 그러나 번역에서는
이 부분의 전후 정황이 감안되어 '수십 년 뒤'라고 바로 잡아 번역하였
다. 1-1과 1-2는 번역자가 서사 전체를 파악 후, 문맥에 맞게 변개를
하며 구체적인 개연성을 부여하였다는 사실을 단적으로 보여준다.

한편, 한 문장 안에서 구체적인 수식어를 추가하거나 변개하며, 이야
기의 개연성을 높이기도 한다.

> 2-1. 其夫人, 先海豊三年而歿. → 그 부인은 육십여세를 향수하고 해
> 풍에서 삼년을 앞서 도라가니라.(「현소몽룡만상폭」)
> 2-2. 一日初昏, 適獨坐, 有一人, 乘駿馬, 率健奴而來 → 일일은 초혼
> 에 홀로 앉았더니 한 사람이 준마를 타고 건노 오육인을 거느리고
> 와(「유의리군도화량민」)
> 2-3. 遂得純通而嵬捷, 其後官至議政. 드디어 십육분으로 높이 과거하
> 고 그 후에 벼슬이 정승에 이르니라.(「려상탁사등대천」)

2-1은 해풍 정효준과 얽힌 일화로, 나이 43세에 세 번 상처를 하고
이진경의 여식과 혼인을 하여 아들 다섯을 낳아 모두 등과시켰으며, 90여
세를 향수하는 복록을 누렸다는 이야기이다. 작품은 해풍의 부인과 해풍
의 죽음을 서술한 내용으로 마무리된다. 한문본의 '그의 부인은 해풍보다

삼년 먼저 죽었다'를 번역은 '그 부인은 육십여세를 향수하고 해풍에서 삼년을 앞서 돌아가니라'라고 하며, 그의 부인이 실제 죽은 나이를 덧붙여 인물과 사건의 정황을 좀 더 구체적으로 번역하였다. 2-2는 도원수의 재목이 될 만한 사람이라고 불리어지던 한 영남의 진사가 있었는데, 어느 날 그에게 한 사람이 찾아왔다는 부분이다. 여기서는 '어떤 한 사람이 준마를 타고 건노를 이끌고 와서'를 '한 사람이 준마를 타고 건노 오육인을 거느리고 와'라고 하며 '오육인'을 덧붙이고 있다. 비록 '오육인'만 추가했을 뿐이지만, 그저 '건노'라고 표현했을 때보다 시각적으로 더욱 구체화된다. 또 2-3의 경우처럼, 과거시험에서 '순통(純通)'을 받았다는 장면을 '십육분'의 점수로 과거에 합격했다며 자세히 번역하기도 한다. 사서삼경에 모두 통을 받으면 14분의 점수가 주어지는 것이 과거시험의 관례였는데, 주인공의 과거의 합격을 점수화시켜 표현한 셈이다.

한편, 『청구야담』의 한글 번역은 배경묘사나 그에 대한 느낌, 혹은 인물의 상황과 행동 등의 표현이 추가되는 경향도 있다. 이는 야담의 한문본이 가지는 매끄럽지 못하거나 갑작스런 상황의 전환 등의 문제를 번역을 통해 매워가는 방향으로 나아갔다.

3-1. 洪州地有崔氏女, 頗有姿色. 十八喪夫, 只有病盲之舅 … 隣里稱其孝 → 홍주 땅에 한 최씨 여자가 있으니 자색이 빼어나고, 성도가 현숙하되 팔자가 기박하여 나이 십팔에 소천을 여의고 다만 시구가 있으니 앞을 못보는지라. … 그 효성의 지극함을 인리 일컫지 않는 이 없더라.(「수정절최효부감호」)

3-2. 其時, 有酒徒五六人, 往來飲之 → 그 때 주도 오육인이 그 중 빼어나고 자주 왕래하여 술 먹거늘(「책훈명양처명감」)

3-3. 吾漫澾說之, 則彼涕泣不食 → 내가 실없은 말이라 한즉 아이가 가로되 "모친이 천륜을 속여 본사를 이르지 아니하시니 소자가 죽

고자 하나이다."하고 주야 울며 먹지 아니하고(「과동교백납인부」)

3-4. 豪富之類, 日夕盈門, 而厭女一幷不許之. → 부가자제 호협객이 일석에 문의 가득하되 궐녀 일병 허치하니하더라.(「책훈명양처명감」)

위는 모두 독자를 배려하며 구체적인 서술을 추가한 경우이다. 한문본이 3-1처럼 주인공의 외모와 나이만을 객관적으로 설명했다면, 번역에서는 인물의 처지까지 부연하여 그 자세함을 더하였고, 3-2는 '주도 오육인이 왕래하여'에 대한 문장에 '주도 오육인이 그 중 빼어나고 자주 왕래하여'라고 하며, 역시 '어떤 사람'이 '어떻게'에 대한 내용을 추가하였다. 경우에 따라서는 3-3에서처럼 사건 상황 서술을 대화문을 추가해 구체적으로 표현하기도 한다. 3-4는 '호부지류'의 '호부'의 단어를 풀어 번역한 경우로 『청구야담』에서 종종 나타나는 번역 양상이다.

4-1. 而所謂金正言, 卽昇平府院君也, 李佐郎, 卽延陽也. → 이른바 김정언은 승평부원군 김류니 좌랑은 연양부원군 이귀라.(「책훈명양처명감」)

4-2. 南某之長子某, 爲御營軍官 → 경주 사람 남모가 어영군관으로(「시음덕남사연명」)

4-3. 李澤堂, 少時多病 → 이택당 식이 소시로부터 병이 많아(「택당우승담역리」)

한편 4의 예처럼 한문본이 인물에 대한 정보를 약식으로 표현했다면, 번역에서는 이에 대한 정보를 좀 더 구체화시켰다. '김류', '이귀', '경주 사람', '식'과 같이 인물에 대한 구체적인 정보를 덧붙이며, 혹시 독자가 인물에 대해 다시 생각하거나 파악해야 할 정보를 미리 부여한 것이다.

『청구야담』의 한문본은 일반적으로 구체적인 인물이나 문장의 주체가 명확하지 않다. 하지만 번역본에는 이러한 주체가 되는 인물들이 추가되

는 경향이 있다. 이처럼 『청구야담』의 한글 번역은 사건의 정황이 명료
하지 않을 때 어김없이 부연되거나 변개되었다. 또한 주인공의 처지·심
리상태 등이 구체적이지 못할 때도 수식어가 추가되는 경향이 있었다.
이는 『청구야담』의 번역자가 작품별 사건에 구체적인 개연성을 부여하
고자 취한 방식이었던 것이다.

3) 현재상황으로의 재현

『청구야담』이 번역된 양상을 살피다 보면, 일률적이지 않은 또 다른
특징이 발견된다. 고유명사나 객관적인 사실을 밝힌 서술들이 어떤 경우
에는 그대로 번역되고, 어떤 경우에는 생략된다.

> 1-1. 昔善山義狗, 隨其主, 往于田 → 그 후 선산땅에 또 의구가 있으니
> 그 주인을 따라 밭에 갔다가(「폐관정의구보주」)
> 1-2. 一府駭笑, 醜聲狼藉, 新官慚入內軒, 不敢出頭. 數日後, 乘夜去
> 任上京云. → 일 부중이 해연히 여겨 웃고 추성이 낭자하니 신관이
> 부끄러워 내헌에 들어 감히 출두치 못하고 밤으로 상경하니라. (「선
> 기편활리농치졸」)
> 1-3. 仍飛去不知去處, 數是微物, 盖亦知恩矣. 時人作靈鵲傳. → 인하
> 여 날아가 간 곳을 알지 못하니 비록 미물이나 은혜를 앎이 이와
> 같더라(「수경향영작지은」)

1-1은 하동땅 개가 주인을 죽인 사람을 끝까지 찾아 징벌하며 주인에
게 은혜를 갚는다는 이야기이다. 이 이야기에 이어 선산땅 개의 충직한
사연을 실어 놓았다. 그런데 새로운 이야기를 연이어 서술함에 '옛날에
선산의 의구가(昔善山義狗)'를 '그 후 선산 땅에 또 의구가 있으니'라고
하며 시제를 바꾸어 번역하였다. 이는 이야기의 사건이 과거 상황이 아

닌 현재 상황에서 진행되게 한 방식이다. 1-2는 신관이 아전의 꾀에 희롱을 당하고 마을을 떠나게 된다는 이야기의 마지막 부분이다. 한문본에서는 이 내용을 '수일후에 밤을 타서 임지에서 떠나 상경하였다고 한다'라고 서술하나, 번역에서는 '밤으로 상경하니라'라고 표현하며 역시 시점을 현재 상황으로 재현한 것을 알 수 있다. 미묘한 뉘앙스의 차이로 볼 수 있지만 분명 번역자는 사건의 긴박감을 당일 밤으로 표현한 것이다. 1-3 역시 과거의 시점에 대한 내용을 생략한 경우이다. 번역자는 '당시 사람들이 영작전을 지었다'의 내용을 생략했는데, 이는 과거를 추측할 수 있는 부분으로 사건을 현재 시점으로 마무리한 것이다.

> 2-1. <u>昨年冬</u>, 白日閑居, <u>卽當宁丙子也</u>, 忽門外堂板上, 沈生以烟竹仰
　　　擊, <u>盖逐鼠活法也</u>. →<u>어느 해</u> 겨울에 백주에 한가히 앉았더니 홀연
　　　들으니 대청 반자 위에 쥐 다니는 소리가 있거늘(「궤반탁견곤귀매」)
>
> 2-2. 軍資正 李山重之茌杆城也. 其子泰永之婦, 有娠朔幾滿, <u>是甲申</u>
　　　<u>五月日也</u>. →군자정 이산중이 간성원으로 있을 때에 그 아들 태영
　　　의 처가 잉태하여 만삭하니(「구처녀화담시신술」)
>
> 2-3. <u>甲戌年</u>, 坤殿復位之後, 南人皆誅竄, 權大運, 亦參其中, 而柳生
　　　獨不被收坐之律, 柳妻可謂女中之有識者也. 豈當時午人宰相輩,
　　　所可及自耶. →곤전이 복위하신 후에 남인이 다 주찬하매 권판서
　　　가 또한 그중에 들되, 생이 홀로 수좌의 률을 입지 아니하니 유처는
　　　가히 여중유식한 자이라 이르리로다.(「류상사선빈후부」)

위는 모두 객관적인 시간을 생략하며 번역한 예이다. 2-1은 '작년 겨울'을 '어느해 겨울'이라고 하며 불특정한 시간으로 표현하며, 이어 '즉 순조 병자년'을 생략한다. 이와 마찬가지로 2-2와 2-3도 특정 시간을 생략하고 있다. 2-2는 등장 인물에게 벌어진 사건을 밝히며 주위환기의 의도가 있는 '갑신년 오월모일이었다'의 사실적 서술을 생략하며 사건의 흐름을 그대로 이어갔다. 이야기가 신이하고 기이할 경우, 객관적이며 사실적인 시간에 대한 서술을 생략하며 불특정한 시간으로 변개한 셈이다. 이는 독자들에게 사건을 과거의 이야기와 시간으로 생각하게 하기 보다는 현재의 상황으로 느끼게 하려는 의도가 있었던 듯하다.

또한 『청구야담』은 장소를 통해 이야기 상황을 현지화하려는 번역 의도도 보인다.

> 3-1. 翁曰: "吾家在某山下大澤中, 往澤畔, 三呼兪鐵, 則自有人從水中出來, 以此書傳之." → 노인왈 내집이 웅골산하 대택중에 있으니 못가에 가 세번 유철을 부르면 자연 사람이 물속으로조차 나올 거시니 이 서간을 전하라…즉일 슈유를 고하고 나와 웅골산 아래 못가에 다다라 … (「의남임수환유철」)
>
> 3-2. 卽呼下人曰: "汝今去六曹街京兆府前, 有一總角, 掩空石而坐者, 必須招來也." → 하인을 분부하여 가로되, 너희가 이제 한성부 앞에 가면 한 총각이 공석을 가지고 앉았을 것이니 불러오라.(「이동고위겸택가랑」)

번역자는 불특정한 장소가 아닌 현지명과 장소를 직접 언급하며 번역하고자 하였다. 3-1은 한 노인이 철산의 통인 이의남의 꿈을 통해 서간 한 통을 부탁하며 벌어진 기이한 이야기이다. 여기서는 오히려 한문본의 '某山下'를 '웅골산하'라고 하며 구체적인 지명을 넣어 번역하였다. 웅골산은 실제 철산군에 있는 진산이다. 이 이야기의 서두 부분에 주인공 의남이 철산 사람이라고 서술한 것과 일련의 관계를 맺는다고 할 수 있다. 마찬가지로 3-2에서의 '경조부'는 '한성부'로 변개되었는데, 번역 당시에 쓰이던 현지명으로 바꾼 것으로 판단된다.

4-1. 夫治稼穡, 妻治紡績, 樂莫樂焉. <u>使其夫, 更不投足於京市. 數年後, 惠吏十餘人</u>, 以欠逋公錢, 堂上筵奏之, 幷施刑戮之典, 籍沒家産, 皆向日行樂於華屋者也. → 밖으로 가장을 다스리고 안으로 방적을 일삼으니 즐거움이 극진하더니 일일은 경성소식을 들은즉 <u>수년전 혜리 십여인이</u> 관천포흠으로 당상이 연주하여 일병 형륙을 입고 가산을 적몰하니 다 향일 행락하던 자라.(「청양처혜리보령명」)

4-2. 往留其外舅清州任所, <u>觀華陽洞歸路</u> → 그 외구의 청주 임소에 가서 머물더니 <u>일일은 화양동 구경하고 돌아오는 길에(「상숙은세송의자」)

4-3. <u>士人多日淹留, 政爾無聊</u>, 日開前窓, 以觀往來之人. 忽見對門家, 有年少素服之女 → 이생이 심중에 초조하나 하릴없어 <u>여러날 두류하더니 일일은 정히 무료하여</u> 앞창을 열고 왕래하는 사람을 구경하여 소견하더니 문득 보니 건너편 집에 한 젊은 소복한 계집이 (「쇄음낭서백농구우」)

　　그런가 하면 위처럼 사건의 새로운 전환을 맞는 국면에서 변개가 이루어지기도 한다. 4-1은 '지아비에게 다시는 경성에 발을 들이지 못하게 하였다. 수년후 혜리 십여인이'가 '일일은 경성 소식을 들은즉 수년전 혜리 십여인이'로 탈락과 변개를 취한 부분이다. 서사의 앞뒤 문맥상 매끄럽게 변개를 하기 위한 선택적 번역이었다. 이는 이야기하고 있는 시대를 기준한 시점으로 보이기 위해 한문본의 '後'는 탈락시키고, '前'으로 표현하며 현재의 시점으로 바꾼 것이다. 또 다른 특징은 '일일은'이 추가된 양상으로, 사건이 발생하기 전에 추가된 경향이다. 4-2와 4-3 역시 '일일은'이 추가된 예이다. 이교리가 누이를 보러 가는 시점, 이생이 새로운 여인을 만나는 시점에서 '일일은'이 추가되며 사건의 새로운 국면을 맞게 된다. 이처럼 번역자는 이야기에 현장감 혹은 현재진행의 느낌을 주기 위해 시제를 변개하는가 하면, 또 다른 사건을 예고하는 부분에서는 화제를 전환하는 시키려는 노력을 기울이기도 하였다.

그런데 특이한 것은 번역자가 지명을 생략하지 않았다는 점이다. 이는 분명 번역자가 이야기에 대한 시제는 의식하지만, 장소나 지명에 대한 의식은 하지 않았다는 정황이다. 사실 한 작품의 사건 시간이나 배경을 바꾸는 것은 원작품을 크게 훼손한 번역으로 독자의 작품 감상의 상황을 다르게 만든다. 그럼에도 불구하고 번역자가 이런 선택을 한 이유는 작품의 현장감을 높이기 위한 번역 방식의 하나로 이해된다.

4. 『청구야담』 번역본의 출현동인과 의미

야담은 전대 필기류의 전통을 계승하면서도 서사성이 강화되는 방향으로 발전하였다. 특히 초창기 야담에 해당하는 『어우야담』, 『천예록』, 『동패락송』 등은 야담의 유변 양상과 야담집간 원형관계를 밝혀주는 중요한 역할을 하였다. 이러한 전대 야담집들의 다양한 성과가 19세기 중엽에 와서는 『청구야담』으로 종합되며, 야담의 전형적인 성격을 갖추게 되었고, 그 한글 번역본까지 출현하게 되었다.

지금까지 한문본의 거의 전작품이 번역된 『청구야담』 한글 번역본의 실상 그리고 번역 양상에 대해 고찰하였다. 그렇다면 당시 독자들은 야담의 어떤 내용에 관심을 가지고 번역의 필요성을 느꼈는가. 그리고 어떤 계층과 부류의 사람이 야담을 번역하였으며, 이것을 얼마나 폭넓게 읽었는가 등의 문제가 남는다. 본장에서는 야담의 번역본이 출현하게 된 동인을 다른 장르의 사례 속에서 추이할 수 있었다.

17세기 문인으로 활동했던 신경(申炅)은 그의 저술 『재조번방지(再造藩邦志)』의 끝부분에 다음과 같은 내용을 적고 있다.

○ 己丑年(1649) 겨울에 큰 딸이 애기를 낳고 앓아누웠다가 한 달이나
되어 병은 나았고, 그 후에 약을 먹으며 조리하는데 또한 수십 일이 걸리게
되므로 신음하면서 우울할 적에 이상한 말이나 기이한 이야기를 얻어서 마
음을 달래는 방편으로 삼으려 한다. 내 생각하기에 傳記의 淫佚한 것은
족히 볼 곳이 없고 古高한 것은 재미가 적어서 모두 화병을 씻어 내는 처방
이 못 되므로, 이에 壬辰年에 침략 당하던 사실을 기록하는 데 象村의 글
중 『征倭志』를 근원삼고 여러 사람의 문집 소설의 유를 모아서 책을 만들
었다 …(중략)… 이는 匹夫匹婦라도 마땅히 여러 번 익숙하게 읽어서 그 사
실[始末]을 자세하게 알아 우리가 살아가는 것이 이 가운데서 얻은 것임을
깨달아야 할 것인데, 어찌 다만 아파 앓으면서 소일거리만 되게 할 뿐이겠
는가? 이에 글을 빨리 쓰고 번역을 잘 하는 사람에게 부탁하여 한 통을 베
껴서 여러 사람에게 알리는 것이다.(후략) …….

○ 己亥年(1659, 효종 10) 3월 上旬에 不肖孤 以華는 피눈물로 삼가 적
는다. 이 志는 『征倭志』를 근원 삼고 『懲毖錄』·『類說』 등에서 참고하여
넣었으며, 또 여러 문집 중에서 한 조각 말이거나 한 조각 글자라도 옳은
것이 있으면 채택하여 붙이되, 그 적확하기에 힘을 쓰고 감히 함부로 자신
의 의견을 붙이지 않았으며, 그 너절한 말이나 거리의 말 같은 것을 刪削하
지 않은 것은 대개 통속적인 언문 번역에 편케 하고, 또 역사에 혐의스럽기
때문이다. 보는 이는 글과 말이 거칠고 졸렬한 것으로 모아 편집한 뜻을
나무라지 아니하면 심히 다행이겠다.[20]

---

20 申炅, 『再造藩邦志』卷之六. "己丑冬, 長女因産病餲, 彌月乃瘳, 其後服藥調治. 亦
涉數旬, 呻吟憂惱之際, 欲得異談奇語, 以爲消遣之資. 余惟傳記之淫佚者不足觀, 古
高者少意味, 皆非疹疢洗心之方也. 乃錄壬辰被搶始末, 以象村稿中『征倭志』爲源,
以諸公文集小說之流, 裒爲之書. …(中略)… 此匹夫匹婦之所當熟讀數遍, 詳其始末,
以覺我生生得自是中也. 豈但爲呻唫中, 消遣之資而已也. 玆付之疾書善譯者, 寫爲一
統, 以告諸人云.(後略)……."
"己亥三月上旬, 不肖孤以華泣血謹識. 此志以『征倭志』爲源, 參入『懲毖錄』·『類說』
等書, 且采諸集中片言隻字, 有可者附之. 務其確, 不敢妄附己意, 若其枝辭蔓語,
街談巷說, 不刪不節者, 蓋便於通俗諺譯, 而又嫌於史也. 覽者勿以文辭蕪拙貶其裒輯
之意, 幸甚."

신경은 이 저술의 권6 끝에 자서 형식의 글을 썼고, 10년 뒤 아들 이화
(以華)가 다시 추가하는 말을 하였다. 여기에는 당시 어떤 내용을 어떤
독자에게 읽히고 싶었는지, 왜 번역까지 하려고 했는지에 대한 정보가
담겨 있다. 신경의『재조번방지』는 주로 임진왜란 7년간의 사실을 다루
고 있다. 그는 딸이 산후병으로 오랜 시간 고생을 하고 수십 일간 약을
쓰기에 딸의 우울함을 달래 줄 심산으로 책을 지었다고 한다.[21] 딸은 물
론 여러 사람이 쉽게 읽고 익힐 수 있도록 글씨를 빨리 쓰고 번역을 잘하
는 사람에게 부탁하여 이 책 한 권을 베껴 쓰게 하였다. 그의 아들 역시
주관적인 의견을 덧붙이지 않고, 가담항설(街談巷說)들을 삭제하지 않은
이유가 언문번역을 편하게 하기 위한 방법이라고 한다.

신경은 사실의 전말을 이해할 수 있는 이야기, 너무 옛날의 이야기가
아닌 최근 벌어진 사건, 세간의 사정과 역사적 상황까지 파악할 수 있는
이야기, 바로 지식과 더불어 흥미까지 줄 수 있는 이야기를 모았고, 이것
을 번역하게 하였다. 그는 이 책을 자신의 아픈 딸을 위해 집필하였지만,
문인으로의 소임도 잊지 않았다. 번역을 통해 여러 사람이 쉽게 읽을 수
있도록 한 것이다. 실제로 1759년에 필사된『지조번방지』의 한글번역본
이 전하기도 한다. 이 책은 1649년 편찬 당시 한문본과 함께 번역되며,
이후 사람들 사이에서 향유되었다.

---

21 申炅과 같은 취지에서 李魯春, 李魯春 역시 자신들의 쓴 연행록을 한글로 번역하였
　　다는 기록도 있다. 姜浩溥(1690~?)는 한문으로 지은『桑蓬錄』을 어머니를 위해 한글
　　로 번역했으며(고운기, 앞의 논문, 11쪽),『북연기행』의 저자 李魯春(1752~1816) 역시
　　모친과 처자식을 독자로 상정한 측면에서 번역이 있었을 것으로 여겼다(장경남, 앞의
　　논문, 101쪽·130쪽 참조). 특히 黃仁點(?~1802)의『乘槎錄』의 경우는 정연한 한글
　　궁체로 필사된 점으로 미루어 왕에게 보고했던 형태이지만, 궁궐의 여성들도 관심을
　　가졌을 것으로 추측하였다. 더욱이 정사인 황인점이 부마였으므로, 궁중의 여성들에
　　게 특별히 읽힐 수 있도록 만들어졌을 가능성에 대한 논의도 있었다.(고운기, 앞의 논
　　문, 17쪽)

『재조번방지』와 같은 맥락에서 전대의 필기류를 총집한 한문본이 번역된 경우도 있다. 『조야기문(朝野記聞)』이 그 예이다. 이 책은 10권 10책으로 되어 있는데, 제명(題名)에서 알 수 있듯이, 저자가 관찬(官撰)의 역사기록과 개인의 역사기록을 보고 들은 것을 종합하여 만들었다. 『조야기문』은 다양한 책을 참고하여 성립한 것으로 보인다. 이를테면, 『동각산록(東閣散錄)』, 『용재총화(慵齋叢話)』, 『청파극담(靑坡劇談)』, 『패관잡기(稗官雜記)』 등과 같은 필기와 패설적 성격의 작품을 참고하고 있다. 『조야기문』은 18세기말에서 19세기에 걸쳐 한글로 번역되면서 23권 23책의 『조야기문』으로 늘어나는데, 한문본 『조야기문』을 한글로 번역하였다. 조선후기에는 적잖은 정사와 야사를 기록한 저서들이 등장했는데, 『조야기문』을 비롯해 비슷한 시기에 『조야회통』과 『조야첨재』와 같은 한글 번역본이 함께 등장한다. 한문본이었던 것이 시간이 지나면서 한글본으로 번역되는 비슷한 경로를 거치고 있다. 이러한 양상은 모두 독서층이 여성으로 확대되면서 생긴 결과로 평가받고 있다.[22]

그런데 한글 번역이 여성 독자층의 요구와 확대라는 결과로 귀결되기에는 몇 가지 문제가 남는다. 그렇다고 한글 번역본의 출현이 여성독자와 무관하다는 것은 아니다. 다만 '한글본=여성독자'의 관계에 번역자와 번역내용, 독자반응 등이 충분히 고려되지 않은 점을 지적하고 싶다. 위에서 예를 든 『재조번방지』, 『조야기문』, 『조야첨재』, 『조야회통』 등은 독자층의 요구로 번역되었다기보다는 번역자의 취향과 동기가 독자의 관심영역과 취향이 우선되었기 때문이다. 즉 필기류의 번역본은 한글소설과는 다른 경로에서 출현한 것이며, 야담도 비슷한 경로와 전차를 밟아 번역된 것이다. 필기류는 정사와 야사가 함께 수록된 특징이, 야담은 야사와 허구

---

22 진재교, 앞의 논문, 250쪽; 임치균, 앞의 논문, 143쪽.

가 함께 서사된 특징이 있다. 결국 당대에 서적물들이 대량 유통되며 여성들의 지식에 확장을 가져왔고, 여성들 역시 역사와 관련한 시대의식을 갖게 된 측면이 있다. 하지만 이는 어디까지나 상층의 시선에서, 교양을 얻기 위한 방편에서, 그들은 또 다른 그들만의 독서물로 활용했다는 것을 간과해서는 안된다. 그러면서도 야담은 재미와 흥미를 주기에 충분한 무겁지 않으면서, 쉽게 읽어내려 갈 수 있는 작품이였던 것이다.

『청구야담』의 한글번역본이 출현한 이유는 작품의 번역방식과 무관하지 않았다. 앞서『청구야담』번역본의 작품을 통해 분석하고 논의한 바, 서술지문의 표현방식·서사간에 개연성을 부여하는 방식·작품의 시점이 현재상황에서 재현되게 한 방식 등이 그 증거이다.

5. 맺음말

본고에서는 한글번역본『청구야담』의 자료에 대한 실상과『청구야담』의 번역양상과 번역적 특징을 고찰하였다. 나아가『청구야담』한글번역본 출현동인의 일면까지 살필 수 있었다.

현전하는『청구야담』의 한문본간의 글자 출입관계를 분석한 결과, 현전본 중에는 번역의 저본이 되는 본을 확정할 만한 근거를 발견할 수 없었다. 이는 번역이 개작의 방향으로 이루어졌다는 가능성을 갖는 동시에 기존에 알려진『청구야담』과는 완전히 새로운 이본이 존재한다는 반증이기도 하다. 본고는 이 두 가지 가능성을 모두 열어두되, 논의가 분명한『청구야담』의 현전본을 통해 그 번역 양상을 살폈다. 실제『청구야담』의 번역은 서사의 맥락에 따라, 번역자가 독자와 거리를 두는 방식을 취하거나, 독자의 옆에서 전달하는 입장을 취하는 등의 방식으로 이루어졌다.

이는 번역자의 서술입장에 따라 서술지문 방식을 달리하였다는 것이다. 또한 번역자는 사건 정황에 따라 내용을 추가하거나 변개하기도 했는데, 이는 번역자가 의식적으로 한 문장 또는 한 작품 전체가 무엇을 말하는지 번역과정에서 끊임없이 확인하고 있었음을 증명한다.

사실 번역에서 무엇을 잃고 무엇을 살릴 것인지 결정하는 것은 번역자의 몫이다. 여기서 『청구야담』의 번역적 특징이 생긴 것이고, 구체적 작품 번역 사례를 통해 번역 방식에 접근할 수 있었다. 『천예록』이나 『동패락송』의 번역 양상에서도 확인하였듯이, 야담의 번역 방식에는 명확한 번역 규칙이 존재하지 않는다. 왜냐하면 매 작품의 내용, 주제, 표현이 다양한 층위에서 이루어졌기 때문이다. 이렇게 다양한 층위의 야담집과 해당 작품들을 일률적으로 번역한다는 것은 작품의 다양한 해석을 저해하는 행위이기도 하다. 이에 『청구야담』의 번역자는 각 화의 작품들이 지닌 다양한 해석의 가능성을 열어두고 번역하고자 하였다. 이 과정에서 일반적으로 나타난 번역의 양상이 바로 『청구야담』의 번역 방식이었다.

조선후기에는 『청구야담』을 비롯해 다양한 문학장르에서 한글번역이 꾸준히 이루어졌다. 이에 다른 한문서사류의 번역본 연구 또한 함께 모색되어야 마땅하다. 나아가 조선후기 한문서사류의 작품들은 어떤 번역 경향을 갖는지, 또 그 번역 양상이 독자층과 독서경향에 어떤 영향을 끼쳤는지, 여기서 도출된 특징들이 번역작품들의 일반적 특징인지 등의 문제까지 추후 구체화되어야 하겠다.

제4부

환관 이야기에 나타나는
젠더 이분법의 균열 양상과 그 의미

– 환관·환처 소재 야담을 중심으로 –

⊙

조현우

1. 문제제기

이 글에서는 환관(宦官)과 환처(宦妻) 관련 서사 및 각종 문헌을 토대로 환관이 조선 시대 젠더 이분법 체계에 균열을 야기했던 문제적 존재였음을 밝히고자 한다. 이러한 연구는 다음과 같은 질문들을 해명하기 위한 것이다. 조선 시대 문헌과 문학 작품에 나타나는 환관은 어떻게 형상화되고 있는가? 사대부들이 환관의 혼인과 입양을 지속적으로 비판했던 이유는 무엇인가? 환관의 존재, 그리고 가부장제적 규범을 준수하는 것처럼 보이는 그들의 가족 구성이 조선의 젠더 체계에 불러일으킨 파장과 그 의미는 무엇인가? 이 글에서는 이와 같은 질문에 대한 답을 찾아가는 과정을 통해 환관이 강력하고 논리적으로 보이는 젠더 이분법 체계에 균열을 야기하는 존재였음을 입증하고자 한다.

환관은 거세된 남성으로 궁중에서 근무했던 관리를 지칭한다. 환관은 내시부(內侍府) 소속으로 종2품부터 종9품까지의 품계를 받았던 정식 관리였다. 궁은 왕의 혈통을 보존하기 위해 남성의 거주가 금지된 장소였기에 환관이 필요했다. 환관은 동서양을 막론하고 오래 전부터 존재했다. 환관의 정치 개입이 문제가 되었던 명나라 때에는 그 수가 10만 명에 달할 정도였다. 조선 시대의 법전인 『경국대전』에서는 환관의 정원을 140명으로 규정하고 있다. 그러나 실제 운영되었던 수는 그 이상이어서 많을 때 300명이 넘기도 했다. 환관은 궁중에서 왕명의 출납부터 음식, 주방, 차(茶), 약, 창고 관리, 열쇠 관리 등에 이르기까지 다양한 업무를 담당했다.[1]

환관은 환자(宦者), 환시(宦寺), 환수(宦竪), 화자(火者), 혼관(閽官), 혼수(閽竪), 엄인(閹人), 엄시(閹寺), 엄수(閹竪), 중관(中官), 중환(中宦), 내환(內宦), 내시(內侍), 내관(內官) 등으로 불렸다. 그런데 이러한 명칭에서 환관이 가진 몇 가지 특징이 드러난다. 엄인, 엄수, 화자 등은 '거세'라는 신체적 특징에 주목한 명칭이다. 반면, 환관, 내시, 중관 등은 그들이 근무하는 공간이 궁궐 '안'이라는 점을 부각시킨다. 가령 '환(宦)'은 궁궐[宀] 안에 사는 관리[臣]의 의미이고, '내시(內侍)'나 '내관(內官)'은 '안에서 모신다' 혹은 그런 역할을 하는 관리라는 의미이다.

환관은 조선 시대 내내 존재했던 정식 관리로 금남(禁男)의 구역이었던 궁궐 내에서 다양한 업무를 담당했다. 『조선왕조실록』을 포함한 조선 시대의 공식 기록에는 환관에 대한 다양한 종류의 그리고 많은 양의 기록이 남아 있다.[2] 여기에 『성호사설』, 『오주연문장전산고』, 『연려실기술』 등의

---

1 환관에 대한 대략적인 이해는 장희흥의 저서를 참고하였다. 장희흥, 『내시, 권력을 희롱하다』, 경인문화사, 2006, 12~57쪽.

2 『조선왕조실록』에서 '환관(宦官)', '엄수(閹竪)' 등의 키워드를 넣고 검색하면, 대략 7,000건이 넘는 관련 기록이 나타난다. 물론 이 숫자에는 '환관 아무개가 어떤 일을

각종 문헌과 개인 문집에 수록된 환관 관련 기록물까지 포함하면, 그 양은 상당하다고 할 수 있다. 그럼에도 환관에 대한 연구가 활발하게 이루어지지는 않았다.

환관이 주로 연구된 것은 역사학 분야에서였다. 장희홍은 환관에 지속적으로 관심을 갖고 내시부의 변천과 기능, 시대별 환관의 기능 등을 연구했다.[3] 그 외에 환관의 족보인 『양세계보(養世系譜)』에 대한 분석을 통해 환관 가족의 구성과 기능을 검토한 연구가 있다.[4] 또 중국과 조선의 지식인들이 환관을 어떻게 바라보았는가를 몇몇 사례를 통해 살핀 연구[5], 그리고 내시와 아전을 조선의 '보조권력'이라는 이름으로 묶어 이들이 수행했던 역할을 종합적으로 살핀 연구도 있다.[6] 이들의 연구를 제외하면, 대체적으로 왕실 재정이나 궁중 음식 등 관련 제도와 기능을 연구하는 과정에서 환관이 부수적으로 언급되는 경우가 대부분이다. 그 이외에 대중적 역사서에서 환관이 몇 차례 다루어지는 했지만, 주로 흥미로운 궁중 비사(祕史)를 소개하는 것이 목적이었다.[7]

했다'는 단순한 기록까지 포함되어 있고, 중복된 내용도 있다. 그렇다 해도 상당한 수의 기록이 남아 있음을 알 수 있다.

3 장희홍, 『조선 시대 정치권력과 환관』, 경인문화사, 2006; 「조선초기 환관제정비와 운영」, 『경주사학』 22, 경주사학회, 2003, 137~165쪽; 「연산군대의 환관정책과 내시부의 위상강화」, 『경주사학』 21, 경주사학회, 2002, 169~204쪽; 「조선전기 환관 연구」, 동국대학교 석사학위논문, 1994.

4 신명호, 「조선 시대 환관가족의 구성과 기능」, 『고문서연구』 26, 한국고문서학회, 2005, 123~142쪽.

5 김광일, 「환관과 지식인-眞德秀 『大學衍義』 「嚴內治」의 구조와 의미」, 『중어중문학』 60, 2015, 43~73쪽; 손민환, 「15세기 말 중국(明)을 견문한 조선 지식인의 환관 인식」, 『한국학연구』 27, 인하대학교 한국학연구소, 2012, 307~331쪽.

6 박종성, 『아전과 내시-조선조 정치적 복종의 두 가지 형식』, 인간사랑, 2016.

7 1960년대에 처음으로 번역되었던 미타무라 다이스케의 저서는 중국의 환관 제도와 유명한 환관들에 대한 개관으로 참고할 만한 책이다. 이 책은 이후 한국에서 나온 저서들에 큰 영향을 주었던 것으로 보인다. 한국에서의 환관 관련 저서들은 주로 궁중에서

문학 분야에서는 『잡기고담(雜記古談)』에 실린 〈환처(宦妻)〉를 포함한 몇몇 야담들이 연구되었다. 그중 〈환처〉에 대한 연구에서는 여성이 드러내는 정욕(情慾)이 갖는 의미가 주요한 관심사였다.[8] 그러나 이 경우, '여성문학'의 관점에서 여성이 성욕을 긍정하고 그것을 말뿐만 아니라 행위로도 표출한다는 점에 주목했다. 그런 점에서 이러한 연구는 환관의 '아내'에 집중했을 뿐, 그들이 '환관'의 아내였다는 사실에는 그다지 관심을 기울이지 않았다. 야담이 사대부들의 시선으로 기록된 사실적인 문학 장르라는 점을 감안할 때, 야담에서 드러나는 환관과 환처의 형상화는 조선시대의 젠더 체계를 논의하기 위한 좋은 자료가 될 것으로 기대된다.

이 글에서는 환관이 조선 시대의 젠더 체계에 야기한 문제를 검토한다. 이를 위해 먼저 환관이 가진 이중적 성격을 간략하게 분석하고, 그들에 대해 사대부들이 끊임없이 비판과 의심의 눈길을 거두지 않았던 이유를 살펴본다. 그 후 몇 편의 야담을 '환관'이 등장한다는 점에 초점을 맞추어 분석해 보고자 한다. 또 환처의 이야기를 그들이 '환관'의 아내였다는 점에 주목하면서 분석하면서, 그 속에 나타나는 사대부 남성들의 자기 인식을 살펴볼 것이다. 환관에 대한, 특히 그들의 혼인과 입양에 대한 사대부 남성들의 시각에서 발견되는 특징을 통해 현재에도 유지되는 젠

있었던 환관과 궁녀 관련 비사를 소개하는 대중적 역사서이다. 본고에서 참고한 저서들은 다음과 같다. 박인수, 『환관』, 석필, 2003; 박상진, 『내시와 궁녀, 비밀을 묻다』, 가람기획, 2007; 박영규, 『환관과 궁녀』, 웅진지식하우스, 2009; 미타무라 다이스케, 한종수 역, 『환관 이야기』, 아이필드, 2015.

8 이러한 경향의 대표적인 연구 성과로는 다음과 같은 논의들이 있다. 진재교, 「『잡기고담』 소재 〈환처〉의 서사와 여성상」, 『고소설연구』 13, 한국고소설학회, 2002, 225~267쪽; 이강옥, 「야담에 나타나는 여성 정욕의 실현과 서술 방식」, 『한국고전여성문학연구』 16, 한국고전여성문학회, 2008, 175~217쪽; 박무영·김성은, 「〈환처(宦妻)〉 다시 읽기-여성 담론을 읽는 한 방법적 시론」, 『열상고전연구』 32, 열상고전연구학회, 2010, 111~141쪽.

더 이분법의 특성, 그것이 야기하는 문제점, 그리고 그것을 넘어서기 위해 우리에게 필요한 것은 무엇인가에 대해 살펴보고자 한다. 이러한 과정을 통해 조선 시대 젠더 체계 연구에서 환관이 어떤 의미를 갖는가를 시론적으로 제시해 보고자 한다.

2. 환관의 이중적 성격과 사대부들의 환관 비판

일본을 제외한 동아시아의 역대 왕조마다 환관이 존재했지만, 조선의 환관은 다른 나라의 환관과는 구별되는 특징을 갖고 있었다. 조선의 환관 역시 거세된 남성이기는 하지만, 중국의 환관과는 거세의 범위가 달랐다. 중국의 환관이 남성 생식기 전부를 제거했던 것과는 달리, 조선에서는 그 일부만을 제거했다. 그런데 환관의 '거세'에는 실질적인 의미와 상징적인 의미가 있다. 첫째, 환관은 거세를 통해 남성성을 실질적으로 잃게 된다. 이들은 가부장제의 정점에 서 있는 군주의 생물학적 혈통을 보존하기 위한 필요에 의해 거세된 존재이다. 따라서 이들의 거세는 생물학적 남성성을 제거함으로써 자손 생산의 가능성을 없앤 것이다. 둘째, 환관의 거세는 단순히 생식기관의 제거만이 아니라 남성이 아니라는 상징적인 의미도 갖고 있다. 그렇기에 이들은 남성이 거주할 수 없는 공간인 궁궐 '안'에서 근무할 수 있었다. 결국 거세는 생물학적 남성을 '非남성'으로 만들어내는 실질적이면서도 상징적인 과정이었다.

그러나 환관은 합법적으로 '남성'이기도 했다. 무엇보다 이들은 공식 관료제도 속에서 정식 품계를 부여받은 관리였다. 또한 이들은 합법적으로 혼인하였고 입양을 통하기는 했지만 자손을 둘 수도 있었다.[9] 그 결과

---

9 환관의 혼인과 입양 과정에 대한 기록은 드물다. 그 중 19세기 프랑스 외방선교회

환관 가족의 표면적 모습이나 구성은 여타의 가족과 크게 다르지 않았다.
또 환관은 가부장제 남성들의 생물학적이고 상징적인 계보인 족보를 갖고
있었다. 『양세계보』는 19세기에 편찬되었던 환관들의 족보인데, 이 책에
는 이성(異姓)의 양자를 입양하는 과정을 통해 이어진 환관들의 가계가
잘 드러난다. 즉 환관은 남성만 가능했던 관직에 진출한 관리였고, 사적으
로는 처자를 거느린 가부장이기도 했던 것이다.

'환관(宦官)'이란 명칭에는 바로 이와 같은 이중적 성격이 잘 드러난다.
'환(宦)'이란 궁 안에 거주하기 위해 남성성을 제거했음을 의미한다. '관
(官)'은 가부장제 사회에서 남성에게만 허용되었던 관리를 지칭한다. 즉
'환관'에는 '非남성이자 남성'이라는 모순적이고 이중적인 성격이 담겨
있다. 환관의 이와 같은 이중적 성격은 사대부 남성들에게 부정적으로
인식되었다. 사대부들의 환관 비판은 대체로 두 가지에 집중되었다. 하
나는 환관의 정치 참여를 막아야 한다는 것이고, 다른 하나는 생물학적
으로 생산력이 없는 환관에게 혼인을 금지해야 한다는 것이었다.

> (가) 세종조에 집현전 부제학 최만리(崔萬理)가 글을 올려 환관들이 연
> 각(軟脚) 오사모(烏紗帽)를 쓰는 것은 옛 법제에 맞지 않으니, 중국
> 의 예를 좇아 관(冠)을 쓰도록 할 것을 극력 주장하였는데 그 내용

소속 선교사였던 샤를 달레(Charles Dallet)의 다음과 같은 기록이 참고할 만하다. "이
들 환관은 모두 결혼하였고 그들 중 대다수는 많은 계집을 가지고 있다. 이 계집들은
그들이 술책과 폭력으로 겁탈하거나 꽤 비싼 값으로 사들이는 가엾은 서민의 딸들이
다. 그 여자들은 양반집 부인들보다 더 엄중히 갇혀 있고 심한 질투심으로써 지켜지고
있으므로, 그들의 집은 같은 여성에게, 심지어는 여자 친척에게까지도 출입이 금지되
는 수가 많다. 이들 환관은 아이가 없으므로, 전국에 밀사를 보내어 고자 어린이와
젊은이를 찾게 한다. 그들은 이들을 양자 들여 교육하고, 궁중 요직의 후보자로 내세
운다." 샤를 달레, 정기수 옮김, 『벽안에 비친 조선국의 모든 것-조선교회사 서론』,
탐구당, 2015, 64~65쪽.

에, "예로부터 역대 임금 중에 환관을 총애하고 신임하여 환관의 권세가 천하를 기울게 한 일이 심히 많았사옵니다. 그러하온데도 능히 그 관을 바꾸지 못한 것은, 대개 환관의 무리들을 조관(朝官)과 혼동하여 사람의 이목(耳目)을 놀라게 할 수 없었던 때문입니다." 하니 그 말이 매우 적절하였으나 모든 환관들이 흘겨 보았으므로 그 논의가 드디어 정지되었다.[10]

(나) 혼가(婚嫁)에 관하여 말씀드리겠습니다. 환관(宦官)이라는 것은 남자도 아니요 여자도 아닌데, 그들에게 혼가를 허락하고 있습니다. 그리하여 가난하고 어리석은 백성이 단지 부귀(富貴)한 것만 바라보고 사리(事理)에는 어두워서, 그들에게 딸 시집 보내는 것을 승낙해 주고 있는 형편입니다. 그러나 이러한 일로 말미암아 음양(陰陽)이 어긋나고 화기(和氣)를 상하여서, 위로는 수한(水旱)의 재앙을 부르기도 하고 아래로는 혹 부인(婦人)의 도리를 더럽히는 수도 없지 않습니다. 이것은 결코 작은 일이 아닙니다. 옛날에는 한 여자(女子)가 원통한 생각을 품어도 연(燕) 땅에 서리를 뿌린 일이 있었습니다. 더구나 우리나라의 대궐 마당에는 많은 환관이 있지 않습니까.[11]

인용문 (가)에서 최만리는 예로부터 환관이 정사를 어지럽힌 경우가 많았다는 점을 지적한다. 그의 우려는 환관이 궁궐 '안'에 근무할 뿐만 아니라 임금이 어릴 때부터 곁에서 모시는 존재라는 점에서 비롯된 것이었다. 그런데 최만리의 주장은 단순히 환관을 멀리 하라는 것만이 아니라 환관의 관복을 일반 사대부들의 것과는 다르게 해야 한다는 것으로 이어진다. 그가 보기에 환관은 일반적인 사대부들[縉紳]과 혼동되어서는 안 되고 반드시 구분되어야만 하는 존재였다. 이와 같은 최만리의 주장

10 『국역 연려실기술』, 별집 제10권 〈환관(宦官)〉, 민족문화추진회, 1976, 304쪽.
11 『중종실록』 13년 무인(1518) 6월 19일.

에는 환관을 폄하하는 시각과 그에 따라 환관의 복장을 일반적인 관복과
다르게 함으로써 그들과 나머지 관리들을 구별하고자 하는 의도가 들어
있다. 그러나 이러한 그의 주장에는 역설적으로 환관과 나머지 관리들이
사실상 구별되기 어려울 수도 있다는 염려가 포함되어 있다.

인용문 (나)는 중종 13년 선비 권탁(權鐸)이 올린 상소의 일부분이다.
그는 이 상소를 통해 환관의 혼인을 허락해서는 안 된다고 주장한다. 그
는 환관은 '남자도 아니고 여자도 아니다(非男非女)'라며 환관에게 혼인
을 허락함으로써 음양이 어긋나고 화기가 손상되어 홍수와 가뭄의 재앙
이 초래되고 있다고 비판한다. 권탁의 상소는 조정에서 환관의 혼인에
대한 논란을 불러일으켰지만 별다른 조치 없이 무마된다. 그 이유는 임
금이 오래된 관례라는 이유로 논의를 중단시켰기 때문이다. 임금의 입장
에서는 자신들의 수족이자 관료들을 견제하는 역할을 수행하는 환관이
반드시 필요했던 것이다.

위의 인용문을 통해서 간략하게 살펴본 것처럼, 사대부들의 환관 비판
은 대체로 환관들의 정치 참여와 혼인이라는 두 가지 문제에 집중되었
다. 그런데 이 두 가지는 서로 연관되어 있다. 환관은 궁궐 안에 거할
수 있는 관리였는데, 그럴 수 있었던 이유는 바로 그가 거세당한 남성이
었기 때문이다. 따라서 환관은 금남의 구역인 궁궐 '안'에 있으면서 왕의
가장 가까운 거리에 있는 신하였다. 사대부 남성들은 바로 이러한 '불완
전한 남성' 혹은 '남자도 아니고 여자도 아닌' 존재가 권력을 갖는 일과
혼인을 하는 일에 대해 비판적인 시선을 거두지 않았던 것이다.

조선 시대에 미혼 남녀의 문제는 왕이 개입할 정도로 중요한 문제였
다. 〈맹자(孟子)〉에 등장하는 '원녀(怨女)'와 '광부(曠夫)'의 사례[12]에서 보

---

12 맹자는 '남편을 찾지 못한 처녀가 없고 아내를 찾지 못한 총각이 없는(內無怨女 外無

듯, 혼기가 지난 남녀를 혼인할 수 있도록 국가가 도와야 한다는 것은 조선 시대 내내 당위로 받아들여졌다. 그런데 환관의 경우는 정식 품계를 받은 관리의 혼인이었음에도 불구하고, 그들의 혼인을 금지해야만 음양의 조화가 이루어진다는 주장이 지속적으로 제기되었던 것이다.

> (다) 옛날에 왕응(王凝)이 괵주(虢州) 참군(參軍)으로 관(官)에서 죽었는데, 왕응의 집이 본래 가난했습니다. 그 아내 이(李)씨가 개봉(開封) 땅을 지나다가 여사(旅舍)에 들르니, 주인이 받아들이지 않았사옵니다. 이씨가 날이 이미 저물어 선뜻 떠나지 못하자 주인은 그 팔뚝을 끌어잡아 밖으로 내쫓으니 이씨는 통곡하며 하는 말이, '내가 부인이 되어 능히 수절하지 못하고 이 손을 남에게 잡혔단 말이냐.' 하고 곧 도끼를 들어 그 팔을 끊었습니다. <u>만약에 이씨와 같은 절개를 지닌 자라면 누가 능히 담장을 넘어서 위협을 하오리까, 혹 담장을 넘은 자에게 위협을 당하여 실절하게 된다면 이는 하나의 음부(淫婦)이오니 통렬하게 법으로 다스려야 하옵니다.</u>[13]

> (라) 환자(宦者)는 그것이 더럽고 흉측하여 실로 인류(人類)가 아닌데도 장가들고 가정을 가져서 보통 사람과 같이 사는데, <u>아내되는 사람이 혹 다른 남자와 접촉이 있을 때에는 그것을 유부녀의 실행으로 죄를 주니, 이것이 어찌 천리와 인정에 당한 것인가.</u> 정에 어긋나고 이치에 어긋남이 이보다 더 한 것이 없으니 이것은 아마도 성인의 법이 아닐 것이다.[14]

위의 인용문은 환관과 그의 혼인이 조선 시대의 가부장제 담론에 일으킨 문제를 보여준다. 인용문 (다)는 과부의 재가 허용을 두고 연산군과

曠夫)' 상황을 천하에 왕도가 펼쳐지는 증거 중 하나로 보았다.

13 『연산군일기』 28, 연산 3년 12월 12일 기묘.

14 『국역 연려실기술』, 앞의 글, 311쪽.

신하들이 논의하는 과정에서 나온 발언이다. 과부의 재가를 허용하자는 주장을 폈던 사람들은 담장을 넘어 과부를 강제로 범하는 경우가 있다는 점을 지적한다. 그러자 이 글의 발언자는 그런 일이 있었다면 피해자인 과부를 음부(淫婦)로 처벌해야 한다고 주장한다. (라)에서는 (다)와 사뭇 다른 목소리가 발견된다. 환관의 처는 분명 혼인을 했고, 남편이 있는 여성이다. 그럼에도 그녀가 다른 남성을 만났을 때 실절했다고 처벌하는 일이 천리와 인정에 어긋난다는 것이다.

(다)에서 열행(烈行)의 모범으로 칭송되는 왕응의 처 이씨는 과부이다. 그럼에도 그녀는 여관주인과의 실랑이 중에 접촉이 있었다는 이유만으로 자신의 팔뚝을 잘라버린다. 이씨의 이러한 극단적 행위에 대한 칭송은 실절의 범위를 성관계 여부보다 훨씬 더 넓은 범위로 확장하는 것이다. 그러나 (라)에서 환처에 대한 평가는 이와 사뭇 다르다. 이 글의 화자는 환처가 설령 다른 남자와 성관계를 맺었더라도 그 일로 그녀가 실절한 것은 아니라고 주장한다. 이는 환관이 특정한 형태의 성관계가 불가능하다는 점을 부각시킨다.

(다)와 (라)는 '과부'와 '환처' 사이에 존재하는 흥미로운 차이를 보여준다. '과부(寡婦)'에서 '寡'란 '없다'는 의미이다. 즉 과부란 남편이 없는 부인이다. 그럼에도 과부의 개가를 금지하는 것은 남편이 죽었더라도 남편이 있었다는 사실, 그리고 남편의 자리가 남아 있다는 점은 바뀌지 않는다고 보았기 때문이다. '환처(宦妻)'는 '환관의 아내'이다. 즉 환처는 남편의 자리에 환관이 '있다'. 그러나 남편인 환관과 특정한 형태의 성관계를 맺을 수 없는 환처는 사대부들에게 '실절할 수 없는' 여성으로 간주된다. 이렇게 되면 환처는 문제적 위치가 된다. 합법적으로 혼인한 유부녀임에도 실절할 수 없다면, 그 혼인을 어떻게 이해해야 하는가가 문제되기 때문이다.

환관의 혼인이 합법적이었다는 점, 그리고 그들의 가족 구성이 가부장
제의 그것과 매우 흡사하다는 사실은, 공식적인 문헌 이외에 문학 작품
속에서 드러나는 환관의 형상에 주목할 필요성을 일깨워준다. 따라서 3장
에서는 환관과 그의 아내를 둘러싼 사대부들의 시선을 몇 편의 야담을
통해 살펴보고자 한다. 이러한 고찰은 매우 강고하고 논리적으로 보이는
조선 시대의 젠더 이분법 체계 내에 존재하는 균열과 모순을 발견하게
해 줄 것으로 기대된다.

3. 야담에 나타난 환관과 환처의 형상

『기문습유(記聞拾遺)』에 실려 있는 〈의환(義宦)〉[15]은 환관이 자신이 데
리고 있던 여성이 음양의 이치를 모르게 될 것이 안타까워 한 선비에게
이 여성을 첩으로 주는 이야기이다. 이 작품에 등장하는 젊고 부유한 환
관은 자신의 여성에게 배필을 찾아주려 한다. 이를 위해 그는 종에게 과
거 보러 상경하는 사람 중에서 처음 보는 사람을 데려올 것을 명령한다.
이러한 명령에는 일정한 조건을 충족하는 남성, 즉 과거에 응시하는 남
성이라면 누구든 괜찮다는 생각이 드러난다. 인품이나 외모, 집안 등은
전혀 고려의 대상이 아니다. 환관은 종들이 강제로 데려온 선비에게 별
다른 설명을 하지 않는다. 앞으로 일어날 일이 그에게 '좋은 일(好事)'이
라는 것과 그가 방에서 만난 미모의 여인이 '만나볼 만한 사람(可見之人)'
이라는 것이 전부다. 환관은 선비와 여인만을 남기고 방문을 잠근다. 그

---

15 이 작품은 『이조한문단편선(상)』(일조각, 1973)에 번역 소개됨으로써 알려졌다. 원
   작품에는 제목이 없지만 번역자가 작품에 등장하는 구절을 택해 제목으로 삼았다. 앞으
   로 인용하는 원문과 번역은 최근 개정된 『이조한문단편집 1』(이우성·임형택 편역, 창
   비, 2018)에 실린 것을 취하되, 몇몇 부분은 문맥을 고려하여 필자가 약간 수정하였다.

이전에 선비와 여인 사이에 감정적 교류는 전혀 없었다. 이를 통해 그가 '환관 아닌 남성'과 여성이 한 공간에 있다면 자연스럽게 정욕이 생겨 성관계를 맺으리라고 굳게 믿고 있음을 알 수 있다.[16]

> (마) "저 여자는 본래 양가의 딸로 가난하고 의지할 곳이 없어 내가 품고 있었지요. 자색이 저만하고 재주도 있는데 속절없이 규중에서 늙어감을 항상 애련히 여기었소. 저번 어느날 꿈에 황소 한 마리가 여자의 배에 걸터앉았다가 용으로 변하여 하늘로 날아오르더라지요. <u>내 몸이 병신이 아니면 족히 아들을 낳고 등과할 수 있을 텐데</u>, 이승에서는 희망이 없어 그 길조에 응할 길이 없구려. 그래서 존객을 맞아 이런 <u>좋은</u> 일을 꾸몄던 거라오. 저 사람이 이왕 당신을 모셨으니 데려가시는 것이 옳겠소."[17]

인용문 (마)는 선비가 과거에 급제한 후 만난 환관이 그간의 사정을 모두 설명해주는 장면이다. 이를 통해 선비와 독자들은 선비에게 있었던 일들, 특히 그가 동침한 여인의 기이했던 요구를 소급적으로 이해할 수 있게 된다.

첫날밤 "제가 하는 말대로 하셔야만 원하시는 대로 따를 것입니다.(若依吾言 始可從令)"라는 여인의 말은 그에게 일종의 '거래'를 제안하고 있는 것처럼 보인다. 배를 타고 넘어가면서 소울음 소리를 내라는 그녀의 제안은 꿈의 실현을 위한 것인 동시에 남녀의 성교를 재현하는 것이다.

---

16 『계서야담』에는 주막 여주인의 노골적인 유혹을 끝내 물리쳐 목숨을 구하는 홍우원(洪宇遠)의 일화가 실려 있다. 이 이야기에서 홍우원이 유혹을 계속해서 거절하자, 주막 여주인은 그가 환관이 아닐까 의심하면서, 그를 '천하의 괴물'이라고 평한다. 이러한 의심과 평가는 환관에 대한 것이기도 하지만, '환관 아닌 남성'의 성적 능력에 대한 묘사이기도 하다.
17 이우성·임형택 편역, 앞의 책, 284쪽.

그녀의 꿈은 조선 시대 모든 사족 남성들의 소망인 생자등과(生子登科)를 이루어줄 길몽이다. 그녀의 요구조건은 자신이 꾼 꿈의 상징적 재현이자 꿈을 현실화하기 위한 전략이다. 선비는 그녀의 말을 따르고 결국 여인과 관계를 맺게 된다.

선비는 처음 본 여인에게 이상한 요구를 받으면서 곤경에 처한다. 그러나 그는 그녀의 요구를 수락한 대가로 상당한 행운을 얻게 된다. 그는 여인과의 '거래'에서 큰 이익을 얻은 셈이다. 특히 그가 뚜렷한 이유 없이 무작위로 선택된 남성이었다는 점을 감안하면 더욱 그러하다. 그는 사실상 성관계를 할 수 있다는 이유만으로 행운을 얻는 것으로 묘사된다. 그 행운은 그에게 과거 급제와 득첩, 그리고 재산까지 안겨준다. 그러나 이때 여성은 철저히 타자가 된다는 점에 주목해야 한다. 그녀는 환관이 품고 있던 여성인데, 그의 결정에 따라 무작위로 선정된 남성에게 '주어진다'. 이 과정에서 그녀는 어떠한 감정이나 의견을 표명하지 않는다. 서술자는 환관의 요구로 처음 본 남성과 성관계를 맺고 그를 따라 떠나는 일련의 과정을 서술하면서도, 정작 그 당사자인 여성의 목소리는 배제하고 있다.

환관은 자신이 가진 지위를 통해 시골에서 상경한 선비를 과거에서 급제시킨다. 결국 선비는 환관과의 만남을 통해 과거에 급제하고 첩까지 얻어 금의환향하게 된다. 이 모두는 환관이 언급했던 '좋은 일'이다. 따라서 김창의가 '의로운 환관(義宦)'이라는 서술자의 평가는 결국 꼭 그렇게 할 의무는 없었지만 자신의 처를 선비에게 주고 그 선비를 과거에 급제시킨 일련의 행위를 가리킨다.[18] 게다가 환관은 선비와 인연을 끊는

---

18 이와 관련하여 조선 시대에 몇몇 기녀들이 '의기(義妓)'로 평가받았던 사례를 참고할 수 있다. 의기는 대체로 사대부 남성들을 위해 절개를 지키거나 희생을 자처했던 기녀들을 가리킨다. 이러한 기녀들 역시 굳이 그렇게까지 할 이유는 없었음에도 사대부

다. 서술자는 환관의 이름은 굳이 밝히지만 선비의 이름은 '말할 필요가 없다'면서 밝히지 않는다. 환관의 절연 역시 의로움에 포함되는 것은 물론이다. 환관의 행위는 선비에게 이로운 것이지만, 그것이 밝혀지면 그에게 누가 되는 것이다.[19] 환관의 희생은 '의로운' 것이지만, 그것이 누구에게 행해졌는가는 밝혀져서는 안되는 것으로 그려진다. 이렇게 보면 그 '의로움'이란 사실 선비를 포함한 '환관 아닌 남성'의 '이로움'을 의미한다고 할 수 있다.

『계서야담』에 실린 환처와 이생의 이야기[20]에는 환처를 구원의 대상으로 간주하는 시선이 나타난다. 이 이야기에서 이생은 음양의 이치를 모르니 도와달라는 환처의 청을 거절했을 뿐만 아니라, 남편인 환관에게 이 일을 문제 삼아 환처를 죽음에 이르게 만든다. 친구인 홍원섭은 도움을 거절하면 그뿐인데 왜 공개적으로 문제를 삼았느냐며 그를 질책한다. 이 이야기는 선행연구에서 '담을 넘어가 선비에게 사랑을 고백하는 여성 이야기' 유형에 속하는 것으로 분류된다.[21] 그러나 이생의 이야기는 이 유형의 나머지 이야기들과는 조금 다른 성격을 갖는다. 이 유형의 이야

남성들을 위해 자발적으로 한 행위로 인해 '의롭다'는 평가를 받았다.

19 일단 환관이 되면 이전의 친족들과 왕래를 일절 끊는 것이 법도였다. 다음은 그러한 규정이 실제로 어떻게 적용되는가, 그리고 그에 대한 사족 남성들의 평가는 어떠했는가를 잘 보여주는 사례이다. "영남 사족(士族)에 선천적인 고자가 있었다. 내시법(內侍法)에 이런 사람을 데려다가 양자(養子)로 삼으면, 그의 족속과는 절대로 통하지 못하게 되어 있었다. 인조조에 환시(宦侍)의 숙부가 승지가 되어 대궐 안에 입직하고 있었는데, 환시가 바야흐로 내시부(內侍府)에 적을 두고, 금중(禁中)에 있다가 그가 얻은 감귤 몇 개를 저녁에 몰래 승지에게 바쳤더니, 승지가 말하기를, "남북사(南北司)가 서로 통할 수 없는 것은 국법이다." 하고, 감귤도 받지 않았고 또 그로 하여금 자기 집에 왕래하지 못하게 하여 끝내 서로 대면하지 않고 죽었으니, 승지의 법을 지킴이 이와 같았다."(『국역 연려실기술』, 앞의 글, 308쪽.)

20 이희준, 유화수·이은숙 역주, 『계서야담』, 국학자료원, 2003, 39~40쪽.

21 이강옥, 앞의 논문, 175~212쪽.

기들에서 여성은 주로 이웃집에 사는 유생의 풍모를 보고 흠모하는 마음을 키워나가다가 그 마음을 주체하지 못하고 그에게 고백하는 것이 보편적이다. 즉 이 유형에서 여성은 고백하는 남성을 이미 알고 있고 용모나 목소리 등을 통해 그에게 정욕을 느끼게 된다.

그러나 이생과 환처의 경우, 환처가 이생에게 왜 그러한 마음을 가지게 되었는가에 대한 서술은 없다. 그녀는 30세가 넘어서도 음양의 이치를 몰라 한이라는 점을 글에 적어 담 너머로 전했을 뿐이다. 그녀는 음양의 이치를 알게 해 줄 남성이라면, 곧 '환관 아닌 남성'이라면 누구라도 무방했던 것이다. 만약 이생이 외출하고 홍생이 남아있었더라도 그녀는 그 편지를 전했을 것이다. 이 이야기의 환처 역시 무작위로 선정된 남성을 원하고 있는 것이다. 따라서 홍원섭의 질책은 이생이 환처의 요구를 거절했다는 것 때문이 아니다. 그는 남편인 환관에게 환처의 행위를 알렸다는 사실 때문에 이생을 질책한다. 이는 그가 환처의 요구 자체에 대해서는 문제를 삼고 있지 않다는 것을 보여준다. 그는 음양의 이치를 모르는 환처에 대해 '환관 아닌 남성'으로서 동정심을 느끼고 있다. 그런 점에서 이생의 죽음은 그 간절한 청을 공개적으로 거절함으로써 생겨난 재앙으로 묘사된다.

'환관 아닌 남성'이면 된다는 말은 남성 일반이 구원자로서의 역할을 수행한다는 것을 의미한다. 그런 점에서 『동야휘집』과 『계서야담』에 실린 조현명의 이야기[22]가 주목된다. 조현명은 젊은 시절 '환관의 아내와 사통하면 과거에 급제한다(世傳若通內侍之妻則登科云)'는 통설을 시험해 보고자 실제로 환관의 아내와 통정한다. 발각될 위기를 여인의 기지로 모면한 후, 그는 다음 과거에서 급제한다. 조현명의 급제가 환관의 아내

---

22 이희준 편, 유화수·이은숙 역주, 앞의 책, 182~185쪽.

와 사통한 결과인가는 별반 중요하지 않다. 오히려 당시 사대부 남성들 사이에서 그러한 소문이 존재했다는 사실 자체가 중요한 것이다. 이 소문은 환관의 아내를 '성적인 존재'로 규정하고, 그녀와 통정하는 일이 과거 급제라는 행운으로 이어진다고 가정한다. 이는 사대부들이 환관의 아내와 성관계를 갖는 일을 일종의 음덕 쌓기처럼 인식하고 있었음을 보여준다. 조선 후기 야담에서는 여성의 정욕이 부정되고 이를 훈육하거나 처벌하는 남성이 형상화된다.[23] 그런 점에서 환처에 대한 이러한 인식은 남성들이 여성을 성적으로 대상화하는 것을 넘어서서 이를 자기 충족적인 판타지로 만들어내고 있음을 보여준다.[24]

이러한 이야기들에서 환관의 처는 과도하게 성적인 존재가 된다. 환처는 성관계만 가능하다면 다른 것은 아무 것도 필요 없는, 성적인 것에만 관심이 있고 그것만이 자신들을 충족시켜 줄 수 있으리라 믿는 것처럼 그려진다. 이렇게 되면, 그녀들을 충족시킬 수 있는 존재인 남성과 그렇지 못한 환관으로 나뉘게 된다. 환처의 이러한 형상화는 환관과 환처가 조선 시대의 젠더 이분법 체계 속에서 안정적인 위치를 점유하고 있지

---

23 최기숙은 야담 속에서 여성의 고백에 대해 사대부 남성들이 이성으로서의 반응 대신 부모와 스승의 역할을 맡아 그들을 훈육하거나 처벌하고 있다는 점에 주목했다. 논자에 따르면 이러한 모습은 여성의 고백을 완곡하게 거절하는 것이 아니라 고백 자체를 부정하는 것이며, 성욕으로 인한 타락과 부패에 대한 책임을 여성에게 전가하는 일이다. 최기숙, 「'성적' 인간의 발견과 '욕망'의 수사학 – 18·19세기 야담집의 '기생 일화'를 중심으로」, 『국제어문』 26, 국제어문학회, 2002, 1~39쪽.

24 〈의환〉과 같은 야담을 두고 환처의 정욕을 인정하고 그에 대한 연민을 담은 것으로 이해하려는 시각도 존재한다. 즉 환처 관련 야담이 인간성의 긍정을 표현한 이야기라는 것이다. 그러나 이러한 시각에는 동의하기 어렵다. 본문에서 구체적으로 서술되겠지만, 환처는 특정한 형태의 성관계가 없기에 그 이외의 무엇을 가졌는가의 여부와 상관없이 불행한 여성으로 그려진다. 즉 환관만 아니라면, 어떤 남성이든 자신을 만족시켜 주리라고 기대하는 '과도하게 성적인 존재'로 형상화된다. 이는 환관과 환처가 환관 아닌 남성들의 섹슈얼리티를 위해 요청되었던 타자였음을 보여주는 것이라고 생각한다.

못하다는 것을 보여준다. 이성애 중심 사회에서 안정적인 위치가 없는 존재들은 인종·나이·계급·학력 등 일반적으로 개인의 정체성을 구성하는 여러 요소들 대신 오직 게이나 트랜스젠더 등 성적인 요소로만 규정된다. 즉 이들은 성적인 것만 부각되어 규정된다는 점에서 과도하게 성적인 존재가 되는 것이다.[25]

임매의 『잡기고담』에 실린 〈환처(宦妻)〉[26]에는 자신의 성적 욕망을 적극적으로 표현할 뿐만 아니라 구체적으로 실행에 나서는 여성이 등장한다. 조선 시대의 글에서 좀처럼 찾아보기 힘든 이러한 능동성과 적극성은 선행 연구에서 그녀를 '조선 시대의 노라'[27], '자기 몸의 주체로서 새로운 삶을 개척하는 여성상'[28], 그리고 '여성 정욕에 대한 가장 적극적인 표현'[29]이라고 평가했던 이유였다.

〈환처〉의 서사 구조에서 중요한 특징은 '회상'이 등장하는 액자구조라는 점이다. 특히 여성화자는 능동적으로 자신의 정욕과 남편 아닌 남성을 선택했던 사실을 회상한다. 그러나 서사적 상황을 검토해보면, 환처가 자신의 과거를 주저하지 않고 회상할 수 있었던 이유에 대해 다른 가능성을 생각할 수 있게 된다. 먼저 그 과거 속에서 선택된 남성이 현재의 남편이고 이야기를 함께 듣고 있다는 점이다. 또 그 일련의 사건이 모두 '과거'이고 '현재'는 관직에 오른 남편 및 아들들과 부유하게 살고 있다는 점 역시 중요하다. 즉 그녀의 선택이 행복한 현재로 이어졌기 때문에 과거의 회상이 가능했던 셈이다.

---

25 전혜은, 『섹스화된 몸』, 새물결, 2010, 268쪽.
26 〈환처〉는 진재교의 논문에 실린 원문 및 번역을 사용하였는데, 필자가 일부분을 수정하였다. 진재교, 앞의 논문, 257~267쪽.
27 임형택, 『한문서사의 영토2』, 태학사, 2012, 63쪽.
28 진재교, 앞의 논문, 244쪽.
29 이강옥, 앞의 논문, 205쪽.

그런데 바로 이 지점에서 서술자가 왜 굳이 액자구조를 선택했는가를 짐작할 수 있다. 사실 환처의 회상을 듣는 '서울 선비(京城士子)'와 서사의 끝부분에서 그 이야기를 여러 손님과 나누면서 웃는 '나(余)'를 동일 인물이라고 보기는 어렵다. '나'는 그 이야기를 누군가에게 듣고 손님들에게 전달하는 인물이다. 그렇다면 서울 선비가 이야기를 '듣는' 설정이 굳이 필요하지는 않다. 따라서 선비가 노파의 이야기를 듣는다는 설정은 다른 목적으로 포함된 것이다. 노부부의 '행복한 현재'가 언급되고 그 이후 노파가 선비에게 과거를 회상함으로써 그녀의 선택이 가진 파격적인 성격은 상당 부분 완화된다.

(바) "내가 비록 처녀의 몸이지만 이미 머리를 올리고 있으니 누가 나를 정실로 받아주겠나? 첩실살이나 할 뿐일 텐데! 그렇게 되면 정실부인에게 실컷 미움이나 받을 것이 뻔하니 이는 절대로 견딜 수 없는 일이리라. 그러면 누구를 쫓아가나?" 그때 홀연히 깨달았다오. '그래 중을 선택해서 따라가야 되겠구나.' 그러자 한편에서는 또 다른 생각도 들었어요. '내 스스로 선택해서 취하고 버리게 되면 앞으로 또 옛사람을 버리고 새사람을 따라가야 하는 폐단이 생기는 것이니, 나는 양가집 딸자식으로 이것만은 결코 할 수 없을 것이다. 길에서 처음 만나는 사람으로 정해야만 하겠구나.'[30]

(사) '이 중이 한번 절로 들어가 버리고 나면 다시는 찾을 수 없다. 지금 강제로라도 혼인하지 않는다면 일은 다 틀어진다.'라는 생각이 들자 곧장 나아가 그의 음부를 잡았지. 그러자 중은 크게 놀라며 손을 빼 달아나려고 했지. 하지만 나한테 단단히 잡혀 있으니 달아날 수 있나. 중은 그저 애걸복걸하며 '보살님 뇌주시오' 할 뿐이었지. 나는 그를 잡아당겨 자리에 앉히고서, "스님 한번 앉아 보시오. 내가

---

30 진재교, 앞의 논문, 262쪽.

할 말이 있소. 스님노릇하면 좋은 게 뭐가 있겠소? 나와 부부가 되
어 살림 차리고 삽시다. 내 짐 속에는 수백 냥 돈이 있다오. 스님은
아내도 얻고 또 재물도 얻으니 정말 좋지 않소?"[31]

인용문 (바)에서 환처는 '나는 아직 처녀의 몸(我身尙處子)'이라고 생각
한다. 그녀는 분명 혼인한 여성이다. 그럼에도 자신의 '몸'은 처녀라고
주장한다. 이는 혼인관계를 '몸'의 문제, 더 정확하게 말한다면 특정한
형태의 성관계 유무로 치환하는 일이다. 그런데 이 부분에는 모순이 많다.
그녀는 환관의 '아내'지만 그와의 혼인 관계를 부정한다. 자신의 '몸'을
기준으로 했을 때 환관과의 혼인 관계는 혼인이 아니라고 보는 것이다.
그녀는 자신을 무엇이라고 규정하는 사회적 제도와 관습을 부정한다. 그
런데 다른 사람을 선택하려 할 때, 그녀는 다시 그 관습에 얽매인다. 그녀
는 정실부인이 되고자 하고, 남성에 대한 자신의 선택 행위에 대해 부정적
인 태도를 드러낸다. 그녀는 남편을 버렸지만 여전히 '양가집 딸'로 스스
로를 규정하면서, 더 이상의 실패를 해서는 안 된다는 강박을 드러낸다.[32]
이때 환처는 '길에서 처음 만나는 중'을 남편감으로 결정한다. 이러한
결정에는 '길에서 처음 만나는 남성'과 '중'이라는 두 가지 조건이 결합되
어 있다. 전자는 앞서 살핀 이야기들과 마찬가지로 무작위로 선정되는
'환관 아닌 남성'을 의미한다. 그렇다면 후자는 어떻게 나온 것일까? 야

---

31 같은 글, 263쪽.
32 정식 혼인한 남편을 버리고 달아나면서 더 이상의 실패는 안 된다고 생각하는 모습은
무언가 이상하다. 이는 그녀가 '자녀안(姿女案)'을 강하게 의식하고 있음을 보여준다.
자녀안은 양반 가문의 여자로서 품행이 나쁘거나 세 번 이상 시집가서 양반의 체면을
손상시킨 사람의 경력을 적어 두던 문서이다. 이 문서에 이름이 오르면 그 가문의 불
명예일 뿐만 아니라, 그 자손의 과거(科擧)나 임관(任官)에 부정적인 영향을 주었다.
이러한 모습은 환처가 여전히 가부장제 '안'의 혼인제도, 특히 남성 중심적 질서에 예
속된 존재임을 알게 해준다.

담에서 중은 초월적 능력을 지닌 '신승(神僧)'이나 부녀자와 사통하는 '음승(淫僧)'으로 그려지는 경우가 많다. 그런데 (사)에 나타나는 중은 성적으로 매우 미숙하며 수동적인 태도로 형상화된다. 이에 따라 환처와 중의 결연은 성 역할이 전도된 형태로 나타난다.

환처는 물리적 힘을 기반으로 중을 겁간한다. 그녀는 중이라는 이유로 그를 선택했지만, 그가 왜 중이 되었는지 그리고 계속 중으로 살고 싶은지에 대해서는 묻지 않는다. 그녀는 그가 중이기 때문에 '좋은 것'을 전혀 갖고 있지 않다고 확신하면서 자신이 그에게 '좋은 것'을 주리라고 일방적으로 선언한다. 환처의 이러한 모습은 야담에 등장하는 남성의 강간 형상화와 깊은 관련이 있다.[33] 그녀의 일방적인 '부부 선언'은 이러한 확신에서 가능했다. 이와 같은 환처의 모습은 남녀의 성 역할을 바꾸어 놓았을 뿐 남성적 성담론을 지속하고 있는 것이다. 그런 점에서 환처가 '여성의 가면을 쓴 남성'이라는 지적[34]에 적극적으로 공감하게 된다.

(아) "옛날 탁문군이 과부의 몸으로 사마상여를 따라 도망갔던 일은 지금에 와서는 풍류 이야기가 되었다. 지금 이 첩은 그 행적은 비록 '사분(私奔)'이지만 원래 실절(失節)한 것이 아니고, 일이 지극히 방탕하기는 하지만 실상 따를 바를 선택하였으니 탁문군과 비교해 더 낫다."고 하니 좌중이 배를 잡고 웃었다.[35]

인용문 (아)는 서사 끝부분에서 환처의 이야기를 들은 남성들이 한 논

33 최기숙은 야담집에서 남성의 강간을 묘사하면서 피해자 여성의 입장을 소거함으로써 이를 정당화하거나 폭력성을 회석하고 있다는 점을 지적한 바 있다. 최기숙, 「'관계성'으로서의 섹슈얼리티: 성, 사랑, 권력-18·19세기 야담집 소재 '강간'과 '간통'을 중심으로」, 『여성문학연구』 10, 한국여성문학학회, 2003, 243~275쪽.
34 박무영·김성은, 앞의 논문, 128~130쪽.
35 진재교, 앞의 논문, 266~267쪽.

평 중 하나이다. 이 글에서 발언자는 환처의 행위를 두고 '사사로이 달아났지만 실절한 것이 아니고 방탕하지만 따를 바를 선택했다'고 평가한다. 언뜻 보기에 모순된 것처럼 보이는 이 평가는 나머지 사람들에게 일종의 재치 있는 농담으로 받아들여진다. 발언자는 이러한 말을 통해서 환처가 남편을 버린 행위가 실절이 아니라고 주장한다. 환관과 성관계를 맺을 수 없다면 그 아내는 절개를 잃을 수 없다는 것이다. 그러나 이러한 생각은 손목만 잡혀도 그 손목을 잘랐던 여성을 명예롭다고 칭찬했던 시각과는 상반된다. 더 큰 문제는 이러한 평가가 '웃음거리'로 소비되고 있다는 사실이다. 인용문에 등장하는 남성들은 환관의 아내가 처했던 고난에 아무런 관심이 없다. 그들은 단지 '환관'의 아내가 겪었던 질곡과 그녀가 중을 겁간한 이야기를 나누며 웃는 일에만 관심이 있을 뿐이다.

그런데 사대부 남성들이 '웃음'을 통해 환처의 이야기를 향유할 수 있었던 이유는 무엇일까? 이 질문은 사실 이중적이다. 먼저 이 이야기와 논평에서 '배를 잡고 웃을(捧腹)' 정도로 재미있는 것은 무엇인가? 또 '사분(私奔)'이나 겁간처럼 심각해 보이는 상황을 두고 웃을 수 있는 것은 무엇 때문인가? 이는 이 이야기에 등장하는 여성의 경험담이 '안전한 쾌락'이었기 때문이다. 즉 자신의 정욕에 적극적인 여성이 등장하지만 그녀가 '가면을 쓴 남성'이었다는 점에서 근본적인 성 역할 구도 자체는 위협되지 않는다. 오히려 안전하게 그 역전된 구도를 '웃음거리'로서 즐길 수 있게 해준다. 그리고 그 속에는 '환관 아닌 남성'들이 갖는 우월감과 그것을 통해 이 이야기를 '재미있는 음담'으로서 소비하는 남성들의 인식이 반영되어 있다.

환처 이야기에서 환관은 서사 전반에서 음영(陰影)처럼 존재한다. 즉 환관은 서사에서 그리 중요한 역할을 수행하는 것처럼 보이지 않고, 오히려 환처가 중요한 인물로 그려진다. 그러나 그녀는 지속적으로 '환관'

의 아내로 그려지면서, 무작위로 선정된 남성을 욕망하거나 그에게 '행운'을 선사한다. 이처럼 무작위로 선정된 남성은 단순히 '환관 아닌 남성'이란 이유만으로 남성성을 갖고 있는 것으로 가정되고 그러한 가정은 서사에서 실제로 확인된다. 이 과정에서 환관 아닌 남성은 환관과의 지속적 대조를 통해 남성성을 확보한다. 〈의환〉과 〈환처〉에 등장하는 여성은 매우 다른 모습처럼 보이지만, 남성의 타자로서 남성성의 보존과 그것을 갖고 있다고 믿고 싶은 남성들의 욕망을 반영하고 있다는 점에서 공통적이다. 환관과 관련된 여성들은 이야기 속에서 일반적으로는 표현이 금지된 정욕을 마음껏 발산하고 표현한다. 그러나 이러한 모습은 금지되었던 여성 정욕의 표현이라기보다 환처가 과도하게 성적인 존재로 표상되고 있기 때문에 나타나는 것으로 이해해야 한다. 그들은 성적인 문제, 정확하게 말하자면 환관 아닌 남성과 특정한 형태로 이루어지는 성관계에만 관심이 있는 것으로 묘사된다. 그 과정에서 무작위로 선정된 남성들은 그러한 능력을 가진 존재이자 은덕을 베푸는 구원자로 그려진다. 결국 이러한 이야기에서 환관이 아닌 남성들은 환처의 정욕을 풀어주고 그녀에게 성적인 만족을 선사하며 심지어 이상적인 가정을 제공하는 사람으로 형상화되고 있다.

4. 환관의 젠더 체계 교란과 그 의미

환관 이야기에서 환처가 과도하게 성적인 존재로 그려지고 있음을 살폈다. 그런데 환처의 이러한 모습은 그들이 '환관'의 아내이기 때문에 생겨난 것이다. 이러한 이야기 속에서 환관들은 단순히 어떤 신체기관 하나가 결여된 존재로 그려지지 않는다. 그들은 집단화되고 가부장제 사회

속에서 남성들이 가진 어떤 결여와 공포를 모두 짊어진 '결여의 존재'로 구성된다. 이렇게 되면 자연스럽게 환관 아닌 남성은 그 '결여를 결여한' 존재, 즉 타자로서의 여성에게 성적 만족을 줄 수 있는 존재로 그려진다. 이러한 남성 섹슈얼리티의 재현 방식은 여성 섹슈얼리티의 재현 방식과 일정한 차이를 보여준다.

〈사씨남정기〉에 등장하는 사씨와 교씨의 형상화는 여성의 섹슈얼리티 재현에 관한 좋은 사례이다. 이 소설에서 여성 섹슈얼리티는 '많음 : 적음' 의 문제로 그려진다. 가령 사씨와 교씨는 결혼 전 모두 섹슈얼리티가 충분 한 존재였고, 그것은 어느 정도 긍정된다. 혼인 전 미모를 묻는 질문이나, 어느 정도의 미모가 없다면 아이를 낳을 수 있겠느냐는 질문은 이와 관련 된다. 그러나 혼인 이후, 특히 집을 나온 이후 사씨와 교씨의 섹슈얼리티 는 상반된 모습으로 드러난다. 사씨가 충분히 아름다운 여성이었음에도 그녀의 섹슈얼리티는 점차 사라지고 서사의 끝부분에서는 거의 무성적인 존재처럼 그려진다. 반면 교씨의 섹슈얼리티는 지속적으로 강화되고 결 국 그녀는 음녀로 규정되어 비참한 최후를 맞는다.

이와 비교해보면 남성의 섹슈얼리티는 '있음 : 없음'의 문제처럼 보인 다. 환처 이야기에서 환처에 걸맞는 짝으로 선택된 남성들은 특별한 이 유가 있었기 때문이 아니라 '처음 만난' 남성이었기 때문에 선택되었다. 즉 그들은 '환관이 아닌' 남성이었기 때문에 선택되었고, 결연 과정에서 자신에게 섹슈얼리티가 있음을 증명한다. 중요한 것은 그 섹슈얼리티가 얼마나 많은가가 아니라 있는가 없는가이다. 많고 적음과 있고 없음이라 는 재현 방식의 차이는 무엇인가? 여성의 섹슈얼리티를 많고 적음의 방 식으로 재현하는 일은 필연적으로 모순적인 상황에 직면하게 된다. 즉 여성의 섹슈얼리티를 남성적 관점에서 접근할 때, 섹슈얼리티는 자녀 생 산에 필요한 만큼 충분하면서도 동시에 남편 이외의 남성에게 드러나서는 안 되는 것으로 억압된다. 이는 여성의 섹슈얼리티를 남성적 관점에서 통제하고자 할 때 생겨나는 모순이다.[36]

'결여'를 표상하는 존재인 환관은 사대부 남성들에게 자신들의 성적 능력이 충분하다고 상상할 수 있게 해 주었다. 그러나 문제는 환관이 공식적인 관료체계에 포함된 존재이면서, 가부장제를 유지하는 법에 순종하는 존재였다는 점이다. 즉 그는 '결여'를 표상하는 존재이면서도 합법적으로 혼인하고 후계자로서의 아들을 얻으며 족보를 갖는 남성이었다. 따라서 환관은 가부장제 '안'에서 어떤 위치를 부여받을 수밖에 없다.

> (자) 임금의 덕이 손상됨은 대개 환관과 궁첩에서 연유한다. 덕이 손상
> 되는 것뿐만 아니라 **환관은 독양(獨陽)이고 궁첩은 독음(獨陰)이**
> **니, 화육(化育)이 선통(宣通)될 이치가 있겠는가?** 어느 나라이건
> 말기에 이르러서는 반드시 자손이 적어져 나라가 망하는데, 이는
> 대개 독음 독양의 무리들이 점점 많아져서 화육이 선통되지 않기
> 때문이다.[37]

그렇다면 만물을 음양의 관점에서 설명했던 조선 시대의 젠더 체계에서 환관은 무엇으로 규정되었을까? '음양의 이치를 모른다'는 환처의 고백은 환관이 음양에서 '양'의 역할을 수행하지 못함을 의미한다. 인용문

---

36 〈사씨남정기〉에서 사씨와 교씨의 대립은 '貞淫'의 양상으로 나타난다. 그런데 이러한 대립 구도에는 '아름답지만 (나 이외의 다른 남성에게) 욕망의 대상이 되지 않는 여성'과 '아름답기에 (나를 포함한 뭇 남성에게) 욕망의 대상이 되는 여성'이라는 화해불가능한 모순이 자리잡고 있다. 또 이러한 모순은 여성의 섹슈얼리티에 대해 남성 욕망의 대상으로만 한정하는 과정과 남성 혈통 중심의 가부장제가 만날 때 필연적으로 나타날 수밖에 없는 것이기도 하다. 조현우, 「〈사씨남정기〉의 악녀 형상과 그 소설사적 의미」, 『한국고전여성문학연구』 13, 한국고전여성문학회, 2006, 319~348쪽.

37 이익, 『성호사설』 권10 〈환관궁첩(宦官宮妾)〉, 민족문화추진회, 1978, 150~151쪽.

(자)에서 환관과 궁녀는 각각 '독양(獨陽)'과 '독음(獨陰)'으로 지칭된다. 독양과 독음이란 오직 양으로만 그리고 음으로만 존재해야 하는(혹은 존재하고 있는) 젠더를 의미한다. 즉 환관은 남성이며 양(陽)이지만, 음(陰)을 만나지 못하고(혹은 만날 수 없고), 그래서도 안 되는 존재이다. 그런데 음양론에서는 음과 양은 만나야만 하는 것들이며, 대대적(待對的) 관계이다. 따라서 양으로만 존재하는, 혹은 그 양을 음과의 결합을 통해 표출할 수 없는 존재란 음양이론에서 일정한 문제를 야기한다. 그런 점에서 환관을 남자도 아니고 여자도 아닌 존재로 규정할 수밖에 없었던 이유를 알 수 있게 된다.

그러나 환관을 남자도 아니고 여자도 아닌 존재로 규정하게 되면, 앞서 살펴본 대로 음양설을 기반으로 하는 젠더 이분법에 균열이 생겨난다. 젠더를 음양 혹은 남녀로만 규정하는 일은 현실을 반영하는 것이라기보다는 그러한 현실을 강제를 통해 생산하는 것이다. 이러한 강제 속에서 남자가 아니라면 여자, 반대로 여자가 아니라면 남자여야만 한다. 이는 마치 화장실이 남자용과 여자용 둘로만 이루어진 것과도 비슷한데, 자신의 정체성이 남자도 여자도 아니라면, 강요된 젠더 체계에 안정적으로 포함되기 어려워진다.[38] 가령, 조선 전기 대규모 스캔들을 야기했던 '사방지(舍方知)'의 경우, 죄가 확인되었음에도 단순히 지방으로 추방되는 것에 그쳤다. 그 이유는 사방지가 간성인(間性人) 혹은 양성인(兩性人)이었기에 처벌할 명목이 마땅하지 않기 때문이었다. 결국 사방지는 '병자(病者)'라는 이름으로 추방되었고, 이는 사방지의 젠더를 법 '안'에서 규율할 방법이 충분하지 않았음을 보여준다.[39]

---

38 주디스 핼버스탬, 유강은 역, 『여성의 남성성』, 이매진, 2015, 49~61쪽.
39 홍나래는 사방지가 양성인이자 인류에 속하지 않은 존재로 규정되는 과정을 통해 형법에 따라 처벌받지 않을 수 있었다는 점을 지적했다. 철저한 타자화를 통해 만들어진

그러나 환관의 경우는 사방지와 다르다. 환관은 무엇보다 예외적이거나 드문 존재가 아니었다. 그들은 궁중에서 흔하게 볼 수 있는 존재였고, 그 수도 적지 않았다. 또 그들은 법 '안'에서 역할과 권리를 부여받은 존재였다. 환관을 제 3의 젠더로 규정한다면, 그들을 공식적인 관료체계와 법 '안'에 두는 것은 어떻게 정당화될 수 있는 것일까? 또 조선 시대 젠더 이분법의 근거를 제공했던 음양 이론의 관점에서 환관은 무엇으로 규정되어야 하는가? 바로 이 지점이야말로 환관의 존재가 조선 시대 젠더 이분법의 골칫거리이자 그것에 균열을 야기했던 이유였고, 환처가 과도하게 성적인 존재로 그려졌던 이유이기도 했다.

> (차) "궁중(宮中)의 옛 규례(規例)에, 내감(內監)과 궁녀(宮女)가 서로 부부가 된 것은 한(漢) 나라 시대부터 그러하였는데, 이를 대식(對食)이라 한다. 그런데 궁녀는 내감을 통하여 물품을 사들이고, 내감은 궁녀에게 의뢰하여 옷을 꿰매 입는 등, <u>민간의 부부와 다름이 없었다.</u> … 궁인(宮人)이 저희들끼리 서로 대식(對食)하는 것도 옳지 못한 일인데, 더구나 환관과 궁인이 서로 짝이 된 자가 셀 수 없고, 게다가 서로 사통(私通)까지 하여 궁금(宮禁)을 더럽힌 것은 예전에 없었던 일이다. 객씨와 위충현의 죄는 천지(天地)간에 용납될 수 없는 것이기에 아무리 후대일지라도 사람으로 하여금 분개심을 금치 못하게 한다."[40]

환관이 불러일으킨 균열은 단순히 그들을 무엇으로도 규정하기 어렵다는 것에만 있지 않다. 인용문 (차)에서는 환관과 궁녀 사이의 결합을 '대식

이러한 배제의 논리는 가부장 사회의 남성성과 성의 질서를 유지하기 위한 것이었다. 홍나래, 「사방지 스캔들로 본 욕망과 성, 그에 대한 질서화 방식」, 『구비문학연구』 38, 한국구비문학회, 2014, 251~282쪽.

40   이규경, 『오주연문장전산고20』, 〈한나라 궁중의 대식에 대한 변증설(漢宮對食辨證說)〉, 민족문화추진회, 1989, 127~128쪽.

(對食)'이라고 규정하면서 비판하고 있다. 그런데 여기서 위충현과 객씨의 일이 "천지간에 용납될 수 없는 것"으로 규정되고 있다는 점에 주목할 필요가 있다. 위충현은 환관이고 객씨는 궁녀이다. 만약 이들을 남녀관계로 이해한다면, 궁중의 기강을 무너뜨린 '음사(淫事)' 정도로 이해하면 그뿐이다. 따라서 극도에 달한 변이나 천지간에 용납될 수 없는 것으로까지 묘사할 이유가 없다. 따라서 위충현과 객씨의 결합은 독양과 독음의 결합이면서도 이들이 "민간의 부부와 다름이 없었다"는 점에서 심각한 비판의 대상이 되었던 것으로 보인다.

조선 시대 젠더 이분법에 포함되기 위해서는 단순히 생물학적 성이 무엇인가가 핵심이 아니라, 화육의 선통이라 불리는 가부장제적 성 생산 과정에 포함될 수 있는가가 핵심이다. 문제는 이러한 과정이 상당히 이데올로기적이고 폭력적이며 내부적 모순을 갖고 있다는 점이다. 즉 이 과정은 모든 구성원이 그 과정에 자발적으로 그리고 능력을 갖춘 채로 참여하는 것을 전제로 한다. 그러나 사실은 그렇지도 않고 그것을 확인할 수도 없다. 가부장제에서 여성의 섹슈얼리티를 통제했던 것은 자손이 모계에 귀속될 수밖에 없는 생물학적 사실에 대한 남성의 근원적 의심 때문이다. 이에 따라 가부장제는 여성 섹슈얼리티를 통제함으로써 남성 혈통을 보존하는 제도를 자연스러운 것으로 만든다. 그러나 이는 특정한 형태의 성관계와 이성애를 특권화할 때만 유지된다. 따라서 독양과 독음의 결합이, 혹은 부인과 입양된 아들로 구성된 환관 가족이 가부장제의 여타 가족과 '다름이 없다'면 가부장제 자체의 정당성을 의심하는 계기가 될 수 있다.[41]

---

41 여성영웅소설 〈방한림전〉은 이러한 환관 가족의 구성과 깊은 관련이 있는 것으로 보인다. 이 소설에서 방관주, 영혜빙, 낙성은 완벽한 가부장제적 가족처럼 그려지지만, 이들 사이에는 아무런 혈연적 관계나 성적 관계가 없다. 따라서 방씨 가문은 혈연적으

따라서 환관은 조선 시대에 일정한 젠더 체계 교란을 야기했던 존재였다. 이는 무엇보다 그가 '남성'이자 '非남성'이었으며, '혼인할 수 없는(혼인해서는 안 되는)' 존재로 규정되었지만 혼인하여 합법적으로 가족을 구성했던 관리였기 때문이다. 환관이 야기한 문제는 그들의 해부학적 신체 구조나 성적 정체성 때문이 아니라, '환관 아닌 남성'이 스스로의 정체성을 구성하는 방식과 연결되어 있기 때문에 생겨난 것이다.

앞서 예로 들었던 '사방지'나 조선 후기의 여성영웅소설에서 주인공들은 '각별(各別)한 존재'로서 배제되거나 수용된다. 이러한 존재들은 예외적인 존재로서 보편적인 것과 관계를 맺는다. 예외는 제외됨을 통해 질서 안으로 포함되기 마련이다.[42] 이는 체제 내부에 포함된 불법적인 요소를 축출하려 함으로써 사실은 '내부'를 구성하는 과정을 보여준다. 이 과정에서 불법적 요소는 밖으로 배제되고 추방되는 것인 동시에 그 배제를 통해 내부를 구성하게 된다.

환관이 초래하는 문제는 바로 그러한 배제와 수용을 통한 체제 '내부'의 구성을 방해하고 그것에 균열을 야기한다는 점이다. 균열이 야기되는 가장 큰 이유는 환관이 법으로 보호되고 법에 규정되어 있으면서 그 법을 준수하는 존재이기 때문이다. 이렇게 되면 배제를 통해 내부를 구성하는 전략에 차질이 생겨난다. 결여된 남성도 가족을 갖고 후계자를 합법적으로 얻으며 족보를 가질 수 있다면, 가부장제에서 주장하는 여성 섹슈얼리티의 억압을 통한 남성 혈통의 보존이라는 상상적 내부에 균열

로 단절되었으며 가부장제의 핵심인 남성 혈통의 계승은 이루어지지 않았다. 즉 이 소설에서 젠더 규범은 성공한 것처럼 보이지만 동시에 실패했다. 〈방한림전〉의 이와 같은 가족 구성과 젠더 규범의 실패는 젠더 규범 내부의 모순을 드러낸다. 조현우, 「〈방한림전〉에 나타난 '갈등'과 '우울'의 정체-젠더 규범의 균열과 모순을 중심으로」, 『한국고전여성문학연구』 33, 한국고전여성문학회, 2016, 97~132쪽.

42 김현강, 『슬라보예 지젝』, 이룸, 2008, 172~173쪽.

이 생겨나게 된다. 남성 혈통의 보존과 여성 섹슈얼리티의 억압이란 사실 취약한 논리적 기반 위에 서 있다. 그리고 그것은 대체로 억압과 배제로 이루어진 젠더 이분법의 강제를 통해 작동한다. 그러나 그 억압의 기반이 되는 법 '안'에서 균열이 일어날 때, 젠더 이분법 정당성에 대한 의심과 내파가 시작될 수 있다. 환관 이야기가 보여주는 것은 바로 그러한 균열의 흔적이라고 할 수 있다.

5. 결론

조선 시대의 젠더 연구는 어떻게 가능할까? 조선 시대의 젠더 체계와 그 속에서 구체적 수행으로 드러났던 개인의 사례를 어떻게 조화롭게 다룰 수 있을 것인가? 최근 여성문학을 중심으로 젠더 연구가 충실하게 이루어지고 있다. 그러나 여성문학을 포함한 좀 더 넓은 범위의 젠더 연구를 통해 조선 시대 젠더 구성의 총체적 면모를 밝힐 필요가 있다. 또 조선 시대의 젠더 연구를 위해 '사방지'를 포함한 성적 소수자의 역사적 사례에 관심을 기울이면서 개인의 사례를 깊이 있게 파고들 수도 있다. 그러나 이 경우, 성적 소수자들이 야기했던 젠더의 균열 양상이 잘 드러나지 않을 수 있다. 사방지가 '병자'로 취급되어 추방된 것처럼, 성적 소수자들은 조선 시대에 법 '바깥'으로 추방되어 사라진 경우가 많다. 이렇게 되면 그들이 야기할 수 있었던 젠더 규범의 갈등 혹은 균열은 묻혀버린다. 이들은 예외적인 존재로 취급되며, 그에 따라 법의 안정성과 권위는 지속된다.

이 글에서는 조선 시대 내내 사대부 남성들의 섹슈얼리티를 구성하는 역할을 담당했던 환관에 주목했다. 환관이 가진 가장 중요한 특징은 이들이 법을 준수하고 그 법에 따라 관리이자 가부장으로 살았던 존재임에도 그들의 존재 자체가 젠더 규범을 흔들고 균열을 일으켰다는 사실이다. 즉 환관은 젠더 규범 자체가 가진 모순을 체화하고 폭로하는 존재였던 셈이다. 이들은 가부장제적인 젠더 규범으로 쉽게 설명되기 어려웠지만, 예외적인 존재로 배제되지 않고 합법적 관리이자 남성으로서 법 내부에 존재했다. 바로 이러한 환관의 모순적 형상이야말로 이들이 야기한 젠더 체계 교란의 핵심적 원인이었다.

한국 사회는 성적 다양성의 인정 문제가 아직 표면화되고 있지 않다. 가령, 동성애는 여전히 금기시되며 커밍아웃은 쉽지 않다. 그렇다고 성적 다양성을 강조하고 교육하는 것만으로 이러한 오해와 편견이 사라질 것처럼 보이지도 않는다. 그런데 조선 시대 환관에 대한 사대부 남성들의 인식과 비판은 이러한 문제 해결에 일정한 시사점을 주는 것으로 보인다. 사대부 남성들이 왜 환관의 지위와 혼인, 가족구성을 불편해하고 그에 대해 끊임없이 비판했는가를 이해할 때, 성적 다양성의 인정을 위해 어떤 방향이 필요한가가 도출될 수 있을 것이기 때문이다.

가부장제는 대단히 논리적이고 균질적이며 매끈한 표면으로 이루어진 것처럼 보인다. 그러나 환관과 그의 가족, 족보, 그리고 환관의 가족과 특히 환처를 바라보는 양반 사대부 남성의 시선을 통해 그 제도가 사실상 젠더 이분법과 이성애 강제를 통해 유지되었던 것이며, 그 속에는 상당히 많은 균열들이 존재하고 있었음을 짐작할 수 있다. 젠더 이분법이 더 이상 유효하지도 바람직하지도 않다는 것이 판명되고 있는 지금, 젠더 이분법과 이성애 너머를 생각할 필요가 있다. 다양한 성적 정체성이 존중되고 어울려 살아가는 사회를 꿈꿀 때, 환관과 환처에 대한 연구는 가부장제가 가진 모순점을 드러내고 내파하는 균열들 중 하나로 인식될 필요가 있다.

『양은천미』에 나타난 서술방식의 통속적 양상과 그 의미
- 〈김영랑용지가귀문〉과 〈봉황대회금강춘월〉의 사례를 중심으로 -

⊙

권기성

1. 서론

본고는 '지금-여기'를 지향하던 야담이 20세기 초에 어떤 방식으로, 어떻게 존재할 수 있었는가라는 문제의식을 기반으로『양은천미』를 살펴보고자 한다. 이를 위해『양은천미』의 서술방식에 나타난 양상을 분석하고 그 의미를 파악하여, 달라진 시대를『양은천미』가 어떻게 체화하고 있는지 밝히도록 한다.

20세기 초 야담을 향한 일련의 시선에는, 야담이 더 이상 새 시대의 경험상과 질곡을 드러내지 못한다는 아쉬움의 의미가 어려 있다. 다수의 구활자본 야담집에서 '어떤 새로운 시대상을 담아낼 것이라는 기대를 가지고 접근했지만, 그러한 모습이 보이지 않았다.'[1]는 언급은 바로 이 시

---

1 이윤석·정명기,『구활자본 야담의 변이양상 연구』, 보고사, 2001, 100쪽.

기 야담이 전대의 유화들을 선별하여 단순 전재하는 경향을 보였음을 방증한다. 이는 곧 '지금-여기'의 사건을 다루던 야담의 문제의식이, 고담의 소환을 통해서나 명맥을 이어나갔음을 의미하는 것이기도 하다.

이 지점에서 1910년경에 산출된 『양은천미(揚隱闡微)』[2]는 야담사에서 다소 독특한 의미를 지닌다. 필사본 야담집의 전통은 19세기 후반 『차산필담』 이후 거의 확인되지 않는다. 물론 『청야담수』와 같은 야담집이 등장하기는 했지만[3], 이는 어디까지나 후대의 야담집인 『계서야담』, 『동야휘집』, 『동패락송』, 『기문총화』 등을 저본으로 발췌하여 전재한 총화 유형의 야담집[4]으로 구활자본 야담집의 편집방식과 변별되지 않는다. 그런데 『양은천미』의 경우 전대 유화를 그대로 전재한 것이 아니라 편찬자의 의도에 따라 변형되고 달라지는 지점들을 내포하고 있어 주목을 요한다. 필사본 야담집의 전통이 20세기 초에 들어서도 단절되지 않고 여전히 이어지고 있는 것이다.

이에 본고에서는 『양은천미』가 20세기 초에도 존재할 수 있었던 의미를 밝히기 위해 두 가지 분석 방법을 사용하도록 한다. 하나는 전통적 연구방법에 따라 전대의 유화에 따른 변화를 살피는 것이다. 조선후기의 야담은 대개 전대의 유화를 차용하여 변화를 꾀하는데, 그 틈입의 지점에는 반드시 편찬자의 의도가 묻어나기 때문이다. 또 하나는 당대의 문

2　권기성은 『양은천미』의 편찬연도를 1910~12년으로 좁히고 원천 소재를 살펴 개략적인 특징을 제시한 바 있다. 권기성, 「『양은천미(揚隱闡微)』 소재 유화(類話)의 원천탐색과 편찬의 의미」, 『한국문학연구』 51, 동국대학교 한국문학연구소, 2016, 169~204쪽.

3　정명기는 160화 '數千金으로 使免官逋ᄒ야'에 나타나는 외국인(倭虜)이라는 표현을 통해 『청야담수』의 편찬연도가 19세기 말로는 소급될 수 없으며, 일제의 신문지법 혹은 출판법을 고려해봤을 때, 이 작품은 20세기 초엽에 이루어진 것으로 추정하고 있다. 정명기, 「『청야담수』의 원천과 변이양상 연구」, 『야담문학연구의 현단계』 2권, 보고사, 2001, 288~289쪽.

4　김동욱, 「『청야담수』의 원천과 제 문제」, 『도남학보』 20, 도남학회, 2004, 163~183쪽.

학적 동향과의 관련성을 수탐하는 것이다. 야담은 당대의 여러 문학 장
르들과 연관을 맺고 있으므로, 이 같은 방식 또한 야담 서술체에 내재된
특징 뿐 아니라, 시대적 의미를 살피는 데 있어 유효할 것이다.

특히 『양은천미』는 '1910년'이라는 특수한 시대성 속에서 산출되었다.
이 시기는 일제의 한일병합이 이루어진 때로, 이후 일제에 의해 많은 것
들이 통제되면서 문학 역시 그 자장 하에 종속되어 갔다. 19세기 후반에
서 20세기 초엽에 이르기까지 횡행하던 계몽담론은 그 자취를 거의 감추
어 바야흐로 '통속성'의 시대를 얼마간 맞이하게 되었고[5], 일제의 신문지
법이나 출판법에서 문학은 많은 영향을 받았다. 『양은천미』 또한 이러한
격랑의 가운데에 위치하고 있기에 그 분석에 있어서 당대의 문학적 동향
을 무관하게 볼 수 없다.

따라서 본고에서는 『양은천미』 소재 〈김영랑용지가귀문(金英娘用智家
貴門)〉과 〈봉황대회금강춘월(鳳凰臺會金剛春月)〉의 두 사례를 통해 두 작
품의 서술방식을 분석하고자 한다. 이들은 각각 『양은천미』의 편찬자가
구사하는 서술방식이 뚜렷하게 나타난 작품이기 때문에, 편찬자의 편찬
의도를 파악하고 『양은천미』에 내포된 시대적 의미를 추적하기에 유효
한 대상이 될 것이다.[6]

---

5 신소설의 통속화 현상을 대표적으로 들 수 있다. 곧 "근대문학사에서 일반화된 관점
   은 1900년대에는 개화계몽의 담론을 만들어 냄으로써 문학적 역할은 거둘 수 있었으
   나, 1910년대에 와서는 통속적인 소설로 변질된 것"으로 보고 있다. 이에 따르면 신소
   설은 일제의 강점을 전후로 1900년대에서의 애국계몽성을 잃어버리고 통속의 문학으
   로 귀착된다는 것이 일반화된 견해이다. 남석순, 「신소설의 대중화와 통속적 요인 연
   구」, 『한국문예창작』 2(2), 2003, 87쪽.
6 여기에서는 ①『양은천미』(이신성·정명기 역, 보고사, 2000.)의 원문과 번역문을 텍
   스트로 하되, 필요한 경우 ②『한국야담자료집성』 12권(정명기 편, 경인문화사, 1987.)
   을 참고하였다. 이하 본문의 출처는 모두 이와 같다.

2. 전대 야담의 차용과 여성인물의 강조: 〈김영랑용지가귀문〉 과 『원앙도』

개별 작품의 분석을 위해 우선 〈김영랑용지가귀문〉[7]의 작품경개를 살펴보도록 하자.

① 조선 성종 때 재상이 평안감사가 되어 가족을 데리고 부임한다.
② 감사의 아들 도령은 강에서 빨래하는 처녀를 보고 반하여 처녀의 집으로 찾아간다.
③ 도령은 처녀의 아버지와 혼인을 논하나, 처녀는 첩이 될 수 없다며 거절한다.
④ 도령은 처녀의 뜻에 따라 부모 몰래 혼서를 쓰고 혼약을 약속한다.
⑤ 처녀가 감영에 방문하여 대부인과 부인의 마음을 사로잡고 감사와 부녀의 의를 맺는다.
⑥ 향족의 여인이 혼인을 물리는 탄원서와 수탉 한 마리를 제출하자 감사가 고민에 빠진다.
⑦ 처녀가 신랑의 하체를 조사하여 낭신이 없음을 밝혀내고 사건을 해결한다.
⑧ 감사의 옛 친구 송생이 감영을 들렀다가 가는 길에 노비들에게 납치를 당한다.
⑨ 송생이 노비들의 겁박에 의해 평안감사에게 속량금을 보내 달라는 서신을 보낸다.
⑩ 처녀가 서신을 보고 송생의 위기를 알아채고 그를 구한다.
⑪ 도령은 처녀와 혼인하지 못해 병에 걸리자 대부인과 부인에게 사실을 고한다.
⑫ 감사가 병부를 잃고 처녀에게 사건의 처리를 묻는다.
⑬ 처녀는 감사가 중군과 사이가 좋지 않음을 알고 고의로 객사에 불을

---

7 이하 〈김영랑〉으로 지칭하도록 한다.

내어 중군에게 밀병부를 맡기게 한 뒤, 병부를 찾아낸다.
⑭ 감사가 탄복하여 며느리를 삼고자 하니, 집안 사람들이 사실을 고한다.
⑮ 혼례를 치르고 상소하니, 임금이 탄핵을 면천케 하고 벼슬을 제수하였다.

위에서 살펴볼 수 있는 바와 같이 〈김영랑〉의 이야기는 신분이 낮은 여성과 상층 계급인 남성의 결연을 골자로 한 것임을 알 수 있다. 선행연구에서는 이 이야기가 전대 『쇄어』, 『선언편』, 『성수총화』에 등장하는 〈조생-도우탄의 딸〉 이야기[8]를 근간으로 하고 있음을 밝혔다.[9] 그렇다면 〈조생-도우탄의 딸〉과 비교하여 〈김영랑〉이 이야기를 풀어나가는 방식은 어떤 점에서 같고 다른지를 살펴보도록 하자.

제시된 서사단락의 ①~④까지는 〈김영랑〉과 〈조생-도우탄의 딸〉의 이야기 진행이 거의 동일하다고 볼 수 있다. 다만 〈조생-도우탄의 딸〉에는 조생이 여인에게 구혼하는 장면에서 직접 혼사를 나눈 것이 아니라 조생이 상사병에 걸리게 된 뒤, 여인과 정을 맺고 시를 주고받는 꿈을 꾼다. 이후 한 노파를 통해 여인과의 만남을 간접적으로 추진한다. 노파는 자신의 외손녀인 것처럼 여인을 꾸며 조생과 대면 동숙하게 해주는데, 이는 〈김영랑〉에서 도령이 직접 처녀를 찾아가 혼사를 논하는 장면과는 매우 다르다. 이 단락에서의 변개는 혼인에 있어서의 남녀 간의 직접적인 만남이 〈김영랑〉에서 더욱 중요해 지고 있음을 의미한다.

그 후 조생은 여인과의 혼인을 부모가 허락해 주지 않을 것을 염려해

8 〈조생-도우탄의 딸〉의 계열별 추적과 의미에 대해서는 정명기의 논의를 참고할 것. 정명기, 「〈조생-도우탄의 딸〉 이야기의 의미 연구」, 『열상고전연구』 8, 열상고전연구회, 1995, 87~123쪽.
9 권기성은 이 이야기가 〈조생-도우탄의 딸〉을 근간으로 하면서도, 삽화 배치의 변개를 꾀하고 있음을 간단하게 밝힌 바 있다. 권기성(2016), 앞의 논문, 179~180쪽 참고.

다시 한 번 병에 걸리게 된다. 즉 제시된 서사단락의 ⑪에 해당하는 도령의 득병이 〈조생-도우탄의 딸〉에서는 ④ 뒤에 바로 나타나게 되는 것이다. 이 지점에서 〈김영랑〉과 〈조생-도우탄의 딸〉의 주된 차이가 드러나는 데, 그것은 다음과 같다. 〈조생-도우탄의 딸〉에서는 조생의 치병 뒤 여인이 집안에 들어가 감사내외에게 그간의 사연을 바로 밝힌다. 그 뒤 감사의 벗인 송진사가 혼사에 있어 신분의 문제를 해결하기 위해 여인을 자신의 딸로 꾸밈으로써, 사회적 시선의 문제를 해결하고자 한다. 즉 〈조생-도우탄의 딸〉에서는 혼인 문제를 해결하기 위해 조생과 여인이 아닌 노파나 송진사와 같은 보조 인물들이 작동하여 이를 해결하고 있는 모습이다. 반면 〈김영랑〉은 혼사장애를 겪어 좌절하게 된 남성의 득병 (④)뒤에 ⑤~⑩, ⑫~⑭의 새로운 유화가 첨가되어 〈조생-도우탄의 딸〉과는 다른 전개방식을 꾀했다.

새롭게 첨가된 이야기의 기능은 무엇인가. 그것은 위에서도 알 수 있듯이 바로 여성의 재지(才智)에 대한 모티프의 추가이다. 각각의 모티프는 Ⓐ 수탉송사의 해결, Ⓑ 송생의 납치 구출, Ⓒ 병부사건의 해결과 같은 세 가지로 구성되는데, 이는 기실 야담에 존재하던 기존의 모티프들을 따온 것이다.

〈김영랑〉, 『쇄어』, 『선언편』에 모두 나타나는 Ⓑ 삽화, 곧 송진사(혹은 송생)과 관련된 추노 삽화는 송 흠종의 고사와 관련된 것으로, 이는 곧 『청구야담』 소재 〈겁구주반노수형(劫舊主叛奴受刑)〉과 『기문』 소재 〈수간면사(修簡免死)〉에도 등장하는 주요 삽화이다. Ⓒ는 연대본 『기문총화』 479화 〈이만원(李萬元)〉에 등장하는 병부모티프를 차용한 것이다. 이 세 가지 모티프는 기존에 모두 다른 서사에서 다른 주인공을 소재로 존재하던 것인데, 『양은천미』의 서술자는 기계적으로 이를 병치하는 것이 아니라 작품의 주제의식을 공고히 하도록 배치했다. 그 결과 〈김영랑〉이 지향하는 주제의식 또한 〈조생-도우탄의 딸〉에 비해 더욱 뚜렷해지게 되었다.

〈조생-도우탄의 딸〉에서 여성이 남성의 하소연에 의해 혼인에 성공하고, 이후 이 혼인을 사회적으로 어떻게 인정받을 것인가에 주목했다면, 〈김영랑〉에서는 혼사장애의 극복에 있어 여성의 지혜와 관련된 여러 개의 모티프를 삽입함으로써 변별점을 마련했다. 이에 〈김영랑〉의 '감사'는 자발적으로 혼인을 허락하는 면모를 보인다. 결국 〈김영랑〉에 삽입된 여러 모티프는 혼인에 있어 신분의 문제 보다는, 당사자의 적극적 의지와 재지가 더 중요하다는 것을 강조하기 위해 만들어진 것이라 봐도 무방하다.

특정한 야담 서사체의 경우 삽화의 분리와 결합 또는 편자, 화자의 개인적 창조력에 의하여 그 변이가 나타나게 된다는 것[10]은 주지의 사실이다. 그런 면에서 『양은천미』의 편찬자는 전대의 이야기를 취택하고 다듬어 〈김영랑〉이라는 새로운 이야기를 만들어내고 있음을 알 수 있다. 이는 작품 속에 나타난 처녀의 목소리를 통해서도 거듭 확인된다.

> 저는 비록 출신은 천하지만 뜻만은 천하지 않습니다. 일찍이 들은 말에 '갖추어 혼례를 하지 않고 결혼하면 첩이다.'라고 하였는데, 저는 음란하게 멋대로 놀아난 적이 없는데 어찌 첩으로 삼으려 하신답니까?[11]

무릇 인생에서 사람의 처지는 마치 바람에 날리는 꽃과 같아, 바람이 어떻게 부는가에 따라 더러운 자리가 인초 방석이 되기도 하고 인초 방석이 더러운 자리가 되기도 하는 것과 같습니다. 사람의 귀천이 어찌 정해져 있는 것이겠습니까? 부부는 인륜의 시작이니, 재덕이 우선이고 지체는 그 다음입니다. 재덕과 지체가 둘 다 온전할 수 없다면, 마땅히 재덕을 논하는

---

10 정명기, 「야담의 변이양상과 의미연구」, 연세대학교 박사학위논문, 1989, 4~21쪽.
11 生則雖賤, 志則不賤. 嘗聞'奔則爲妾', 未嘗淫奔, 何以妾爲?

것이 마땅하지 지체를 논하는 것은 마땅하지 않습니다. 그러하오니 청컨대 깊이 생각하여 주옵소서.[12]

〈조생-도우탄의 딸〉의 주제가 여성의 능력에 대한 재인식과 아울러 남녀 간의 결연을 매개하는 기준이 더 이상 신분 질서가 될 수 없다는 점을 강조하는 것이며 또한 신분 제도의 그릇됨을 은연중 드러내 보이려는 데에 있는 것[13]이라면, 〈김영랑〉은 남녀 간의 혼인에 있어 부수적 인물들을 제외하고 여성의 재지만을 더욱 강조하면서 이러한 주제의식을 더욱 강화하고 있다. 즉 남녀 간의 혼인의 문제는 사람의 신분이 아니라 사람의 됨됨이에 있음을 보여주고 있는 것이다.

물론 모티프를 차용하고 이를 덧대는 방식은 『청구야담』, 『동야휘집』, 『차산필담』 등의 조선후기 야담집에서도 빈번하게 나타나는 방식이므로 이를 『양은천미』만의 새로운 서술방법이라 할 수는 없을 것이다. 즉, 같은 모티프를 차용하더라도 일관된 주제를 형상화할 수 있느냐와 같은 문제를 제기해야 할 것이다. 그렇다면 〈김영랑〉에 나타나는 여성인물의 강조와 주제의식의 강화는 어떠한 이유로 나타나게 되었는가. 『양은천미』의 편찬자는 아직 규명되지 않아 그 의도를 직접 파악하기는 어렵기 때문에, 간접적인 접근이 요구된다. 이를 위해 비슷한 시기에 산출된 이해조의 『원앙도』를 참고해보도록 하자.

『원앙도』는 동농 이해조가 〈빈상설〉의 연재를 종료한 다음날인 1908년 2월 13일부터 1908년 4월 24일까지 『제국신문』에 연재한 신소설이다.

---

12 大凡人生門地 有如風花澗茵, 一番風動, 澗者爲茵, 茵者爲澗. 人之貴賤, 何嘗之 有? 夫婦, 人倫之始, 才德僞先, 門地爲後. 才德門地, 不可兩全, 則宜以才德爲論, 不宜以門地爲較. 請熟思之.

13 정명기(1995), 앞의 논문, 122쪽.

연재가 종료된 지 7개월 후 1908년 12월 8일자 『제국신문』에 단행본 출판
광고가 최초로 게재되었지만 현재 전하지 않고, 현재 가장 오래된 판본은
1911년 12월 30일에 발간된 동양서원본이다.[14] 『원앙도』의 내용은 본문에
나타나는 다음의 구절을 기점으로 크게 전반부와 후반부로 구분되는데,
전반부의 이야기가 민씨의 아들 말불과 조판서의 딸 금쥐의 지혜대결과
양 집안의 혼사결정에 있다면, 후반부의 이야기는 역적의 혐의로 몰락한
조판서의 딸 금쥐의 수난과 말불과의 재회에 초점이 있다.

> 이상은 지ᄌᆞ와 긔녀의 아롬다온 밧탕과 령민ᄒᆞᆫ 소견이 막상막하ᄒᆞ야 사
> 롬을 놀니고 귀신도 칙량치 못홀 ᄒᆡᆼ동으로 션셰의 슉혐을 츈셜갓치 풀고
> 빅년의 가약을 금셕갓치 뎡ᄒᆞ야 만고의 긔이ᄒᆞᆫ 일이됨을 긔록ᄒᆞ얏거니와
> 이하에ᄂᆞᆫ 그 인연을 셩취ᄒᆞ던 ᄉᆞ젹을 말ᄒᆞ고자 ᄒᆞ노라[15]

『원앙도』의 전반부는 양덕군수 민씨와 조판서의 대립구도로 진행된
다. 이들 집안은 선대의 원한 때문에 몇 대 간 서로 격면(隔面)하게 되었
는데, 조판서가 본도 감사로 발령 받으면서 다시금 얽히게 된다. 이에
민씨는 조판서가 자신의 연명(延命)을 받아들이지 않을 것이라는 고민을
아내에게 털어놓는다. 연명은 조선시대에 원이 감사에게 처음 가서 취임
인사를 하던 의식으로, 이것이 이루어지지 않으면 사무처리를 할 수 없
게 된다. 즉 수령직을 더 이상 유지하기 어려운 처지에 놓인 것이다. 헌

14 『원앙도』는 1908년 2월 13일자 제 2611호부터 4월 24일자 제 2670호까지 연재되었으
며, 표기상 연재횟수는 54회이지만 실제로는 총 53회가 연재되었다. 이 중에서 제 39회
및 제 50회에 해당하는 3월 29일자 제 2649호와 4월 21일자 제 2667호는 지면이 유실되
어 전하지 않지만, 단행본을 살펴보면 연재되었던 것이 확실하다. 강현조, 「이해조 소설
의 텍스트 변화 양상 연구」, 『한국근대문학연구』 17(1), 한국근대문학회, 2016, 116~117쪽.
15 권영민 외 편, 『빈상설·홍도화·원앙도』, 서울대학교 출판부, 2003, 282~283쪽.

데, 이 이야기를 엿들은 민씨의 아들 말불이 지혜를 낸다. 매화와 산월이라는 감사의 수청기생으로 하여금 감사의 병부를 훔치도록 하는 것이다. 병부는 군대를 동원할 때 쓰던 부신(符信)으로 이것을 소실할 경우 군문효수(軍門梟首)를 면하기 어려운 중죄였기에, 조판서는 안절부절 하게 된다. 이를 조판서의 딸 금쥐가 보고, 이른바 '연광정 화재 사건'이라는 계책을 내게 됨으로써 병부를 돌려받게 된다.

앞서 살펴본 〈김영랑〉에서 알 수 있듯, 이 '병부사건'은 『기문총화』에 있던 짧은 일화이다. 이해조는 이를 차용하여 '말불'과 '금쥐'의 재지를 드러낼 수 있는 사건으로 삽입하고 있는 것이다. 이처럼 한 인물의 기지를 보여주었던 일화를 변용하여 인물 간의 긴장 관계와 인연, 인물의 지혜로움을 복합적으로 담아내려 한 것은 기존의 존재하던 이야기가 작가 개인의 역량에 따라 전환되는 국면을 보여주는 사례라 할 수 있다.[16]

『원앙도』 속 금쥐는 여기서 그치지 않고, 민씨를 곤란하게 하기 위해 그를 연광정에 불렀을 때, 수령의 인(印)을 몰래 훔친다. 그런데 민씨의 아들 말불은 이를 미리 내다보고, 수령의 인을 집안에 미리 감춰두어 위기를 모면하게 된다. 곧 병부 사건을 확장시켜 추가로 덧댄 것이다. 사실을 알게 된 조판서와 금쥐는 민씨를 파면시키기 위해 이번에는 아주 어려운 옥사의 검시관으로 양덕군수 민씨를 임명하여 곤란에 빠뜨리고자 한다. 민씨는 검관을 맡긴 공문을 보고, 전례대로 해결하고자 하나 알 수 없었다. 옥사의 내용은 이러하다. 가산 새별령에서 네 사람이 죽는 살인사건이 났는데, 한 명은 고개 너머 중턱에서 목에 칼을 꽂고 죽었고,

---

16 주형예가 『원앙도』와 관련하여 『기문총화』의 삽화를 지적한 바 있다. 그에 따르면 서술자는 야담과 같은 오락적 독서물의 향유자로서 이를 창작으로 연결시키고 있다는 점이다. 주형예, 「여성이야기를 통해 본 20세기 초 소설 시장의 변모」, 『한국고전여성문학연구』 22, 한국고전여성문학회, 2011, 282~283쪽.

한 사람은 고개 이편 중턱에서 목에 칼을 꽂고 죽었으며, 고개 마루에는 두 사람이 빈 술병과 술잔을 놓고 죽었다는 것이다.

이 사건은 어찌된 영문일까. 민씨는 이를 해결하지 못해 답답해하는데, 아마도 그가『소한세설』을 읽어보았다면 쉽게 풀 수 있었을 것이다. 19세기 말엽 찬집된 것으로 추정[17]되는 패설집『소한세설』의 3화 〈대어무량자살신(大禦無良自殺身)〉에는 이와 유사한 내용이 실려 있다. 세 도둑이 훔친 재물을 나누지 않으려다가 흉계를 꾸미는데 두 명이 작당하여 한 명을 죽이고, 준비한 독약에 남은 두 명도 모두 죽게 되어 결국 잃어버린 사람이 재물을 되찾는다는 내용이다.『원앙도』에서는 죽은 사람이 네 명으로 늘어났지만 사건의 추이는 동일하다고 하겠다. 아마도 이러한 유형의 이야기는 조선후기 야담, 패설집에 자주 등장했던 것으로 보이는데 이해조는 이것을 적극 차용하여 말불이의 지혜를 드러내기 위해 차용한 것이다.

요컨대『원앙도』의 전반부는 민씨와 조판서의 집안대립을 말불이와 금쥐의 지략대결로 표면화하였고, 이를 위해 야담과 패설에서 차용한 모티프를 활용하여 '병부+도둑옥사'라는 두 가지 형태로 구성하고 있다. 또한『원앙도』의 후반부는『금고기관』소재 〈양현령경의혼고녀(兩縣令競義婚孤女)〉의 후반부 구성을 차용한 것이다.[18] 다시 말해,『원앙도』는 '병부+도둑옥사'의 전반부에, 〈양현령경의혼고녀〉의 후반부가 더해진 작품인 셈이다. 이를 통해 서술자 이해조는 기존에 전해지던 이야기나

---

17 『소한세설』에 대해서는 다음의 논의들을 참고. 이승은, 「19세기 패설의 변화와『消閒細說』」,『순천향 인문과학논총』33, 순천향대학교, 2014, 5~29쪽.; 장현곤, 「『消閒細說』研究」, 성균관대학교 석사학위논문, 2016.

18 손병국은 당대 신소설이 독자들의 흥미를 고려했기 때문에, 한문에 능했던 이해조가 『원앙도』를 기술함에 있어 〈兩縣令競義婚孤女〉를 번안한 작품이라고 주장했다. 손병국, 「『鴛鴦圖』연구」,『한국어문학연구』47, 한국어문학연구학회, 2006.

중국 단편 소설 등의 화소들을 차용·변개하여 작품을 새롭게 형상화하고 있음을 알 수 있다.

이상에서『원앙도』는 〈김영랑〉의 서술방식과 일면 유사한 면모를 보이며, 이를 통해 〈김영랑〉이 보이는 변이의 의미를 추정해 볼 수 있다. 첫째로, 비슷한 시기에 나온 두 작품 모두 이전에 나타난 야담 속 모티프를 사용했다는 점이다. 둘째로는 단순히 모티프를 차용하는 데 그치는 것이 아니라 인물의 성격과 특성을 표현하기 위한 중요한 방안의 하나로 이를 변개하고 있다는 점이다. 마지막으로 혼사장애라는 작품의 주제를 형상화하기 위해 각각의 차용된 모티프가 기능하고 있다는 점이다. 이런 맥락에서 〈김영랑〉의 '수탉 옥사'나『원앙도』의 '도둑 옥사' 또한 같은 역할을 하고 있음은 당연하다. 물론 이것이 두 작품 간의 직접적인 연관 관계를 증명할 수 있는 것은 아니다. 굳이 말하자면 이해조가 '야담'의 작법을 흉내 낸 것이라 평가할 수도 있다.

다만『원앙도』가『양은천미』에 비해 보다 이른 시기에 연재되었고, 또『양은천미』의 편찬자가 야담집을 편찬하는데 있어 신문의 기사를 참조했다는 점[19], 동시에 전대에는 발견되지 않는 유사한 작법과 주제의식을 공유하고 있는 점 등을 고려해보면『양은천미』의 편찬자가 당대 유행하던 문학의 작법원리를 고려하였음을 부정할 수는 없다. 이는『양은천미』의 편찬자가 적어도 당대의 문화적 지형도에 매우 익숙하던 일련의 문화 소비층이었을 것임을 의미하는 것이다. 다음의 또 다른 사례를 통해 이를 확인해보도록 하자.

19 권기성(2016), 앞의 논문, 188~190쪽.

3. 번안 소설의 수록과 부분적 초점화: 〈봉황대회금강춘월〉 과 〈소지현나삼재합(蘇知縣羅三再合)〉

『양은천미』는 기존 야담에 수록된 여러 모티프들을 차용·변개하여 새로운 이야기를 만들어 내는 경우 외에, 익히 알려져 있던 원작품을 비교적 그대로 수록하기도 한다. 이를테면 야담이나 고전소설 중 〈옥소선 이야기〉, 〈정향전〉, 〈운영전〉에 해당하는, 6화 〈일지홍격부립공명(一枝紅激夫立功名)〉과 14화 〈정향교계시대군(丁香巧計侍大君)〉, 31화 〈운영유한기유생(雲英遺恨寄柳生)〉 등이 그것이다. 이뿐 아니라 중국의 『금고기관』과 같은 작품들을 번안해서 수록한 사례들도 있는데 4화 〈이부사계전황보고(李府使計全皇甫孤)〉가 여기에 해당한다.[20] 이와 유사한 양상을 보여주는 것은 7화 〈봉황대회금강춘월〉[21]도 마찬가지다.

기존의 선행연구에서는 〈봉황대〉에 대해서 이렇다 할 분석을 진행한 바 없었는데[22], 필자가 살펴본 바 이 작품에 대한 접근은 생각보다 복잡다단한 과정을 거쳐야 할 것으로 판단된다. 우선 〈봉황대〉의 경개를 함께 살펴보자.

  ① 고려 공양왕 때 부제학 정달중이라는 사람이 금강산 아래 沼를 파고
     취유정이라는 정자를 지었다.
  ② 정덕현과 정필현이라는 두 아들이 있었는데, 덕현의 용모와 문장이

---

20 이 유화는 정명기에 의해서 『금고기관』 3화 〈등대윤귀단가사〉와 비교 검토 되었던 바
    있다. 정명기, 「韓國 野談類文學과 中國側 文獻資料의 關聯 樣相 -『揚隱闡微』와 『今
    古奇觀』의 關係를 中心으로」, 『어문학교육』 31, 한국어문교육학회, 2005, 445~476쪽.
21 이하 〈봉황대〉로 지칭하도록 한다.
22 단지 4화 〈이부사계전황보고〉와 함께 거론되어, '『소씨전』 계열의 작품, 또는 『금고
    기관』 소재 작품과의 영향, 교류관계를 파악하는 데 도움이 될 작품'이라 언급하고 있
    다. 이신성·정명기, 앞의 책, 2000, 9쪽.

남들이 비해 출중했다.

③ 하루는 덕현이 산을 올랐다가 한 노인에게 '금강춘월'이라는 옥피리를 받고 몇 곡조를 배웠는데 노인은 사라졌다. 덕현이 이를 부친께 알리고, 이상하게 생각하였다.

④ 외조부 이상서가 경기도 강화부에서 회갑연을 열자 덕현이 어머니를 모시고 잔치에 참여하였으나 이상서가 잔치를 열지 못하게 했다.

⑤ 여흥이 미진하였던 덕현이 절해고도에서 표류하여 소자사의 딸과 계집종을 만났고, 연분을 맺어 강화도에 함께 돌아와 혼례를 치렀다.

⑥ 소씨는 재주와 부덕을 겸비하였다. 沼에 사는 잉어에게 늘 먹이를 주니 잉어가 꿈에 나와 자신이 남해 용왕의 딸임을 밝히며 은혜를 갚을 것이라 말했다.

⑦ 덕현이 음직으로 남해의 수령이 되어 고을을 잘 다스린 뒤, 고향으로 돌아가려 하자 백성들이 아쉬워했다.

⑧ 海港에 이르렀을 때, 해적들을 만나 가족이 모두 물에 빠져 헤어지게 되었다.

⑨ 용왕의 딸이 나타나 소씨를 구출하여 망운암에서 10년을 의탁할 것을 말해주었다. 소씨는 죽으려 했으나 여종을 만나게 되었고, 뒤이어 한 여승을 만나 암자에 머물렀다.

⑩ 얼마가 지나 해산할 날이 다가오자, 여승이 장대복이라는 농민의 집에서 아이를 낳고 그로 하여금 아이를 키우게 하도록 권했다.

⑪ 소씨가 그 말을 따라 소정을 낳았는데, 장대복 부부가 소정을 안고 도망가 버렸다.

⑫ 10년이 지나고 장대복의 이웃인 이종초가 남해의 어망에서 얻은 피리를 주며, 소정을 사위 삼고자 했다.

⑬ 소정이 과거를 보러 서울에 가는 길에, 일정이 연기되어 금강산에 유람 차 방문했다가 우연히 취유정에 이르러 정달중을 만나게 되었다.

⑭ 정달중은 소정의 모습이 덕현과 닮아 있음에 놀랐고, 금강춘월 피리를 본 뒤 그 연유를 물었으나, 자세한 바를 알지 못해 이상해 했다.

⑮ 소정의 꿈에 한 노인이 나타나, 인륜을 알지 못한다며 소정을 꾸짖었다. 떠나는 소정에게 정달중은 다시 방문해 줄 것을 부탁했다.

⑯ 소정이 급제하여 영남어사로 취유정에 들리자, 정달중이 덕현과 소씨
의 사건을 수사해 줄 것을 의뢰했다.

⑰ 소정이 영남에서 정탐하다가 해적의 소굴을 발견하고, 그 곳에서 이
종초가 예전 덕현과 소씨를 해하고 피리를 얻게 된 연유를 엿 듣게
되었다. 이에 어사출두를 하여 옥사를 살펴 심문하였다.

⑱ 며칠 뒤 두 여승이 자식을 찾아달라는 原情을 하자 소정이 친어머니
임을 알게 되었다. 이종초 등 해적들은 벌을 주었고 장대복에게는 천
금을 주어 보답하니 임금이 포상하였다.

⑲ 외가의 소식을 탐지하고자 남경에 사신을 요청하여 갔다가 소자사가
이사를 갔음을 알게 되었다. 이에 봉황대에 올라 옥피리를 부는 도중
정덕현을 만나 그간의 사정을 듣게 되었다.

⑳ 다음날 함께 소자사의 집에 가서 사정을 아뢰고, 조정에 돌아와 사직
하고 귀향하니 가족들이 모두 기뻐하며 취유정을 취락정으로 고쳤다.
그 뒤 모두 신선이 되어 간 곳을 알 수 없었다.

제시된 서사단락을 통해서, 이 작품은 기존에 지적한 『소씨전』과는 전
혀 다른 양상으로 전개되고 있음을 알 수 있다. 우리에게 알려진 『소씨전』
은 남녀 주인공 장한림과 소소저의 이합과정 및 이에 따른 처첩갈등이
중심내용인 고전소설로, 『소부인전』, 『장학사전』, 『조생원전』 등의 다른
제목으로 지칭되는 가정소설의 하나이다.[23] 기존의 연구에서 언급한 『소
씨전』이 이 작품을 가리킨 것인지는 알 수 없지만, 제명에 따라 보건대
아마도 〈봉황대〉는 『소씨전』과는 무관한 작품임에 틀림없다.

오히려 이 작품은 명대의 소설집 『경세통언(警世通言)』에 수록된 11화
〈소지현나삼재합〉과 유사한 면모를 보인다. 『경세통언』은 명말 풍몽룡이
편찬한 『유세명언(喩世明言)』(1621), 『성세항언(醒世恒言)』(1627)과 함께 『삼

23 박순임·성현경, 「『사씨남정기』와 『소씨전』의 대비」, 『고전문학연구』 3, 한국고전문
학회, 1986, 154~171쪽.

언』의 하나로, 훗날 『금고기관』이라는 명대 단편소설집에 추려지기도 하는 백화체 단편소설이다.[24] 여기에 수록되어 있는 〈소지현나삼재합〉은 해적에 의한 가족 간의 분리와 시련, 결합 양상 등의 사건 전개를 보이는데, 이 작품이 〈봉황대〉와 매우 흡사한 양상을 보인다. 물론 『양은천미』의 편찬자가 『금고기관』을 번안해 수록한 사례가 있는 만큼, 〈봉황대〉는 『금고기관』을 참고하여 작성한 것일 수도 있으나 현재 남아있는 대자족본(大字足本) 등을 참고해 보았을 때, 『금고기관』에는 이 이야기가 수록되지 않은 것으로 여겨진다.

그렇다면 이 작품은 『경세통언』의 〈소지현나삼재합〉을 직접 번안한 것으로 그 경로를 짐작할 수 있을까. 그런데 〈소지현나삼재합〉은 명대전기인 『나삼기(羅衫記)』나 희곡 『백라삼(白羅衫)』 등으로 개작되기도 하고, 일찍부터 우리나라에도 전해져 『월봉기』, 『옥소기연』, 『강릉추월』, 『소학사전』 등의 다양한 번안·파생작을 남기기도 했다.

선행연구에 의하면 〈소지현나삼재합〉계 번안류 소설들은 3~4개의 유형으로 구분되는 데[25], 연구자마다 차이는 있지만 대개 '공통담'과 유형별 '개별담'의 결합으로 이루어져 있다는 데는 의견이 동일하다. 전상욱에 따르면 작품군 전체를 공통적으로 관통하는 서사의 내용은 '가족이합'에 있는데[26], 그 공통 내용은 아래와 같다.

---

24 이경림, 「근대 초기 『금고기관』의 수용 양상에 관한 연구」, 『한국근대문학연구』 27, 한국근대문학회, 2013, 230쪽.

25 대단히 많은 연구결과가 있으나 대표적 논문들만 제시하기로 한다. 심재숙, 「〈소운전〉-〈월봉기〉계 작품군의 유형변이와 담당층에 대한 연구」, 고려대학교 석사학위논문, 1990; 이필우, 「〈蘇知縣羅三再合〉계 번안소설의 실상과 상호관계」, 경남대학교 석사학위논문, 1991; 육재용, 「월봉기의 이본연구」, 서강대학교 박사학위논문, 1994; 전상욱, 「〈월봉기군〉 소설의 작품세계」, 연세대학교 석사학위논문, 1995; 이화, 「蘇知縣蘿衫再合」과 「蘇知縣蘿衫再合」계 '翻案類'小說의 比較研究」, 충북대학교 박사학위논문, 2010.

① 벼슬을 제수 받고 임지로 부임하던(임기를 마치고 귀향하던) 부모가
수적에게 화를 당한다.
② 부친은 물에 던져지나 죽지 않고 살아난다.
③ 임신 중이던 모친은 수적에게 잡혔다가 조력자의 도움으로 탈출한다.
④ 모친은 절에서 자식을 낳은 후 버린다(양자로 준다).
⑤ 버려진 자식이 수적의 아들로 성장한다.
⑥ 과거를 보러 가던 자식이 조모(조부)집에 들러 자신의 근본에 대한
의문을 품는다.
⑦ 등과하여 어사가 된 자식이 친부모를 만나고 수적을 징치한다.[27]

그런데 번안류 소설들은 위의 공통담 만으로 구성되어 있지 않고, 각
작품마다 개별적인 서사담인 결연담이나 군담 등을 통해 이야기의 새로
운 후반부를 만들어 간다는 특징이 있다. 따라서 〈봉황대〉와 일정한 관
계를 가지면서도, 내용의 차이는 크다 하겠다.[28] 즉, 〈봉황대〉의 영향관
계와 형성경로는 쉽게 속단할 수 없다.
다만 현재의 단계에서 추정할 수 있는 점은, 어떤 경로를 상정하든
〈봉황대〉는 번안의 자국화 양상을 꾀한다는 점에서 '강릉추월'계 작품들
과 유사하지만, 다른 작품들과는 다르게 군담과 결연담 등을 모두 삭제

---

26 〈월봉기〉군 소설의 전체적인 서사전개는 水賊을 懲治하는 데에 집중되어 있는 것이
아니라, 원래 함께 있어야 할 가족 구성원들이 서로 헤어져 있다가 우여곡절을 겪은
후에 다시 만난다는 것에 집중되어 있고, 그러한 離散의 원인을 제공하는 하나의 요소
로서 수적이 등장하는 것이기에, '복수담'보다는 '가족이합담'이라는 용어를 사용하는
것이 더 적절해 보인다. 전상욱(1995), 위의 논문, 17쪽.
27 육재용, 「강릉추월전의 창작성 고찰」, 『어문학』 93, 한국어문학회, 2006, 260쪽.
28 작품배경과 인물의 한국적인 설정, 제목의 유사성 등은 번안작 중 '강릉추월계' 작품
들과 유사하지만 일면 거리가 있다. 한편 1915년 간행된 『금강취유』는 〈봉황대〉와 거
의 유사한 면모를 보여준다. 이러한 점들은 차후 '월봉기' 혹은 '강릉추월계' 작품들과
더불어 〈봉황대〉와 『금강취유』의 거리를 확인할 필요성을 보여준다. 이에 대해서는
추후 지면을 달리하여 논구하도록 한다.

하거나 배제하고 있다는 특징을 보인다는 것이다. 이 점에서 〈봉황대〉
는 군담이나 결연의 방식을 활용하여 인물의 영웅적 면모를 부각하기 보
다는, 수난으로 인한 가족이합(家族離合)의 서사에 초점을 맞추고 있음을
알 수 있다.

〈봉황대〉의 실제 서술양상을 살펴보아도 이 같은 특징은 쉽게 발견된
다. 〈봉황대〉는 다른 소설들과 비교하여 장면의 묘사와 서술의 구체성이
확연히 떨어지는 면모를 보이기도 하는데, 이 같은 점은 '야담'이라는 갈
래가 지닌 특성에서 기인하는 것일 터다.[29] 『금강취유』와 비교해보면 〈봉
황대〉의 간략함은 더욱 분명해진다. 허다한 사례 중 하나만을 들어 살펴
보도록 하자. 지면의 분량 상 『금강취유』는 서사단락으로, 〈봉황대〉는
원문으로 사례 단락을 제시하도록 한다.

사례단락	『금강취유』	〈봉황대〉
해적 결박과 옥사	① 봉내가 소청의 소식을 듣고 의기양양해하고, 봉내의 딸 역시 방약무인하다. ② 소청이 계략을 내어 봉내를 잔치에 초대하다. ③ 봉내가 동생 칠인을 데리고 잔치에 참여했다가 속수무책으로 결박당하다.	抽身急出, 發卒捕縛 並送縣獄 卽夜露踵 按獄審問 南海附近 一時驚動
해적 징치	① 소청이 봉내를 추궁하여 옥소를 얻은 까닭을 밝히고 봉내를 효수하다. ② 봉내의 심간으로 제문을 지어 수중고혼을 위로하다. ③ 봉내의 가족이 모두 죽고, 봉내는 관속의 자식들에게 능지처참 당하다. ④ 장대복을 불러 전일의 죄를 물으나, 양육한 공을 들어 속죄하다.	李宗楚等 按法處決, 張大福卽與之報酬千金.

---

29 野談은 삶의 한 단면을 그려내는 데, 그 背景은 日常에 두는 것이 一般的이다. 野談
   은 이야기 주변의 곁가지를 모두 배제하고, 오로지 그 意味를 傳達하는데 必要한 窮
   極의 目標點을 向해서만 專一하게 나아가는 傾向性을 지니고 있다. 따라서 野談에서
   이야기의 主題와 直接 關聯이 없는 附隨 揷話가 疏略하게 處理되는 것은 이러한 理
   由에서 비롯된다. 정명기(2005), 앞의 논문, 459쪽.

위의 표와 같이, 〈봉황대〉에서 해적 결박과 옥사 및 해적의 징치에 대한 장면의 기술 등은 『금강취유』에 비해 극히 단순하게 나타나고 있다. 소정이 결박하게 되는 해적(봉내/이종초)은 옥소를 전해준 장본인으로, 사실 그의 장인이다. 아직 정식 혼례를 치르기 전이지만 어린 시절부터 집안 간에 혼약을 맺어온 점을 생각해보면 사위가 장인을 처단하는 것은 윤리적으로 쉽게 납득하기 어려운 장면이다. 이에 『금강취유』에서는 해적과 그의 딸이 원래부터 방약무인한 성격이었음을 드러내, 소정의 행위에 정당성을 부여한다. 한편, 소정이 해적을 결박하는 과정, 징치하는 장면 등에서는 '관리'로서 소정의 뛰어남이 드러난다. 계략을 내어 해적들을 일시에 잡아내거나, 자신의 죄업을 부인하는 해적의 시인을 끝내 받아내기 때문이다. 게다가 해적을 징치하는 데 있어서도 그 처벌의 강도가 매우 잔인한데, 따라서 뚜렷한 권선징악의 면모를 보여주는 복수 행위가 서술되어 있다.

〈봉황대〉에서는 이러한 장면에 대한 서술이 극히 축약되어 있다. 이는 〈봉황대〉가 '소정'의 뛰어남을 언급하여 영웅으로서의 면모를 부여할 의도가 없었으며, 해적에 대한 복수에 대해서도 별다른 관심을 보이지 않았음을 의미한다. 때문에 사건의 뼈대정도를 간략하게 제시하는 정도로 지나간 것이라 하겠다. 반면 특정 대목에 있어서는 다른 부분에 비해 지나칠 만큼 자세히 묘사하거나 서술하고 있는데, 결국은 이러한 부분들이 『양은천미』의 편찬자가 이야기를 수용하는 과정에서 전달하고자 하는 의도를 가늠케 할 것이다.

하루는 밤은 고요하고, 봄 달은 온 산을 비추고 있었다. 그런데 갑자기 절 뒤편에서 피리 소리가 바람결에 들려왔다. 마음속으로 이상히 생각하여 발 가는 대로 산을 올랐다. 산을 오르니 소나무 형상에 학의 기골을 하고,

지초의 눈썹을 하고, 깃으로 옷을 해 입은 한 노인이 즐거이 맞이하였다.
"미리부터 자네가 올 줄 알고 있었네. 사람이 세상에 살면서 음률을 몰라서
는 안 되니, 자네는 시험 삼아 이것을 배우게." 덕현이 노인이 주는 옥피리
를 받아보니, '금강춘월'이란 네 글자가 새겨져 있었다. 그 노인이 몇 곡조
를 가르쳐 주다가 "내일 이맘 때 또 와서 배워라"라고 하고는 가버렸다.
이처럼 몇 달을 계속하니, 모든 것을 배우게 되었다. 이에 노인이 옥피리를
주며, "너는 이 피리를 잠시라도 몸에서 떨어뜨리지 말아라."라고 말을 하
고는 이내 표연히 사라져 다시는 볼 수가 없었다. 허전함을 이기지 못해
하다가 피리를 가지고 돌아와 부제학에게 아뢰니 부제학 역시 이상하게 생
각하였다.[30]

위 장면은 덕현이 성장하고 난 후, 선인을 만나는 장면을 초점화한 것이
다. 신비스러운 느낌을 자아내기 위해 배경과 선인의 풍채를 핍진하게
묘사했고, '금강춘월'이라는 옥소를 획득하는 장면을 자세히 서술하고 있
다. 편찬자는 다른 장면들은 간략하게 제시하면서 왜 이 장면에 대해서는
공을 들여 서술하고 있을까. 그것은 옥소가 훗날 소정과 할아버지인 부제
학, 아버지 덕현의 만남을 중재하는 매개로 중요한 역할을 하고 있기 때문
이다.

　　이때에 과거가 있어 소정은 행장을 꾸려 시험장으로 떠났는데, 시험 시기
　　가 잠시 늦춰졌음을 알았다. 소정은 서울에 머물러 있기도 무료하여 명승지
　　를 유람코자 서울에서 바로 금강산으로 갔다. 명승고적을 두루 찾아다니다
　　가 우연히 취유정에 이르게 되어, 부제학께 인사를 드렸다. 부제학은 소정의

30　一日, 夜靜空門, 春月滿山. 忽聞寺後笛聲飛來, 心竊異之, 信步上山, 有一老人, 松
　　形鶴骨, 芝眉羽衣, 欣然而迎曰: "固知汝之來也. 人生在世, 音律亦不可不知, 汝試學
　　此." 德顯見其玉笛, 鏤以金剛春月四字. 那老人教之數曲曰: "明日此時, 又來學習."
　　如是數月, 學已成矣. 老人仍以玉笛與之曰: "汝以此笛, 不可斯須去身." 言罷, 飄然
　　而去 遂不復會. 不勝悵然, 携笛而還, 告于副學, 副學亦異之.

모습과 말씨가 덕현과 한결 같자 몇 번을 계속 보면서 의아해하며 슬퍼하였다. 소정도 인륜의 기운에 느껴 자연히 마음이 움직여 달을 보고 난간에 기대어 옥피리를 불며 번민을 떨치려 하였다. 겨우 두어 곡을 불자 부제학이 소리 내 크게 울며 급히 나와 피리를 빼앗아 달빛에 비추어 자세히 보니, 피리에 금강춘월이란 네 글자가 분명히 새겨져 있었다. 부제학이 눈물을 흘리며 말하길, "이것은 금강산 신령이 내 자식에게 준 것이네. 10여 년 전에 내 자식이 남해 수령이 되어 갈 때, 이 피리를 가지고 제 아내와 임소에 부임했네. 그가 관직을 그만두고 돌아올 때, 배를 탔다는 소식은 들었지만, 육지에 나왔다는 소식은 듣지 못하였네. 15년 동안 살았는지 죽었는지조차 막연하게나마 듣지 못했네. 지금 이 피리를 보니 슬픔과 괴로움을 이기지 못하겠네. 이 피리는 어디서 얻었는고?"[31]

이날 밤에 무료하여 봉황대에 걸어 올라가 한가로이 옥피리를 불어 흥을 돋우고자 하였다. 그런데 갑자기 어떤 사람이 엎어지고 자빠지듯 봉황대로 올라와 피리를 빼앗고 울면서 말했다. "이것은 금강산 선옹이 나를 가르치던 것으로 내게 준 것인데, 남해 바다에서 이 피리를 잃어 버렸소. 지금 이 피리가 당신에게 있으니, 당신은 어떤 사람이오?" 두 사람이 서로의 사정을 하소연하다가 비로소 부자가 서로 만났음을 알았다. 덕현이 말했다. "내가 바다에 빠졌을 때, 어떤 물건에 업혀 나오다가 마침 월남국 상선을 만나 함께 월남국으로 돌아가 그 사람의 가정교사가 된지 어느덧 10여년이 되었단다. 처가를 뵈러 어제 금릉에 도착했는데, 처가가 이사를 했더구나. 밤이 되니 달빛이 밝아 천천히 걸어 봉황대에 오르는데 갑자기 피리소리가 들려와서 부자가 서로 만나게 되었으니, 이것은 하늘이 정한 운명이 아닐

31 時有科令, 蘇鄭佯裝赴試, 試期差退. 蘇鄭留京無聊, 欲周覽勝地, 自京師, 直入金剛, 尋訪名勝, 轉到聚有亭, 拜鄭副學. 副學見蘇鄭儀形言辭, 一如德顯, 看看疑訝, 不勝悲泣. 蘇鄭亦倫氣所感, 自然動心, 對月憑欄, 吹笛撥悶. 纔弄數聲, 副學放聲大哭, 急出取笛, 乘月諦視, 則金剛春月四字, 分明鑴在. 因垂泣而言曰: "此是金剛山靈之與吾子者, 十餘年前, 吾子爲南海守, 携此笛, 與其妻, 同赴任所, 及其解官歸來, 只聞乘船之報, 未聞出陸之信. 于今十五年, 生死存沒, 漠未聞知. 今見此笛, 不勝悲苦. 不知此笛, 何處得來也?"

수 없구나."[32]

소정은 훗날 옥소를 통해, 부제학을 만나고 아버지를 만나게 되는데, 이 장면 또한 매우 자세히 기술되어 있다. '강릉추월'계 다른 작품들에서는 아버지 덕현이 타국(월남)에 유리되어 어떠한 상황을 겪게 되는지 자세히 서술된다. 그러나 〈봉황대〉에서는 이 같은 서술을 아버지의 발화 속으로 단순히 편입시켜 전달할 뿐이다. 여기에서 중요한 것은 '옥소'를 통한 기이한 만남, 즉 서두에 제시된 신비한 옥소가 가족 간의 이합에 어떻게 기능하는지를 보여주는 데 초점을 맞추고 있기 때문이다. 따라서 '봉황대에서 금강춘월로 인해 만나다.'라는 제목과 같이 『양은천미』의 편찬자는 다른 부분들을 과감하게 축약하면서 옥소를 통한 가족 간의 만남을 보여주려 했던 것이다.

이상에서 〈봉황대〉는 중국의 〈소지현나삼재합〉이나, '강릉추월'계 작품들에 영향을 받은 편찬자의 수용을 통해 『양은천미』에 정착되었음을 알 수 있다. 어느 것을 저본으로 하였든, 〈봉황대〉는 인명과 지명, 사건의 전개에 있어 중국의 것이 아닌 우리나라의 지명을 사용하려 했다. 동시에 여타의 유사 소설에서 빈번하게 등장하는 군담과 결연담은 모두 소거하였다. 이는 가족이합이라는 주제를 초점화하기 위해 편찬자가 의도적으로 서술의 분량을 축약하고 확대하는 데서도 파악할 수 있다. 즉, 『양은천미』의 편찬자는 당대 유행하던 번안 소설을 활용하면서도, 자신이 전달하고자 한 주제로 작품의 내용을 변개하였던 것이다.

---

32 是夜無聊, 步上鳳凰臺, 開吹玉笛, 聊以遺興, 忽有一人, 轉倒登臺, 攬笛涕泣曰: "此是金剛山仙翁教吾, 遺吾者, 南海海中, 遺失此笛, 今歸于君, 君是何人?" 彼此相訴, 始知父子相逢. 德顯曰: "一自投海, 有物負出, 適遇越南商船, 同歸于越, 爲人塾師, 居然爲十餘年矣. 欲訪妻家, 昨到金陵, 妻家又移. 夜來月色, 緩步登臺, 忽聞笛聲, 父子相逢, 無非前定."

4. 통속적 서술방식의 사용과 시대성의 내밀화

『양은천미』에 나타나는 두 작품의 사례를 통해 우리는, 『양은천미』의 편찬자가 전대의 작품을 그대로 전재하고 있는 것이 아니라 자신의 관점에 따라 의도적으로 작품을 변개하면서 수록하고 있음을 알 수 있다. 이 때 변화의 방향에 따라 나타난 『양은천미』의 서술특징을 '통속적 서술방식'이라 지칭할 수 있을 것이다.

한국에서의 '통속'이란 시대에 따라 다르게 나타난다. 특히 문학 담론에서는 때로는 공통적인 것, 때로는 저급한 것의 경계를 드나들며 사용되어 왔기 때문에, '통속성'에 대한 의미의 명확성이 늘 제기될 수 있다. 그러나 여기에서의 통속성이란 예술성과 반대되는 저급한 것을 의미하는 것으로 사용되는 것이기 보다는, 대중에게 친숙한 공통적인 특성에 가까운 개념을 의미한다. 즉, 근대 초기의 '통속' 개념을 살펴보면, 특정 계층에게 점유되어 있던 지식과 언어를 공통의 사람들이 사용할 수 있게끔 한다는 의미가 담겨 있을 뿐 아니라, '대중'의 개념과 연관되어 '대중문학'과 유사한 의미로 인식되기도 하기도 하는데[33], 본고에서 사용할 통속성의 의미도 이와 근접하다. 따라서 『양은천미』의 '통속적 서술방식'이란 『원앙도』나 번안류 소설들을 대거 참고하면서 당대의 독자들에게 익숙한 문학의 세계를 본뜨고 있다는 점이라 하겠다.

'통속적 서술방식'과 함께 유념해야 할 또 하나의 양상은 『양은천미』가 그려내는 시대성이다. 곧 『양은천미』는 익숙한 문학세계의 차용에만 그치는 것이 아니라, 이러한 방식을 통해 당대의 변화되는 시대상을 포착하고자 했던 편찬자의 편찬의도를 드러내고 있다. 다만 이 시대성은

---

33 강용훈, 「통속 개념의 변천 양상에 대한 역사적 고찰」, 『대동문화연구』 85, 성균관대학교 대동문화연구원, 2014, 42~43쪽.

좀처럼 적극적이지는 않은데, 이는 서사 내에 은밀하게 갈무리 되어 있기 때문이다.

〈김영랑〉은 전대의 야담에 나타난 혼사장애와 현부담이라는 주요 모티프를 차용하면서도, 여성인물의 재지를 적극 드러내어 전대에 비해 자유 혼인의 중요성을 더욱 드러내고자 했다. 이와 같은 주제의식은 유사한 서술방식을 표방하던 이해조의 신소설 『원앙도』에서도 살펴볼 수 있었던 바와 같다. 『원앙도』가 연재될 당시 『제국신문』은 부녀자들을 주요 독자층으로 삼고 있었기에[34] 특히 여성과 관련된 여인의 수난과 혼사담이 많은 비중을 차지하고 있었다. 1908년 12월 8일자로 『제국신문』에 게재된 『원앙도』의 광고를 살펴보면 이해조가 당대 독자층으로부터 얻고자 했던 효과가 무엇이었는지, 당대 소설이 무엇을 지향하고자 했는지가 어렴풋이 나타난다.

> 본 소셜은 삼대 특식이 잇스니 일 말불의 총례와 금쥐의 영오홈은 후진 청년의 ᄉᆞ상을 열어 줄만ᄒᆞ고 일 죠감스의 혐의를 과히 본 것과 산월의 의리를 져바림은 남녀 샤회에 경계가 될 것이오 일 안션달의 보은홈과 윤군슈의 ᄌᆞ션홈은 귀쳔간 교졔에 모범이 될지라 그 착착ᄒᆞ 쟈미가 이 소셜 보는 ᄉᆞ롬으로 ᄒᆞ야곰 칙상을 두다리며 긔이홈을 칭도홀만 ᄒᆞ오[35]

이해조는 『원앙도』가 당대 청년의 사상을 열어줄 뿐 아니라, 남녀 사회의 경계가 되며, 귀천 간 교제에 모범이 될 수 있다는 점을 들어 그 효용을

---

34 이해조의 소설에서 구어체적 표현이 자리를 잡을 수 있게 된 것은 초기에 발표된 그의 소설 대부분이 부녀자들을 주요 독자층으로 삼은 『제국신문』에 연재되었다는 점과 밀접한 관련이 있다. 최원식, 『한국계몽주의 문학사론』, 소명출판, 2002, 164~165쪽.

35 '중앙서관 광고', 「원앙도」, 『제국신문』, 1908.12.8. 배정상, 『이해조 문학 연구』, 소명출판, 2015, 123쪽에서 재인용하였음.

강조했다. 특히 서사를 통한 '재미'에 주목하여 당대의 폭넓은 소설 독자
들을 포괄하고자 했는데, 이는 그가 계몽성을 염두에 두면서도 흥미성과
대중성을 중요시했음을 의미한다. 때문에 그는 독자층이 익숙하게 여기
는 이야기의 화소들을 적극 차용하여 독자들을 유인했고, 그 방법의 일환
으로 고전적 세계관을 답습하면서 통속적 문학을 지향하고자 했다.[36]

당대의 소설이 집단의 운명이나 가치관에 중점을 둔 것이 아니라, 개
인의 삶에 초점을 맞추는 방향으로 변해가면서도 여전히 고전적 세계관
을 탈피하지 못하는 것은 이중적 의미를 지닌다. 즉 동시대를 살아가는
'개인의 서사'에 관심이 경도되어 가면서도 여전히 구시대적 가치관의
자장 안에 놓여 있던 당시 독자들의 취향과, 그것을 추종하는 소설 작가
들의 현실인식의 한계가 동시에 작용했던 것이다. 때문에 소설의 소재들
역시, 젊은 남녀가 우여곡절 끝에 결혼에 이르는 혼사모티프 내지는 첩
의 횡포, 계모 등을 중심으로 전개되는 가정 내의 음모와 갈등과 같은
통속적 소재에 집중되어 있었던 것이다. 즉 이러한 소재에 집중하는 현
상 자체는 당시 독자대중의 취향에 대한 작가들 나름의 현실 판단을 반
영하고 있는 것으로 볼 수 있다.[37]

남편과 안히란거슨 평성에 쓰고 단거슬홈의 견디고 만스를 서로 의론
흐야 집안 일을 흐며 서로 밋고 서로 공경 흐고서로 스랑 흐야 안히는 남편이

36 이해조는 몇 가지 전략을 통해 독자들을 위한 글쓰기를 시도하는데, 하나는 〈소양정〉
이나 〈탄금대〉처럼 『금고기관』에 속해 있는 단편들만이 아닌 다른 고전 소설들의 차
용으로 확장해나가는 것이고 다른 하나는 인물의 설정이나 화소 등 서사의 차용을 단
편화하여 원래 한문단편의 맥락으로부터 완전하게 탈락시키는 것이었다. 송민호, 「동
농 이해조 문학 연구」, 서울대학교 박사학위논문, 2012, 82쪽.
37 박혜경, 「신소설의 통속화 문제를 바라보는 하나의 시각」, 『한국현대문학연구』 19,
한국현대문학회, 2006, 210쪽.

무슴 일을ᄒᄂᆞᆫ지 알고 남편은 안희가 무슴 일을 ᄒᄂᆞᆫ지 알아 서로 돕고 서로 훈슈 ᄒᆞ야 셰상에 뎨일 죠흔 친구 ᄀᆞᆺ치 지내야 홀터인디 죠션 사롬들은 당초에 안희를 엇을 째에 그 부인이 엇던 사롬인줄도 모로고 녀편네가 그 사나희를 엇던 사롬인줄도 모로면셔 눔의 말만 듯고 혼인 홀 째 샹약 ᄒᆞ기를 둘이 서로 ᄉᆞ랑 ᄒᆞ고 공경 ᄒᆞ며 밋부게 평싱을 ᄀᆞᆺ치 살자 ᄒᆞ니 이런 쇼즁ᄒᆞᆫ약속을 서로 ᄒᆞ며 서로 보지도 못ᄒᆞ고 서로 셩픔이 엇던지 모로고 이런 약죠들을ᄒᆞ니 이러케 혼 약죠가 엇지 셩실이 되리요 … (중략) … 사롬이 스믈 이삼셰가 되여야 겨오 지각이 나고 셰샹이 엇던줄을 알고 올코 그르고 ᄌᆞ긔가무슴 일을 ᄒᄂᆞᆫ지 아는 거슬 조곰만흔 어린 ᄋᆞ희들을 압졔로 혼인을 식혀 서로 살나 ᄒᆞ니 이 ᄋᆞ희들이 어려슬 째에 혼인이무엇슨줄 모로고 부모가 ᄒᆞ란디로 ᄒᆞ엿거니와 지각들이 난 후에는 후회 ᄒᄂᆞᆫ 사롬들이 만히 잇는지라 그런고로 음심 잇는사나희들은 쳡을 엇고 음ᄒᆡᆼ을 ᄒᆞ는 폐단이 싱기는거슨 다름이 아니라 ᄌᆞ긔의 안희를 춤 ᄉᆞ랑 ᄒᆞ지 아니 ᄒᄂᆞᆫ거시요[38]

얼굴 한 번 보지 못하고 부부가 되거나, 부모의 뜻에 의해 결혼하는 당대의 풍속을 비판한 1896년 6월 6일자 『독립신문』 논설은 당대 혼인관의 변화를 보여주는 인식의 한 단초일 것이다. 『안의성』의 주인공 상현의 말을 빌자면, "그 전에 양반은 양반끼리, 상놈은 상놈끼리 하던 대신에 지금은 우매한 자는 우매한 자끼리, 지식 있는 자는 지식 있는 자끼리 결혼할 것 같으면 좋지 않겠습니까?"[39]라는 것이기도 하다.

즉 『원앙도』나 〈김영랑〉의 사례는 당대의 소설이나 야담이 전래의 서사를 활용해 새로운 작품세계를 추구하고 있었다는 점을 의미하면서도[40],

---

38 「논설」, 『독립신문』, 1896.06.06.
39 권보드래, 『신소설, 언어와 정치』, 소명출판, 2014, 38쪽.
40 전래 서사 1편이 활자본 소설 1편으로 수용, 개작되는 것뿐만 아니라 복수의 서사가 활자본 소설 작품 1편에 조합의 형태로 수용, 변전된다는 사실로부터 이 시기의 활자본 소설이 다양한 방식으로 전래 서사를 활용했다는 추론이 가능하다. 강현조, 「〈단발령〉과 〈금상첨화〉의 전래 서사 수용 및 변전 양상 연구」, 『열상고전연구』 38, 열상고

전대의 서사에서 나타나는 지향성을 그대로 따르고 있지 않았음을 보여주는 것이라 할 수 있다. 이미 근대 독자들은 근대적 욕망과 재래적 가치관의 충돌에서 비롯되는 혼란을 겪고 있었던 바, 혼인의 인식에 대한 변화와 자유연애에 대한 추구는 당대 독자들의 경험적 현실에 걸 맞는 통속적 주제로서의 위상을 확보하고 있었다고 보아야 할 것이다.[41] 『양은천미』에 등장하는 여인들이 뛰어난 재지를 발휘하는 동시에, 재가에 당당하거나 자신의 사랑을 구애하는 데 거리낌 없는 모습을 보여주는 것 역시 개인의 욕망이 더욱 강조되는 이러한 시대적 변화와 무관하지 않다.[42]

  그것은 〈봉황대〉 또한 마찬가지이다. 무엇보다 〈봉황대〉가 당대 유행하던 〈소지현나삼재합〉과 번안류 소설들을 대거 참고한 것은 이 이야기가 가지고 있는 기본담의 의미가 당대 조선의 배경과 적합하다 여겼기 때문일 것이다. 즉, 번안류 소설들의 익숙한 흥미성 뿐 아니라, 가족의 이산과 재합이라는 소재가 역사적 전란을 겪었던 당시 한국 민중들에게 크게 공감될 것을 고려했을 것이다. 이들은 곧 이러한 이야기를 자신의 아픔과 체험으로 동일시화 했기 때문일텐데, 이와 같은 양상은 36화 〈김연광동방재회기처(金演光洞房再會其妻)〉에서도 동일하게 드러난다.

  〈김연광동방재회기처〉는 당대의 고전소설인 『서진사전』, 신소설인 『마상루』, 1904년 9월 14일에서 15일에 걸쳐 『대한일보』에 연재된 〈김씨피

전연구회, 2013, 117쪽.

41 박혜경, 「신소설에 나타난 통속성의 전개 양상」, 『국어국문학』 144, 국어국문학회, 2006, 296쪽.

42 박상란은 1910년대의 여성상이 다양한 방면에서 양산되는 현상을 제시하고 그 원인을 분석하였다. 그에 따르면 1910년대의 '자유연애론'은 1920년대의 성의 해방, 이혼의 자유 등이 본격적으로 논의되던 페미니즘 물결과는 다르다고 하였다. 이에 재자가인의 낭만적 애정담을 필두로 한 애정소설이 붐을 이룬 것도 이와 무관하지 않다고 보았다. 박상란, 「신작 구소설에 나타난 여성상의 문제」, 『한국고전여성문학연구』 8, 한국고전여성문학회, 2004, 22~33쪽.

난〉과 모두 동일한 근원설화를 바탕으로 연관관계에 있는 작품이다.[43] 배경이 임오군란이냐, 병인양요냐 와 같은 차이점은 있지만, 당대의 환란이나 전쟁을 배경으로 가족의 이산과 재합을 그린 작품이 소설의 주요한 소재가 되었음은 분명하다.

당대의 독자들은 이러한 텍스트들을 접하면서, 조선을 둘러싼 열강의 각축과 일제의 식민지 하라는 시대적 배경 속 가족의 피난기를 공감하며 읽었을 터다. 국가가 제 기능을 하지 못하는 상태에서 독자들에게 피난의 이야기는 무엇보다 공감의 폭이 넓었을 것이고, 그런 점에서 '가족'의 의미는 절대적인 것으로 받아들여졌을 것이다.[44] 〈봉황대〉가 형상화하고 있는 가족의 모습과 주제의식 또한 이 지점을 벗어나지 않는다. 배경은 '고려'이지만, 일제 강점기 독자들은 이를 '현재'로 읽게 되기 때문이다. 즉 『양은천미』의 편찬자는 당대에 유행하고, 공감하던 가족이합의 서사를 텍스트 내로 적극 편입하면서 독자들에게 익숙한 통속적 주제를 제시해 주었다 하겠다. 또한 어떤 의미나 의식이건 간에 무대와 인물을 중국식으로 설정한 관습적 관례를 버린 자체가 근대적 민족주의로의 의식이 전환되는 추세와 연관[45]되고 있다는 주장을 고려해본다면, 『양은천미』의 편찬자는 당대의 시대적 상황 또한 어느 정도는 고려하고 있었음을 생각해볼 수 있다.

요컨대 『양은천미』에 나타나는 통속적 서술방식이란, 당대의 독자들에게 매우 익숙한 문학장르의 차용을 통해 이루어졌다고 할 수 있다. 물론

---

43 이에 대해서는 다음의 논문을 참고. 정보라미, 「『마상루』계 피난서사 자료의 상호 관계 재고」, 『우리문학연구』 45, 우리문학회, 2015, 159~195쪽.

44 권혁래, 「신작 구소설 〈서진사전〉에 그려진 피난자의 형상과 현실인식」, 『온지학호』 14, 원지논총, 2006, 307쪽.

45 조동일, 『한국문학통사』 3, 지식산업사, 1988, 480쪽.

이 두 작품이 근대적 의식과 세계를 보이는 데 적극적이었다고 말할 수는 없을 것이다. 적어도『양은천미』전반을 통틀어 모든 작품의 배경과 인물들은 기본적으로 옛날의 것을 활용하고 있다고 보아야 한다. 따라서 근대적 변화를 충분히 포괄하면서 새로운 시대의 전망을 제시하는 데 까지 미치지는 못했다고 하겠다. 〈김영랑〉과『원앙도』가 유사한 서술원리를 공유하고 있어도, 〈김영랑〉에는『원앙도』의 후반처럼 해외로 유학을 가거나 하는 장면들은 나타나지 않기 때문이다. 즉『양은천미』에는 표면적인 시대성은 온전히 소거되어 있다고 해도 무방하다.

그러나 앞서 살펴보았듯 작품이 지향하는 주제의식의 너머에는 당대의 변화된 시대성을 반영하고 있는 바, 이것은『양은천미』의 편찬자가 무조건적 '고담'의 지향이 아닌 내밀화된 형태로의 시대성을 염두해 두고 있었음을 의미한다. 그것을 표방하는 방식은 당대의 문학 유행을 따르는 철저히 통속적인 형태였지만, 전유된 시대상이 작품 속에 구현된 것만은 분명하다. 이러한 맥락 하에서『양은천미』가 표방한 서술체적 특징과 통속적 주제는 고담을 전제하던 당대 여타의 야담집과는 달랐음을 알 수 있고, 20세기 초 필사본 야담집으로서의 독특한 위상도 인정된다.

5. 결론

통속적 허구는 기본적으로 '독자와 친숙한' 보편적 가치를 추구함으로써 그 진실감을 조성한다.[46] 그것은 말 그대로 독자들이 몸담고 있는 풍속의 세계와 통하는 성질, 다시 말해 독자들의 세속적 관심사를 반영하고 그들의 보편적 가치관에 부응하는 성향을 의미하는 것이다. 그럼에도

---

46 양승민,『한문소설의 통속성』, 보고사, 2008, 41쪽.

불구하고 통속성이 논란이 되는 것은 대부분의 경우 그것이 기존의 관습을 추구하고 독자들의 대중적 관심사에 편승하는 안이한 순응주의적 태도에서 크게 벗어나지 않기 때문이다.[47]

그러나 1910년 당시의 상황은 급조된 근대성과 체화된 전근대적 정서 간의 불협화음이 표면화 되던 때다. 더구나 일제 치하라는 시대적 특수성은 문학의 자기 검열과 시대 반성을 근본적으로 금지하고 있었다. 이런 상황에서 당위론적 준거틀을 상정하고 이에 따라 문학의 완성도나 가치지향을 평가절하 할 수 있을까. 이것을 일종의 시대성에의 강박이라 한다면, 20세기 초 야담에 나타나는 통속성 역시 야담의 한계 이전에 근본적으로 야담이 만들어진 시대 그 자체의 특성에서 비롯되는 것임을 인정해야 할 것이다.

야담은 시대의 욕망과 잔흔을 어느 장르보다 사실적으로 그리며 성장해 온 조선 후기의 산물이다. 이 시기 야담에 근대적 활력이 유지되지 못했던 것은 시대를 담을 수 없었던 특정 상황 속에서 통속을 지향하는 세계로 천착되었기 때문일 것이다. 그러나 『양은천미』를 통해 살펴볼 수 있듯이, 근대를 전경화하지 못했다 해서 무조건적으로 고담을 지향한다고 말할 수는 없다.

이를테면 시대의 경험은 조선 후기 야담을 존재하게 했던 주요 동력이지만, 그 시대성이 가리키는 지점에 항상 '전근대'의 대립항으로서 '근대'를 설정해 두고, 근대로 향하는 욕망이 표면화 된 작품만을 추수해 오지는 않았는가 하는 점을 반성해 본다. 야담이 시대의 경험을 오롯이 보여주는 장르라면, 『양은천미』가 보여주고 있는 서술체적 특징은 불가항력적 시대의 환경 속에서도 내밀화 된 시대성으로 나타나고 있는 것은 아

---

47 박혜경(2006), 앞의 논문, 297~298쪽.

닐까. 그것이 20세기 초 야담집이 존재할 수 있었던 방법은 아니었던가. 근대전환기 야담을 어떤 시각으로 바라보고 다루어야 할지에 대해서는 지속적인 과제로 남겨둔다.

〈최척전〉의 창작 배경과 열녀 담론

-〈홍도〉 및 유씨 이야기와의 관련을 중심으로 -

⊙

엄태식

1. 문제 제기

그간 〈최척전(崔陟傳)〉은 조위한(趙緯韓)이 1621년에 창작한 소설로 알려져 왔다. 작품 말미에 "天啓元年辛酉閏二月日素翁題"라는 말이 있기에 작자와 창작 연대가 확실하다고 인식되었을 뿐 아니라, 작자의 생애를 살펴볼 수 있는 기록도 많이 남아 있어, 〈최척전〉은 동시대의 다른 작품들에 비해 연구에 유리한 조건이 마련되었다고 할 수 있다. 이에 작가론적 고찰, 동아시아 전란의 문학적 형상화, 실기(實記)와의 관련 양상, 이본의 존재 양상, 『어우야담(於于野談)』 소재 〈홍도(紅桃)〉와의 선후 문제 및 장르적 특징, 후지(後識)의 가탁 여부, 소설사적 조망, 동시대 작품과의 비교 연구, 작품의 주제, 서사 기법 등등, 〈최척전〉은 실로 다양한 관점에서의 논의가 이어져 왔으며 연구사도 거듭 정리되었다.[1] 이처럼 〈최척전〉은

---

1 〈최척전〉 연구사는 정명기, 「최척전」(『고전소설연구』, 일지사, 1993); 민영대, 「최척
　전 연구사」(『고소설연구사』, 월인, 2002)를 참조할 수 있으므로, 본고에서 연구사 정

그 연구 성과가 많아 보이지만, 여전히 해결되지 않은 근본적인 문제가 하나 있으니, 바로 〈최척전〉과 〈홍도〉의 관련 양상이다. 이 문제는 단지 둘 사이의 선후 관계를 따지는 게 필요하기 때문에 중요한 것이 아니라, 궁극적으로는 작품 해석의 근거가 되는 사안이기에 중요하다고 할 수 있다. 〈홍도〉와 〈최척전〉의 선후 관계에 대해서는 선학들에 의해 여러 차례 주목된 바 있는데, 이는 다음과 같이 정리할 수 있다.[2]

> ① 〈홍도〉 선행설.[3]
> ② 〈홍도〉와 〈최척전〉 무관설.[4]
> ③ 〈최척전〉 선행설.[5]

　리는 별도로 하지 않고 이 논문들로 미룬다.

2　본고에서는 이 세 가지 설을 ①②③으로 略稱하겠다.

3　김기동, 「불교소설 최척전 소고」, 『불교학보』 11, 동국대학교 불교문화연구원, 1974; 소재영, 「기우록과 피로문학」, 『임병양란과 문학의식』, 한국연구원, 1980; 박일용, 「장르론적 관점에서 본 최척전의 사회적 성격」, 『조선시대의 애정소설』, 집문당, 1993.

4　김기동, 『한국고전소설연구』, 교학연구사, 1983, 258쪽 및 김재수, 「최척전의 소설화 과정」, 『논문집』 26, 광주교육대학, 1985, 129쪽. 한편 박희병, 「최척전」, 『한국고전소설작품론』, 집문당, 1990, 97~100쪽에서는 두 작품의 창작 시기를 근거로 〈홍도〉가 〈최척전〉보다 먼저 성립되었다고 볼 근거는 없으며 오히려 〈최척전〉이 선행할 수도 있다고 하였다. 또한 유몽인과 조위한의 처지 및 〈홍도〉와 〈최척전〉에 보이는 인명의 변이를 고려할 때 두 작품이 아무 영향 관계를 가지고 있는 게 분명하다고 하면서, 〈홍도〉는 최척 이야기가 유포되는 과정에서 기록된 것이고, 〈최척전〉은 최척에게서 직접 들은 이야기를 소설화한 것이라고 하여, 선행 연구들보다 좀 더 구체적인 견해를 보였다. 이를 지지하는 논의들은 다음과 같다. 민영대, 『조위한과 최척전』, 아세아문화사, 1993; 박태상, 「최척전에 나타난 애정담과 전쟁담 연구」, 『조선조 애정소설 연구』, 태학사, 1996; 이상구 역주, 『17세기 애정전기소설』, 월인, 1999; 정환국, 「17세기 애정류 한문소설 연구」, 성균관대학교 박사논문, 2000.

5　장효현, 「형성기 고전소설의 현실성과 낭만성 문제」, 『민족문학사연구』 10, 민족문학사연구소, 1997; 양승민, 「최척전의 창작동인과 소통과정」, 『고소설연구』 9, 한국고소설학회, 2000. 이 설은 장효현이 먼저 제기했지만, 다양한 근거를 제시하며 구체적인 논의를 펼친 논자는 양승민이다.

연구사적으로 볼 때 논의는 대체적으로 '①→②→③'의 순으로 진행
되어 왔는데, 근래에는 ②를 지지하는 경향이 지배적인 것 같다. 그런데
이 세 관점은 모두 문제가 있다. 먼저 ①은 설화에서 소설로의 이행이라는
도식 이외의 뚜렷한 근거를 제시하지 못하고 있다. 다음으로 ②는 두 작품
의 창작 시기가 거의 같다는 점 및 두 작품의 차이점에 주목한 것인데,
상식적으로 보면 가장 타당한 주장이라고 할 수 있다. 하지만 그 차이점
못지않게 둘 사이의 유사점도 무시할 수 없는바, 이에 대한 해명이 이루어
지 않았다. 마지막으로 ③은 최척의 이야기, 곧 〈최척전〉의 내용이 구전되
어 〈홍도〉를 파생했다고 보는 입장인데, 이 관점은 실존인물 최척(崔陟)
관련 자료를 근거로 삼으면서 〈최척전〉과 〈홍도〉의 유사점까지 설명할
수 있는 논리를 마련한 것처럼 보이지만, 재론의 여지가 있다.

이처럼 〈최척전〉과 〈홍도〉의 관련 양상은 여전히 해명되지 않았으니,
이 같은 논란의 가장 큰 원인은 두 작품의 창작 시기가 거의 비슷하다는
데 있다.[6] 이와 더불어 〈최척전〉이 허구의 서사라는 점, 후지(後識)가 가
탁성이 짙다는 점 등이 창작 시기 문제와 맞물리면서 논의를 더욱 복잡
하게 만들고 있는 실정이다. 그런데 선행 연구에서는 정작 〈홍도〉와 〈최
척전〉의 문면을 정밀하게 대비하거나 관련 자료들을 검토하면서 둘 사
이의 선후 관계를 따져보려는 노력은 별로 하지 않은 것 같다. 이에 본고
에서는 먼저 〈최척전〉과 〈홍도〉의 텍스트 분석을 통해 둘 사이의 선후

---

6 〈최척전〉後識에는 조위한이 '1621년 윤2월'에 최척으로부터 들은 이야기를 기록했다
   는 말이 있고, 〈홍도〉는 1621년 가을까지 창작된 『어우야담』에 포함되었을 가능성이
   높다. 따라서 1621년 윤2월과 1621년 가을은 각각 〈최척전〉과 〈홍도〉 창작 시기의 하한
   선이다. 한편 〈최척전〉과 〈홍도〉에서 작품 속 서사가 종결되는 시기는 대략 1620년
   4~5월경이므로, 〈최척전〉과 〈홍도〉 창작 시기의 상한선은 이때라 할 수 있다. 『어우야
   담』의 창작 시기에 대해서는 이경우, 「초기야담의 문학성에 관한 연구」, 서울대학교
   박사논문, 1991, 7~9쪽 참조.

관계에 관한 작품 내적 근거를 마련한 뒤 여타 자료들을 검토함으로써,
이 문제에 대한 새로운 가설을 제시하고자 한다.

한편 〈최척전〉은 그간 애정전기소설의 흐름 속에서 논의되기도 했다.
〈최척전〉의 전반부가 〈이생규장전〉을 수용했다는 점은 선행 연구에서
이미 언급되었지만,[7] 연구자들의 관심은 대개 최척과 옥영의 결연 대목
보다는 전란 이후의 가족 서사에 집중되었다. 때문에 〈최척전〉의 애정
전기소설적 특징은 잘 드러나지 않았고, 작품의 전반부와 후반부를 유기
적으로 이해하기 어려웠다. 이에 본고에서는 선행 연구에서 상대적으로
소홀히 다루었던 〈최척전〉의 전반부에도 관심을 기울임으로써 작품을
해석하는 새로운 시각을 마련하고자 한다.[8]

2. 〈최척전〉과 〈홍도〉의 관련 양상

〈최척전〉과 〈홍도〉의 선후 관계에 대한 기존의 논의 가운데 두 작품의
관계를 가장 논리적으로 설명하고 있는 듯한 관점은 ③이다. 양승민은
변사정(邊士貞)의 『도탄집(桃灘集)』과 정태제(鄭泰齊)의 『국당배어(菊堂排

---

7 박일용, 앞의 논문; 장경남, 「임진왜란 실기의 소설적 수용 양상 연구」(『국어국문학』
131, 국어국문학회, 2002) 등의 논의 참조.

8 본고에서 〈崔陟傳〉·〈雲英傳〉·〈李生窺墻傳〉은 박희병 표점·교석, 『한국한문소설 교
합구해』, 소명출판, 2005를, 柳夢寅의 『於于集』과 『於于野談』은 『於于集 附於于野談』,
경문사, 1979을, 趙緯韓의 『玄谷集』과 梁慶遇의 『霽湖集』은 『영인표점 한국문집총간』
73, 민족문화추진회, 1991을, 李民宬의 『敬亭集』은 『영인표점 한국문집총간』 76, 민족
문화추진회, 1991을, 趙纘韓의 『玄洲集』은 『영인표점 한국문집총간』 79, 민족문화추진
회, 1991를, 李民寏의 『紫巖集』은 『영인표점 한국문집총간』 82, 민족문화추진회, 1992
를, 鄭泰齊의 『菊堂排語』는 국립중앙도서관 소장본을 대본으로 한다. 이하 자료의 인
용 시에는 작품명 혹은 書名 뒤에 인용 서적의 쪽수만 표시하기로 한다. 아울러 문집
자료의 1차 검색은 한국고전종합DB(http://db.itkc.or.kr/)를 활용했음을 밝혀둔다.

語)』에 나오는 실존인물 최척(崔陟) 관련 기록을 분석한 뒤, 이를 근거로
〈최척전〉과 〈홍도〉의 선후 관계에 대해 "〈최척전〉이 먼저 성립된 것임은
의심의 여지가 없다."⁹라고 하였다. 필자는 『도탄집』에 나오는 최척이 〈최
척전〉의 최척과 동일 인물임은 의심의 여지가 없다고 생각한다.¹⁰ 다만
『국당배어』의 기록은 다시 한 번 살펴볼 필요가 있다고 본다.

> 충주에서는 예로부터 문사가 많이 배출되었으니, 최진방과 최척은 모두
> 본주 사람이다. 최진방의 시 중에는 "세상만사에 머리털은 세는데, 삼추에
> 나그네는 누각에 기댔네. 외딴 객점에는 흰 연기 피어오르고, 작은 다리
> 가에는 단풍잎 떨어졌네."라는 작품이 있고, 최척의 〈낙엽회서〉에서는 "가
> 인이 유련사를 부르매, 오늘 오늘 또 오늘. 취객이 은근한 뜻으로 이으매,
> 한잔 한잔 또 한잔."이라고 했으니, 다 인구에 회자되었다. 정문원 어르신
> 께서는 이런 말씀을 하신 적이 있다. "소싯적 남원에 우거할 때, 호남 방백
> 이 순제로 〈개형운부〉를 냈지. 이때 제호 양경우가 집에 있었으므로, 여러
> 유생들이 각자 지은 것을 써 와서 먼저 양경우에게 상고를 청했어. 마침
> 최척이 지은 〈개형운부〉가 있기에 또한 아무개 이름으로 써 보내어 양경우
> 의 안목을 시험해 보았는데, 다른 작품들은 다 등제로 보냈으면서도 최척
> 의 부에 대해서는 '감히 상고할 수 없다.'라고 말했지. 이튿날 내가 가서
> 뵙고 '이 작품은 새롭거나 기이하지 않은 것 같은데, 어찌 이처럼 지나치게
> 허여하십니까?'라고 물었더니, 양경우는 또 한 번 읽어 내려 보고는 '이러
> 이러하므로 문장가의 솜씨가 아니면 불가능하니, 결코 부 유생의 작이 아
> 닐세. 늙은이를 속일 수는 없는 법이지.'라고 말하더군. 그제야 제호가 안
> 목을 갖춘 사람임을 알았지."¹¹

---

9 양승민, 앞의 논문, 101쪽.

10 『桃灘集』의 기록은 위의 논문, 70~73쪽 참조.

11 忠州自古文士多出 崔鎭邦崔陟皆本州人 崔鎭邦有詩 萬事霜侵鬢 三秋客依樓 白烟
孤店外 紅葉小橋頭 崔陟落葉會序 佳人唱流連之詞 今日今日又今日 醉客續慇懃之意
一盃一盃又一盃 皆膾炙人口 鄭聞遠丈嘗言 少時寓居南原 湖南方伯出旬題開衡雲賦

양승민은 『국당배어』의 기록을 근거로 최척을 관향이 충주인 남원의
재지사족으로 보았고, 조위한이 남원에 우거할 적에 양경우를 통해 최척
과 만났을 것이라고 하였던바,[12] 이에 따라 위의 내용은 〈최척전〉 말미
의 기록, 곧 조위한이 남원에 있을 때 최척을 만나 그로부터 이야기를
들었다는 내용에 대한 방증이 되었던 것이다. 그는 정문원이 한 말 가운
데 나오는 최척의 〈개형운부(開衡雲賦)〉 관련 대목을 "마침 최척이 지은
〈개형운부〉가 있었는데, 역시 아무개라는 이름으로 적어 보내와 양경우
의 안목을 시험하자, 다른 작품들은 모두 등제(登第)시켜 보냈으나 최척
(崔陟)의 부(賦)만큼은 '감히 검토할 수 없다'고 했네."라고 번역하면서 최
척이 양경우에게 〈개형운부〉를 보낸 것으로 이해하였는데,[13] 그렇지 않
다. 양경우에게 〈개형운부〉를 보낸 사람은 최척이 아니라 정문원이며,
정문원은 마침 충주 사람 최척의 작품을 가지고 있었기에 그것을 양경우
에게 보내 그의 안목을 시험했던 것이다.[14]

〈개형운부(開衡雲賦)〉는 양경우의 『제호집(霽湖集)』에도 실려 있는데,
제목의 주(註)에서 "방백이 출제하여 도내의 과거 응시자를 시험했는데,
나를 따르며 함께하는 이들이 내가 지은 것을 보고서 그 양식을 본뜨고
자 하였으므로, 이 부를 지어 보여주었다."[15]라고 했으므로, 당시의 사정
을 잘 알 수 있다. 『국당배어』와 『제호집』의 기록만으로는 물론 확신할

時霽湖梁慶遇在家 諸生各書所製 爲先請考於梁 適有崔陟所作開衡雲賦 亦以某名書
送 以試梁眼 它作皆登第以送 而崔賦則曰 不敢考 翌日 余往見 問之曰 此作似不新奇
而何過許至此耶 梁又讀下一遍曰 如此如此 非文章手 不能也 決非府儒生之作 老夫不
可瞞云 始知霽湖爲具眼也(『국당배어』, 42~43쪽)

12 양승민, 앞의 논문, 69~77쪽.

13 위의 논문, 74쪽.

14 만약 최척이 〈개형운부〉를 보냈다면, 최척이 정문원에게 이 사실을 미리 알려주지 않은
    다음에야, 이튿날 양경우를 찾아가 사람은 정문원이 아니라 최척이었어야 마땅하다.

15 方伯出題 試道內擧子 從余遊者 願見余所製而依樣之 故賦此示之(『제호집』, 513쪽).

수 없지만, 당시 50세 정도였던 양경우에게 찾아와 상고를 요청했던 이들은 대개 남원부의 젊은 유생들이 아니었을까 짐작되는데, 만약 『도탄집』에 나오는 최척이 이때까지 남원에 있었다면 적어도 40세는 되었을 것이다. 양승민은 "인용문에서 읽히는 최척은 향촌사족끼리의 시주회(詩酒會)에 참석하고 향교유생(鄕校儒生)의 신분으로 순제(旬題)에 응시하는 따위의 모습이다. 여기서 최척은 관향이 충주(忠州)로서 남원의 재지사족이고 유학(幼學)의 신분이었으며 문재(文才)가 걸출했다는 사실이 거듭 확인된다."[16]라고 하고, 또 "최척이 양경우에게 〈개형운부〉를 보내 검토를 요청했다고 했는데, 이 역시 1620년 무렵의 일이었을 것이다."[17]라고도 하여, 최척이 '남원부'의 '유생'이라고 했다. 하지만 양경우는 "決非府儒生之作"이라고 말함으로써, 〈개형운부〉의 작자가 '남원부' 사람도 아니고 '유생'도 아니라는 점을 '결코[決]'라는 말까지 쓰면서 분명히 했다.

『도탄집』과 『국당배어』의 최척을 동명이인으로 단정 짓기에 석연치 않은 점이 있는 것은 사실이다. 정문원이 충주 사람 최척의 부를 어떻게 가지고 있게 되었는지, 혹 충주 사람 최척이 남원으로 이사를 온 것은 아닌지 등에 대한 의문을 가질 수 있지만, 현재로서는 충주 사람 최척의 〈개형운부〉가 호남 방백의 순제와는 무관하게 창작된 것이며, 우리가 알 수 없는 어떤 계기로 인해 정문원의 손에 들어갔다고 보는 수밖에 없다. 『국당배어』에 의하면, 양경우가 〈개형운부〉를 상고했을 당시, 정문원이 보낸 〈개형운부〉의 작자 최척은 분명 남원 사람이 아니었다. 양경우와 조위한은 1618년부터 1623년까지 함께 남원에 있으면서 교유했는데,[18] 양경우가 〈개형운부〉를 지은 시기는 지금까지 알려진 바 〈최척

---

16 양승민, 앞의 논문, 74쪽.
17 위의 논문, 75~76쪽.
18 위의 논문, 75~76쪽.

전〉의 창작 시기와 거의 같다.[19]

②③의 주된 근거는 〈최척전〉 말미의 "天啓元年辛酉閏二月日素翁
題"[20]라는 기록이다. 그런데 『어우야담』의 '구서(舊序: 跋文)'에 "時天啓元
年鶴泉成汝學識"[21]라고 하였으니, 두 작품은 거의 동일한 시기에 창작된
것으로 받아들여질 수밖에 없었던 것이다. 하지만 창작 연대만을 놓고
②③을 주장하기에는 석연치 않은 점들이 있다.

첫째, 〈최척전〉은 실제 있었던 일을 그대로 기록한 전(傳)이 아니라
허구의 소설이기에, 주인공 최척을 작품에 나온 바와 같은 일을 실제로
겪은 사람으로 볼 수 없다는 점이다.[22] 필자는 현대의 연구자들이 이 점을
인정하고 있는 것과 마찬가지로 당대인들 역시 〈최척전〉을 실사(實事)로
받아들였을 가능성은 별로 없다고 생각한다. 이 점은 이민성(李民宬)의
〈제최척전(題崔陟傳)〉을 통해서도 분명히 드러난다. 그럼에도 불구하고
③은, 〈최척전〉의 허구성을 인정하면서도 후지(後識)에서 최척으로부터

---

19 『국당배어』에서는 "忠州自古文士多出 崔鎭邦崔陟皆本州人"이라 했고, 〈최척전〉의
   서두에서는 "崔陟 字伯升 南原人也"(〈최척전〉, 421쪽)라고 했다. 한쪽에서는 '忠州人'
   이라 했고 다른 한쪽에서는 '南原人'이라고 했으니, 모두 본관 혹은 출생지를 말한 것이
   다. 〈최척전〉 서두에서 언급한 최척의 자와 본관은 『도탄집』에 나오는 실존인물 최척의
   그것이었을 가능성이 있다. 한편 『국당배어』의 崔鎭邦은 '明宗 15년[1560년] 庚申 別試
   丙科 3위'의 崔鎭邦이 아닌가 한다. 그는 본관이 忠州이고 자는 '之屛'이다. 具鳳齡의
   『栢潭集』에 〈次謝崔之屛韻〉과 〈次崔之屛韻〉이 있으며, 『輿地圖書』 忠淸道 〈忠原〉에
   도 그의 이름이 보인다. 崔鎭邦의 생몰년은 알 수 없으나, 그의 동생인 崔鎭國이 1542년
   생이므로, 최진방이 1542년 이전에 태어난 사람임을 알 수 있다. 『여지도서』에서는
   '崔鎭邦'에 대하여 "以邑吏登弟官至郡守"라고 하였다. 『국당배어』의 기록이, 최진방과
   최척이 충주의 詩會에서 함께 어울렸던 것을 이야기한 것인지는 분명하지 않다.
20 〈최척전〉, 450쪽.
21 『어우야담』, 2쪽.
22 이 점은 선행 연구에서 여러 차례 지적되었는데, 권혁래, 「최척전의 문학지리학적 해석
   과 소설교육」, 『새국어교육』 81, 한국국어교육학회, 2009에서 〈최척전〉의 공간을 실제
   지리와 비교함으로써 〈최척전〉의 허구성을 더욱 분명하게 밝혔다.

이야기를 들었다는 내용 및 "天啓元年辛酉閏二月日素翁題"라는 기록을
근거로 하여 〈최척전〉의 창작 시기는 1621년으로 그대로 받아들이고 〈최
척전〉이 민간설화로 유통되어 불과 몇 달 만에 〈홍도〉를 낳았다고 보고
있는데,[23] 재고의 여지가 충분하다. 만약 조위한이 남원에 있었던 1621년
경에 최척도 남원에 같이 있었다면, 아무리 소설이라지만 조위한이 최척
을 주인공으로 삼아 그러한 '거짓말'을 꾸며낼 수 있었을까? 더군다나
〈최척전〉에는 당시 민감한 문제였던 심하전투 관련 대목에서 이민환이
교일기를 죽음으로 몰아넣었다고 서술되어 있는데, 후지에 의하면 이는
최척이 한 말을 조위한이 그대로 옮긴 게 된다. 조위한이 같은 동네에
살며 절친한 관계를 유지했던 최척[24]을 난처하게 만들 이유가 있는가?

둘째, 〈최척전〉의 서사가 완전한 허구라면 작품 말미의 기록도 허구일
가능성이 충분하다는 점이다. 다시 말해 조위한이 최척으로부터 이야기
를 들었다는 내용은 물론, '천계원년(天啓元年)'이라는 창작 연대도 사실
로 받아들일 수 있는지 의심해 보아야 한다는 것이다. 이 점은 17세기에
창작된 중편 한문소설과의 관련 속에서 살펴볼 필요가 있다. 〈주생전(周

---

23 양승민, 앞의 논문에서 "필자는 이 작품의 '줄거리'조차 최척 일가의 경험담을 토대로
한 것이 아님을 명백히 하고자 한다. 작자 스스로 '최척에게 들은 이야기를 서술한다'
고 밝혔지만, 완벽에 가까운 소설적 구성, 작자와 작품과의 긴밀한 상관성 등은 이
진술을 믿을 수 없게 만든다."(88쪽)라고 하였고, 또 "이렇듯 〈최척전〉은 그 이본의
파생과 함께 가장 먼저 〈홍도〉를 낳음으로써, 최척의 소설담이 오히려 민간설화로 확
산되었던 당시의 사회적 정황을 짐작케 한다. 〈최척전〉이 이처럼 삽시간에 설화로 번
졌던 이유는 겨우 20여 년 전 막을 내린 임진왜란의 상흔이 그와 같은 내용에 공감했
기 때문이다. 소설의 많은 독자가 확보돼 여러 필사본 이본이 양산된 것이 아니라,
원작과는 무관하게 하나의 설화가 민간을 유전한 것이라 할 수 있다. 그리고 그 과정
에서 이 이야기는 하나의 實事로 인식되었을 것이 뻔하다. 더욱이 최척이 실존인물이
었기 때문에 〈최척전〉이든 〈홍도〉이든 독자 및 청자들은 이를 참 사실로 믿었을 것이
다."(105쪽)라고 하였다.
24 실제로 그랬으리라는 게 아니라, ③의 논리에 따르면 이렇다는 말이다.

生傳)〉의 말미에는 "癸巳仲夏無言子傳"[25]이라는 기록이 있다. 『화몽집 (花夢集)』에는 이 부분이 "癸巳仲夏無言子權汝章記"[26]로 되어 있어 그간 권필(權韠)이 주생(周生)으로부터 들은 일을 적은 것으로 인식되어 왔지 만, 『화몽집』의 기록을 그대로 믿을 수 없으며 〈주생전〉의 작자는 미상(未 詳)으로 보아야 한다는 견해가 제출되었으므로[27] 〈주생전〉이 1593년에 창작되었다고 볼 근거도 별로 없지 않은가 한다. 〈주생전〉의 말미에 하필 '계사(癸巳)'라는 말이 나오는 이유는, 작자가 주생이 종군한 지 얼마 되지 않았을 때[1593년]를 상정하였던 데서 기인했을 가능성이 큰 것이다. 〈운 영전〉에서도 유영이 수성궁을 찾아간 때를 "萬曆辛丑春三月旣望"[28]으로 기록하고 있으나, 이것이 반드시 〈운영전〉의 창작 시기를 뜻한다고 볼 수는 없다. 1601년은 전란이 끝난 지 얼마 되지 않았을 때[29]를 상정한 것일 뿐이다. 이런 관점에서 〈최척전〉 말미의 '1621년 윤2월'도 최척의 일가가 다시 단원(團圓)한 후 얼마 되지 않았을 때를 나타내기 위한 설정 일 가능성이 있다. 17세기 애정전기소설은 이전 시기의 작품과는 달리 말미에 견문(見聞)의 기록이라는 형식을 취한 경우가 많은데, 이는 당대 의 역사적 사실과 관련된 내용을 작품 속에 끌어들였기 때문에 나타난 현상으로 이해할 수 있으며, 작품 내의 연도 기록이 반드시 창작 연대를 뜻한다고 보기는 어렵다.

---

25 장효현·윤재민·최용철·심재숙·지연숙, 『교감본 한국한문소설 전기소설』, 고려대 학교 민족문화연구원, 2007, 266쪽 註922 참조.
26 최웅권·마금과·손덕표 교주, 『17세기 한문소설집 화몽집 교주』, 소명출판, 2009, 영 인 26쪽.
27 엄태식, 「애정전기소설의 창작 배경과 양식적 특징」, 경원대학교 박사학위논문, 2010, 84~89쪽.
28 〈운영전〉, 334쪽.
29 生憊而無聊 乃入後園 登高四望 則新經兵燹之餘 長安宮闕 滿城華屋 蕩然無有 壞 垣破瓦 廢井頹砌 草樹茂密 唯東廊數間 蕭然獨存(〈운영전〉, 334쪽).

셋째, 〈홍도〉와 〈최척전〉 사이에는 구전에 의한 영향 관계가 아닌, 문헌 전승에 의한 영향 관계가 있을 가능성이 높다는 점이다. 이는 〈홍도〉와 〈최척전〉의 동이(同異)를 비교해 보면 알 수 있는데, 이에 대해서는 선행 연구에서 누차 다루었으므로, 여기서는 등장인물들의 이름만을 '〈홍도〉 : 〈최척전〉'의 형식으로 비교해 보기로 한다.

> **1** 남주인공-鄭生 : 崔陟. **2** 여주인공-紅桃 : 李玉英. **3** 남녀주인공의 아들-夢錫·夢賢[夢眞] : 夢釋·夢仙. **4** 남녀주인공의 며느리-無名氏 : 紅桃. **5** 남녀주인공의 바깥사돈-無名氏 : 陳偉慶. **6** 남녀주인공의 바깥사돈이 임진왜란에 출전할 때 소속되었던 군대의 장수-無名氏 : 劉摠兵. **7** 남주인공이 심하전투에 출전할 때 소속되었던 군대의 장수-劉綎 : 喬一琦·吳世英. **8** 정유재란 때 남원에 있었던 明將-總兵 楊元 : 吳摠兵. **9** 남주인공이 중국으로 갈 때 따라갔던 사람-天兵[無名氏] : 余有文. **10** 여주인공이 일본으로 갔을 때 함께 지냈던 사람-無名氏 : 頓于. **11** 남주인공이 여주인공과 상봉하기 전에 함께 있었던 사람-天官道主 : 宋佑[朱佑]. **12** 남주인공과 여주인공이 상봉하기 전에 옆에 있었던 사람-無名氏 : 杜洪. **13** 남주인공의 스승-없음 : 鄭上舍.

이처럼 두 작품에서 등장인물들의 이름은 단 하나도 일치하지 않는다. 다만 **2** **4**의 '紅桃'는 일치하고, **3**은 발음이 같거나 유사하며, **7** **6**의 '劉綎 : 劉摠兵', **1** **13**의 '鄭生 : 鄭上舍'는 성(姓)이 같다는 유사점이 있는데, 선행 연구에서는 이를 구전(口傳)에 의한 변이의 증거로 설명하기도 했다.[30] 하지만 아무리 구전에 의해 변이가 생겼다 해도, 불과 몇 개월

---

30 예컨대 양승민, 앞의 논문, 103쪽에서는 "분명 〈최척전〉이 설화로 구전되는 과정에서 부분적 변모를 일으킨 것이다. 대상인물의 이름이 바뀌고 부분적 변개 및 생략이 가해진 것은 가장 단적인 예가 될 터인데, 특히 〈홍도이야기〉의 남주인공 이름이 하필 '鄭生'인 것은 최척 부친의 벗이자 옥영이 피란해 살던 집주인 '鄭上舍'의 姓에서 와전

의 시차를 두고 창작되었다고 볼 수밖에 없는 두 작품에서 남녀주인공을 비롯한 모든 등장인물들의 이름이 이처럼 발음상의 유사성조차 전혀 없는 것들로 모조리 다 달라질 수 있는지 의문이다. **3**을 두고 혹 '구전'에 의한 변이로 생각할 수 있을지도 모르겠다. 하지만 〈최척전〉의 '夢釋'은 부처를 꿈꾸었다는 의미인바, '錫'과 '釋'은 두 작품 간의 '불교적 요소'의 유무에 의한 의도적 변개의 결과로 보는 게 타당하며, '몽석'이라는 동일한 발음이 구전의 증거가 될 수는 없다. **7 6**과 **1 13**에서 姓이 같다는 점 역시 구전에 의한 결과이기는 어려우며, 오히려 의도적인 변개의 과정에서 나타나게 된 유사성으로 설명하는 게 더 합리적이다.

〈최척전〉의 전반부는 최척과 옥영의 결연담으로 〈이생규장전〉과 〈만복사저포기〉를 적절히 활용하여 재구성한 것인데, 이 부분은 작품 전체 분량의 1/4 이상을 차지한다. 이에 반해 〈홍도〉에서 정생과 홍도의 결연담은 작품 전체 분량의 10%를 조금 넘을 뿐이며 서술도 매우 간략하여, 이후에 전개될 가족 이산 서사의 도입부일 따름이다. 〈최척전〉 전반부의 결연 서사는 적지 않은 분량에다 흥미롭기도 하고 작품 내적으로도 매우 중요한 기능을 맡고 있는데, 구전의 과정에서 이 부분이 현전하는 〈홍도〉처럼 완전히 축약될 수 있을까? 그 밖에 〈최척전〉 서사 전개의 핵심이 되는 '장륙불' 및 '불교적 요소'가 〈홍도〉에서 완전히 사라졌다는 점 등도 두 작품의 차이를 구전에 의한 결과로만 설명하기 어려운 근거가 될 수 있다.

필자는 ①이 옳다고 생각하며, 조위한이 〈홍도〉를 의도적으로 변개하여 〈최척전〉을 창작했을 가능성이 높다고 본다. 이와 같은 개작의 양상은 작품 내에서도 어느 정도 확인할 수 있다.

───────────

된 것으로 보인다."라고 하였다.

〈홍도〉에서는 홍도의 부친이 정생이 배움이 없다 하여 혼사를 거절하는 것으로 되어 있다.[31] 이에 반해 〈최척전〉에서는 과부인 심씨(沈氏)가 옥영을 부잣집에 시집보내려 한 것이 혼사의 장애 요소로 설정되고 있다.[32] 〈최척전〉의 서두는 다음과 같다.

> 최척의 자는 백승으로, 남원 사람이다. 일찍이 어머니를 여의고 외롭게 부친 최숙과 함께 남원부 서문 밖 만복사의 동쪽에서 살았다. 최척은 어려서부터 뜻이 크고 기개가 있어, 교유하기를 좋아하고 약속을 중히 여겼으며, 자잘한 예절에 얽매이지 않았다. 그의 부친이 일찍이 그를 경계하여 이렇게 말했다. "네가 공부는 않고 무뢰한 짓을 하니, 필경 어떤 사람이 되겠느냐? 하물며 지금은 국가에 전쟁이 나서 주현에서 무사를 징병하고 있으니, 너는 활쏘기와 사냥을 일삼아 늙은 아비에게 근심을 끼치지는 말거라. 머리를 숙이고 글을 배워 과거 준비하는 사람의 일에 종사한다면 비록 신적(臣籍)에 이름을 올리거나 과거에 급제하지는 못한다 할지라도 화살을 짊어지고 종군하는 일은 면할 수 있을 것이다. 성 남쪽의 정상사는 내 어렸을 적 친구로, 학문에 힘써 글에 능하니, 초학자들을 깨우쳐 이끌 수 있을 것이다. 너는 가서 그분을 스승으로 모셔라."[33]

실존인물 최척이 정상사에게 수학했는지는 알 수 없지만, 『도탄집』에

---

31 南原鄭生者 失其名 少時 善吹洞簫善歌詞 義氣豪宕不羈 懶於學問 求婚於同邑良家 良家有女 名紅桃 兩家議結 吉日已迫 紅桃父 以鄭生不學辭之 紅桃聞而言於父母曰 婚者天定也 業已許定 當行於初定之人 中背之可乎 其父感其言 遂與鄭結婚 第二年 生子名夢錫(〈홍도〉, 7쪽).

32 上舍入言于沈氏 沈氏亦難之曰 我以盡室流離 孤危無托 只有一女 欲嫁富人 貧家者 雖賢不願也(〈최척전〉, 425쪽).

33 崔陟 字伯昇 南原人也 早喪母 獨與其父淑 居于府西門外萬福寺之東 自少倜儻 喜交遊 重然諾 不拘齷齪小節 其父嘗戒之曰 汝不學無賴 畢竟做何等人乎 況今國家興戎 州縣方徵武士 汝無以射獵爲事 以貽老父憂 屈首受書 從事於擧子業 雖未得策名登第 亦可免負羽從軍 城南有鄭上舍者 余少時友也 力學能文 可以開導初學 汝往師之(〈최척전〉, 421~422쪽).

서는 최척이 문필이 뛰어나다고 했으니, 〈최척전〉에서 최척이 학업에 힘써 몇 달 만에 학업을 이루었다는 서술은[34] 실존인물 최척의 면모와 어느 정도 부합하는 것이라 할 수 있다. 〈최척전〉에서 최척이 옥영과 만난 것은 1593년의 일이고 최척이 종군한 것은 최척이 옥영과 만난 이후의 일로 되어 있다. 이에 반해 실존인물 최척은 1592년에 변사정의 막하로 들어가 서기(書記) 노릇을 했을 가능성이 높으므로, 〈최척전〉의 전반부는 허구이다.

여기서 주목할 것은 최척이 원래 학문에 힘쓰지 않은 인물로 서술되고 있다는 점인데, 이는 바로 〈홍도〉에서 정생이 배움이 없었다는 점과 일치한다. 〈최척전〉에서 최척은 부친 최숙의 말을 듣고 정상사에게 글을 배우다가 옥영을 만나게 되는데, 작품 서두에 나오는 최숙의 말은 최척과 옥영의 결연 계기가 된다. 이렇게 본다면 실존인물 최척과 달리 작품 속 최척이 원래 학문에 힘쓰지 않은 것으로 그려지고 있는 이유는, 작자가 최척과 옥영의 결연 계기를 마련하고자 했기 때문으로 이해할 수 있으며, 그것은 〈홍도〉에 나오는 바 정생이 배움이 없었다는 내용을 변용한 결과로 보는 게 타당할 것이다.

〈최척전〉을 자세히 읽어보면, 작자가 〈홍도〉를 무리하게 변개한 흔적이 역력하다. 최숙은 글을 배우면 종군을 면할 수 있으리라는 점을 들어 최척에게 학업에 힘쓰도록 권하고 있는데, 전란의 와중에 이런 일이 가능했을지도 의문이거니와, 실제로 작품에서 최척은 최숙의 말이 무색하게 '문재(文才)' 때문이 아니라 '궁마지재(弓馬之才)' 때문에 변사정의 막하로 끌려가지 않았던가?[35] 학업에는 힘쓰지 않고 무뢰한 짓을 일삼던

---

34 陟卽日挾冊及門 請業不輟 便數月 詞藻日富 沛然如決江河 鄕人感服其聰敏(〈최척전〉, 422쪽).

35 居無何 府人前僉奉邊士貞 起義兵赴嶺南 以陟有弓馬才 遂與同行(〈최척전〉, 427쪽).

최척이 불과 몇 달 만에 여타 애정전기소설의 남주인공처럼 학문에 능통하게 되었다는 것도 역시 억지다. ③에 따르면, 조위한이 작품의 서두에서 쓸데없이 무리를 범했다고 보아야 하는 동시에, 〈최척전〉이 구전되면서 남녀주인공의 이름이 바뀌고 정생이 원래 배움이 없었던 인물로 '논리적' 변개가 이루어졌다고 이해해야 할 텐데, 이런 가능성이 얼마나 될지 의문이다. 조위한이 전기소설인 〈이생규장전〉과 야담인 〈홍도〉를 창작의 연원으로 삼아 〈최척전〉을 지었다고 한다면, 이와 같은 모순은 결국 두 작품의 결합 과정에서 부득이하게 발생한 것으로 설명된다. 그간의 〈최척전〉 연구에서는 남녀주인공인 최척과 옥영의 신분이 양반임에도 불구하고 작품 속에 나타난 그들의 모습에는 기층민의 형상이 투영되었다고 보기도 했지만, 이 역시 당대 몰락 양반층의 현실을 직접적으로 반영한 것이라기보다는 이질적인 두 양식의 결합에서 비롯된 결과로 보는 게 타당할 것이다.

〈홍도〉에서는 몽현(夢賢)[36]의 장인이 임진왜란 때 조선으로 갔다고 되어 있는데 그가 따라갔던 장수의 이름은 나오지 않고, 정생은 1618년에 유정(劉綎)을 따라가 심하전투에 참전한 것으로 되어 있다. 이에 반해 〈최척전〉에서는 몽선(夢仙)의 장인이자 홍도(紅桃)의 부친인 진위경(陳偉慶)이 임진왜란 때 유총병(劉摠兵)을 따라 조선으로 갔고, 최척은 유격(遊擊) 교일기(喬一琦)의 천총(千摠)인 오세영(吳世英)을 따라 출전한 것으로 되어 있다. 〈최척전〉에서 이민환(李民寏)은 교일기를 죽음으로 몰아넣은 부정적 인물로 형상화되고 있는데, 이 때문에 이민성은 〈제최척전〉을 지어 이민환을 변호하기도 했다. 그런데 여기서 생각해 보아야 할 것은 두 작품에 등장하는 명나라 장수의 이름이 다르다는 사실이다. 〈홍도〉에서 몽현

---

36 이본에 따라 '夢眞'으로 되어 있기도 하다.

의 장인이 임진왜란 때 누구를 따라갔는지 서술되지 않은 점과 정생이
유정을 따라 출전했다는 점은 아무런 무리가 없고 매우 자연스럽다. 이에
반해 〈최척전〉에서 진위경이 유총병을 따라갔다는 것은 역시 이상할 게
없지만, 최척이 교일기의 휘하에 있었다는 점은 '의도적인 변개'의 혐의가
짙다. 유정과 교일기는 모두 1619년에 후금(後金)과의 전투에서 전사했는
데, 당시 여러 가지 설이 있었던 것 같다.[37] 이민환은 〈책중일록(柵中日錄)〉
에서 교일기가 절벽에서 투신자살하였다고 기록했다.[38] 그런데 이에 대한
논란이 있었던 모양인지, 그는 〈월강후추록(越江後追錄)〉에서 교일기가
참나무에 목을 매어 죽었다는 설이 억측에서 나온 것이라고 굳이 다시
변명하고 있는 것이다.[39] 요컨대 이민환은 조명(朝明) 연합군의 심하전투
패배 및 교일기의 죽음에 대한 논란의 중심에 있었던 셈인데, 〈최척전〉에
서술된 교일기의 죽음 대목은 당시에 떠돌았던 여러 가지 말들 가운데
이민환에게 가장 불리한 설을 끌어들인 것으로 보아야 할 것이다. 조위한
이 왜 그토록 이민환에게 불리한 내용을 썼는지는 알 수 없지만, 그가
이민환을 안 좋게 보았다는 것만은 분명하다. 그렇다면 〈최척전〉에서 최
척이 하필 교일기의 진중에 있었다는 것은 다분히 의도적인 설정으로 볼
수 있으며, 이는 〈홍도〉의 내용을 변개한 결과로 이해하는 것이 타당할
것이다. ②③은 남주인공이 심하전투에 참전했을 때 따라간 장수가 '劉綎'
과 '喬一琦'로 각각 다르게 나타나는 이유를 오직 구전에 의한 변이로
설명할 수밖에 없다.[40]

---

37 예컨대 宋英耈는 〈金將軍應河輓〉에서 "提督自焚遊擊縊 元帥兩將坐而視"라고 하였
다. 임형택 편역, 『이조시대 서사시』 하, 창작과비평사, 1992, 45~51쪽 참조.

38 喬遊擊謂軍官輩曰 貴軍爲賊所迫如此 我雖同去 必不得免 附一書 使傳其子 卽墮崖
死(『자암집』, 120쪽).

39 一日 喬將雉經於眞木下 喬之墮崖處 無尺株寸莖 則其蔑實搆虛之語 皆出臆料(『자
암집』, 138쪽).

이상 살펴본 바에 따르면, 〈최척전〉이 〈홍도〉보다 선행할 가능성은 별로 없으며, 오히려 조위한이 〈홍도〉를 변용하여 〈최척전〉을 창작했을 가능성이 높다. 하지만 이는 여전히 '가능성'일 뿐 근거가 되기에는 아직 부족하다. 무엇보다도 〈최척전〉 말미의 "天啓元年辛酉閏二月日素翁題"라는 기록이 ②③의 가장 중요한 근거라 할 수 있으므로, 이와 관련하여 다음 장에서는 〈최척전〉 창작의 단서를 짐작할 수 있는 여러 기록들을 살펴보기로 하겠다.

3. 〈최척전〉의 창작 시기 변증

이민성의 『경정집(敬亭集)』에 수록된 〈제최척전(題崔陟傳)〉[41]은 이민환의 『자암집(紫巖集)』에는 〈제최척전후(題崔陟傳後)〉라는 제목으로 실려 있는데, 그 내용은 동일하다. 그런데 『경정집』에서는 제목에 "상산에 한 사인이 있어 스스로 말하기를 자신이 지은 것이라 했다.[商山有一士人 自言

---

40 이런 시각은 ②③뿐 아니라 ①에서도 마찬가지인바, 필자는 선행 연구가 〈홍도〉와 〈최척전〉의 同異를 대개 '口傳'에 의한 변이의 결과로만 생각한다는 점이 큰 문제라 생각한다.

41 怪哉崔陟傳 不知誰所作 事之有與亡 文之工與拙 今姑不暇論 略破其心術 其曰崔陟者 本帶方士族 其妻名玉英 才慧爲偶匹 亂離俱被擄 相失日本國 分離與偶合 恍惚莫可測 陟也抵江浙 遇知喬遊擊 隨陷東征時 走回乃得脫 英則泛使舶 前已歸故域 破鏡竟重圓 分釽終復合 其中縛喬段 牽連因紋及 以陟之生還 立證爲駕說 前後走回者 越江卽時刻 鎭將取供申 監兵竝巡畫 押解平壤府 逐一嚴査覈 某年某月日 某地某甲乙 二千四百餘 一一注簿冊 然後馳啓聞 經拆下備局 備局引其人 鞠畢許還籍 陟云喬標下 與他走回別 厥跡旣新異 宜播遠耳目 奚暇此傳出 始獲其顚末 況聞帶方郡 原無還人物 或云資話柄 未必悉事實 噫文非一端 或者游戲設 烏有與子虛 滑稽爭雄傑 廣紀述異傳 不害於挶撫 故誕而可喜 或詭而不激 豈若騁險詖 乘時肆胸臆 莫耶斯爲下 筆端甚鋒鏑 譬如屠贍子 刀几恣斷斷 雖快手敏妙 死者痛楚極 觀其立傳意 乃在於佞佛 佛果如可信 應墮無間獄 周禮造言刑 嗚呼今不復(『경정집』, 252쪽).

渠所作]"⁴²라고 주를 달았고, 『자암집』에서는 제목에 "당시에 상산의 한
사인이 스스로 일컫기를 〈최척전〉을 지었다고 했는데, 공[이민환]을 무고
하는 말을 삽입했으므로 경정공[이민성]이 이 시를 지어 변증하였다.[時商
山一士人 自稱作崔陟傳 揷入誣公之說 故敬亭公作此詩以辨之]"⁴³라고 주를 붙
였다. 상산(商山)은 곧 경상북도 상주(尙州)인데, 조위한이 상주에 있었다
는 구체적인 기록은 없는 것 같으므로 그가 '상산(商山)의 사인(士人)'으로
불릴 이유도 없어 보인다.⁴⁴ 그런데 이민성은 〈제최척전〉의 서두에서 "怪
哉崔陟傳 不知誰所作"이라고도 하였다. 정리하면 이민성은 결국 〈최척
전〉의 작자에 대해 다음과 같이 이야기하고 있는 셈이다.

① 趙緯韓: 余流寓南原之周浦 陟時來訪余 道其事如此 請記其願末 無
　使湮沒 不獲已 略擧其槩 天啓元年辛酉閏二月日 素翁題(〈崔陟傳〉
　後識)
② 商山의 한 士人: 商山有一士人 自言渠所作(〈題崔陟傳〉 註); 時商
　山一士人 自稱作崔陟傳(〈題崔陟傳後〉 註)
③ 未詳: 怪哉崔陟傳 不知誰所作(〈題崔陟傳〉)

①에 대해서는 이민성이 읽은 〈최척전〉의 말미에 "天啓元年辛酉閏二
月日素翁題"라는 작자 관련 기록이 없었으리라는 견해가 있지만,⁴⁵ 현전
하는 이본은 대부분 ①과 같이 마무리되므로 그럴 가능성이 있다고 생각
하기는 어렵다.⁴⁶ 그런데 ①은 ②③과 양립할 수 없는 것 같고, ②와 ③의

42 『경정집』, 252쪽.
43 『자암집』, 141쪽.
44 조위한의 연보는 민영대, 앞의 책, 113~119쪽 참조.
45 민영대, 「최척전고」, 『고소설연구』 6, 한국고소설학회, 1998, 253~254쪽.
46 장효현·윤재민·최용철·심재숙·지연숙, 앞의 책, 217쪽 참조. 현전하는 대부분의 〈최
　척전〉과 달리 후일담이 부가된 천리대본의 말미는 후대인의 개작임이 분명하다. 이상구

관계도 마찬가지로 보인다. 하지만 ②와 ③이 반드시 모순 관계에 있는
것은 아니다. 오춘택은 〈제최척전〉의 서두를 "괴이하구나! 〈최척전〉이
여. 누가 지었는지 모르겠구나."라고 번역한 뒤 이민성은 작자를 분명히
알고 있었으며 누가 지었는지 모르겠다는 문구는 관용적인 표현으로 보아
야 한다고 하였다.[47] 필자도 이 견해에 동의하지만, '怪哉崔陟傳'과 '不知
誰所作'이 대장(對仗)임을 고려한다면, "괴이하구나, 〈최척전〉이여! 알
수 없구나, 누가 지은 것이냐?"라고 번역하는 게 본래의 의미에 더 가까워
보인다. '怪哉崔陟傳'과 '不知誰所作'은 사실 같은 말이다. 즉 도대체
어떤 놈이 이런 식으로 〈최척전〉이라는 괴상한 소설을 지었는지 알다가도
모르겠다는 뜻일 뿐이며, 〈최척전〉의 작자가 누구인지 몰라 궁금하다고
이야기하는 문맥이 아니다. 따라서 〈최척전〉의 작자가 누구인지 모르겠
다는 뜻은 애초부터 들어 있지도 않았던 것이다. 만일 이민성이 〈최척전〉
의 작자를 몰랐다면 결코 ②처럼 말할 수는 없는바, 사실 ②에는 정말로
작자를 모르는 게 아니라는 뜻이 이미 담겨 있다. 그리고 시의 서두에서
③처럼 쓴 이상, 주(註)에서는 당연히 작자의 이름을 정확히 밝힐 수 없는
노릇이고, 때문에 ②와 같이 에둘러 쓸 수밖에 없었다고 할 수 있다.

역주, 앞의 책, 324쪽 참조. 한편 『先賢遺音』 소재 〈최척전〉의 말미는 "天啓元年閏二月
日"로 끝나고 있어 여타 이본과 다르다. 하지만 이민성이 살았던 당대에 이런 이본이
유통되었을 가능성은 없다. 『선현유음』에 수록된 〈周生傳〉의 말미는 대개 "癸巳仲夏無
言子傳"(장효현·윤재민·최용철·심재숙·지연숙, 앞의 책, 266쪽)으로 끝나는 대부분
의 이본들과는 달리 "癸巳仲夏序"로 마무리되고 있는바, 이는 작자의 號를 삭제한 『선
현유음』 필사자의 독특한 성향에서 비롯된 것이기 때문이다. 간호윤, 『선현유음』, 이회,
2003, 영인15쪽, 영인102쪽 참조. 필자는 필사본 『剪燈新話句解』 말미의 여백에 〈韋生
傳〉과 함께 필사된 〈崔陟傳〉을 소장하고 있는데, 이 역시 여타 이본들과 동일하게 마무
리되고 있다.

47 오춘택, 「17세기의 소설비평」, 『어문논집』 35, 고려대학교 국어국문학연구회, 1996,
255쪽.

〈제최척전〉은 〈최척전〉 관련 기록 중 가장 이른 시기의 것이기 때문에 〈최척전〉에 대한 가장 정확한 정보를 담고 있다고 보아야 한다. 더군다나 이민성은 〈최척전〉의 작자 조위한과 동시대인이었기에, 〈제최척전〉은 〈최척전〉과 관련된 정확한 정보를 입수하기 어려운 처지에 있었을 후대인들의 언급과는 차원이 다른 소중한 기록이다. 그뿐이 아니다. 이민성은, 그저 소설 독자의 입장에서 〈최척전〉이 옳고 〈홍도〉가 그르다고 인상비평한 '이덕무'나 '이수봉본 『어우야담』의 필사자' 등과는 달리,[48] 〈최척전〉으로 인해 집안의 운명이 좌우될 수도 있는 심각한 상황에 처해 있었다. 이런 처지에 놓여 있었던 이민성이 〈최척전〉의 작자조차 몰랐을 것이라고 치부하면서 오히려 후대인들의 기록을 신빙하는 논의에는 동의하기 어렵다.

이민성은 〈제최척전〉에서 "그 자취가 이미 새롭고 기이하니, 마땅히 먼 곳의 이목에 전파되었을 것이다. 어느 겨를에 이 전[〈최척전〉]이 나와, 그제야 비로소 그 전말을 얻었겠는가? 더구나 들기로는 대방군[남원]에는, 원래 돌아온 인물이 없었다는데. 어떤 이는 이르기를 이야깃거리나 만든 것이지, 반드시 사실에 근거한 것은 아니라 하네.[厥跡旣新異 宜播遠耳目 奚暇此傳出 始獲其顚末 況聞帶方郡 原無還人物 或云資話柄 未必憑事實]"라고 했다. 이 대목은 그간 무심코 지나쳐 왔던 몇 가지 문제들을 해결할 실마리를 제공한다. 우선 대부분의 연구자들이 인정했듯이 〈최척전〉의 내용이 '허구'라는 사실이다. 그런데 〈제최척전〉에서 말하고 있는 '허구'는 단지 최척이 겪은 일 그 자체에만 해당하는 것이 아니라, 주인공 최척의 실존인물 여부 및 후지(後識)의 내용까지를 포함한 것이다.[49]

---

48 이경우, 앞의 논문, 107~109쪽 참조.

49 이민성은 〈제최척전〉에서 〈최척전〉의 작자를 비난하였는데, 이는 그가 〈최척전〉의 내용뿐만 아니라 등장인물인 최척까지도 모두 허구의 산물로 보았다는 증거이다. 만

다음으로 〈최척전〉에 나오는 바 최척의 사적이 구전(口傳)되지 않았으며 구전될 수도 없다는 점이다. 〈최척전〉의 창작 시기로부터 거의 '4백 년'이 지난 시점에서 ③은 〈최척전〉의 내용이 '허구'일 것이라 '추정'하고,[50] 이 '허구'가 다시 '실사(實事)'처럼 인식되었으리라는 '추정'에 근거하여 〈최척전〉의 내용이 불과 몇 달 만에 남원에서 서울까지 '구전'되어 〈홍도〉를 파생했다고 말한다. 그조차도 대단히 복잡한 구비전승의 과정을 거쳤다고 상정하지 않으면 도저히 이루어지기 어려운 와전(訛傳)의 결과일 것 같은데, 〈홍도〉는 구전의 과정에서 주인공의 이름까지 바뀌었다는 치명적인 오류를 가진 텍스트라고 말하기 놀라울 정도로 서사 진행에 있어서만큼은 논리적 모순을 조금도 드러내지 않고 있는 셈이다.[51] 이에

약 이민성이 최척을 실존인물로 판단했다면, 최척에게 들은 이야기를 옮겨 적었다고 말한 작자보다 최척을 더 강하게 비판했을 것이다.

50 이 같은 추정의 중요한 근거로 인용되는 자료가 이민성의 〈제최척전〉이다.

51 민영대, 『조위한과 최척전』, 아세아문화사, 1993, 237~238쪽에서는 〈홍도〉에서 정생이 홍도와 만나는 대목에 대하여 "부부가 이국 땅에서 만나는 묘사에서, 〈紅桃傳〉은 정생이 절강에 이르러 달밤에 통소를 불자 이웃 배에 있던 홍도가 '전날 조선에서 듣던 소리'라 외쳐 정생이 이웃 배에 홍도가 있는 것을 알았고, 이어 이를 확인하기 위해 다시 정생은 전에 아내와 화답하던 곡을 불고 아내와 해후하는 것으로 되어 있다. 작품의 시작에서 정생이 소개될 때 통소를 잘 불고 노래를 잘 불렀다는 것은 기술되어 있지만 그러나 작품의 앞 부분 어디에서도 일찍이 이들이 함께 통소로 화답했다는 묘사는 보이지 않는다. 그러니까 홍도가 '전날 조선에서 듣던 소리'라 했던 것은 기술상 오류를 범하고 있는 것이다."라고 하였고, 장효현, 앞의 논문, 128쪽에서도 정생과 홍도의 만남 대목에 대하여 "鄭生과 紅桃가 훗날 浙江의 배에서 서로 만날 때에, '乃復吟前日與妻相和之歌詞'라고 적고 있는데, 〈홍도〉 작품의 앞부분에는 정생이 '소싯적부터 洞簫를 잘 불어 가사를 잘했다(善吹洞簫 善歌詞)'는 대목이 있으나, 부부가 함께 시를 唱和하는 대목은 들어 있지 않다. 곧 〈최척전〉의 내용을 옮기는 과정에서의 누락인 셈이다."라고 하였다. 하지만 〈홍도〉의 앞부분에서 정생이 통소를 잘 불고 노래를 잘 했다고 한 것은, 다름이 아니라 정생과 홍도가 절강에서 만날 때를 염두에 둔 설정이며, 만남 장면과 똑같은 장면이 앞에 보이지 않음을 근거로 오류라고 할 수는 없다. 〈홍도〉와 같이 짧은 이야기 속에 군이 '통소로 화답하는 대목'이나 '시를 唱和하는 장면'을 넣는다면, 오히려 쓸데없는 서술의 중복을 불러올 뿐이다.

반해 〈최척전〉의 작자와 '동시대'에 살았던 이민성은 최척의 일이 '허구'
임을 '당대의 실상'을 근거로 들어 논리적으로 '증명'하고, 거기에다가
'당대인들의 견해'까지 덧붙이면서 최척의 사적은 구전될 수 없다고 말
하고 있다.

이제 ①과 ②③의 모순을 해결해 보자. '상산(商山)'은 조위한의 아우인
조찬한(趙纘韓)과 관련되어 나온 말일 가능성이 높다. 조찬한은 1621년에
상주목사(尙州牧使)로 부임했다. 『현주집(玄洲集)』에 수록되어 있는 〈현주
조공묘갈명(玄洲趙公墓碣銘)〉은 박세채(朴世采)가 지은 것으로, 여기에는
조찬한이 상주목사로 부임하면서 지은 시가 기록되어 있다.[52] 이 시가
바로 『현주집』에 실려 있는 〈검호취별(劍湖醉別)〉[53]인데, 이 시 가운데 "큰
둑의 향기로운 풀에는 절로 봄바람이 이네.[大堤芳草自春風]"라는 구절이
있으므로, 조찬한이 상주목사로 부임했던 때는 1621년 봄이었을 것이다.
한편 조찬한은 1622년에 맏형 조계한(趙繼韓)이 죽었다는 소식을 듣고
상경했다. 이때 조위한도 서울로 올라왔으니, 『현곡집(玄谷集)』에 실려
있는 "10월 6일에 맏형의 부음을 듣고 초순에 길을 떠나 서울에 들어가니,
선술(善述: 趙纘韓)도 상산에서 와서 만났다. 11월[至月] 16일에 선술과 함
께 상산(商山)으로 같이 향했는데, 음죽(陰竹: 京畿道 利川)에 이르러 도중
에 선술이 지은 시에 차운하니, 이날이 바로 동지였다."라는 제목의 〈十月
六日聞伯氏訃初旬發行入京善述亦自商山來會至月十六偕善述同向
商山至陰竹途中次善述韻是日乃冬至也〉를 통해 이를 확인할 수 있다.

---

52 時光海政亂 奸凶得志 金墉之禍方生未艾 公不樂在朝 無何 復求出爲尙州牧使 途中
    有詩曰 聞來世故心如醉 看到時危鬢已蓬 安得滄波無限月 解官歸作釣魚翁(『현주집』,
    436쪽).

53 咸關商嶺路西東 一抹斜陽畫角終 極浦孤舟空別淚 大堤芳草自春風 聞來世故心如
    醉 看到時危鬢已蓬 安得滄波無限月 解官歸作釣魚翁(『현주집』, 281쪽).

시는 다음과 같다.

窮年悲慟已傷情 　한평생 비통하여 이미 마음 상했는데,
稍慰天涯鴈序成 　하늘 끝[타향]에서 기러기 행렬[형제] 이룸으로
　　　　　　　　　조금 위안이 됐지.
忍見栢從秋後實 　측백(側柏)나무가 가을이 지난 후에 열매 맺음을
　　　　　　　　　어찌 차마 보랴?
寬心草入夢中生 　풀이 꿈속에 들어와 돋아남으로써 마음을 달래
　　　　　　　　　노라.
四年遠別音書阻 　4년의 먼 이별에 소식은 막히고,
千里相逢鬢髮明 　천리를 와서 상봉하니 머리털이 세었구나.
聚散有期難久合 　모임과 흩어짐에는 기약 있어 오래도록 함께하
　　　　　　　　　긴 어려우니,
悲懷慘慘不能平 　슬픈 마음 참혹하여 진정할 수 없도다.[54]

　　마치 이별할 때 준 시처럼 보이기도 하고, 이에 따라 조위한이 조찬한과
상주로 향하다가 음죽(陰竹)에서 헤어지면서 준 것 같기도 하지만, 실은
그렇지 않다. 수련(首聯)은 타향에 떨어져서 슬프지만 그래도 형제가 있음
으로 위안을 삼았다는 내용이다. 함련(頷聯)에서는 맏형 조계한의 죽음을
슬퍼했다. 측백나무가 가을에 열매를 맺었다는 내용은 『장자(莊子)』 잡편
(雜篇) 〈열어구(列禦寇)〉에서 정(鄭)나라 사람 완(緩)이 아우 때문에 자살한
뒤 그 아버지의 꿈에 나타나 "그대의 아들을 묵자로 만든 것은 나요. 그런
데 내 무덤에는 이미 측백나무가 열매를 맺었는데도 어째서 찾아와 보지
않소?[使而子爲墨子者予也 闔胡嘗視其良 旣爲秋柏之實矣]"[55]라고 말했다는

54　『현곡집』, 239쪽.
55　안동림 역주, 『장자』, 현암사, 1998, 761~763쪽 참조.

데서 나온 말로, 형의 죽음을 뜻한다. 꿈속에 풀이 났다는 말은 회남소산(淮南小山)의 〈초은사(招隱士)〉에 나오는 "왕손은 놀러나가 돌아오지 않건만, 봄풀은 돋아나서 무성하구나.[王孫遊兮不歸 春草生兮萋萋]"[56]라는 구절에서 나온 것으로, 먼 곳으로 떠난 이를 그리워함을 뜻한다. 경련(頸聯)은 조찬한과의 만남을 말하고 있는 듯하다. 하지만 이 역시 단순히 둘의 만남 그 자체만을 이야기한 게 아니며, 맏형 조계한의 죽음으로 인해 상봉하게 되었다는 비극적 정조가 더 큰 비중을 차지한다. 문제는 미련(尾聯)이다. "모임과 흩어짐에는 기약 있어 오래도록 함께하긴 어렵다.[聚散有期難久合]"라는 말이 아우 조찬한과의 헤어짐을 말하는 것처럼 보이지만, 여기서의 '취산(聚散)'은 『장자』잡편 〈즉양(則陽)〉의 "취산이 이루어진다.[聚散以成]"라는 구절에서 나온 말로, 곧 '생사(生死)'라는 뜻이다.[57] 따라서 미련 또한 조계한의 죽음을 슬퍼한 것일 뿐, 조찬한과의 헤어짐을 안타까워하는 내용이 아니다. 만약 조위한이 조계한의 상을 치르고 조찬한과 함께 서울을 떠나 남원으로 돌아가다가 이 시를 지었다면, 다시 말해 그가 조찬한과 함께 상주로 가지 않았다면, 굳이 제목에 "선술과 함께 상산으로 같이 향했다.[偕善述同向商山]"라는 말이나 "길을 가는 중에[途中]"라는 말을 쓰지는 않았을 것이므로, 이때 조위한은 조찬한과 함께 상주[상산]로 갔을 가능성이 높다.[58]

이민성은 〈제최척전〉에서 당시 상산의 한 '사인(士人)'이 〈최척전〉을 지었다고 했다. 물론 이 주(註)는 이민성의 시문을 정리하는 과정에서 붙

56 朱熹 撰, 『楚辭集注』, 上海古籍出版社·安徽教育出版社, 2001, 162쪽.
57 안동림 역주, 앞의 책, 646~647쪽 참조. 王先謙, 『莊子集解』, 『莊子集解·莊子集解內篇補正』, 中華書局, 1987, 234쪽에서 "聚散謂生死"라고 하였다.
58 陰竹은 지금의 경기도 이천시 장호원읍 부근으로, 충주와 가까운 곳이며, 조선 시대에 서울에서 상주로 가는 길목이었다. 만약 조위한이 조찬한과 함께 길을 떠났다가 남원으로 되돌아갔다면, 경기도 龍仁 즈음에서 헤어져 平澤으로 가는 길을 잡았을 것이다.

었을 수 있지만, 당연히 이민성이 〈제최척전〉을 창작했을 당시 언급한 내용을 근거로 한 말일 것이다. 그런데 '사인'은 보통 '벼슬을 하지 않은 선비'를 가리키는 말이므로, 이민성이 상주목사인 조찬한을 가리켜 '사인'이라고 했을 가능성은 별로 없어 보인다. 그렇다면 〈제최척전〉에서 말한 '상산의 사인'[59]은 다름이 아니라 '상주에 가 있었던 조위한'을 가리킨 말일 가능성이 무척 높은 것이다.

이상 살펴본 바에 따르면, 이민성이 〈최척전〉을 읽은 시기는 1622년 이후, 다시 말해 조위한이 조찬한과 함께 상주에 간 이후였으리라고 추측할 수 있다. 그런데 조위한은 1623년 인조반정 이후 서울로 돌아왔으므로, 그가 '상산의 사인'으로 불릴 수 있는 시기는 1622년에서 1623년 사이의 불과 몇 달도 안 되는 매우 짧은 기간이다. 거듭 말하지만, 이민성의 입장에서 볼 때 〈최척전〉에 실린 이민환 관련 대목은 매우 심각한 문제를 야기할 수 있는 것이기 때문에, 그가 작품과 관련된 잘못된 정보, 그것도 버젓이 조위한이 지었다고 쓰여 있는 작품의 작자에 관한 잘못된 정보를 가지고 있었을 가능성은 전혀 없다고 보아도 무방하며, 당연히 작품의 창작과 관련된 사실들을 모두 알고 있었다고 보는 게 타당하다.

---

59 보통 '商山士人'이라고 하면, '상산 출신의 선비' 혹은 '상산에 거주하고 있는 선비'를 일컫는 말이라고 보아야 할 것이다. 하지만 〈제최척전〉에서는 "商山有一士人 自言渠所作" 혹은 "時商山一士人 自稱作崔陟傳"이라고 했던바, '有'·'一'·'時' 등은 '당시'에 상산에 '어떤' 사람이 있었다는 뜻을 나타내므로, 士人의 貫籍이 商山이라는 의미로 볼 수 없다. 만일 일반적인 의미의 '商山士人'을 의미한 것이라면 굳이 이와 같이 쓰지는 않았을 것이며, 예컨대 박재연본 〈김영철전〉의 말미에 나오는 바 "영유사인 김응원은 영철과 젊었을 때부터 같은 마을에 살았는데, 우연히 자모산성을 지나가다 영철을 방문하였다.[永柔士人金應元 與英哲自少時同鄕里 偶過慈母山城 爲訪英哲]"(68쪽)라는 대목에서 '永柔士人'이라고 했던 것처럼, 그냥 '商山士人'이라고 쓰지 않았을까 싶다. 본고에서 편의상 사용하는 '商山의 士人'이란 말은 일반적인 의미로 사용하는 것이 아님을 밝혀둔다.

그렇다면 〈제최척전〉의 주는, 다름이 아니라 조위한이 '상산의 사인'이었던 1622년에서 1623년 사이에 〈최척전〉을 창작했다는 의미를 담고 있다고 볼 수 있는 것이다. 그리고 〈제최척전〉에 나오는 바 '상산의 사인'이 "스스로 자기가 지은 것이라고 말했다.[自言渠所作]"라는 말은 조위한이 여기저기 돌아다니며 자신이 〈최척전〉을 지었다고 떠벌렸다는 뜻이 아니라, 작품 말미의 "소옹이 지었다.[素翁題]"라는 기록을 두고 한 이야기인 셈이다. 조위한은 〈최척전〉 후지(後識)에서 분명히 남원의 주포에 있을 때 최척으로부터 그간의 이야기를 들었다고 했으며, 이 내용은 당연히 이민성이 읽은 〈최척전〉에도 있었을 것이다. 그럼에도 불구하고 이민성이 〈최척전〉의 작자를 '한양사인(漢陽士人)' 혹은 '남원사인(南原士人)'이라고 하지 않고 '상산의 사인'이라고 했던 데에는 그만한 이유가 있었다고 보아야 한다. 이민성이 '조위한이 남원에 있을 때 최척으로부터 들은 일을 적었다'는 내용의 후지가 붙어 있는 〈최척전〉에 대하여 '상산의 사인이 지었다'는 모순된 말을 한 이유 중에는, 〈최척전〉의 실제 창작 시기와 장소를 밝힘으로써 〈최척전〉의 후지까지 모두 허구라는 점을 드러내기 위한 의도도 있었을 것이다.

그간 〈제최척전〉은 이민성이 아우 이민환을 변론하기 위해 쓴 것으로 이해되어 왔고, 〈최척전〉의 허구성 및 소설적 성격을 잘 드러내는 자료라는 점에서도 그 가치가 인정되어 왔다. 이민성은 심하전투 당시의 주회인(走回人)들이 어떤 과정을 거쳤는지를 상세히 서술한 다음, 대방군(帶方郡: 南原)에는 원래 돌아온 인물이 없다는 점까지 구체적으로 언급하며 〈최척전〉이 허구라는 사실을 변증하였다. 〈제최척전〉의 창작 목적은 〈최척전〉이 '허구'라는 점을 입증하는 데 있는데, 이민성이 '거짓말'을 부정하기 위해 또 '거짓말'을 썼을 리는 없는 것이다. 요컨대 이민성은 〈최척전〉과 관련된 모든 자료를 입수하여 〈제최척전〉을 썼다고 보는 게 타당하며,

그 가운데는 〈최척전〉의 실제 창작 시기와 관련된 정보도 당연히 들어 있었으리라고 보아야 할 것이다.

이상의 가설에 따르면, 조위한이 〈홍도〉를 직접 읽고서 〈최척전〉을 창작했을 가능성은 더욱 높아진다. 『어우야담』을 지은 유몽인(柳夢寅)은 1582년에 조계한과 함께 과거에 급제하였는데, 『어우집(於于集)』에 〈봉증 우봉조연형잉류조참(奉贈牛峯趙年兄仍留朝驂)〉[60]이라는 시가 있는 것으로 보아 그가 조계한과 교분이 있었음이 확인된다. 한편 조위한은 남원에서 우거할 때 양경우와 교유가 있었다. 그런데 공교롭게도 양경우는 『어우야 담』의 '구서(舊序: 跋文)'를 쓴 성여학(成汝學)과 교유했으니, 『제호집』에 수록된 〈성별좌모부인만시(成別坐母夫人挽詩)〉[61]와 〈궁사성여학(窮士成汝學)〉[62]을 통해 이를 확인할 수 있다. 조위한이 유몽인과 직접적인 교유가 있었는지는 알 수 없지만, 그 가능성은 충분하다.

이상 살펴본 바에 따르면, 〈최척전〉은 1622년에서 1623년 사이에 창작되었다고 볼 수 있다. 추측건대 조위한은 1622년 조계한의 죽음을 계기로 상경했을 때 〈홍도〉를 보았을 것이며, 조찬한과 함께 상주로 내려갔을 때 〈최척전〉을 창작했을 가능성이 높다. 그리고 〈최척전〉의 후지에 나오

---

60 昔曾童卯逐詩流 長蠹于思記我侯 泮學追隨聯玉武 三飱莽蒼共瓊輈 窮途白首山中縣 旅泊青燈水上郵 傳語神駒休戀主 仲由車馬弊何尤(『어우집』, 170쪽).

61 夫人之賢世所聞 孝子之孝人共言 此母由來有此兒 四壁雖空家道敦 兒無肉兮母難飽 兒無帛兮母難溫 旣無肉帛溫飽之 母心猶自常忻忻 母兮黃髮兒白髮 愛母不忍離母膝 兒戲於庭幾弄雛 兒來自外或懷橘 忽然一夕病在床 兒忘饑渴走遑遑 刀股承血點母口 續息已冷回微陽 至誠有應終莫救 司幽冥冥理難詳 我時承訃忝諸客 耳聞孝子三日哭 先王制禮貴終孝 粥水漿存視息 玄棺在堂如事生 丹旐出門情豈極 一聲藿露天欲曉 孝子之腸應寸坼 嗚呼若母猶我母 不覺攀擧淚盈掬(『제호집』, 451쪽).

62 成教官 金南窓之甥也 自幼少成癖於詩 着力旣久 往往有佳句 其草露蟲聲濕 林風鳥夢危 爲人所稱 如面唯其友識 食爲丈夫哀者 窮語也 余嘗往來其家 每見其破衣矮巾 滿鬢衰髮 獨依一間書齋 盡日授書童子 眞一世之窮士 詩能窮人者 殆爲成敎授而發也(『제호집』, 502쪽).

는 바 1621년 윤2월에 〈최척전〉을 지었다는 기록은 〈홍도〉의 창작 시기를 염두에 둔 결과가 아닐까 싶다.

4. 〈최척전〉의 열녀 담론과 유씨 이야기

조위한은 왜 〈홍도〉를 개작하여 실존인물 최척을 주인공으로 한 〈최척전〉을 창작했으며, 왜 아우 조찬한을 따라 상산에 갔을 때 〈최척전〉을 지었을까? 〈최척전〉의 창작에 결정적인 영향을 미친 계기는 무엇이었고, 그와 관련된 실사(實事)는 과연 어떤 것이었을까? 여기서는 〈최척전〉의 열녀 담론에 대한 분석 및 〈최척전〉과 조찬한·유씨 부부 이야기의 관련성 검토를 통해, 이와 같은 의문에 대한 해답을 마련하고자 한다.[63]

〈최척전〉의 전반부는 〈이생규장전〉의 영향을 받은 것이며, 최척과 옥영의 결연담은 그 자체로만 놓고 보아도 한 편의 완전한 애정전기소설이라 이를 만하다. 그런데 최척과 옥영의 결연 대목과 여타 애정전기소설에 나오는 남녀주인공의 결연 장면의 가장 큰 차이점은 옥영이 최척과 혼인하기 전에 '동침'을 하지 않는다는 점이다. 대표적인 애정전기소설인 〈최치원〉·〈만복사저포기〉·〈이생규장전〉·〈하생기우전〉·〈주생전〉·〈위생전〉·〈운영전〉·〈상사동기〉에서 여주인공들은 모두 남주인공과 혼전에 동침한다. 물론 그 양상이나 의미까지 다 같지는 않지만, 어쨌든 바로 이 때문에 애정전기소설에서의 '애정'은 '규범'의 문제와 불가분의 관계에 놓이게 되는바, 이는 곧 애정전기소설의 '양식적 특징'이기도 하다.[64]

---

63 〈최척전〉의 창작 배경에 대해서는 장효현, 「최척전의 창작 기반」, 『고전과 해석』 1, 고전문학한문학연구학회, 2006에서 포괄적으로 논의되었다. 여기서는 선행 연구에서 주목하지 않은 점들을 중심으로 고찰한다.

64 엄태식, 앞의 논문, 176~185쪽.

〈이생규장전〉에서 최씨는 평소에 국학에 다니던 이생을 줄곧 엿보고 있다가 이생이 우연히 담 너머를 바라보았을 때 이생을 유혹하는 내용의 시를 읊는다. 이와 마찬가지로 〈최척전〉에서 옥영은 정상사의 집에서 글 공부하는 최척을 엿보다가 그를 유혹하는 내용의 〈표유매(摽有梅)〉 시를 던지고 춘생을 통해 최척이 보낸 편지에 대한 답장을 보내기도 하지만, 〈이생규장전〉의 최씨처럼 부모 몰래 외간남자와 야합하는 '불륜'을 저지르지는 않는다. 이전까지의 애정전기소설에서 '애정'이란 '혼인 관계에 있지 않은 남녀'의 그것이었으며, 그들의 사랑은 곧바로 '육체적 관계'로 이어졌다. 이에 반해 최척과 옥영의 애정은 혼전의 성관계로 이어지지 않았으니, 바로 이 지점에서 〈최척전〉은 애정전기소설의 자장에서 벗어나고 있는 것이다. 한편 옥영은 최척에게 보낸 편지에서, 여자가 먼저 시를 적어 던지는 행위 그 자체가 이미 정절을 잃은 것이라고 말하기도 하고, 이후로는 반드시 매파를 통해 혼사를 의논하겠다고 말하기도 한다.[65] 요컨대 〈최척전〉의 옥영은, 적어도 표면적으로는 여타 애정전기소설의 여주인공들보다 훨씬 강화된 정절 관념을 보여주고 있는 셈이다. 모친 심씨가 양생(梁生)과의 혼사를 약속하자 목을 매어 자결하려 했다는 대목 역시 옥영의 정절 관념이 얼마나 투철한지를 드러내는 삽화이다. 이 같은 우여곡절을 겪은 후 최척과 옥영은 마침내 혼인한다. 〈최척전〉에서 최척·옥영이 혼인하는 부분의 서술은 〈이생규장전〉에서 이생·최씨가 혼인하는 부분의 그것과 거의 유사하다.

---

65 妾雖無狀 初非依市之徒 寧有鑽穴之道 必告父母 終成委禽之禮 則貞信自守 敢懈擧案
　　之敬 投詩先瀆 已犯自媒之醜行 往復私書 尤失幽閑之貞操 今旣肝膽相照 不須書札浪
　　傳 自此以後 必以媒妁相通 而毋令妾 重貽行露之譏 千萬幸甚(〈최척전〉, 424~425쪽).

동뢰(同牢)한 뒤로부터 부부가 사랑하고 공경하며 서로 손님같이 대하여 양홍·맹광이나 포선·환소군이라도 그 절의를 말하기에 부족했다. 이생은 이듬해 고과(高科)에 급제하여 높은 벼슬에 올라 명성이 조정에 알려졌다.[66]

원근에서 이 소식[옥영이 婦德이 있다는 소식]을 듣고 모두 양홍의 아내 나 포선의 부인이라도 아마 나을 수 없으리라고 여겼다. 최척은 아내를 얻은 이후로 하는 일마다 뜻대로 되었으며, 집안 살림도 점점 풍족해졌다.[67]

이듬해인 갑오년(1594)에 최척과 옥영은 만복사에서 불공을 드려 아들 몽석(夢釋)을 얻는다. 1597년에 정유재란이 일어나 최척 일가는 지리산 연곡(燕谷)으로 피신하는데, 작품에서는 이때 옥영이 남장을 하여 누구도 그녀가 여자인 줄을 알지 못했다고 했다. 한편 최척은 양식을 구하기 위해 남자 두어 명과 함께 산에서 나와 구례(求禮)에 이르러 적병을 만났지만, 몸을 숨겨 간신히 위기를 모면한다. 그러나 이때 왜적은 연곡에도 들어와 노략질하였던바, 이로써 최척과 옥영은 헤어지게 된다.

최척과 옥영이 정유재란 때 헤어지는 장면에 대하여 선행 연구에서는 실기류와 같은 사실적 묘사라는 점을 주목하였는데,[68] 필자는 이와 더불어 〈이생규장전〉을 비롯한 열녀서사와의 관련 속에서 이해해야 할 필요도 있다고 생각한다. 〈이생규장전〉의 창작 연원이 된 〈취취전(翠翠傳)〉이나 〈애경전(愛卿傳)〉 같은 소설, 그리고 이숭인(李崇仁)의 〈배열부전(裵烈婦傳)〉이나 정이오(鄭以吾)의 〈열부최씨전(烈婦崔氏傳)〉 같은 열녀전을 보면, 여성들이 적에게 죽임을 당할 때 남주인공들은 항상 부재중이었던

---

66 自同牢之後 夫婦愛而敬之 相待如賓 雖鴻光鮑桓 不足言其節義也 生翌年 捷高科 登顯仕 聲價聞于朝著(〈이생규장전〉, 126~127쪽).

67 遠近聞之 皆以爲梁鴻之妻 鮑宣之婦 殆不能過也 陟聚婦之後 所求如意 家業稍足 (〈최척전〉, 428쪽).

68 박일용, 앞의 논문, 155~156쪽; 장경남, 앞의 논문, 383~385쪽.

것으로 그려지고 있다. 이 같은 열녀서사는 표면적으로는 정절을 지키다
죽임을 당한 여인들의 절개를 포장(褒獎)하고 있지만, 이면적으로는 여성
의 죽음에 대해 남성이 직접적으로 책임이 없다는 점 및 여성의 죽음은
불가피한 일이었다는 점을 암시하는 데 목적이 있는 것이다. 이에 반해
〈이생규장전〉은, 최씨가 죽임을 당할 것을 뻔히 알면서도 혼자 살기 위해
달아나는 이생의 모습을 '그대로' 보여주었다는 점에서 여타 열녀서사의
이념적 한계를 극복했다고 이를 만하다.[69] 그런데 〈최척전〉에서는 어떠한
가? 〈최척전〉은 이전까지는 〈이생규장전〉과 거의 동일하게 서사를 진행
시키다가, 이 지점에 이르러서는 여타 열녀서사의 서술구조로 회귀하고
있는 것이다.

　하지만 〈최척전〉의 작자인 조위한은 여타 열녀서사의 여주인공들과는
달리 옥영을 '남장(男裝)'시켜 전란의 와중에서 '정절'을 잃지 않으면서도
'목숨'을 보존하게 했다.[70] 사실 여타 애정전기소설의 여주인공 못지않은
미모의 여인 옥영이 안남(安南)에서 최척과 재회할 때까지 여자라는 사실
이 발각되지 않았다는 것은 현실성이 전혀 없으며, 이는 〈홍도〉에 나오는
정생의 아내 홍도의 경우보다도 심한 것이다. 왜냐하면 적어도 〈홍도〉에
서는 홍도가 미모의 여인이라고 말하지는 않았기 때문이다. 현실의 논리
에 따르면, 옥영은 연곡에서 죽임을 당했거나, 설사 죽지 않았더라도 왜적
에게 붙잡혀가 절개를 잃었을 것이며, 이것이 전란 당시 여인들이 겪었을
일반적인 상황이었을 것이다. 하지만 〈최척전〉에서 옥영은 전란의 와중

69　엄태식, 앞의 논문, 167쪽.
70　〈최척전〉의 '男裝' 모티프는 〈홍도〉에서 가져온 것이긴 하지만, 〈최척전〉 이전의 한국
　　고전소설 가운데는 남장 모티프가 등장하는 작품이 없었다는 점을 주목할 필요가 있다.
　　〈최척전〉은 남장 모티프가 한국고전소설에 왜 등장하게 되었는지를 설명해 준다는 점
　　에서도 의의가 있다.

에서 죽임을 당하지 않았을 뿐만 아니라 절개도 잃지 않았고, 마침내 남편
인 최척과 다시 만났다.[71]

필자는 〈최척전〉의 서사는 물론, 후지(後識)까지도 모두 허구일 가능
성이 높다고 생각하지만, 〈최척전〉 창작의 동인이 되었을 어떤 '실사(實
事)'가 존재했을 수는 있다고 본다. 그것은 아마도 '아내를 버리고 도망
친 남편의 이야기' 혹은 '적에게 붙잡혔다가 절개를 잃고 살아 돌아온
여인의 이야기' 정도가 아니었을까? 이렇게 보면, 최척과 옥영의 결연담
에서 옥영이 왜 그토록 강화된 정절 관념을 가진 여인으로 형상화되고
있는지를 짐작할 수 있다. 그것은 '전란'의 와중에서도 결코 '정절'을 잃
을 수 없는 여인상을 그려내기 위한 하나의 준비과정이었던 것이다.

이처럼 〈최척전〉에서 옥영은 전형적인 열녀의 모습으로 형상화되고
있다. 하지만 옥영은 작품이 끝날 때까지 죽지 않고 살아남아야만 했다.
적의 수중에 떨어졌다가 살아 돌아온 열녀(烈女)! 이런 말은 있을 수 없
다. 이에 작자는 옥영을 〈이생규장전〉의 최씨를 능가하는 '열녀'로 형상
화하고, 〈홍도〉에서보다도 비현실적인 '남장' 모티프를 활용하는 것도
모자라, 마침내 〈만복사저포기〉에 등장했던 만복사 부처, 곧 '장륙불'이
라는 초월적 존재까지 작품 속으로 끌어들이고 말았다. 장륙불은 옥영이
몽석을 낳을 때, 옥영이 돈우에게 사로잡혔다가 자살을 결심할 때, 옥영
이 몽선을 낳을 때, 옥영이 심하전투에 출전한 최척이 죽었다고 생각하
여 단식할 때, 옥영이 무인도에 표류하여 절벽에서 투신자살하려다가 몽
선·홍도가 붙잡는 바람에 어쩔 수 없이 죽지 못했을 때, 모두 다섯 번

---

71 이종필, 「행복한 결말의 출현과 17세기 소설사 전환의 일 양상」, 『고전과 해석』 10,
고전문학한문학연구학회, 2011; 장경남, 「17세기 열녀 담론과 소설적 대응」, 『민족문학
사연구』 47, 민족문학사학회, 2011에서 이 문제를 17세기 소설사의 전개와 관련하여
논의한 바 있다.

그녀의 꿈속에 등장한다. 그간 장륙불의 작품 내적 기능에 대해서는 적지 않은 논의가 있었지만,[72] 기실 장륙불의 역할은 '열녀' 옥영이 열녀라면 마땅히 죽어야 할 대목에서 죽지 못하도록 만드는 것이다.[73] 열녀는 남편이 죽으면 당연히 따라 죽어야 하지만, 그렇게 하지 않고 '삶'을 유지할 수 있는 조건은 '아들'의 존재뿐이다. 〈최척전〉의 창작에 영향을 미친 〈이생규장전〉에서 최씨는 전란이 일어나기 전에 자식을 낳지 못했다. 이에 반해 〈최척전〉에서 옥영은 정유재란이 일어나기 전에 이미 만복사 장륙불의 계시를 받고 아들 몽석을 낳아 버렸다.[74] 이제 열녀 옥영에게

---

72 강진옥, 「최척전에 나타난 고난과 구원의 문제」, 『이화어문논집』 8, 이화여자대학교 한국어문학연구소, 1986, 239~252쪽; 박희병, 「최척전」, 『한국고전소설작품론』, 집문당, 1990, 95~97쪽; 박일용, 앞의 논문, 159~164쪽; 김종철, 「전기소설의 전개 양상과 그 특성」, 『민족문화연구』 28, 고려대학교 민족문화연구소, 1995, 46쪽; 신해진, 「최척전에서의 장륙불의 기능과 의미」, 『어문논집』 35, 고려대학교 국어국문학연구회, 1996, 362~369쪽; 김진규, 「임란 포로소설 연구-최척전을 중심으로」, 『동악어문논집』 11, 동악어문학회, 1998, 352~357쪽; 권혁래, 『조선 후기 역사소설의 성격』, 박이정, 2000, 75~79쪽; 양승민, 앞의 논문, 98~99쪽; 김문희, 「최척전의 가족 지향성 연구」, 『한국고전연구』 6, 한국고전연구학회, 2000, 178~183쪽; 정환국, 「17세기 실기류와 소설의 거리」, 『한문학보』 7, 우리한문학회, 2002, 111~114쪽; 이정원, 「전기소설에서 전기성의 변천과 의미」, 『한국고전여성문학연구』 6, 한국고전여성문학회, 2003, 382~388쪽; 한의숭, 「17세기 전기소설의 낭만성과 현실성, 통속성에 대한 논의와 작품의 실제」, 『인문연구』 51, 영남대학교 인문과학연구소, 2006, 161~162쪽; 김현양, 「최척전, 희망과 연대의 서사」, 『한국 고전소설사의 거점』, 보고사, 2007, 95~100쪽; 조현설, 「17세기 전기·몽유록에 나타난 타자 연대와 서로주체성의 의미」, 『국문학연구』 19, 국문학회, 2009, 18~19쪽; 최기숙, 「17세기 고소설에 나타난 여성 인물의 유랑과 축출, 그리고 귀환의 서사」, 『고전문학연구』 38, 한국고전문학회, 2010, 44~48쪽; 진재교, 「월경과 서사 – 동아시아의 서사 체험과 이웃의 기억-최척전 독법의 한 사례」, 『한국한문학연구』 46, 한국한문학회, 2010, 149~150쪽; 이종필, 위의 논문, 98쪽; 장경남, 위의 논문, 116~119쪽.
73 선행 연구에서 여러 번 언급한 바와 같이 〈최척전〉에서 장륙불은 오직 옥영에게만 현몽한다. 〈최척전〉에 나타난 장륙불 혹은 불교적 요소를 '열녀 담론'과 관련하여 해석해야 하는 중요한 이유 중의 하나가 이것이다.
74 〈홍도〉에서는 정생과 홍도가 임진왜란이 일어나기 전에 아들 '夢錫'을 낳은 것으로

는, 설사 남편 최척이 죽었다고 여겨져도 쉽게 따라죽을 수 없는 '명분'
이 생긴 셈이다.[75]

　이런 관점에서 보면, 그간 '가족적 인간애'를 보여준 '다정한 이웃'으
로 인식되었던 돈우(頓于) 역시 새로운 시각에서 이해할 수 있다. 〈최척
전〉에서 옥영은 왜노(倭奴) 돈우에게 붙잡혔지만, 불심(佛心)이 깊은 그
의 배려로 인해 목숨을 부지한다. 대부분의 이본에서는 돈우가 옥영의
민첩함을 아끼고 혹 달아날까 싶어 좋은 의식(衣食)을 제공하고 옥영의
마음을 안심시킨 것으로 되어 있는데,[76] 천리대본에서는 문장이 약간 바
뀌면서 '돈우가 옥영이 여자인 줄을 몰랐다'는 내용이 첨가되어 있다.[77]
안남에서 옥영과 최척이 만났을 때, 돈우는 송우(宋佑)[78]에게 다음과 같
이 이야기한다.

　　내가 이 사람을 얻은 지 이제 4년이 되었는데, 그 단정하고 성실함을
　아끼어 자식[己出]과 같이 대하며 잠을 자고 밥을 먹을 때 잠시도 떨어진
　적이 없었건만, 끝내 이 사람이 부인인 줄을 몰랐습니다.[79]

　4년 동안 함께 생활하면서 여자인 줄도 몰랐다는 이 말은, 결국 옥영이

되어 있다.
75　여기에 작동하고 있는 논리는 여성의 殉節이 '不孝不慈'라는 것이다. 이혜순, 「열녀
　전의 입전의식과 그 사상적 의의」, 『조선시대의 열녀담론』, 월인, 2002, 21~24쪽에서
　는 '不孝不慈'를 18세기 후반에 대두된 순절에 대한 비판적 담론들과 관련하여 다루었
　지만, 그 논리의 단초는 〈최척전〉에서도 찾아볼 수 있지 않을까 생각된다.
76　頓于愛玉英機警 惟恐見逃 給以善衣善食 慰安其心(〈최척전〉, 432~433쪽).
77　頓于愛玉英之穎悟 惟恐見逃 衣以華服 餉以美食 慰安其心 而不知其爲女子也(이상
　구 역주, 앞의 책, 314쪽; 장효현·윤재민·최용철·심재숙·지연숙, 앞의 책, 180쪽)
78　이본에 따라 '朱佑'로 되어 있기도 하다.
79　我得此人 四年于玆 愛其端慤 視同己出 寢食未嘗少離 而終不知其是婦人也(〈최척
　전〉, 436쪽).

정절을 잃지 않았음을 증명하기 위한 것이다. 중세 사회에서 여성은 가족 이외의 남성과는 함께 있을 수 없었다. 돈우가 옥영을 '기출(己出)'처럼 대했다는 말은 돈우가 외간 남자가 아니라 아버지였다는 뜻이다. 때문에 옥영은 남편이 아닌 남자와 4년 동안이나 함께 살았지만, 결국 가족[아버지]과 함께 있었던 것이기에 그녀의 행동은 문제될 것이 없다.[80] 돈우는 옥영과 침식(寢食)을 함께 하며 '잠시도' 떨어진 적이 없었다고 했는데, 이 말은 옥영이 아버지인 돈우 이외의 다른 남자를 접할 기회가 '전혀' 없었다는 의미이다. 돈우가 옥영이 부인인 줄을 '끝내' 몰랐다는 말은, 물론 설득력이 없긴 하지만, 역시 옥영의 정절 보전과 관계가 있는 말이다. 그런데 이와 같은 내용은 천리대본에도 동일하게 들어 있다.[81] 그렇다면 천리대본의 작자는 왜 같은 내용을 굳이 거듭 서술하고 있는 것일까? 다름이 아니라 옥영이 왜적에게 붙잡혀 있었던 동안에도 '정절'을 절대 잃을 수 없었다는 점을 강조하고 싶었던 것이다. 한편 돈우의 집에는 그의 아내와 어린 딸만 있었고, 돈우는 옥영을 자기 집에 살게 하면서 바깥출입도 못하게 한다.[82] 만약 돈우가 옥영이 남자인 줄로만 알았다면 바깥출입을 하지 못하게 할 이유가 별로 없지만,[83] 이 역시 작자가 옥영의 정절이 훼손될 수 있는 가능성을 봉쇄해 버린 것으로 이해해야 한다.[84] 옥영은

---

80 박희병·정길수 편역, 『전란의 소용돌이 속에서』(돌베개, 2007), 43쪽에서는 이 대목을 "내가 이 사람을 얻은 지 4년이 되었습니다. 그동안 이 사람의 단정한 모습과 성실한 성품을 좋아해 친형제 대하듯이 지냈지요. 함께 밥 먹고 함께 잠자며 떨어져 지낸 적이 없건만 이 사람이 여자인 줄은 꿈에도 몰랐습니다."라고 번역했는데, '視同己出'을 "친형제 대하듯이 지냈지요."라고 한 것은 옳지 않다.

81 我得此人 四載于茲 而愛其端慤 視同至親 居處飮食 未嘗暫離 而終不知其爲婦人也 (이상구 역주, 앞의 책, 316쪽; 장효현·윤재민·최용철·심재숙·지연숙, 앞의 책, 188쪽).

82 頓于家 在狼姑射 妻老女幼 無他男子 使玉英居家 不得出入(〈최척전〉, 433쪽).

83 물론 옥영이 돈우가 사사로이 데려온 조선인 포로라는 점에서 본다면, 전혀 납득할 수 없는 일은 아니다.

돈우에게 자신은 약골이라 바느질과 밥 짓는 일만 할 줄 안다고 말했고, 이에 돈우는 장사하러 다닐 때 옥영을 화장(火長)으로 삼아 배 안에 머무르게 하며 민(閩)·절(浙) 지방으로 돌아다닌다.[85] '화장'은 '배에서 밥 짓는 일을 맡은 사람'인데,[86] 옥영이 취사(炊事)를 맡았다는 것 또한 그녀가 돈우 이외의 남성과 접촉할 기회가 없었다는 점을 암시하기 위한 것이다. 게다가 옥영은, 깊은 불심을 지녀 이미 세속적 욕망[성욕]을 소거해 버린 돈우와 함께 있었기에, 적의 수중에 떨어져 있었던 동안에도 정절을 잃지 않았다는 완벽한 증거를 확보할 수 있게 된 것이다.

〈최척전〉의 남주인공인 최척의 형상에 조위한의 사상 및 체험 등이 반영되었다는 점은 선행 연구에서 충분히 밝혀졌고, 그 타당성이 인정된다. 하지만 〈최척전〉의 또 다른 축인 여주인공 옥영의 입장에서 보면, 〈최척전〉은 '전란의 와중에서 적에게 붙잡혔다가 살아 돌아온 열녀'의

---

84 박희병·정길수 편역, 앞의 책, 37쪽에서는 이 부분을 "돈우의 집은 나고야에 있었다. 늙은 아내와 어린 딸만 있을 뿐 집안에 달리 남자가 없어, 옥영을 집에 살게 하되 아내와 딸이 있는 內室에는 출입하지 못하게 했다."라고 번역했는데, "아내와 딸이 있는 內室에는"이라는 말은 원문에 없는 것이다. 혹 돈우가 옥영을 남자로 알았다는 점을 고려하여 이렇게 번역했는지 모르겠으나, 그래도 결국 문맥을 잘못 이해한 것이다. '不得出入'은 옥영이 여자들만 있었던 집 이외의 다른 곳, 다시 말해 남자들이 있는 곳에는 갈 수 없었다는 의미로 쓴 말이다.

85 玉英謬曰 我本羸少男子 弱骨多病 在本國不能服役丁壯之事 只以裁縫炊飯爲業 餘事固不能也 頓于尤憐之 名之曰沙于 以火長置舟中 往來于閩浙之間(〈최척전〉, 433쪽).

86 '火長'에 대하여 박희병 표점·교석, 앞의 책, 433쪽과 박희병·정길수 편역, 앞의 책, 38쪽에서는 '航海長'이라 하였고, 심경호, 『여행과 동아시아 고전문학』, 고려대학교 출판부, 2011, 101쪽에서도 "배의 항해를 지휘하는 인물. 일부 번역본에 부엌일의 책임을 맡겼다고 풀이한 것은 잘못임."이라고 하였는데, 그렇지 않다. 돈우가 옥영을 '火長'으로 배 안에 두었다는 서술은, 바로 앞에 나오는, 옥영이 바느질과 밥 짓기밖에 못한다고 말한 내용과 연결되는 것이다. '火長'을 '배에서 밥을 짓는 사람'이란 뜻으로 사용한 용례는 李德懋의 〈耳目口心書〉三에 보인다. 관련 내용은 『靑莊館全書』(『영인표점 한국문집총간』258), 민족문화추진회, 2000, 402쪽 참조.

이야기이다. 전란의 소용돌이에서 적에게 끌려갔던 한 부녀(婦女)가 구사일생으로 살아 돌아왔다. 그런데 그녀는 결코 정절을 잃어서는 안 되는 위치에 있는 여인이었으며, 반드시 열녀라는 점이 증명되어야 했다. 하지만 소설과 전을 막론하고 그때까지 존재했던 '열녀서사'의 자장 안에서는 '적의 수중에 떨어졌다가 살아 돌아온 열녀'를 형상화할 방법이 없었다. 필자는 이 같은 난관을 극복할 수 있게 만든 것이 바로 『어우야담』에 실린 〈홍도〉가 아니었나 생각한다.

이상으로 〈최척전〉의 열녀 담론을 살펴보았는데, 마지막으로 〈최척전〉과 '조찬한(趙纘韓)·유씨(柳氏) 부부 이야기'의 관련성을 언급하기로 한다. 『현주집』의 〈제망실문(祭亡室文)〉[87] 등에 따르면,[88] 조찬한은 정유재란 때 나주(羅州) 삼향(三鄕)에 피신해 있었다. 그러다가 9월 17일에 전란의 와중에서 순간적으로 유씨와 헤어졌고, 이튿날 어떤 사람을 만나 유씨의 소식을 들었다. 그는 유씨가 남편을 잃은 까닭으로 세 번이나 물에 빠져 죽으려 했으나 여종이 말리는 바람에 실행하지 못했다고 말했고, 조찬한은 그 사람이 일러준 곳으로 가서 부인과 상봉했다. 이때 숙모(叔母)가 없어져서 다시 함께 찾으려 했으나, 적들은 주위를 둘러싸고 있었고 유씨는 발이 부르터 걷기가 어려웠다. 조찬한·유씨 부부는 그날 밤을 넘기고 이튿날 정오(亭午)에 적의 핍박에서 벗어났지만 미시(未時)에 다시 적을 만났다. 유씨는 자기 때문에 앉아서 적이 오기를 기다릴 수는 없다고 말하며 조찬한에게 피신하기를 권했고, 이에 조찬한은 맨몸에 맨발로 종 한 명과 함께 탈출했다. 날이 저문 후 조찬한은 얼숙(孼叔)과 함께 유씨를 찾아왔으나,

---

87 趙纘韓의 〈祭亡室文〉은 김경미, 「전기소설의 젠더화된 플롯과 닫힌 미학을 넘어서」, 『한국고전여성문학연구』 20, 한국고전여성문학회, 2010, 229~230쪽에서 다룬 바 있다.

88 趙纘韓·柳氏 부부의 이야기는 『현주집』에 수록되어 있는 〈欲哭〉 둘째 수에도 보이나, 그 내용은 〈제망실문〉에 비해 자세하지 않다.

유씨는 이미 죽어 그 흘린 피가 풀을 적셨으니, 그녀는 평소 조찬한이 차고 있던 칼로 자문(自刎)했던 것이다.

물론 이 이야기는 〈최척전〉의 내용과는 다르지만, 〈최척전〉 창작의 직접적 배경이 되었을 가능성이 매우 높다. 유씨가 남편 조찬한에게 피신하라고 권한 것은 아마 사실일 것이다. 이 점에서 조찬한의 기술은, 여성들이 적에게 죽임을 당할 때 남편들이 부재중인 것으로 설정한 여타 열녀서사의 그것보다 좀 더 솔직하긴 하지만, 그는 〈제망실문〉에서 "목에 있던 칼날은 내가 차던 칼로 당신이 그때 몸소 지니고 있었지만 나는 그 이유를 몰랐었소.[有刃在頸 吾所佩刀 君時自帶 我昧其由]"[89]라고 말함으로써 결국 유씨의 죽음에 대해 책임회피를 하고 있는 것이다.[90] 이와 더불어 '유씨 이야기'에서 주목할 점은 유씨가 남편 조찬한을 잃었다는 이유로 세 번이나 물에 뛰어들려다가 여종의 만류로 시행하지 못했다는 사실인데,[91] 이는 〈최척전〉에서 옥영이 남편 최척이 죽었으리라고 여겨 투신자살하려다 결국 시행하지 못하는 대목의 소재적 원천이 되었을 가능성이 있다.[92] 한편 〈최척전〉에서는 최척과 옥영이 1593년[癸巳年]에 혼인

---

89 『현주집』, 385쪽.

90 필자는 〈제망실문〉 가운데 적어도 이 부분만은 거짓말이라고 생각한다. 전란의 와중에서 사대부가 부녀가 칼을 소지한다는 것이 어떤 의미인지를 조찬한이 몰랐을 리 없다. 더군다나 유씨는 조찬한과 헤어진 후 세 번이나 자살을 시도한 바 있었다.

91 忽遇一人 問我何客 吾告姓名 他聞卽愕 云子內君 惟彼道側 失君之故 呼天乞死 三赴于水 三被婢止 節義則高 性命可憐 吾驚急往 他語果然(『현주집』, 385쪽)

92 민영대, 앞의 책, 159쪽에서 조찬한·유씨 이야기와 〈최척전〉의 최척·옥영 이야기의 유사점으로 남녀주인공의 고향이 서울(조찬한)·나주(유씨), 남원(최척)·서울(옥영)이라는 점, 모두 계사년에 혼인한다는 점, 유씨의 殉死가 옥영이 신의를 지킨 것과 비슷하다는 점을 들었다. 그 밖에도 〈제망실문〉의 서두에서는 "惟靈受氣淑淑 貞順天得 弱失怙恃"(『현주집』, 385쪽)라고 하였으니, 유씨가 부失父母한 것 또한 옥영이 어려서 부친을 여의었다는 점과 유사하다. 한편 김대현, 『조선시대 소설사 연구』, 국학자료원, 1996, 72쪽에서는 "여주인공 玉英은 『三綱行實圖』에 나오는 열녀의 이름이다.

을 하는데, 〈제망실문〉을 보면 "나와 혼사를 논하는데 큰처남이 실무를
맡아 계사년 봄에 마침내 혼례를 치렀소.[與我論婚 長娚實倚 祭巳之春 始
執棗栗]"[93]라는 말이 있어 조찬한과 유씨도 1593년에 혼인했음을 알 수
있다. 조찬한·유씨 부부가 최척·옥영 부부의 모델이었다는 점은 거의
분명해 보인다.[94]

조위한은 맏형 조계한의 죽음을 계기로 아우 조찬한을 만나게 되었는
데, 이 일은 그들로 하여금 인생의 무상감을 느끼게 하는 동시에 지난날
을 회상케 하는 계기도 되었을 것이다. 유씨의 죽음은 25년 전의 일이지
만, 조찬한은 맏형의 죽음을 계기로 아내의 일을 떠올리면서 더욱 가슴
아파하였을 수 있다. 만약 이와 같은 사정이 〈최척전〉 창작의 동기가 되
었다면, 조위한은 유씨에 대한 조찬한의 그리움과 미안함을 소설이라는
허구 속에서나마 해소·위로해 주었다고 볼 수 있는바, 그 기저에는 전란
의 와중에서 남편과 헤어졌을 때 자의든 타의든 간에 죽음을 택할 수밖
에 없었던 여성들에 대한 연민의 감정이 깔려 있었다고 할 수 있다. 그러
나 결국 조찬한과 조위한이 한 일은 남성들의 잘못으로 인해 초래된 전

『三綱行實圖』의 烈女 玉英은 배를 타고 가다가 정절을 지키기 위하여 변복을 하고
투신자살한다. 배, 변복 등의 소재가 〈崔陟傳〉의 옥영과 연상되는 점이 많다."라고
하였다. 필자는 〈최척전〉 창작의 한 연원으로 이 이야기를 주목할 필요가 있다고 본
다. 다만 김대현이 말한 '변복'은 〈최척전〉의 옥영이 한 男裝과는 달라, 오해의 여지가
있다. 符鳳의 妻 玉英의 이야기는 『新唐書』·『朝野僉載』·『太平廣記』 등에 실려 있는
데, 그 내용은 모두 같다. 『太平廣記』〈符鳳妻〉에는 "玉英 唐時符鳳妻也 尤姝美 鳳
以罪徙儋州 至南海 爲獠賊所殺 脅玉英私之 對曰 一婦人不足以事衆男子 請推一長
者 賊然之 乃請更衣 有頃 盛服立於舟中 罵曰 受賊辱 不如死 遂自沈於海"(李昉 等
編, 『太平廣記』 6, 中華書局, 1961, 2120~2121쪽)라고 되어 있다.

93 『현주집』, 385쪽. 원문의 '祭'는 '癸'의 잘못이다.

94 조찬한·유씨 부부 이야기와 〈최척전〉의 관련 양상은 민영대, 앞의 책에서 이미 언급
되었던 것이다. 하지만 민영대는 〈최척전〉의 창작 시기를 1621년으로 보았기 때문에,
둘이 직접적인 관련이 있다는 사실을 간취하지 못하였다.

란과 그것의 최대 피해자인 여성들의 죽음에 대하여 책임회피하기 위해
'기만의 서사'를 만들어낸 것에 불과했고,[95] 그들은 전란이라는 특수하고
불가피한 상황 속에서도 한 명의 남성[자신]을 향한 여성의 성적 종속성
은 죽음을 감수하고서라도 반드시 지켜져야 한다는 사고방식에서 벗어
나지 못했다.[96]

앞서 필자는 〈최척전〉 창작의 동인이 되었을 이야기가 '아내를 버리고
도망친 남편의 이야기' 혹은 '적에게 붙잡혔다가 절개를 잃고 살아 돌아
온 여인의 이야기'였을 가능성이 있다고 했는데, 조찬한·유씨의 이야기
는 전자이고 정생·홍도의 이야기는 후자이다. 조위한이 〈최척전〉을 창
작한 동기 가운데 하나가 조찬한·유씨 부부에 대한 연민이라면, 그가
〈홍도〉를 수용한 또 다른 이유를 여기서 찾아볼 수 있을 것이다.

5. 전란의 체험과 17세기 소설사

지금까지 〈최척전〉은 실로 다양한 방면에서의 연구가 이루어졌지만,
문면에 대한 정밀한 독해와 관련 기록의 면밀한 검토가 제대로 이루어지
지 않았고 자료의 오독도 상당 기간 수정되지 못했기에, 〈최척전〉의 실
상은 제대로 드러나지 못했다. 본고는 이와 같은 문제의식에서 출발하여
〈최척전〉 관련 기록을 종합적으로 검토하고 작품의 의미를 다시 살펴본

---

95 황윤실, 「17세기 애정전기소설에 나타난 여성주체의 욕망발현 양상」, 한양대학교 박
사논문, 2000, 89~112쪽에서는 〈최척전〉에 형상화된 전쟁이 '사실적'이며 전란을 헤
쳐 나가는 여주인공 옥영이 주체적 면모를 보이고 있다고 하였다. 하지만 필자는 작품
의 문면에 드러난 옥영이 주체적인 면모가 무엇을 위한 것이었는지, 또 정말로 사실적
인지 따져볼 필요가 있다고 생각한다.
96 강명관, 『열녀의 탄생』, 돌베개, 2009, 241~349쪽 참조.

것이지만, 역시 명확한 근거를 제시하지 못하고 추정에 머무른 부분이
있다. 관련 자료의 발굴과 새로운 연구를 통해 그 한계가 극복되기를 기
대하며, 여기서는 〈최척전〉의 소설사적 의미에 대해 언급하고자 한다.

조선 전기에 국가에서 『삼강행실도』 등을 편찬하여 여성들에게 열 이
데올로기를 주입시키려 했다는 사실은 익히 알려져 있다.[97] 〈최척전〉의
창작에 영향을 미친 〈만복사저포기〉와 〈이생규장전〉 역시 이런 분위기
와 완전히 무관하지는 않을 것이다. 이는 〈이생규장전〉이 전반부에서는
〈취취전〉을 수용했다가 후반부에서는 〈취취전〉이 아닌 〈애경전〉을 수
용했다는 점에서도 어느 정도 짐작할 수 있는데, 〈이생규장전〉의 후반
부가 〈취취전〉처럼 진행될 수 없었던 이유는 〈취취전〉의 후반부에 여주
인공 취취가 이장군의 포로가 되어 정절을 잃었기 때문이다. 기실 최씨
의 절사는 사육신의 절의를 표현하기 위한 우의(寓意)이기에, 〈이생규장
전〉은 전란의 체험을 사실적으로 반영한 작품은 아니다.

1592년 임진왜란이 발발하자 열녀서사에서 벌어났던 일이 현실로 다
가왔다. 전란의 와중에서 여성들은 목숨[삶]과 정절[죽음] 가운데 목숨을
택하는 경우가 많았으리라 짐작되는데,[98] 사대부 남성들은 실절한 여인
들의 처지에 대해 동정하였겠지만, 기본적으로는 여성의 정절이 죽음을
감수하고서라도 보존되어야 한다는 입장에 있었다. 하지만 그것이 나의
가족에게 벌어진 일이었을 때 느꼈을 고통은 실로 감당하기 어려웠을 것
이다. 〈최척전〉은 바로 이와 같은 상황을 배경으로 한 소설이다.

〈최척전〉이 17세기 소설사에서 매우 중요하게 다루어져야 할 작품임은
분명하다. 이전 시기 소설들과 비교하여 17세기 소설은 '현실성의 강화',

---

97 위의 책, 91~237쪽.
98 박미해, 『유교 가부장제와 가족, 가산』, 아카넷, 2010, 113~114쪽.

'서사적 편폭의 확대', '행복한 결말' 등의 측면에서 소설사적으로 의의를 가지는 것으로 인식되어 왔는데, 〈최척전〉에 이와 같은 소설사적 전환의 징후가 모두 드러나기 때문이다. 하지만 선행 연구에서는 대개 이와 같은 현상을 지적하는 데서 머물렀을 뿐 어떻게 이와 같은 전환이 일어나게 되었는지에 대해서는 별 관심을 기울이지 않았다. 여기서는 본고의 논의를 통해 얻은 성과를 바탕으로 이 문제들을 살펴보도록 하겠다.

〈최척전〉에서 현실성이 강화된 이유는 이 작품이 실사를 바탕으로 하고 있다는 데 있다. 그간 17세기 소설의 한 특징으로 지적된 '현실성의 강화'라는 말은 논자에 따라 다양한 의미로 사용되었지만, 그것은 대개 이 시기 소설에 이르러 이전 시기 소설에 보였던 초현실적 사건이나 환상적 모티프, 예컨대 귀신이나 이계가 나타나지 않는다는 점에 주목한 것이었다. 하지만 『금오신화』나 『기재기이』에 등장하는 초현실적 요소들은 이 작품들이 가지고 있는 우의적 성격에서 비롯된 일이라는 점을 고려할 필요가 있다.[99] 그보다 〈최척전〉의 '현실성' 논의에서 보다 주목해야 할 것은 〈최척전〉이 과연 당대의 현실을 '사실적'으로 반영하고 있으며 소설적 '진실'을 드러내고 있는가 하는 점이다. 앞서 언급했듯이 〈최척전〉은 '적의 수중에 떨어졌다가 살아 돌아온 열녀'의 이야기이다. 전란의 와중에서 적에게 사로잡힌 여성들이 목숨과 정절 가운데 하나를 택할 수밖에 없었던 것이 당대의 실상이라면, 〈최척전〉이야말로 '우연'과 '기이'로 점철되어 있는 '비현실적 작품'으로 평가할 수밖에 없을 것이다.

〈최척전〉에는 다양한 인물들이 등장할 뿐만 아니라 동아시아를 무대로 서사가 전개되고 있다. 〈최척전〉은 이처럼 서사적 편폭이 확대됨에

---

99 엄태식, 「애정전기소설의 창작 배경과 양식적 특징」, 경원대학교 박사학위논문, 2010, 186~194쪽.

따라 작품의 분량도 늘어나게 되었는데, 선행 연구에서는 이런 중편화의 경향을 이 시기 소설의 '총체성 확보'나 '장편소설의 성립'과 연관시키기도 하였다.[100] 〈최척전〉이 전대 소설에 비해 서사적 편폭을 확장하고 분량을 늘릴 수 있었던 이유는 기본적으로 〈최척전〉이 〈이생규장전〉과 〈홍도〉를 활용하여 창작된 작품이라는 데 있다. 〈이생규장전〉은 '소설'이고 〈홍도〉는 '야담'이다. 이 둘을 활용하여 창작된 〈최척전〉은 '소설+야담'일 수는 없고 '야담'이거나 '소설'일 수밖에 없었을 것인데, 조위한은 '소설'을 선택하였다. 〈홍도〉에는 많은 인물들이 문면에 등장하고 있었고 작품의 무대는 동아시아로 확대되어 있었던바, 〈최척전〉 후반부의 서사적 편폭 확대는 결국 스토리 중심의 야담을 소설로 재구성·확대한 데서 비롯된 결과였던 것이다. 그리고 〈홍도〉에서는 이름조차 없이 스쳐지나갔던 무명씨(無名氏)들이 〈최척전〉에 이르러 진위경·여유문·돈우·송우[주위] 같은 이름을 가지고 자신들의 목소리를 내게 된 것은 너무도 자연스러운 일이었다. 조위한이 야담이 아닌 소설을 택한 이유는 여러 가지가 있겠지만, 본고의 논지와 관련하여 본다면, 야담은 '적의 수중에 떨어졌다가 살아 돌아온 열녀'를 형상화하기에는 적절하지 않았다고 할 수 있다. 다시 말해 사건을 '기술'하는 데 초점이 놓여 있는, 〈홍도〉 같은 야담의 형식으로는 옥영이 남편의 부재중에도 정절을 잃지 않았다는 점을 '설득력' 있게 형상화할 수 없었던 것이다.

〈최척전〉은 대개 비극적으로 끝났던 이전 시기 소설들과는 달리 행복한 결말로 마무리된다. 선행 연구에서는 이와 같은 결말의 방식을 17세기 후반에 등장한 통속소설의 그것과 연관 지어 해석하였는데, 이 문제

100 박희병, 「한국한문소설사의 전개와 전기소설」, 『한국전기소설의 미학』, 돌베개, 1997, 94쪽.

는 이전 시기 애정전기소설의 비극적 결말과 비교해 볼 필요가 있다. 지금까지 애정전기소설에 나타나는 전란 소재는 이야기의 전환을 위한 계기 혹은 인간의 힘으로는 어쩔 수 없는 불합리한 세계의 횡포로 인식되어 왔다. 그렇다면 애정전기소설의 '전란'은 결국 주인공을 비극으로 몰아가기 위한 계기에 불과하다고 할 수 있다. 애정전기소설 가운데 전란이 비극적 결말을 이끄는 작품은 〈이생규장전〉·〈주생전〉·〈위생전〉이다. 〈이생규장전〉에서 최씨는 정절을 지키기 위해 목숨을 끊고, 〈주생전〉에서 선화는 임진왜란에 참전한 주생과 헤어지며, 〈위생전〉에서 소숙방은 전장에서 상사병에 걸려 죽은 위생 때문에 자결한다. 이에 반해 〈최척전〉에서 옥영은 전란의 와중에서도 목숨도 잃지 않고 정절도 보전하는바, 〈최척전〉은 애정전기소설과는 정반대로 마무리되고 있는 것이다. 앞서 언급한 바와 같이 애정전기소설에서 애정의 본질은 '남녀주인공의 혼전 성관계'인데, 〈최척전〉이 여타 애정전기소설과 가장 뚜렷하게 구분되는 점은 옥영이 혼전에 최척과 야합하지 않았다는 사실이며, 필자는 바로 이것이 〈최척전〉의 행복한 결말을 가능케 한 동인이었다고 생각한다. 여기서 우리는 애정전기소설 가운데 행복한 결말로 마무리되는 〈하생기우전〉에 주목할 필요가 있다. 〈하생기우전〉은 하생과 여인이 혼인에 성공하고 자식까지 낳는다는 점에서 〈최척전〉과 동일한 결말을 보인다. 그런데 〈하생기우전〉이 비극적 결말의 애정전기소설과 가장 뚜렷하게 구분되는 점은 남녀주인공의 혼전 성관계가 허탄한 꿈속의 일로 귀결되어 실제로 일어나지 않은 일로 처리된다는 사실이며,[101] 바로 이것이 〈하생기우전〉이 해피엔딩으로 마무리될 수 있었던 이유라고 할 수 있다. 이렇게 본다면, 한국 애정전기소설에서 상층 신분 여주인공들의

---

101 엄태식, 앞의 논문, 76~80쪽.

비극적 결말은 그녀들의 음분(淫奔)에 따른 필연적 결과라 할 수 있는바, 여기에는 혼전에 정절을 잃어 오염된 여인을 통해 후사(後嗣)를 이을 수 없다는 논리가 작동하고 있는 셈이다. 그렇다면 〈최척전〉에서 옥영이 끝까지 살아남아 가족들과 단원(團圓)할 수 있었던, 다시 말해 〈최척전〉이 행복한 결말로 마무리될 수 있었던 이유 역시 죽음도 불사한 옥영의 '정절' 때문이었다고 할 수 있다. 17세기에 중반 이후에 창작된 애정소설들[〈숙향전〉·〈구운몽〉 등]은 대개 행복한 결말로 마무리되는데, 이 작품들에서는 '상층' 여주인공[妻]과 남주인공의 애정에서 혼전 성관계가 삭제되는 대신 '예교의 범위를 벗어나지 않는 만남' 및 '적강(謫降) 모티프[天定因緣]'가 그 자리를 메꾸었다. 〈최척전〉은 이와 같은 소설사적 전환을 이끈 작품이라는 점에서 주목할 만하다.

지금까지 〈최척전〉의 소설사적 의미에 대해 살펴보았다. 중세적 리얼리즘의 성취, 전란을 통한 동아시아인의 연대, 전쟁의 참상 고발과 강한 현실 비판 의식, 민중의 희망을 담은 서사. 그간 〈최척전〉에는 이와 같은 수식어들이 붙었지만, 필자는 〈최척전〉의 작품성이나 소설사적 의미에 대한 선행 연구가 그 실상보다 과대평가된 면이 없지 않다고 생각한다. 〈최척전〉은 이전 시기 전기소설의 이른바 '전기성(傳奇性)' 혹은 '환상성'을 극복하면서 작품의 무대를 현실 세계로 옮겼고, 다양한 인물들을 등장시키면서 서사적 편폭을 확대하여 17세기 소설의 중편화 경향에 동참하였다. 하지만 이런 사실들이 작품의 사실적 성취와 직결되는 것은 아니며, 민중의 희망이나 타자에 대한 배려가 이 소설의 행복한 결말을 이끌었다고 보기도 어렵다. 오히려 〈최척전〉은 17세기 당대의 문제를 사실적으로 반영하지 못하고 낭만적으로 해결하고 있는바, 17세기 후반 장편소설의 통속적 성향을 견인하고 있는 측면이 있다.

그럼에도 불구하고 〈최척전〉은, 17세기 소설사적 전환을 이끌었다는 점에서 매우 주목해야 할 작품임이 분명하다. 그렇다면 그 전환의 동인은 무엇인가? 여러 가지가 있겠지만, 17세기에 일어난 동아시아의 '전란'이 중요한 계기였다는 점은 부정할 수 없을 것이다. 이 점에서 〈최척전〉은 전란의 체험이 어떻게 소설사의 변화를 이끌었는지를 보여주는 소중한 예라 하겠다.

17세기 동아시아의 전란은, 중국에게는 왕조 교체의 계기가 되었고 일본에게는 정권 교체의 계기가 되었지만, 정작 전란의 최대 피해자였던 우리나라에서는 그런 일이 일어나지 않았다. 이런 사실이 17세기 소설사와 어떤 관련이 있을까? 17세기에는 임진왜란·심하전투·정묘호란·병자호란 등을 소재로 한 수많은 소설들이 산출되었다. 그 작품들이 과연 전란을 초래한 원인과 당대의 모순을 직시하면서 비판하고 있는지, 아니면 결국 중세 왕조의 재건과 지속에 봉사하고 있는지 꼼꼼히 따져볼 일이다.

제5부

『월간야담』을 통해본 윤백남 야담의 대중성

◉

김민정

1. 문제제기

근대야담은 1927년 김진구를 위시한 조선야담사의 발기와 함께 시작된 야담운동 이후의 야담을 지칭한다. 김진구는 근대야담이 '야담(野談)'이라는 명칭에 있어서는 전대 야담과 같지만 그 내용과 목적에 있어서는 전대 야담과 다름을 주창하였다. 그의 야담은 허구적 이야기가 아닌 실사(實史)를 근거로 새롭게 창작된 역사이야기였다. 이 때문에 근대야담은 곧 역사 야담으로 지칭되기도 한다. 이와 같은 역사야담은 신문·잡지와 같은 근대 대중매체와 공연 등을 통해서 민중에게 확산되었다. 야담운동이 '지상(紙上)과 단상(壇上)'이라는 두 가지 수단을 활용하면서까지 더 많은 민중에게 다가가고자 했던 것은 그것이 곧 민중의 역사교육과 오락을 담당하고자 했기 때문이다. 하지만 야담운동의 성공은 민중의 교화력을 견제한 일제 탄압의[1] 대상이 되었고, 이를 계기로 야담운동은 민중의 계몽보다는 오락

---

1 김준형, 「야담운동의 출현과 전개 양상」, 『민족문학사연구』 20, 민족문학사학회, 2002; 이동월, 「야담사 김진구의 야담 연구」, 대구가톨릭대학교 박사학위논문, 2007; 김민정,

물로서 변모되었다.

반면, 윤백남은 조선야담사가 일제의 탄압으로 그 성격적 변모를 꾀하던 시점에 영입된 야담사로 근대 야담 전환기의 중심에 서있던 인물이다. 그가 야담사로서 대중과 첫 대면을 가졌던 것은 조선야담사 창립 1주년 기념 야담대회였다.[2] 그날 그가 구연한 야담은 「두자춘(杜子春)과 금항아리」였다. 이것은 당전기로 기존의 조선야담사가 주창해 오던 조선재래의 역사야담과는[3] 거리가 있다. 이처럼 윤백남은 근대 야담의 계몽성보다는 대중의 오락적 흥미를 위한 대중성을 강화한 야담으로 변모시켰다.

윤백남은 야담가로서 명성을 얻기 전에 이미 한국 연극과 영화계의 중추적 인물로 일본의 신파극을 조선에 처음 소개한[4] 인물이다. 그리고 그는 조선의 첫 영화감독으로서도 우리 대중문화사적인 위치를 가늠해볼 수 있다. 윤백남에 대한 연구는 크게 세 가지로 나뉜다. 첫째는 윤백남의 희곡에 대한 논의,[5] 둘째는 역사소설에 대한 논의,[6] 마지막은 야담 활동에

「金振九 野談의 形成 背景과 意味」, 고려대학교 석사학위논문, 2010.

2 창립 1주년 기념 야담대회에 대한 보도기사에서는 야담대회가 1928년 12월 9일에 열리는 것으로 기사가 실렸다.(『동아일보』, 1928년 12월 7일) 하지만, 실제 야담대회는 1928년 12월 10일에 열렸다. 이는 야담대회 다음날(『동아일보』, 1928년 12월 11일) 창립 1주년 기념 야담대회가 대성황이었다는 보도기사를 통해서 확인할 수 있다.

3 역사야담의 의미에 대해서는 김민정의 논문을 참조할 것.(김민정, 앞의 논문, 39~53쪽)

4 백두산, 「윤백남 희곡 연구: 문예운동과의 관련양상을 중심으로」, 서울대 석사학위논문, 2008, 13~23쪽.

5 양승국, 「윤백남 희곡 연구-〈국경〉과 〈운명〉을 중심으로」, 『한국극예술연구』 16, 한국극예술학회, 2002; 백두산, 「윤백남 희곡 연구」, 서울대학교 석사학위논문, 2008.

6 곽근, 「尹白南의 삶과 小說」, 『한국어문학연구』 32, 한국어문학연구학회, 1997; 이승윤, 「한국 근대 역사소설의 형성과 전개」 - 매체를 통한 역사담론의 생산과 근대적 역사소설 양식에 대한 통식적 고찰, 연세대학교 대학원 박사학위논문, 2005; 「근대 역사담론의 형성과 소설적 수용」, 『대중서사연구』 15, 대중서사학회, 2006; 「1920~30년대 역사를 통한 민중계몽과 양식실험 - 야담 부흥 운동을 중심으로」, 『배달말』 41, 배달말학회, 2007; 김병길, 「한국근대 신문연재 역사소설의 기원과 계보」, 연세대학교 박사학

대한 논의가 있다.[7] 윤백남은 고전과 현대문학의 점이지대인 근대문화의 중심에 선 인물이다. 선행연구에서는 야담운동과 근대 역사소설의 기원 등을 논의하면서 윤백남의 대중성이 야기되기도 했다. 하지만 그가 우리 문학사에 끼친 영향력에 비해서 현재 그에 대한 연구는 미흡하다. 그렇기 때문에 본고에서는 윤백남이 창간한 『월간야담(月刊野談)』에 주목함으로써 그의 대중문화사적 위상을 확인하고자 한다.

선행연구에서『월간야담』은 근대야담의 연장선상에서 개별 텍스트에 대한 고찰이 부재한 상황에서 민중의 계몽을[8] 위한 잡지로 평가되었다. 이는『월간야담』이 표면화한 '역사성' 때문인 것으로 보인다. 이에 야담의 상업성에[9] 대한 논의를 토대로『월간야담』의 문학사적 의미를 재 고찰해 보고자 한다. 이를 통해서 윤백남 야담의 대중성과『월간야담』의 문학적 가치와 의미를 확인해보겠다.

위논문, 2006.

7 이동월, 「윤백남의 야담 활동 연구」, 『대동한문학』 27, 대동한문학회, 2007.

8 차혜영은『月刊野談』이 민족운동의 일환으로서 역사를 통한 민중의 계몽을 목적으로 출판된 민중의 취미독물이라는 점에서 문화사적 의의를 찾았다. (차혜영, 「1930년대 『月刊野談』과『野談』의 자리」, 『상허학보』 8, 상허학회, 2002) 이승윤 역시『月刊野談』 소재의「百濟史譚」, 「紅淚史話」, 「王宮秘話」 등이 "역사적 사실을 끌어와 대중의 흥미를 유도하고 이를 통해 대중을 계몽하고자 한 것"이라고 했다. (이승윤, 「1920~30 년대 역사를 통한 민중계몽과 양식실험 – 야담 부흥 운동을 중심으로」, 『배달말』 41, 배달말학회, 2007, 193쪽)

9 고은지, 「20세기 '대중 오락'으로 새로 태어난 '야담'의 실체」, 『정신문화연구』 110, 한국학중앙연구원, 2008; 「1930년대 오락물로서 역사의 소비 – 야담방송과『月刊野談』 을 중심으로」, 『대중서사연구』 19, 대중서사학회, 2008.

2. 『월간야담』의 성격과 지향

『월간야담』은 1934년 10월[10] 윤백남이 창간한 '야담' 전문 잡지로 1938년 11월(통권 46호)까지 윤백남이 저작겸발행자(著作兼發行者)로 발행되었다. 그 후 1939년 5월부터는 박희도(朴熙道)가 새 저작겸발행자로 발행되었으나 1939년 10월(통권 55호) 폐간되었다. 여기에서는 야담 전문 취미 잡지로 발행되었던 『월간야담』에 수록된 야담들을 살펴봄으로써, 『월간야담』의 성격과 지향하는 바를 확인해 보겠다. 다음은 『월간야담』의 투고 규정이다.

> 우리 月刊野談은 滿天下讀者와 **한 가지 취미를 맛보려는 史迹의 野談化**인까닭으로 讀者의 投稿를 歡迎합니다
> 規定
> 一, **原稿는 반듯이 純朝鮮文으로 쓸일**
> 一, 原稿枚數는 二十二字十行五十枚까지
> 一, 原稿는 記載與否를 勿論하고 返還치안홈
> 一, **材料는 人物傳說奇談神話中에서 採擇할일**
> 一, 原稿送付時에 著作者의 住所姓名을 明記할일
> 一, 原稿送付는 京城府明治町 二丁目八十八番地 月刊野談社로할일
> 〈『月刊野談』 第一卷 第四號, 1935년 1월.〉

『월간야담』은 야담의 "材料는 人物傳說奇談神話中에서 採擇"함으로써 독자들의 취미를 위한 "史迹의 野談化"를 이루고자 했다. 『월간야담』이 창간되었던 1930년대는 '조선적인 것'에 대한 열풍이 고취되던 시기다. '조선적인 것'에 대한 대중의 관심은 자연스럽게 역사에 대한 관심으로

---

10 『月刊野談』은 1934년 10월 창간되었다. 그런데 판권지에는 소화 9년(1934년) 11월 11일 발행으로 표기되어 있다.

이어지면서 역사는 민족성을 회복하고 정체성을 구축하는 수단으로 인식
되었다. 민족의 정체성을 확립하는 것은 곧 식민지를 극복하기 위한 주체
적 힘으로써 당시의 시대적 문화코드였다. 이와 같은 문화적 배경위에서
창간된『월간야담』역시 역사성을 표면에 내세웠다.

그리고 야담 "原稿는 반듯이 純朝鮮文으로 쓸 일"이라고 명시한 것은
두 가지 의미로 해석된다. 첫째는 '조선어·조선문'이라는 '조선적인 것'에
대한 관심의 연장선상에서 민족성을 찾기 위한 수단으로 이해된다. 둘째
는 독자층의 확대다. '純朝鮮文' 표기는 당대의 문화적 지향에 맞춰 대중
의 저변을 확대할 수 있는 기반이 되었다.『월간야담』은 일반 대중 독자의
오락적 취미 독물로 발행된 잡지다. 그렇기 때문에 수용자의 수준을 고려
하지 않을 수 없다. 대중이 없는 문화는 존재하지 않기 때문이다.

아래의 표는『월간야담』의 창간호부터 김동인이 함께 활동했던 13호
까지 수록된 작품을 작가별로 정리한 것이다.[11]

번호	작가	제목	수록 호수(횟수)
1	金東仁[12]	· 十里潛水의 元斗杓 · 어느날의 大院君 · 般若의 죽엄 · 暗雲의 松京 · 暗雲의 松京 · 調信의 꿈 · 佐平成忠 · 계백의 戰死 · 片舟의 가는 곳 · 깨어진 물동이	1,5,6,7,8,9,10,11,12,13 (총10회)

---

11 여기서는 야담작품이 아닌 것은 목록에서 제외한다.『月刊野談』은 야담작품이외에도
朝鮮史源漫談, 民謠, 時調十數가 실렸다. 특히, '時調十數'는 영인되지 않아서 확인할
수 없는 5호는 예외로 보더라도 1~13호 중에서 창간호를 제외하고는 매회 실렸다. 이는
곧『月刊野談』이 야담 작품이외에도 다양한 읽을거리를 제공했음을 알 수 있다.

번호	작가	제목	수록 호수(횟수)
2	申鼎言	· 李土亭의 面影 · 泗沘 水上에 어린 香魂 · 泗沘 水上에 어린 香魂 · 奇怪한 失名 · 奇怪한 失名(下) · 南蠻船上의 相思淚 · 南蠻船上의 相思淚 · 生菩薩의 月下佛供 · 뜻 깊은 伴狂 · 간곳마다 逢變 · 疑問의 三卷冊 · 怪巫女의 妖舞	1, 2, 3, 4, 5, 6, 7, 8, 9, 10, 12, 13 (총12회)
3	沙雲居士	· 順治皇帝와 俠士 · 슬기(智略) · 슬기(智略) · 發願과 成功 · 空中三呼張大將	1, 2, 3, 4, 7 (총5회)
4	愼可一	· 柳下將軍 · 一朶紅과 一松에 얽힌 揷話 · 一砲로 遂明使 · 玉環의 奇綠 · 朝鮮大力壯士小考 · 大盜奇談	1, 2, 3, 4, 5, 13 (총6회)
5	尹白南	· 蛇精 · 報恩緞 由來 · 黑描異變 · 掃雪庭 獲戩故人 · 觀相奇綠 · 拾草奇綠 · 初一念 · 賊魁有義 · 名工의 神筆 · 情熱의 樂浪公主 · 純情의 好童王子 · 後百濟秘話	1~12 (총12회)
6	許次石	· 寬大한 男便	2 (총1회)
7	朴英鎬	· 鴛鴦船	2 (총1회)

---

12 1935년 12월 『野談』 창간.

번호	작가	제목	수록 호수(횟수)
8	朴基玉	·수인의 奇異한 生活	3 (총1회)
9	海牧	·朴御使의 一挿話	3 (총1회)
10	逸民	·新年漫談 ·白頭의 御營中軍 ·處女太守	4,8,9 (총3회)
11	申青居	·綠林의 忠僕 ·隱踪遊俠 ·藏踪遊俠	4,5,6 (총3회)
12	梁白華	·長恨歌 ·薄情郞 ·李白의 一生 ·壯子의 안해 ·盜척의 心事 ·閨房秘話 ·賣叟郞 ·賣叟郞(下)	4,6,7,8,9,10,12,13 (총8회)
13	李沙雲	·報恩發願 ·婢夫人의 逸話 ·婢夫人의 逸話(2) ·근원둥이 大臣사위	5,8,9,13 (총4회)
14	金松史	·朝鮮甲富의 安素	6 (총1회)
15	車相瓚	·朝鮮女流奇人 黃眞伊 ·反逆兒의 李活 ·肅宗朝 宮中哀話	6,7,8 (총3회)
16	許小石	·竹橋의 奇綠	6 (총1회)
17	金岸曙	·柳子光의 微笑, 朝鮮甲富의 微笑	7 (총1회)
18	李靑	·首陽大君 受禪史話	8 (총1회)
19	洪鳳濟	·洪應澤의 義氣	9 (총1회)
20	李石	·淸白과 免禍 ·國境의 秘話 ·一絲扶鼎	9,11,12 (총3회)
21	朴明煥	·東苑의 꿈	10 (총1회)
22	許石	·인간에 牽牛織女 ·奇蹟의 唐太宗	10,11 (총2회)
23	木究學人	·丙子胡亂 一挿話	10 (총1회)

번호	작가	제목	수록 호수(횟수)
24	田榮澤	·匕首는 갈았으나 ·大膽한 李浣將軍 ·千里遠情	10,11,12 (총3회)
25	申孝正	·海上에 悲鳴 ·暗夜의 怪女	10,13 (총2회)
26	秋姬	·興德王과 앵무	11 (총1회)
27	一天	·金虎感現	11 (총1회)
28	高柄喆	·宋進士의 奇緣	11 (총1회)
29	柳光烈	·絶世英雄 一代記	11 (총1회)
30	崔文鎭	·金庾信과 美妓 天官	12 (총1회)
31	石生	·定陵由來 ·於宇同女史	12,13 (총2회)
32	張德祚	·때는 눈앞에 ·狂亂의 舞姬	12,13 (총2회)
33	仁旺山人	·二月仙桃	13 (총1회)

위의 『월간야담』 1~13호까지 수록된 야담 목록을 보면 『월간야담』에
서 야담작가로 활동 했던 작가가 대략 33명 정도임을 알 수 있다. 표를
통해볼 때 가장 많은 작품을 실은 작가는 윤백남과 신정언으로 창간호부
터 13호까지 총 12회를 수록했다. 그리고 그 외 김동인은 10회, 양백화는
8회를 수록하면서 이들이 주요 필진으로 활동했음을 알 수 있다. 특히
윤백남은 '新十二夜話'라는 기획주제로 창간호부터 12호까지 수록하는
등 『월간야담』을 "歷史的奇談滿載"의 잡지로 만들고자 했다. 그래서 각
각의 필자들은 "讀物의 材料는 野乘中에서 滋味잇는 것만을 擇"하여
싣고, "뉴-쓰, 論文, 評論 等만은 絶對로 記載치안"않음으로써[13] "歷史
的奇談滿載"라는 잡지의 성격을 뚜렷이 하고자 했다. 하지만 위의 목록

13　編輯生,「編輯餘墨」,『月刊野談』 제4호, 1935년 1월 10일, 135쪽.

에서 확인할 수 있듯이『월간야담』에 수록된 야담은 그 제목만을 살펴보
면 전대 야담에서 수용된 '애정' 또는 '기담' 중심임을 알 수 있다. 또한
야담의 소재가 조선 재래의 역사뿐만 아니라 「적괴유의(賊魁有義)」, 「명
공(名工)의 신필(神筆)」 등과 같이 중국의 야사까지도 포함되어 있다는
점에서 근대 야담의 변모양상을 확인할 수 있다.

이를 볼 때『월간야담』이 표명한 '역사'는 민중 계몽을 위한 '역사야담'
은 아니었다. 윤백남의 '掃雪庭獲虜故人(4호)', '賊魁有義(8호)', '名工의
神筆(9호)', 신정언의 '南蠻船上의 相思淚(6·7호)' 등을 살펴보더라도 이
야기의 초점이 역사적 사건이나 인물에 있지 않다. '역사'는 이야기의 시
간적 배경에 불과할 뿐 모두 남녀의 애정을 주제로 한 애정담이다. 윤백남
은 "력사상의 인물을 들추고 혹은 현대사회의 흥미 잇는 기담일화를 캐어
그 속에서 주옥(珠玉)을 가리어 내"고자[14] 했다. 이와 같이『월간야담』의
권두언에 실린 발행인의 증언은『월간야담』의 실재적 의미를 확인할 수
있는 주요한 단서가 된다. 윤백남은 대중의 흥미를 충족시켜 줄 수 있는
이야기를 역사적 사건이나 인물에서 찾았다. 그리고 그는 역사적 인물의
이야기 중에서도 현대사회의 흥미에 가장 부합할 수 있는 珠玉으로 '남녀
의 애정모티프'를 선택했다. 이로 볼 때 윤백남에게 역사적 인물은 대중의
흥미를 자극하기 위한 수단에 불과한 것으로 그의 야담은 처음부터 역사
의식은 결여되어 있었음을 알 수 있다. 역사적 인물은 대중에게 익숙함을
제공한다. 그리고 그 익숙함은 이야기를 읽는 독자로 하여금 배경지식이
되어주거나, 흥미를 유발하는 기재로 작용한다. 이처럼『월간야담』에서
역사는 대중성을 획득할 수 있는 하나의 기반이 되었다.

'역사성'을 기반으로 한『월간야담』은 출간 이후 대중에게 상당한 인

---

14 윤백남, 「卷頭言」, 『月刊野談』 제2권 제3호(통권5호), 1935년 3월.

기를 끌었던 것으로 보인다.

　　編輯後記
　　◇ 이제 通卷十號를 보내게됨에 際하야 編輯同人은 새삼스러히 感慨가 깁흔바잇습니다
　　◇ 雜誌의 十號는 朝鮮出版界에잇서 그만하면 基礎가 確立된것이라는 保障은 누구나 나릴 수잇는 號數이올시다 대개가 三號를 간신히 내고 자빠지는 現況이니
　　◇ 이것은 勿論 讀者여러분의 支持의 힘이올시다.　　(編輯生)
　　　　　　　　　　　　　　－『月刊野談』第二卷 第七號, 1935년 7월.

　　위의 편집후기는 당시 문화적 환경을 반증한다. 당시 출판계에서 보통의 잡지가 "三號를 간신히 내고 자빠지는 現況"이었음에도 『월간야담』이 10호를 발행했다는 것은 대중의 인기와 함께 조선출판계(朝鮮出版界)에서 확고한 위치를 보장받았다는 것을 의미한다. 『월간야담』에 대한 대중의 인기는 늘어나는 각종 지면광고로도 확인할 수 있다. 이와 같은 『월간야담』의 성과는 편집부가 끊임없이 대중을 의식하고 그들의 요구를 적극적으로 수용한 노력의 결과다.

　　예컨대 『월간야담』은 잡지의 특성상 "現代物語도 실른 것이 何如이냐는" 독자들의 요구를 외면할 수도 있었지만, 편집 후기 등을 통해서 "于先은 野乘에 잇는 것을 모조리 하고나서 着手하겠습니다 『온고지신(溫故知新)』이란 말이 잇기로 그리하는 것입니다 그러나 차차 機會를 보아 現代讀物도 一二個式을 겻드"리겠다고[15] 했다. 또한 "野談은 勿論 其他歷史에 對한 平易한 學術的講話" 등을 수록하기도 했다. 역사에 대한 배경 지식은 이야기를 이해하거나 독자의 흥미유발에 중요한 지표가 된다. 이 때문

───────────────

15　編輯生, 「編輯餘墨」, 『月刊野談』 제4호, 1935년 1월 10일, 135쪽.

에 편집국은 독자들의 편의를 고려하여 별도의 "歷史 或은 野史에 대한 質問欄"을[16] 만들기도 했다. 이처럼 『월간야담』은 잡지 발행에 독자들의 의견을 적극 수용하려고 노력했다. 또는 독자들의 적극적인 참여를 독려하는 등 향후 더 넓은 독자층을 확보하기 위한 전략을 세웠다. 이것이 『월간야담』이 대중 잡지로서 조선출판계에서 자리를 잡을 수 있었던 이유다.

이와 같은 『월간야담』의 성공은 다음의 글에서도 확인할 수 있다.

> 社告 – 金東仁氏 主幹으로 創刊하려고 하는 某雜誌에 對하야 本人이 關係가 잇는드시 各新聞 又는 巷間에서 傳하는바 잇사오나 此는 全혀 無根之說이옵기 玆의 紙上으로 釋明하오니 讀者諸位는 諒解하여 주심을 바라나이다.　　　尹白南 白
> 　　　　　　　　　　　　　　　－『月刊野談』第二卷 第十號, 1935년 11월.

위의 예문에서 "모잡지(某雜誌)"는 김동인이 창간한 『야담(野談)』을 가리킨다. 김동인은 『월간야담』의 주요 필진으로 활동하면서 『월간야담』이 상업적 성공을 확인하고 1935년 12월 직접 '야담 전문 잡지'를 창간했다. 이를 두고 윤백남은 『월간야담』 통권 13호(제2권 제10호, 1935년 11월) 첫 장에 김동인의 『야담』 창간과 자신을 둘러싸고 떠도는 소문들에 대해서 "本人이 關係가 잇는드시 各 新聞 又는 巷間에서 傳하는바 잇사오나 此는 全혀 無根之說"이라고 쐐기를 박으며 일축한다. 그동안 '대중의 취미 독물'로서 독주를 해오던 『월간야담』의 입장에서 『야담』 창간은 견제의 대상일 수밖에 없었다. 더욱이 김동인은 유능한 야담작가였고, 그가 창간한 『야담』은 막강한 경쟁사의 대두를 예견했다. 뿐만 아니라 윤백남에게는 유능한 야담 작가를 잃는다는 점에서도 큰 손실이 아닐 수 없다.

16　編輯局,「謝告」,『月刊野談』제2호, 1934년 11월, 115쪽.

이처럼 『월간야담』은 대중의 인지도와 인기가 높아지면서 국내유일의 '야담잡지'라는 독점체제에서 경쟁 양상으로 들어서게 됐다. 이는 곧 '야담'이 대중에게 문화상품으로서의 가치를 검증받았음을 의미한다.

특히, 아래의 예문은 1930년대 '야담'의 문화적 위상을 보여준다.

全國的으로 支社募集!!
　本社에는 今般支社를 全國的으로 大募集하오니 이에뜻이 게신분은 二錢切手同封하야 問議하시면 規定書를 보내드리겟습니다 雜誌에 支社가 업는 地方은 文化의 水準이 떠러젓다는 것과 갓사오니 하로라도 速히 設置하야주시기를 바랍니다.　　　　癸酉社營業部 白
　　　　　　　　　　－『月刊野談』第三卷 第十號, 1936년 10월.

위의 예문은 『월간야담』의 지사모집 광고다. 1936년 10월은 김동인이 『야담』을 창간한 지 일 년이 되어가는 시점이다. 그럼에도 불구하고 여전히 『월간야담』이 성행했음을 알 수 있다. 더욱이 지사를 전국적으로 모집한다는 것은 그만큼 『월간야담』이 대중 잡지로서의 수요가 끊이지 않고 있음을 과시한다. 특히 위의 예문에서 "二錢切手同封하야 問議하시면 規定書를 보내드리겟"다는 문구가 유독 눈에 띈다. 지사로 계약이 된 것도 아니고, 지사에 대한 문의와 이에 따른 규정서를 보내주는 것만으로도 『월간야담』은 "이전(二錢)"이라는 비용을 받았다. 이것은 『월간야담』 지사가 문화상품으로서의 경쟁력을 갖췄음을 시사한다. 또한 "地方은 文化의 水準이 떠러"지는 것을 방지하기 위해서라도 지사의 설치가 필요하다는 것은 『월간야담』이 대중잡지로서 도시문화의 표상이었음을 말해준다.

이와 같이 『월간야담』은 대중의 취미 오락물로서의 상업적 기반을 다졌다. 상업성은 대중을 기반으로 확대된다. 이는 『월간야담』이 근대 대중의 오락적 흥미와 문화적 욕구를 충족시켰기에 가능한 일이다. 그렇다면 윤

백남이『월간야담』을 통해서 구현하고자 한 대중의 오락과 문화적 욕구의
실체는 무엇이었는지 그의 야담 텍스트를 통해서 살펴보도록 하겠다.

3.『월간야담』수재 윤백남 야담 그리고 대중성

1) 윤백남 야담의 역사적 지향과 이면

앞서『월간야담』의 성격과 지향의 의미에 대해서 살폈다. 여기서는『월
간야담』에 수록된 윤백남 야담을 중심으로 그의 야담을 살펴보겠다.

번호	제목	소재	성격	서지사항
1	蛇精	귀물(鬼物, 뱀)과의 사랑	愛情	제1권 1호(통권 1호) 1934. 10(창간호)
2	報恩緞 由來	홍순원 이야기	人情	제1권 2호 (2호) 1934. 11
3	黑猫異變	검은고양이	神異	제1권 3호 (3호) 1934. 12
4	掃雪庭獲凱故人	옥소선 이야기	愛情	2권 1호 (4호) 1935. 1
5	觀相奇綠[17]			2권 2호 (5호) 1935. 2 (결호)
6	拾草奇綠	소년의 보은(報恩)	人情	2권 3호 (6호) 1935. 3
7	初一念	열녀이야기	愛情	2권 4호 (7호) 1935. 4
8	賊魁有義	홍건적 괴수(魁首)의 절의	愛情	2권 5호 (8호) 1935. 5
9	名工의 神筆	중국 양나라 때 화공 장승요 이야기	愛情	2권 6호 (9호) 1935. 6
10	情熱의 樂浪公主	樂浪公主와 好童王子	愛情	2권 7호 (10호) 1935. 7
11	純情의 好童王子	樂浪公主와 好童王子	愛情	2권 8호 (11호) 1935. 8
12	後百濟秘話	후백제(견훤)의 건국	歷史	2권 9호 (12호) 1935. 9

---

17 『月刊野談』권2 제2호(통권 5호)는 영인되지 않았다. 다만『月刊野談』권2 제1호(통권

번호	제목	소재	성격	서지사항
13	憔悴蓮花片	충선왕의 사랑	愛情	2권 11호 (14호) 1935. 11
14	怪僧 信修	신수의 기이한 이야기	愛情	3권 1호 (15호) 1935. 12
15	洪允成과 節婦	홍윤성 일화	人情	3권 3호 (17호) 1936. 3
16	怨讐로 恩人	출천(出天)의 효자(孝子)	人情	3권 6호 (19호) 1936. 6
17	李植과 道僧	李植의 일화(逸話)	神異	3권 7호 (20호) 1936. 7
18	蛇角傳奇	치부(致富)	人情	3권 9호 (22호) 1936. 9
19	偸換金銀	은의(恩義)	人情	3권 10호 (23호) 1936. 10
20	警罰布衣	신의(信義)	人情	3권 11호 (24호) 1936. 11
21	『今古奇觀抄演』 可憐杜十娘	명기애화(名妓哀話)	愛情	3권 12호 (25호) 1936. 12
22	廂房奇現	맹인에게 점술을 배워 죽은 재상의 딸을 살려냄	史話	4권 9호 (34호) 1937. 9
23	吳世路의 悲劇	사랑의 질투가 부른 비극	愛情	4권 10호 (35호) 1937. 10

위의 표는 『월간야담』에 발표한 윤백남의 야담 목록이다. 표를 살펴보면 그의 야담은 각각 '애정(愛情)'(11편), 인정(人情)(7편), '신이(神異)'(3편), '역사'(1편)이다. 물론 이들 야담은 '역사적' 배경 위에서 역사적 소재를 취하고 있다. '홍건적의 난', '송나라 고종황제', '광해조' 등이 그것이다. 하지만 이 이야기의 주제는 '남녀의 애정'과 '인정'담에 치우쳐 있다.

얄팍한 現代文學으로서 두툼한 朝鮮在來의 情緒에 잠겨보자 그리하야 우리의 이저진 아름다운 愛人을 그 속에서 차저보자
— 白南, 「卷頭言」, 『月刊野談』 창간호, 1934년 10월.

위의 예문에서 "두툼한 조선재래(朝鮮在來)"라는 것은 역사적 소재의

4호)에 5호의 내용에 대한 예고가 실려 있다. 그렇기 때문에 실제 『月刊野談』 통권 5호에 실렸던 「十二夜話第五夜) 觀相奇緣」에 대한 내용은 확인할 수 없고, 제목만 알 수 있다.

다양성을 내포한다. "정서(情緒)"는 감정이다. 윤백남은 역사라는 "조선 재래의 정서에 잠겨" "우리의 이저진 아름다운 애인(愛人)"을 찾음으로써 민중의 감정에 호소하고자 했다. 이것은 역사를 통해서 우리의 정체성 회복과 함께 잊고 있었던 우리의 감정을 찾고자하는 의지의 표명이다. 여기서 그 감정의 대상은 '愛人'으로, '愛人'은 역사 속에 숨겨진 우리의 소중한 기억이다. 그 기억은 역사적 사건이나 인물군상일 수도 있고, 또는 글자 그대로 애정담일 수도 있다. 그렇다면 『월간야담』에 실린 윤백남의 야담을 통해서 '愛人'의 실체를 확인해보자.

「사정(蛇精)」은[18] 윤백남이 『월간야담』을 창간하면서 '新十二夜話'라는 기획주제 하에 호기롭게 발표한 첫 번째 야담이다. 그렇기 때문에 「사정」은 그가 말하는 야담의 성격과 특징을 대표할만한 작품이다. 여기서는 「사정」을 통해서 윤백남 야담이 담고자 했던 "朝鮮在來의 情緒"와 그가 역사 속에서 찾고자 했던 "이저진 아름다운 愛人"의 실체를 확인해 보고자 한다.

「사정」은 "송나라 고종황제(高宗皇帝)가 금국(金國)의 맹렬한 공격에 부댁기어 마츰내 남쪽으로 몽진하야 양자강(楊子江) 강변의 도읍 항주(杭州)로 파천한 때"를 배경으로 한 허선과 백낭의 애정담이다. 여기에서 서두의 역사적 시간은 중심 서사에 아무런 영향을 끼치지 못한다. 이 이야기는 허선과 백낭의 사랑을 중심으로 남녀의 성적 욕망을 나타낸다. "살의 감촉과 따스한 체온"이나 "지분의 향기와 체취"와 같은 감각적이고 자극적인 어휘와 "녀자의 살을 체험"한다는 노골적인 성적 묘사 등이 이야기의 전면에 노출되어 있다. 사랑과 성은 독자들의 흥미를 자극하기에 가장 용이한 소재이다. 「사정」의 인간(허선)과 이물(백낭, 뱀)의 사랑이야

---

18 윤백남, 「蛇精」, 『月刊野談』 창간호, 1934년 10월.

기라는 서사구조 역시 애정 전기와 유사하다. 이처럼 인간과 이물의 이루어질 수 없는 사랑과 사랑의 희생물이 되어버린 여인의 죽음은 가장 통속적인 소재다. 그리고 이 이야기는 백낭의 넋을 달래기위해서 절에서는 뱀 공양의 제를 올리고 그 자리에 비를 세운다. 그 후 이 이야기를 전해들은 황후가 사정(蛇精)의 뜻을 가상히 여겨서 그 자리에 뇌봉탑(雷峯塔)을 세웠다는 전설담으로 끝을 맺는다.

실제 「사정」은 중국 백사전설인 「백사전(白蛇傳)」을 개작한 작품으로 윤백남이 『월간야담』의 창간과 함께 내세웠던 '조선재래(朝鮮在來)의 역사성'을 무색하게 한다. 우선 이야기의 소재원은 조선이 아닌 중국이다. 중심 소재 또한 역사적 사건이나 인물이 아닌 남녀의 '애정 모티프'다. 그럼에도 불구하고 윤백남이 『월간야담』의 역사성을 강조했던 까닭은 무엇인가? 『월간야담』이 창간되어 발행되던 1930년대 역사적 계몽성은 문화일반의 현상으로써 근대 문화전반에는 역사를 표명한 계몽의 움직임이 만연되어 있었다. 그렇기 때문에 『월간야담』의 '역사' 또한 진정한 민중 계몽의 교훈을 담고 있는 역사인가에 대한 고찰이 필요하다.

근대 식민지라는 시대적 한계성은 '조선학 열풍'을 더욱 가중시켰다. 그리고 과거라는 시간은 그 자체로 '조선적인 것'으로 인식되기도 했다. 조선야담사 초기 김진구가 주창했던 역사야담은 계몽성을 가진다.[19] 그것은 역사적 사건이나 인물이 야담을 통해서 민중을 계몽시킬 수 있는 현재적 의미와 가치로 재탄생되었기 때문이다. 그러나 『월간야담』의 역

---

19 김진구는 조선야담사의 창립과 함께 '역사야담'을 주창했다. 하지만 일제의 탄압을 그의 야담 역시 대중 야담으로 변모되어 갔다. 김진구의 야담의 '계몽성'은 1926~28년을 전후한 시기의 야담에서만 보인다. 그 후 김진구 야담 역시 상업적 대중야담으로 변모되어 갔다. 하지만 여전히 '역사야담'을 창작했으며, 그 실체는 윤백남과 분명한 차이를 보인다. 김진구 야담의 변모 양상에 대해서는 김민정의 논문 참조.(김민정, 앞의 논문, 35~53쪽)

사는 단순한 과거의 시간일 뿐이다. '역사'는 현재화가 가능할 때 역사적
의미와 가치를 지닌다. 단순한 시간적 개념의 역사는 그 자체로 역사적
의미를 지닐 수 없다. 즉, 『월간야담』의 '역사'는 '계몽'으로 포장되었으
나 그 실제는 통속적 대중성과 상업성으로 규정할 수 있다.

　지금까지 『월간야담』과 윤백남 야담의 역사적 지향을 살피고 그 실제가
역사적 의미망에서 벗어나 있음을 확인했다. 윤백남이 말하는 '역사성'은
역사적 사건이나 인물에 주목함으로써 민족적 정체성을 찾고자함이 아니
었다. 그에게 '역사'는 상업적 목적으로 대중의 관심을 집중시키기 위한
수단이었다. 즉, 윤백남은 역사를 대중의 문화상품으로 소비시킴으로써
'야담'을 대중화시킬 수 있었다. 결국 윤백남 야담의 '역사적 지향'의 실제
는 대중성과 상업성을 포장하기 위한 수단이었다.

2) 윤백남의 대중야담과 역사야담

　앞서 살펴보았듯이 윤백남 야담의 '역사'는 역사성과 그 실제가 괴리되
어 있다. 그럼에도 불구하고 윤백남이 '역사'를 야담의 중심에 두고자했던
까닭은 무엇인가? 그것은 근대 야담의 표상이 역사야담이었기 때문이다.

> 야담이라는 술어가 넷날 조선에서도 업든 것은 아니다. 청구야담, 어우
> 야담 가튼 것이 그것이다. 그러나 그런 것은 어대별로 근거도 업는 것을
> 엉터리로 되어 노혼 서책이라는 것을 의미하는 것이엇다. 그러나 이것은
> 절대로 그런 것이 아니라 일본의 강담과 중국의 설서를 절충하야 **조선뎍으**
> **로 쏘 현대뎍으로 새민중예술을 건설한 것이다.**
> 　－「民衆의 娛樂으로 새로나온 野談」, 『동아일보』, 1928년 1월 31일.

　위의 예문에서 근대야담을 창작한 김진구의 야담 인식을 읽을 수 있다.

"야담이라는 술어가 녯날 조선에서도 업든 것은 아니다." 하지만 김진구
는 자신의 야담은 전대 『청구야담』이나 『어우야담』 등과 같이 "어대별로
근거도 업는 것을 엉터리로 되어 노혼 서책"이 아니라 "조선덕으로 쏘 현대
덕으로 새민중예술"로서 새롭게 창작해낸 새로운 것임을 이야기 한다.
즉 김진구는 자신의 야담이 전대의 문학양식 중의 하나인 '야담'과 그
술어는 같지만 저작방식과 의미에서 분명한 변별점을 가지고 있음을 밝혔
다. 그의 야담은 전대 야담의 "진화적현신(進化的現身)이며 과학적출현(科
學的出現)"인[20] 것이다.

　김진구의 야담은 "일본의 강담과 중국의 설서"를 "조선덕으로 쏘 현대
적"으로 창작해 낸 것이다. 강담은 '역사적 사건이나 인물의 일화'를 중심
으로 한 이야기이다. 김진구는 일본유학 당시 강담이 민중의 역사교육의
수단으로 매우 효과적인 방법임을 확인하고 이를 조선 민중의 역사교육을
위한 문화운동의 일환으로서 활용하고자 했다. 그런데 김진구는 전대 야
담과의 변별성을 주창하면서도 '야담'이라는 전대 '야담'의 용어를 그대로
차용했다. 이는 전대 '야담'이라는 용어가 가지는 대중성과 오락적 기능을
빌려 근대 야담이 대중에게 보다 친숙하게 다가가기 위함이었다.

　이처럼 김진구 야담은 "민중의 역사교육을 목적으로 만들어졌다. 그리
고 야담공연은 야담을 대중에게 전달하기 위한 수단으로 시작됐다."[21] 그
렇기 때문에 김진구는 "절대로 이러케 허무맹랑한 소리나 진부한 그런
것이 아니라 적어도 력사덕 사실(歷史的事實)을=력사 중에도 재래의 력사"

20　"여긔 問題되는 것은 그 말이 陳腐하고 虛誕孟浪한非科學的이며 事實을 넘우 無視한
　　데 그의 幼稚한 것이 나타나는 것이지마는 하여튼지 原始的 形態일망정 잇기는 잇섯든
　　것은 事實이다 그러면 지금의 野談은 그째 그것의 進化的現身이며 科學的出現이라는
　　것이 가장 公平한 □評이라고볼수잇다" (김진구, 「野談出現의 必然性」(五), 『동아일보』,
　　1928년 2월 6일.)
21　김민정, 앞의 논문, 29쪽.

를 근거로 야담을 만들고자 했다. 이른바 사실 중심의 이야기를 구성하고
자 한 것이다. 역사적 사실 중에서도 "민중적 력사(民衆的歷史)"인 "이면사
(裡面史)"를[22] 근거로 이야기를 형성했다. 이것은 권력집권층의 기획된 역
사가 아닌 민중의 사실적 역사를 이야기함으로써 민중을 역사의 주체로
인식했음을 알 수 있다. 그리고 이를 통해서 민중의 교육을 도모하려는
의도가 있었기 때문이다. 한마디로 그는 이야기의 소재를 역사적 사실에
서 찾음으로써 역사성과 사실성을 확보하고자 했다. 그리고 이와 같은
야담의 역사성과 사실성을 통해 대중에게 오락을 제공하는 동시에 역사
교육의 수단으로 활용하고자 했다.[23]

　윤백남이 '역사'를 야담의 중심에 놓고자 했던 것도 여기에 있다. 즉
근대 야담의 저변에는 '역사'가 있었다. 그렇기 때문에 윤백남 역시 근대
야담의 연장선상에서 '역사'를 배제할 수 없었던 것이다. 이는 역사야담
에 소환되는 역사적 인물의 취택 양상과 서사의 구성방식을 통해서도 김
진구와 윤백남 야담의 차이를 확인할 수 있다.

주제적 인물형	인물	
개혁·혁명적 인물	金玉均, 朴泳孝, 李圭完	孫文, 袁世凱(皇興, 李鴻章)
충성·절의적 인물	鄭撥과 愛香, 宋象賢과 金蟾, 趙重峯(趙憲), 桂月香	
	死六臣(成三問, 朴彭年, 李塏, 河緯地, 柳誠源, 兪應孚)	
풍자·비판적 인물	宋時烈, 李舜臣, 李商在	
골계·해학적 인물	李滉, 金栢谷, 鄭壽銅, 朴价川, 金鳳伊	

　위의 표는[24] 김진구 야담에 나타난 역사적 인물을 주제별로 정리한 것이

다. 먼저 김진구 역사야담의 가장 큰 특징은 개화와 개혁적 의미망 안에 있는 역사적 인물의 소환이다. 김진구 야담의 대표적 역사인물은 김옥균이다. 김옥균은 근대 개화를 표상하는 인물이다. 1920~30년대 민중의 개화·계몽은 중요한 화두였다. 김진구는 단순히 역사적 사건과 인물에만 근간(根幹)한 것이 아니라 역사의 현재적 의미를 염두해 두고 있었음을 알 수 있다. 김진구 야담에 나타나는 인물군은 주제별로 '개혁·혁명적 인물', '충성·절의적 인물', '풍자·비판적 인물', '골계·해학적 인물'로 나뉜다. 이중에서 절의의 인물형으로는 桂月香과 死六臣(成三問, 朴彭年, 李塏, 河緯地, 柳誠源, 兪應孚) 등이 있다.

물론 계월향 이야기는 김진구가 처음 창작한 것은 아니다. 계월향 일화는 전대 야사나 야담 또는 『임진록』과 같은 소설 등지에서 그 흔적을 찾아 볼 수 있다. 하지만 이들 문헌 기록들에서는 계월향의 '절의'를 하나의 모티프로서 활용할 뿐 '계월향'이라는 역사적 인물 자체에 주목하지는 않았다. 하지만 김진구의 「계월향」은 야사와 전대 기록 민담 등에 나타나 있는 '계월향'을 소재로 서사적 허구를 가미하여 새로운 역사야담을 창작했다는 점에서 의의를 가진다. 김진구의 「계월향」은 역사적 인물인 계월향의 '절의'에 초점을 맞춰서 서사가 진행된다. 곧, 계월향의 절의는 식민지하에 있던 당시 정치·사회에서 유효한 시대적 가치를 가지고 새롭게 재 소환될 수 있었다. 또한 민중에게 '절의'에 대한 시대적 의미를 깨우쳐 줬다. '계월향'은 근대 야담의 소비층이었던 민중[대중]과 동일한 인물이다. 그렇기 때문에 민중은 '계월향'과 자신을 동일시하면서 이야기에 몰입하기에 훨씬 수월했다. 그리고 그들은 「계월향」을 통해서 '절의'가 특수 계층만이 지킬 수 있는 것이 아니라 자신들도 '절의'를

---

24 김민정, 앞의 논문, 24쪽.

지킬 수 있는 주체임을 인식했다.

　반면 윤백남 야담은, 야담의 취택인물이 역사적 인물에만 한정되지 않고, 대부분 허구적 인물이다. 또한 실제 역사적 인물이라 하더라도 그 서사구성 방식에 있어서도 김진구의 역사야담과는 차이를 보인다.

주제	인물
人情	홍순원(「報恩毅 由來」), 홍윤성(「洪允成과 節婦」)
愛情	홍건적 괴수(魁首)(「賊魁有義」), 장승요(「名工의 神筆」), 樂浪公主와 好童王子(「情熱의 樂浪公主」, 「純情의 好童王子」), 충선왕(「憔悴蓮花片」), 신수(「怪僧 信修」)
神異	이식(「李植과 道僧」)
史話	견훤(「後百濟秘話」)

　위의 표는『월간야담』소재 윤백남 야담에 등장하는 역사인물을 주제별로 나눈 것이다. 이중에서 장승요와 홍건적 괴수는 중국인이다. 이는 김진구의 역사야담이 조선의 역사 인물에 한정하여 취택했던 것과 다르다. 그리고 이야기의 주제 역시 역사인물과 그를 중심으로 한 사건의 역사성을 나타내기 위한 것이 아니다. 윤백남 야담에서 대부분의 역사인물은 등장인물에 불과할 뿐이며, 역사적 인물로서의 역사의식은 나타나지 않는다.

　이와 같은 윤백남이 역사인물을 취택하여, 현대로 소환하는 방식은 근대 역사야담의 명맥을 잇고 있는 「초췌연화편(憔悴蓮花片)」을 통해서 확인할 수 있다. 「초췌연화편」은 고려 충선왕의 필기를 윤백남이 개작한 것이다. 여기에서 원과 고려의 역사적 사건이나 충선왕의 역사적 의미는 이야기의 중심 서사와 관련이 없다. 역사적 사실은 이야기 서술의 단순 배경에 지나지 않는다. 다만 두 청춘 남녀로서의 충선왕과 정인의 사랑만 있을 뿐이다. 윤백남은 사랑하지만 헤어질 수밖에 없는 통속적 애정담을 통해서 대중의 오락적 흥미와 감성을 자극했다. 예컨대 윤백남이 선택한 '충선왕'은 실제 '왕의 로맨스'라는 점에서 대중의 관심을 집중시키는 데 한층 용이했을 것이다. 남녀의 신분차이로 인한 이루어질 수 없는 사랑이야기는 동서고금을 막론하고 세인(世人)의 홍미를 자극하는 주요 테마다.

이처럼 윤백남 야담의 역사성은 역사 자체의 가치와 의미보다는 역사적 인물이 주는 '익숙함'이라는 경제적 서사를 담보로 대중성을 확보하기 위한 전략이었다. 즉, 윤백남 야담은 익숙한 역사적 인물과 사건을 소재로 등장인물과 배경에 대한 부연설명 없이도 그 자체로 대중에게 이야기의 배경지식을 제공한다. 이와 같은 역사적 배경지식은 이야기의 홍취를 불러일으키는 동시에 좀 더 쉽게 이야기에 몰입할 수 있는 수단으로 활용되었다. 이것이 김진구 역사야담과 윤백남 야담의 가장 큰 변별점이다. 요컨대 초기 김진구 야담은 역사적 사건과 인물의 사실구현에 초점을 맞춰 서사를 구성함으로써 역사적 사실로서의 신빙성을 획득하고, 이를 통해서 민중의 역사교육을 확대하고자 했다. 반면, 윤백남 야담은 실제 역사적 사건이나 인물을 취해서 이들을 대중의 오락적 홍취에 맞춰 허구적 서사로 재구성한 것이다. 이는 김진구 야담의 총체가 '역사성'으로 윤백남 야담이 '대중성'으로 집약할 수 있는 소이이다.

4. 맺음말

본고에서는 『월간야담』을 중심으로 1930년대 윤백남 야담의 특성과 역사적 지향성의 의미를 고찰함으로써 윤백남 야담의 대중성의 실체를 확인해보고자 했다. 윤백남이 창간한 『월간야담』은 '조선적인 것'에 대한 문화사적 배경위에서 '역사성'을 강조하면서 민중의 계몽을 표상하였다. 하지만 『월간야담』에 수록된 야담 작품들을 통해서 『월간야담』의 성격과 지향이 실제와 다름을 알 수 있었다. 『월간야담』의 '역사'는 대부분 과거라는 시간적 개념일 뿐이고, 야담의 내용은 대중의 흥미를 끌 수 있는 '전기와 애정담'이었다. 곧 윤백남 야담의 지향은 역사였지만 그 실제는 대중성과 상업성이었다.

윤백남 야담의 전기성은 독자로 하여금 일반적 경험이 아닌 신이한 체험을 할 수 있게 했다. 또한 남녀의 애정담은 애정의 성취를 위한 세계에 대한 저항과 비판의 방식이 아닌 낭만적 지향과 성취를 중심으로 대중의 흥미를 끌었다. 이와 같은 윤백남 야담의 전기성과 애정담은 통속적 대중성으로 역사를 유행시켰으며, 이를 계몽성으로 은폐시키려 했다. 하지만 1930년대 야담의 대중적 인기는 30년대 중반이후 현대소설의 발달로 쇠퇴기를 겪는다. 그리고 야담의 역사성은 역사소설로서 또 한 번의 변모과정을 거치게 된다.

위에서 살폈던 것처럼 윤백남 야담의 역사적 의미망은 미약하다. 그럼에도 불구하고 윤백남이 '역사'를 자신의 야담의 중심에 세웠던 것은 근대야담에 편승하기 위함이었음을 알 수 있었다. 근대 야담은 김진구가 '역사'를 소재로 새로운 야담을 창작함으로써 '역사성'이라는 장르적 특성을 확립시켰다. 그렇기 때문에 윤백남 야담 역시 근대야담의 대중화에 앞서서 근대야담으로서의 가치정립이 필요했던 것이다. 그리고 그것이 바로 '역사적 지향'으로 표출되었던 것이다.

지금까지 살펴본 윤백남 야담이 역사적 지향과 그 실제에 있어서는 다르더라도 윤백남 야담은 근대적 대중성을 모색했다는 것 자체만으로도 근대 대중문화로서 충분한 의의를 가진다. 대중성은 결국 대중이 형성되어야 이야기 할 수 있다. 윤백남은 대중을 중심으로 한 수용자 중심의 텍스트를 만듦으로써 문학의 대중화를 이루었다는 점에서 그 의의를 찾을 수 있다.

1920~30년대 근대매체의 〈기우노옹〉 소환과 그 변모양상

◉

이동월

1. 머리말

조선 후기 야담집 소재 〈기우노옹(騎牛老翁)〉[1]은 임진왜란 때 무명의 노인이 명나라 장수 이여송에게 조선에도 인재가 있다는 것을 알려 그의 기를 꺾는다는 내용이다. 임진란 때 왜적에게 짓밟힌 산하를 남의 도움(명나라)으로 지킬 수밖에 없었던 우리 민족의 수모를 만회하려는 의도가 다분한 이야기라 할 수 있다. 또 임진왜란으로 추락한 민족적 자존심을 은군자가 만회함으로써 조선의 인재 등용의 문제점을 꼬집는다는 점에서 사회 비판적 성격을 보여주기도 한다. 이러한 〈기우노옹〉을 조선 후기 다수의 야담집이 싣고 있어 야담 향유층의 사랑을 받았던 것을 알 수 있다.

---

1 본 논문에서는 조선후기 야담 가운데 '조선을 지배하려는 야심을 품은 이여송을 소를 탄 노인이 유인하여 엄중히 꾸짖는 이야기'를 논의의 편의를 위하여 〈기우노옹(騎牛老翁)〉으로 통칭했다. 하지만 근대매체에 소환된 〈기우노옹〉 야담은 작가가 표기한 제목을 그대로 사용했다.

1920~30년대 신문과 잡지는 〈기우노옹〉 야담을 빈번히 소환하였다. 당시 근대 대중매체에서 조선 후기 야담을 쉽게 접할 수 있어, 지식인의 비판적 시선에도 불구하고 야담이 대중의 사랑을 받았던 것을 확인할 수 있다. 〈기우노옹〉 또한 그런 야담 유행에 편승하여 소환되었던 것으로 보이지만 잦은 출현은 사회적 요구에 부응한 측면이 있었다는 판단이다. 소환된 야담은 전대 야담의 전사에 머무는가 하면 서사구조의 변화를 보이기도 한다. 서사구조의 변화는 20세기 초 근대의 유입과 열강의 식민지라는 이중의 사회 변화 속에서 야담이 대응한 양상에 다름 아니다.

지금까지 〈기우노옹〉 야담은 이여송설화와 이인설화의 범주에서 주로 논의되었다. 이여송설화는 조선이 임진왜란이라는 전대미문의 전란을 겪으며 도움을 받았던 명나라 장수 이여송에 관한 이야기를 통칭한 것이다. 이여송설화 연구는 조선 후기 야담,『임진록』그리고 현대의『구비문학대계』에서 이야기를 추출하고 서사구조를 비교하여 수용층의 인식을 살핀 것,[2]『구비문학대계』에 흩어진 이여송설화를 순차적 전개로 재구성하여 분단된 각 편의 전승의식이 총체적 작품 속에서 어떻게 존재하는지 살핀 것[3] 등이 있다. 이인설화는 〈기우노옹〉에서 이인의 모습을 보이는 노인에게 초점을 맞추었다.[4]

본 연구는 조선 후기 야담집 소재 〈기우노옹〉을 일제강점기였던 1920~30년대에 근대매체가 소환한 현황을 살피고 야담이 시대 변화에 대응한 양상을 파악하는 것이 목적이다. 공시적 측면에서 근대야담의 한 양상을,

---

2　임철호,「이여송 설화 연구」,『국어국문학』90, 국어국문학회, 1983, 247~278쪽.
　　임철호,『설화와 민중의 역사인식』, 집문당, 1989.
3　이은숙,「이여송 설화의 구조와 전승의식 고찰」,『한국언어문학』40, 한국언어문학회, 2000, 181~212쪽.
4　『조선조문헌설화집요』제재별 분류에서 〈기우노옹〉을 '異人譚'으로 분류하고 있다. (서대석 편,『조선조문헌설화집요』, 집문당, 1991, 687쪽)

통시적 측면에서 야담의 시대적 변모 양상을 살펴볼 수 있다.

2. 〈기우노옹〉 야담의 형성과 서사구조

1) 조선 후기 〈기우노옹〉 야담 형성

조선 후기 야담집에는 이여송 관련 이야기가 여러 편 실려 있다.[5] 대부분 이여송에 대해 긍정적 인식을 드러내지만 그 중『계서야담』소재 〈선묘임진지란(宣廟壬辰之亂)〉,『청구야담』소재 〈노옹기우범제독(老翁騎牛犯提督)〉,『동패락송』소재 〈명장이여송우노옹속반사(明將李如松遇老翁速班師)〉,『동야휘집』소재 〈오우노옹혁천수(烏牛老翁嚇天帥)〉,『기문총화』소재 〈선묘임진지란(宣廟壬辰之亂)〉 등 일명 〈기우노옹〉 야담만은 부정적 입장을 취하고 있다.

야담집 소재 〈기우노옹〉의 내용은 대동소이한데 대략의 경개는 다음과 같다. 임진란 때 이여송이 평양성 탈환 후 조선을 차지할 야심을 품는다. 이여송이 연광정에서 잔치를 즐기고 있을 때 한 노인이 검은 소를 타고 지나간다. 군졸이 노인을 붙잡지 못하자 이여송이 직접 말을 타고

5　이여송이 주 인물로 등장하는 야담은 〈기우노옹〉 외에도 〈이여송의 가계〉(『어우』〈金漢英者義州衙兵也〉), 〈이여송의 왜 검객 퇴치〉(『계서』〈天將李提督如松〉,『청구』〈靑石洞天將鬪劍客〉,『기문총화』〈天將李提督如松〉), 〈이여송의 金譯官 총애〉(『계서』〈李提督東征時〉,『청구』〈報重恩雲南致美娥〉,『동야휘집』〈願見一色得成婚〉,『기문총화』〈李提督東征時〉)가 있다. 부수적 인물로 등장하는 야담으로 石상서의 조선 구원병 파견으로 이여송이 조선에 오게 되었다는『계서』소재 〈損千金洪象胥義氣〉, 이원익이 중국말을 잘하여 중국 원병을 응대하니 이여송이 기뻐했다는『동야휘집』소재 〈捍鬼卒延友壽命〉, 이여송이 이덕형의 계책을 듣지 않다가 패했다는『동야휘집』소재 〈寒程疾馳請援師〉, 이여송이 이정구의 요청을 동생 여백이 받아들이도록 한『매옹한록』소재 〈月沙李相國〉 등이 있다.

노인의 뒤를 쫓으나 쉽게 따라잡지 못한다. 이여송이 한 산중 초가에 이르니 노인이 그를 맞이하며 자신의 두 패륜 아들의 징치를 부탁한다. 이여송이 독서 중인 두 소년에게 칼을 내리치니 소년들은 칼을 막아 두 동강 낸다. 노인이 웃으며 이여송에게 조선에도 인재가 있으니 다른 마음을 품지 말라고 경고한다.

역사적으로, 임진년에 왜군이 쳐들어오자 조선은 패전을 거듭하여 선조가 한양을 버리고 의주로 피난하는 등 국가 존립이 위태로운 상황에 직면했다. 이때 명의 장수 이여송이 4만여 군사를 이끌고 압록강을 건너와 왜군이 점령한 평양성을 조선 군사들과 연합하여 탈환했다. 조선에 있어 평양전투의 승리는 명을 '재조지은(再造之恩)'(거의 망하게 된 나라를 구원해준 은혜)으로 인식하는 계기가 될 만큼[6] 그 의의가 자못 컸다. 조선 왕조를 보존할 수 있게 해주었으며, 조선인들에게 왜군을 물리칠 수 있다는 자신감을 심어주어 한마음으로 뭉칠 수 있게 했다.[7] 이러한 평양전투 승리의 중심에 이여송이 있었다. 선조가 이여송의 공적을 인정해 생

---

6 "신은 생각하건대, 평양부(平壤府)는 실로 본국의 옛 도읍으로서 성지(城池)가 험고한데 흉악한 적이 저돌적으로 침입하여 점거하고는 소굴로 만들었다. 즉일로 천병(天兵)이 진격하여 북소리 한 번에 소탕하니, 흉악한 잔적은 도망갈 곳이 없게 되었다. 본국이 재조(再造)되는 기미가 실로 여기에 있었다. 신은 이원익 등과 각처의 마초 및 군량을 독려 운반하여 본성에 들여보내어 독부에서 쓰도록 하였다. 승첩의 사유를 이렇게 갖추 아뢴다.' 하였습니다."(『선조수정실록』27권, 26년 1월 1일 2번째 기사, http://sillok.history.go.kr/)

7 "이 戰捷은 朝鮮에 막대한 影響을 주엇다. 당시에 如松이 만일 祖承訓 史儒 등과 가티 또 패하얏다면 적이 반듯시 龍灣을 直衝하야 宣祖로 하야금 鴨綠以西의 異國孤地로 播越케 하얏슬 터이오 따러서 朝鮮의 인심이 아주 離散하고 明의 後援軍도 다시 更來할 용기가 업서서 畢竟 삼천리 神州가 적에 蹂躪이 되고 말엇슬 것이다. 그러나 天祐神助로 이 平壤의 大捷이 잇슨 결과 朝鮮의 一般은 다 匡復의 용기와 大志를 가지게 되야 각지 勤王의 兵이 벌떼와 가티 이러나며(하략)"(수춘학인, 〈통쾌무비한 이여송의 평양대전〉, 『별건곤』19(1929.02))

사당(生祠堂)을 짓도록 허락하였다고[8] 하니 〈기우노옹〉에서 그의 조선
지배 야심이 허탄한 설정만은 아닌 것이다.

 이여송에 대한 추숭과는 반대로 부정적 평가도 만만찮다. 『선조실록』
을 보면 평양전투에서 명군에 의한 조선 백성의 많은 희생은[9] 승리와는
별개로 이여송에 대한 부정적 인식을 드러낸다. 또 이여송은 조선의 입
장을 무시한 채 독단적 행동도[10] 서슴지 않아 선조가 불만을 표출하기도
했다. 이여송은 조선 백성을 죽인 대국의 오만한 장수이기도 했던 것이
다. 구비설화에서도 이여송은 조선에 인재가 나는 것을 막기 위해 산맥
을 끊으며, 불가능한 요구와 트집을 일삼아[11] 영웅과는 거리가 먼 방자한
인물로 민중의 인식에 존재했다.

 이처럼 조선에서 이여송은 구국의 은인으로 숭배의 대상이면서 남의
나라에서 행패를 부린 장수라는 이중적 평가를 받았다. 이를 반영하여
조선 후기 야담은 이여송에 대해 긍정적 시각이 우세하며, 구비설화는

---

8 "비변사가 이 제독(李提督)의 비석을 세우고 화상을 그리고 생사당(生祠堂)을 짓는
 일을 도감 당상(都監堂上) 중에서 전담하게 하자고 청하니 상이 윤허하였다."(『선조실
 록』 35권, 26년 2월 2일 5번째 기사)

9 "이여송이 평양의 전투에서 벤 수급 중 절반이 조선 백성이며, 불에 타 죽거나 물에
 빠져 죽은 1만여 명도 모두 조선 백성이라고 하였다."(『선조실록』 34권, 26년 1월 11일
 13번째 기사)

10 "상이 이르기를, "내가 그 사람을 보니 기백이 많아서 용병술(用兵術)은 혹 칭찬할
 만하더라도 옛사람에 비교할 수는 없을 듯싶다. 요즈음의 일 처리를 보건대 부족한
 점이 많이 있다. 평양을 수복하자마자 곧바로 말을 요구하니 그래서 되겠는가. 그가
 탔던 말이 총알을 맞았다고 하는 것도 믿을 수가 없다. 또 평양을 탈환한 뒤에 북적이
 배후에 있는 것도 걱정하지 않고 군사를 남겨 두지 않은 채 전군으로 곧바로 송경(松
 京)으로 달려갔으니 용병을 잘 하는 자라면 어찌 이같이 하겠는가."(『선조실록』 35권,
 26년 2월 17일 11번째 기사)

11 이여송은 용의 간을 먹어야 한다, 소상반죽이 있어야 한다, 압록강에 다리를 놓아야
 건너겠다는 등의 불가능한 요구와 트집을 일삼으며 자신의 요구가 충족되지 않을 경
 우 전쟁을 하지 않겠다고 엄포를 놓는다.

부정적 시각이 두드러진다. 야담 향유층은 재조지은에 바탕해 사대관계에 충실하고자 했다면 피지배층은 명군으로부터 직접적 피해를 입은 당사자들이어서 평가 시선이 달랐던 것을 알 수 있다.

　조선 후기 야담 중 이여송에 대해 부정적 인식을 보여주는 〈기우노옹〉은 그 원천을 구비설화에서 찾을 수 있다. 민간에 전하는 '초립동이가 철근 수백 근을 이여송의 이마에 얹어 조선에서 쫓아낸다'는 이야기가[12] 그것이다.[13] 구비설화에서 산신의 현신인 초립동이가 야담에서는 은군자로, 구비설화의 수백 근 철퇴는 야담에서 은군자의 논리적 언변과 소년의 무용으로 각각 대체되어 권력에서 소외되었던 야담 향유자를 대변하는 인상이다. 그런 의미에서 야담 향유층은 민간에 떠도는 이야기를 수용하여 자신들의 기호에 부합하도록 재조했다고 할 수 있다.

12　『구비문학대계』 소재 〈이여송(李如松)을 쫓아낸 초립동〉(8-11), 〈이여송과 초립동이〉(8-5), 〈혈 찌른 이여송〉(7-8) 설화는 야담집 소재 〈기우노옹〉 설화의 원천이라 할 수 있다. 구비설화의 서사구조는 다음과 같다.
　　㉠ 임진왜란 때 이여송이 조선에 장수가 많이 난다며 산의 혈맥을 끊다.
　　㉡ 어느 날 노새를 탄 초립동이가 이여송의 진중 앞을 지나다.
　　㉢ 병사들이 당돌한 초립동이를 쫓으니 반석 위에 앉아서 이여송이 오라고 말하다.
　　㉣ 이여송이 초립동이를 찾아 큰 바위에 당도하다.
　　㉤ 초립동이가 이여송의 만행을 꾸짖으며 수백 근 철퇴를 이여송의 이마에 얹으며 조선을 떠나지 않으면 죽이겠다고 협박하다.
　　㉥ 이여송이 굴복하고 조선을 떠나다.
　　㉦ 초립동이는 산신 또는 수호신이다.
　　그 외 〈이여송의 행패와 망신〉(2-5), 〈혼나서 정신차린 이여송(李如松)〉(8-3), 〈한국 명지의 혈을 끊은 이여송〉(8-13)은 문헌설화와 구비설화가 혼재하는 양상을 보여 문헌설화가 민간에 유입되면서 구비설화와 섞인 것으로 보인다.
13　임철호는 〈기우노옹〉 설화가 "이여송의 온갖 횡패와 명군으로부터 받은 민족적 피해에 대한 반감, 古來로 이민족에 대한 민족적 열세를 극복하려는 고종달 형의 제 단맥설화, 정사에도 공공연히 기술될 정도로 부각된 귀국 후 이여송에 대한 부정적 평가"(임철호, 앞의 논문, 256쪽) 등의 요인이 뒤섞여 형성된 것으로 보았다.

2) 근대매체의 〈기우노옹〉 소환과 서사구조

1920~30년대 신문과 잡지가 소환한 〈기우노옹〉 중 확인한 것은 다음
과 같다.

게재자	제목	게재지	표기
물재	野老豈是盡愚夫 一代名將喪氣魄	『매일신보』 1921.07.27.	한문현토
윤백남	임진란시의 통쾌기담 騎牛老翁	『별건곤』 제22호, 1929.08.	국문
고장환	如松의 魂나든 일	『매일신보』 1931.09.24.-25.	〃
일생금	혼쭐난 이제독	『월간야담』 32호, 1937.07.	〃
육당학인	李如松과 異人	『매일신보』 1939.02.04.	〃
석당	明將 李如松이 逢變하던 秘話	『동아일보』 1940.06.18·21·26, 07.03.(전4회)	〃

물재 송순기의 〈野老豈是盡愚夫 一代名將喪氣魄〉은 1921년 『매일
신보』 '기인기사(奇人奇事)'란에 한문현토체로 소개하고 있다. 야담 제목
이 7자 대구의 특이한 형식을 취하는데 이는 회장체(回章體) 고소설을 본
뜬 듯하다. 윤백남의 〈임진란시의 통쾌기담 기우노옹〉은 1929년 『별건
곤』 '신출귀몰 기담편'에 소개하고 있다. '蛾眉를 다스리는 게집', '紅露
의 향긔'라는 흥미를 자극하는 소제목이 내용 중간에 등장하며 전체
6,000자 정도 분량이다. 고장환의 〈여송의 혼나든 일〉은 『매일신보』 '전
설'란에 구어체로 기술하고 있다. 1930년대 후반에는 〈기우노옹〉이 자
주 등장하는데, 1937년 『월간야담』 소재 일생금의 〈혼쭐난 이제독〉을
비롯하여 1939년 『매일신보』 학예란에 육당학인이 은군자설화로 소개한
〈이여송과 이인〉 그리고 1940년 『동아일보』 소재 석당의 〈명장 이여송
이 봉변하던 비화〉가 그것이다. 〈명장 이여송이 봉변하던 비화〉는 4회
에 걸쳐 연재했는데 부연을 통해 분량을 대거 확보했다. 1회의 제목은

'大同江邊騎牛翁'이며, 2·3회는 '白頭山下異人家' 그리고 4회는 '老人이 준 圓銅鏡'이다. 이에 비해 부제목은 〈명장 이여송이 봉변하던 비화〉로 고정적이다.[14]

　20세기 초에는 야담이 근대매체에 빈번히 등장하고 많은 구활자본야담집이 간행되었다.[15] 송순기도 1921년에 『매일신보』 '기인기사'란에 야담을 연재하고 『기인기사록』이라는 구활자본야담집을 간행하기도 했다. 그리고 1920년대 후반 김진구가 야담운동을 전개하면서 야담은 대중과 가까워진다. 1930년대에는 야담가들이 야담대회, 야담방송에서 활발히 구연하고, 『월간야담』과 『야담』 잡지까지 발간될 정도로 야담에 대한 대중의 관심은 뜨거웠다. 그렇기 때문에 1920~30년대에 조선 후기 야담이 국문으로 근대매체에 소개되는 것은 흔한 일이었지만 〈기우노옹〉 야담이 호출된 횟수는 여느 야담보다 잦았다.

> 　어느 國民의 傳說을 보든지 內憂·外患 間에 人民의 生活이 切迫한 境界에 臨하얏슬 째에나 또 어써한 事業이 막다란 골이 되야서 다시는 옴치고 쮜지를 못하게 된 째에 홀연히 異常한 人物이 나타나서 막힌 것을 트고 엉킨 것을 푸러놋는다는 투의 이약이가 잇습니다. 한 民間의 이약이니만치 事實의 背景이 잇고 업슴은 무론 問題되지 안습니다. 어써한 意味로 말하면 事實로는 그러케 될 수 업는 일이기 째문에 그러한 이약이를 만드러서 觀念上의 慰安이나 어드려 하든 것이겟지오.[16]

　육당학인이 1939년 『매일신보』에 은군자설화를 소개하기에 앞서 기술

14　본 논문에서는 제목의 혼선을 막기 위해 부제목 〈명장 이여송이 봉변하던 비화〉를 제목으로 제시하였다.

15　이윤석·정명기, 『구활자본 야담의 변이양상 연구』, 보고사, 2001, 12~103쪽 참조.

16　육당학인, 〈이여송과 이인〉, 『매일신보』, 1939.02.04.

한 내용이다. 어느 나라의 전설이든지 나라 안팎으로 어려운 일이 닥쳐 절박한 지경에 이르면 이상한 사람이 나타나 막힌 것을 터주고 얽힌 것을 풀어주는 이야기가 있기 마련이라고 했다. 이때 이야기의 진실 여부는 중요하지 않은데 그것은 심리적 위안이나마 얻고자 함이라는 것이다. 이는 육당학인이 1930년대 후반에 이인설화를 풀어놓는 변으로, 이인설화 성행의 일반적 이유와 다르지 않다. 임진란의 상황 못지않게 1920~30년대 조선은 암울했다. 일본의 식민 지배로 민중은 나라 잃은 설움을 겪어야 했고 경제는 도탄에서 허덕였다. 현실의 삶이 불안한 민중에게 이인설화 향유는 하나의 위안이 될 수 있었다.

하지만 근대매체가 일제의 출판검열에서 자유롭지 못했던 사실을 기억할 때 임진왜란을 배경으로 한 〈기우노옹〉의 소환 이유가 단선적이지는 않다는 생각이다. 일제강점기에 조선 민중이 임진란을 기억하는 것은 일제에 대한 반감을 동반하는 것이기에 일본의 입장에서는 결코 달갑지 않았을 것이다. 〈野老豈是盡愚夫 一代名將喪氣魄〉은 신문 게재 당시 검열과정에서 46자 정도 삭제되기도 했다.[17] 또 조선에 숨은 인재가 많다는 내용도 식민지하에 있는 조선인의 민족적 자긍심을 부추길 수 있었다. 그럼에도 불구하고 〈기우노옹〉이 비교적 자유롭게 소환될 수 있었던 것은 임진란 당시 우방국이었던 조선과 명의 대립이 이야기 전면에 나타나기 때문이다. 임진란에서 조선을 구원한 이여송의 조선 지배 야심은 조선인에게 왜군의 잔인성에 맞서는 횡포인 것이다. 또 1930년대 후

---

17 김준형은 물재의 〈野老豈是盡愚夫 一代名將喪氣魄〉은 『계서잡록』이나 『기문총화』를 수용하여 발췌했기 때문에 삭제된 부분은 "장군께서 皇紙를 받들어 동방으로 구원을 와서 섬나라 도적놈을 쓸어버려 우리 조선으로 하여금 기틀을 다시 온전하게 하였소."라는 내용으로 보았다.(김준형, 「근대 전환기 야담의 전대 야담 수용 태도」, 『한국한문학연구』 41, 한국한문학회, 2008, 616쪽)

반 일본이 중국 침략을 본격화하는 가운데 〈기우노옹〉이 보여주는 조선
인의 이여송에 대한 저항이 중국에 대한 저항으로 연결될 수 있었다.
〈기우노옹〉이 1930년대 후반으로 갈수록 소환의 빈도가 잦아진 것은 이
런 여러 이유가 동시 작용했기 때문일 것이다.

근대매체에 소환된 〈기우노옹〉 야담은 조선 후기 야담집 소재 〈기우
노옹〉과 비교하여 서사구조가 같거나 변화를 보이기도 한다. 〈野老豈是
盡愚夫 一代名將喪氣魄〉, 〈여송의 혼나든 일〉, 〈혼쭐난 이제독〉, 〈이
여송과 이인〉은 전대 야담의 서사구조에서 벗어나지 않는다. 〈이여송과
이인〉은 『계서야담』에서 취했음을 밝히고 있다. 이들 야담은 한문으로
기술된 전대 야담을 국문으로 번역하고 부연한 정도여서 서사구조의 변
화로 이어지지는 않았다. 서사구조의 변화가 나타나는 것은 〈임진란시
의 통쾌기담 기우노옹〉과 〈명장 이여송이 봉변하던 비화〉이다. 전대 야
담과 서사구조를 비교하면 다음과 같다.

순서	『계서야담』[18], 「宣廟壬辰之亂」	「임진란시의 통쾌기담 기우노옹」	「명장 이여송이 봉변하던 비화」
ⓐ		대동문 밖 소월의 집에서 고기 굽는 냄새가 동네 개들을 미치게 하다.	
ⓑ		성천댁이 골목마다 득실대는 대국 도령을 욕하니 소월어미가 입 단속시키다.	
ⓒ		소월은 내일 연광정 잔치에 대비해 몸단장하며 명기다운 담연한 기상을 드러내기 위해 애쓰다.	

ⓓ		일본군이 평양성을 점령하고 심유경이 강화를 요청한 사이 이여송이 대군을 이끌고 와 평양성을 포위하니 일본군이 평양성을 버리고 달아나다.	
ⓔ	임진란에 이제독이 동으로 원정와 평양 승리 후 조선 산천의 수려함에 이심을 품다.	이여송이 평양성 탈환 후 기자의 옛일을 생각하고 조선의 강산과 백성을 보며 마음이 움직이다.	(계서야담) 좌동
ⓕ		소월은 연광정 잔치에서 관인들의 비굴한 모습을 비웃으며 이여송의 희롱에도 꼿꼿한 태도를 잃지 않다.	
ⓖ	이제독이 연광정에서 잔치를 즐기는데 강변 모래사장에 한 노인이 검은 소를 타고 지나가다.	좌동	좌동
ⓗ	군졸이 무례한 노인을 놓치자 제독이 직접 말을 타고 노인을 쫓았으나 따라잡지 못하다.	좌동	좌동
ⓘ	제독이 한 산촌의 시냇가 茅屋에 이르니 노인이 그를 맞이하다.	좌동	좌동
ⓙ	제독이 노인의 무례를 꾸짖으니, 노인은 패륜아의 징치를 부탁하기 위해 인도했다고 말하다.	좌동	좌동
ⓚ	제독이 독서 중인 두 소년을 향해 칼을 내리치니 소년이 竹으로 막아내다.	좌동	좌동
ⓛ	노인이 이제독에게 우리나라에도 인재가 있으니 다른 마음을 품지 말라고 엄중히 경고하다.	좌동	좌동
ⓜ			노인이 이여송에게 향후의 이심을 제거해줄 원동경을 건네다.
ⓝ	제독이 노인의 경고를 수용하고 문을 나서다.	좌동	좌동

기술되어 있고, ⓝ 뒤에 '제독이 다음 날 진격하였다가 적에게 유인되어 죽을 뻔하다'라는 내용이 덧붙어 있다.

ⓞ		연광정으로 온 이여송이 우울한 얼굴로 소월에게 합환주를 건네자 소월이 치맛자락에 부으며 홍로의 물방울은 망국상녀의 눈물이 아니라고 하다.	
ⓟ		소월의 둔재기언은 진의를 아는 이여송의 가슴에 두 번째 모욕을 안기다.	

　〈임진란시의 통쾌기담 기우노옹〉은 전대 야담을 그대로 수용하면서도 창작을 가미하여 독특한 구조의 야담으로 재탄생했다. 이여송이 노인에게 혼난 이야기로만 구성된 것이 아니라 새로운 인물인 소월의 이야기를 앞뒤 부분에 첨가하고 있다. 앞부분은 기생 소월이 명일의 연광정 잔치를 대비하여 몸단장을 하고, 잔치에서 소월은 이여송의 희롱에도 꼿꼿함을 잃지 않는다. (그 다음은 연회장 앞을 소를 탄 노인이 지나가는 것으로 전대 야담과 동일하게 전개된다) 첨가된 뒷부분에서 이여송은 노인의 꾸중을 듣고 물러나 연광정 잔치 현장으로 돌아온다. 이여송이 소월에게 술잔을 건네자 소월은 자신의 치마에 술을 뿌리며 그의 마음 속 욕망을 꿰뚫어 공격한다. 이처럼 윤백남은 〈임진란시의 통쾌기담 기우노옹〉의 중반부에서 전대 야담을 고스란히 수용하고 전후반부에 새로운 이야기를 덧붙여 분량을 늘렸다. 소월과 노인의 이여송 모욕은 시간 흐름에 따라 순차적으로 전개되지만 두 인물의 이야기는 각각 독립적이다.

　〈명장 이여송이 봉변하던 비화〉는 전대 야담과 서사구조가 거의 같고 노인이 이여송에게 원동경을 건네는 장면만 추가되었다. 노인이 이여송을 꾸짖으며 향후 생길 불순한 마음을 통제할 수 있는 구리거울을 그에게 주어 복종을 받아낸다는 짧지만 강력한 내용이다.

3. 근대매체 소재 〈기우노옹〉의 변모양상

1) 〈임진란시의 통쾌기담 기우노옹〉

(1) 민족성 강화

조선 후기 〈기우노옹〉 야담과 윤백남의 〈임진란시의 통쾌기담 기우노옹〉을 비교하였을 때 두드러지는 차이는 이여송이 모욕을 당하는 횟수이다. 전대 야담은 노인으로부터 한 번인 반면 〈임진란시의 통쾌기담 기우노옹〉은 노인과 소월 두 사람으로부터 각기 모욕을 당한다. 노인과 소월 모두 이여송의 조선 지배 야심을 훤히 알고 불가능함을 역설한다. 먼저 노인이 이여송에게 경고하는 장면이다.

> "(상략) 장군께서는 상국에 잇서서 무명이 혁혁하시고 이번에 또 반도강산을 구하고자 만리원정의 길에 게시니 장군의 무위로써 일군(日軍)을 방축하고 고국에 도라가실진대 그 일흠이 청사에 올으고 루천만 우리의 백성은 장군을 길이 덕으로 녁일 것이어늘 장군은 가슴에 이지(異志)를 품고, 반도강산을 지배(支配)코자 하는 망녕된 욕심을 가젓스니 그는 장군의 목슴을 스스로 쪼히는 것이올시다. 우리나라에도 수천 년의 력사가 잇고 또 재조 잇난 자─산곡 깁히 잠재해 잇는 바 허다하니 소인과 가튼 늙은 놈이야 그 수효에도 들지 못합니다. 만약에 이 자리에서 뉘우치는 바 업슬진대 장군의 목슴은 경각에 잇슴니다."[19]

노인은 이여송이 명과 조선에서 무명이 혁혁하여 역사에 남을 것이라 치켜세운다. 하지만 조선을 지배하려는 야욕을 버리지 않는다면 그의 목슴을 보장하지 못한다고 경고한다. '우리나라에도 수천 년의 력사가 잇고 또 재조잇난 자─산곡 깁히 잠재해 잇는 바 허다'하기 때문이다. 조선

---

19 윤백남, 〈임진란시의 통쾌기담 기우노옹〉, 『별건곤』 22호(1929), 40쪽.

이 그렇게 호락하게 당할 민족이 아니라는 긍지가 엿보인다. 이여송은
소를 타고 수 천리를 달리는 노인의 신이한 능력과, 자신의 칼을 막아내
는 소년의 무용을 통해 이 사실을 확인했다. 모골이 송연한 채 노인의
경고에 굴복하고 물러날 수밖에 없었다. 하지만 그것이 끝이 아니었다.
두 번째 경고가 이여송을 기다리고 있었다.

> 明將 李如松은 다시 練光亭으로 도라왓다. 그러나 그의 얼골에는 憂鬱
> 한 어둔 빗이 서리어 잇섯다. 그는 모든 憂愁와 不快를 술로 씻으려 했다.
> 그래서 그는 素月이가 가득히 부어 올리는 술잔에 입을 대고 거반이나 마
> 시더니 素月에게 내어주며
> "자아 합환주다 이것을 마서라."
> 햇습니다. 素月이는 뱅긋이 晧齒를 보히며 그 술잔을 바더서 자긔의 비
> 단치마 압ㅅ자락에 드러부엇다. 坐中 官人과 妓生들은 一時에 無色하야
> 한밤중가티 잠잠했다. 그리고 如松의 눈에는 分明히 不快의 빗이 영채나
> 기 始作햇다. 이런 가운데에서 素月의 랑랑한 목소리가 무거운 空氣를 뚤
> 어 깨첫다.
> "장군님 마신 술은 그 혼적이 한 때로되 옷에 저진 술의 香氣는 몃칠
> 동안 천첩에게 장군님을 사모하는 거리를 줍니다. 치마를 적신 홍로(紅露)
> 의 물방울은 결코 망국상녀의 눈물이 안이올시다."
> 아아 이것이 어쩌한 奇矯한 語意냐. 名妓 素月의 丹脣皓齒 사이로서
> 터저나오는 몃 마대 頓才奇言은 그 眞意를 아는 者-업는대로라도 明將
> 李如松의 가슴에 두 번 째의 侮辱을 삭여두기에 充分하엿다.[20]

연광정 잔치로 돌아온 이여송은 심기가 불편했다. 그래서 노인에게 당
한 굴욕을 술로 달래려 소월에게 합환주를 건네는데 소월이 그 술을 자신
의 치맛자락에 뿌리는 것이 아닌가. 기생의 본분을 망각한 행동에 좌중의

---

20 윤백남, 앞의 글, 41쪽.

분위기는 얼어붙고 이여송은 불쾌한 눈빛을 쏘기 시작한다. 이때 소월이 태연하게 "마신 술은 그 흔적이 한 째로되 옷에 저진 술의 香氣는 몇칠 동안 천첩에게 장군님을 사모하는 거리를 줍니다"라고 설파한다. 영웅을 향한 기녀의 연모에서 비롯된 행동이라는 것이다. 사나이 이여송의 기분은 한껏 고양될 수밖에 없다. 하지만 곧 "치마를 적신 홍로(紅露)의 물방울은 결코 망국상녀의 눈물이 안이올시다"라는 강단 있는 말로 이여송의 심장을 가격한다. 이 말은 이여송이 조선을 지배하는 일은 결코 없을 것이라는 날카로운 경고의 비유적 표현이다. 소월의 기언은 이여송을 높이 받드는 듯하면서도 그의 야심을 꿰뚫고 있음을 강력히 시사한다. 노인과 마찬가지로 소월도 지감과 대범함을 갖춘 조선의 숨은 인재였던 것이다. 이여송은 그 말의 진의를 알아채고 등골이 오싹해지는 수모를 겪는다.

이처럼 〈임진란시의 통쾌기담 기우노옹〉은 이여송이 두 사람으로부터 봉욕을 당하는 것으로 설정하고 있다. 그것은 이여송이 당하는 수모가 2배라는 숫자상의 단순 논리를 뛰어 넘는다. 이여송을 꾸짖는 인물이 복수 등장함으로써 조선에 수많은 인재가 존재하며 그런 조선을 쉽게 넘볼 수 없다는 강력한 메시지의 전달이라고 할 수 있다. 우리 민족과 민중에 대한 강한 신뢰가 나타난다.

(2) 민중성 강화

〈기우노옹〉에는 이인을 '노옹'으로 표현할 뿐 이름을 명시하지 않았다. 산림으로 들어가 은거 생활하는 알려지지 않은 인물이기 때문이다. 비록 무명의 노인이지만 이여송을 상대하여 꾸짖는 행동과 적당히 치켜세우면서도 날카롭게 공격하는 언변은 예사롭지 않다. 언변과 행동에서 드러나는 식견과 품위 그리고 기개는 학문 연마의 산물이다. 따라서 노인은 재주를 지녔으나 세상의 부와 권력을 멀리하는 은군자에 가깝다고 할 수 있다. 은군자는 지배층의 삶과 동떨어진 민중적 삶을 지향하므로 조선 후기 〈기우노옹〉 야담은 민중성을 내포한다.

〈임진란시의 통쾌기담 기우노옹〉은 전대 야담과 비교하여 민중적 성격이 더욱 강하다. 지감 능력을 소유한 기녀가 등장한다는 점에서 그렇다. 남성 중심의 봉건사회에서 여성은 억압받는 존재였으며 기녀는 천한 신분의 상징처럼 인식되었다. 그런 기녀의 주체적이며 대담한 행동은 바로 민중의 저력을 보여주는 것이다.

소월 이야기에 나타나는 기녀의 지감 화소는 전대 야담과 유사하고 소월 행동의 기초가 되는 의식은 전대 야담과 차이를 보인다. 기녀의 지감택부 화소는 조선 후기 야담에 빈번히 등장한다.[21] 소월의 경우 이여송을 배우자로 선택하는 것은 아니지만 지감으로 상대의 인물됨을 알아본다는 점에서 일치한다. 전대 야담에서 지감 발휘가 자신의 안위와 욕구 충족을 위한 것이라면 소월은 국가의 안위를 염려한다는 점에서 의식의 차이를 보인다. 소월이 이여송의 조선 지배 야심을 표면화함으로써 그의 실행을 미연에 차단할 수 있었다. 기녀의 위치에서 적극적 대처가 위기에 빠진 나라를 구한 것이다. 대의를 위한 피지배층 인물의 분투는 이여송의 기분 맞추기에 급급한 지배층 남성의 태도와 대조를 보이면서 외세에 대한 민중의 저항의식을 드러낸다.

또 서사 구조상 노인의 이야기보다 기녀의 이야기가 돋보이는 것도 한 이유이다. 〈임진란시의 통쾌기담 기우노옹〉은 조선 후기 야담을 수

---

21 조선 후기 야담집에는 知人여성이 많이 등장하는 것이 한 특징이다. 일타홍, 급수비, 평양기, 단천기, 완산기 등 기녀와 재상가 여종이 지감으로 남성을 택하고 남성의 성공을 위하여 헌신한 결과 자신의 신분적 한계를 극복하거나 후일에 도움을 약속받는다. 또 정충신의 소실, 김천일의 처, 이인며느리, 정기룡의 처, 김수항의 처 등도 지감을 통해 남성이 처한 위기를 극복한다.

용하면서 서사의 처음과 끝 부분을 소월의 이야기로 채우고 있다. 조선 후기 야담은 인물과 관련한 독립적 이야기를 병렬 기술하여 서사를 확장 하기도 하는데 병렬 기술한 각각의 이야기는 독자에게 대등하다는 인상 을 준다. 반면 〈임진란시의 통쾌기담 기우노옹〉은 독립적 이야기이지만 시간 순서에 따라 서사가 전개된다. 서사 중간 부분에 위치한 노인의 이 야기보다 시작과 끝 부분을 장식하는 소월의 이야기가 독자의 뇌리에 깊 이 각인될 가능성이 큰 것이다.

20세기 초 계몽운동가들은 국난에 자신을 희생한 논개와 계월향을 소 환하여 구국의 여성상으로 제시하였다. 남녀평등의 근대적 시각에서 구 국의 의무는 남녀가 다르지 않다는 논리의 여성교육을 전개한 것이다. 〈임진란시의 통쾌기담 기우노옹〉은 남녀를 대표하는 노인과 소월의 활 약을 통해 구국의 의무를 남녀노소 모두에게 부여함으로써 민중의 역할 과 범위가 확대되는 양상 또한 보이고 있다.

(3) 역사성 강화

전대 야담 〈기우노옹〉은 임진왜란 때 명나라 장수 이여송이 왜군이 점령한 평양성을 탈환한 역사적 사건을 배경으로 한다. 이후 이인적 모 습을 보이는 노인이 이여송을 혼낸다는 전개에는 역사와 무관한 설화적 상상력이 작동하고 있다. 이에 비해 〈임진란시의 통쾌기담 기우노옹〉은 역사적 사실을 힘써 기술하여 이인적 요소가 상대적으로 감소하는 양상 을 보인다.

선조 임진란에 중국 장수인 제독 이여송이 황제의 뜻을 받들고 동으로 원정하여 평양의 승리를 거뒀다. 성중에 들어와 점거하자 산천의 수려함을 보고 딴 마음이 생겼다. 선조를 흔들어놓고 자리를 차지하려는 뜻이 있었

던 것이다.[22]

> 日將 小西行長이 主人 豊臣秀吉의 大志를 遂行하는 雄〃한 先驅가 되
> 려는 意識보다도 北鮮으로 行軍한 加藤清正이와 서로 그 功을 다투려는
> 意識이 猛烈하야 乘勢長驅하야 平壤城을 占領하니 이째 沈惟敬은 그의
> 北行을 沮止코자하야 講和의 一件으로 此日彼日 朔餘를 여기서 머믈게
> 하는 동안에 明將 李如松은 牙將, 李如柏, 張世爵, 楊元 等의 羽翼을 張
> 하고 軍士 四萬餘人의 大軍이 雲霞와 가티 鴨綠을 건너서 一路 平壤으로
> 向하얏다. 이리하야 明將 查大受가 벌서 順安에 當到하매 그째서야 平壤
> 城中에서 泰平한 朔餘를 無聊에 괴로히 지내던 小西行長이 明軍의 大擧
> 來襲을 알게 되엿다. 城內에 잇는 日軍의 수효는 明軍〃力의 幾分밧게 되
> 지 못함을 알게 된 小西는 援을 僚軍에게 請햇스나 鳳山에 잇던 日將 大
> 友의 軍이 아즉 平壤에 來到하기 前에 平壤은 潮水와 가티 밀려든 明軍의
> 重圍에 빠지게 되엿섯다. 小西는 沈惟敬의 計略에 넘어간 것을 뉘우첫스
> 나 벌서 째는 느젓다. 그는 明軍 과 血戰을 試함이 數次에 마츰내 利롭지
> 못한 싸움인 것을 깨닷고 平壤城을 버렷다. (중략) 아름다운 江山 端雅한
> 백성 더구나 蒙沙가 한울을 가리는 湖北짜에서 일즉이 보지 못하던 關西
> 美人, 李如松의 가슴은 確實히 움즉엿다. 이 江山 이 美人을……그는 쏘
> 다시 箕子의 녯을 생각해보지 안을 수 업섯다.[23]

전대 야담은 이여송이 평양전투에서 승리했다는 결과만을 언급한 후
그가 산천의 수려함을 보고 이심이 생겼다고 했다. 평양전투 승리는 이
여송이 이심으로 조선 노인에게 혼난다는 이야기 전개를 위한 추동 역할
에 그치는 양상이다. 반면 〈임진란시의 통쾌기담 기우노옹〉은 이여송이
이심을 품기에 앞서 평양성 탈환의 역사적 전후 사정을 자세히 기술하고

---

22 宣廟壬辰之亂 天將李提督如松 奉旨東援 平壤之捷 入據城中 見山川之秀麗懷異心
    有欲動搖宣廟而仍居之意. (『계서야담』)
23 윤백남, 앞의 글, 38쪽.

있다. 명나라 사람 심유경이 고니시 유키나가(小西行長)의 북진을 저지하
고자 강화를 조건으로 왜군을 평양성에 머물게 하고 그 사이 이여송이
이끄는 명군 4만여 명이 압록강을 건너와 평양성을 에워쌌다. 그리하여
고니시 유키나가가 이끄는 일군(日軍)은 평양성을 버리고 퇴각했으며,
조명연합군은 평양전투에서 승리를 거둘 수 있었다는 것이다. 이러한 내
용은『선조실록』에도 기술하고 있다.[24] 윤백남은 이여송이 평양성에 발
을 들여놓게 된 경과 서술이 필요하다고 판단했겠지만 역사의 기술은 건
조하여 이야기 흐름을 자칫 지루하게 만들 수 있다. 그럼에도 불구하고
윤백남의 자세한 역사 기술은 다분히 의식적인 것으로 보인다.

윤백남은 역사적 사실을 기술하는 방법으로 허구적 장치를 이용하기
도 한다.

> "골목마닥 대국 도령님이 와글와글 하는대……도령님 소리만 드러도 니
> 마에서 쌈이 나우……헤어날 재간이 잇서야지."
> "그 간나위새끼 되놈들"
> "쉬-"
> 하고 素月의 어머니가 부엌에서 행주치마에 손을 씨스며 나와서 눈을
> 커다케 쓰며 成川ㅅ댁의 입을 두 손으로 막는 신용을 냇다.
> "늬 함부루 입술을 놀리다가 공연히 뭇놈에게 욕을 볼라."
> "누가 듯고 잇겟소."
> "벽에두 귀가 잇난지 아나."
> 아넌게 안이라 明軍이 日軍을 대신하야 平壤의 새주인이 되는 날부터
> 이 골목 저 골목에 키 큰 靑衣 도령들의 암내 마튼 개쎈으로 싸다니는 꼴이
> 철업는 아해들의 好奇心을 이쓰럿고 젊은 녀인네는 큰 숨도 못 쉬고 썰고

---

24 『선조실록』32권, 25년 11월 17일 1번째 기사, 11월 19일 2번째 기사,『선조실록』33권,
25년 12월 3일 6번째 기사.

잇게 되엿섯다. 죽음만 낫이 서러도 긔절할 득히 지저대는 개들조차 꽁지
를 사타구니에 씨고 마루 밋흐로 기어 들엇다.[25]

〈임진란시의 통쾌기담 기우노옹〉의 서두이다. 소월의 어머니와 성천댁
이 나누는 대화에서 평양전투 승리 후 명군이 입성한 평양의 실상이 드러
난다. 명군은 평양 바닥을 휘젓고 다니며 조선 부녀자를 희롱하는 등 행패
를 부렸지만 조선인은 어떤 항의도 못한 채 명군을 피해 다녔다. 이러한
실상은 『선조실록』에서 조선 백성들이 명나라 군사의 약탈을 피해 산골짜
기로 들어갔다는 기록에서도 확인된다.[26] 또 구비설화에서도 명군이 조선
에서 약탈을 자행했다는 언급이 보인다.[27] 〈임진란시의 통쾌기담 기우노
옹〉의 서두는 임진왜란 당시 조선 백성들이 왜군에게 무참히 짓밟혔던
것에 못지않게 명군의 횡포에 시달렸던 역사적 사실을 반영하고 있는 것
이다. 허구적인 상황 묘사이지만 역사적 진실에 다가서고 있다.

2) 〈명장 이여송이 봉변하던 비화〉

석당의 〈명장 이여송이 봉변하던 비화〉는 전대 야담에 비해 분량이

---

25 윤백남, 앞의 글, 37쪽.

26 "상이 용천을 떠나 의주에 도착하여 목사(牧使)의 아사(衙舍)에 좌정하였다. 이때에
고을 사람들이 평양이 포위당하였다는 소식을 듣고 흉흉하여 두려워하더니 명나라 병
사들이 강을 건너 성안으로 들어와 약탈하자 인민들이 모두 산골짜기로 피해 들어가
성안이 텅 비었다."(『선조실록』 27권, 25년 6월 22일 1번째 기사)

27 "원군을 와 가지고 임진왜란 때 원군을 와 가지고, 이 눔이 어떻기 난폭한 짓을 하고
저거(제) 부하들을 시키서 부하들을 시키서, 이 눔들이 저어, 밤이몬 약탈을 하고 여자를
갖다가 막 겁탈을 하고 말이지, 난리를 지이고 하면서 날마다 술만 묵고 전쟁은 하도
안 할라 쿠고(하고), 그런께네 한 영감이 이걸 보다 보다 못 봐서 부애(화)가 나서 저어
회치(연회)을 하고 있는데, 여송(如松)이가 회치를 하고 있는데 소를 타고 그 앞을 지내
감서로(가면서) 소에, 소발에서 일부러 모래를 수채에다 막 소발로 흩여 버렸다.(하
략)"(〈혼나서 정신차린 이여송(李如松)〉, 『한국구비문학대계』 8-3, 34~35쪽.)

많이 늘어났지만 부연에 의한 것으로 서사구조가 크게 달라지는 변화는
보이지 않는다. 하지만 특정 부분에서 삽화를 첨가하였는데 바로 노인이
이여송의 야심을 꿰뚫고 경고하는 대목이다. 노인이 논리정연하게 이여
송을 꾸짖는다는 것은 다른 야담과 다를 바 없지만 이여송에게 원동경을
주며 후일에도 경계토록 한다는 것은 전에 없던 내용이다.

> (상략) "여보 장군, 이것은 내가 장군의 앞일을 생각하고 대주는 것이니
> 만일 이후에 또 그런 불순한 마음이 나거든 이 거울을 들여다 보시요 그러
> 면 반드시 나의 얼굴이 나타날 것이고 그 순간엔 그런 생각이 없어지리다"
> 한다. 이때에야 비로소 이여송은 입을 열어 "고맙습니다. 저 같이 불초한
> 것을 이처럼 데려다가 후일을 경계해주시니, 여 앞으로는 오로지 노인의
> 말씀만 명심하여 가지고 모든 일을 하겟고 주신 면경은 소장이 일생을 두
> 고 몸에 지니겟사오니 어서 이곳을 무사히 나가게만 해주소서"하고 일어나
> 그 노인에게 절을 하엿다.[28]

제시문에 등장하는 이여송의 모습은 굴욕적이다 못해 애처롭기까지
하다. 노인은 이여송에게 일장훈시를 늘어놓은 후 이후에 불순한 마음이
생기거든 꺼내보라며 원동경을 건넨다. 거울에 노인의 모습이 나타나 그
의 욕심을 제거해 준다는 것이다. 원동경 삽화는 노인의 경고가 일회적
인 것이 아니며, 이여송의 장차 행동을 통제한다는 의미를 담고 있다.
상대의 야심을 꿰뚫고 있다는 경고 차원을 넘어서 이후 재발할 수 있는
야욕까지 차단함으로써 이여송을 완전히 무력화한다.

전대 야담에 부가한 원동경 삽화는 유아적 상상력에 기대고 있다. 이여
송의 숨은 욕망을 노인이 시공간을 초월하는 거울로 통제한다는 설정은

---

28 석당, 〈명장 이여송이 봉변하던 비화〉 4, 『동아일보』, 1940.07.03.

어른이 동심을 이용해 떼쓰는 아이를 혼낼 때 흔히 사용하는 말장난이다. 이러한 말장난을 이여송이 그대로 받아들임으로써 이야기의 동화성은 짙어졌다. 노인이 이여송을 애송이 취급하여 두 사람 간 능력 차이를 확연히 드러내고자 한 것일 테지만 이여송으로 인한 화의 근절이 유아적 발상에 기초한 환상에 치우쳐 있다는 인상을 지울 수 없는 것이다. 즉, 원동경 삽화는 동화적 환상에 치우쳐 야담에 비현실성을 가중하고 있다.

그리고 서사구조와 상관이 없어 단편적일 수 있지만 간과할 수 없는 것이 있다. 그것은 구체적 지명에서 묻어나는 민족적 색채이다. 제목은 일반적으로 고정적인데 석당은 1회 '大同江邊騎牛翁', 2·3회 '白頭山下異人家' 그리고 4회 '老人이 준 圓銅鏡'으로 변화를 주고 있다. 〈명장 이여송이 봉변하던 비화〉라는 부제를 제목으로 삼을 수 있음에도 불구하고 '대동강', '백두산' 등 민족의 상징적 지명을 내세운 제목을 붙인 것은 의도적이라 할 수 있다. 특히 노인이 이여송을 유인하여 데려간 곳을 대부분의 〈기우노옹〉에서 '일산촌(一山村)'으로 막연히 기술한 데 비해 여기서는 '백두산 밑'으로 명확히 표기하고 있다. '백두산'이 우리 민족의 영산(靈山)으로 인식되기 시작한 것은 일제강점기부터이다.[29] 〈명장 이여송이 봉변하던 비화〉에서 백두산은 우리 민족이 신령스러운 백두산의 정기를 이어받아 인재가 산재할 수밖에 없다는 당위성을 부여하는 증거물로 당당히 존재한다.

---

29 일제강점기에 대종교가 '백두산=단군탄강지'론을 확고히 하고 최남선 등이 이론을 뒷받침 했다. 그리고 『동아일보』, 『조선일보』가 백두산 탐험행사를 앞다투어 진행하면서 기사와 강연회를 통해 이를 확산시켰다. 그 과정에서 백두산은 지리적 표상에서 역사적 표상으로 거듭났으며 민족의 靈山으로 인식되기 시작했다.(박찬송, 「백두산의 "민족 영산"으로의 표상화」, 『동아시아 문화연구』 55, 한양대학교 동아시아문화연구소, 2013, 22~29쪽 참조)

4. 1920~30년대 〈기우노옹〉의 사회변화 대응

야담집 소재 〈기우노옹〉은 조선 후기 사람들의 의식변화를 드러내고 있다. 야담 향유층이 중화사상에서 탈피하여 조선의 산하와 사람에 대한 강한 자부심을 드러내고 있기 때문이다. 조선후기 사회 전반에 대두되기 시작한 민족의식을 엿볼 수 있는 것이다. 이여송을 혼내는 인물로 이인이 등장함으로써 그만큼 현실 불가능한 이야기로 치부할 수도 있지만 이여송이 애초에 조선을 탐한 것도 산천의 빼어남 때문이고 이인이 존재할 만큼 조선의 산천이 수려하다는 공식이 성립되기도 한다. 따라서 〈기우노옹〉이야기 성립의 기본 전제는 바로 조선 산천의 아름다움과 그것을 지키고자 하는 민중의 애정이라고 할 수 있다.

이러한 민족의식은 20세기 초에 제국주의 침략과 더불어 민중 계몽의 목표로 부상했다.

> 民族은 歷史的 産物이라 歷史의 共通的 生命 곳 國民的 苦樂을 한가지로 맛본 經驗과 國民的 運命을 한가지로 開拓한 事實이 업스면 到底히 民族的 觀念을 生하지 못하나니 이 업시 엇지 言語와 習慣과 感情과 禮儀와 思想과 愛着 等의 共通連鎖가 有할 수 잇스리오[30]

민족은 국민적 고락을 함께 경험하고 국민적 운명을 함께 개척하며 형성된 관념으로, 언어·습관·감정·예의·사상 등을 공유하는 문화공동체이다. 일본에 나라는 빼앗겼으되 문화공동체인 민족은 존재하여 제국주의에 맞서는 민중 통합의 언어로 대두되었다. 그리고 근대 계몽운동가들은 사회운동을 통해 대중의 민족의식을 고취하고자 했다.

---

30 〈세계개조의 벽두를 당하야 조선의 민족운동을 논하노라〉 3, 『동아일보』, 1920년 4월 6일.

1920~30년대 〈기우노옹〉 야담은 그 자체로 당대 민족주의 담론에 어느 정도 부합한다. 빈번한 소환은 이러한 사회 현상에 부응한 측면이 있다 할 것이다. 그렇더라도 1920~30년대에 소환한 〈기우노옹〉이 전대 야담의 전사에만 그친다면 야담 유행에 편승한 옛날이야기라는 평가에서 자유롭지 못하다. 그런 면에서 윤백남의 〈임진란시의 통쾌기담 기우노옹〉과 석당의 〈명장 이여송이 봉변하던 비화〉는 근대 민족의식 고취에 기초하면서 서사구조의 변모를 통해 야담이 당대를 인식한 양상을 보여준다는 점에서 의의를 가진다.

〈임진란시의 통쾌기담 기우노옹〉은 1920~30년대 '민족·민중·역사' 담론을 유기적으로 결합하고 있다. 이 세 가지 키워드는 1920년대 후반에 등장한 야담운동의 목표이기도 하다. 1920년대 후반 김진구는 역사적 민중교화운동으로 규정한 야담운동을 펼쳤다. 역사를 통해 민중을 교화하고자 했던 것이다. 김진구는 전대 야담을 부정하고 야사·민중사를 의미하는 새로운 야담을 주장했다.[31] 그 첫 번째 야담으로 임진란 때 장수 김응서의 왜장 살해 임무 수행을 돕다 죽임을 당한 계월향을 소환하여 창작한 야담 〈계월향〉을 『조선일보』에 발표했다. 계월향은 국난에 자신을 희생했지만 천한 신분 탓에 국가적 인정을 받지 못했다. 김진구는 야담 〈계월향〉에서 연인인 김응서에 의해 민족애와 동포애를 지닌 인물로 교화된 후 적진에서

---

31 "野談이라는 術語의 意義가 어대 잇는가. 이것은 두 가지의 意義가 거긔부터 잇다. 첫재는 '朝野'의 野와 둘ㅅ재는 '正史野史'의 野 그것이다. 朝라는 군데는 小數 特權 階級의 享樂處인데 對하야 野라는 곳은 大多數 民衆의 集團地=즉 다시 말하면 野라는 것은 곳 민중을 意味하는 것인 째문이며 (중략) 모든 抑壓과 忌諱의 눈을 숨어서 정말 民衆의 眞情에서 나온 民衆의 意思와 그네의 實跡을 적어 노혼 것이 즉 野史인즉 史的 考察로 보아서 이것이 가장 隱諱 업시 露骨化된 正史일 것이다. 다시 말하면 野史라는 것은 곧 民衆史라는 것을 意味하는 것이다. 이 두 가지의 意義에서 쌔내온 野談은 곳 歷史的 民衆教化運動이라고 볼 수 잇지 아니한가."(김진구, 〈야담 출현의 필연성〉 5, 『동아일보』 1928년 2월 6일.)

왜장을 상대로 대담하게 임무를 수행해나가는 계월향을 그려내었다.[32] 새로운 야담이 추구했던 것 또한 '민족·민중·역사'였던 것이다.

〈임진란시의 통쾌기담 기우노옹〉에서 보여주는 '민족·민중·역사'의 선명성은 당대 야담운동의 목표에 도달하기 위해 전대 야담을 개작한 결과이다. 기생 소월은 야담운동의 계몽 담론을 실현하기 위해 창조된 인물인 것이다. 노인의 이야기가 약화되고 소월의 이야기가 강조된 것도 계몽 담론을 의식한 탓이다. 하지만 윤백남은 전대 야담을 온전히 담아낸 데서 알 수 있듯 전대 야담을 부정하지 않았다. 전대 야담의 바탕 위에서 야담운동의 계몽 담론을 수용한 것을[33] 서사구조에서 확인할 수 있다.

〈명장 이여송이 봉변하던 비화〉는 당대의 민족 영산 백두산을 이야기 속에 끌어들여 민족적 색채를 더했으나 이보다 원동경 삽화에서 보여주는 동화적 상상력이 두드러지는 양상을 보인다. 따라서 계몽 담론은 약화되고 환상성이 덧입혀졌다. 노인이 이여송을 예우하며 꾸짖는 언변에 나타나는 이성적 태도는 이어 등장하는 거울로 시공을 초월하여 욕망을 통제한다는 발상에서 그 자취를 감추고 만다. 인물의 갑작스러운 성격 변화는 서사 전개를 부자연스럽게 만들기 마련이어서 원동경 삽화는 기존 이야기에 녹아들지 못한 채 표류하는 인상이다. 더구나 근대의식이 팽창하던 시기에 동화적 상상력에 기댄 전개는 다소 황당한 설정이 아닐 수 없다.

일제강점기에 사회 계몽운동이 비교적 활발했던 1920년대와는 달리 1930년대 말은 그 상황이 또 달랐다. 중일전쟁으로 조선은 전시체제의

---

32 이동월, 「야담사 김진구의 야담운동 연구」, 대구가톨릭대학교 박사학위논문, 2007, 73~103쪽 참조.

33 윤백남이 야담계에 본격적으로 뛰어든 것은 1930년대 초이다. 이 시기 그의 야담은 오락에 치우치는 경향이 있다. 〈임진란시의 통쾌기담 기우노옹〉은 윤백남의 야담 활동 초기 작품에 해당한다.

늪에 빠져 경제는 파탄에 직면했다. 어떤 희망도 꿈꿀 수 없는 사회에서 대중은 환상에 기대어 절망을 피하고자 한다. 범접할 수 없는 면모로 상대를 제압하는 이인설화는 그래서 난세에 회자된다. 〈명장 이여송이 봉변하던 비화〉는 환상을 동반해서라도 미래에 발생할 수 있는 변고까지 완벽히 차단하려는 1930년대 말 대중의 불안한 심리를 대변하고 있다.

전대 〈기우노옹〉과 비교하여 서사구조의 변화를 보이는 〈임진란시의 통쾌기담 기우노옹〉과 〈명장 이여송이 봉변하던 비화〉는 각각 1920년대 후반과 1930년대 말의 사회 변화를 투영하고 있다. 그로 인해 야담은 이념에 의해 경직되거나 현실과의 괴리를 심화하는 현상을 보인다.

5. 맺음말

임진왜란 때 조선 지배를 꿈꾼 명의 장수 이여송을 조선의 무명 노인이 혼낸다는 〈기우노옹〉 야담은 조선 후기뿐만 아니라 20세기 초에도 향유층의 사랑을 받았다. 〈기우노옹〉이 중세와 근대라는 시간의 차이를 무마한 데는 20세기 초 야담 열풍이 한몫했지만 조선의 산하를 지키려는 민중의 애정이 이야기 배면에 자리하고 있기 때문이다.

이러한 〈기우노옹〉을 1920~30년대 근대매체는 빈번히 소환했다. 그중에서 전대 야담과 비교하여 서사구조의 변화를 보인 〈임진란시의 통쾌기담 기우노옹〉과 〈명장 이여송이 봉변하던 비화〉에서 시대와 소통한 흔적을 찾을 수 있다. 두 야담 모두 전대 야담을 고스란히 수용한 가운데 새로운 삽화를 부가하는 방식을 취했다. 〈임진란시의 통쾌기담 기우노옹〉은 기존 인물인 노인 외에 새로운 인물인 기생 소월을 통해 민족성과 민중성을 강화하고 역사 기술에도 구체성을 더했다. 〈명장 이여송이 봉

변하던 비화〉는 원동경 삽화를 통해 동화적 환상을 가미했다. 그 결과
두 야담의 서사는 계몽 담론에 기울어 경직되고 동화적 환상으로 인해
현실로부터 멀어졌다. 민중의 발랄함을 담아내는 야담 본연의 모습에서
퇴행한 것이다. 하지만 야담의 서사구조 변화가 1920년대 계몽 이념의
확산과 1930년대 말의 피폐한 민중 삶을 표현한 것으로 볼 수 있다는
점에서 야담이 사회 변화에 대응한 한 양상이라 할 수 있다.

근대전환기 야담을 보는 시각

－『한성신보』를 중심으로－

◉

김준형

1. 문제제기

야담은 원칙적으로 '그때, 거기, 그 사람'이 아닌 '지금, 여기, 나'를
지향한다. 당대의 일상, 그 숱한 타자들 틈에서 '나[주체]'에 대한 물음이
야담이라는 장르를 추동케 했다. 백두용(白斗鏞, 1872~1935)이 한남서림
앞에 앉아[1] 지나가는 사람들을 하염없이 바라보며 고민했던 도덕과 세상
살이[經濟]에 대한 질문을 야담집『동상기찬(東廂記纂)』으로 풀어내려 했
던 것도 그 때문일 터다. 야담의 가장 두드러진 특징으로 꼽는 당대 현실
을 지향한다는 점도 같은 맥락에서 이해할 수 있다.

야담이 당대 현실을 배경으로 삼게 된 동인은 조선조 사회구조의 변화
에 있다. 임진·병자 두 전쟁 이후 중세에서 근대로 전환되는 도정에서
빚어진 사회구조의 변화. 그 변화는 '힘[권력]의 논리'에 따른 지배·피지

---

1   당시 한남서림(翰南書林)은 지금의 인사동 통문관 자리에 위치해 있었다. 이에 대한
    구체적인 내용은 이민희의『백두용과 한남서림 연구』(역락, 2014)를 참조할 것.

배의 계급 논리를 당연시하던 중세 패러다임의 균열을 야기하는 것이었다. 특히 이념적 공간인 행정중심도시 서울이 자본 논리에 따른 상업도시로 전환되면서 만들어진[2] 다양한 움직임은 이전과 다른 조선을 추동케 하였다. 자본 논리는 궁극적으로 이념 공동체를 붕괴할 수밖에 없다. 이전에 볼 수 없던 전혀 새로운 문제들이 야기된 것도 당연했다. 자본이 문명의 자극제임에 틀림없지만, 그 이면에서는 자본에 따른 모순도 동시에 발현되기 때문이다. '표준'으로 상징화된 서울과 그 반동으로 자연스레 '비표준'이 되어버린 지방, 경제력에 따른 상징 소비로서의 사치에 대한 동경과 경계, 노동 시장에 영합되지 못해 '남아도는' 존재로서의 거지와 같은 마이너리티의 등장 등은 사회구조 변화 이면에 담긴 현상들이 발현된 결과였다. 모순된 인간의 가치와 삶. 그 물음도 더불어 나타났던 것이다. 문학은 이런 현상에 주목하였다.

문학이 당대 사회가 내포한 이데올로기를[3] 반영한다는 주장은 새삼스러울 게 없다. 물론 반영은 원형 그대로의 재현이 아니다. 반영 과정에 당대 민중의 기대지평이 투사됨으로써 변형이 이루어지기 때문이다. 당대의 이데올로기도 그렇게 문학에 수용되었다. 그런데 당시에는 일상 자체에 초점을 맞춘 문학 장르가 없었다. 잡록 중에서 필기와 패설이 그나마 그 역할을 수행했지만, 거기에는 '인간의 삶'에 대한 본질적인 물음까지 담아내지 못했다. 박학의 재료나 골계의 미의식을 드러내는 데에 초점이 맞춰졌지, '지금 여기 나'의 삶에 대한 본질적인 물음까지는 제기하

---

2 이에 대해서는 고동환의 『조선시대 서울도시사』(태학사, 2007)를 참조할 것.

3 테리 이글턴이 말했듯이 이데올로기는 "인간들이 사회에서 그들 자신의 역할을 하며 살아가는 방식을 의미"한다. 즉 당시 사람들의 "사회적 기능에 속박함으로써 사회 전체에 대한 올바른 인식을 갖지 못하게 하는 가치, 사상, 이미지"를 뜻한다. 테리 이글턴, 『문학비평: 반영이론과 생산이론』, 이경덕 옮김, 까치, 1986, 28쪽.

지 못했다. 또한 인간의 삶에 대해 본질적인 물음을 던지는 소설도 시선
이 일상 자체에만 맞춰지지 않았다. 이런 상황에서 필기·패설·소설이
복합적으로 어우러진 새로운 장르의 탄생은 예견된 것이었다. 야담 장르
의 출발점을 자본 논리가 개입하기 시작한 임진·병자 두 전쟁을 전후한
때로 봐야 하는 이유도 여기에 기초한다. 새롭게 만들어진 문화 풍토에
서 새로운 장르가 탄생하는 것은 지극히 자연스러운 일일 터다.

실제 이 무렵에 형성된 『어우야담(於于野談)』·『국당배어(菊堂俳語)』·
『매옹한록(梅翁閑錄)』·『이야기책(利野耆冊)』 등은 기존 필기나 패설에서
일탈하며 새로운 장르로 전환을 꾀한 대표적인 작품집이라 할 만하다.
그리고 17-18세기에 형성된 임방(任埅, 1640~1724)의 『천예록(天倪錄)』이
나 노명흠(盧命欽, 1713~1775)의 『동패락송(東稗洛誦)』 등은 당시에 이미
야담이 본격적인 문학 장르로 정착되었음을 증명한다. 패러다임의 변환
에 따른 사회구조의 변화 도정에서 야담이 일상의 다양한 풍경을 담아내
는 대표 장르로 부각되던 정황을 포착할 수 있다. 당시 주체에 대한 인식은
야담에만 한정된 것이 아니었다. '나'에 대한 물음은 사회 문화 전 방위적
으로 확산된 현상이었다. 18세기 이후 소품문(小品文)이나 자찬묘비명(自
撰墓碑銘)의 유행, 조선인의 삶을 포착한 풍속화, 백자로 대표되는 도예,
조선풍의 가곡 등 조선의 제 문화는 '그때, 거기, 그 사람'이 아닌 '지금,
여기, 나'에게로 회귀된 결과였다. 근대성의 가장 중요한 요인이 당대
현실의 반영에 있다면,[4] 이런 도정에서 배태된 야담은 근대성과 긴밀한
관계를 맺는 장르라 할 수 있다. 적어도 근대를 지향한 장르임에는 반론의
여지가 없다. 근대전환기에 야담이 다층적으로 활용될 수 있었던 기저도
여기에 토대한다.

---

4 임형택, 「야담의 근대적 면모」, 『한국한문학연구』 특집호, 한국한문학회, 1996, 50쪽.

19세기 이후 야담은『계서잡록(溪西雜錄)』·『기문총화(紀聞叢話)』등으로 이어지면서 성장해 나갔다. 일종의 자기갱신이라 할 수 있다. 그리고 19세기 중반, 즉 1833년에서 1864년 사이에는[5]『청구야담(靑邱野談)』과 같은 거질의 야담집도 편찬될 수 있었다. 그러나『청구야담』을 접점으로 하여 야담이 쇠퇴했다고 볼 수는 없다.『청구야담』이 야담의 전형성을 확보했다는 점은 틀림없는 사실이다. 그렇다고 해서『청구야담』이후의 야담집이 퇴보한 것은 아니다.『청구야담』이후의 야담집은 변화하는 당시 문화 환경에 맞춰 다르게 변모해 나아갔을 뿐이다. 그러니『청구야담』으로 다른 야담집들의 가치를 평가할 수는 없을 터다. 특히 19세기말-20세기초, 야담은 이전과 다른 흐름을 보이며 변모해 나갔다. 그 양상은 크게 세 가지로 요약된다. 첫째, 역사로의 경사. 둘째, 야담의 독자성 마련. 셋째, 소설로의 경사가 그러하다.[6] 이는 달라진 문화 환경에 맞춰 자기갱신을 해 나갔던 분명한 사례라 할 만하다.

20세기로 접어들면서 야담은 자의든 타의든 간에 다시금 변모해야만 했다. 변역(變易)의 시대에 문학 역시 홀로 자유로울 수 없는 까닭이다. 오히려 문학은 다른 어떤 분야보다 더 심하게 변동했다. 매체의 변환이 있었기 때문이다. 매체 변환은 크게 세 가지 측면에서 야담의 향유 방식을 바꾸어 놓았다. 향유 방식이 '집(集)'에서 개별 작품으로, 각편의 분량이 무제한에서 제한으로, 향유층이 동호인 중심의 특정 소수에서 불특정 다

---

5 『청구야담』의 형성시기에 대해 여러 학설이 있지만, 확실한 근거가 제시되지는 못했다. 다만『청구야담』이『기문총화』(창작시기: 1833-1869)보다 후대고,『해동야서』(필사시기: 1864)라는 점을 고려하면, 그 형성시기를 1833-1864년으로 잠정하는 것이 지금으로서는 가장 합리적이다. 김준형, 「청구야담의 국역 양상과 의미」,『열상고전연구』42, 열상고전연구회, 2014, 556~557쪽.

6 김준형, 「19세기말-20세기초 야담의 전개양상」,『구비문학연구』21, 한국구비문학회, 2005, 173~178쪽.

수로의 전이가[7] 그러하다. 물론 매체 변환과 무관하게 한쪽에서는 전대 향유 방식에 따라 여전히 '집'의 형태를 갖춘 필사본으로 야담이 향유되기도 했다. 『차산필담(此山筆談)』이나 『양은천미(揚隱闡微)』 등이 그 예다. 그러나 이는 일부 반동일 뿐, 야담의 큰 흐름은 매체 변환에 따라 새로운 틀로 탈바꿈되어 있었다.

야담의 근대적 면모에 대해서는 상당한 연구가 이루어졌다. 근대전환기를 넘어서서 1927년 이후 야담운동과 야담 강독사의 활동은 물론, 그 이후의 야담과 역사소설의 경계까지 일일이 매거할 수 없을 만큼 다양한 연구 성과도 만들어냈다. 적어도 야담에 관한 한 고전문학과 현대문학 간의 연구 경계는 없었다고 할 만하다. 이에 따라 근대전환기 야담의 향방에 대한 큰 틀도 드러났다고 할 수 있다. 그런데 정작 근대전환기 야담이 초기 매체와 어떻게 만났는가를 다룬 논의는 별로 없었다. 단지 매체에 실린 실체를 두고 전대 야담과의 관련성을 따지는 데에 초점이 맞춰졌던 것이 아닌가 한다. 근대전환기 야담이 어떤 과정을 거쳐 새로운 현상과 만났는가에 주목하기보다는 이미 매체에 결정된 결과물이 지닌 의미를 파악하는 데에 집중되었다고 할 만하다. 물론 그를 통해 야담이 새로운 시대에 어떤 역할을 했는가를 분명히 확인할 수 있었다. 거대담론의 틀 안에서 야담의 역사적 소임을 읽어냈던 것이다. 그런데 이즈음에서 한 걸음 더 나아가 근대전환기 매체에 어떻게 야담이 등장하고, 그것이 어떻게 신문 매체의 주요 장르로 자리매김할 수 있었던가를 따지는 일이 필요해 보인다. 그것은 단지 재현된 현상 자체를 확인하는 데서 그치는 것이 아니라, 현상을 이끌어낸 그 이면의 동인에 대한 탐색이기도

7 김준형은 근대전환기 패설이 이런 방식으로 전개되었다고 했는데, 이 논리는 야담에도 동일하게 적용할 수 있다. 이에 대해서는 김준형의 「근대전환기 패설의 변환과 지향」, 『구비문학연구』 34(한국구비문학회, 2012, 95~97쪽)을 참조할 것.

하다. 이면의 동인이 무엇인가? 그것을 파악함으로써, 비로소 근대전환기 야담에 대한 시각도 새롭게 정립될 수 있으리라. 이 물음이 이 글의 문제제기다. 이에 접근하기 위해 필자가 주목한 텍스트는 우리나라에서 가장 먼저 근대 신문을 표방한 『한성신보(漢城新報)』다.

2. 『한성신보』와 야담

1) 일상의 재현과 오락성의 개입

'일본의 이익을 장려·보호함'과 '조선 문화를 유도·계발함'이라는 발간 취지로, 1895년 2월 17일 서울에서 창간한 『한성신보』는[8] 매체 변환에 따른 야담의 향방을 이해하는 중요한 텍스트다. 야담이 근대 매체에 어떻게 등장하고, 또한 향유 방식은 어떠했는가와 같은 원론적인 물음에 대한 일정한 해답을 주고 있기 때문이다. 언론사(言論史)에서 볼 때 『한성신보』는 청일전쟁 이후 조선에 대한 주도적 여론을 조성하려는 대한(對韓) 정책의 일환으로 마련한 일본 정부의 기관지로 이해하면 그만이다. 하지만 한국문학사의 구도에서 보면 『한성신보』에 대한 시각은 달라진다. 1896년 5월 이후, 여론을 주도하기 위한 도구로 고전소설과 야담을 활용했다는 점에서, 근대전환기 고전소설과 야담의 향방을 이해하는 주요한 열쇠를 쥐고 있기 때문이다.

1896년 2월 11일에 행해진 아관파천. 그 이전까지의 『한성신보』 논조는

---

8 『한성신보』와 소설과의 관련성에 대해서는 김영민의 『한국의 근대신문과 근대소설 2』(소명출판, 2008)에서, 『한성신보』의 성격 및 그에 따른 내정간섭 양상 등에 대해서는 김준형의 「사회적 갈등과 정치적 글쓰기, 한성신보 수재 고전소설의 등장」(『고소설연구』 40, 한국고소설학회, 2015)에서 다룬 바 있다.

'일본 이익 장려·보호'와 '조선 문화 유도·계발'이라는 두 취지에서 크게 벗어나지 않았다. 신문사에서 마련한 주지를 선전하는 데에 초점이 맞춰졌다. 계몽과 내정간섭이라는 무거운 두 주제를 중심축으로 삼은지라, 신문 안에 다른 어떤 오락적 요인이 개입할 여지는 없었다. 문예적 요소의 개입은 더 더욱 불가능했다. 그러나 아관파천 이후는 사정이 달라진다. 이완용(李完用, 1858~1926)을 중심으로 한 신정부에 대한 감정적이며 신경질적 반응이 마침내 소위 '동요(童謠) 게재 사건'이라고 명명할 수 있는 대형 필화 사건까지 이어진 까닭이다. 『한성신보』에서는 사태를 무마하기 위해 변화를 꾀하였고, 그들이 마련한 대안은 고전소설이었다.[9] 신문사가 주도적인 위치에서 공론을 주도하는 방식을 벗어나, 이제는 부지불식간에 조선 인민을 계도하는 방식으로[10] 전환한 것이다. 당시 제구포신(除舊布新)의 분위기가[11] 조성되던 상황에서 고전소설은 이렇게 매체와 만났다. 고전소설은 신문사 폐간까지 고려할 만큼 절체절명의 순간에서 "社勢도 우세하여 다른 신문을 압도"하는[12] 상황을 연출한 일등공신이 되었다. 당시 조선 인민들이 지닌 고전소설에 대한 잠재력이 그만큼 컸던 까닭이다. 그러나 논조 자체까지 버릴 수 없었던 탓일까. 『한성신보』에서는 억지가 있어도 연재소설의 주제를 계몽과 내정으로 이끌어갔다. 〈조부인전〉의 여자 자강, 〈신진사문답기〉의 일본 정책 선동, 〈곽어사전〉의 교린외교 등이 그에 따라 만들어진 주제였다. 이전에 논설이 맡았던 신문사의 이데올로기 선전 기능을 고전소설이 대체된 셈이다.

---

9 김준형, 「근대 초기 신문의 야담 활용 양상과 고전소설의 면모」, 『고소설연구』 37, 한국고소설학회, 2014, 10~15쪽.

10 1896년 5월 30일 機密 제38호 문서, 〈漢城新報의 補助金 增額에 관한 件〉 별첨 乙 〈한성신보의 개선 및 유지에 대한 계획〉.

11 임형택, 『실사구시의 한국학』, 창작과비평사, 2000, 12쪽.

12 1899년 3월 28일 機密 제18호 문서. 〈漢城新報社의 業務年報 및 補助金의 件〉.

그런데 흥미로운 것은 고전소설이 신문사의 주지를 선전할 때에, 다른 한쪽에서는 일상에 대한 관심을 표방한 기사들이 실리기 시작했다는 점이다. 특히 1896년 7월을 즈음하여 신문 기사는 이전과 전혀 다른 방식으로 쓰이기 시작한다. 삼각산이 무너졌다는 소문[7.22], 도박하는 자[7.28], 신선 같은 노인[8.1], 아이를 밟아 죽인 노새[8.3], 어미와 세 아들이 모두 중이 된 일가[8.3], 빚을 갚네 못 갚네 하며 다투는 평양 사람[8.3], 한강 홍수[8.5], 처녀 수태[8.9], 삼둥이를 낳은 여인[8.3], 남을 빌어 아이를 낳은 여인[8.5], 술값을 재촉하자 능욕한 사람[9.18], 책을 전당 잡힌 종[9.20] 등 다양한 삶이 기사화되었다. 범위도 넓었다. 일상에서 일탈된 일들은 모두 기사가 되었다. 신문사에서 마련한 주지를 선전하느라 오락적 요소가 개입할 여지가 없던 이전의 기사와는 전혀 딴판이었다.

이처럼 『한성신보』 개선 결과는 결과적으로 보면, 새로운 두 방향으로 귀결되어 나타났다고 할 만하다. 고전소설을 통해서는 신문사의 주지를 담아내고, 기사를 통해서는 일상을 그려내는 방식이 그러했다. 그 중 일상을 그려내는 기사의 변환이 퍽 흥미롭다. 기사 작성 시, 일상으로의 시선 전환은 뜻했든 뜻하지 않았든 간에 오락성과 긴밀하게 연계될 수밖에 없었다. 한 예를 보자.

> 계동 사는 계집 후나이 미양 졔 사나의가 어듸 간 사이면 밤마다 간부를 다리고 음힝이 무쌍ᄒ더니 어져밤 오경은 ᄒ여 본부가 졔 집에 드러간 즉, 과연 졔 계집이 간부을 다리고 농탕을 치거날, 도로여 본부에 의관을 다 찟고 셔로 다틀 즘에 순금이 지니가다가 싸호난 소리을 듯고 드러가본 즉, 간부가 도로여 본부을 치난지라. 셰상 이런 변이 잇시리오 ᄒ고, 경무 쳥으로 자버갓다더라.[13]

---

13 1896년 9월 18일 『한성신보』 1면, 〈言之醜也〉. 기사에 쓰인 분명한 오자는 바로 잡아

"세상에 이런 변이 어디 있으리오?"하며 비판하지만, 그 내용인즉 우스
꽝스러우면서도 선정적이다. 특히 사건 결과보다 과정에 집중시킴으로
써, 독자의 눈을 사건 현장으로 이끈다. 마치 집단적 관음증을 조장하는
것처럼 보이기도 한다. 소위 집단 관음 증세는 이 기사에만 한정되지 않는
다. 도처에서 빈번하게 발견된다. 1896년 8월 9일 〈처녀지피수금(處女之
被囚禁)〉도 그러하다. 이 기사는 도적질한 범죄 집단을 소탕했다는 내용이
핵심이다.[14] 하지만 이 역시 결과보다 과정을 상세하게 제시했다. 특히
처녀의 행위에 더욱 주목한다. 이로써 독자의 시선은 범죄 집단 소탕이
아닌, 10여 명의 "난봉과 건달들"과 함께 지내며 "오입을 ᄒ다가" 임신까지
한 화용월태 처녀의 사생활에 맞춰진다.

당시로서는 공적 영역과 사적 영역에 대한 인식이 확실치 않았다. 그
탓에 누구든지 신문사의 렌즈 안에 포착되며 곧바로 기사가 되었다. 신
문사의 렌즈가 개개인의 인권에 맞춰진 것이 아니라, 단지 오락적 요소
에 고정된 까닭이다. 사생활에 대한 관념이 불분명했던 근대전환기의 상
황이 적나라하게 반영된 결과였다. 신문사에서도 개인의 사생활을 보호
하기보다는 불특정 다수의 독자가 요구하는 오락적 요인을 제공하는 편
이 더 유익했다. 이런 분위기에서 독자들도 더 이상 신문을 두고 공론의
장으로 여기지 않았다. 오히려 저잣거리 정보가 풍부한 읽을거리로 인식
하곤 했다. 신문사의 렌즈가 사적 영역에 맞춰지면서, 신문에 대한 독자

서 제시하였고, 띄어쓰기 및 문장 부호는 필자가 하였다. 이하 같다.

14 1896년 8월 9일 『한성신보』 2면, 〈處女之被囚禁〉. 슈일젼의 경무쳥으로붓터 도격
십여 명을 양화도 근쳐의셔 잡엇ᄂᆞᆫ디 조ᄉᆞ를 밧은즉, 초ᄉᆞ니에 돈 몃 빅금을 계동 사
ᄂᆞᆫ 아모 지집의 집에 두엇다 ᄒᆞ기로 마져 잡은즉, 그 지집ᄋᆞ희가 나흔 불과 십칠셰쯤
되ᄂᆞᆫ대 화용월틴가 짐짓 절식이라. 난봉과 건달들에게 꾀임을 밧어서 오입을 ᄒ다가
지금 경무쳥의 갓쳣ᄂᆞᆫ디 팀긔가 잇셔셔 빅가 놉히 불은디 보ᄂᆞᆫ 사롬덜이 앗기지 안ᄂᆞᆫ
재 업스며, 지집ᄋᆞ희로 슈팀흔 것시 쏘흔 우슴거릴너라.

의 인식 변화도 함께 나타난 것이다.

주변에서 포착한 일상을 기사화하되 사건의 결과보다 과정에 집중하는 현상은, 기사의 사실 여부와 무관하게 오락성에만 치중케 할 여지를 남긴다. 이는 추정으로만 그치지 않는다. 실제 1896년 9월 24일에 실린 〈인개유수오지심(人皆有羞惡之心)〉도 그를 방증한다. 이 기사는 함경도 단천에서 벌어진 사건을 보도했다. 사건의 요체는 이렇다.

부유한 정첨지가 외아들을 장가보냈지만 한 달 만에 자식이 죽고 만다. 과부가 된 신부는 절개를 지키며 시부모를 모신다. 이에 정첨지는 가사를 며느리에게 맡겼는데, 하루는 그 집에 도둑이 잠입한다. 도둑이 숨어 며느리의 방을 엿보는데, 며느리는 목침을 앞에 두고 마치 신랑인 양 술잔을 주고받다가 잠이 든다. 작업을 하러 방에 들어간 도둑. 그는 며느리의 아리따운 모습에 다른 마음을 품는다. 그때 마침 시아버지가 뜰을 거닐다 잠이 든 며느리를 보았는데, 흐트러진 옷가지가 민망하여 지팡이로 치마를 덮어준다. 그 순간 잠에서 깬 며느리는 오해하여 시아버지를 나무란다. 시아버지는 부끄러워 자결하려 한다. 이에 수오지심이 발동한 도둑은 급히 나서서 자신이 행위를 자백한다. 며느리도 전후 사정을 알고 자결한다. 도적도 자살한다.

분량이 1,300자를 넘을 만큼 장황한 기사다. 분량이 커진 이유는 사건의 결과만을 요약적으로 보도한 것이 아니라, 사건의 과정을 상세하게 제시했기 때문이다. 심지어 장황한 묘사도 쓰였다. 예컨대 도적이 며느리의 용모를 보고 "진실노 하늘가 흰 달이 구름을 헤치고 나왓스며, 연못 우희 벌경 연꽃치 비롤 씌고 퓌임과 갓튼지라. (하략)"로 길게 서술한 대목도 그러하다. 이런 현상은 기사에서 오락적 요인이 강화된 결과라 할 만하다. 이 기사는 많이 윤색되었지만, 그래도 사건은 실재한 일에 토대를 두었을 법하다. 다만 사건을 전달하는 데서 그치지 않고, 사건이 주는 오락성을 극대화하느라 윤색이 더해졌을 뿐이다. 그런데 다음과 같은 기사는 도대체 무엇을 말하려는 것인지조차 불분명하다.

> 지동 스는 흔 노파가 어적긔 밤의 그 이웃집의 갓다가 집으로 도라와셔 본즉, 웬 소년 ᄒᆞᄂᆞ히 방 가운더 비기누엇거늘, 이에 놀닉셔 불을 쌀키고 자셰히 살펴본즉, 모르ᄂᆞᆫ 소년이 슐이 디췌ᄒᆞ야 불성인사ᄒᆞᄂᆞᆫ지라. 노파가 본이 외로온 과부로 아들 ᄒᆞᄂᆞ도 읍ᄂᆞᆫ 사람이다. 어진 마음이 디발ᄒᆞ여셔 이불을 덥허쥬고 은[온?]슉ᄒᆞ게 ᄒᆞ엿더니, 그 소년이 한 오경은 되야셔 슐이 씨여셔 살펴본즉, 그 집의 다만 노파 ᄒᆞᄂᆞᆫ뿐이라. 이에 이어ᄂᆞᆫ 이불을 거두어지고 다라낫다 ᄒᆞ니 셰상의 그런 망측불량흔 쟈가 잇시리요.[15]

"세상에 그런 망측불량한 자가 있겠는가?"라고 했다. 무엇이 그렇게 망측하고, 무엇이 그렇게 불량한가? 고마움에 대해 인사를 하지 않고 떠난 데에 대한 비판인가, 이불을 훔쳐가지고 간 것에 대한 비판인가? 그런데 추론은 거기서 그치지 않는다. 행간을 보면 소년과 노파 사이에 또 다른 무슨 일이 있었던 것이 아닌가 하는 '망측한' 상상력까지 개입될 여지를 남겼다. 독자로 하여금 현상을 넘어선 상상력까지 동원케 한다. 어쩌면 이를 노린 것이 아닐까 싶을 정도다. 일상 어딘가에서 포착된 실재한 사건이 해괴망측한 상상력으로 이어지는 산물이 되었다. 기사는 더 이상 공론의 장이 아니었다. 독자도 신문을 만화경처럼 일상의 다양한 풍속을 보여주는 정보지 정도로만 인지하기 시작했다.

독자의 인식 변화는 신문의 변화를 야기할 수밖에 없다. 신문에 대한 독자의 기대지평은 더 흥미로운 기사를 요구하고, 신문사는 그에 부응하기 위해 자극적이고 말초적인 사건을 찾아야만 했다. 그러나 저잣거리에

---

15 1896년 9월 28일 『한성신보』 2면, 〈以仇酬恩〉.

서 벌어지는 사건 사고가 늘 일탈된 일상일 수는 없다. 이에 기사는 흥미로운 방법을 마련한다. 그것은 일상을 조작하는 것이었다. 일상에 대한 관심에 더해진 '그럴듯한' 허구적 내용의 개입. 『한성신보』에서 기사와 야담의 만남은 이미 예정된 수순이었다.

2) 일상의 조작과 야담의 차용

1896년 7월 중순 이후로 기사 작성의 방식이 전면적으로 바뀌었다. 변화의 요체는 시선을 일상으로 전환한 데 있었다. 그러면서 일상의 결과보다 과정에 주목함으로써 기사의 오락적 성향이 강화되었다. 실제 1896년 7월 18일에 수록된 〈계이취거액금(計以取巨額金)이라〉는 한 총각이 꾀를 써서 장가들고, 또 다시 계략을 써서 처가의 재산까지 빼앗은 사건을 기사화했다. 이 기사는 사실로 보이지 않는다. 그렇다고 완전히 거짓이라고 단정하기도 어렵다. 실재했던 사건을 토대로 하여 재구성되었을 개연성이 커 보이기 때문이다. 그런데 흥미로운 것은 이 기사가 1906년 『제국신문』에 개작되어 실렸다는 점이다. 그것도 허구를 표방한 '소설'란에 실렸다.[16] 1906년 당시 독자들도 기사를 사실로 보지 않고 소설로 인지했던 정황을 엿볼 수 있다. 그러나 이는 소설 장르에 대한 인식이 비교적 확고해진 후대의 일일 뿐이다. 1896년 당시로서는 이 기사를 두고 사실과 허구의 경계를 가름하기가 만만치 않았을 법하다. 오락성이 가미되었다 해서, 그것이 곧 허구라는 등식은 성립되지 않기 때문이다. 오히려 다수의 독자들은 문자로 기록된 것은 사실이라는 중세적 사유에서 아직은 더 깊이 침윤되어 있었을 터다.

---

16 강현조, 「근대초기 신문의 전래서사 수용 및 변전양상 연구」, 『현대문학의 연구』 51, 한국문학연구학회, 2013.

기사에서 사실과 허구의 판별은 그만큼 분명하지 않았다. 실재한 사건을 재현하는 것을 기사 작성 원칙으로 삼았지만, 실제 사건 기술에는 독자의 기대지평에 따라 상당 부분 재구성했기 때문이다. 이런 상황인지라, 신문사에서도 독자의 홍미를 끌 만한 파격적인 일상에 주목하였다. 그러나 인간의 삶이 늘 잘 짜인 소설과 같은 일들로 점철되지는 않는 법. 또 일탈된 일상에 주목했다 해도, 그것이 늘 홍미를 담지하는 것도 아니다. 이에 『한성신보』에서는 일상을 재현하는 기사와 함께 일상을 조작한 기사도 내보냈다. 아래의 예도 그렇다.

> 경상도 밀양 땅에 손씨 흔 분이 사는더, 그 아희가 일즉 부모를 일코 그 삼촌의게 의탁ᄒ여 자라는지라. 이 아희가 긔운이 장사요, 호협방탕ᄒ여 글 읽기를 조아ᄒ지 아니ᄒ미, 그 삼촌이 미워ᄒ여 눈 압헤 잇지 못ᄒ게 ᄒ엿더니, 하로는 그 삼촌이 다른 사룸과 시비를 ᄒ여서 살인이 되엿는지라. 일동이 다 황황ᄒ여서 일변으로 고관ᄒ며, 일변으로 그 죽은 신테를 수직ᄒ더니, 밤이 깁흐미 손씨 아희가 그 수직ᄒ던 사룸들이 잠들기를 엿보아셔 가만이 그 신테 잇는 방에 드러가셔 그 신테를 쩌들고 그 밋헤 누어셔 신테를 비우회 올녀노코, 이불을 무릅쓰고, 불을 끄고 누엇더니, 그 수직ᄒ던 사룸덜이 잠을 씨여본즉 불이 꺼젓는지라. 방의 드러가셔 불을 켤시 홀연 송장이 일어셔셔 문을 박차고 다라나는지라. 여러 스룸이 크게 놀나 짜라간즉, 그 송장이 강물속으로 쒸여드러가는지라. 그 손씨 아희는 송장을 안고 물속으로 드러가셔 송장은 물에 버리고, 저는 물속으로 긔여셔 다라낫스나 다른 사룸들은 다 송장이 그리흔 줄 알아써, 사룸이 그리흔 줄이야 엇지 알니요. 그 잇흔날 관가의셔 사실ᄒ여 결과ᄒ는 쩌에 물에 빠져 죽은 양으로 결과ᄒ미, 그 살인흔 삼촌은 더사ᄒ기를 면흔지라. 그 후에 그 삼촌이 그 일을 알고 크게 긔이히 녀겨 사랑ᄒ기를 심히 둥하게 흔다 ᄒ더라.[17]

---

17 1896년 7월 18일 『한성신보』 1면, 〈以謀救叔〉.

살인한 삼촌을 위해 조카가 꾀로 사건과 관련된 사람들을 기만함으로 써, 끝내 삼촌을 구했다는 내용이다. 이 기사 역시 사건의 결과보다 과정에 초점을 맞췄다. 일상으로 시선을 돌리게 함으로써 사건 현장을 훔쳐보도록 하는 방식도 준용되었다. 그러면서 한편으로는 트릭스터로서 조카의 역할을 돋보이게 했다. 사건 재현보다 조카의 트릭에 더 무게가 놓였다. 기사의 요체는 인물이 아니라 사건이라는 점을 고려하면 독특한 구성이다. 정보의 객관적 전달이라는 신문의 취지와도 거리가 멀다.

그런데 그보다 더 큰 문제가 있다. 그것은 기사 내용이 사실로 보이지 않는 데 있다. 기사는 장한종(張漢宗, 1768~1815)이 편찬한 『어수신화(禦睡新話)』에 수재한 〈문선협조(文先挾糟)〉처럼 항간에서 향유되던 이야기를 변형한 것으로 보이기 때문이다.[18] 실재한 특정한 사건의 큰 뼈대만 남기고, 나머지는 야담 모티프를 차용해 살을 붙임으로써 온전한 한 편의 기사를 만든 것처럼 보인다. 실재 사건보다 개작된 내용이 중심을 차지한 꼴이다. 허구적으로 조작한 이야기를 마치 사실인 양 둔갑시킨 것이다. 이런 기사 작성 방식은 『한성신보』에서 비교적 빈번하게 보인다. 1895년 8월 5일에 실린 〈지감지성(至感至誠)〉도 그러하다.

〈지감지성〉은 980여 자에 달한다. 위에서 본 기사 〈이모기숙〉이 720자 내외라는 점을 고려하면, 그 양이 적지 않다. 내용도 흥미롭다. 70세에

---

18 그 이전까지 쓰인 『한성신보』의 기술 태도를 봐도 이 기사는 명백한 허구다. 만약 이 기사가 사실이라면, 지금껏 신문에서 강조해온 문명화된 사법권의 모습을 스스로 부정하게 된다. 그것은 '문명의 일본'을 찬양하는 양상에 배치된다. 그런데 이 기사는 그렇지 않았다. 이는 오락성을 강조한 것으로, 달라진 『한성신보』의 기사 작성 원칙을 의미한다. 실제 이후 독자가 신문을 두고 '흥미로운 읽을거리 많고 저잣거리의 정보가 풍부한 오락물'로 인식하게 된 시발점도 여기서부터 시작된다고 할 만하다. 이에 대해서는 김준형의 「일상의 재현과 조작, 근대전환기 기사와 야담의 거리」(2015 민족어문학회 정기학술대회 발표문, 부산외대, 2015.9.19. 37~39쪽)를 참조할 것.

이르도록 아이를 낳지 못하던 박씨와 달리, 그의 친구 이씨는 자식이 많았다. 하루는 박씨가 이씨를 불러 자기 대신 부인과 동침하여 자식을 낳아 달라고 부탁한다. 그러나 이씨는 글 한 구만 짓고 떠난다. 이후 부인이 자식을 낳지만, 박씨는 아이를 이씨의 핏줄로만 안다. 그러던 중 아이의 등에 쓰인 글 한 구를 보고, 비로소 친구의 정직함에 하늘이 감동하여 자신에게 자식을 점지했음을 안다는 내용이다. 이 내용 역시 일상을 재현한 기사라고 보기에는 무리가 있다. 박씨가 이씨와 나눈 비밀스러운 대화를 노골적으로 드러난 대목만으로도[19] 사실로 볼 여지가 없다.

그런데 이 내용이 어디선가 본 듯도 하다. 바로 『청구야담』에 수재한 〈노학구차태생남(老學究借胎生男)〉에서 보았던 모티프다. 곧 〈지감지성〉은 〈노학구차태생남〉과 같이 남을 빌어 자식을 낳는 모티프를 토대로 하여 조작되었을 개연성이 높다. 일상의 재현이 아닌 일상의 조작이라 할 만하다. 일상의 조작은 항간에 향유되던 야담의 모티프를 차용함으로써 실재한 사건처럼 보이게 한다. '지금, 여기, 나'를 지향하는 야담과 일상으로 시선으로 돌린 기사가 현실 반영이라는 공통분모 아래 교묘한 결합된 것이다. 현실 반영을 교집합으로 하여 야담과 기사가 만난 것이다. 기사와 야담의 거리도 좁혀졌다.

그런데 더욱 흥미로운 일도 나타났다. 그것은 기사의 왜곡 정도가 더욱 심해지면서 드러난 현상으로, 연재되는 기사까지 등장하였다는 점이다. 논설이나 다큐가 아닌, 일상을 재현한 기사가 연재되는 현상. 이 현상

---

19 1896년 7월 18일 『한성신보』 2면, 〈至感至誠〉. "그더는 무슴 지조로 남녀동침만 ᄒ면 자식을 나코, ᄂᄂ 엇지ᄒ여서 전후 쳐의 쳡이 여럿시로되 나키는 고사ᄒ고 당초의 셩퇴도 못ᄒ니, 너 나히 칠십의 종사를 ᄅᄉᆮ을지라. 그더와 나는 형뎨지졍이나 다름이 업스니 무슴 허물이 잇스리오? 우리 삼인만 아랏지 뉘가 알니오? 너의 후쳐가 졀머시니 죡히 셩퇴할지라. 바라건더 하로밤만 동침ᄒ야 만닐 ᄌ식을 나ᄒ면 엇지 다힝치 아니ᄒ리오?"

하나만으로도 이미 거기에 실린 기사 내용의 사실 여부를 따지는 일은 의미가 없다. 연재 자체가 오락을 염두에 둔 통속물임을 자인한 결과기 때문이다. 8월 7일부터 13일까지 3회에 걸쳐 연재된 〈창녀지보은기모(娼女之報恩奇謀)〉, 8월 17일부터 19일까지 2회에 걸쳐 연재된 〈사지기우(事之奇遇)〉가 그 예다. 연재된 신문 기사는 한편의 짧은 서사문학으로 볼 만하다. 이런 현상을 두고 현재의 연구자는 물론 당대인들도 이를 허구로 인지했다. 〈창녀지보은기모〉는 1906년 『제국신문』에 다시 소개되기도 했다.[20] 소설로 봐야 할 만큼 그 허구성이 강했던 탓이다. 그럼, 두 작품의 실상은 어떠한가? 〈창녀지보은기모〉는, 출처를 찾지 못했지만, 허구로 보인다.[21] 반면 〈사지기우〉는 『파수록(破睡錄)』 42화나 『파수추(破睡椎)』 98화 〈병득처첩(幷得妻妾)〉에서 보았던 유형이다. 과부를 보쌈해 온 후 자기 딸로 하여금 과부를 달래게 했는데, 일이 잘못되어 과부가 아닌 다른 놈팡이를 보쌈해 와서, 결국 자기 딸만 놈팡이에게 빼앗긴다는 골자의 이야기다.

두 기사는 애초부터 사실을 전달하겠다는 의도가 없었다. 단지 오락성을 강화하게 위해 야담과 패설을 비롯한 전대 이야기에서 모티프를 차용하여 한 편의 이야기로 재구성한 것이다. 오락성 강화를 위해서는 구성[plot]을 튼실하게 해야 했기에 자연스레 편폭이 커졌고, 편폭이 커졌기에 연재 방식을 취했던 것이다. 연재되는 기사는 이렇게 만들어졌다. 연재되

---

20 강현조, 앞의 논문, 2013.

21 이야기 줄거리는 다음과 같다. 박씨 성을 가진 부유한 자가 보성 지방에 갔다가 사당을 보고 희롱하며 돈 백냥을 준다. 이후 파산한 박씨가 다시 보성에 갔는데, 사당은 그를 알아보고 자신을 사당패에서 속량시켜주면 예전처럼 부자로 되돌려 놓겠다고 약속한다. 이에 속량을 하고 동복(=화순)으로 간다. 둘은 부부로 행세하며 술장사를 하는데, 그 곳 사람들이 예쁜 사당을 보고 치근댄다. 사당은 몰래 남자들과 동침하며 돈을 벌어 수년 만에 부자가 된다. 이에 박씨에게 치부한 돈을 모두 주고, 사당은 떠난다.

는 기사까지 나옴에 따라, 신문에서도 새로운 형식을 도입하리라고 예상할 만하다. 예상에 대한 답도 정해져 있다. 신문에 연재될 만한 작품들만을 위한 고정란 개장이 그러하다. 실제 1896년 9월 이후에 야담의 모티프를 차용한 작품들만을 별도로 모아 고정적으로 연재물로 제공한 것은, 이런 현실적 불만을 해소하기 위한 예견된 수순이었다 할 만하다. 그런데 기사에 야담의 개입되는 현상은 퍽 흥미로운 논쟁을 불러일으킨다.

일상으로의 시선 전환이 이루어진 이후, 『한성신보』에서는 일탈된 일상에 주목하였다. 야담을 비롯한 기존의 각종 이야기에서 모티프를 차용하며 일상을 조작해 내기도 했다. 거기서 더 나아가 기사를 연재하기도 했다. 이로써 일상을 재현한 기사와 창작된 서사와의 거리도 모호해졌다. 기사는 철저하게 비서사적이건만, 사실과 허구의 경계가 모호해짐에 따라 독특한 형태의 장르가 만들어졌다. 기사도 아니고, 그렇다고 소설이라고 볼 수도 없는 새로운 유형, 즉 단형 서사문학이[22] 창출된 것이다. 그런데 이런 장르의 출현은 애초부터 계획되어 있었던 게 아니었다. 창작물이라 부를 수 있을 만큼 서사성이 강한 기사문의 등장은 신문사의 의도와 독자의 기대지평이 서로 만나면서 자연스럽게 만들어진 결과였을 뿐이다. 신문사의 의도에 맞춰 일목요연하게 만들어진 필연적인 결과는 결코 아니었다. 그럼, 이런 서사물을 어떻게 이해할 것인가? 기사문에 드러난 강한 서사성의 문제는 꼬리에 꼬리를 물며 퍽 복잡하게 이어진다.

서사성이 강한 기사문에 의도성이 있었는가 여부는 결국 작가의 문식성 여부, 곧 창작 여부를 인정하느냐 그렇지 않느냐의 문제로 이어진다. 그리

---

22 김영민은 『한국근대소설사』(솔, 1997)에서 이를 단형 서사문학이라 하여, '논설적 서사'와 '서사적 논설'로 양분하였다. 그런데 당시 『한성신보』에 쓰인 기사문은 논설적 요인이 거세되고, 오로지 서사성이 강한 작품들이다. 따라서 이들을 두 틀에 포함하여 설명할 수 있는가에 대해서는 좀 더 고려할 필요가 있어 보인다.

고 이 물음은 다시 조작을 통해 만들어진 기사문과 근대소설의 상관관계로 다시 연결시켜야 할 만큼 복잡한 셈법이 작동된다. 더구나 의도가 없었지만 뜻하지 않게 만들어진 문식성을 또 어떻게 봐야 할 것인가 하는 문제로 이어지면, 그 양상은 더욱 혼란스러워진다. 이 복잡한 문제는 이 글에서 속단할 것이 아니다. 다만 여기서는 서사성 강한 기사문의 등장이 결코 신문사에서 의도한 게 아니라는 점 만큼은 분명히 지적해 둔다. 서사성이 강한 기사문은 거기에 작가의 존재 여부와 무관하며, 일상을 재현하는 기사에 독자의 기대지평에 맞게끔 오락적으로 변전하면서 만들어진 결과였던 셈이다. 그런 도정에서 뜻하게 않게 야담도 같이 소환된 것이다.

근대전환기 야담은 이렇게 매체와 긴밀한 관련을 맺었다. 야담은 근대 매체의 요구와 근대소설의 형성과 관련한 복잡한 네트워크를 형성하면서 다시금 문학사 전면에 등장한 셈이다. 더 이상 연재되는 기사를 두고 사실 여부를 따지 않고, 아예 허구로 못 박아 오락성만을 추구한 고정란의 개장은 야담과 근대소설의 경계에 대한 문학사의 구도를 더욱 복잡하게 만들어 나갔다.

3) 거세된 일상과 오락물로서의 야담

기사가 연재되는 상황까지 만들어지면서, 신문사에서는 이런 유형의 글들을 모아 고정란에 제시해 놓았다. 사실과 허구의 접점에서 더 이상 고민할 것도 없이, 아예 오락만을 위한 지면 공간을 마련한 것이다.『한성신보』에는 이미 고전소설을 연재하는 고정란이 있었다. 여기에다가 새로운 서사물을 위한 고정란이 더해진 것이다. 새로운 고정란은 독자에게 풍부한 읽을거리를 제공함으로써 오락성을 강화하는 쪽으로 선회한 결과물이었다. 공론의 장이 아닌 오락의 장을 확장한 셈이다. 이로써『한성신

보』 초기에 공론의 장을 마련함으로써 인민 계몽에 나서겠다는 취지도
무색해졌다.

애초 연재되는 고전소설은 그 안에 신문사의 주지를 담으려는 목적성이
강했다. 소설 주제를 각각 여자 자강, 일본 정책 선동, 교린외교 등으로
귀결시킨 것도 이를 방증한다. 반면 기사는 소설 연재와 달리, 독자에게
오락성을 제공하기 위한 방책이었다. 신문사에서 의도했든 의도하지 않
았든 간에 계몽과 오락이라는 두 갈래의 신문 작성 방법은 그렇게 만들어
졌다. 우선 고정란이 만들어지던 상황을 표를 통해 구체적으로 살펴보자.

날짜	연재회수	소설 제목	연재 기사 제목 및 연재 날짜	비고
1896.5.19 - 7.10.	27	조부인전	英國皇帝陛下御略傳 1-2회(6.6 - 6.8)	인물전
1896.7.12. - 8.25.	18	신진사문답기	娼女之報恩奇謀 1-3회(8.7 - 8.11) 事之奇偶 1-2회 (8.17 - 8.19)	기사
1896.9.6. - 10.28.	26	곽어사전	報恩以讐 1-3회 (9.12 - 9.16) 以知脫窮 1-4회 (9.18 - 9.26) 男蠢女傑 1-12회 (9.28 - 10.22)	고정란

〈조부인전〉은 1896년 5월 19일부터 그해 7월 10일까지 총 27회에 걸
쳐 연재되었다. 〈조부인전〉이 실릴 당시에는 별도의 연재물이 없었다.
신문사의 주지를 담은 영국 왕의 약전이 연재되었을 뿐이다. 인물전은
교술적인 글로, 오락을 위한 것이 아니다. 또한 이런 글은 초기『한성신
보』에서도 보았던 바다.[23] 이를 통해 보면, 적어도 이때까지만 해도 기사
는 신문사의 주지를 담아야 한다는 의식이 더 컸다고 할 만하다.『한성
신보』에서 일상으로 시선을 전환하여 기사를 쓰기 시작한 때가 1896년

---

23 예컨대 이전에 연재된 〈閣龍(고령부스)이 亞美利加에 發見흔 記라〉나 이후에 연재된
〈米國新大統領傳〉 등이 그러하다.

7월 이후라는 점을 고려하면, 그 양상이 올곧이 드러난 셈이다. 그런데 후기로 가면서 그 양상이 바뀐다. 오락성에 무게를 둔 기사의 연재 빈도가 점차 잦아진 것이다.

〈신진사문답기〉는 〈조부인전〉을 이어 7월 12일부터 8월 25일까지 연재되었다. 기사 〈창녀지보은기모〉와 〈사지기우〉가 연재된 때는 〈신진사문답기〉가 연재되던 8월 초·중순이다. 그러나 두 기사는 야담의 모티프를 차용하는 수준에 그쳤다. 뜻하지 않게 연재되었을 뿐, 신문사의 계획 아래 연재된 것이 아니었다. 고정란도 마련되지 않은 상태였다. 그런데 〈곽어사전〉이 연재될 때에는 상황이 퍽 많이 바뀌었다. 〈곽어사전〉은 9월 6일부터 10월 28일까지는 연재되는데, 이즈음에 고정란도 개장되었다.[24] 1면의 고전소설 고정란에 이어 2면에 새로운 서사문학을 위한 고정란이 생긴 것이다. 그리고 고정란에는 의도적이며 허구적인 작품이 실렸다. 9월 12일부터 16일까지 총 3회로 연재된 〈보은이수(報恩以讎)〉, 9월 18일부터 24일까지 총 4회로 연재된 〈이지탈궁(以知脫窮)〉, 9월 26일부터 10월 22일까지 총 12회에 걸쳐 연재된 〈남준여걸(男蠢女傑)〉은 고정란이 만들어진 후에 본격적으로 연재된 작품들이다.

고정란이 만들어진 후, 연재된 작품에서 일상을 반영하는 방식도 바뀌었다. 〈보은이수〉는 당대 일상과 어느 정도 연결되었다. 하지만 〈이지탈

---

24 고정란은 별도의 이름을 붙이거나, 혹은 별도의 구성 공간을 만들어 두지는 않았다. 하지만 주로 2면 5-6단을 중심에 두고 큰 글씨로 제목을 붙이는 등 다른 기사와는 분명히 구별했다. 다만 〈보은이수〉와 같이 초기에는 큰 글씨가 아니라, 본문의 글씨와 동일한 크기를 쓰기도 했다. 그러나 제목을 붙일 때에는 한 줄 중앙에 '흑점[●]'을 찍어 다른 기사들과 차별화했다. 옆의 사진을 보면 왼쪽부터 〈창녀지보은기모〉, 〈사지기우〉, 〈보은이수〉, 〈이소저전〉이다. 흑점의 위치가 다름을 알 수 있다.

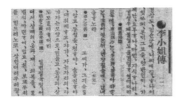

궁〉은 한 세대 앞선 시대를 배경으로 했고, 〈남준여걸〉은 아예 조선을
배경으로 삼았다. 〈보은이수〉에서 〈이지탈궁〉과 〈남준여걸〉로 이어지면
서 당대 일상도 지워진 것이다. 군이 당대와 연관을 지어야 할 이유가
없어진 까닭이었다. 고정란은 오로지 오락을 위한 공간인지라, 이야기를
흥미롭게 꾸미면 그만이었다. 그렇게 일상이 거세되었다. 이런 현상은
1896년 11월로 접어들면서 더욱 더 심해진다.

날짜	연재회수	연재 서사물 제목	연재 기사 제목 및 연재 날짜
1896.10.30. - 11.3.	3	李小姐傳	夢遊歷代帝王宴 1-20회 (10.24. - 12.24.)
1896.11.6. - 11.18.	4	醒世奇夢	夢遊歷代帝王宴 1-20회 (10.24. - 12.24.) 米國新大統領傳 1-3회 (11.14. - 11.18.
1896.11.22. - 11.30.	3	李正言傳	夢遊歷代帝王宴 1-20회 (10.24. - 12.24.) * 奇緣中絶 1-2회 (11.30. - 12.2.)
1896. 12.4. - 12.14.	3	金氏傳	夢遊歷代帝王宴 1-20회 (10.24. - 12.24.)
1896.12.12.	1	蟾報飯德	
1896.12.16. - 12.26.	2	佳緣中斷	夢遊歷代帝王宴 1-20회 (10.24. - 12.24.)
1896.12.28. - 1897. 1.10.	2	李氏傳	冤魂報仇 1-2회 (1896. 12.28. - 1897. 1.8.)
1897. 1.12. - 1.16.	3	孀婦寃死害貞男	
1897.1.18.	1	邦伯優游忘同忌	
1897.1.20.	1	婢子貞節	
1897.1.22. - 2.15.	6	無何翁問答	이하 결호로 더 이상 확인할 수 없음

눈에 띄는 현상은 신문사의 주지를 강요하는 고전소설 연재가 사라졌다는 점이다. 물론 〈금화사몽유록(金華寺夢遊錄)〉을 발췌한 〈몽유역대제왕연(夢遊歷代帝王宴)〉이 20회에 걸쳐 연재되기는 했다. 하지만 〈몽유역대제왕연〉은 당시에 창작된 소설이 아니다. 조선조에 향유되던 고전소설을 올곧이 직역했을 뿐이다.[25] 신문사의 주지를 담겠다는 의도는 없었다. 기존처럼 고전소설 연재라는 구색만 맞춘 것이다. 분량도 줄었다. 〈조부인전〉·〈신진사문답기〉·〈곽어사전〉이 1면 4-6단을 차지했다면, 〈몽유역대제왕연〉은 1면 5-6단, 혹은 1면 5-6단에 위치했다. 1단 정도의 분량이 줄었다. 심지어 오락성을 위해 마련한 서사물이 연재될 때면, 〈몽유역대제왕연〉은 여지없이 2면으로 밀려났다. 새로운 양식이 기존 양식을 밀어낸 것이다. 그리고 마침내 고전소설이 차지했던 1면의 메인 고정란을 이들이 차지한다. 소설과 새로운 서사문학 간에 완전한 역전이 이루어진 것이다.[26]

연재된 서사물은 어떠한가? 이들은 전래 야담이나 패설에서 모티프를 '부분적으로' 차용하거나 변용했다.[27] 전래 문헌을 '온전히' 전재한 작품은 없다. '차용(借用)'일 뿐, '전용(全用)'이 아니다. 야담의 글쓰기 방식과 퍽 닮았지만, 야담이라 단정할 수 없다. 야담의 자장에 놓인 것이 분명하지만, 야담 그 자체는 아니다. 그럼 무엇인가? 창작물인가? 현재로서는 그렇다고 봐야 할 듯하다. 즉 오락적 요인을 극대화하기 위해 마련된 고

---

25 〈남준여걸〉은 〈이춘풍전〉의 개작이다. 그렇지만 〈이춘풍전〉은 〈남준여걸〉을 토대로 형성된 것이 아닌가 짐작된다. 이에 대해서는 김준형의 「한성신보 수재 고전소설의 실상과 향유양상」(『고전문학연구』 48, 한국고전문학회, 2015)을 참조할 것.

26 이런 상황에서 더 이상 고정란을 두 개를 둘 필요가 없었다. 마침내 1면의 고정란과 2면의 고정란이 통합된다. 물론 고정란의 주인은 고전소설이 아닌 새로운 서사물이었다. 김준형, 위의 논문, 2015, 83~85쪽.

27 이에 대해서는 김준형의 앞의 논문(2014, 31~41쪽)을 참조할 것.

정란에 실린 이들 서사문학이 뜻하지 않게 야담과 소설이 어우러진 전혀
새로운 창작물로 변전된 것이다. 전래 야담과 근대소설 중간에 묘하게
걸쳐있는 모양이다.[28] 그런데 고정란이 생기면서 더욱 흥미로운 현상도
더불어 생겨났다. 그것은 당시에 쓰인 기사의 내용에 있다. 고정란에 실
린 작품과 당시의 기사. 둘은『한성신보』내에서 묘한 구도를 만들어 갔
다. 실제 고정란에 실린 서사문학과 당시에 쓰인 기사를 대비적으로 살
필 때, 연재된 서사물의 장르 귀착 양상도 더 효과적으로 설명할 수 있
다. 또한 그것은 근대 야담의 형성을 엿보는 데에도 중요한 열쇠를 쥐고
있다고 할 만하다.

일상으로 시선 전환이 이루어진 후, 야담의 모티프를 차용하여 기사를
쓰는 방식은 고정란이 만들어진 이후에도 준용되었다. 그러나 실재한 사
실에 뼈대를 두되, 독자의 기대지평에 따른 오락성을 강화하기 위해 야담
을 부분적으로 차용하던 이전과는 달라졌다. 차이가 생겼다. 그 중에서도
두드러진 차이는 기사 전체가 전대 야담으로 구성되었다는 데 있다.

> 북촌에 흔 명사 잇스니 셩은 홍씨라. 가셰가 극히 빈흔ㅎ여 숨슌구식ㅎ
> 기를 넉넉히 못ㅎ더니, 일일은 류가라 ㅎ는 도젹이 밤을 타셔 그 집의 드러
> 가셔 솟슬 도젹ㅎ랴 할 시, 솟시 젹은 것슨 고사ㅎ고 집안과 부억에 잇는
> 것시 업고 찬 바롬만 소슬흔 거동을 본즉 마음이 감동ㅎ여 싱각ㅎ되 '너가
> 이러케 구챠흔 집 것슬 도젹ㅎ여 가는 거시 올치 안타.' ㅎ고 다른 곳의셔
> 도젹ㅎ여 가지고 온 돈 오십량을 그 솟 속에 너코 왓더니, (하략)[29]

---

28 이런 상황에서는 필시 장르 귀속 문제가 제기될 수밖에 없다. 특히 이 작품을 근대소
    설로 볼 수 있는가의 문제는 퍽 문제적인 논란이 있을 수 있다. 이 글에서는 이 문제는
    차후의 과제로 남기며 잠시 접어두기로 한다. 다만 이 글은 당시의 현상들을 비교하고
    분석하는 데에 집중하기로 한다.
29 1896년 11월 10일『한성신보』2면, 〈德必有隣〉.

분량이 많아 전체를 인용하지 않았다. 하지만 앞부분만 봐도 기사의
내용을 알 수 있다. 솥을 도둑질하러 온 자. 그런데 도둑질하려고 들어간
집이 너무 가난하다. 도둑질은커녕 오히려 솥 안에 돈을 주고 나와야 했
다. 뒷날 그 집에는 방 하나가 붙었다. 도둑이 가서 보니, 솥 안에 돈을
두고 간 자는 찾아가라는 내용이었다. 도둑은 이에 감화하여 회개했다는
줄거리다. 이 이야기는 『어수신화』〈적주합래(賊主盍來)〉 등에서 보았던
전형적인 패설 작품이다. 야담으로도 널리 향유된 작품이다. 야담 및 패설
작품을 '그대로' 기사화한 것이다. 이야기 전체를 온전히 기사화한 작품은
이뿐이 아니다. 『한성신보』에는 이런 유형의 기사가 거의 매일같이 제공
되었다.

몇 가지 예를 보자. 1896년 10월 30일에 실린 〈모씨성선(母氏聖善)〉은
과부인 어머니가 밤마다 강을 건너는 것을 보고 자식이 다리를 놓은 기
사다. 전형적인 '효불효 설화'다. 11월 12일에 실린 〈기곽생복습사(紀郭生
復習事)〉는 『청구야담』에 수재한 〈걸부명충비완삼절(乞父命忠婢完三節)〉
의 변형으로, 추노담을 기사화하였다. 11월 16일에 실린 〈비구혼구(匪寇
婚媾)〉는 『파적록(破寂錄)』 25화에서 보던 유형으로, 길에서 우연히 만난
여자가 의적이었다는 내용을 변용하였다. 11월 24일에 실린 〈무위위자
(無違爲者)〉 역시 『기문총화』 등에서 널리 보았던 내용이다. 가난한 여인
이 고기를 사왔는데, 우연히 그 고기를 먹은 개가 죽자, 여인은 상점에
가서 모든 고기를 사다가 땅에 묻었다는 전형적인 야담이다. 몇 가지 사
례만 제시했는데도, 기사의 경향을 읽어내는 데에는 어려움이 없다.[30]
기사 중 일부는 야담을 그대로, 혹은 아주 조금 변개하여 제시하고 있었

---

30 이들 작품 외에 여러 작품들이 야담과 직접적인 관련을 갖는다. 지면 관계상 이들
     작품에 대한 구체적인 소개 및 분석은 별고로 미룬다.

음을 분명히 확인할 수 있을 터다. 이를 두고 야담의 전용
이라 할 만하다. 이제 더 이상 기사는 일상을 보도하기 위
해 야담을 차용하지 않았다. 그저 야담 그 자체를 기사처
럼 구성하는 데에만 초점이 맞춰졌다. 일상은 오락이란
이름 아래 완전히 거세된 것이다.

　기사에서 야담을 전용하는 양상만큼 흥미로운 현상도
나타났다. 잠시 위의 표로 가 보자. 표를 보면 1896년 11월
22일부터 동월 30일까지 〈이정언전〉이 연재될 때에 〈기연
중절(奇緣中絶)〉도 연재되었음을 알 수 있다. 따라서 〈기연중절〉을 다른
연재 서사물과 동일한 유형으로 보기도 한다.[31] 그런데 〈기연중절〉은 고
정란에 실린 작품과는 그 성격이 다르다. 형태부터 다르다. 오른쪽 그림에
서도 알 수 있듯이, 〈기연중절〉은 다른 작품들과 달리 고정란에 속한다는
표지가 없다. 오히려 8월에 기사가 연재되었던 〈창녀지보은기모〉나 〈사
지기우〉와 동일한 형식이다. 또한 그 내용도 창작이라기보다는 전대 이야
기를 전용하였다. 형식과 내용에서 고정란에 실린 작품들과 성격을 달리
하는 것이다. 그 이유가 있을 터다.

　기실 〈기연중절〉은 연재를 의도한 작품이 아니다. 〈창녀지보은기모〉
나 〈사지기우〉처럼 뜻하지 않게 기사가 길어지면서 연재가 되어버렸을
뿐이다. 〈기연중절〉의 내용도 『금고기관(今古奇觀)』에 수재한 〈두십낭노
침백보상(杜十娘怒沈百寶箱)〉을 뼈대로 한[32] 허구다. 심지어 여주인공인
기생의 호칭도 바꾸지 않고 두랑(杜娘)이라고 했다. 노골적인 허구를 기
사처럼 제시함에 조금도 어려움이 없었던 정황을 엿보게 한다. 앞서 본

31　김영민, 앞의 책, 2008, 524~526쪽.

32　이 작품은 후대 〈청루의녀전(靑樓義女傳)〉으로도 향유되었다.

〈덕유필린〉 등에서 야담 작품을 기사로 제시했던 것처럼, 〈기연중절〉역시 그랬던 것이다. 때문에 〈창녀지보은기모〉나 〈사지기우〉처럼 어떻게든 일상과 연결 지으려 들지도 않았다. 허구 그 자체에 대한 관습을 그대로 적용한 까닭이다.

이렇게 볼 때, 고정란에 연재된 서사물과 기사는 이원적으로 진행되어 왔음을 알 수 있다. 고정란은 야담을 차용하면서 변용된 형태의 창작물로, 기사는 야담을 전용하면서 기존 이야기를 제공하는 방식이 그러했다. 둘 다 오락성을 강조한 결과지만, 그 지향은 달랐던 것이다. '차용'과 '전용'. 이 두 방식은 향후 야담의 전개 과정에 꽤 중요한 지침이 된다. 『한성신보』는 오락적 요인에 집중하였지만, 향후의 신문은 계몽적 요인에 이 방식을 적용하기도 했기 때문이다. 특히 논설에서 야담을 차용한 방식들은 이런 글쓰기의 방식에 기초한 결과라 할 만하다.

3. 차용과 전용 – 맺는말을 대신하며

근대의 특징 중 하나는 여러 감각 중에서 시각이 중시되었다는 점을[33] 꼽을 수 있음 직하다. 그렇다보니 청각을 통해 공동으로 서사를 향유하던 집단의 결정보다 개인의 판단이 더 중요해졌다. 눈에 보이는 현상이 곧바로 타자가 되어 구별되어버리니, 포착된 대상은 나와 일정한 거리를 둘 수밖에 없기 때문이다. 눈앞에 펼쳐진 풍경은 공동체의 문제가 아닌 오로지 나의 문제일 뿐이었다. 개인의 탄생이라 할 만하다. 이런 점에서 보면 개인의 시선을 일상으로 돌린 현상은 다분히 근대적인 발상이라 할 만하다. 1896년 7월 즈음부터 『한성신보』에서 일상에 대한 관심을 표방

---

33 바네사 R. 슈와르츠, 노명우·박성일 옮김, 『구경꾼의 탄생』, 마티, 2006.

하기 시작한 변화를 중요하게 봐야 하는 이유도 여기에 기초해 있다.

『한성신보』에는 당시 일상에서 벌어진 일들을 기사로 내보냈다. 시시콜콜한 일들까지 모두 기사가 되었다. 마치 조선 일상의 풍속을 모두 담아내려고 했다고 볼 정도다. 실제 아래의 인용문은 당시 기사 쓰기가 얼마큼 무차별적이었던가를 엿보게 한다.

> 소안동 사는 김영선이란 사룸이 그 노모를 모시고 호러비로 스는데, 집
> 안이 심이 구추ᄒ여서 모자 밤낮으로 다토더니, 그 모친이 신문지의 시비
> 와 선악을 론단흔 것을 보고 ᄒ는 말이 우리 모자 다토는 일이 길가의 스룸
> 이 들엇스면 신문지에 날리로다. 이후는 다시 다토지 말깃도다. 만일 신문
> 에 올으면 우리 아둘이 불효라고 순검의게 집혀가깃다 ᄒ고 다시는 싸호지
> 아니흔다 ᄒ더라.[34]

신문이 얼마큼 개인의 사사로운 공간까지 침범했는가를 보여주는 사례다. 결국 이런 내용까지도 신문에 실렸으니, 당시 사생활 보호는 언감생심이었다. 사적 영역과 공적 영역이 분명하게 인지하지 못했던 탓이다. 그러나 늘 일탈된 일상만 존재하지 않았기에 기사에서는 일상을 조작하기도 했고, 거기서 더 나아가 일상을 창조해내기도 했다. 일상의 발견을 넘어선 일상의 발명이라 할 만하다. '만들어진' 일상이 된 것이다. 일상을 새롭게 만들어내기 위해 쓰인 문학 장르는 바로 야담을 비롯한 전대 서사문학이었다. 이전의 야담 작품은 기사로 그대로 전용되거나, 혹은 오락을 위한 서사문학을 창작하는 데에 차용되기도 했다. 차용과 전용. 일상의 재현이 일상의 조작으로, 일상의 조작이 마침내 차용과 전용을 통해 일상의 발명으로 확장된 것이다. 근대 매체와 전통 야담은 이

---

34 1896년 8월 11일 『한성신보』 2면, 〈大悟歸善〉.

렇게 만났다. 이는 근대 야담의 탄생을 의미하며, 또한 신문에서 야담이 주도적인 장르로 자리를 잡는 배경이기도 했다. 오락성 강화를 위한 야담의 차용과 전용, 이 두 방식은 이후의 신문에서도 광범위하게 쓰였다. 이 중 차용은 신문의 주지를 드러내는 논설에서 주로 쓰였고, 전용은 신문의 흥미를 돋우기 위한 목적으로 주로 활용되었다.

차용은 신문사의 주지를 드러내기 위해 논설 등을 쓸 때에 주로 활용되었다. "각 신문을 엇어 본즉 (중략) 경작 론셜과 잡보들을 볼진더 정부 득실과 민간 질고를 분명히 긔록하지 아니ᄒ고 어름어름ᄒ야 어르만지는 슈작이 만히 잇"다면서[35] 관료와 백성 모두에게 유익한 논설을 쓰겠다는『독립신문』논설만 봐도 당시 영업중인 신문사의 논설 풍조가 어떠했는가를 짐작할 수 있다. 논설 중간에 야담을 비롯한 흥미로운 이야기를 활용하는 것이 효과적이었기에 각종 신문에서는 논설 틈새에 야담을 차용하는 방식이 빈번하게 쓰였던 정황을 짐작케 한다. 이런 현상은 매우 빈번하다. 한 예로 1898년 12월 24일『제국신문』논설만 봐도 이를 방증할 수 있다. 이 날 논설은 우리나라 사람을 우물 안 개구리, 새[참새], 까마귀, 여우, 딱따구리에 비유하며 그 문제를 제기한다. 우물 안 개구리야 설명할 필요가 없겠고, 재잘재잘 말하며 패거리도 잘 짓고 다니지만 실상 꾀도 없고 겁도 많은 참새는 집이 타는 줄도 모르고 천하태평하다. 딱따구리는 언제 무너질지 모르는 썩은 고목만 쪼고 있다. 우리나라 사람의 성향을 비꼰 것이다. 이처럼 까마귀와 여우도 비꼬는데, 둘을 비꼬면서는 이야기를 끌어왔다. 까마귀는 이솝우화에서,[36] 여우는 호가호

---

35 1899년 10월 16일『독립신문』. 당시 나온 신문 논설은 김영민·구장률·이유미의『근대계몽기 단형 서사문학 자료전집』(소명출판, 2003)에 실려 있다.
    이와 함께 www.koreanhistory.or.kr에 공개한 원문 자료를 함께 살폈다.
36 여우가 고기를 물고 있는 까마귀에게 접근하여 온갖 칭찬을 하며 한번 울게 한다.

위(狐假虎威) 고사를 차용한 것이다. 이처럼 논설에 필요한 이야기를 삽입하여 신문사의 주지를 보다 명확하게 한 것이다. 이야기를 차용함으로써 주지가 더욱 선명해짐은 물론 덤으로 오락성까지 얻었다.

야담도 마찬가지다. 야담도 논설 중간에 차용되는 일이 빈번해졌다. 『한성신보』에서는 오로지 오락을 위해 야담을 이용했다면, 이후 신문들은 계몽을 위한 논설을 제시하는 데에 야담을 활용한 셈이다. 1899년 3월 20일 『매일신보』에 실린 이야기는 첫날밤에 소박을 맞은 세 딸 이야기를 다룬다. 첫째 딸은 옷 벗기를 거부하다가, 둘째 딸은 언니가 소박맞는 것을 보고 미리 옷을 벗었다가, 셋째 딸은 두 언니의 경험을 보고 어쩔 줄 몰라 한다는 전형적인 음담이다. 그런데 『매일신보』에서는 이 이야기를 두고 첫째 딸은 완고로, 둘째 딸은 개화로, 셋째 딸은 중도로 해석한다.[37] 쇄국과 개방 사이에서 중용의 가치를 논하기 위해 음담을 차용한 것이다. 『한성신보』에 쓰이던 야담의 차용 방식이 이후의 신문들에게 쓰이되, 그 성격이 오로지 오락을 위한 장치에서 계몽을 위한 도구로 전환되어 활용되는 양상을 엿볼 수 있다. 이런 사례는 굳이 예시를 들지 않아도 될 만큼 많은데, 야담이 논설에 차용되면서 신문사의 주지를 강화하기 위한 장르로 정착되었음을 짐작케 한다.

야담의 전용 양상은 차용 양상보다 조금 후대에 나타나는 것으로 보인다. 야담 전체를 그대로 인용하기에는 매체 지면 공간의 한계가 있었기 때문이다. 따라서 초기 매체에서는 작품을 요약하고, 그를 통해 신문사의 주지를 이끌어내는 방식으로 전개될 수밖에 없었던 것이다. 즉 신문

까마귀가 으쓱하여 울음을 우니, 고기가 땅에 떨어지고, 여우는 그것을 집어먹고 까마귀를 조롱하는 내용이다.

37 1899년 3월 20일 『매일신문』, 대중서사장르연구회, 『대중서사장르의 모든 것: 코미디』, 이론과 실천, 2013, 154~156쪽.

사의 주지를 위해 작품을 차용하는 것이 일반이었다. 〈노진(盧禛) 설화〉
나 〈옥단춘전〉 유형이라 할 수 있는 친구와의 신의를 문제 삼은 작품
전체를 요약한 후, "신의라 ᄒᆞ는 거슨 다만 ᄉᆞᄉᆞ 친구 간에만 쓰는 거시
아니라 각국이 교제ᄒᆞ는 ᄉᆞ이에 더욱 업지 못홀 배인디"라고[38] 하며 국제
간의 신의를 문제 삼은 주장을 펼치는 것 등이 그러하다. 신문이 사설을
드러내지 않을 수 없는 상황에서, 순전히 오락만을 위한 작품 구성을 펼
치기가 어려웠던 탓이다. 그러나 후대로 가면서 야담 전체를 그대로 싣
기도 한다. 이는 오락을 위한 공간이 별도로 마련된 데서 비롯된다. 예컨
대 1909년『경향신문』에『동패락송』17편이 번역되어 6개월 남짓 동안
연재된 것도 그러하다.[39] 이런 현상은 오락을 위한 장치라 할 만하다. 오
락성을 위해 야담의 전용도 활용되는 정황을 확인할 수 있다. 제구포신
의 시대에서도 야담은 오락성을 위해 신문에서 적극적으로 활용되면서,
신문의 의도에 따라 변용되고 있었음을 알 수 있다.『한성신보』에서 출
발한 야담 활용이 이후로 가면서 그 양상이 퍽 복잡하게 이어지고 있었
음을 알 수 있다.[40]

　이 글은 야담이 근대 매체와 어떻게 만났고, 그 과정에서 어떤 현상이

---

38 1901년 2월 6일『제국신문』.

39 김준형의「근대전환기 야담의 전대문헌 수용태도」(『한국한문학연구』41, 한국한문학
　　회, 2008, 598~600쪽)에서는 16편이라고 했지만, 이후「경향신문 '쇼셜'란 수재 전근대
　　야담 번역 방식」(『근대서지』20, 근대서지학회, 2019)에서 이를 17편으로 정정하였다.

40 물론 야담이 차용되고 전용되는 과정에서 중요한 현상이 나타난다. 이 현상은 바로
　　역사물의 등장이다. 예컨대 1900년 이후『제국신문』에 구토지설, 온달, 백운과 제후,
　　김후직, 백결선생 등 역사 인물들이 소개된다. 야사의 등장은 차후 야담과 역사가 어
　　떻게 조우하는가를 살피는 데에 퍽 중요한 지침이 된다. 실제 이후의 야담은 '역사'와
　　연관이 되며, 이는 구연을 토대에 둔 1927년 야담운동이나 1910년대 이후 구활자본
　　야담집에 다수의 역사물이 개입되는 것과도 연관이 되기 때문이다. 주어진 분량에 제
　　한 때문에 이 부분은 별도로 보고하고자 한다.

있었고, 그를 통해 어떻게 야담이 신문 매체에서 주요한 장르로 자리매김할 수 있었던가에 대한 동인을 탐색하는 데에 초점을 맞췄다. 그를 위해 우리나라에서 처음으로 근대 신문을 표방한 『한성신보』에 주목하였다. 현재 우리에게 향해 있는 신문사의 렌즈는 '지금, 여기, 나'에 대한 고민을 담지한 야담과 퍽 닮았다. 다만 신문사는 '나'에 대한 물음을 '타자'로 돌렸다. 나는 신문에 실린 타자를 보는 구경꾼이 된 것이다. 따라서 기사는 주체에 대한 성찰보다는 훔쳐보기를 통한 오락으로 극대화했던 것이고, 이 작업을 효과적으로 수행하기 위해 야담도 이용되었다. 오락을 위주로 한 야담이 등장한 것이다. 조선시대와는 다른 야담의 등장이라 할 만하다. 야담은 이렇게 근대 매체와 만났다. 이 글은 분량상의 제한으로 인해 그 대체만 정리하였고, 그 이면의 복잡다단한 움직임은 소략하게 다루거나 아예 다루지 못한 것도 있다. 이 복잡한 미로. 그 미로찾기는 차후의 과제로 남겨둘 수밖에 없게 되었다.

세책 고소설의 새 자료와 성격

◉

유춘동

1. 서론

2003년에 간행된 『세책 고소설 연구』는 역사서(歷史書)와 문집(文集), 개인 기록으로 전해오던 세책점(貰冊店)과 세책본(貰冊本)을 실제 자료에 의거해서, 세책점과 세책본과 관련된 전반적인 문제를 실증적으로 논의한 '세책본 연구 분야'의 최초 단행본이다.[1]

이 책에서 밝힌 세책본의 독특한 외형적 특징은 연구자들에게 일반 자료와 세책본을 구분해 낼 수 있는 근거와 새로운 새책본을 발굴할 수 있는 계기를 제공했다. 그리고 이 책에서 다룬 세책본의 세책장부(貰冊帳簿)와 세책 독자들이 남긴 낙서는 세책점의 운영 실태, 세책점에서 보유했던 세책본의 규모와 총량, 당시 세책을 빌려보던 독자들의 실상을 확인시켜 줌으로써, 그동안 연구의 사각지대로 남아있던 고소설 유통 연구

---

1 이 논문은 『서지학연구』 80호(한국서지학회, 2019)에 수록되었던 것이다. 일부 내용에 오류가 있어 이 기회를 통해서 바로 잡는다.

에 기폭제가 되었다.[2]

그런데 무엇보다 이 책이 중요한 이유는 그동안 방각본이나 구활자본 고소설의 특성으로 알려졌던 것은 사실은 세책본의 고유한 특성이었다는 사실, 세책본이 방각본과 구활자본의 간행에서 출판의 원고(原稿)로 사용되었다는 점, 각각의 상업출판물은 출간 과정이나 대여 과정에서 서로 협력을 시도하거나 경쟁을 피하기 위해서 여러 전략을 시도했다는 사실을 확인시켜 주었다는 것이다.[3]

이러한 '세책본'의 전반적인 특성은 2016년 국립중앙도서관의 고문헌 기획 전시였던 '조선시대 독서 열풍과 만나다: 세책과 방각본'을 통해서 일반 대중에게 널리 알려지게 되었고,[4] 그 내용이 중등 교육과정의 교과서에 반영되어 학생들이 교과과정에서 배우고 있다. 이제 '세책본'과 '세책점'은 전문연구자들만이 아는 학술영어가 아니라, 일반인들도 누구나 알 수 있는 '일반 명사'가 되었다.

그럼에도 불구하고 세책본 연구는 앞으로도 지속적으로 보완되고 연구의 심화가 필요하다. 특히 앞서 언급했던 『세책 고소설 연구』의 경우

2　정명기, 「세책 고소설에 대한 서설적 이해」, 『고소설연구』 12, 한국고소설학회, 2001; 정명기, 「세책본소설의 유통양상」, 『고소설연구』 16, 한국고소설학회, 2003; 정명기, 「세책본 소설에 대한 새 자료의 성격 연구」, 『고소설연구』 19, 한국고소설학회, 2005; 전상욱, 「세책 총 목록에 대한 연구」, 『열상고전연구』 30, 열상고전연구회, 2009.

3　유춘동, 「20세기초 구활자본 고소설의 세책 유통에 대한 연구」, 『장서각』 15, 한국학중앙연구원, 2006; 유춘동, 「일본 동양문고 소장 세책 고소설의 성격과 의미」, 『민족문화연구』 64, 고려대 민족문화연구원, 2014; 유춘동, 「서울대 규장각 소장, 토정-약현 세책 고소설 연구」, 『한국문화』 66, 규장각한국학연구원, 2014; 유춘동, 「세책본 소설 낙서의 수집, 유형 분류, 의미에 관한 연구」, 『열상고전연구』 45, 열상고전연구회, 2015; 유춘동, 「일본 교토대학 소장, 세책 고소설의 서지적 연구」, 『서지학연구』 69, 한국서지학회, 2017.

4　유춘동·김효경, 『세책과 방각본: 조선의 독서열풍과 만나다』, 국립중앙도서관 도서관연구소 고전운영실, 2016.

간행된 지 20여 년의 시간이 흘렀다. 이후에 새로운 세책본이 여러 종이 발굴되었고, 이 책에서 제시한 주장에 관해서는 재론(再論)이나 보론(補論)이 필요하다. 이 중에서, 이 글에서 다루려는 것은 선행 연구에서 검토하지 못한 새 자료를 검토하고 이 자료들이 지닌 의미와 성격을 확인하는 것이다. 이 작업을 통해서 세책본의 문학사적인 의미는 물론, 출판문화사적 의미가 보다 명확해 질 것으로 기대한다.

2. 세책 고소설, 새 자료의 서지(書誌)와 성격

『세책 고소설 연구』에서 밝혔던 세책본의 총량은 실본과 세책장부에 기재된 것을 합해서 77종 514책이었다.[5] 이후 후속 작업을 통해서 세책본의 총량은 계속 늘어났고,[6] 앞으로도 계속 늘어날 전망이다. 그 이유는 국외로 반출된 전적(典籍) 문화재를 확인하는 과정에서 외국에 존재하는 세책본이 새로 확인된 경우가 있었고, 최근 문학관이나 문학 관련 박물관 등이 설립되면서 개인이 소장하고 있던 세책본이 기관으로 매입(買入)되고 있기 때문이다.

세책본은 형태상 필사본(筆寫本) 세책, 방각본(坊刻本) 세책, 구활자본(舊活字本) 세책으로 구분된다.[7] 이 글에서 검토하는 것은 최근 문학관이나 박물관으로 자료가 이관되었거나 개인이 소장이 확인된 '필사본 세책'이다. '필사본 세책'은 『고담낭전(古談囊傳)』, 『금향정기(錦香亭記)』, 『도

---

5 이윤석·大谷森繁·정명기, 위의 책, 66~87쪽.
6 한편, 전상욱은 앞의 논문에서 총량을 154종이라고 밝혔지만 보완이 필요하다.
7 새로운 구활자본 세책으로 하동호 교수의 소장본이 있다. 현재 이 자료는 국립한국문학관에서 소장하고 있다. 이 자료에 대한 검토는 국립한국문학관이 개관한 뒤에 논의하기로 한다.

앵행(桃櫻杏)』, 『월하가인(月下佳人)』, 『적성의전(翟成義傳)』, 『정렬기별춘
향가(貞烈記別春香歌)』, 『한후룡전(韓厚龍傳)』 7종이다. 이 글에서는 이 순
서에 의거해서 차례대로 살펴보기로 한다.[8]

2) 세책 고소설, 새 자료의 서지(書誌)

먼저, 7종의 필사본 세책 고소설의 간략한 서지사항을 제시하면 다음
과 같다.

번호	형태	작품명	소장처/소장자	체재	필사기/필사시기
1	필사본(筆寫本) 세책	고담낭전	개인소장	1권 1책	을미(1895) 원월 이십오일 살임동[산림동]필셔
2		금향정기	한글박물관	5권 5책	셰지 갑인(1914) 하수월일 슈진동셔
3		도앵행	개인소장	7권 7책 (권5, 낙질)	셰계수(1893)동 십일월 금호필셔
4		월하가인	한글박물관	2권 2책	셰지 신히(1911) 지월일 [내동] 필셔
5		적성의전	개인소장	2권 2책 (권하, 낙질)	壬辰(1892)閏月日長橋畢
6		정렬기별춘향가	개인소장	10권 10책	셰지 갑신(1884) 정월일 쇼졍동 필셔
7		한후룡전	개인소장	2권 2책 (권1, 낙질)	셰 긔히(1899) 납월일 향목동셔

새로 확인된 7종의 필사본 세책 중에서, 5종은 개인소장본이다. 그리
고 나머지 두 종은 국립 한글박물관에서 소장하고 있다. 이제 각 작품별

8 이 자료들은 한글박물관의 박준호 선생님과 화봉문고 여승구 회장, 개인 소장자의
덕분으로 열람할 수 있었다. 이 글을 빌어 여러 선생님들께 감사의 마음을 전한다.

로 간략하게 각 세책본이 지닌 특징과 성격 등을 살펴보기로 한다.

2) 산림동 세책점의 세책본 『고담낭전(古談囊傳)』

세책본 『고담낭전』은 산림동(山林洞) 일대에서 영업했던 세책점의 대여본이다. 산림동은 조선시대에 현재의 서울 중구 을지로 3가, 을지로4가, 산림동, 입정동, 인현동1가에 걸쳐 있던 지역의 명칭이다.[9]

세책본 『고담낭전』은 단권으로 되어 있고, 전체 장수는 18장이다. 권수제는 '고담낭전', 본문은 매면 12행, 행 당 16~20자 내외로 되어 있다. 마지막 장에 〈사진 1〉처럼 '을미 원월 이십오일 살임동 필셔'라는 필사기가 있어, 이 책이 1895년 산림동 지역에서 영업했던 세책점의 대여본이란 사실을 알 수 있다.

『고담낭전』은 소년 '담낭(談囊)'이 어른인 '태수(太守)'와 '지혜 겨루기' 문답을 나누다가 소년이 결국에는 승리한다는 내용을 담은 고소설이다. 『공부자동자문답(公夫子童子問答)』과도 내용이 유사한 이 소설은 연구자들에게 조선후기 고소설사에서 매우 이례적인 작품으로 평가받아, 작품의 형성 과정, 구조와 의미, 문체적 특징 등을 구명하려는 여러 연구가 있었다.

〈사진 1〉 세책본 『고담낭전』

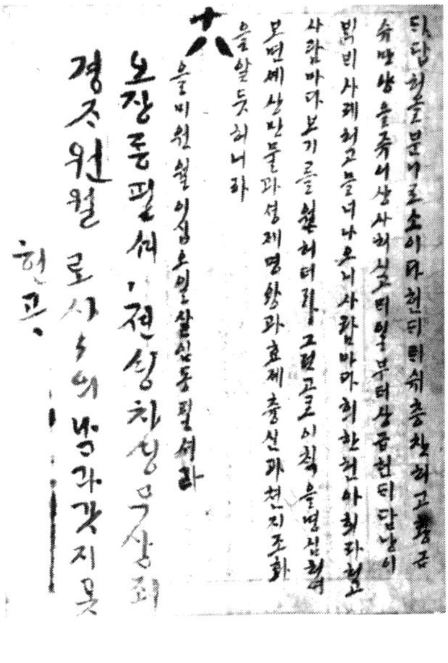

---

9 지역에 대한 설명은 다음의 책을 따르고 따로 각주를 달지 않기로 한다. 국립중앙도서관편, 『고지도를 통해 본 서울지명연구』, 국립중앙도서관, 2010.

　　그러나 이 소설의 형성과정이나 연원에 대해서는 알려진 것이 거의 없다. 산림동 세책점의 세책본 『고담낭전』은 이 소설의 형성과 연원, 유통의 문제를 가늠해 볼 수 있다는 점에서 의미가 있다. 현재 확인된 『고담낭전』은 모두 15종인데, 이 중에서 세책본은 '담낭과 태수'의 주고받는 문답, 『고담낭전』의 특징으로 거론되는 '담낭과 태수의 지혜 겨루기'가 비교적 자세히 서술되어 있다는 점이 특징이다.[10]

　　세책본의 본문은 '공자(孔子)에서부터 명왕, 효자, 충신, 영웅, 호걸, 장사, 문장, 명필, 협객, 구변, 소인, 난신, 도술, 지혜, 의량, 궁술, 병술, 검술, 아성, 현인, 농리(農利), 의술, 점술, 화공, 음술(音術), 가무, 도술(잡술), 복술(卜術), 신선, 남중절색, 화초, 수목, 주수(走獸), 폭군, 현군, 현부, 요부, 천하절색, 성군, 암주(暗主), 명관, 탐관, 가도 창성하는 집, 패가망신하는 집, 천지일월 순행, 사시순회법, 풍운조화법, 인간탄생, 수요장단(壽夭長短), 부귀빈천, 유자(有子)와 무자(無子), 어린 자식과 장성한 자식이 정해진 이유, 천지조화지법'을 화제로 올려 그 연원과 합당한 이치 등을 자세히 기술하고 있다.

　　이 내용은 당대인들이 알아야 할 지식이나 상식에 해당한다. 세책점에서는 역대 세상 만물에 대한 기본 지식을 제공하고, 성제(聖帝), 명황(名皇), 효자(孝子), 충신(忠臣) 등의 고사를 전달하려는 목적에서 세책본을 만들었다. 즉, 어려운 내용을 쉽고 재미있게 전달하기 위해서 당대인들에게 익숙한 소설, 고소설의 비교적 충실한 서사문법을 가미해서 한 편의 세책본 소설을 만든 것이다. 따라서 『고담낭전』의 성격과 의미, 서사적 특성은 기존의 견해처럼 설화의 소설화 과정, 민담의 수용과 변용,

---

10　유춘동, 「고담낭전(古談囊傳)」의 계통과 서사적 특성에 대한 연구」, 『동양학』 77, 단국대 동양학연구소, 2019.

문답 양식의 차용에서 살펴볼 것이 아니라, 세책점에서 만든 세책본이라는 관점에서 작품의 생성 문제, 작품의 특징을 논의해야 할 것이다.

2) 수진동 세책점의 세책본 『금향정기(錦香亭記)』

『금향정기』는 중국소설 『금향정(錦香亭)』을 한글로 번역한 것이다. 이 작품은 중국 당나라 현종 때를 배경으로 남녀 주인공 종경기와 갈명화의 결연을 다룬 소설이다. 현재 일반 필사본, 경판본, 세책본, 활판본의 형태로 대략 30여 종의 이본이 있다.[11]

새로 확인한 세책본은 수진동(壽進洞) 지역에서 영업했던 세책점의 대여본이다. 수진동은 조선시대에 현재 서울 종로구 수송동, 청진동 일대 지역의 명칭이다.

수진동 세책점의 『금향정기』는 원래 전체 6권 6책이었다. 그러나 현재 권6이 없고 5권5책만 남아 있다. 권1은 37장, 권2는 29장, 권3은 31장, 권4는 31장, 권5는 33장이며, 각 권의 권수제는 '금향경긔', 본문은 매면 11-12행, 행 당 16~20자 내외로 되어 있다.

마지막 장에는 '셰지 갑인 흐ᄉ월일 슈진동셔'라는 필사기가 있어, 이 책이 1914년 수진동 일대에서 영업했던 세책점의 대여본임을 알 수 있다.

『금향정기』는 세책본 연구에서 중요한 작품이다. 그 이유는 향목동 세책

〈사진 2〉 『금향정기』의 첫 면

---

11 유춘동, 앞의 논문, 155~156쪽.

점, 약현 세책점, 남소동 세책점, 아현 세책점과 같은 4곳의 세책점에서, 당대인들에게 대여해주던 세책본이 남아있기 때문이다. 따라서 이 작품을 통해서 당대 세책점의 운영 방식과 실태, 세책점 간의 텍스트 공유 방식 및 세책본의 제작 방식, 세책본, 경판본, 활판본 간의 관계와 같은 세책본 유통의 실상을 규명해 볼 수 있다.

지금까지 확인된 『금향정기』는 크게 〈경판본 계열〉, 〈세책본 계열〉, 〈기타 계열〉로 나눌 수 있다. 이중에서 〈세책본 계열〉의 『금향정기』는 중국원전에 가깝게 번역한 것, 경판본을 가져다가 필사하여 대여해주던 것으로 구분된다. 현재 남은 대다수의 자료는 중국원전에 가깝게 번역한 세책본이다. 그리고 경판본을 가져다가 필사해서 만든 세책본도 있다.

수진동 세책점의 『금향정기』는 아현 세책점의 세책처럼 경판본을 저본으로 만든 것이다. 세책점에서 이처럼 방각본 소설을 가져다가 세책본으로 다시 대여해주었던 것은 『금향정기』를 포함해서, 토정 세책점의 『김홍전』, 아현 세책점의 『전우치전』 등이 있다. 이처럼 경판본을 가져다가 세책점에서 다시 세책본을 만든 이유는 경판본을 보고 싶어도 경판본의 가격 때문에 볼 수 없었던 독자를 위하여, 세책점에서 경판본을 베껴 저렴한 가격에 세(貰)를 주었기 때문이다.

수진동 세책점의 『금향정기』가 이번에 새로 확인됨으로써, 당대 유행하는 방각본 자료 등을 가져다가 다시 세책본을 만들어 세책점을 운영했던, 당시 시대적 변화에 유연하게 대처했던 세책점의 운영 전략 등을 볼 수 있다.[12]

12　세책업자가 방각본 소설 제작에 관여했는지의 여부, 그에 따라 방각본 소설을 마음대로 가져다가 세책본으로 만들 수 있었는지의 문제는 앞으로 여러 방면에서 논의가 필요하다.

3) 금호 세책점의 세책본 『도앵행(桃櫻杏)』

세책본 『도앵행』은 금호(金湖) 세책점의 대여본이다. 금호는 조선시대
에 현재 서울 성동구 금호동 일대 지역의 명칭이다. 『도앵행』은 두 여주인
공이 시아버지의 반대를 무릅쓰고 마침내 집안의 며느리가 된다는 혼사장
애(婚事障碍)와 혼사장애의 극복을 다룬 소설이다. 이 작품은 고소설 『옥
환기봉(玉環奇逢)』, 『취미삼선록(翠薇三仙錄)』, 『한조삼성기봉(漢朝三姓奇
逢)』과 연작 관계에 있으며, 이 소설을 기반으로 『주씨청행록』이라는 새로
운 작품이 만들어지기도 했다.

금호 세책점의 세책본 『도앵행』은 전체 6권6책 중에서 5권5책(권5 결본)
만 남아 있다. 권1은 32장, 권2는 32장, 권3은 32장, 권4는 32장, 권6은
30장이며, 각 권의 권수제는 '도잉힝', 본문은 매면 11~12행, 행 당 16~20
자 내외로 되어 있다. 마지막 장을 보면 '셰 계ᄉ 즁동 회간 금호필셔,
세 병신 계츈 금호 필셔'라는 필사기가 있
어, 이 책이 1893년과 1896년 금호 일대에
서 영업했던 세책점의 대여본임을 알 수
있다.

〈사진 3〉 『도앵행』의 첫 면

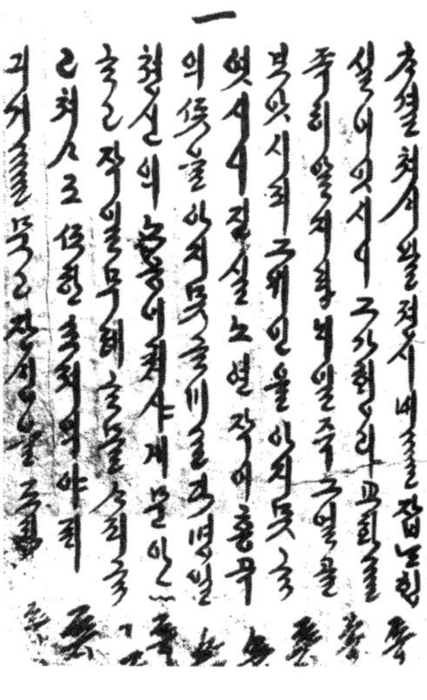

이 소설은 장편가문소설, 대장편소설로
분류된 작품으로 몇 종의 이본이 있다. 이
본 중에서 선본(善本/先本)으로 알려진 것
은 시작 부분의 경우 "화셜 녕평공쥬의 명
은 빅희니 동한 광무황제 소미오 티원 쳐
ᄉ 쥬당의 ᄎ뷔니 모친 번부인이 꿈의 한
션네 왕희의 복식으로 치운 속으로셔 ᄂ
려오믈 보고 ᄢ여 남둔 초ᄉ의셔 싱ᄒ니"

로 되어 있어, 다른 이본과 차별성을 지닌다.

세책본『도앵행』은 이러한 기준에 의거해서 기존에 알려진 것들과 대조해 보면 선본에 가까운 이본이다. 세책본『도앵행』이 중요한 이유는 이 작품의 핵심이라고 할 수 있는 두 여주인공이 시아버지의 반대를 무릅쓰고 집안에 입성하는 내용이 다른 이본보다 자세하게 기술되어 있다는 점이다. 이것은 당대 여성독자들의 취향을 반영해서 생긴 것으로 보인다. 따라서 이러한 관점에서 볼 때, 세책본은 여성독자의 문제, 여성독자의 취향을 반영한 세책본의 성격 등을 규명해 볼 수 있다는 점에서 중요하다.

4) 내동 세책점의 세책본『월하가인(月下佳人)』

세책본『월하가인』은 내동(內洞) 지역에서 영업했던 세책점의 대여본이다. 내동은 조선시대에 현재 서울 종로구 홍지동 일대 지역의 명칭이다.

내동 세책점의 세책본『월하가인』은 전체 2권 2책이다. 권1과 권2는 각각 60장, 각 권의 권수제는 '月下佳人 월하가인' 본문은 매면 13행, 행 당 15~20자 내외로 되어 있다. 마지막 장을 보면 '셰지 신희 지월일 필셔, 內洞'이라는 필사기가 있다. 이러한 필사기에 의해서 세책본『월하가인』은 1911년 내동 일대에서 영업했던 세책점의 대여본임을 알 수 있다.

주지하다시피『월하가인』은 이해조(李海朝)가 지은 신소설이다. 『매일신보(每日新報)』에 1911년 1월 18일에 첫 연재를 시작하여, 같은 해 4월 5일까지 게재가 마무리 되었다. 이후 이 연재물은 보급서관에서(普及書館) 에서 1911년 12월 20일에 단행본으로 출간되었다.[13]

이 소설은 동학란(東學亂)을 계기로 충주에 거주하던 심학서와 부인

---

13 최원식,『한국 계몽주의 문학사론』, 소명출판, 2002, 165쪽; 오영식·유춘동, 『오래된 근대, 딱지본의 책 그림』, 소명출판, 2018, 320쪽.

장씨가 서울로 상경하면서부터 겪었던
파란만장한 삶을 다루고 있다.

세책본 『월하가인』은 세책업자가 신
소설이 간행된 뒤에, 이것을 가져다 다
시 필사하여 만든 세책본이다. 세책본
은 원본을 벗어나지 않는 범위 내에서,
등장인물, 표기법, 발화의 구분, 내용의
첨가 및 삭제 등을 통해서 만들었다. 이
자료를 통해서 다음과 같은 사실을 확인
할 수 있다. 먼저 세책점의 대여 품목에
대한 것이다.

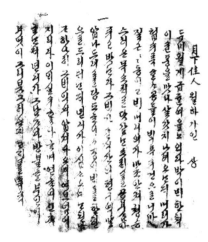

〈사진 4〉『월하가인』의 첫 면

1910년대의 세책점은 당시 독자들에게 인기를 얻었던 신소설(新小說)
을 가져다가 전통적인 필사본 형태의 세책으로 만들어서 이것을 사람들
에게 대여해 주었다. 이 과정에서 이윤 추구의 목적에 맞게 체계를 적절
히 변형하고, 전체 내용을 고려하여 적절히 분권(分卷)해서 세책본을 만
들었다. 세책본 『월하가인』은 출판 환경의 변화에 따라서 발 빠르게 대
처하며 대여 품목을 제작했던 세책업자의 능력을 볼 수가 있다는 점에서
의미가 있다.

5) 장교 세책점의 세책본 『적성의전(翟成義傳)』

세책본 『적성의전』은 장교(長橋)에서 영업했던 세책점의 대여본이다.
장교는 조선시대에 현재 서울 중구 장교동 51번지와 종로구 관철동 11번
지 사이, 청계천에 놓인 다리가 있는 일대 지역의 명칭이다.

장교 세책점의 세책본 『적성의전』은 전체 2권 2책 중에서 1책(권2)만

〈사진 5〉『적성의전』의 첫 면

남아 있다. 권2는 31장으로, 권수제는 '덕셩의뎐', 본문은 매면 13~14행, 행당 14~20자 내외로 되어 있다. 마지막 장을 보면 '壬辰閏月日長橋畢'이라는 필사기가 있어, 이 책이 1892년 장교 일대에서 영업했던 세책점의 대여본임을 알 수 있다.

고소설『적성의전』은 주인공 적성의의 부모에 대한 효성, 적성의가 형에 의해 겪는 고난, 고난을 극복하고 마침내 왕위에 오른다는 내용을 담고 있다.[14]

이 소설은 당대 사람들에게 많은 인기를 얻었고 세책점에서 세책으로 만들어져 읽히기도 했다. 장교 세책점의 세책본『적성의전』은 이러한 이 소설의 인기를 반영하는 것이라고 할 수 있다.

이 자료가 중요한 이유는 장교 세책점의 세책이란 점이다. '장교 세책점'의 세책은 순천시립뿌리깊은나무박물관에서 소장하고 있는『임화정연』이 있다. 연구자에 따라서 이 자료를 세책본으로 보고 있지 않다. 하지만 이번에 확인한『적성의전』을 보면 필체가 같고, 세책점의 명칭 또한 동일하다. 따라서『임화정연』역시 세책본으로 보아야 한다.

장교 일대는 한양 도성(都城)의 상업 중심지로서, 많은 시전 상인들이 모여 살았고, 중앙과 지방관청의 연락 사무를 맡아보던 경주인(京主人)들의 본거지였다. 그리고 일명 '개화파(開化派)'라고 부르던 당대 지식인들

---

14 세책본『적성의전』의 내용은 이미 알려진 것들과 큰 차이가 없으나 세부적인 면에서 차이가 있다. 이에 대한 검토는 다음 기회로 미룬다.

이 이곳에 모여 살았다. 장교 세책점의 세책본『적성의전』은 이 지역에 세책점이 존재했었고, 이들을 상대로 세책점이 성업했음을 보여준다.

6) 소정동 세책점의 세책본『정렬기별춘향가(貞烈記別春香歌)』

세책본『정렬기별춘향가』는 소정동(小貞洞)에서 영업했던 세책점의 대여본이다. 소정동은 조선시대에 현재 서울 중구 정동, 서소문동 일대 지역의 명칭이다.

소정동 세책점의 세책본『정렬기별춘향가』는 전체 10권10책 중에서 3책(권1, 권9, 권10)만 남아 있다. 권1은 33장, 권9는 32장, 권10은 37장으로, 권수제는 '정녈기별춘향가', 본문은 매면 11~12행, 행 당 17~20자 내외로 되어 있다.

마지막 장을 보면 '셰지 갑신 정월일 쇼정동 필셔'라는 필사기가 있어, 이 책이 1884년 소정동 일대에서 영업했던 세책점의 대여본이었음을 알 수 있다.

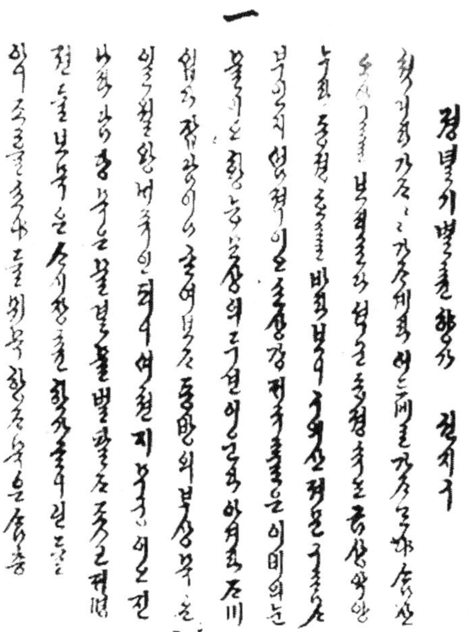

지금까지 확인된 세책본『춘향전』은 프랑스에 있는『남원고사』, 일본과 영남대에 있는『춘향전』, 화봉문고에 있는『정렬기별춘향가』 등이 있다.

이중에서『남원고사』는 1864년에서 1869년 누동 세책점에서 필사하여 사람들에게 대여해주

〈사진 6〉『정렬기별춘향가』의 첫 면

었던 세책본으로, 지금까지 알려진 세책본 중에서, 연대(年代)가 가장 앞선 작품이며, 내용 또한 선본(善本)으로 알려져 있다.

세책본『정렬기 별춘향가』는 필사기만 본다면 세책본『남원고사』보다 후대의 것이다. 그러나『남원고사』와 대조해보면『남원고사』에 없는 내용을『정렬기 별춘향가』에서 볼 수 있다. 예를 들자면『남원고사』에 없는 '방자'와 '향단'의 이야기, 기타 시조와 가사 등이다. 주목할 것은『정렬기 별춘향가』본문의 서술이다. 본문을 보면『정렬기 별춘향가』는 당대 광대들의 노래를 가져다가 세책본의 대본으로 썼고, 이 과정에서 표현을 세련되게 고쳤다는 언급이 있다. 이러한 서술을 그대로 받아들인다면 세책본『춘향전』은 원래 '광대들의 노래'에서 출발하여, 세책업자에 의해서 다시 세책본으로 제작된 것이다.

한편, 이 책에서 다루지 못했지만 개인 소장본인『정렬기 별춘향가』이 있다. 이 책은 10권 10책 완질이며, 소정동 세책본『정렬기 별춘향가』과 같은 계열의 자료이다. 이 책이 중요한 이유는 필사시기가 세책본『남원고사』보다 앞서며, 내용이나 자구(字句)에서 세책본『남원고사』선본(先本)이란 사실이다. 이 자료를 보면 세책본『남원고사』이전에 세책 '춘향전'의 계통, 유통의 양상의 구도가 어떠했는지를 알 수 있다.[15]

그동안 세책본『남원고사』는 지나치게 의미가 강조되어 왔다. 그 결과 세책본『남원고사』이전에 존재했던 세책점의 세책본『춘향전』, 세책본『남원고사』의 생성 배경 등은 논의되지 못했다. 세책본『정렬기 별춘향가』의 존재가 새로 확인됨으로써, 세책본『남원고사』의 생성 문제는 물론, 세책본의 제작 방식, 세책점 간의 텍스트 공유 방식, 세책본, 경판

---

15 세책본『정렬기 별춘향가』를 토대로, 세책본『남원고사』와의 관계, 이후 만들어진 세책본『춘향전』, 상업출판물인 방각본과 구활자본과의 관계, 일반 필사본『춘향전』의 관계와 관련된 연구는 차후 과제로 넘긴다.

본, 활판본 간의 관계에 대한 새로운 사실을 규명해 볼 수 있다.

7) 향목동 세책점의 세책본 『한후룡전(韓厚龍傳)』

세책본 『한후룡전』은 향목동(香木洞) 세책점의 대본이다. 향목동은 조선시대에 현재 서울 중구 을지로 일대 지역의 명칭이다. 향목동 세책점의 세책본 『한후룡전』은 전체 2권 2책 중에서 1책(권1)만 남아 있다. 권1은 33장으로, 권수제는 '한후룡전 권지일종',[16] 본문은 매면 11–12행, 행당 17~20자 내외로 되어 있다. 마지막 장을 보면 '셰 긔히 납월일 향목동셔'라는 필사기가 있어, 이 책이 1899년 향목동 일대에서 영업했던 세책점의 세책본임을 알 수 있다.

『한후룡전』은 태어나면서부터 장애를 지닌 한후룡과 임허영 두 사람의 영웅적인 활약을 다룬 고소설이다. 다른 고소설에서는 볼 수 없는 주인공의 특이한 설정으로 주목을 끄는 이 작품은 지금까지 약현 세책점에서 대여해주던 약현 세책본만 확인되었다.

향목동 세책본이 확인됨으로써 서울대 규장각에 있는 약현 세책본과의 비교가 가능해졌다. 약현 세책본은 1892년에 만들어졌다. 두 본을 대조해보면 두 본은 아래 아(·)와 같은 표기 방식에서만 차이가 날 뿐, 자구와 내용은 대부분 일치한다. 위의 자

〈사진 7〉 『한후룡전』의 첫 면

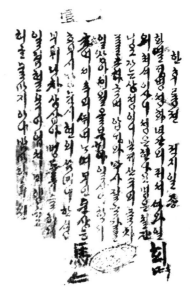

---

16 '권지일종'으로 되어 있으나 세책을 빌려간 대여자들이 '일' 다음에 '종'을 더 써 놓았다.

료를 통해서 서로 다른 세책점이라 하더라도 본문 텍스트는 공유하며 영
업했다는 사실을 재확인할 수 있다.

3. 마무리와 과제

지금까지 새로 확인한 필사본 세책 7종의 서지와 텍스트가 지닌 특징
을 살펴보았다. 먼저 산림동, 수진동, 내동, 장교, 소정동 세책점의 존재
가 확인되었다. 이 세책점들은 모두 서울 중구, 종로와 같이 당대 사람들
의 유동 인구가 많았던 곳에 위치해 있다. 이 세책점들은 〈사진 8〉에서
볼 수 있는 것처럼 밀접한 지역에 위치하여 영업했던 곳임을 알 수 있다.

다음으로 『고담낭전』, 『도앵행』과 같은 고소설이 세책점에서 만들어
지고 당대 사람들에게 대여해 주었다는 사실을 확인했다. 그리고 『월하

〈사진 8〉 세책점의 추정도

가인』처럼 신소설을 전통적인 형태의
'필사본 세책'으로 만들어져 대여했다
는 사실, 『금향정기』처럼 방각본을 가
져다 다시 베껴서 세책으로 대여했다
는 사실 등을 알 수 있었다.

그리고 무엇보다 중요한 점은 세책본
『정렬기 별춘향가』이다. 지금까지 『남
원고사』를 선본(善本/先本)으로 판단하
여, 세책본, 경판 방각본과 완판 방각
본의 생성 문제 등을 다루었다. 그러나
『정렬기 별춘향가』의 존재가 확인됨으
로써, 이 문제에 대한 재고(再考)가 필

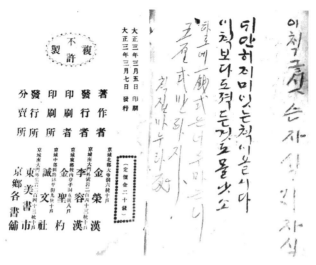

〈사진 9〉 국립한국문학관 소장 세책 구활자본의 예

요해졌다. 한편, 이 글에서 다루지 못한 새 자료 세책본이 있다. 그것은 〈사진 9〉와 같은 구활자본 세책이다. 2022년에 개관하는 국립한국문학관에는 고(故) 하동호 교수의 유가족이 기증한 다수의 구활자본 세책이 있다. 이 구활자본은 모두 1910~1920년대 구활자본만을 전문적으로 대여해 주었던 세책점의 대여본이다. 차후 이 자료에 의거하여 구활자본 세책의 유통, 구활자본 세책의 특징을 다루기로 한다.

수록 원고 출처

【야담 연구에서의 자료의 문제】_ 정명기

－『한국문학논총』 26, 한국문학회, 2000;『야담문학연구의 현단계』 1, 보고사, 2001.

【지속과 반전, 사소함의 빛과 절망에 대한 연민】_ 이강옥

－『고전과해석』 22, 고전한문학연구학회, 2017.

【『기리총화』에 대한 일고찰】_ 김영진

－『한국한문학연구』 28, 한국한문학회, 2001.

【18세기 후반 한문단편의 성격】_ 정환국

－『고전문학연구』, 한국고전문학회, 2018.

【「설생전(薛生傳)」과 야담 〈설생(薛生) 이야기〉 비교 연구】_ 정솔미

－『국문학연구』 37, 국문학회, 2018.

【조선 후기 야담에 나타난 송사담의 세 유형과 그 의미】_ 이승은

－『한국고전연구』 41, 한국고전연구학회, 2018.

【정명기 소장 한글 번역본『천예록』의 재편 및 향유 양상 연구】_ 정보라미

－『한국고전연구』 43, 한국고전연구학회, 2018.

【『청구야담』의 한글 번역 양상과 의미】_ 남궁윤

－『동방학』 21, 한서대학교 동양고전연구소, 2014.

【환관 이야기에 나타나는 젠더 이분법의 균열 양상과 그 의미】_ 조현우

-『한국고전연구』 41, 한국고전연구학회, 2018.

【『양은천미』에 나타난 서술방식의 통속적 양상과 그 의미】_ 권기성

-『한국고전연구』 39, 한국고전연구학회, 2017.

【〈최척전〉의 창작 배경과 열녀 담론】_ 엄태식

-『한국고전여성문학연구』 24, 한국고전여성문학회, 2012.

【『월간야담』을 통해본 윤백남 야담의 대중성】_ 김민정

-『우리어문연구』 39, 우리어문학회, 2011.

【1920~30년대 근대매체의 〈기우노옹〉 소환과 그 변모양상】_ 이동월

-『열상고전연구』 47, 열상고전연구회, 2015.

【근대전환기 야담을 보는 시각】_ 김준형

-『한국문학연구』 49, 동국대학교 한국문화연구소, 2015.

【세책 고소설의 새 자료와 성격】_ 유춘동

-『서지학연구』 80, 한국서지학회, 2019

저자 소개(원고 수록순)

정명기
전 원광대학교 교수

이강옥
영남대학교 교수

김영진
성균관대학교 교수

정환국
동국대학교 교수

정솔미
서울대학교 박사 수료

이승은
한림대학교 교수

정보라미
서울대학교 박사 수료

남궁윤
동국대학교 강사

조현우
인천대학교 교수

권기성
창원대학교 교수

엄태식
조선대학교 교수

김민정
순천향대학교 강사

이동월
대구가톨릭대학교 강사

김준형
부산교육대학교 교수

유춘동
강원대학교 교수

야담 연구의 새로운 시각과 해석

2020년 9월 4일 초판 1쇄 펴냄
2021년 12월 7일 초판 2쇄 펴냄

지은이 정명기 교수 추모논총간행위
펴낸이 김흥국
펴낸곳 도서출판 보고사

책임편집 이순민
표지디자인 손정자

등록 1990년 12월 13일 제6-0429호
주소 경기도 파주시 회동길 337-15 보고사 2층
전화 031-955-9797(대표)
     02-922-5120~1(편집), 02-922-2246(영업)
팩스 02-922-6990
메일 kanapub3@naver.com / bogosabooks@naver.com
http://www.bogosabooks.co.kr

ISBN 979-11-6587-079-9 93810

ⓒ 정명기 교수 추모논총간행위, 2020

정가 32,000원